AMERICAN GODS

NEIL GAIMAN

AMERICAN GODS

NORMA
Editorial

Colección Brainstorming nº9.
American Gods.
Título original: "American Gods".
Primera edición: enero 2003.
© 2001 by Neil Gaiman.
© 2003 by NORMA Editorial por la edición en castellano.
Fluvià, 89. 08019 Barcelona.
Tel.: 93 303 68 20. Fax: 93 303 68 31.
E-mail: norma@normaeditorial.com
Traducción: Robert Falcó.
Ilustración portada: Koveck.
Depósito legal:B-47888-2002. ISBN: 84-8431-627-0.
Printed in the EU.

www.NormaEditorial.com

Esto es una obra de ficción, no una guía. Aunque la geografía de los Estados Unidos de América en este relato no es absolutamente imaginaria —muchos de los lugares que aparecen en este libro pueden visitarse, recorrerse los caminos y seguir las rutas—, me he tomado ciertas libertades. Menos de las que os imagináis, pero libertades al fin y al cabo.

No he pedido permiso, y por supuesto no me lo han dado, para usar los nombres de los lugares reales de esta historia, y espero que los propietarios de Rock City o de la Casa de la Roca, o los cazadores que poseen el motel en el centro de América se queden tan perplejos como el resto al encontrar sus propiedades mencionadas aquí.

He cambiado el nombre de algunos de los lugares que aparecen en este libro, como la ciudad de Lakeside, por ejemplo, y la granja con el árbol de ceniza a una hora al sur de Blacksburg. Podéis buscarlos, si queréis. Podéis hasta encontrarlos.

Además, ni que decir tiene que las personas, vivas, muertas o en cualquier otra condición, que aparecen en este relato son imaginarias o han sido usadas en un contexto imaginario. Sólo los dioses son reales.

Para los amigos ausentes: Kathy Acker y Roger Zelazny,
y todos los puntos entre medio

Una cuestión que siempre me ha intrigado es qué les ocurre a los seres demoníacos cuando los inmigrantes abandonan su tierra natal. Los irlandeses americanos recuerdan a las hadas, los noruegos americanos a los nisser, *los griegos americanos a los* vrykólakas, *pero sólo en relación con hechos ocurridos en su país de origen. Una vez pregunté por qué tales demonios no aparecían en Estados Unidos y uno de mis informadores sonrió confuso y respondió: «Tienen miedo de cruzar el océano, está demasiado lejos», y añadió que Jesucristo y los apóstoles nunca vinieron a Estados Unidos.*

Richard Dorson, "A Theory for American Folklore"
American Folklore and the Historian
(University of Chicago Press, 1971)

NOTA A LA EDICIÓN ESPAÑOLA

La etimología de algunas de las palabras del idioma inglés, como en nuestra lengua, se remonta a una época en la que el cristianismo no era la religión mayoritaria en el mundo occidental. Así sucede, por ejemplo, con los días de la semana, dedicados en castellano a las distintas deidades del panteón grecolatino (y que coinciden, en este caso, con los cuerpos celestes de nuestro sistema solar). Así, el lunes es el día de la Luna (relacionada con la deidad Diana Cazadora); el martes es el día de Marte (dios de la guerra); el miércoles, el de Mercurio (dios del comercio, los viajeros y los engaños); el jueves, el de Júpiter (dios de la luz y el cielo, y por supuesto, las tormentas); el viernes, el de Venus (diosa de la belleza); el sábado, el de Saturno (dios de la agricultura) y el domingo, que correspondía originariamente al día del Sol, pasó a convertirse, tras el cristianismo, en el día del Señor.

Otro tanto ocurre con los días de la semana en inglés, pero en este caso, si bien coinciden algunas de las características de las deidades, hacen referencia a los dioses del panteón nórdico. Así el domingo (primer día de la semana anglosajona) es el día del Sol, *Sunday*; el lunes, el de la Luna, *Monday*; el martes, el del originario dios de la guerra Tyr (posteriormente dios de la justicia), *Tuesday*; el miércoles, el del dios de la guerra y la muerte Odín (también llamado Woden, Wodan o Wotan), *Wednesday*; el jueves, el del dios del trueno y las tormentas Thor, *Thursday*; el viernes, el de la diosa de la fertilidad y esposa de Odín, Frigg, *Friday*; y el sábado, curiosa y probablemente debido al planeta, hace referencia a Saturno otra vez, *Saturday*.

Como apreciará el lector, algunos de los nombres de los personajes de esta novela no han sido traducidos por razones obvias.

PRIMERA PARTE

SOMBRAS

CAPÍTULO PRIMERO

¿Los límites de nuestro país, señor? Pues por el norte limitamos
con la Aurora Boreal, por el este con el sol naciente, por el sur
con la procesión de los equinoccios y por el oeste con el Día del
Juicio Final.

—*The American Joe Miller's Jest Book*

Sombra se había pasado tres años en la cárcel. Era bastante grande y todo él parecía transmitir el mensaje de «no me toques los cojones», por lo que su mayor problema consistía en encontrar formas de matar el tiempo. Así que se dedicaba a mantenerse en forma, aprendía a hacer trucos con monedas y pensaba muy a menudo en lo mucho que quería a su mujer.

Lo mejor, en opinión de Sombra, y quizá lo único bueno, de estar en la cárcel era la sensación de alivio. La sensación de que había caído todo lo bajo que podía caer, de que había llegado hasta el fondo. No le preocupaba que el hombre lo fuera a coger, porque el hombre lo había cogido. No le daba miedo lo que el mañana le pudiera traer, porque el ayer se lo había traído.

Sombra decidió que no importaba si uno había hecho aquello por lo que lo habían condenado. Según su experiencia, toda la gente que había conocido en la cárcel se sentía herida por algo: en todos los casos las autoridades habían entendido mal algo, decían que habías hecho algo cuando era falso o, como mínimo, no lo habías hecho tal y como ellos decían. Lo que importaba era que te habían cogido.

Se había dado cuenta de ello durante los primeros días, cuando todo, desde la forma de hablar hasta la horrible comida, era nuevo. A pesar del sufrimiento y la horrible sensación de encarcelamiento, suspiraba aliviado.

Sombra intentaba no hablar demasiado. Alrededor de la mitad del segundo año le mencionó su teoría a Low Key Lyesmith, su compañero de celda.

Low Key, un timador de Minnesota que tenía una cicatriz en la cara, sonrió.

—Sí —dijo—, es verdad. Es incluso mejor cuando te han sentenciado a muerte. Entonces recuerdas los chistes sobre los tíos que empiezan a patalear para quitarse las botas cuando les echan la soga alrededor del cuello, porque sus amigos siempre les habían dicho que morirían con las botas puestas.

—¿Es un chiste? —preguntó Sombra.

—Te lo juro. Humor de condenados a la horca. Es el mejor humor del mundo.

—¿Cuándo colgaron a un hombre por última vez en este estado? —preguntó Sombra.

—¿Y yo qué sé? —Lyesmith siempre llevaba su pelo rubio anaranjado rapado. Se le veían las líneas del cráneo—. Pero te voy a decir una cosa: este país empezó a irse al carajo cuando se dejó de colgar a gente. Si te cargas a la escoria, después no tienes que aguantarla.

Sombra se encogió de hombros. No le encontraba nada romántico a una sentencia de muerte.

Si no tenías una sentencia de muerte, pensaba, la cárcel era, como mucho, tan sólo un aplazamiento temporal de la vida por dos motivos: en primer lugar, la vida transcurre lentamente en la cárcel. Siempre se puede caer más bajo. La vida sigue. Y en segundo lugar, si te limitas simplemente a pasar el tiempo, algún día tendrán que dejarte salir.

Al principio estaba muy lejos como para que Sombra se concentrara en ello. Luego se convirtió en un rayo distante de esperanza y aprendió a decirse a sí mismo «esto también pasará» cuando la mierda de la cárcel se fuera hacia abajo, como la mierda de la cárcel hacía siempre. Un día se abriría la puerta mágica y por fin saldría por ella. Así que empezó a tachar los días en su calendario de los pájaros cantores de Norteamérica, que era el único calendario que vendían en el economato de la cárcel, y el sol se puso y no lo vio y el sol volvió a salir y no lo vio. Aprendió a hacer trucos con monedas gracias a un libro que encontró tirado en la biblioteca de la cárcel; e hizo ejercicio; e hizo una lista mental de lo que haría cuando saliera de la cárcel.

La lista de Sombra se hizo cada vez más y más corta. Al cabo de dos años la había reducido a tres cosas.

En primer lugar, se tomaría un baño. Uno baño de verdad, largo, en una bañera y con burbujas. Quizá leería el periódico o quizá no. Unos días pensaba de una manera, otros de otra.

En segundo lugar, se secaría con una toalla y se pondría una bata. Quizá también zapatillas. Le gustaba la idea de las zapatillas. Si fumara, se fumaría una pipa, pero no fumaba. Cogería a su mujer en brazos

(«Cachorrito —chillaría ella, fingiendo estar asustada para disimular su placer—, ¿qué haces?»). La llevaría al dormitorio y cerraría la puerta. Encargarían pizzas por teléfono si les entraba hambre.

En tercer lugar, cuando Laura y él salieran de la habitación, quizá unos días más tarde, se portaría bien y no se metería en problemas durante el resto de su vida.

—¿Y entonces serás feliz? —le preguntó Low Key Lyesmith. Aquel día estaban trabajando en la tienda de la cárcel, montando comederos para pájaros, una tarea que no resultaba mucho más interesante que troquelar placas de matrícula.

—Ningún hombre es feliz —dijo Sombra— hasta que se muere.

—Herodoto —dijo Low Key—. Eh, estás aprendiendo.

—¿Quién cojones es Herodoto? —preguntó Iceman, mientras ensamblaba un comedero para pájaros y se lo pasaba a Sombra, que lo atornillaba bien.

—Un griego muerto —respondió Sombra.

—Mi última novia era griega —dijo Iceman—. Su familia comía una de mierda que no os lo creeríais. Cosas como arroz envuelto en hojas.

Iceman tenía el mismo tamaño y forma de una máquina de Coca Cola, los ojos azules y un pelo tan rubio que era casi blanco. Le había metido de hostias a un tío que había cometido el error de meterle mano a su novia en el club donde bailaba. Iceman se le tiró encima. Los amigos del tipo en cuestión llamaron a la policía, que detuvo a Iceman, comprobó su historial y averiguó que se había escapado de un programa de reinserción, hacía dieciocho meses.

—¿Qué querías que hiciera? —preguntó Iceman, ofendido, cuando le contó a Sombra su triste historia—. Le había dicho que era mi novia. ¿Tenía que dejarle que me faltara al respeto de esa manera? ¿Eh? No paraba de manosearla.

Sombra le dijo «Cuéntaselo a ellos», y zanjó así la conversación. Una de las primeras cosas que aprendió en la cárcel era que cada uno debía cumplir su condena. No podías cumplir la de otro.

Portarse bien. Cumplir la condena.

Lyesmith le había prestado a Sombra una edición en tapa blanda de las *Historias* de Herodoto unos meses atrás.

—No es aburrido. Está bien —le insistió cuando Sombra le dijo que no leía libros—. Primero léelo y luego me dices que está bien.

Sombra puso mala cara pero empezó a leerlo y al cabo de poco se encontró con que estaba enganchadísimo al libro, muy a su pesar.

—Griegos —exclamó Iceman enfadado—. No es verdad lo que dicen de ellos. Intenté metérsela a mi novia por el culo y casi me arranca los ojos.

De repente, un día trasladaron a Lyesmith sin previo aviso. Le dejó a Sombra su copia de Herodoto. Entre las páginas había escondida una moneda de cinco centavos. En la cárcel, las monedas eran contrabando, ya que se pueden afilar con una piedra y cortarle la cara a alguien en mitad de una pelea. Sombra no quería un arma; Sombra sólo quería tener algo para entretener las manos.

No era supersticioso. No creía en nada que no podía ver. Aun así, durante las últimas semanas, sentía que la tragedia se cernía sobre la cárcel, de la misma forma que la había sentido los días anteriores al robo. Tenía una sensación de vacío en la boca del estómago, pero él intentaba convencerse de que no era más que el miedo de volver al mundo de fuera. Pero no estaba seguro. Estaba más paranoico de lo habitual, y en la cárcel lo habitual es mucho, y es una técnica de supervivencia. Sombra se volvió más callado, más sombrío que nunca. Se sorprendió a sí mismo observando el lenguaje corporal de los guardas, de los otros reclusos, intentando hallar una pista que le permitiera averiguar aquella cosa mala que estaba a punto de ocurrir. Estaba seguro de ello.

Faltaba un mes para que lo soltaran. Sombra estaba sentado en una oficina gélida, ante una mesa. Al otro lado de ella había un hombre bajito que tenía una mancha de nacimiento del color del vino de Oporto en la frente. El hombre tenía el expediente de Sombra abierto ante él y sujetaba un bolígrafo que tenía toda la punta mordisqueada.

—¿Tienes frío, Sombra?

—Sí, un poco.

El hombre se encogió de hombros.

—Es el sistema. Las calderas no se encienden hasta el uno de diciembre. Y se apagan el uno de marzo. Yo no hago las reglas. —Pasó el dedo índice por la hoja de papel grapada por la esquina izquierda a la carpeta—. ¿Tienes treinta y dos años?

—Sí, señor.

—Pareces más joven.

—Vida sana.

—Aquí dice que has sido un recluso modelo.

—He aprendido la lección, señor.

—¿De verdad? —Miró a Sombra fijamente, lo que hizo que le bajara la marca de nacimiento de la frente. A Sombra se le pasó por la cabeza la posibilidad de contarle a aquel hombre algunas de sus teorías sobre la cárcel, pero al final decidió no decir nada. Se limitó a asentir con la cabeza e intentó parecer totalmente arrepentido.

—Aquí dice que tienes mujer, Sombra.

—Se llama Laura.

—¿Qué tal os va?

—Bastante bien. Ha venido a verme tanto como ha podido, vive lejos de aquí. Además, le escribo y le llamo cuando puedo.

—¿De qué trabaja?

—En una agencia de viajes. Envía a la gente a todas las partes del mundo.

—¿Cómo la conociste?

Sombra no sabía por qué le preguntaba todo aquello. Se le ocurrió responderle que no era asunto suyo y dijo:

—Era la mejor amiga de la mujer de mi mejor amigo. Nos prepararon una cita a ciegas. Congeniamos a la perfección.

—¿Y tienes trabajo para cuando salgas?

—Sí, señor. Mi amigo, Robbie, del que le acabo de hablar, tiene un gimnasio, el Muscle Farm, donde me entrenaba. Dice que me ha guardado el trabajo.

Enarcó una ceja.

—¿Ah, sí?

—Dice que seré un buen gancho, que conseguiré atraer a algunos de los viejos clientes y a los tíos duros que quieran ser más duros.

El hombre parecía satisfecho. Mordisqueó la punta de su bolígrafo y volvió la hoja.

—¿Qué piensas del crimen que cometiste?

Sombra se encogió de hombros.

—Fui un estúpido —dijo. Era lo que sentía.

El hombre de la mancha de nacimiento suspiró. Marcó una serie de puntos en la lista de control. Luego hojeó los papeles del expediente de Sombra.

—¿Cómo vas a llegar a casa? ¿En autobús?

—En avión. Está bien esto de que tu mujer trabaje en una agencia de viajes.

El hombre frunció el ceño y la mancha de nacimiento se arrugó.

—¿Te ha enviado un billete?

—No es necesario. Sólo un número de confirmación. Es un billete electrónico. Lo único que tengo que hacer es ir al aeropuerto dentro de un mes, enseñarles un documento identificativo y me marcharé de aquí.

El hombre asintió, anotó algo por última vez, cerró el expediente y dejó el bolígrafo. Dos manos pálidas reposaban sobre el escritorio gris, como animales rosas. Juntó las puntas de los dedos índice en el aire, en forma de triángulo, y miró a Sombra con ojos llorosos de color avellana.

—Tienes suerte —le dijo—. Tienes a alguien que te está esperando y un trabajo. Podrás dejar todo esto detrás. Tienes una segunda oportunidad. Aprovéchala al máximo.

El hombre no le ofreció la mano cuando se levantó para irse, ni tampoco esperaba que lo hiciera.

La última semana fue la peor. En cierto sentido fue peor que los tres años juntos. Sombra se preguntaba si era el tiempo: agobiante, calmado y frío. Parecía como si fuera a haber tormenta, pero nunca llegó. Estaba de los nervios, se le ponían los pelos de punta, sentía algo en el fondo de su estómago que le decía que algo iba mal. El viento soplaba en el patio de ejercicios. Sombra creía que podía oler la nieve en el aire.

Llamó a su mujer a cobro revertido. Sombra sabía que las compañías de teléfono cobraban un suplemento de tres dólares a todas las llamadas hechas desde una cárcel. Pensaba que por eso las operadoras eran siempre muy amables con la gente que llamaba desde las prisiones: sabían que les pagaban el sueldo.

—Siento algo raro —le contó a Laura. Aunque lo primero que le dijo fue «te quiero», porque está bien decirlo si de verdad lo sientes, como era el caso de Sombra.

—Hola —dijo Laura—. Yo también te quiero. ¿Qué es raro?

—No sé. Quizá el tiempo. Tengo la sensación de que si al final cayera una buena tormenta todo se arreglaría.

—Aquí hace buen tiempo. Aún no han caído todas las hojas. Si no cae una tormenta las verás cuando vuelvas a casa.

—Cinco días —dijo Sombra.

—Dentro de ciento veinte horas estarás en casa.

—¿Va todo bien por ahí? ¿No hay ningún problema?

—Todo bien. Esta noche voy a ver a Robbie. Estamos preparando tu fiesta sorpresa de bienvenida.

—¿Fiesta sorpresa?

—Claro. No sabes nada de ella, ¿verdad?

—En absoluto.

—Ése es mi marido. —Sombra se dio cuenta de que estaba sonriendo. Llevaba tres años encerrado, pero su mujer aún podía hacerlo reír.

—Te quiero, cielo —dijo Sombra.

—Te quiero, cachorrito —dijo Laura.

Sombra colgó el teléfono.

Cuando se casaron, Laura le dijo que quería un cachorrito, pero el casero les recordó que, según su contrato, estaba prohibido tener animales en casa. «Eh —le dijo Sombra—, yo seré tu cachorrito. ¿Qué quieres que haga? ¿Que te muerda las zapatillas? ¿Que me mee en la cocina? ¿Que te lama la nariz? ¿Que te olisquee la entrepierna? ¡Seguro que puedo hacer todo lo que hace un cachorrito!» Y la cogió en brazos como si no pesara nada y empezó a lamerle la nariz mientras ella reía y chillaba, y la llevó a la cama.

Mientras estaba en el comedor, Sam Fetisher se acercó a Sombra, le sonrió y le mostró sus viejos dientes. Se sentó junto a él y empezó a comerse los macarrones con queso.

—Tenemos que hablar —le dijo Sam Fetisher.

Era uno de los hombres más negros que jamás había visto Sombra. Podría haber tenido sesenta años. Podría haber tenido ochenta. Pero Sombra también había conocido a adictos al crack de treinta años que parecían más viejos que Sam Fetisher.

—¿Mm? —dijo Sombra.

—Se avecina tormenta —dijo Sam.

—Eso parece. Quizá nevará pronto.

—No ese tipo de tormenta. Se acerca una tormenta más grande. Te lo digo, es mejor que estés aquí que fuera en la calle cuando llegue.

—Ya he cumplido mi condena. El viernes me voy.

Sam Fetisher miró a Sombra.

—¿De dónde eres? —le preguntó.

—De Eagle Point, Indiana.

—Eres un mentiroso de mierda —exclamo Sam—. Me refiero a de dónde vienes. ¿De dónde son tus viejos?

—De Chicago —respondió Sombra. De niña, su madre había vivido en Chicago, y murió allí hace bastantes años.

—Lo que decía. Se avecina una gran tormenta. Pórtate bien, Sombra. Es como... ¿Cómo se llaman esas cosas sobre las que se mueven los continentes? Es algo de unas placas.

—¿Placas tectónicas? —se aventuró a decir Sombra.

—Eso es. Placas tectónicas. Es como cuando se mueven y Norteamérica se desliza sobre Sudamérica. A nadie le gustaría estar en medio. ¿Lo pillas?

—Ni de coña.

Le guiñó un ojo lentamente. Los tenía de color castaño.

—Bueno, no digas que no te he avisado —dijo Sam Fetisher y se metió un trozo de gelatina naranja temblorosa en la boca.

—No lo haré.

Sombra se pasó la noche medio despierto, dormía y se despertaba continuamente, escuchaba los gruñidos y ronquidos de su nuevo compañero de celda, que estaba en la litera de abajo. Unas cuantas celdas más allá un hombre gemía, se desgañitaba y sollozaba como un animal, y de vez en cuando alguien le gritaba que se callara de una puta vez. Sombra intentó no escucharlos. Se dejó envolver por los minutos vacíos, lenta y solitariamente.

Faltaban dos días. Cuarenta y ocho horas que empezaron con unos copos de avena y café de la cárcel, y un guarda llamado Wilson que le dio un golpe en el hombro más fuerte de lo necesario y le dijo:

—¿Sombra? Sígueme.

Sombra analizó su conciencia. Estaba tranquila, lo que en un cárcel no significaba, tal y como había comprobado, que no estuviera metido en algún problema de tres pares de cojones. Los hombres andaban más o menos uno junto al otro. El ruido de los pies resonaba al caminar sobre cemento y metal.

Sombra notaba el sabor del miedo en la parte de atrás de la garganta, amargo como el café. Estaba ocurriendo lo malo...

Desde el fondo de su cabeza una voz le susurraba que le iba a caer otro año a su sentencia, que lo iban a meter en una celda de aislamiento, que le iban a cortar las manos, la cabeza. Se dijo a sí mismo que eran imaginaciones suyas, pero su corazón latía desbocado, como si fuera a atravesarle el pecho en cualquier momento.

—No te entiendo, Sombra —exclamó Wilson mientras andaban.

—¿Qué no entiende, señor?

—A ti. Eres muy tranquilo, joder. Muy educado. Esperas como si fueras un viejo, pero ¿cuántos años tienes? ¿Veinticinco? ¿Veintiocho?

—Treinta y dos, señor.

—¿Y qué eres? ¿Hispano? ¿Gitano?

—No que yo sepa, señor. Quizá.

—A lo mejor tienes sangre negra. ¿Tienes sangre de negro, Sombra?

—Podría ser, señor. —Sombra se mantenía erguido y miraba al frente, sin dejar que aquel hombre le sacara de sus casillas.

—¿Ah, sí? Bueno, lo único que sé es que me das miedo, joder —Wilson tenía el pelo rubio rojizo y una cara rubia rojiza y una sonrisa rubia rojiza—. Nos dejas dentro de poco.

—Eso espero, señor.

Pasaron por unos cuantos controles. Wilson enseñó su identificación todas las veces. Subieron por unas escaleras hasta que llegaron a la oficina del director de la prisión, cuyo nombre estaba escrito en la puerta con letras negras, G. Patterson. Esperaron fuera. Junto a la puerta había un semáforo pequeño.

La luz roja refulgía.

Wilson apretó un botón que había bajo el semáforo.

Se quedaron en el sitio donde estaban durante unos minutos. Sombra intentaba convencerse de que todo iba bien, de que el viernes por la mañana iría en el avión que con destino a Eagle Point, pero no se lo creía.

Se apagó la luz roja, se encendió la verde y Wilson abrió la puerta y entraron.

Sombra había visto al director unas cuantas veces durante los últimos tres años. Una de ellas fue mientras le mostraba la prisión a un político. Otra ocurrió durante un encierro; el director les habló en grupos de cien y les dijo que la cárcel estaba superpoblada, y como la situación no iba a cambiar, era mejor que se acostumbraran.

De cerca, Patterson tenía peor pinta. Tenía la cara alargada, llevaba el pelo gris cortado al estilo militar, a cepillo. Olía a Old Spice. Tras él había una estantería de libros y todos llevaban la palabra «prisión» en el título. El escritorio estaba impoluto a excepción del teléfono y una página arrancada del calendario de *Far Side*. Llevaba un audífono en la oreja derecha.

—Siéntese, por favor.

Sombra se sentó. Wilson se quedó detrás de él.

El director abrió un cajón del escritorio, sacó una carpeta y la puso sobre la mesa.

—Aquí dice que le sentenciaron a seis años por agresión con agravantes y lesiones. Ha cumplido tres años. Teníamos que ponerlo en libertad el viernes.

«¿Teníamos?». A Sombra se le revolvió el estómago. Se preguntaba cuántos años más tendría que cumplir. ¿Uno? ¿Dos? ¿Los tres? Lo único que dijo fue:

—Sí, señor.

El director se lamió los labios.

—¿Qué ha dicho?

—He dicho «Sí, señor».

—Sombra, lo vamos a poner en libertad esta misma tarde. Saldrá unos cuantos días antes. —Sombra asintió y esperó la segunda parte de la noticia. El director miró el papel que tenía sobre el escritorio—. Ha llegado esto del Johnson Memorial Hospital de Eagle Point... Su mujer. Ha muerto a primera hora de la mañana. Ha sido un accidente de coche. Lo siento.

Sombra asintió de nuevo.

Wilson lo acompañó a su celda sin decir nada. Abrió la puerta y lo dejó entrar. Entonces comentó:

—Es como uno de esos chistes de «Tengo una noticia buena y una mala», ¿no? La buena es que te vamos a dejar salir antes de tiempo, la mala es que tu mujer se ha muerto. —Y se rió como si la cosa tuviera gracia de verdad.

Sombra no dijo nada.

Aturdido, fue a recoger sus pertenencias, aunque la mayoría las regaló. Dejó el libro de Herodoto de Low Key, el de trucos de monedas y, en un arrebato, se deshizo de los discos de metal liso que había sacado a hurtadillas del taller y que había usado como monedas. Fuera habría monedas, monedas de verdad. Se afeitó. Se puso ropa de civil. Cruzó puerta tras puerta. Sabía que nunca volvería a pasar por ellas y se sentía vacío por dentro.

Empezó a caer un buen aguacero, una lluvia gélida, de aquel cielo gris. Los pequeños trozos de granizo le golpeaban a Sombra en la cara, mientras la lluvia le empapaba el abrigo delgado que llevaba puesto y andaban hacia el ex autobús escolar amarillo que los llevaría hasta la ciudad más cercana.

Cuando llegaron al vehículo estaban chorreando. Se iban ocho. Dentro aún quedaban mil quinientos. Sombra se sentó en el autobús y tembló hasta que empezó a funcionar la calefacción mientras pensaba en qué iba a hacer, adónde podría ir.

Imágenes fantasmales le llenaron la cabeza espontáneamente. En su imaginación estaba saliendo de otra cárcel, hace mucho tiempo.

Había estado encarcelado en una habitación sin luz durante demasiado tiempo: llevaba la barba descuidada y el pelo alborotado. Los guardas lo habían conducido por unas escaleras de piedra gris hasta una plaza llena de cosas de colores brillantes donde había gente con objetos. Era día de mercado y estaba deslumbrado por el ruido y el color, tenía que entrecerrar los ojos por culpa de la luz del sol que llenaba la plaza, olía el aire salado y húmedo y todas las cosas buenas del mercado y a su izquierda el sol brillaba desde el agua...

El autobús se estremeció y se detuvo ante la luz roja del semáforo.

El viento aullaba alrededor del autobús, los limpiaparabrisas se arrastraban lentamente sobre el cristal y cubrían la ciudad de una humedad resplandeciente roja y amarilla. Era por la tarde, pero por lo que se veía a través del cristal parecía como si hubiera caído la noche.

—Joder —dijo el hombre que estaba sentado detrás de Sombra mientras limpiaba el vaho de la ventana con la mano y miraba a una persona que corría por la acera—. Aquí fuera hay tías.

Sombra tragó saliva. Se dio cuenta de que aún no había llorado, de hecho no había sentido nada. Ni pena, ni había vertido una sola lágrima. Nada.

Se puso a pensar en un tipo llamado Johnnie Larch con el que había compartido celda nada más entrar en la cárcel y que le contó que una vez, tras pasarse cinco años entre rejas, salió con cien dólares en los bolsillos y un billete para Seattle, donde vivía su hermana.

Johnnie Larch llegó al aeropuerto y le dio el billete a la mujer del mostrador, quien le pidió su carnet de conducir.

Él se lo mostró. Había caducado hacía unos años. Ella le dijo que no era un documento válido. Él le respondió que quizá no era válido como carnet de conducir, pero que era más que suficiente como identificación y, joder, ¿quién demonios creía que podía ser, si no era él?

Ella le dijo que le agradecería que bajara el tono de voz.

Él le dijo que le diera una puta tarjeta de embarque o que se arrepentiría y que no pensaba permitir que le faltaran al respeto. En la cárcel no permites que nadie te falte al respeto.

Entonces la mujer apretó un botón y, al cabo de unos minutos, apareció el personal de seguridad del aeropuerto e intentaron convencer a Johnnie Larch de que saliera del aeropuerto sin armar ningún escándalo, pero él no quería irse, así que se produjo un pequeño altercado.

El asunto acabó con que Johnnie Larch no consiguió llegar a Seattle, se pasó los días siguientes por los bares de la ciudad, y cuando se gastó los cien dólares atracó una gasolinera con una pistola de juguete para obtener más dinero y poder seguir bebiendo, pero al final lo detuvo la policía por mear en la calle. Al cabo de poco volvió a la cárcel para cumplir el resto de la condena y un poco más por el atraco de la gasolinera.

La moraleja de la historia, según Johnnie Larch, era ésta: no te metas con la gente que trabaja en los aeropuertos.

—¿Estás seguro de que no es algo así como «El tipo de comportamiento que funciona en un entorno concreto, como una cárcel, puede resultar erróneo e incluso convertirse en peligroso cuando se usa fuera de tal entorno»? —le preguntó Sombra cuando Johnnie Larch le contó la historia.

—No, escúchame, te lo digo en serio, tío —dijo Johnnie Larch—, no te metas con esas zorras de los aeropuertos.

Sombra esbozó una sonrisa al recordarlo. Su carnet de conducir no caducaba hasta dentro de unos meses.

—¡Estación de autobuses! ¡Todo el mundo abajo!

La estación olía a meado y a cerveza agria. Sombra se subió a un taxi y le pidió al conductor que lo llevara al aeropuerto. Le dijo que le daría cinco dólares de propina si lo hacía en silencio. Tardaron veinte minutos y el taxista no dijo ni una palabra.

Sombra avanzaba a trompicones por la terminal, iluminada con una luz brillante. Le preocupaba todo aquel rollo de los billetes electrónicos. Sabía que tenía plaza reservada para un vuelo del viernes, pero no sabía si podría cambiarlo para un vuelo de hoy. A Sombra todo lo electrónico le parecía como mágico y susceptible de evaporarse en cualquier momento.

Aun así, había recuperado su cartera, al cabo de tres años, en la que tenía varias tarjetas de crédito caducadas y una Visa que le proporcionó una agradable sorpresa, ya que no caducaba hasta finales de enero. Tenía un número de reserva y se dio cuenta de que estaba seguro de que cuando llegara a casa todo se arreglaría de alguna manera u otra. Laura volvería a estar bien. A lo mejor sólo era un chanchullo para que pudiera salir unos días antes. O quizá se trataba de un simple malentendido y habían sacado el cuerpo de otra Laura Moon de entre los restos del coche accidentado.

Los relámpagos refulgían a través de las paredes de cristal del aeropuerto. Sombra se dio cuenta de que estaba aguantando la respiración, de que estaba esperando algo. El estruendo lejano de un trueno. Espiró.

Una mujer blanca y cansada lo miraba desde el otro lado del mostrador.

—Hola —dijo Sombra. «Eres la primera mujer desconocida con la que hablo, cara a cara, en tres años»—. Tengo un número de un billete electrónico. La reserva es para el viernes, pero tendría que salir hoy. Se me ha muerto un familiar.

—Mm. Lo siento mucho. —Tecleó algo en el ordenador, miró la pantalla, volvió a teclear—. No hay ningún problema. Le he puesto en el vuelo de las tres y treinta. Podría retrasarse a causa de la tormenta, así que consulte los paneles. ¿Desea facturar algo?

Levantó una mochila.

—No es necesario que facture esto, ¿no?

—No —respondió ella—. No hay ningún problema. ¿Tiene algún carnet de identidad con fotografía?

Sombra le mostró su carnet de conducir.

No era un aeropuerto grande, pero el número de gente que había paseando, tan sólo paseando, le sorprendió. Miró cómo la gente dejaba las bolsas en el suelo con toda tranquilidad, observó cómo se metían las carteras en los bolsillos traseros, vio cómo dejaban los bolsos, debajo de la silla, sin vigilar. Entonces se dio cuenta de que ya no estaba en la cárcel.

Faltaban treinta minutos para embarcar. Sombra se compró una porción de pizza y se quemó el labio por culpa del queso caliente. Cogió el cambio y fue a las cabinas de teléfono. Llamó a Robbie al gimnasio, pero saltó el contestador.

—Eh, Robbie —dijo Sombra—. Me han dicho que Laura ha muerto. Me han soltado antes. Voy para casa.

Entonces, como la gente comete errores, él mismo lo había visto, llamó a casa y escuchó la voz de Laura.

—Hola —dijo—. No estoy en casa o no puedo contestar el teléfono. Deja el mensaje y ya te llamaré. Y que pases un buen día.

Sombra fue incapaz de dejar un mensaje.

Se sentó en una silla de plástico junto a la puerta y agarró su bolsa con tanta fuerza que se hizo daño en la mano.

Pensaba en la primera vez que vio a Laura. Por aquel entonces no sabía ni su nombre. Era la amiga de Audrey Burton. Estaba sentado con Robbie en una mesa de Chi-Chi's cuando entró Laura un par de pasos por detrás de Audrey y Sombra se la quedó mirando fijamente. Tenía el pelo largo, de color castaño y unos ojos tan azules que Sombra pensó que llevaba lentillas de color. Pidió un daiquiri de fresa, le insistió para que él lo probara y se rió alegremente cuando lo hizo.

A Laura le encantaba que la gente probara lo que ella tomaba.

Esa noche, Sombra le dio un beso de despedida que sabía a daiquiri de fresa y desde entonces no había querido besar a otra persona.

Una mujer anunció que había llegado el momento de embarcar para su vuelo y la hilera de Sombra fue la primera en subir a bordo. Se sentó al final. Había un asiento vacío junto al suyo. La lluvia no paraba de caer contra el costado del avión: se imaginó que había unos niños pequeños que tiraban guisantes secos a puñados desde el cielo.

Cuando el avión despegó se quedó dormido.

Sombra se encontraba en un lugar oscuro, y la cosa que lo miraba llevaba una cabeza de búfalo peluda que apestaba y tenía unos ojos enormes y húmedos. Tenía cuerpo de hombre, cubierto de aceite y brillante.

—Se avecinan cambios —dijo el búfalo sin mover los labios—. Habrá que tomar ciertas decisiones.

La luz de una hoguera titilaba en las paredes húmedas de la cueva.

—¿Dónde estoy? —preguntó Sombra.

—En la tierra y debajo de la tierra —dijo el hombre búfalo—. Te encuentras en el lugar donde aguardan los olvidados. —Sus ojos eran líquidos como el mármol negro y su voz profunda parecía provenir de debajo del mundo. Olía a vaca mojada—. Cree —dijo la voz—. Si quieres sobrevivir debes creer.

—¿Creer qué? —preguntó Sombra—. ¿Qué debo creer?

El hombre búfalo miró a Sombra, y se irguió cuan alto era, con los ojos en llamas. Abrió su boca de búfalo llena de saliva y por dentro estaba roja a causa del fuego que ardía en su interior, bajo la tierra.

—Todo —rugió el hombre búfalo.

El mundo se inclinó y giró y Sombra estaba de nuevo en el avión; pero seguía inclinado. En la parte delantera del avión había una mujer que gritaba sin ganas.

Los rayos desprendían unos relámpagos cegadores alrededor del avión. El capitán habló por el intercomunicador para decirles que iba a intentar ganar un poco de altitud para salir de la tormenta.

El avión dio una sacudida y Sombra se preguntó, fríamente y sin darse cuenta, si iba a morir. Parecía posible, decidió, pero poco probable. Miró a través de la ventana y vio cómo los relámpagos iluminaban el horizonte.

Entonces volvió a quedarse dormido y soñó que estaba de nuevo en la cárcel y que Low Key le había susurrado mientras hacían cola para comer que alguien le había puesto precio a su vida, pero que Sombra no podría averiguar ni quién había sido ni por qué; y cuando se despertó estaban descendiendo para aterrizar.

Bajó a trompicones del avión mientras parpadeaba para despertarse.

Pensó que todos los aeropuertos se parecían mucho. Da igual dónde estés, estás en un aeropuerto: baldosas, pasillos y lavabos, puertas, quioscos de periódicos y luces fluorescentes. Este aeropuerto parecía un aeropuerto. Pero había un problema, no era al que se suponía que iba. Era grande, había demasiada gente y demasiadas puertas.

—Disculpe, señorita.

La mujer lo miró por encima de su carpeta sujetapapeles.

—¿Sí?

—¿Qué aeropuerto es éste?

Ella lo miró, confundida, mientras intentaba decidir si estaba de broma o no, y respondió:

—St. Louis.

—Pensaba que este avión iba a Eagle Point.

—Así es, pero ha aterrizado aquí a causa de la tormenta. ¿No los han avisado?

—Es probable. Me he quedado dormido.

—Tendrá que hablar con aquel hombre de ahí, el de la chaqueta roja.

El hombre era casi tan alto como Sombra: parecía el padre de una de aquellas comedias televisivas de los setenta, tecleó algo en el ordenador y le dijo a Sombra que corriera, «¡Corra!», hacia una puerta, al otro lado de la terminal.

Sombra corrió por el aeropuerto, pero las puertas ya estaban cerradas cuando llegó. Vio cómo se apartaba el avión a través del cristal.

La mujer del mostrador de ayuda al pasajero (bajita y morena, con un lunar en un lado de la nariz) habló con otra mujer y llamó por teléfono.

—No, ése no puede ser, lo acaban de cancelar.

Entonces le imprimió otra tarjeta de embarque.

—Llamaremos a la puerta de embarque para decirles que va hacia ahí.

Sombra se sentía como si fuera el guisante que un trilero hacía pasar de cubilete en cubilete, o como una carta a la mezclaban con el resto de la baraja. Se echó a correr de nuevo y acabó cerca de donde había desembarcado al principio.

Junto a la puerta había un hombre bajito que le cogió la tarjeta de embarque.

—Le estábamos esperando —le susurró y arrancó la pestaña de la tarjeta, donde aparecía el asiento de Sombra, el 17D, que entró rápidamente en el avión justo antes de que cerraran la puerta.

Pasó por primera clase, donde había cuatro asientos, tres de ellos ocupados. El hombre con barba y vestido con un traje de color pálido que estaba sentado junto al asiento vacío en primera fila sonrió a Sombra cuando éste subió al avión, luego levantó la muñeca y dio unos golpecitos en el reloj cuando Sombra pasó a su lado.

«Sí, sí, se ha retrasado por culpa mía —pensó Sombra—. Ojalá sea ésta la mayor de sus preocupaciones.»

Se dio cuenta de que el avión parecía estar bastante lleno mientras avanzaba entre las hileras de asientos. De hecho, estaba lleno del todo y había una mujer de mediana edad que ocupaba el asiento 17D. Sombra le mostró su tarjeta de embarque y ella la suya: tenían el mismo número.

—¿Podría sentarse, por favor? —le preguntó la azafata.

—No —respondió él—, me temo que no.

La chica dio un chasquido con la lengua y comprobó las tarjetas de embarque, luego hizo que Sombra la acompañara hasta la parte delantera del avión y le señaló el asiento vacío de primera clase.

—Parece que es su día de suerte —le dijo—. ¿Le apetece beber algo? Hay tiempo antes de que despeguemos. Estoy segura de que lo necesita después de esto.

—Una cerveza, por favor —dijo Sombra—. De la que tengan.

La azafata se fue.

El hombre del traje de color pálido que estaba sentado junto a él dio unos golpecitos con la uña en el reloj. Era un Rolex negro.

—Va tarde —exclamó el hombre, que esbozó una sonrisa enorme y gélida.

—¿Cómo dice?

—He dicho que va tarde.

La azafata le dio a Sombra un vaso de cerveza.

Durante un instante se preguntó si el hombre estaba loco y luego decidió que debía de referirse al avión, que había tenido que esperar al último pasajero.

—Siento que se hayan retrasado por mi culpa —respondió educadamente—. ¿Tiene prisa?

El avión dio marcha atrás y se alejó de la puerta. Volvió la azafata y cogió la cerveza de Sombra. El hombre del traje pálido le sonrió y le dijo:

—Tranquila, lo cogeré con fuerza. —La mujer le dejó que se quedara su vaso de Jack Daniel's mientras se quejaba por lo bajo de que infringía las normas de aviación. («Eso ya lo juzgaré yo, cielo.»)

—El tiempo es de vital importancia, sin duda —dijo el hombre—. Pero no, tan sólo me preocupaba que no llegara a tiempo de coger este avión.

—Muy amable por su parte.

El avión estaba detenido. Los motores vibraban, ansiosos por despegar.

—Ni amable ni hostias —le espetó el hombre—. Tengo un trabajo para ti, Sombra.

Los motores rugieron. El pequeño avión dio una sacudida y se puso en marcha, lo que hizo que Sombra se recostara en el asiento. Al cabo de poco estaban volando y las luces del aeropuerto se desvanecían bajo ellos. Sombra miró al hombre que estaba sentado junto a él.

Su pelo era de color gris rojizo; la barba de tres días, de color rojo grisáceo. Tenía la cara curtida y cuadrada con ojos gris pálido. El traje parecía caro y era de color helado de vainilla derretido. Llevaba una corbata de seda gris oscuro con una aguja de plata en forma de árbol, con tronco, ramas y raíces profundas.

Sostuvo su vaso de Jack Daniel's cuando despegaron y no derramó ni una gota.

—¿No piensas preguntarme de qué tipo de trabajo se trata? —inquirió.

—¿Cómo sabe quién soy?

El hombre se rió.

—Ah, saber cómo se llama alguien es la cosa más fácil del mundo. Es cuestión de pensar un poco, tener un poco de suerte, un poco de memoria. Pregúntame de qué tipo de trabajo se trata.

—No —dijo Sombra. La azafata le trajo otro vaso de cerveza y él le dio un sorbo.

—¿Por qué no?

—Me voy a casa, donde me está esperando un trabajo. No quiero otro.

La sonrisa curtida del hombre no cambió, aparentemente, pero ahora parecía divertido.

—No te espera ningún trabajo en casa —dijo—. No te espera nada. Yo te estoy ofreciendo un trabajo perfectamente legal, un buen sueldo, seguro médico e incentivos. Joder, si vives lo bastante podrías añadir un plan de pensiones ¿Te gustaría tener uno?

Sombra dijo:

—Debe de haber visto mi nombre en el lateral de la bolsa. —El hombre se quedó callado—. Quienquiera que sea, era imposible que supiera que yo iba a subir a este avión. Ni tan sólo yo lo sabía, y si no hubiesen desviado mi avión a St. Louis no estaría aquí. A mí me parece que es un bromista. Quizá está intentando timarme. Pero creo que estaremos mejor si dejamos la conversación en este punto.

El hombre se encogió de hombros.

Sombra cogió la revista de la compañía aérea. El pequeño avión no paraba de dar sacudidas, lo que hacía que resultara difícil concentrarse. La palabras flotaban a través de su cabeza como pompas de jabón, estaban ahí cuando las leía y un instante después habían desaparecido.

El hombre estaba sentado en silencio a su lado, dando sorbos a su Jack Daniel's. Tenía los ojos cerrados.

Sombra leyó la lista de canales de música disponibles a bordo para vuelos transatlánticos y luego miró el mapa del mundo con líneas rojas, que mostraban las rutas de la compañía. Acabó de leer la revista, la cerró a regañadientes y la metió en el bolsillo.

El hombre abrió los ojos. Sombra pensó que tenían algo raro. Uno de ellos era de un gris más oscuro que el otro. Miró a Sombra.

—Por cierto, lo sentí mucho cuando me enteré de lo de tu mujer, Sombra. Es una gran pérdida.

A Sombra le entraron ganas de pegarle, pero en vez de eso respiró profundamente. («No te metas con esas zorras de los aeropuertos —le dijo Johnnie Larch desde el fondo de su cabeza— o acabarás de nuevo con tu culo aquí antes de que te des cuenta.»). Contó hasta cinco.

—Yo también —respondió.

El hombre negó con la cabeza.

—Ojalá hubiese ocurrido de otra manera —dijo, y suspiró.

—Ha muerto en un accidente de coche. Hay peores formas de morir.

El hombre sacudió la cabeza lentamente. Durante un instante, a Sombra le pareció como si aquel hombre fuera insubstancial; como si de repente el avión se hubiese hecho más real, mientras que a su vecino le hubiese ocurrido lo contrario.

—Sombra —dijo—, no es una broma. No hay truco. Puedo pagarte más de lo que te pagarían en cualquier otro trabajo que pudieses encontrar. Eres un ex convicto. La gente no hará cola ni se peleará por contratarte.

—Señor Quiencojonesquieraquesea —exclamó Sombra lo bastante alto como para que se le oyera por encima del ruido de los motores—, no hay suficiente dinero en el mundo...

La sonrisa se hizo mayor. En aquel momento Sombra recordó un programa de la PBS sobre chimpancés, en el que dijeron que cuando un simio o un chimpancé sonríe lo hace sólo para mostrar los dientes y poner una mueca de odio, agresión o terror. Cuando un chimpancé sonríe, es una amenaza.

—Trabaja para mí. Habrá algún riesgo, por supuesto, pero si sobrevives podrás pedir lo que tu corazón desee. Podrías ser el próximo rey de América. ¿Quién más te va a pagar tan bien? ¿Eh?

—¿Quién es usted? —preguntó Sombra.

—Ah, sí. La era de la información —señorita, ¿podría ponerme otro vaso de Jack Daniel's? Sin demasiado hielo—, como si hubiera habido otro tipo de era. Información y conocimiento: dos monedas que nunca han pasado de moda.

—Le he preguntado quién es.

—A ver... Bueno, como está tan claro que hoy es mi día... ¿Por qué no me llamas Wednesday? Señor Wednesday. Aunque dado el tiempo que hace bien podría ser Thursday, ¿eh?

—¿Cuál es su nombre real?

—Si trabajas para mí suficiente tiempo y lo haces suficientemente bien, —dijo el hombre del traje pálido—, quizá te lo diga. Ésta es mi oferta de trabajo. Piensa en ella. Nadie espera que digas que sí inmediatamente, sin saber si vas a saltar a un tanque lleno de pirañas o a un foso repleto de osos. Tómate tu tiempo. —Cerró los ojos y se recostó en el asiento.

—No lo creo —dijo Sombra—. Usted no me gusta. No quiero trabajar con usted.

—Como he dicho —dijo el hombre sin abrir los ojos—, no te precipites. Tómate tu tiempo.

El avión dio una sacudida al aterrizar y bajaron unos cuantos pasajeros. Sombra miró por la ventana: era un aeropuerto pequeño en mitad de la nada y aún tenían que pasar por dos aeropuertos más antes de llegar a Eagle Point. Miró al hombre del traje pálido, ¿señor Wednesday? Parecía dormido.

Sombra se levantó sin pensárselo dos veces, cogió su bolsa y salió del avión. Bajó por las escaleras a la pista mojada y resbaladiza y se dirigió con paso constante hacia las luces de la terminal. Una fina lluvia le mojó la cara.

Antes de entrar en el edificio del aeropuerto se detuvo, se volvió y miró. No había bajado nadie más. Los operarios de tierra retiraron las escaleras, se cerró la puerta y despegó el avión. Sombra entró en la terminal y alquiló un coche. Cuando llegó al aparcamiento vio que era un Toyota rojo pequeño.

Desdobló el mapa que le habían dado y lo dejó en el asiento del acompañante. Eagle Point estaba a unos cuatrocientos kilómetros.

La tormenta ya había pasado, si es que había llegado hasta aquí. Hacía frío y el cielo estaba casi despejado. Unas nubes pasaban por delante de la luna y, por un instante, Sombra no estaba seguro de si eran las nubes o la luna lo que se movía.

Condujo hacia el norte durante una hora y media.

Se hacía tarde. Tenía hambre y cuando se dio cuenta de lo hambriento que estaba salió por la siguiente salida y entró en el pueblo de Nottamun (1301 habitantes). Llenó el depósito en la gasolinera Amoco y le preguntó a la mujer aburrida que había tras la caja registradora dónde podía comer algo.

—En el Jack's Crocodile Bar —le respondió—. Diríjase hacia el oeste por la carretera norte del condado.

—¿Crocodile Bar?

—Sí. Jack dice que imprimen carácter al local. —Le dibujó un mapa en la parte de atrás de un folleto de color malva que anunciaba un asado de pollo popular en beneficio de una chica que necesitaba un riñón—. Tiene unos cuantos cocodrilos, una serpiente y uno de esos lagartos grandes.

—¿Una iguana?

—Exacto.

Atravesó el pueblo, cruzó por un puente, siguió durante unos cuantos kilómetros y se detuvo junto a un edificio bajo y rectangular que tenía un cartel luminoso de cerveza Pabst.

El aparcamiento estaba medio vacío.

Dentro el aire estaba cargado de humo y en la máquina de discos sonaba *Walking After Midnight*. Sombra echó un vistazo a su alrededor en busca de los cocodrilos pero no vio ninguno. Se preguntó si la mujer de la gasolinera le habría tomado el pelo.

—¿Qué será? —preguntó el camarero.

—Cerveza de la casa y una hamburguesa con guarnición. Patatas fritas.

—¿Un bol de chile para empezar? Es el mejor del estado.

—Suena bien —respondió Sombra—. ¿Dónde están los servicios?

El hombre señaló una puerta en la esquina del bar. Había una cabeza disecada de cocodrilo junto a ella. Sombra entró.

Eran unos servicios limpios y bien iluminados. Sombra echó un vistazo alrededor; era la fuerza de la costumbre. («Recuerda, Sombra, no puedes defenderte cuando estás meando», le dijo Low Key, en voz baja como siempre, desde el fondo de la cabeza). Escogió el urinario de la izquierda. Luego se bajó la cremallera, echó una buena meada y se sintió aliviado. Leyó el recorte de prensa amarillento que estaba enmarcado a la altura de los ojos, en el que aparecían Jack y dos caimanes.

Alguien carraspeó de manera educada en el urinario que había a su derecha a pesar de que no había oído entrar a nadie.

El hombre del traje pálido era más grande de pie de lo que le había parecido cuando lo vio sentado junto a él en el avión. Era casi tan alto como Sombra, y eso que él era un hombre alto. Miraba hacia delante. Acabó de mear, se sacudió las últimas gotas y se subió la cremallera.

Entonces esbozó una sonrisa maliciosa.

—Bueno —dijo el señor Wednesday—, ya has tenido tiempo para pensar, Sombra. ¿Quieres el trabajo?

EN ALGÚN LUGAR DE ESTADOS UNIDOS

Los Ángeles. 11:26 P.M.

En una habitación de color rojo oscuro —el color de las paredes se parece al del hígado crudo—, hay una mujer alta vestida como un personaje de dibujos animados: lleva unos pantalones cortos de seda muy ajustados y una blusa amarilla de la que rebosan dos pechos exuberantes. Tiene la melena negra recogida en un moño sobre la cabeza. De pie junto a ella hay un hombre bajito que viste una camiseta de color verde oliva y unos tejanos azules caros. En la mano derecha sujeta una cartera y un teléfono móvil Nokia con la carcasa roja, blanca y azul.

En la habitación roja hay una cama con unas sábanas de satén blanco y una colcha rojo intenso. A los pies de la cama, una mesita de madera y sobre ella una estatua de piedra de una mujer con las caderas enormes que sostiene un candelero.

La mujer le da una vela roja pequeña al hombre.

—Toma —le dice—. Enciéndela.

—¿Yo?

—Sí, si quieres poseerme.

—Debería haberte pedido que me la mamaras en el coche.

—Tal vez. ¿No me deseas? —Se acaricia el cuerpo con una mano, desde el muslo a los pechos, en un gesto de presentación, como si estuviera haciendo la demostración de un producto nuevo.

Los pañuelos de seda roja que cubren la lámpara de la esquina de la habitación tiñen la luz de rojo.

El hombre la mira ávidamente, luego coge la vela y la pone en el candelero.

—¿Tienes fuego?

Le da unas cerillas. El hombre arranca una y enciende la mecha. Al principio la llama titila, pero luego arde de manera continua, lo que provoca una ilusión de movimiento en la estatua sin rostro junto a ella, todo caderas y pechos.

—Deja el dinero bajo la estatua.

—Cincuenta pavos.

—Sí —responde ella—. Ahora ven y ámame.

El hombre se desabrocha los tejanos azules y se quita la camiseta verde oliva. Ella le da un masaje en los hombros blancos con sus dedos oscuros, luego le da la vuelta y empieza a excitarlo con las manos, los dedos y la lengua.

El hombre tiene la sensación de que las luces de la habitación roja se han atenuado y que la única fuente de iluminación proviene de la vela, que arde con una llama resplandeciente.

—¿Cómo te llamas? —le pregunta a la mujer.

—Bilquis —responde ella y levanta la cabeza—. Con «q».

—¿Con qué?

—Da igual.

Él empieza a jadear.

—Déjame que te folle —dice el hombre—. Quiero follarte.

—Muy bien, cielo. Lo haremos. ¿Pero puedes hacer una cosa por mí mientras lo hacemos?

—Eh —exclama enfadado—, que soy yo quien paga.

Ella se sienta sobre él con un movimiento suave y le susurra:

—Ya lo sé, cielo, sé que eres tú quien paga. Además, no hay más que mirarte, debería ser yo la que te pagara, tengo tanta suerte...

El hombre frunce la boca, como dando a entender que toda esa típica historia de puta no le causa ningún efecto, que no lo puede engañar. Ella es una puta callejera, por el amor de Dios, mientras que él es casi un productor y lo sabe todo sobre atracos en el último segundo, pero ella no quiere dinero. Le dice:

—Cariño, mientras me la metes, mientras me estás clavando esa tranca gorda y dura, ¿me adorarás?

—¿Que si qué?

Ella empieza a moverse lentamente hacia delante y hacia atrás sobre él: la cabeza henchida de su pene roza los labios húmedos de su vulva.

—¿Me llamarás diosa? ¿Me rezarás? ¿Me adorarás con tu cuerpo?

Él sonríe. ¿Eso es todo lo que quiere? Al fin y al cabo todos tenemos nuestros vicios.

—Claro —responde. Ella se mete una mano entre las piernas y hace que la penetre—. ¿Te gusta así, eh, diosa? —pregunta jadeando.

—Adórame, cielo —le pide Bilquis, la puta.

—Sí. Adoro tus pechos y tu pelo y tu coño. Adoro tus muslos y tus ojos y tus labios rojo cereza...

—Sí... —susurra ella mientras lo monta.

—Adoro tus pezones de los que mana la leche de la vida. Tu beso es como la miel y tu tacto abrasa como el fuego y yo lo adoro. —Sus palabras son cada vez más rítmicas, siguen el movimiento y el balanceo de los cuerpos—. Tráeme tu lujuria por la mañana, y tráeme tu alivio y tu bendición por la noche. Déjame andar por lugares oscuros y salir ileso y déjame que venga a ti una vez más y que duerma a tu lado y haga el amor contigo de nuevo. Te adoro con todo lo que hay dentro de mí, y todo lo que hay dentro de mi cabeza, con todos los lugares en que he estado en mis sueños y mis... —se detiene bruscamente para tratar de recobrar el aliento—. ¿Qué haces? Es increíble. Tan increíble... —Y mira hacia sus caderas, el lugar donde ambos se unen, pero ella le pone el índice en la barbilla y le hace subir la cabeza, de forma que vuelve a mirarla a la cara y al techo.

—Sigue hablando, cariño —dice ella—. No pares. ¿No te gusta?

—Es una sensación mucho mejor que cualquier otra cosa que haya sentido —exclama él y lo cree de verdad cuando lo dice—. Tus ojos son como estrellas que arden en, joder, el firmamento, y tus labios son olas suaves que lamen la arena y yo los adoro. —Entonces él se introduce cada vez más en ella: se siente eléctrico, como si la mitad inferior de su cuerpo estuviera cargada sexualmente: priápico, henchido, extasiado.

»Tráeme tu don —murmura sin saber ya lo que dice—, tu único y verdadero don y hazme sentir siempre... siempre tan... Rezo... Yo...

Y entonces el placer estalla en un orgasmo que lanza la mente al vacío, su cabeza y su ser y todo están completamente en blanco mientras él se va introduciendo en ella, cada vez más adentro...

Con los ojos cerrados, convulso por los espasmos, se deleita con el momento; y luego siente una sacudida y tiene la sensación de que está colgando del revés, aunque el placer continúa.

Abre los ojos.

Piensa, mientras intenta recuperar el pensamiento y la razón, en el nacimiento y se pregunta sin miedo, en un momento de perfecta claridad poscoital, si lo que está viendo es algún tipo de ilusión.

Esto es lo que ve:

Él está dentro de la mujer hasta la altura del pecho y mientras observa la situación con incredulidad y asombro ella tiene apoyadas ambas manos sobre sus hombros y empuja suavemente su cuerpo.

Él sigue introduciéndose en ella.

—¿Cómo me estás haciendo esto? —pregunta o cree que le pregunta, pero tal vez sólo ocurre en su cabeza.

—Lo estás haciendo, cielo —susurra ella. Él siente que los labios de su vulva lo aprietan por el pecho y la espalda, lo constriñen y envuelven. Se pregunta lo que pensaría alguien que los estuviera viendo. Se pregunta por qué no está enfadado. Y entonces lo sabe.

—Te adoro con mi cuerpo —susurra mientras ella lo va empujando hacia su interior. Sus labios se deslizan ágilmente sobre su cara y los ojos del hombre caen en la oscuridad.

Ella se estira en la cama, como un gato enorme y luego bosteza.

—Sí. Eso has hecho.

El teléfono Nokia toca una versión aguda y eléctrica del *Himno a la alegría*. Ella lo coge, aprieta una tecla y se pone el aparato en la oreja.

Tiene el estómago plano, sus labios vuelven a ser pequeños y están cerrados. El sudor le brilla en la frente y el labio superior.

—¿Sí? —Y espera en silencio—. No, cielo, no está aquí. Se ha ido.

Apaga el teléfono antes de dejarse caer en la cama de la habitación roja, se estira una vez más, cierra los ojos y duerme.

CAPÍTULO SEGUNDO

They took her to the cemet'ry
In a big ol' Cadillac
They took her to the cemet'ry
But they did not bring her back.

—canción tradicional

—Me he tomado la libertad —dijo el señor Wednesday mientras se lavaba las manos en los servicios de hombre del Jack's Crocodile Bar— de pedir algo de comer para mí y que me lo traigan a tu mesa. Al fin y al cabo tenemos mucho de qué hablar.

—No lo creo —dijo Sombra, que se secó las manos con una toalla de papel, la arrugó y la tiró a la papelera.

—Necesitas un trabajo —replicó Wednesday—. La gente no contrata a ex convictos. Hacéis que se sientan incómodos.

—Me espera un trabajo. Un buen trabajo.

—¿Te refieres al trabajo del gimnasio?

—Quizá —respondió Sombra.

—No. No te espera. Robbie Burton está muerto. Sin él, el gimnasio también está muerto.

—Es un mentiroso.

—Claro. Y de los buenos. El mejor que jamás conocerás. Pero mucho me temo que no te estoy mintiendo sobre esto. —Se metió la mano en el bolsillo, sacó un periódico doblado y se lo dio a Sombra—. Página siete. Vamos a la mesa. Puedes leerlo ahí.

Sombra abrió la puerta de un empujón. El aire era azul del humo que había y en la máquina de discos sonaban los Dixie Cups con su *Iko Iko*.

Sombra esbozó una sonrisa al reconocer la vieja canción para niños.

El camarero señaló la mesa de la esquina. Había un bol de chile y una hamburguesa en un lado de la mesa y un bistec poco hecho y un bol de patatas fritas enfrente.

> *Look at my king all dressed in red,*
> *Iko Iko all day,*
> *I bet you five dollars he'll kill you dead,*
> *Jockamo-feena-nay*

Sombra se sentó a la mesa y dejó el periódico.

—Es mi primera comida como hombre libre. Esperaré hasta después de haber acabado para leer tu página siete.

Sombra se comió su hamburguesa. Era mejor que las de la cárcel. El chile estaba bien, pero después de unas cucharadas decidió que no era el mejor del estado.

Laura hacía un chile excelente. Le echaba carne magra, frijoles, zanahorias cortadas a trocitos, una botella, más o menos, de cerveza negra y chiles recién cortados. Cocía los chiles durante un rato, luego les añadía vino tinto, zumo de limón, un pellizco de eneldo fresco y, finalmente, lo probaba y añadía sus polvos de chile. En más de una ocasión Sombra había intentado que le enseñara a hacerlo: observaba todo lo que hacía ella, desde que cortaba las cebollas y las echaba en el aceite de oliva que había en el fondo de la olla. Incluso había llegado a escribir la receta, ingrediente a ingrediente, y había hecho el chile de Laura él solo un fin de semana que ella estaba fuera de la ciudad. No le salió mal, era comestible, pero no era como el de ella.

La noticia de la página siete era la primera descripción que leía de la muerte de su esposa. Laura Moon, de quien se decía en el artículo que tenía veintisiete años, y Robbie Burton, de treinta y nueve, iban en el coche de Robbie por la interestatal cuando se metieron en el trayecto de un camión de treinta y dos ruedas. El vehículo se llevó por delante el coche de Robbie y lo envió dando vueltas al margen de la carretera.

Los equipos de rescate sacaron a Robbie y Laura de entre el amasijo de hierros. Ambos estaban muertos cuando llegaron al hospital.

Sombra dobló el periódico una vez más y se lo pasó por encima de la mesa a Wednesday, que se estaba pegando un atracón con un bistec tan sangriento y azul que parecía como si no hubiera pasado nunca por los fogones de la cocina.

—Toma. Quédatelo —dijo Sombra.

Conducía Robbie. Debía de estar borracho, aunque la noticia del periódico no decía nada de eso. Sombra se imaginó la cara de Laura al darse cuenta de que Robbie estaba demasiado borracho para conducir. La escena se desarrolló en la cabeza de Sombra y no pudo hacer nada por evitarlo: Laura le gritaba a Robbie, le gritaba para que saliera de la carretera, luego el ruido del choque del coche contra el camión, y el volante que gira rápidamente...

...el coche en el arcén de la carretera, cristales rotos que relucen como hielo y diamantes ante los faros, la sangre que forma un charco de rubíes en la carretera, junto a ellos. Dos cuerpos apartados del accidente o puestos cuidadosamente junto a la carretera.

—¿Y bien? —preguntó el señor Wednesday. Se había acabado el bistec, lo había devorado como si se estuviera muriendo de hambre. Ahora masticaba las patatas fritas, las pinchaba con el tenedor.

—Tiene razón —dijo Sombra—. No tengo trabajo.

Sombra sacó una moneda de veinticinco centavos del bolsillo, con la cara hacia abajo. La lanzó al aire con un dedo, la hizo girar, la cogió y se la colocó en el dorso de la mano.

—Escoge.

—¿Por qué? —preguntó Wednesday.

—No quiero trabajar para alguien que tenga peor suerte que yo. Escoge.

—Cara.

—Lo siento —dijo Sombra, sin molestarse en mirar la moneda—. Ha salido cruz. Estaba amañado.

—Los juegos amañados son los más fáciles de ganar —dijo Wednesday, que señaló a Sombra con un dedo cuadrado—. Mírala.

Sombra le echó un vistazo. Había salido cara.

—Debo de haberlo hecho mal —dijo confuso.

—No te estás haciendo ningún favor —dijo Wednesday y sonrió—. Sólo soy un tipo con mucha, mucha suerte. —Entonces levantó la vista—. Pero mira tú por donde. Sweeney el Loco. ¿Tomas algo con nosotros?

—Southern Comfort y Coca-Cola, sin hielo —dijo una voz detrás de Sombra.

—Voy a decírselo al camarero —exclamó Wednesday. Se levantó y se dirigió hacia la barra.

—¿No piensas preguntarme qué quiero? —le espetó Sombra.

—Ya sé lo que vas a beber —respondió Wednesday, que se encontraba junto a la barra. Patsy Cline empezó a cantar *Walking After Midnight* otra vez en la máquina de discos.

El Southern Comfort con Coca-Cola se sentó junto a Sombra. Tenía la barba corta, de color rojo. Llevaba una cazadora tejana cubierta de parches y una camiseta blanca en la que se podía leer:

SI NO TE LO PUEDES COMER, BEBER, FUMAR O ESNIFAR... ¡FÓLLATELO!

Llevaba una gorra de béisbol con el siguiente lema:

LA ÚNICA MUJER A LA QUE HE AMADO ERA LA ESPOSA DE OTRO HOMBRE... ¡MI MADRE!

Abrió un paquete blando de Lucky Strike con una uña sucia, cogió uno y le ofreció otro a Sombra, que estuvo a punto de aceptarlo automáticamente —no fumaba, pero un cigarrillo servía para cambiarlo por otra cosa— cuando se dio cuenta de que ya no estaba dentro. Negó con la cabeza.

—¿Así que trabajas para nuestro hombre? —preguntó el hombre de la barba. No estaba sobrio, aunque tampoco estaba borracho aún.

—Eso parece —respondió Sombra—. ¿A qué te dedicas?

El hombre de la barba encendió su cigarrillo.

—Soy un *leprechaun* —dijo con una sonrisa.

Sombra no sonrió.

—¿De verdad? ¿No deberías beber Guinness?

—Estereotipos. Tienes que aprender a tener una mentalidad más abierta —dijo el hombre barbudo—. En Irlanda hay muchas otras cosas a parte de la Guinness.

—No tienes acento irlandés.

—Porque llevo aquí mucho tiempo, joder.

—Entonces, eres de origen irlandés.

—Ya te lo he dicho. Soy un *leprechaun*. Que no venimos de Moscú, joder.

—Supongo que no.

Wednesday volvió a la mesa, con las tres bebidas cogidas fácilmente con sus manos que parecían zarpas.

—Southern Comfort y Coca-Cola para ti, Sweeney el Loco, y un Jack Daniel's para mí. Y esto es para ti, Sombra.

—¿Qué es?

—Pruébalo.

La bebida tenía un color dorado rojizo. Sombra tomó un gran sorbo que le dejó un extraño sabor agridulce en la lengua. Le notó el alcohol por debajo y una extraña mezcla de sabores. Le recordaba un poco al brebaje que tomaban en la cárcel y que hacían en una bolsa de basura con una mezcla de fruta podrida, pan, azúcar y agua, pero era más dulce y sabía mucho más raro.

—Bueno —dijo Sombra—. Ya lo he probado. ¿Qué es?

—Aguamiel —respondió Wednesday—. Vino con miel. La bebida de los héroes. La bebida de los dioses.

Sombra volvió a tomar otro sorbo. Sí, notaba la miel. Era uno de los sabores.

—Sabe un poco al agua de los pepinillos —dijo—. Vino de pepinillos dulces.

—A mí me sabe como meado de diabético —afirmó Wednesday—. Odio esta cosa.

—¿Entonces por qué la has traído para mí? —preguntó Sombra, con toda la razón.

Wednesday lo miró con sus ojos de distinto color. Uno de ellos tenía que ser de cristal, pero no sabía cuál.

—Te lo he traído porque es tradicional. Y ahora mismo necesitamos toda la tradición de la que podamos disponer. Sirve para sellar nuestro trato.

—No hemos hecho ningún trato.

—Claro que sí. Ahora trabajas para mí. Me proteges. Me transportarás de un lado a otro. Me harás los recados. En caso de emergencia, pero sólo en caso de emergencia, pegarás a la gente a la que haya que pegar. Si se diera el improbable caso de mi muerte, velarás por mí. Y a cambio me aseguraré de que se satisfagan todas tus necesidades.

—Te está estafando —dijo Sweeney el Loco mientras se mesaba la hirsuta barba pelirroja—. Es un estafador.

—Ya lo creo que soy un estafador —dijo Wednesday—. Por eso necesito a alguien que vele por mí.

La canción de la máquina de discos se acabó y, por un instante, el bar se quedó callado, todas las conversaciones se detuvieron.

—Una vez alguien me dijo que estos momentos de silencio absoluto sólo se dan cuando faltan o pasan veinte minutos de una hora en punto —dijo Sombra.

Sweeney señaló el reloj que había sobre la barra y que era sostenido por la mandíbula enorme e indiferente de una cabeza de caimán disecada. Eran las once y veinte.

—¿Veis? —dijo Sombra—. No tengo ni zorra idea de por qué ocurre.

—Yo lo sé —dijo Wednesday—. Bébete el aguamiel.

Sombra se acabó la bebida de un trago.

—Quizá estaría mejor con hielo —exclamó.

—O quizá no —respondió Wednesday—. Esa cosa es horrible.

—Ni que lo digas —afirmó Sweeney el Loco—. Si me disculpan un momento, caballeros, pero me hallo en la imperiosa y urgente necesidad de ir a echar una larga meada. —Se levantó y se fue. Era un hombre increíblemente alto. Sombra pensaba que debía de medir algo más de dos metros.

Una camarera limpió la mesa con un trapo y se llevó los platos vacíos. Wednesday le pidió que volviera a traer lo mismo para todos, pero que el aguamiel de Sombra fuera con hielo.

—Bueno —añadió Wednesday—, esto es lo que necesito de ti.

—¿Te gustaría saber lo que quiero?

—Nada me haría más feliz.

La camarera trajo las bebidas. Sombra le dio un trago a su aguamiel con hielo. El hielo no sirvió de nada, es más, realzó la amargura e hizo que el sabor le durara más tiempo en la boca cuando se lo había tragado. Aun así, Sombra se consoló pensando que no sabía mucho a alcohol. No estaba listo para emborracharse. Aún no.

Tomó aire.

—Muy bien. Mi vida, que durante tres años ha distado muchísimo de ser la mejor vida de la historia, ha tomado un rumbo claro y repentino a peor. Ahora mismo hay unas cuantas cosas que debo hacer. Quiero ir al funeral de Laura. Quiero decirle adiós. Debería recoger sus cosas. Si aún me quieres, quiero empezar cobrando quinientos dólares a la semana —dijo a tientas. Los ojos de Wednesday no revelaban nada—. Si nos gusta esto de trabajar juntos, al cabo de seis meses lo subes a mil.

Hizo una pausa. Era el discurso más largo que había soltado desde hacía años.

»Dices que a lo mejor tendré que pegar a alguien. Esta bien, pegaré a aquellos que intenten hacerte daño, pero no maltrato a la gente por diversión o dinero. No volveré a la cárcel. Con una vez basta.

—No volverás —afirmó Wednesday.

—No —replicó Sombra—. No volveré. —Se acabó el aguamiel. De repente, desde algún remoto lugar de su cabeza se preguntó si el aguamiel era la responsable de que se le hubiera aflojado la lengua de aquella manera. Pero las palabras le salían como el agua de una boca de incendios en un día de verano y no podría haberlas detenido aunque lo hubiese intentado—. No me gustas, Wednesday, o sea cual sea tu verdadero nombre. No somos amigos. No sé cómo te bajaste del avión sin que lo viera o cómo me has seguido hasta aquí, pero ahora mismo no tengo nada mejor que hacer. Cuando esto se acabe me iré. Y si me tocas los huevos también me iré. Hasta entonces, trabajaré para ti.

—Muy bien —dijo Wednesday—. Entonces hemos hecho un pacto. Y estamos de acuerdo.

—Qué demonios —exclamó Sombra. Al otro lado del local, Sweeney el Loco estaba echando monedas en la máquina de discos. Wednesday se escupió en la mano y se la ofreció. Sombra se encogió de hombros. Se escupió en la mano y se la estrechó. Wednesday empezó a apretar. Sombra apretó también. Al cabo de unos segundos empezó a dolerle. Wednesday siguió apretando un rato y luego le soltó.

—Bien —dijo—. Bien. Muy bien. Un vaso más de esta maldita y vomitiva aguamiel de los cojones para sellar nuestro trato y ya habremos acabado.

—Un Southern Comfort con Coca-Cola para mí —dijo Sweeney mientras volvía a la mesa tambaleándose.

La máquina de discos empezó a tocar *Who Loves the Sun?* de la Velvet Underground. Sombra pensó que era raro que una canción como aquella se encontrara en una *jukebox*. Le parecía algo insólito. Pero, al fin y al cabo, todo lo que había ocurrido aquella noche había sido cada vez más insólito.

Sombra cogió la moneda que había usado para decidir si trabajaría para Wednesday o no y disfrutó de la sensación de tener entre las manos una moneda recién acuñada, y la sostuvo en la mano derecha entre el dedo índice y el pulgar. Hizo como si se la pasara a la izquierda con un rápido movimiento, mientras la hizo desaparecer de forma disimulada con los dedos. Cerró la mano izquierda donde imaginariamente tenía la moneda. Luego cogió una segunda moneda con la derecha, con el índice y el pulgar y, mientras fingía que la lanzaba a la izquierda, hizo caer la moneda escondida en la mano derecha, e hizo sonar la moneda que tenía ahí. El tintineo confirmó la ilusión de que ambas monedas estaban en su mano izquierda, a pesar de que estaban ambas a salvo en la derecha.

—¿Trucos con monedas? —preguntó Sweeney, que levantó la barbilla y mostró los pelos de punta de su desaliñada barba—. Pues si nos ponemos a hacer trucos con monedas, mira esto.

Cogió un vaso vacío de la mesa. Luego estiró el brazo y cogió una moneda grande, dorada y brillante del aire. La echó en el vaso. Cogió otra moneda de oro del aire y la echó también en el vaso, donde resonó al chocar con la primera. Cogió una moneda de la llama de una vela que había en la pared, otra de su barba, una tercera de la mano izquierda vacía de Sombra y las echó, una a una, en el vaso. Luego puso el puño sobre el vaso, sopló con fuerza y cayeron varias monedas más de la mano. Metió el vaso de monedas pegajosas en el bolsillo de su chaqueta y se tocó el bolsillo para demostrar que, sin lugar a dudas, estaba vacío.

—Mira —dijo—. Ahí tienes un buen truco.

Sombra, que lo había observado atentamente, ladeó la cabeza.

—Tengo que saber cómo lo has hecho.

—Lo he hecho —dijo Sweeney como aquel que guarda un gran secreto— con garbo y estilo. Así es como lo he hecho. —Sonrió, mientras se balanceaba sobre los talones y mostraba sus dientes separados.

—Sí —dijo Sombra—. Así es como lo has hecho. Tienes que enseñarme. Según lo que he leído para hacer el truco, se supone que debías esconder las monedas en la mano con la que sujetas el vaso y dejarlas caer mientras haces aparecer y desaparecer la moneda de tu mano derecha.

—A mí me parece que eso es un montón de trabajo —dijo Sweeney el Loco—. Es mucho más fácil cogerlas del aire.

Wednesday dijo:

—Aguamiel para ti, Sombra. Yo seguiré con el señor Jack Daniel's, ¿y para el irlandés gorrón...?

—Una cerveza, en botella, negra, a ser posible —dijo Sweeney—. ¿Gorrón, has dicho? —Cogió lo que quedaba de su bebida y levantó el vaso a la salud de Wednesday—. Que la tormenta pase de largo y nos deje sanos y salvos —exclamó y se tomó la bebida de un trago.

—Un buen brindis —dijo Wednesday—. Pero no ocurrirá.

Pusieron otro vaso de aguamiel delante de Sombra.

—¿Tengo que bebérmelo?

—Eso me temo. Con esto sellarás nuestro trato. A la tercera va la vencida.

—Mierda —dijo Sombra. Se bebió el aguamiel en dos grandes tragos. El sabor de miel con vinagre le llenó la boca.

—Ya está —dijo el señor Wednesday—. Ahora eres mi hombre.

—Bueno —terció Sweeney—, ¿quieres saber cómo se hace el truco?

—Sí —respondió Sombra—. ¿Las tenías escondidas en la manga?

—No han estado ni un momento en la manga —exclamó Sweeney. Se rió para sí con satisfacción, mientras se movía y balanceaba como si fuera un volcán desgarbado y con barba que se estuviera preparando para entrar en erupción, deleitándose con su propia brillantez—. Es el truco más fácil del mundo. Te reto a una pelea. Si ganas te lo enseño.

Sombra negó con la cabeza.

—Paso.

—Vaya, mira qué bien —exclamó Sweeney para que lo oyera todo el mundo—. El viejo Wednesday contrata a un guardaespaldas y al tipo este le da miedo hasta ponerse en guardia.

—No pelearé contigo —asintió Sombra.

Sweeney se balanceaba y sudaba. Se puso a jugar con la visera de su gorra de béisbol. Luego sacó una de sus monedas del aire y la dejó en la mesa.

—Es de oro de verdad, por si te lo estabas preguntando —dijo Sweeney—. Ganes o pierdas, y perderás, es tuya si peleas conmigo. Un tío grande como tú... ¿quién iba a pensar que era un puto cobarde?

—Ya te ha dicho que no quiere pelear contigo —dijo Wednesday—. Vete, Sweeney el Loco. Coge tu cerveza y déjanos en paz.

Sweeney se acercó a Wednesday.

—¿Y tú me llamas gorrón, criatura vieja y maldita? Tú que no eres más que un viejo verdugo sin corazón y despiadado. —Se le puso la cara de un rojo intenso de lo enfadado que estaba.

Wednesday extendió las manos, con las palmas hacia arriba, en plan pacífico.

—Tonterías, Sweeney. Cuidado con lo que dices.

Sweeney lo miró y dijo con la gravedad de los muy borrachos:

—Has contratado a un cobarde. ¿Qué crees que haría si yo te hiciera daño?

Wednesday se volvió hacia Sombra.

—Ya basta de esto —dijo—. Ocúpate de él.

Sombra se puso en pie y miró a Sweeney el Loco a la cara: ¿cuánto medía ese hombre?, se preguntó.

—Nos estás molestando —le espetó—. Estás borracho. Creo que deberías irte.

Sweeney esbozó una sonrisa lentamente.

—Pues, toma —dijo y le dio un puñetazo a Sombra, que se echó hacia atrás: el puño de Sweeney le alcanzó debajo del ojo. Vio manchas de luz y sintió dolor.

Y así empezó la pelea.

Sweeney peleaba sin estilo, sin ciencia, tan sólo con el entusiasmo por la lucha misma: lanzaba unos golpes fuertes y rápidos que fallaban tanto como acertaban.

Sombra peleaba a la defensiva, con cuidado, intentando blocar o evitar los golpes de Sweeney. Se dio cuenta de que se había formado un corro de gente a su alrededor. Quitaron las mesas a pesar de las quejas de los clientes, para que los hombres tuviesen sitio. Sombra fue consciente en todo momento de que Wednesday no le quitaba la vista de encima ni un instante y de que no cambió su sonrisa forzada. Era una prueba, era obvio, ¿pero qué tipo de prueba?

En la cárcel, Sombra había aprendido que había dos tipos de peleas: las peleas de «no me toques los cojones», donde intentabas fanfarronear e impresionar tanto como podías, y las peleas privadas, las peleas de verdad, que eran rápidas, duras y feas, y que siempre se acababan al cabo de unos segundos.

—Eh, Sweeney —dijo Sombra con la respiración entrecortada—, ¿por qué nos peleamos?

—Por el simple placer de hacerlo —respondió Sweeney que ya estaba sobrio o, como mínimo, no parecía claramente borracho—. Por el mero, puto e inmoral placer de hacerlo. ¿No sientes el placer en tus venas, cómo corre al igual que la savia en primavera? —A él le sangraba el labio y a Sombra los nudillos.

—¿Cómo has hecho el truco de las monedas? —preguntó Sombra. Se echó hacia atrás, se volvió y encajó un golpe en el hombro que iba a su cara.

—Ya te lo he dicho cuando lo hemos hablado la primera vez —gruñó Sweeney—. Pero no hay peor ciego —¡Ay! ¡Muy bueno!—, que el que no quiere ver.

Sombra le pegó un puñetazo en la mandíbula y lo tiró sobre una mesa. Los vasos y ceniceros vacíos que había encima se rompieron al caer al suelo. Sombra podría haberlo rematado en aquel momento.

Miró a Wenesday, que asintió con la cabeza. Luego miró a Sweeney el Loco.

—¿Hemos acabado? —preguntó. Sweeney el Loco dudó y asintió. Sombra lo soltó y retrocedió varios pasos. Sweeney se puso en pie de nuevo. Apenas podía respirar.

—¡Ni de puta coña! —gritó—. ¡Esto no se acaba hasta que yo lo diga! —Entonces sonrió y se abalanzó sobre Sombra. Metió el pie en una cubitera que se había caído y su sonrisa se convirtió en una boca abierta cuando sus pies resbalaron y él cayó hacia atrás. Su cabeza produjo un sonido sordo cuando dio con el suelo del bar.

Sombra le puso la rodilla sobre el pecho.

—Por segunda vez, ¿hemos acabado la pelea? —preguntó.

—Por mí podríamos acabarla —dijo Sweeney mientras levantaba la cabeza del suelo—, ya que el placer me ha abandonado, como el pipí a un niño pequeño en una piscina durante un día caluroso. —Escupió la sangre que tenía en la boca, cerró los ojos y empezó a soltar unos ronquidos profundos y magníficos.

Alguien le dio una palmadita a Sombra en la espalda. Wednesday le puso una botella de cerveza en la mano.

Sabía mejor que el aguamiel.

Sombra se despertó tumbado en el asiento de atrás de un coche. El sol de la mañana lo deslumbraba y le dolía la cabeza. Se incorporó torpemente y se frotó los ojos.

Conducía Wednesday. Tarareaba una canción. Había una taza de papel de café en el sujetavasos. Circulaban por una autopista interestatal. El asiento del acompañante estaba vacío.

—¿Qué tal te sientes esta mañana? —preguntó Wednesday sin volverse.

—¿Qué le ha ocurrido a mi coche? —preguntó Sombra—. Era de alquiler.

—Sweeney el Loco lo ha devuelto por ti. Era parte del trato que hicisteis ayer por la noche. Después de la pelea.

Las conversaciones de la noche anterior empezaron a agolparse desagradablemente en la cabeza de Sombra.

—¿Te queda más café?

Wednesday buscó bajo el asiento del conductor y le pasó una botella de agua sin abrir.

—Toma. Debes de estar deshidratado. De momento, esto te servirá de más que el café. Pararemos en la próxima gasolinera para que puedas desayunar. También tienes que asearte. Parece como si te hubiera pasado por encima una cabra.

—Una apisonadora —replicó Sombra.

—Cabra —replicó Wednesday—. Una cabra apestosa con dientes grandes.

Sombra abrió la botella y bebió. Algo tintineó en el bolsillo de su chaqueta. Metió la manó y sacó una moneda del tamaño de medio dólar. Pesaba mucho y era de color amarillo intenso.

En la gasolinera, Sombra se compró un kit de aseo que contenía una maquinilla de afeitar, un paquete de espuma de afeitar, un peine, un cepillo de dientes de usar y tirar y un diminuto tubo de pasta dentífrica. Fue al servicio de hombres y se miró en el espejo.

Tenía un moratón debajo de un ojo —cuando lo tocó con un dedo averiguó que le dolía mucho— y el labio inferior hinchado.

Se lavó la cara con el jabón que había en el servicio, se puso la espuma en la cara y se afeitó. Se cepilló los dientes. Se mojó el pelo y se lo peinó hacia atrás. Seguía teniendo un aspecto desaliñado.

Se preguntó qué diría Laura cuando lo viera y luego se acordó de que Laura no volvería a decir nada nunca más y vio temblar su cara en el espejo, pero sólo un instante.

Salió.

—Doy pena —dijo Sombra.

—Claro que sí.

Wednesday llevó algunos bocadillos, bebidas y otras chucherías hasta la caja registradora y las pagó junto con la gasolina, pero cambió dos veces de opinión sobre la forma de pago, tarjeta o efectivo, para gran irritación de la chica que había tras el mostrador y no paraba de mascar chicle. Sombra observó a Wednesday mientras éste se ponía cada vez más nervioso y no paraba de pedir disculpas. De repente parecía muy viejo. La chica le dio el cambio y le cargó la compra en la tarjeta, y luego le dio el recibo de la tarjeta y le cogió el dinero, luego le devolvió el dinero y le cogió una tarjeta distinta. Wednesday estaba a punto de romper a llorar, era un pobre viejo desvalido a causa del avance imparable del plástico en el mundo moderno.

Salieron de la cálida gasolinera. Fuera su aliento se convertía en vapor.

Volvieron a la carretera: los prados de hierba, que empezaban a perder su color verde, pasaban rápidamente a ambos lados. Los árboles no tenían hojas y parecían muertos. Dos pájaros negros los miraron desde un cable de telégrafo.

—Eh, Wednesday.

—¿Qué?

—Por lo que he visto ahí dentro, no has pagado por la gasolina.

—¿Eh?

—Por lo que he visto, ella ha acabado pagándote por el privilegio de tenerte en su gasolinera. ¿Crees que ya se ha dado cuenta?

—Nunca lo hará.

—¿Entonces qué eres? ¿Un artista del timo del tres al cuarto?

Wednesday asintió.

—Sí —respondió—. Supongo que sí. Entre otras cosas.

Se cambió al carril izquierdo para adelantar a un camión. El cielo era de un gris uniforme y deprimente.

—Va a nevar —dijo Sombra.

—Sí.

—Sweeney. ¿Llegó a enseñarme cómo hacía el truco de las monedas de oro?

—Ah, sí.

—No me acuerdo.

—Ya lo recordarás. Fue una noche larga.

Varios copos de nieve cayeron en el parabrisas y se derritieron al cabo de unos segundos.

—La capilla ardiente de tu mujer está en la funeraria Wendell —dijo Wednesday—. Después de comer la llevarán al cementerio para enterrarla.

—¿Cómo lo sabes?

—He llamado mientras estabas en el retrete. ¿Sabes dónde está la funeraria Wendell?

—Ésta es nuestra salida —dijo Sombra. El coche salió de la interestatal y pasó junto al grupo de moteles, en dirección a Eagle Point.

Habían pasado tres años. Sí. Había más semáforos, y escaparates que no conocía. Sombra le pidió a Wednesday que redujera la marcha cuando pasaban por delante el gimnasio de Robbie. «CERRADO INDEFINIDAMENTE», decía el letrero escrito a mano que había en la puerta, «POR DEFUNCIÓN».

Doblaron a la izquierda en Main Street. Pasaron junto a una tienda nueva de tatuajes y el Centro de Reclutamiento de las Fuerzas Armadas, luego por el Burger King, el *drugstore* de Olsen, que no había cambiado en nada, y, al final, llegaron hasta la fachada de ladrillos amarillos de la Funeraria Wendell. Había un letrero de neón en la ventana delantera que decía «FUNERARIA». En la ventana, bajo el letrero, había una serie de lápidas sin grabar.

Wednesday aparcó en el parking.

—¿Quieres que entre? —le preguntó.

—No especialmente.

—Bien. —Esbozó una sonrisa sin humor—. Puedo aprovechar para solucionar unos cuantos asuntos mientras tú te despides. Alquilaré un par de habitaciones en el Motel America. Nos encontramos allí cuando hayas acabado.

Sombra salió del coche y se lo quedó mirando mientras se alejaba. Luego entró. El pasillo, iluminado con una luz tenue, olía a flores y a abrillantador de muebles, con un leve toque de formaldehído. Al final se encontraba la capilla ardiente.

Sombra se dio cuenta de que estaba palpando la moneda de oro, la movía de manera compulsiva del dorso de la mano a la palma, a los dedos, una y otra vez. Notar aquel peso en la mano lo tranquilizaba.

El nombre de su mujer estaba escrito en una hoja de papel junto a la puerta, al final del pasillo. Entró en la capilla ardiente. Sombra conocía a la mayoría de la gente: compañeros de trabajo de Laura, varios de sus amigos.

Todos lo reconocieron. Lo vio en sus caras. Aun así no hubo sonrisas, nadie lo saludó.

Al fondo de la habitación había una pequeña tarima y, sobre ella, un ataúd de color crema con varios ramos de flores alrededor: de color escarlata, amarillo, blanco y púrpura intenso y sangriento. Dio un paso adelante. Desde donde estaba veía el cuerpo de Laura. No quería seguir avanzando; no se atrevía a marcharse.

Un hombre vestido con un traje oscuro, Sombra supuso que trabajaba en la funeraria, le preguntó:

—¿Señor? ¿Le gustaría firmar el libro de condolencias? —Y le señaló un libro encuadernado en cuero, abierto en un pequeño atril.

Escribió «SOMBRA» y la fecha con su letra precisa, luego, lentamente, añadió «(CACHORRITO)» al lado y se dirigió al fondo de la habitación donde estaba la gente y el ataúd, y la cosa que había dentro del féretro ya no era Laura.

Una mujer pequeña entró por la puerta y dudó. Tenía el pelo de color rojo cobrizo y vestía ropa cara y muy negra. «Ropa de luto», pensó Sombra, que la conocía bien. Audrey Burton, la mujer de Robbie.

Audrey sostenía un ramito de violetas, envuelto en la base con papel de aluminio. Era el tipo de cosa que un niño haría en junio, pensó Sombra. Pero no era época de violetas.

Cruzó la habitación hasta el ataúd de Laura. Sombra la siguió.

Laura tenía los ojos cerrados y los brazos doblados en cruz sobre el pecho. Llevaba un vestido discreto de color azul que nunca había visto. Su melena castaña no le tapaba los ojos. Era su Laura y no lo era: se dio cuenta de que su reposo era lo que resultaba poco natural. Laura siempre había tenido unos sueños muy agitados.

Audrey dejó el ramo de violetas sobre el pecho de Laura. Entonces, movió la lengua un instante y escupió con fuerza en la cara muerta de Laura.

El escupitajo cayó en la mejilla y se escurrió hacia la oreja.

Audrey se dirigió hacia la puerta y Sombra salió corriendo tras ella.

—¿Audrey?

—¿Sombra? ¿Te has escapado? ¿O te han dejado salir?

Sombra se preguntó si la mujer de su mejor amigo estaba tomando tranquilizantes. Su voz parecía distante y ausente.

—Me dejaron salir ayer. Soy un hombre libre. ¿A qué demonios venía eso?

La mujer se detuvo en mitad del pasillo oscuro.

—¿Las violetas? Eran sus flores favoritas. Cuando éramos niñas las cogíamos juntas.

—No me refiero a las violetas.

—Ah, eso —exclamó. Se limpió un resto de algo invisible de la comisura de la boca—. Bueno, pensaba que era obvio.

—Para mí no, Audrey.

—¿No te lo han dicho? —Hablaba con voz calma, impasible—. A tu mujer la encontraron muerta con la polla de mi marido en la boca.

Sombra volvió al velatorio. Alguien había limpiado ya el escupitajo.

Después de comer, Sombra fue al Burger King; se celebró el funeral. El féretro color crema de Laura fue enterrado en el pequeño cementerio no confesional que se encontraba en los límites de la ciudad: era un prado ondulado con algunos árboles y sin vallas, lleno de lápidas de granito negro y mármol blanco.

Fue al cementerio en el coche fúnebre de Wendell, con la madre de Laura. Al parecer, la señora McCabe creía que la muerte de su hija era culpa de Sombra.

—Si hubieras estado aquí —le dijo— esto no habría ocurrido. No sé por qué se casó contigo. Se lo dije. Se lo dije una y otra vez. Pero las chicas no escuchan a sus madre, ¿verdad? —Se calló y miró a Sombra fijamente en la cara—. ¿Te has peleado?

—Sí.

—Bárbaro —le espetó, luego cerró la boca, levantó tanto la cabeza que le temblaban las mandíbulas y miró hacia el frente.

Para sorpresa de Sombra, Audrey Burton también estaba en el funeral, hacia el final del gentío. El breve funeral se acabó, metieron el ataúd en el agujero de fría tierra. La gente se fue.

Sombra no se movió. Se quedó con las manos en los bolsillos, temblando, mirando el agujero que había en la tierra.

Sobre él, el cielo era de color gris plomizo, monótono y plano como un espejo. Seguía nevando de manera irregular, caían unos copos fantasmagóricos.

Quería decirle una cosa a Laura y estaba dispuesto a esperar hasta que supiera lo que era. Lentamente el mundo empezó a perder luz y color. Sombra empezaba a tener los pies entumecidos, mientras las manos y los pies le dolían del frío. Enterró las manos en los bolsillos en busca de algo de calor y los dedos se aferraron a la moneda de oro.

Se acercó hasta la tumba.

—Esto es para ti —dijo.

Habían echado varias paladas de tierra sobre el féretro, pero el agujero no estaba ni mucho menos lleno. Lanzó la moneda de oro a la tumba, luego echó más tierra, para esconder la moneda de sepultureros codiciosos.

—Buenas noches, Laura. —Luego dijo—: Lo siento. —Volvió la cara hacia las luces de la ciudad y echó a andar en dirección a Eagle Point.

Su motel estaba a más de tres kilómetros, pero después de pasarse tres años en la cárcel le agradaba la idea de que podía andar y andar, toda la vida si quería. Podía seguir andando hacia el norte y acabar en Alaska, o dirigirse hacia el sur, a México y más allá. Podía andar hasta la Patagonia y Tierra del Fuego.

Un coche se detuvo a su lado y se bajó una ventanilla.

—¿Quieres que te lleve, Sombra? —preguntó Audrey Burton.

—No —respondió—. Y tú menos que nadie.

Echó a andar de nuevo. Audrey seguía a su lado, a un ritmo de cinco kilómetros por hora. Los copos de nieve bailaban ante la luz de sus faros.

—Creía que era mi mejor amiga. Hablábamos todos los días. Cuando Robbie y yo nos peleábamos, ella era la primera en saberlo... Íbamos a Chi-Chi's a tomar unos margaritas y a hablar sobre lo gilipollas que podían ser los hombres. Y durante todo ese tiempo se lo estaba follando a mis espaldas.

—Por favor, vete, Audrey.

—Sólo quiero que sepas que tenía un buen motivo para hacer lo que hice.

Sombra no respondió.

»¡Eh! —gritó ella—. ¡Eh! ¡Estoy hablando contigo!

Él se volvió.

—¿Quieres que te diga que hiciste bien en escupir a Laura a la cara? ¿Quieres que te diga que no me dolió? ¿O que lo que me dijiste me ha hecho odiarla más de lo que la echo de menos? Pues no va a ocurrir, Audrey.

Ella siguió conduciendo junto a él durante un minuto más, sin abrir la boca. Luego le preguntó:

—¿Qué tal te ha ido en la cárcel?

—Bien. Tú te habrías sentido como en casa.

Entonces ella pisó el acelerador y, haciendo rugir el motor, pegó un acelerón y se fue.

Sin la luz de los faros del coche el mundo estaba a oscuras. El crepúsculo se desvaneció y dio paso a la noche. Sombra seguía esperando que el hecho de andar lo hiciera entrar un poco en calor y le quitara la sensación de frío de las manos y los pies helados. No ocurrió.

Cuando estaba en la cárcel, Low Key Lyesmith se había referido al pequeño cementerio de la prisión, que estaba detrás de la enfermería, como el cementerio de huesos, y esa imagen se le había quedado grabada en la cabeza. Aquella noche soñó con un huerto bajo la luz de luna, repleto de árboles blancos y esqueléticos, con unas ramas que acababan en unas manos huesudas, y unas raíces que llegaban hasta las tumbas. En su sueño, aquellos árboles del huerto de huesos daban una fruta que provocaba una sensación muy inquietante, en el sueño, pero al despertarse no pudo recordar qué extraña fruta crecía en los árboles ni por qué le resultaba tan repelente.

Pasaron unos coches junto a él. Sombra deseó que hubiera arcén. Tropezó con algo que no podía ver en la oscuridad y fue a dar de bruces en la cuneta, mientras la mano derecha le quedó enterrada bajo varios centímetros de barro frío. Se puso en pie y se limpió las manos en el pantalón. Se quedó quieto, desorientado. Sólo tuvo tiempo de ver que había alguien junto a él antes de que le pusieran algo húmedo sobre la nariz y la boca, y de probar unos vapores químicos muy fuertes.

Esta vez la cuneta parecía cálida y reconfortante.

Sombra notaba las sienes como si se las hubieran clavado al cráneo con estacas. Tenía las manos atadas a la espalda con lo que parecía algún tipo de correa. Estaba en un coche, sentado en unos asientos con tapicería de piel. Durante un instante se preguntó si su sentido de la percepción se había visto afectado por todo aquello y luego entendió que no, que el otro asiento estaba tan lejos de verdad.

Había gente sentada a su lado, pero no podía volver la cabeza para mirarlos.

El hombre joven y gordo que estaba sentado en el otro extremo de la limusina cogió una lata de Coca-Cola *light* del minibar y la abrió. Llevaba un abrigo largo y negro, hecho de algún material sedoso, y parecía como si hubiera dejado atrás la adolescencia hacía poco: unos granos de acné le brillaban en una mejilla. Sonrió al ver que Sombra estaba despierto.

—Hola, Sombra —dijo—. No me toques los huevos.

—Vale —respondió Sombra—. No lo haré. ¿Puedes dejarme en el Motel America, el que está junto a la interestatal?

—Pégale —le ordenó el joven a la persona que había a la izquierda de Sombra, que recibió un puñetazo en pleno plexo solar, lo que lo dejó sin respiración y lo dobló por la mitad. Se incorporó lentamente.

—He dicho que no me toques los huevos. Eso era tocarme los huevos. Responde de manera breve y concisa o te mataré, joder. O quizá no. Quizá les diré a los chicos que te rompan todos y cada uno de los huesos de tu puto cuerpo. Tenemos doscientos seis. Así que no me toques los huevos.

—Lo pillo —dijo Sombra.

Las luces del techo de la limusina cambiaron de violeta a azul y luego de verde a amarillo.

—Trabajas para Wednesday —dijo el chico.

—Sí —respondió Sombra.

—¿Qué cojones se trae entre manos? ¿Qué hace aquí? Debe de tener un plan. ¿Cuál es el plan de juego?

—He empezado a trabajar para él esta mañana. Soy un mandado.

—¿Me estás diciendo que no lo sabes?

El chico se abrió el abrigo y sacó una pitillera de plata de un bolsillo interior. La abrió y le ofreció uno a Sombra.

—¿Fumas?

A Sombra le pasó por la cabeza pedir que le desataran las manos, pero al final cambió de idea.

—No, gracias —dijo.

Parecía que el cigarrillo había sido liado a mano, y cuando el chico lo encendió, con un Zippo de color negro mate, olió como si alguien estuviese quemando componentes eléctricos.

El chico le dio una buena calada y contuvo la respiración. Dejó que el humo le saliera por la boca y volvió a inspirarlo por la nariz. A Sombra le dio la impresión de que había practicado aquel truco delante de un espejo durante bastante tiempo antes de hacerlo en público.

—Me cago en la puta, como me hayas mentido —dijo el chico como si estuviera muy, muy lejos— te mataré. Ya lo sabes.

—Eso has dicho.

El chico volvió a darle otra calada larga al cigarrillo.

—Dices que te hospedas en el Motel America, ¿no? —Dio un golpecito en la ventanilla del conductor, que estaba detrás de él. El cristal se bajó—. Eh. Motel America, junto a la interestatal. Tenemos que dejar a nuestro invitado.

El conductor asintió y el cristal volvió a subir.

Las luces resplandecientes de fibra óptica que había dentro de la limusina seguían cambiando cíclicamente de color. A Sombra le pareció que los ojos del chico también resplandecían, con el color verde de un antiguo monitor de ordenador.

»Dile esto a Wednesday. Dile que es historia. Que todo el mundo lo ha olvidado. Que es un vejestorio. Dile que somos el futuro y que nos importa una puta mierda él o los de su calaña. Lo han echado al contenedor de la historia mientras que gente como yo circulamos con nuestras limusinas por las superautopistas del mañana.

—Se lo diré —afirmó Sombra. Empezaba a sentirse mareado. Esperaba que no le diera por vomitar.

—Dile que hemos reprogramado la realidad, joder. Dile que el lenguaje es un virus y que la religión es un sistema operativo y que las oraciones no son más que correo electrónico no deseado. Díselo o te mataré, me cago en la puta —dijo suavemente el chico detrás de su cortina de humo.

—Lo he pillado. Podéis dejarme aquí. Haré el resto del camino a pie.

El chico asintió.

—Encantado de haber hablado contigo. —El humo lo había tranquilizado—. Deberías saber que si te matamos, simplemente te borraremos.

¿Lo entiendes? Un *clic* y serás sobreescrito con ceros y unos aleatorios. Y no existe la opción de «Deshacer». —Dio un par de golpes a la ventana que tenía tras de sí—. Se va a bajar aquí —dijo, luego se volvió de nuevo hacia Sombra y señaló su cigarrillo—. Piel de sapo sintética. ¿Sabes que hoy en día se puede sintetizar la bufotenina?

El coche se detuvo y se abrió la puerta. Sombra bajó a trompicones. Le habían cortado las correas. Entonces se volvió. El interior del coche se había convertido en una voluta de humo, en la que brillaban dos luces cobrizas, como los ojos bonitos de un sapo.

—Todo tiene que ver con el puto paradigma dominante, Sombra. No importa nada más. Y, eh, siento lo de tu mujer.

La puerta se cerró y la limusina se fue sin apenas hacer ruido. Sombra estaba a unos cientos de metros del motel y echó a andar, respirando aire frío. Pasó junto a un cartel de neón azul y amarillo que anunciaba todo tipo de comida rápida que uno podía imaginar, mientras fuera hamburguesa; y llegó al Motel America sin ningún incidente.

CAPÍTULO TERCERO

Todas las horas hieren. La última mata.

—Antiguo proverbio

Había una mujer delgada y joven en la recepción del Motel America. Le dijo a Sombra que su amigo ya lo había registrado y le dio la llave rectangular de plástico de su habitación. Tenía el pelo de color rubio pálido y una cara como de roedor, algo que resultaba más obvio cuando miraba con desconfianza y que desaparecía cuando sonreía. Se negó a decirle el número de habitación de Wednesday e insistió en telefonarle para decirle que su huésped había llegado.

Wednesday bajó a recepción y le hizo un gesto con la cabeza a Sombra.

—¿Qué tal ha ido el funeral?

—Ya se ha acabado.

—¿Quieres hablar de ello?

—No.

—Bien. —Wednesday sonrió—. Hoy en día se habla demasiado. Hablar, hablar y hablar. Este país iría mucho mejor si la gente aprendiera a sufrir en silencio.

Wednesday volvió a su habitación, enfrente de la de Sombra. Estaba llena de mapas abiertos, extendidos por la cama y colgados en las paredes. Wednesday los había marcado con rotuladores verde fluorescente, rosa desagradable y naranja intenso.

—Un niño gordo me ha secuestrado —le espetó Sombra—. Me ha dicho que te diga que te han echado al estercolero de la historia mientras gente como él conduce sus limusinas por las superautopistas de la vida. Algo así, más o menos.

—Pequeño mocoso —gruñó Wednesday.

—¿Lo conoces?

Wednesday se encogió de hombros.

—Sé quién es. —Se dejó caer en la única silla de la habitación —.

No tienen ni idea. No tienen ni puta idea. ¿Necesitas quedarte mucho más tiempo en la ciudad?

—No lo sé. Quizá otra semana. Tengo que solucionar los asuntos de Laura. Ocuparme del apartamento, deshacerme de su ropa y todo eso. Su madre se cabreará, pero lo tiene bien merecido.

Wednesday asintió con su enorme cabeza.

—Bueno, cuanto antes acabes, antes podremos irnos de Eagle Point. Buenas noches.

Sombra cruzó el pasillo. Su habitación era exactamente igual a la de Wednesday, incluso tenía la misma imagen de puesta de sol en la pared, sobre la cama. Pidió una pizza con queso y albóndigas, llenó la bañera y le echó todas las botellitas de plástico de champú del motel para que hicieran espuma.

Era demasiado alto para estirarse en la bañera, pero se sentó y disfrutó tanto como pudo. Sombra se había prometido que se daría un buen baño cuando saliera de la cárcel, y Sombra siempre mantenía sus promesas.

La pizza llegó al cabo de poco de haber salido de la bañera, la devoró y la regó con una lata de cerveza de raíces.

Sombra se tumbó en la cama y pensó: «Es mi primer cama como hombre libre», y el pensamiento le proporcionó menos placer de lo que esperaba. No se tapó con las sábanas, miró las luces de los coches y de los antros de comida rápida a través de la ventana y le reconfortó la idea de saber que había otro mundo, uno por el que podía andar cuando quisiera.

Podría haber estado en la cama de su casa, pensó, en el apartamento que había compartido con Laura, en la cama que había compartido con Laura. Pero el mero hecho de pensar en estar ahí sin ella, rodeado por sus cosas, su aroma, su vida, era demasiado doloroso...

«No vayas», pensó. Decidió distraer su mente con otra cosa. Pensó en los trucos con monedas. Sombra sabía que no tenía la personalidad de un mago: era incapaz de tejer las historias que eran tan necesarias para engañar a la gente, ni tampoco quería hacer trucos de cartas, ni flores de papel. Tan sólo quería jugar con monedas: le gustaban las artimañas. Se puso a hacer una lista de los trucos que había conseguido dominar, lo que le recordó la moneda que había echado en la tumba de Laura y entonces apareció Audrey en su cabeza y le decía que Laura había muerto con la polla de Robbie en la boca y de nuevo sintió una punzada en el corazón.

«Todas las horas hieren. La última mata». ¿Dónde había oído aquello?

Pensó en el comentario de Wednesday y sonrió a pesar de que no quería: Sombra había oído decir a demasiada gente que no era bueno reprimir los sentimientos, que había que dejar aflorar las emociones, permitir que desapareciera el dolor. Sombra pensó que había mucho que decir sobre la represión de emociones. Él creía que si se hacía durante bastante tiempo y se enterraban a gran profundidad, uno acababa por no sentir nada.

En aquel instante el sueño se apoderó de él, sin que Sombra se diera cuenta.

Estaba andando...

Estaba andando por una habitación más grande que una ciudad, y allí donde miraba había estatuas y tallas e imágenes labradas toscamente. Estaba de pie junto a la estatua de una cosa que parecía una mujer: los pechos desnudos colgaban lisos y fláccidos en el torso, alrededor de la cintura llevaba una cadena de la que colgaban una serie de manos cortadas, en las manos esgrimía sendos cuchillos afilados y, en vez de cabeza, del cuello crecían dos serpientes gemelas, con los cuerpos arqueados, una frente a otra, listas para atacar. Aquella estatua tenía algo muy perturbador, transmitía una sensación de inmoralidad profunda y violenta. Sombra se apartó de ella.

Echó a andar por la sala. Los ojos tallados de aquellas estatuas que tenían ojos parecían seguir todos y cada uno de sus pasos.

En su sueño, se dio cuenta de que delante de todas las estatuas ardía un nombre. El hombre del pelo blanco, con un collar de dientes alrededor del cuello, que sostenía un tambor, era *Leucotios*; la mujer de las caderas anchas, de la que salían monstruos a través del vasto tajo que tenía entre las piernas, era *Hubur*; el hombre con cabeza de carnero que sostenían la bola dorada era *Hershef*.

Una voz precisa, nerviosa y exacta le estaba hablando, en su sueño, pero no podía ver a nadie.

—Son dioses que han sido olvidados y que ahora bien podrían estar muertos. Tan sólo se pueden encontrar en dramas históricos. Han desparecido, todos, pero sus nombres e imágenes siguen con nosotros.

Sombra dobló la esquina y supo que se encontraba en otra habitación, más grande aún que la primera. Llegaba mucho más allá de donde le alcanzaba la vista. Cerca de él estaba el cráneo de un mamut, brillante y marrón, y una capa peluda de color ocre, que llevaba una mujer pequeña que tenía la mano izquierda deforme. Junto a eso había tres mujeres, todas talladas de la misma roca de granito, unidas por la cintura: sus caras parecían inacabadas o hechas a toda prisa, aunque sus pechos y genitales habían sido tallados con gran cuidado; y había un pájaro no volador que Sombra no reconocía, el doble de alto que él, tenía el pico de un buitre, pero brazos humanos; y más, y más.

La voz volvió a hablar, como si se estuviese dirigiendo a una clase:

—Éstos son los dioses que han sido olvidados por la memoria. Incluso sus nombres se han perdido. La gente que los adoraba está tan olvidada como sus dioses. Sus tótems llevan mucho tiempo abatidos y destruidos. Sus últimos sacerdotes murieron sin transmitir sus secretos.

»Los dioses se mueren. Y cuando se mueren de verdad nadie los vela ni los recuerda. Es más difícil matar a las ideas que a la gente, pero, al final, también se pueden matar.

Hubo un susurro que empezó a extenderse por la sala, un murmullo bajo que hizo que Sombra sintiera un escalofrío y un miedo inexplicable en su sueño. Se apoderó de él un pánico sobrecogedor, ahí, en la sala de los dioses cuya existencia había pasado al olvido; dioses con cara de pulpo y dioses que tan sólo eran manos momificadas o rocas que caían o incendios en bosques...

Sombra se despertó con el corazón desbocado, la frente empapada, completamente despierto. Según los números rojos del despertador que había en la mesita de noche era la una y tres de la madrugada. La luz del cartel de neón del Motel America que había fuera entraba por la ventana de la habitación. Desorientado, Sombra se puso en pie y entró en el pequeño baño del motel. Meó sin encender la luz y volvió a la cama. En su cabeza aún tenía el sueño fresco y vívido, pero no podía explicarse por qué lo había asustado tanto.

La luz que entraba en la habitación desde fuera no era brillante, pero los ojos de Sombra se habían acostumbrado a la oscuridad. Había una mujer sentada a un lado de la cama.

La conocía. La habría reconocido entre una multitud de mil personas, o de cien mil. Aún llevaba el traje azul marino con el que la habían enterrado.

Su voz no era más que un susurro, pero lo conocía de sobras.

—Supongo que te estarás preguntando qué hago aquí.

Sombra no dijo nada.

Se sentó en la única silla de la habitación y, al final, preguntó:

—¿Eres tú?

—Sí. Tengo frío, cachorrito.

—Estás muerta, cielo.

—Sí. Sí. Lo estoy. —Dio una palmadita en la cama—. Ven y siéntate a mi lado.

—No —respondió Sombra—. Creo que de momento me voy a quedar aquí. Nos quedan algunos asuntos por resolver.

—¿Como el hecho de que esté muerta?

—Quizá, pero yo estaba pensando más bien en la forma en que moriste. Tú y Robbie.

—Ah. Eso.

Sombra notaba —o quizá tan sólo era su imaginación— un cierto olor a podrido, a flores y a conservantes. Su mujer, su ex mujer... no, se corrigió a sí mismo, su difunta mujer, estaba sentada en la cama y lo miraba sin parpadear.

—Cachorrito. Acaso... ¿Podrías conseguirme un... cigarrillo?

—Pensaba que lo habías dejado.

—Así es, pero ya no me preocupan los problemas de salud. Y creo que me calmaría los nervios. Hay una máquina en el vestíbulo.

Sombra se puso los tejanos, una camiseta y bajó descalzo al vestíbulo. El recepcionista de noche era un hombre de mediana edad que estaba leyendo un libro de John Grisham. Sombra compró un paquete de Virginia Slims en la máquina. Le pidió cerillas al recepcionista.

—Está en una habitación de no fumadores. Abra la ventana. —Le dio las cerillas y un cenicero de plástico con el logotipo del Motel America.

—Vale.

Volvió a la habitación. Laura se había tumbado sobre las mantas arrugadas. Sombra abrió la ventana y luego le dio los cigarrillos y las cerillas. Tenía los dedos fríos. Encendió una cerilla y se fijó en que sus uñas, que acostumbraban a estar inmaculadas, estaban descuidadas y mordidas, y que tenía barro bajo ellas.

Laura encendió el cigarrillo, le dio una calada, y apagó la cerilla. Volvió a darle una calada.

—No le encuentro sabor —dijo—. Creo que no me hace nada.

—Lo siento.

—Yo también.

Cada vez que le daba una chupada la punta del cigarrillo brillaba y entonces él podía verle la cara.

—Bueno —dijo ella—. Te han dejado salir.

—Sí.

La punta del cigarrillo era de color naranja.

—Me alegro. Nunca debería haberte metido en aquel lío.

—Yo acepté hacerlo. Podría haber dicho que no. —Se preguntó por qué no tenía miedo de ella: por qué el sueño de un museo podía aterrorizarlo mientras que parecía que era perfectamente capaz de estar con un muerto viviente sin sentir miedo.

—Sí. Podrías. Qué bobo eres. —El humo le envolvía la cara. Estaba muy guapa con aquella luz pálida—. ¿Quieres saber lo que ocurrió entre Robbie y yo?

—Supongo.

Apagó el cigarrillo en el cenicero.

—Tú estabas en la cárcel. Y yo necesitaba a alguien con quien hablar. Necesitaba un hombro sobre el que llorar. Y tú no estabas conmigo. Me sentía muy disgustada.

—Lo siento. —Sombra se dio cuenta de que había algo distinto en su voz e intentó averiguar de qué se trataba.

—Lo sé. Así que quedábamos para tomar un café. Hablábamos sobre lo que haríamos cuando salieras de la cárcel. De lo bueno que sería volver a verte. Él te apreciaba mucho de verdad. Tenía muchas ganas de darte tu antiguo trabajo.

—Sí.

—Entonces Audrey fue a visitar a su hermana durante una semana. Esto ocurrió, oh, un año, trece meses después de que te hubieras ido. —Su voz carecía de emoción; todas las palabras sonaban vacías y llanas, como los guijarros que se lanzan, uno a uno, en un pozo profundo—. Robbie se pasó por casa. Nos emborrachamos juntos. Lo hicimos en el suelo de la habitación. Estuvo bien. Estuvo muy bien.

—No hacía falta que dijeras eso.

—¿No? Lo siento. Resulta más difícil elegir bien cuando estás muerta. Es como una fotografía. No importa tanto.

—A mí sí.

Laura encendió otro cigarrillo. Sus movimientos eran fluidos y hábiles, no rígidos. Sombra se preguntó por un instante si estaba muerta de verdad. Quizá se trataba todo de un truco muy bien montado.

—Sí —dijo ella—. Ya lo veo. Bueno, seguimos con nuestra relación, aunque no la llamábamos así; de hecho no la llamamos dc ninguna forma durante gran parte de los dos últimos años.

—¿Ibas a dejarme por él?

—¿Por qué iba a hacerlo? Tú eres mi gran oso. Eres mi cachorrito. Hiciste lo que hiciste por mí. Esperé tres años a que volvieras conmigo. Te quiero.

Sombra evitó decir «Yo también te quiero». No pensaba decirlo. Ya no.

—¿Entonces qué ocurrió la otra noche?

—¿La noche en que morí?

—Sí.

—Bueno, Robbie y yo salimos para hablar de tu fiesta sorpresa de bienvenida. Habría estado tan bien. Yo le dije que lo nuestro se había acabado. Era el final. Que ahora que volvías tenía que ser así.

—Hmm. Gracias, cielo.

—De nada, cariño. —Un amago de sonrisa pasó por su cara—. Nos pusimos en plan sensiblero. Fue dulce. Nos pusimos estúpidos. Yo me emborraché mucho. Él no. Tenía que conducir. Volvíamos a casa y le dije que iba a hacerle una mamada de despedida; con pasión, le bajé la cremallera y se la hice.

—Gran error.

—Dímelo a mí. Le pegué un golpe al cambio de marchas con el hombro, Robbie intentó apartarme para volver a poner la marcha, viramos bruscamente, se oyó un gran estruendo y recuerdo que el mundo empezó a dar vueltas y pensé «Voy a morir». Fue muy desapasionado. Recuerdo eso. No tenía miedo. Y luego ya no recuerdo nada más.

Olía a plástico quemado. Era el cigarrillo: se había quemado hasta el filtro. Pareció que Laura no se daba cuenta.

—¿Qué estás haciendo aquí, Laura?

—¿Acaso una mujer no puede venir a ver a su marido?

—Estás muerta. Esta tarde he ido a tu funeral.

—Sí. —Dejó de hablar y se quedó mirando a la nada. Sombra se levantó y fue junto a ella. Le quitó la colilla humeante de las manos y la tiró por la ventana.

—¿Y bien?

Ella buscó su mirada.

—No sé mucho más de lo que sabía cuando estaba viva. Soy incapaz de expresar con palabras la mayoría de cosas que sé ahora y que no sabía entonces.

—Normalmente, la gente que se muere se queda en la tumba —dijo Sombra.

—¿Ah, sí? ¿Estás seguro, cachorrito? Yo también lo pensaba. Pero ahora no estoy tan segura. Quizá. —Bajó de la cama y se acercó a la ventana. Su cara, iluminada por el cartel del motel, era más bella que nunca. La cara de la mujer por la que había ido a la cárcel.

A Sombra le dolía el corazón como si alguien se lo hubiese cogido y se lo hubiera estrujado.

—¿Laura...?

Ella no lo miró.

—Te has metido en un buen lío, Sombra. Lo vas a fastidiar todo si no tienes a alguien que cuide de ti. Yo te cuidaré. Y gracias por el regalo.

—¿Qué regalo?

Metió la mano en el bolsillo de la blusa y sacó la moneda de oro que Sombra había lanzado a la tumba. Aún estaba algo sucia.

—Quizá le ponga una cadena. Fue todo un detalle.

—No es para tanto.

Ella se volvió y lo miró con unos ojos que parecían verlo y no verlo a la vez.

—Creo que hay varios aspectos de nuestro matrimonio que tendremos que tratar.

—Cariño, estás muerta.

—Obviamente, ése es uno de ellos. —Hizo una pausa—. Bueno, me voy.

Será mejor así. —Y de forma natural y sencilla, se volvió y puso las manos sobre los hombros de Sombra, y se acercó de puntillas hacia él para darle un beso de despedida, de la misma forma en que siempre le había dado un beso de despedida.

Él se agachó torpemente para besarla en la mejilla, pero ella movió la boca y pegó sus labios a los de él. El aliento le olía levemente a bolas de naftalina.

La lengua de Laura se introdujo en la boca de Sombra. Estaba fría, seca y sabía a cigarrillos y a bilis. Todas las dudas que pudieran quedarle a Sombra sobre si su mujer estaba muerta o no se disiparon en aquel instante.

Se apartó.

—Te quiero —dijo ella—. Estaré cuidándote. —Se dirigió hacia la puerta de la habitación. A Sombra le quedó un extraño sabor en la boca—. Duerme un poco, cachorrito. Y no te metas en problemas.

Abrió la puerta. La luz del pasillo no era agradable: bajo ella, Laura parecía muerta, pero en realidad causaba el mismo efecto en todo el mundo.

—Podrías haberme pedido que me quedara a pasar la noche —dijo ella con su gélida voz.

—Creo que no podría.

—Algún día, cielo. Antes de que todo esto acabe. Podrás. —Se volvió y se fue andando por el pasillo.

Sombra sacó la cabeza por el umbral de la puerta. El recepcionista de noche seguía leyendo su novela de John Grisham y apenas levantó la vista cuando ella pasó ante él. Laura tenía una espesa capa de barro del cementerio pegada a los zapatos. Se fue.

Sombra soltó un pequeño suspiro. Le corazón le latía arrítmicamente en el pecho. Cruzó el pasillo y llamó a la puerta de Wednesday. Justo en el momento en que golpeó la puerta con los nudillos tuvo la extrañísima sensación de que lo estaban zarandeando unas alas negras, como si un cuervo enorme lo estuviera atravesando y saliera al pasillo y al mundo que había más allá.

Wednesday abrió la puerta. Sólo llevaba una toalla blanca del motel alrededor de la cintura.

—¿Qué demonios quieres? —preguntó.

—Hay algo que deberías saber —dijo Sombra—. Quizás ha sido un sueño, pero no lo ha sido, o quizás he inhalado humo de la piel de sapo sintética de aquel niño gordo, o quizá sólo me estoy volviendo loco...

—Sí, sí. Venga, desembucha. Estaba en mitad de algo.

Sombra echó un vistazo a la habitación. Vio que había alguien en la cama que lo estaba mirando. Una sábana cubrió unos pechos pequeños.

Pelo rubio pálido, la cara tenía algo que recordaba a una rata. Bajó la voz.

—Acabo de ver a mi mujer. Estaba en mi habitación.

—¿Te refieres a un fantasma? ¿Has visto un fantasma?

—No. No era un fantasma. Era sólida. Era ella. Está bien muerta, pero no era un fantasma. La toqué. Me besó.

—Ya veo. —Wednesday echó un vistazo a la mujer que había en la cama—. Ahora vuelvo, chata.

Fueron a la habitación de Sombra. Wednesday encendió las luces. Miró la colilla de cigarrillo que había en el cenicero. Se rascó el pecho. Tenía los pezones oscuros, como los de un hombre viejo, y el pelo del pecho entrecano. En un costado del torso, una cicatriz blanca. Olió el aire. Luego se encogió de hombros.

—Bueno —dijo—. Así que tu mujer ha aparecido. ¿Tienes miedo?

—Un poco.

—Muy inteligente. Los muertos siempre me dan ganas de gritar. ¿Algo más?

—Estoy listo para dejar Eagle Point. La madre de Laura puede solucionar lo del apartamento y todo eso. Además me odia. Por mí podemos irnos cuando quieras.

Wednesday sonrió.

—Buenas noticias, chico. Nos iremos por la mañana. Ahora deberías dormir un poco. Tengo whisky en la habitación, si necesitas ayuda para dormir. ¿Quieres?

—No, no es necesario.

—Entonces no me molestes más. Tengo una noche muy larga ante mí.

—Buenas noches —le deseó Sombra.

—Exacto —dijo Wednesday, que cerró la puerta al salir.

Sombra se sentó en la cama. El olor a cigarrillos y conservantes aún flotaba en el aire. Deseaba estar llorando por Laura: le parecía algo más apropiado que preocuparse por ella o, tal y como admitió para sí mismo ahora que se había ido, sentir miedo de ella. Era el momento para lamentar su muerte. Apagó las luces, se tumbó en la cama y pensó en Laura tal y como era antes de ir a la cárcel. Recordó su boda cuando eran jóvenes y felices y estúpidos e incapaces de quitarse las manos de encima ni un momento.

Hacía mucho tiempo de la última vez que Sombra lloró, tanto que pensaba que había olvidado cómo hacerlo. Ni tan sólo sollozó cuando su madre murió.

Pero ahora empezó a llorar, a soltar unos sollozos fuertes y dolorosos y, por primera vez desde que era un niño, Sombra se durmió llorando.

EL VIAJE A AMÉRICA

813 d.C.

Navegaron el verde mar gracias a las estrellas y la orilla, y cuando la orilla fue sólo un recuerdo y el cielo de la noche se quedó nublado y oscuro navegaron gracias a la fe, e invocaron al Todopoderoso para que les permitiera llegar a tierra sanos y salvos.

Habían tenido un viaje terrible, no se sentían los dedos y tenían unos escalofríos en los huesos que ni siquiera el vino podía aliviar. Se levantaban por la mañana y veían que la escarcha les había alcanzado la barba y, hasta que el sol los calentaba, parecían hombres viejos con una barba canosa prematura.

Los dientes se les empezaron a caer y tenían los ojos hundidos en las cuencas cuando avistaron las verdes tierras del oeste. Los hombres dijeron: «Estamos lejos, lejos de nuestras casas y hogares, lejos de los mares que conocemos y las tierras que amamos. Aquí, en el borde del mundo seremos olvidados por nuestros dioses.»

Su jefe se encaramó a la cima de una gran roca y se burló de ellos por su falta de fe.

—El Todopoderoso creó el mundo —gritó—. Lo construyó con sus manos de los huesos maltrechos y la carne de Ymir, su abuelo. Puso el cerebro de Ymir en el cielo como nubes, y su sangre salada se convirtió en los mares que hemos cruzado. Si él creó el mundo, ¿no os dais cuenta de que también él creó esta tierra? ¿Y si morimos aquí como hombres, no seremos recibidos en su morada?

Y los hombres lo aclamaron y rieron. Con gran voluntad se pusieron a construir un refugio con árboles partidos y barro, dentro de una pequeña empalizada de troncos afilados, aunque, por lo que sabían, eran los únicos hombres de la nueva tierra.

El día en que finalizaron el refugio hubo una tormenta: a mediodía, el cielo se volvió tan oscuro como la noche, y el cielo fue desgarrado por horcas de llamas blancas, y los estruendos se oían tan fuertes que los hombres casi se quedaron sordos por su culpa, y el gato de a bordo que se habían traído para que les diera buena suerte se escondió tras el *drakar* varado en la playa. La tormenta fue tan poderosa y tan fiera que los hombres rieron y se dieron palmadas en la espalda y dijeron: «El trueno está aquí con nosotros, en esta tierra lejana», y dieron gracias y se alegraron y bebieron hasta que empezaron a tambalearse.

En la oscuridad llena de humo de su refugio, aquella misma noche, el bardo les cantó las viejas canciones. Cantó sobre Odín, el Todopoderoso, que se sacrificó por sí mismo con la misma valentía y nobleza con la que otros se sacrificaron por él. Cantó sobre los nueve días que el Todopoderoso estuvo colgado del árbol del mundo, con el costado atravesado por una lanza y del que manaba sangre, y les cantó sobre todas las cosas que el Todopoderoso había aprendido en su agonía; nueve nombres y nueve runas, y dos veces nueve amuletos. Cuando les habló de la lanza que perforó el costado de Odín, el bardo chilló de dolor al igual que había hecho el Todopoderoso en su agonía, y todos los hombres se estremecieron al imaginar su dolor.

Encontraron el *scraeling* al día siguiente, que era el propio día del Todopoderoso. Era un hombre pequeño que tenía el pelo tan negro como el ala de un cuervo y la piel del color rojo cálido de la arcilla. Al hablar usó unas palabras que ninguno de ellos pudo entender, ni tan sólo el bardo, que había estado en un barco que había cruzado las columnas de Hércules y que sabía hablar la lengua de los comerciantes del Mediterráneo. El extraño iba vestido con pieles y plumas y llevaba pequeños huesos trenzados en su larga melena.

Lo condujeron a su campamento y le dieron de comer carne y una bebida fuerte para saciar la sed. Se rieron a carcajadas del hombre, que tropezó mientras cantaba, de la forma en que ladeaba y dejaba muerta la cabeza, y eso que había bebido menos de un cuerno de aguamiel. Le dieron más bebida y al cabo de poco ya estaba tirado bajo la mesa con la cabeza escondida bajo el brazo.

Entonces lo cogieron, un hombre por cada hombro, un hombre por cada pierna, lo llevaron a la altura de los hombros, los cuatro hombres le hacían de caballo de ocho patas, y lo llevaron en cabeza de una procesión hasta un fresno desde el que se divisaba la bahía, donde le pusieron una soga alrededor del cuello y lo colgaron al viento, su tributo al Todopoderoso, al Señor de la Horca. El cuerpo del *scraeling* se meció en el viento, la cara se le fue oscureciendo, con la lengua fuera, los ojos se le salían de las órbitas, el pene lo bastante duro como para colgar un casco de cuero, mientras los hombres aplaudían y gritaban y reían, felices de enviar su sacrificio a los cielos.

Y, al día siguiente, cuando dos grandes cuervos se posaron sobre el cadáver del *scraeling*, uno en cada hombro, y comenzaron a picotearle las mejillas y los ojos, los hombres supieron que su sacrificio había sido aceptado.

Era un invierno largo y tenían hambre, pero se alegraban al pensar que, cuando llegara la primavera, enviarían el bote hacia las tierras del norte y traería a pobladores y mujeres. A medida que hacía más frío y los días eran más cortos, algunos de los hombres se pusieron a buscar la aldea del *scraeling*, con la esperanza de encontrar comida y mujeres. No encontraron nada salvo los lugares donde habían ardido hogueras, donde se habían abandonado pequeños campamentos.

Un día, en mitad del invierno, cuando el sol estaba tan lejano y era tan frío como una moneda de plata sin brillo, vieron que los restos del cuerpo del *scraeling* ya no estaban. Esa tarde empezaron a caer lentamente unos copos enormes.

Los hombres de las tierras del norte cerraron las puertas de su campamento y se resguardaron tras el muro de madera.

La partida de *scraelings* cayó sobre ellos aquella noche: quinientos hombres contra treinta. Escalaron el muro y durante los siete días siguientes mataron a los treinta hombres de treinta maneras distintas. Y los marineros fueron olvidados, por la historia y su pueblo.

La partida echó abajo el muro y quemó la aldea. El *drakar*, puesto boca abajo sobre los guijarros de la playa, también lo quemaron, con la esperanza de que aquellos desconocidos pálidos sólo tuvieran un barco, y que, tras quemarlo, se aseguraran de que ningún otro hombre del norte llegara a sus costas.

Pasaron más de cien años hasta que Leif el Afortunado, hijo de Erik el Rojo, redescubrió aquella tierra a la que llamó Vineland. Sus dioses ya lo estaban esperando cuando llegó: Tyr, manco, y el dios de la horca Odín, y Thor el de los truenos.

Estaban allí.

Lo estaban esperando.

CAPÍTULO CUARTO

Let the Midnight Special
Shine its light on me
Let the Midnight Special
Shine its ever-lovin' light on me

—"The Midnight Special", canción tradicional

Sombra y Miércoles desayunaron en una cafetería Country Kitchen que había enfrente de su motel. Eran las ocho de la mañana y el mundo estaba cubierto por una capa de nieve y frío.

—¿Sigues estando listo para irte de Eagle Point? —preguntó Wednesday—. Tengo que hacer unas cuantas llamadas. Hoy es viernes. El viernes es un día libre. El día de una mujer. Mañana es sábado. Hay mucho que hacer en sábado.

—Estoy listo —respondió Sombra—. Nada me retiene aquí.

Wednesday llenó su plato con distintos tipos de carne de desayuno. Sombra cogió un poco de melón, un *bagel* y un paquete de queso cremoso. Se sentaron a una mesa.

—Menudo sueño has tenido esta noche —dijo Wednesday.

—Sí. Menudo. —Cuando se levantó aún podía ver las huellas de barro de Laura en la moqueta del motel, que iban de su habitación a la recepción y a la calle.

—En fin. ¿Por qué te llaman Sombra?

Sombra se encogió de hombros.

—Es un nombre como cualquier otro. —Tras el cristal del ventanal, el mundo cubierto por una capa de niebla se había convertido en un dibujo a lápiz realizado en una docena de grises y con un toque de rojo eléctrico o blanco puro—. ¿Cómo perdiste el ojo?

Wednesday se metió media docena de lonchas de beicon en la boca, masticó y se limpió el aceite de los labios con el dorso de la mano.

—No lo perdí. Aún sé dónde está exactamente.

—¿Cuál es el plan?

Wednesday parecía pensativo. Comió varias lonchas de jamón de color rosa intenso, se quitó un trozo de carne de la barba y lo tiró en el plato.

—Éste es el plan: mañana por la noche vamos a encontrarnos con cierto número de personas preeminentes en sus respectivos campos; no dejes que su porte te impresione. Nos reuniremos en uno de los lugares más importantes de todo el país. Después los agasajaremos. Tengo que reclutarlos para mi actual empresa.

—¿Y dónde se halla ese lugar tan importante?

—Ya lo verás, jovencito. He dicho que es uno de los más importantes. Las opiniones están divididas, y con razón. He mandado avisar a mis colegas. Nos detendremos en Chicago ya que tengo que recoger algo de dinero. Para entretenerlos de la forma en que preciso hacerlo, necesitaré más efectivo del que dispongo ahora mismo. Luego seguiremos hasta Madison. —Wednesday pagó y se fueron, cruzaron la calle y se dirigieron al aparcamiento del motel. Wednesday le lanzó las llaves del coche a Sombra.

Condujeron en dirección a la autopista y salieron de la ciudad.

—¿La echarás de menos? —preguntó Wednesday. Estaba rebuscando en una carpeta llena de mapas.

—¿La ciudad? No. En realidad nunca tuve una vida aquí. De niño no estuve nunca demasiado tiempo en un mismo lugar y no llegué aquí hasta que estaba a punto de cumplir los treinta. Así que esta ciudad es la de Laura.

—Pues esperemos que se quede aquí.

—Fue un sueño, ¿recuerdas?

—Eso es bueno. Mantienes una actitud sensata. ¿Te la follaste ayer por la noche?

Sombra respiró hondo. Entonces respondió:

—No es asunto tuyo, joder. Y no.

—¿Tenías ganas?

Sombra no dijo nada. Siguió conduciendo en dirección norte, hacia Chicago. Wednesday sonrió entre dientes y empezó a mirar los mapas, a desdoblarlos y volverlos a doblar, apuntando algo de vez en cuando en un bloc de notas amarillo con un bolígrafo grande de plata.

Al cabo de un rato acabó. Guardó el bolígrafo y dejó la carpeta en el asiento trasero.

—Lo mejor de los estados a los que nos dirigimos —dijo Wednesday—, Minnesota, Wisconsin y toda esa zona, es que tienen el tipo de mujeres que me gustaban cuando era más joven: de piel pálida y ojos azules, con un pelo tan rubio que es casi blanco, labios del color del vino y unos pechos turgentes y redondos surcados por venas, como un buen queso.

—¿Sólo cuando eras joven? Parecía que ayer por la noche te lo estabas pasando muy bien.

—Sí —exclamó Wednesday entre sonrisas—. ¿Quieres saber el secreto de mi éxito?

—¿Les pagas?

—No soy tan ordinario. No, el secreto es el encanto. Ni más ni menos.

—Conque encanto, ¿eh? Bueno, como dicen, se tiene o no se tiene.

—Es algo que se puede aprender —dijo Wednesday.

Sombra sintonizó una emisora de viejos éxitos y escuchó las canciones que estaban de moda antes de que él naciera. Bob Dylan cantaba sobre la tormenta que iba a caer y Sombra se preguntó si el chaparrón ya había caído o aún estaba por venir. La carretera que tenían ante ellos estaba vacía y los cristales de hielo del asfalto brillaban como diamantes bajo el sol de la mañana.

Chicago apareció lentamente, como una migraña. Primero circulaban por el campo, luego, imperceptiblemente, los pueblos fueron dando paso a los barrios residenciales, que a su vez acabaron convirtiéndose en la ciudad.

Aparcaron frente a un edificio de ladrillos rojos. La acera no estaba cubierta de nieve. Fueron andando hasta el portal. Wednesday apretó el botón superior del interfono metálico. No ocurrió nada. Volvió a apretarlo. Luego empezó a apretar los botones de los pisos de los otros inquilinos y tampoco obtuvo respuesta alguna.

—No funciona —dijo una mujer vieja y demacrada que bajaba por las escaleras—. Llamamos al portero, le preguntamos cuándo lo va a arreglar, cuando va a arreglar la calefacción, no le importa, en invierno se va a Arizona por culpa de los problemas de pecho que tiene. —Tiene un acento muy fuerte, como de Europa del Este, supuso Sombra.

Wednesday hizo una reverencia.

—Zorya, querida, no encuentro palabras para describir lo extraordinariamente bella que te mantienes. Estás radiante. No has envejecido.

La vieja lo miró.

—No quiere verte. Yo tampoco. Tú malas noticias.

—Eso es porque no vengo a menos que sea importante.

La mujer lo miró con desdén. Llevaba una bolsa de la compra de punto vacía y vestía un viejo abrigo rojo, abotonado hasta la barbilla.

Miró a Sombra con desconfianza.

—¿Quién es el hombre grande? ¿Otro de tus asesinos?

—Eres injusta conmigo, querida. Este caballero se llama Sombra. Trabaja para mí, sí, pero también defiende tus intereses. Sombra, te presento a la adorable señorita Zorya Vechernyaya.

—Encantado de conocerla —dijo Sombra.

Como un pájaro, la mujer alzó la cabeza y lo miró.

—Sombra —murmuró—. Buen nombre. Cuando las sombras son largas llega mi tiempo. Y tú eres la sombra larga. —Lo miró de pies a cabeza y sonrió—. Puedes besarme la mano —dijo y le acercó una mano fría.

Sombra se agachó y le besó una mano delgada. Llevaba un gran anillo de ámbar en el dedo índice.

»Buen chico. Voy a comprar comida. Soy la única que trae algo de dinero a casa. Las otras dos no pueden ganar dinero echando la buenaventura porque sólo dicen la verdad, y la verdad no es lo que la gente quiere oír. Es una cosa mala y preocupa a la gente, así que no vuelven. Pero yo sé mentir, puedo decirles lo que quieren oír. Así que traigo el pan a casa. ¿Creéis que estaréis aquí para la cena?

—Eso espero —contestó Wednesday.

—Entonces es mejor que me deis dinero para que compre más comida. Soy una mujer orgullosa, pero no tonta. Las otras son más orgullosas que yo, y él es el más orgulloso de todos. Así que dadme dinero y no le digáis que me lo habéis dado.

Wednesday abrió la cartera y rebuscó en ella. Sacó un billete de veinte. Zorya Vechernyaya se lo arrancó de los dedos y se quedó esperando. Sacó otro billete de veinte y se lo dio.

—Está bien. Os daremos de comer como a príncipes. Ahora subid las escaleras hasta arriba. Zorya Utrennyaya está despierta, pero nuestra otra hermana aún duerme, así que no hagáis demasiado ruido.

Sombra y Wednesday subieron las escaleras oscuras. El rellano que había dos pisos más arriba estaba lleno de bolsas de la basura negras y olía a verdura podrida.

—¿Son gitanos? —preguntó Sombra.

—¿Zorya y su familia? Qué va. No. Son rusos. Eslavos, creo.

—Pero ella echa la buenaventura.

—Mucha gente lo hace. Incluso yo he tenido mis escarceos con ello. —Wednesday jadeaba mientras subían el último tramo de escaleras—. Estoy en baja forma.

El rellano que había al final acababa en una única puerta pintada de rojo con una mirilla.

Wednesday llamó a la puerta. No hubo respuesta. Volvió a llamar, esta vez más fuerte.

—¡Vale! ¡Vale! ¡Ya te he oído! —Sonido de cerraduras, cerrojos, el ruido de una cadena. La puerta se abrió una rendija.

—¿Quién es? —Era la voz de un hombre, viejo y curtida por los cigarrillos.

—Un viejo amigo, Chernobog. Con un socio.

La puerta se abrió todo lo que permitía la cadena. Sombra vio una cara gris entre las sombras que los miraba.

—¿Qué quieres, Votan?

—En principio, tan sólo disfrutar del placer de tu compañía. También tengo información que compartir. ¿Cómo es esa expresión? Ah, sí. Quizá aprendas algo que te resulte útil.

La puerta se abrió de par en par. El hombre del albornoz grisáceo era bajito, tenía el pelo de color gris plomizo y unas facciones marcadas. Llevaba pantalones grises de raya diplomática, que tenían brillos de lo viejos que eran, y zapatillas. Sostenía un cigarrillo sin filtro con dedos de punta cuadrada, y le daba caladas sin abrir el puño, como un convicto, pensó Sombra, o un soldado. Le ofreció su mano izquierda a Wednesday.

—Entonces, bienvenido, Votan.

—Hoy en día me llaman Wednesday —dijo mientras le estrechaba la mano al viejo.

Una leve sonrisa; un destello de dientes amarillos.

—Sí. Muy divertido. ¿Y éste?

—Es mi socio. Sombra, te presento al señor Chernobog.

—Encantado —dijo Chernobog, que le estrechó la mano izquierda a Sombra. Tenía las manos ásperas y llenas de callos y las puntas de los dedos tan amarillas como si las hubiera metido en yodo.

—¿Cómo está usted, señor Chernobog?

—Viejo. Me duelen las tripas, me duele la espalda y por la mañana toso tanto que siento como si el pecho me fuera a reventar.

—¿Qué hacéis ahí en la puerta? —preguntó la voz de una mujer. Sombra miró por encima del hombro de Chernobog a la vieja que había detrás de él. Era más baja y delicada que su hermana, pero tenía el pelo largo y dorado—. Soy Zorya Utrennyaya. No os quedéis en el recibidor. Entrad y sentaos. Os traeré café.

Entraron en un piso que olía a col hervida, caja de gato y a cigarrillos extranjeros sin filtro, y los condujeron por un pequeño pasillo, pasaron frente a varias puertas cerradas hasta llegar a la sala de estar, y se sentaron en un enorme y viejo sofá de pelo de caballo, con lo que molestaron a un viejo gato gris, que se desperezó, se puso en pie y se fue andando todo estirado hasta el extremo más alejado del sofá, donde se tumbó y los observó a todos con cautela, entonces cerró un ojo y volvió a dormirse. Chernobog se sentó en una butaca enfrente de ellos.

Zorya Utrenyaya encontró un cenicero vacío y lo dejó junto a Chernobog.

—¿Cómo queréis el café? —preguntó a sus invitados—. Aquí lo tomamos negro como la noche y dulce como el pecado.

—Por mí perfecto —respondió Sombra. Miró por la ventana, hacia los edificios que había enfrente.

Zorya Utrennyaya se fue. Chernobog la miró mientras salía.

—Es una buena mujer —dijo—. No como sus hermanas. Una de ellas es una arpía, la otra, no hace más que dormir. —Puso su pie enfundado en una zapatilla sobre una mesita para el café baja y larga, que tenía un tablero de ajedrez en el centro, lleno de quemaduras de cigarrillo y marcas de tazas de café en la superficie.

—¿Es tu mujer? —preguntó Sombra.

—No es la mujer de nadie. —El viejo se sentó en silencio durante un momento, mientras se miraba las bastas manos—. No. Somos todos familia. Vinimos aquí juntos, hace mucho tiempo.

Chernobog sacó un paquete de cigarrillos sin filtro de un bolsillo de su albornoz. Wednesday cogió un mechero estrecho y de oro y le encendió el cigarro.

—Primero vinimos a Nueva York —dijo Chernobog—. Todos nuestros compatriotas van a Nueva York. Luego vinimos aquí, a Chicago. Todo empeoró. Incluso en el viejo país, casi se habían olvidado de mí. Aquí sólo soy un mal recuerdo. ¿Sabes lo que hice cuando llegué a Chicago?

—No —respondió Sombra.

—Cojo un trabajo en el negocio de la carne. En el matadero. Cuando el novillo sube por la rampa, yo era un golpeador. ¿Sabes por qué nos llaman golpeadores? Porque cogemos el mazo y golpeamos a la vaca con él. ¡Bam! Hay que tener fuerza en los brazos, ¿sabes? Luego otro encadena a la vaca, la levanta y luego le cortan el cuello. La desangran antes de cortarle la cabeza. Los golpeadores éramos los más fuertes. —Se arremangó el albornoz y flexionó el brazo para mostrar los músculos que aún podían verse bajo su vieja piel—. Aunque la fuerza no basta. El golpe requería cierta técnica. Si no la vaca se quedaba aturdida o enfadada. Luego, en los ciencuenta, nos dan la pistola de pernos. La ponías en la cabeza, ¡bam! ¡bam! Seguro que piensas que cualquiera podía matar. Pero no es así. —Hizo un gesto como si disparara un perno de metal a la cabeza de una vaca—. A pesar de todo sigue requiriendo cierta técnica. —Sonrió al recordarlo y mostró un diente de color del hierro.

—No les cuentes tus historias del matadero. —Zorya Utrennyaya llevaba el café en una bandeja de madera roja, en unas tazas pequeñas esmaltadas y brillantes. Le dio una a cada uno y se sentó junto a Chernobog.

—Zorya Vechernyaya está haciendo la compra —dijo—. Volverá dentro de poco.

—Nos la hemos encontrado abajo —dijo Sombra—. Dice que lee la buenaventura.

—Sí —admitió la hermana—. Cuando el sol se pone, ése es el momento para las mentiras. Yo no sé mentir bien, así que soy una adivina pobre. Y nuestra hermana, Zorya Polunochnaya, es incapaz de decir mentira alguna.

El café era aún más dulce y fuerte de lo que Sombra esperaba.

Sombra se disculpó para usar el baño, una pequeña habitación de la que colgaban varias fotografías enmarcadas y con manchas marrones de hombres y mujeres en rígidas poses victorianas. Eran las primeras horas de la tarde, pero la luz ya empezaba a desvanecerse. Oyó voces que provenían del pasillo. Se lavó las manos con agua gélida y un trozo de jabón rosa que apestaba.

Chernobog estaba en el pasillo cuando salió Sombra.

—¡Tú traes problemas! —gritaba—. ¡Nada más que problemas! ¡No te escucharé! ¡Vete de mi casa!

Wednesday seguía sentado en el sofá, sorbiendo su café, acariciando al gato gris. Zorya Utrennyaya estaba de pie sobre la fina moqueta, y no paraba de enroscarse los dedos de una mano con su larga melena rubia.

—¿Hay algún problema? —preguntó Sombra.

—¡Él es el problema! —gritó Chernobog—. ¡Él! ¡Dile que no lo ayudaré por nada! ¡Quiero que se vaya! ¡Quiero que salga de aquí! ¡Idos los dos!

—Por favor —dijo Zorya Utrennyaya—. Cálmate, por favor, vas a despertar a Zorya Polunochnaya.

—¡Eres como él, quieres que me una a su plan loco! —gritó Chernobog. Parecía como si estuviera a punto de romper a llorar. La ceniza del cigarrillo cayó sobre la moqueta raída del pasillo.

Wednesday se levantó y fue junto a Chernobog. Le puso la mano en el hombro.

—Escucha —dijo en tono conciliador—. En primer lugar, no es una locura. Es la única manera. En segundo lugar, todo el mundo estará ahí. Supongo que no querrás perdértelo, ¿no?

—Sabes quién soy. Sabes lo que estas manos han hecho. Tú quieres a mi hermano, no a mí. Y él ya no está.

Se abrió una puerta del pasillo, y una voz femenina soñolienta dijo:

—¿Hay algún problema?

—Ninguno, hermana mía —respondió Zorya Utrennyaya—. Vuelve a dormir. —Luego se volvió hacia Chernobog—. ¿Ves? ¿Has visto lo que has conseguido con tus gritos? Vuelve ahí y siéntate. ¡Siéntate! —Pareció que Chernobog estaba a punto de empezar a protestar, pero se calmó. Parecía frágil, de repente: frágil y solo.

Los tres hombres volvieron a la destartalada sala de estar. Había un aro marrón de nicotina alrededor de la habitación que acababa a unos treinta centímetros del techo, como la marca que el agua deja en una bañera vieja.

—No tiene que ser para ti —le dijo Wednesday a Chernobog impertérrito—. Si es para tu hermano, también es para ti. Es una ventaja que vosotros, los tipos dualistas, tenéis sobre el resto de nosotros, ¿eh?

Chernobog no dijo nada.

—Hablando de Bielebog, ¿has oído algo de él últimamente?

Chernobog negó con la cabeza. Levantó la cabeza y miró a Sombra.

—¿Tienes hermanos?

—No. Que yo sepa.

—Yo tengo uno. La gente dice que si nos ponen juntos somos como una persona. Cuando somos jóvenes, su pelo es muy rubio, muy claro, sus ojos son azules y la gente dice que es el bueno. Y mi pelo es muy oscuro, incluso más que el tuyo, y la gente dice que yo soy el pícaro. Yo soy el malo. Y ahora pasa el tiempo y mi pelo es gris. El suyo también creo que es gris. Y si nos miras no sabrías quién lo tenía claro y quién oscuro.

—¿Estabais muy unidos?

—¿Unidos? No. ¿Cómo íbamos a estarlo? Nos interesaban cosas muy distintas.

Se oyó un ruido al final del pasillo y entró Zorya Vechernyaya.

—La cena estará lista dentro de una hora —dijo y luego se fue.

Chernobog suspiró.

—Cree que es muy buena cocinera. Cuando era pequeña cocinaban los criados. Ahora no hay criados. No hay nada.

—Nada no —lo interrumpió Wednesday—. Nunca nada.

—A ti —dijo Chernobog—. No pienso escucharte. —Se volvió hacia Sombra—. ¿Juegas a las damas? —le preguntó.

—Sí.

—Bien. Entonces jugarás conmigo —dijo mientras cogía una caja de madera que había sobre el mantel y echaba las piezas sobre el tablero—. Yo jugaré con las negras.

Wednesday cogió a Sombra del brazo.

—No tienes por qué hacer esto, lo sabes.

—Tranquilo, quiero hacerlo —respondió Sombra. Wednesday se encogió de hombros y cogió un ejemplar antiguo del *Reader's Digest* de una pequeña pila de revistas amarillas que había en la repisa de la ventana.

Los dedos marrones de Chernobog acabaron de disponer las fichas sobre las casillas y empezó la partida.

En los días posteriores Sombra se acordó a menudo de la partida. Algunas noches soñaba con ella. Sus fichas redondas y planas eran del color de la madera vieja y sucia; se suponía que debían ser blancas. Las de Chernobog de un negro tenue y apagado. Sombra fue el primero en mover. En sus sueños, no hablaban mientras jugaban, tan sólo se oía el leve sonido que hacían las fichas al ponerlas sobre el tablero, o el susurro de la madera cuando las deslizan a la casilla contigua.

Durante los primeros seis movimientos se dedicaron a mover las fichas hacia el centro, sin tocar las de la segunda fila. Había pausas entre movimientos, pausas largas como las del ajedrez, mientras cada uno observaba y pensaba.

Sombra había jugado a las damas en la cárcel: le ayudaba a pasar el tiempo. También jugó a ajedrez, pero no tenía carácter para planificar las jugadas con demasiada anticipación. Prefería escoger el movimiento perfecto para el momento. A veces podía ganar a las damas de esta manera.

Se oyó un ruido cuando Chernobog cogió una ficha negra y la hizo pasar por encima de una de las blancas de Sombra. El viejo cogió la ficha blanca y la dejó sobre la mesa, junto al tablero.

—Uno a cero. Has perdido —le espetó Chernobog—. Se ha acabado la partida.

—No —respondió Sombra—. Aún queda mucha partida por delante.

—¿Entonces, te importaría hacer una apuesta? ¿Tampoco muy grande, tan sólo para hacerlo más interesante?

—No —respondió Wednesday sin levantar la vista de la columna que estaba leyendo, «Humor in Uniform»—. No lo hará.

—No estoy jugando contigo, viejo. Juego con él. ¿Quiere apostar, señor Sombra?

—¿Sobre qué discutíais antes? —preguntó Sombra.

Chernobog enarcó una ceja.

—Tu amo quiere que vaya con él. Para ayudarlo con uno de sus planes estúpidos. Antes prefiero morirme.

—¿Quieres apostar? De acuerdo. Si gano, vienes con nosotros.

El viejo frunció los labios.

—Quizá. Pero sólo si pagas la prenda si pierdes.

—¿Y de qué se trata?

Chernobog no cambió la expresión.

—Si gano, te reviento la cabeza. Con un mazo. Primero te pones de rodillas. Luego te golpeo para que no puedas volver a levantarte. —Sombra miró al viejo a la cara, intentando interpretarla. No hablaba en broma, estaba seguro de ello: mostraba que tenía hambre de algo, de dolor, muerte o castigo.

Wednesday cerró el *Reader's Digest*.

—Eso es absurdo. Me equivoqué al venir aquí. Sombra, nos vamos. —El gato gris se despertó, se levantó y se puso sobre la mesa, junto al tablero de las damas. Miro las fichas, luego bajó al suelo y, con la cola bien alta, salió de la habitación.

—No —respondió Sombra. No tenía miedo a morir. Al fin y al cabo, tampoco tenía nada por lo que vivir—. De acuerdo. Acepto. Si ganas la partida tendrás una oportunidad para reventarme la cabeza con tu mazo. —Y movió una ficha blanca a una casilla que estaba en el borde del tablero.

No dijeron nada más, pero Wednesday no volvió a coger el *Reader's Digest*. Siguió la partida con su ojo de cristal y el bueno, con una expresión que no transmitía nada.

Chernobog mató otra de las fichas de Sombra, que, a su vez, mató dos de las del viejo. Del pasillo llegó el olor de la cocción de unos alimentos desconocidos. A pesar de que no todos eran apetitosos, Sombra se dio cuenta de que tenía mucha hambre.

Los dos hombres movieron sus fichas, blancas y negras, uno después de otro. Un montón de fichas muertas, la consecución de varias damas formadas por dos fichas: al no estar obligadas a moverse sólo hacia delante por el tablero, un movimiento lateral de cada vez, las damas podían moverse hacia delante o hacia atrás, lo que las hacía el doble de peligrosas. Habían llegado a la última fila y podían ir adonde quisieran. Chernobog tenía tres damas, Sombra dos.

El viejo movía una de las damas por todo el tablero para eliminar el resto de fichas de Sombra, mientras utilizaba las otras dos para inmovilizar a las de su contrincante.

Luego Chernobog consiguió una cuarta dama y la hizo retroceder y, sin sonreír, mató a las dos de Sombra. Y ahí se acabó todo.

—Bueno —dijo Chernobog—. Puedo reventarte la cabeza. Y tú te pondrás de rodillas sin rechistar. Está bien. —Alargó una mano vieja y le dio unas palmaditas a Sombra en el brazo.

—Aún nos queda algo de tiempo antes de que la cena esté lista. ¿Quieres echar otra partida? ¿Con las mismas condiciones?

Chernobog encendió otro cigarrillo con una cerilla de cocina.

—¿Cómo va a ser con las mismas condiciones? ¿Quieres que te mate dos veces?

—Ahora mismo sólo tienes un golpe, eso es todo. Tú mismo me has dicho que no es sólo cuestión de fuerza, sino también de habilidad. De esta manera, si ganas la partida, podrás golpearme dos veces.

Chernobog frunció el ceño.

—Un golpe, es todo lo que se necesita, un golpe. Así es la técnica. —Se dio un golpecito en el antebrazo derecho, donde tenía los músculos, mientras le caía la ceniza del cigarrillo que sostenía en la mano izquierda.

—Hace ya mucho tiempo. Si has perdido la técnica, a lo mejor sólo me haces un moratón. ¿Cuánto hace que usaste por última vez un mazo en el matadero? ¿Treinta años? ¿Cuarenta?

Chernobog no dijo nada. Su boca cerrada era como un corte gris en mitad de la cara. Tamborileó con los dedos en la mesa, reproduciendo algún tipo de ritmo. Luego volvió a poner las veinticuatro fichas en sus casillas del tablero.

—Mueve —dijo—. Juegas con las claras otra vez. Yo con las oscuras.

Sombra abrió la partida. Chernobog movió una de sus fichas. Y a Sombra se le ocurrió que Chernobog intentaría jugar la misma partida de nuevo, la que acababa de ganar, que ésa sería su limitación.

Esta vez Sombra jugó de modo temerario. Aprovechó cualquier oportunidad, por pequeña que fuera, movió sin pensar, sin detenerse ni un instante a meditar la mejor jugada. Y esta vez, mientras jugaba, sonreía; y cuando Chernobog movía una de sus fichas, la sonrisa se hacía más amplia.

Al cabo de poco Chernobog empezó a golpear sus fichas contra el tablero cuando las movía; lo hacía con tanta fuerza que las demás temblaban en sus casillas negras.

—Toma —dijo Chernobog al matar a una de las damas de Sombra con gran estrépito—. Toma. ¿Qué dices ahora?

Sombra no dijo nada, tan sólo sonrió y saltó sobre la ficha que Chernobog había usado, y sobre otra, y otra, y una cuarta, con lo que limpió el centro del tablero de fichas negras. Cogió una ficha blanca del montón que tenía al lado y convirtió en dama su ficha.

Después de eso, todo consistió en una operación de limpieza: unos cuantos movimientos más y se acabó la partida.

Sombra dijo:

—¿Al mejor de tres?

Chernobog se lo quedó mirando, con los dos ojos grises como dagas de acero. Y entonces se rió y le dio unas palmaditas a Sombra en el hombro.

—¡Me gustas! —exclamó—. Tienes huevos.

En aquel momento Zorya Utrennyaya sacó la cabeza por la puerta para decirles que la cena ya estaba lista y que debían quitar el tablero y poner el mantel en la mesa.

—No tenemos comedor —dijo—, lo siento. Comemos aquí.

Pusieron varias fuentes en la mesa. A cada comensal le dieron una pequeña bandeja pintada en la que había unos cubiertos faltos de lustre, para que se la pusieran en la falda.

Zorya Vechernyaya cogió cinco cuencos de madera y puso una patata hervida y sin pelar en cada uno de ellos, luego sirvió una ración generosa de *borscht*, un caldo de verduras ferozmente rojo. Dejó caer una cucharada de nata agria y repartió los cuencos.

—Pensaba que éramos seis —dijo Sombra.

—Zorya Polunochnaya aún duerme —dijo Zorya Vechernyaya—. Le dejamos la comida en la nevera. Cuando se despierte se la comerá.

El *borscht* sabía a remolacha en vinagre. La patata estaba harinosa.

El siguiente plato era un estofado de carne dura como la suela de un zapato, acompañado por unas verduras de difícil descripción, ya que las habían hervido durante tanto tiempo que, por mucho que uno usara la imaginación, parecían cualquier cosa menos verduras.

Luego había hojas de repollo rellenas de carne picada y arroz, unas hojas tan duras que casi resultaba imposible cortarlas sin tirar carne y arroz sobre la moqueta. Sombra se dedicó a mover el suyo por el plato.

—Hemos jugado a las damas —dijo Chernobog, que se sirvió más estofado—. El joven y yo. Él ha ganado una partida, yo he ganado una partida. Como él ha ganado una yo he aceptado a ir con él y Wednesday para ayudarlos con su plan loco. Y como yo he ganado, cuando todo esto acabe, puedo matar al joven de un golpe con un mazo.

Las dos Zorya asintieron con solemnidad.

—Qué pena —le dijo Zorya Vechernyaya a Sombra—. Si te hubiera leído la buenaventura te habría dicho que tendrías una vida larga y feliz, y que tendrías muchos hijos.

—Por eso eres una buena adivina —dijo Zorya Utrennyaya. Parecía medio dormida, como si estuviera realizando un gran esfuerzo para mantenerse despierta hasta tan tarde—. Mientes de maravilla.

Al final de la cena Sombra aún tenía hambre. La comida de la cárcel era mala, pero aun así era mejor que aquélla.

—Buena comida —dijo Wednesday, que limpió su plato dando grandes muestras de placer—. Les estoy muy agradecido, señoras. Y ahora, temo que debo pedirles que nos recomienden un buen hotel que se encuentre por aquí cerca.

Zorya Vechernyaya puso cara de sentirse ofendida al oír aquello.

—¿Por qué ibais a iros a un hotel? —preguntó—. ¿Acaso no somos vuestros amigos?

—No querría causaros ningún problema... —dijo Wednesday.

—No es ningún problema —dijo Zorya Utrennyaya, mientras jugaba con una mano con su pelo, por increíble que parezca, dorado, y bostezó.

—Tú puedes dormir en la habitación de Bielebog —dijo Zorya Vechernyaya, que señaló a Wednesday—. Está vacía. Y para ti, jovencito, te prepararé la cama en el sofá. Estarás más cómodo que en una cama de plumas. Te lo juro.

—Es muy amable de tu parte —dijo Wednesday—. Aceptamos.

—Y me pagáis lo mismo que pagaríais por una habitación de hotel —exclamó Zorya Vechernyaya, que ladeó la cabeza y puso una expresión de triunfo—. Cien dólares.

—Treinta —replicó Wednesday.

—Cincuenta.

—Treinta y cinco.

—Cuarenta y cinco.

—Cuarenta.

—Está bien. Cuarenta y cinco dólares. —Zorya Vechernyaya estiró el brazo por encima de la mesa y le estrechó la mano a Wednesday. Luego empezó a llevarse las cazuelas de la mesa. Zorya Utrennyaya soltó un bostezo tan grande que Sombra temió que se fuera a dislocar la mandíbula. La vieja dijo que se iba a la cama antes de quedarse dormida y con la cabeza sobre el pastel, y les dio las buenas noches a todos.

Sombra ayudó a Zorya Vechernyaya a llevar los platos y bandejas a la pequeña cocina. Para su sorpresa había un lavavajillas viejo bajo el fregadero, y lo llenó. Zorya Vechernyaya lo miró por encima del hombro, chasqueó la lengua en señal de desaprobación y quitó los cuencos de madera del *borscht*.

—Ésos van en el fregadero —le dijo.

—Lo siento.

—No pasa nada. Ahora vuelve a la salita, tenemos pastel.

El pastel, de manzana, lo habían comprado en una pastelería y había sido hecho al horno, por lo que estaba muy, muy bueno. Los cuatro lo comieron con helado y luego Zorya Vechernyaya los hizo salir de la sala de estar y le preparó a Sombra una cama, que tenía buen aspecto, en el sofá.

Wednesday le habló a Sombra mientras estaban en el pasillo.

—¿Qué has hecho cuando jugabais a las damas?

—¿Qué pasa?

—Ha estado muy bien. Ha sido muy estúpido por tu parte, pero ha estado bien. Que duermas a gusto.

Sombra se cepilló los dientes y se lavó la cara con el agua fría del pequeño cuarto de baño, luego recorrió el pasillo hasta llegar a la sala de estar, apagó la luz y se quedó dormido antes de que la cabeza reposara sobre la almohada.

En el sueño de Sombra hubo explosiones: él conducía un camión a través de un campo de minas, y las bombas explotaban a ambos lados. El parabrisas se hizo añicos y sintió que un hilo de sangre cálida le corría por la cara.

Alguien le disparaba.

Una bala le perforó el pulmón, otra le destrozó la columna, otra le dio en el hombro. Sintió todos los balazos. Cayó sobre el volante.

La última explosión acabó en oscuridad.

«Debo de estar soñando —pensó Sombra, solo en la oscuridad—. Creo que acabo de morirme. Recordó que de niño había oído, y llegó a creer, que si alguien se moría en sus sueños, acababa muriéndose en la vida real. No se sentía muerto. Abrió los ojos para ver qué ocurría.

Había una mujer en la pequeña sala de estar, de pie junto a la ventana, y de espaldas a él. Inmediatamente dijo:

—¿Laura?

La mujer se volvió, envuelta por la luz de la luna.

—Lo siento —dijo—. No quería despertarte. —Tenía un leve acento de la Europa del Este—. Me voy.

—No, no pasa nada. No me has despertado. He tenido un sueño.

—Sí. Llorabas y gemías. Parte de mí quería despertarte, pero pensé no, debería dejarlo así.

A la luz de la luna su pelo parecía pálido e incoloro. Llevaba puesto un camisón blanco de algodón, con un cuello alto de encaje y un dobladillo que arrastraba por el suelo. Sombra se sentó. Estaba completamente despierto.

—Eres Zorya Polu... —dudó—. La hermana que estaba durmiendo.

—Soy Zorya Polunochnaya, sí. Y tú te llamas Sombra, ¿no? Es lo que me dijo Zorya Vechernyaya cuando me desperté.

—Sí. ¿Qué mirabas, ahí afuera?

La mujer lo observó y le hizo un gesto para que fuera a su lado, junto a la ventana. Se volvió mientras él se ponía los vaqueros. Sombra fue andando hasta la ventana. Le pareció un camino largo para una habitación tan pequeña.

Era incapaz de decir la edad de aquella mujer que tenía la piel lisa, sin una arruga, los ojos oscuros, las pestañas largas, y cuya melena era blanca y le llegaba hasta la cintura. La luz de la luna convertía los colores en meros fantasmas de sí mismos. Era más alta que cualquiera de sus hermanas.

Señaló el cielo de la noche.

—Miraba eso —dijo mientras señalaba la Osa Mayor—. ¿La ves?

—*Ursa Major*. —dijo Sombra. La Osa Mayor.

—Es una forma de verlo. Pero no de donde yo vengo. Voy a sentarme al tejado. ¿Quieres venir?

Levantó la hoja de la ventana y se encaramó, con los pies descalzos, en la salida de incendios. Una racha de viento gélido entró por la ventana. Algo preocupaba a Sombra, pero no sabía lo que era; dudó, luego se puso el jersey, los calcetines y los zapatos y la siguió por la escalera de incendios oxidada. Ella lo estaba esperando. Su aliento se convertía en vapor en aquel viento tan frío. Vio cómo sus pies descalzos se deslizaban por los escalones helados y la siguió hasta el tejado.

El viento glacial le aplastó el camisón contra el cuerpo, y Sombra se sintió muy incómodo al darse cuenta de que Zorya Polunochnaya no llevaba nada debajo de él.

—¿No te importa el frío? —le preguntó al llegar a la cima de la escalera de incendios, y una ráfaga de aire se llevó sus palabras.

—¿Perdón?

Pego su cara a la de él. Tenía un aliento dulce.

—Te pregunto si no te molesta el frío.

Como respuesta, levantó un dedo: «espera». Saltó con gran facilidad por encima de la pared y llegó al tejado. Sombra fue un poco más torpe y la siguió, hasta la sombra del depósito de agua. Les estaba esperando un banco de madera, donde se sentaron ambos. El depósito hacía de protección contra el viento, algo de lo que Sombra estaba agradecido.

—No —dijo ella—. No me importa el frío. Esta hora es mi hora: me siento tan cómoda en la noche como un pez en aguas profundas.

—Debe de gustarte la noche —dijo Sombra, que acto seguido deseo haber dicho algo más sabio, más profundo.

—Mis hermanas tienen su propia hora. Zorya Utrennyaya es del amanecer. En nuestro viejo país, se levantaba para abrir las puertas y dejar que nuestro padre condujera su... um, he olvidado la palabra, como un coche, pero con caballos.

—¿Carro?

—Su carro. Nuestro padre salía con él todos los días. Y Zorya Vechernyaya le abría las puertas al anochecer, cuando volvía con nosotras.

—¿Y tú?

La mujer se calló. Tenía unos labios carnosos, pero muy pálidos.

—Nunca vi a nuestro padre. Estaba durmiendo.

—¿A causa de alguna enfermedad?

No respondió. Si se encogió de hombros, el movimiento fue imperceptible.

—Bueno, querías saber qué miraba.

—La Osa Mayor.

La mujer levantó un brazo para señalarla y el viento le ajustó el camisón contra su cuerpo. Sus pezones, y la carne de gallina alrededor de la areola, fueron visibles por un instante, oscuros bajo el algodón blanco. Sombra se estremeció.

—El Carro de Odín, lo llaman. Y la Osa Mayor. De donde venimos nosotros, creemos que es una, una cosa, una, no un dios, pero como un dios, una cosa mala, que está encadenada a esas estrellas. Si escapa, se lo comerá todo. Y hay tres hermanas que deben vigilar el cielo durante todo el día y toda la noche. Si esa cosa escapa, la cosa que hay en las estrellas, el mundo se acabará. ¡Pf! Así de fácil.

—¿Y la gente se cree eso?

—Antes. Hace mucho tiempo.

—¿Y tú mirabas por si podías ver el monstruo que hay en las estrellas?

—Algo así. Sí.

Sombra sonrió. De no haber sido por el frío, hubiera creído que estaba soñando. Todo parecía exactamente como un sueño.

—¿Puedo preguntarte la edad que tienes? Tus hermanas parecen mucho más mayores.

Ella asintió con la cabeza.

—Soy la más joven. Zorya Utrennyaya nació por la mañana, y Zorya Vechernyaya nació por la tarde, y yo nací a medianoche. Soy la hermana de la medianoche: Zorya Polunochnaya. ¿Estás casado?

—Mi mujer está muerta. Murió la semana pasada en un accidente de coche. Ayer se celebró su funeral.

—Lo siento.

—Ayer por la noche vino a verme. —No resultó difícil decirlo en la oscuridad y a la luz de la luna; no era tan inconcebible como resultaba de día.

—¿Le preguntaste qué quería?

—No. No lo hice.

—Tal vez deberías haberlo hecho. Es lo más inteligente que se les puede preguntar a los muertos. A veces te lo dicen. Zorya Vechernyaya me ha dicho que has jugado a las damas con Chernobog.

—Sí. Ha ganado la oportunidad de golpearme el cráneo con un mazo.

—En los viejos tiempos, subían a la gente a las cimas de las montañas. A los lugares altos. Y les golpeaban en la nuca con una roca. Por Chernobog.

Sombra miró a su alrededor. No, estaban a solas en el tejado.

Zorya Polunochnaya se rió.

—Tonto, no está aquí. Tú también has ganado una partida. Quizá no te golpee hasta que todo esto se haya acabado. Dijo que no lo haría. Y ya lo sabrás. Como las vacas a las que mataba. Siempre lo sabían. Si no, ¿de qué sirve?

—Siento como si estuviera en un mundo que se rige por sus propias leyes de la lógica. Como cuando estás en un sueño y sabes que existen ciertas reglas que no debes romper. Aunque no sepas lo que significan. Tan sólo me dejo llevar.

—Lo sé —dijo ella. Zorya Polunochnaya le cogió una mano con la suya, que estaba helada—. Una vez te concedieron protección. Te dieron el sol. Pero ya lo has perdido. Lo has regalado. Lo único que puedo darte es una protección mucho más débil. La hija, no el padre. Pero todo ayuda. ¿Sí? —Una racha de viento gélido le tapó la cara con el pelo.

—¿Tengo que luchar contigo? ¿O jugar a las damas? —preguntó.

—Ni tan siquiera tienes que besarme —le respondió—. Tan sólo coge la luna para mí.

—¿Cómo?

—Coge la luna.

—No lo entiendo.

—Mira —dijo Zorya Polunochnaya. Levantó la mano izquierda y la sostuvo delante de la mano, de forma que el dedo índice y el pulgar parecían cogerla. Luego, con un rápido movimiento, la cogió. Por un instante pareció como si hubiera robado la luna del cielo, pero entonces Sombra vio que seguía brillando, y Zorya Polunochnaya abrió la mano y le mostró un dólar de la Libertad entre el dedo y el pulgar.

—Eso ha estado muy bien. No he visto cómo la has escondido en la mano. Y no sé cómo has hecho la última parte.

—No la tenía escondida —replicó ella—. La cogí. Y ahora te la doy, para que estés a salvo. Toma. Y ésta no la des.

Se la puso en la mano derecha y le hizo cerrar los dedos. La moneda estaba fría. Zorya Polunochnaya se inclinó hacia delante y le cerró los ojos con sus dedos y le besó, suavemente, una vez sobre cada párpado.

Sombra se despertó en el sofá, completamente vestido. Un estrecho rayo de sol se colaba por la ventana, lo que hacía bailar las motas de polvo.

Se levantó de la cama y fue andando hasta la ventana. La habitación parecía mucho más pequeña a la luz del sol. De repente, cuando miró a la calle, le vino a la cabeza aquello que lo había preocupado tanto desde la noche anterior. No había escalera de incendios en su ventana: ni balcón, ni escalones de metal oxidados.

Aun así, en la palma de su mano seguía sosteniendo con fuerza un dólar de la Libertad de 1922, tan brillante como el día en que lo acuñaron.

—Ah. Te has levantado —dijo Wednesday, que sacó la cabeza por la puerta—. Fantástico. ¿Quieres café? Vamos a robar un banco.

EL VIAJE A AMÉRICA

1721

«La cosa más importante que hay que entender sobre la historia americana —escribió el señor Ibis, en su diario encuadernado en cuero—, es que es ficticia, no es más que un simple boceto a carboncillo hecho para los niños o aquellos que se aburren fácilmente. Ya que gran parte de ella no ha sido inspeccionada, imaginada ni pensada, es la representación de la cosa y no la cosa en sí. Es una gran ficción —escribió y se detuvo un instante para mojar la pluma en el tintero y organizar sus pensamientos—, que América fue fundada por peregrinos que buscaban la libertad para creer en lo que quisieran, que vinieron a las Américas y se extendieron, reprodujeron y llenaron la tierra vacía.»

En verdad, las colonias americanas no eran más que un vertedero, un lugar de huida y para olvidar. En los días en que podían colgar a alguien en Londres, en el árbol de triple corona de Tyburn, por robar doce peniques, las Américas se convirtieron en un símbolo de clemencia, de una segunda oportunidad. Pero las condiciones de transporte eran tales que algunos preferían bailar sobre la nada hasta que se acababa el baile. Deportación, lo llamaban: durante cinco años, diez o de por vida. Ésa era la sentencia.

Los vendían a un capitán, que los transportaba, amontonados como en un barco negrero, hasta las colonias o las Antillas; al llegar a puerto el capitán los vendía como criados a aquel que pagara el precio de su pellejo. Entonces tenían que trabajar para su amos, hasta que éste hubiera recuperado la suma que había pagado por ellos. Como mínimo no estaban esperando en una cárcel inglesa a que los colgaran (ya que en aquellos días las cárceles eran un lugar donde los prisioneros se quedaban hasta que los liberaban, deportaban o colgaban: no los sentenciaban por un período de tiempo), y tenían la libertad de sacar el máximo provecho del nuevo mundo. También podían sobornar a un capitán para que los devolvieran a Inglaterra antes de que hubiera concluido el tiempo de la deportación. Había gente que lo hacía. Y si las autoridades los atrapaban, si un viejo enemigo o un viejo amigo con alguna cuenta pendiente los veía y los denunciaba, los ahorcaban de inmediato.

Recuerdo —escribió tras una breve pausa, durante la cual había llenado el tintero de su escritorio con una botella de tinta negra del armario y había mojado la pluma de nuevo— la vida de Essie Tregowan, que vino de un pequeño pueblo gélido encaramado a la cima de un acantilado de Cornualles, en el suroeste de Inglaterra, donde su familia había vivido desde tiempos inmemoriales. Su padre era pescador y se rumoreaba que era uno de los provocadores de naufragios, aquellas personas que colgaban sus lámparas en lo alto de acantilados peligrosos cuando arreciaban las tormentas, para atraer los barcos hacia las rocas y poder quedarse así con los bienes que llevaban a bordo. La madre de Essie trabajaba como cocinera en la casa del señor, y a la edad de doce Essie empezó a trabajar allí, limpiando los alimentos. Era una niña muy pequeña y delgada, con los ojos castaños y grandes y el pelo oscuro. No le gustaba trabajar duro y se escabullía continuamente para escuchar historias y cuentos siempre que hubiera alguien dispuesto a contar alguno: cuentos de *piskies* y *spriggans*, de los perros negros de los moros y de las mujeres foca del Canal. Y, aunque el señor de la casa se reía de aquellas cosas, de noche, los criados de la cocina siempre cogían un plato de porcelana con la leche más cremosa de la casa, y lo dejaban frente a la puerta de la cocina, para los *piskies*.

Pasaron varios años, y Essie ya no era una chica pequeñita: tenía curvas y su cuerpo se mecía al andar como las olas del mar verde, y sus ojos oscuros sonreían, y su pelo castaño alborotado y rizado. Los ojos de Essie dieron con Bartholomew, el hijo de dieciocho años del señor que acababa de volver de Rugby, y de noche fue a la roca que había en el límite del bosque, donde puso un poco del pan que Bartholomew había comido, pero que no había acabado, envuelto en un mechón de su propio pelo. Y al día siguiente Bartholomew fue junto a ella y le habló, y la miró con aprobación con sus propios ojos, el azul peligroso de un cielo cuando se avecina tormenta, mientras ella limpiaba la chimenea de su habitación.

«Tenía unos ojos tan peligrosos», dijo Essie Tregowan.

Al cabo de un tiempo, Bartholomew se fue a Oxford y, cuando el estado de Essie resultó muy obvio, fue despedida. Pero el bebé nació muerto y, como favor a la madre de la niña, que era una cocinera excelente, la mujer del señor consiguió convencerlo para que Essie recuperara su antiguo trabajo.

Pero el amor de Essie por Bartholomew se había convertido en odio hacia su familia y, al cabo de un año, escogió como nuevo pretendiente a un hombre de mala reputación, llamado Josiah Horner, de un pueblo cercano. Y una noche, mientras la familia dormía, Essie se levantó y abrió la puerta lateral, para que entrara su amante, que desvalijó la casa.

Inmediatamente, todas las sospechas recayeron en alguien de la casa, ya que resultaba más que obvio que alguien tenía que haberle abierto la puerta, que la mujer del señor recordaba perfectamente haber cerrado, y alguien tenía que saber dónde se guardaba la cubertería de plata y en qué armario se encontraban las monedas y pagarés. Aun así, Essie, que lo negó todo con gran decisión, no fue condenada hasta que Josiah Horner fue atrapado en una cerería de Exeter, donde intentó usar uno de los pagarés. El señor lo identificó como suyo y Horner y Essie fueron a juicio.

Horner fue condenado a la horca por el tribunal del condado, pero el juez se apiadó de Essie, debido a su edad o a su pelo castaño, y la condenó a siete años de deportación. Debía partir en un barco llamado *Neptuno*, bajo las órdenes de un tal Capitán Clarke. De forma que Essie se fue a las Carolinas. En mitad de la travesía, llegó a un acuerdo con el mismo capitán y lo convenció de que la llevara de vuelta a Inglaterra con él, como su mujer, y de que la llevara a la casa de su madre de Londres, donde nadie la conocía. El viaje de vuelta, después de que el cargamento humano hubiera sido cambiado por algodón y tabaco, fue una época tranquila y feliz para el capitán y su nueva mujer, ya que ambos parecían una pareja de tortolitos, incapaz de dejar de manosearse o de hacerse carantoñas.

Cuando llegaron a Londres, el Capitán Clarke acomodó a Essie con su madre, que la trató como la nueva mujer de su marido. Ocho semanas más tarde, el *Neptuno* partió de nuevo, y la joven esposa de pelo castaño fue a despedir a su marido desde el muelle. Luego volvió a casa, donde, debido a la ausencia de su suegra, aprovechó para hacerse con un corte de seda, varias monedas de oro y un bote de plata en el que la vieja mujer guardaba los botones y, tras guardárselo todo, desapareció en los burdeles de Londres.

Durante los dos años siguientes, Essie se convirtió en una consumada ladrona. Sus amplias faldas podían ocultar una multitud de pecados que consistían principalmente en rollos de seda y encaje, y vivió la vida al máximo. Essie daba gracias por haber escapado a las vicisitudes de todas las criaturas de las que le habían hablado de niña, de los *piskies* (cuya influencia, estaba segura, alcanzaba hasta Londres), y todas las noches ponía un cuenco de leche en la cornisa de una ventana, a pesar de que sus amigos se reían de ella; pero ella se rió la última, cuando sus amistades cogieron la viruela o la gonorrea y Essie siguió con una salud de hierro.

Le faltaba un año para cumplir los veinte, cuando el destino le asestó un duro golpe: estaba sentada en la taberna Crossed Forks de Fleet Street, en Bell Yard, cuando vio entrar a un hombre joven, recién salido de la universidad, que se sentó cerca de la chimenea. ¡Ajá! «Un pichón listo para ser desplumado», pensó para sí misma. Así que se sentó junto a él y empezó a decirle que le parecía que era todo un caballero y empezó a acariciarle una rodilla y, con la otra mano, con sumo cuidado, intentó cogerle el reloj de bolsillo. Entonces, él la miró fijamente y a Essie le dio un vuelco el corazón y se le cayó el alma a los pies cuando el azul peligroso del cielo de verano antes de una tormenta la miró a los ojos y el amo Bartholomew dijo su nombre.

La llevaron a la prisión de Newgate y la acusaron de volver antes de cumplir el tiempo de una deportación. Al ser declarada culpable, Essie no sorprendió a nadie cuando alegó estar preñada para no cumplir condena, aunque las matronas de la ciudad, que tuvieron que comprobar tal alegación (que en la mayoría de casos acostumbraba a ser falsa), sí se quedaron asombradas cuando tuvieron que admitir que Essie estaba en estado, aunque se negó a decir quién era el padre.

De nuevo, su sentencia de muerte fue conmutada por una deportación, esta vez de por vida.

Se embarcó en la *Doncella del mar*, a bordo de la cual había doscientos deportados, amontonados en la bodega como si fueran cerdos camino del mercado. La disentería y la fiebre campaban a sus anchas por el barco; apenas había sitio donde sentarse, y mucho menos aún para tumbarse; una mujer murió al dar a luz al fondo de la bodega y, como la gente estaba demasiado apretada como para poder sacar los cuerpos, madre e hijo fueron tirados por un ojo de buey, directamente al mar gris y picado. Essie estaba de ocho meses y era increíble que mantuviera con vida al bebé, pero al final lo consiguió.

Hasta el final de sus días, tuvo pesadillas sobre el tiempo que pasó en aquella bodega, y se despertaba gritando con el sabor y el olor de aquel lugar en su garganta.

La *Doncella del mar* atracó en Norfolk, Virginia, y Essie fue comprada por el propietario de una "pequeña plantación", un cultivador de tabaco llamado John Richardson, ya que su mujer había muerto por las fiebres provocadas por el parto, una semana después de dar a luz a su hija, que necesitaba una nodriza y una criada que se hiciera cargo de todas las tareas de su pequeña granja.

De forma que el hijo de Essie, a quien llamó Anthony, según dijo, en nombre de su marido fallecido (a sabiendas de que no había nadie en el lugar que pudiera contradecirla, y quizá había conocido a un Anthony una vez), mamó de los pechos de Essie junto con Phyllida Richardson. A la hora de comer, la hija de su amo era siempre la primera, por lo que se convirtió en una niña con buena salud, alta y fuerte, mientras que el hijo de Essie fue un niño débil y raquítico.

Y junto con la leche de Essie, los niños mamaron todos sus cuentos: los de los *knockers* y los *blue-caps* que vivían en las minas; los de Bucca, el espíritu más juguetón de la tierra, mucho más peligroso que los *piskies* pelirrojos y de nariz respingona, a quienes siempre les dejaban el primer pez que pescaban en una teja, y a quienes les dejaban un pan recién horneado en el campo, al llegar la época de la siega, para asegurarse una buena cosecha; les habló de los hombres del manzano, viejos manzanos que hablaban cuando tenían mente, y a los que había que apaciguar con la primera sidra de la cosecha, que se vertía sobre sus raíces al llegar el fin del año, si querían tener una buena cosecha al año siguiente. Les habló con su acento melifluo de Cornualles de los árboles de los que no debían fiarse:

> *El olmo llora*
> *El roble odia*
> *Pero el sauce echa a andar,*
> *Si hasta tarde te puedes quedar.*

Les contó todas estas cosas y ellos se las creyeron porque ella se las creía.

La granja prosperó y Essie Tregowan empezó a poner todas las noches un plato de porcelana con leche junto a la puerta de atrás, para los *piskies*. Y al cabo de ocho meses, John Richardson llamó sin hacer ruido a la puerta de la habitación de Essie y le pidió los favores que las mujeres acostumbran a conceder a los hombres, y Essie le dijo lo sorprendida y dolida que estaba, una pobre viuda, y una sirvienta no mucho mejor que una esclava, a la que le pedía que se prostituyera por un hombre por el que sentía tanto respeto —y una criada no podía casarse, así que no alcanzaba a comprender cómo se le ocurría atormentar a una chica deportada— y sus ojos de color castaño se llenaron de lágrimas, de tal forma que Richardson empezó a pedirle disculpas, y el resultado final fue que John Richardson acabó hincando una rodilla en aquel pasillo, en aquella calurosa noche de verano, para proponerle el final de su contrato como criada y para solicitarle su mano en matrimonio. Ahora bien, aunque ella aceptó, le dijo que no dormiría con él hasta que todo fuera legal, de forma que se trasladó de la pequeña habitación del ático al dormitorio del amo, que daba a la fachada de la casa; y aunque algunos de los amigos del granjero Richardson y sus mujeres lo hirieron con sus comentarios cuando lo vieron por la ciudad, muchos más de ellos opinaban que la nueva señora Richardson era una mujer de gran belleza y que Johnnie Richardson había hecho una gran elección.

Al cabo de un año, Essie dio a luz a otro hijo, otro chico, pero tan rubio como su padre y su media hermana, y lo llamaron John, por su padre.

Los tres niños iban a la iglesia los domingos para escuchar a los pastores, e iban a la pequeña escuela para aprender las letras y los números con los niños de otros pequeños granjeros; aun así, Essie también se aseguraba de que conocieran los misterios de los *piskies*, que eran los misterios más importantes que había: hombres pelirrojos, que tenían unos ojos y una ropa tan verdes como un río y la nariz respingona, eran hombres bizcos de aspecto curioso que, si querían, podían trastornarte, embaucarte y hacerte desviar de tu camino, a menos que llevaras sal en los bolsillos, o un poco de pan. Cuando los niños iban a la escuela, los tres llevaban un poco de sal en un bolsillo, un poco de pan en el otro, los viejos símbolos de la vida y la tierra, para asegurarse de que llegaban sanos y salvos a casa, algo que siempre conseguían.

Los niños crecieron en la exuberancia de las colinas de Virginia, se hicieron altos y fuertes (aunque Anthony, su primer hijo, fue siempre un poco más débil y pálido, y proclive a padecer enfermedades y malaria) y los Richardson eran una familia feliz; y Essie amaba tanto como podía a su marido. Llevaban diez años casados cuando John Richardson empezó a sufrir un dolor de muelas tan intenso que le hizo caer de su caballo. Lo llevaron al pueblo más cercano, donde le quitaron la muela, pero ya era demasiado tarde, y la infección de la sangre se lo llevó, con la cara negra y gimiendo, y lo enterraron bajo su sauce favorito.

La viuda Richardson se hizo cargo de la administración de la granja hasta que los dos hijos tuvieran suficiente edad para hacerlo: se encargó de comprar a criados y esclavos, de cosechar el tabaco, año sí, año no; vertió sidra sobre las raíces de los manzanos en Noche Vieja y puso un pan recién hecho en los campos durante la época de la siega, y siempre dejó un plato con leche en la puerta de atrás. La granja prosperó y la viuda Richardson se ganó una reputación de negociadora dura, pero cuya cosecha siempre era buena, y que nunca engañaba a nadie con la calidad de sus productos.

De forma que todo fue bien durante diez años más; pero entonces llegó un año mal, ya que Anthony, su hijo, mató a Johnnie, su medio hermano, en una pelea furibunda sobre el futuro de la granja y de la mano de Phyllida; y algunos dijeron que no había querido matar a su hermano, y que fue un golpe tonto, que acabó siendo una herida demasiado profunda, y otros dijeron lo contrario. Anthony huyó, con lo que a Essie le tocó enterrar a su hijo más joven junto a su padre. Algunos dijeron que Anthony huyó hacia Boston y otros afirmaron que se dirigió al sur, pero su madre pensaba que había tomado un barco para regresar a Inglaterra, para alistarse en el ejército del rey Jorge y luchar contra los rebeldes escoceses. Pero ahora que se había quedado sin hijos, la granja era un lugar vacío y triste, y Phyllida sufría y se lamentaba como si le hubieran partido el corazón. Nada de lo que su madrastra pudiera decirle o hacer conseguía devolverle la sonrisa a la cara.

Pero tuviera el corazón roto o no, necesitaban a un hombre en la granja, de manera que Phyllida se casó con Harry Soames, carpintero de barco de profesión, que se había cansado del mar y soñaba con llevar una vida en tierra firme, en una granja como la de Lincolnshire, en la que se había criado. Y aunque la de los Richardson era bastante pequeña, Harry Soames encontró suficientes similitudes que lo hacían feliz. Phyllida y Harry tuvieron cinco hijos, de los que sobrevivieron tres.

La viuda Richardson echaba de menos a sus hijos, y echaba de menos a su marido, aunque ahora ya no era más que el recuerdo de un hombre justo que la trató con cariño. Los hijos de Phyllida iban a ver a Essie para que les contara cuentos, y ella les hablaba del Perro Negro de los Páramos, y de la Cabeza Parlante, o del Hombre del Manzano, pero no les interesaban; sólo querían oír las historias de Jack, Jack y las Judías Mágicas, o Jack el Matagigantes, o Jack y su Gato y el Rey. Essie quería a aquellos niños como si fueran su propia sangre y carne, aunque a veces los llamaba por los nombres de los que llevaban muertos hacía tiempo.

Era mayo y Essie sacó su silla al huerto de la cocina, para coger guisantes y pelarlos a la luz del sol, ya que incluso en el calor exuberante de Virginia, el frío se había apoderado de sus huesos igual que el hielo se había apoderado de su melena, y un poco de calor era una sensación muy agradable.

Mientras la viuda Richardson pelaba los guisantes con sus manos viejas, se puso a pensar en lo mucho que le gustaría volver a andar una vez más por los páramos y los acantilados salados de su Cornualles nativo, y pensó en cuando se sentaba sobre los guijarros de la playa cuando era una niña, a la espera de que regresara el barco de su padre de los mares grises. Sus manos, torpes y con los nudillos azules, abrían las vainas, tiraban los guisantes en un cuenco de barro, y dejaban caer las vainas vacías sobre el delantal del regazo. Y entonces se dio cuenta de que estaba recordando, tal y como no hacía desde mucho tiempo, una vida que había perdido: cómo había afanado monederos y birlado sedas con sus dedos inteligentes; y se acordó del juez de Newgate, que le dijo que pasarían doce semanas antes de que vieran su caso, y que podría escapar de la horca si alegaba embarazo, y que era una chica muy bonita, y se acordó de cómo se volvió hacia la pared y se levantó las faldas con valentía, a pesar del odio que sentía por sí misma y por aquel hombre que, después de todo, tenía razón; y cuando sintió que algo cobraba vida en su interior supo que podría esquivar a la muerte...

—¿Essie Tregowan? —dijo el desconocido.

La viuda Richardson alzó la cabeza y se tapó los ojos con una mano para protegerse del sol de mayo.

—¿Le conozco? —preguntó. No le había oído acercarse.

El hombre iba vestido todo de verde; pantalones de tela escocesa verde, una chaqueta verde y un abrigo verde oscuro. Tenía el pelo de color zanahoria y torció la boca al sonreírle. Había algo en aquel hombre que la hacía feliz al mirarlo, y algo que transmitía una sensación de peligro.

—Podría decir que me conoce.

Ambos entrecerraron los ojos al mirarse, y Essie buscó en su cara redonda una pista para averiguar su identidad. Parecía tan joven como uno de sus nietos, y sin embargo la había llamado por su viejo nombre, y tenía un acento al hablar que conocía de su infancia, de las rocas y los páramos de su hogar.

—¿Es de Cornualles? —preguntó ella.

—Así es, de ahí soy —dijo el hombre pelirrojo—. O más bien, lo era, pero ahora estoy aquí, en el nuevo mundo, donde nadie pone un vaso de cerveza o de leche para un hombre honesto, o un pan cuando llega la época de la siega.

La vieja sujetó el cuenco de guisantes que tenía en el regazo.

—Si eres quien creo que eres —dijo—, no quiero pelearme contigo.
—Oía las quejas de Phyllida al ama de llaves, dentro de casa.

—Ni yo tampoco contigo —dijo el tipo del pelo rojo, un poco triste—, aunque fuiste tú quien me trajo aquí, tú y unos cuantos como tú, a esta tierra que no tiene tiempo para la magia ni lugar para los *piskies* y los seres como ellos.

—Me has hecho bastantes favores —dijo ella.

—Buenos y malos —dijo el desconocido con los ojos entrecerrados—. Somos como el viento. Soplamos en ambas direcciones.

Essie asintió.

—¿Quieres cogerme la mano, Essie Tregowan? —Y el desconocido le acercó una mano. Estaba llena de pecas, y aunque la vista de Essie ya no era muy buena, vio todos los pelos naranja del dorso de su mano, que brillaban como el oro bajo la luz del sol del atardecer. Se mordió los labios. Entonces, tras algunas dudas, puso su mano sobre la de él.

Aún estaba caliente cuando la encontraron, aunque la vida había abandonado su cuerpo y sólo había pelado la mitad de los guisantes.

CAPÍTULO QUINTO

La vida es una mujer en flor.
La muerte acecha en todas las esquinas:
La una es la inquilina de la habitación,
La otra el rufián de las escaleras

—W.E. Henley, "La vida es una mujer en flor"

Sólo Zorya Utrennyaya estaba despierta para despedirlos aquella mañana de sábado. Le cogió los cuarenta dólares a Wednesday e insistió en darle un recibo, que escribió con su letra curvilínea en el dorso de un vale de refresco caducado. Parecía una muñeca bajo la luz de la mañana, con la cara maquillada con gran esmero y la melena dorada recogida en lo alto de la cabeza en un moño.

Wednesday le besó la mano.

—Gracias por tu hospitalidad, querida. Tú y tus adorables hermanas seguís tan radiantes como el cielo mismo.

—Eres un viejo malo —le dijo ella mientras le señalaba con un dedo. Luego lo abrazó—. Cuídate. No me gustaría oír que te has ido.

—Me afligiría tanto como a ti, querida.

La vieja le estrechó la mano a Sombra.

—Zorya Polunochnaya te tiene en muy alta estima —dijo ella—. Yo también.

—Gracias —respondió Sombra—. Y gracias por la cena.

La mujer enarcó una ceja.

—¿Te gustó? Tienes que volver.

Wednesday y Sombra bajaron las escaleras. Sombra se puso las manos en los bolsillos de la chaqueta. El dólar de plata estaba frío. Era más grande y pesaba más que todas las monedas que había usado hasta entonces. Se lo escondió en la mano, y la puso de lado en posición natural. Luego estiró la mano y la moneda se deslizó hasta su posición natural, entre el dedo índice y meñique.

—Lo has hecho con mucha soltura —dijo Wednesday.

—Estoy aprendiendo. La parte técnica me sale bien. Lo difícil es hacer que la gente mire a la otra mano.

—¿Ah, sí?

—Sí. Se llama engaño. —Empujó la moneda con los dedos del medio para hacerla pasar a la palma de la mano, pero se le escapó por muy poco. La moneda hizo ruido al caer sobre la escalera y bajó unos cuantos peldaños. Wednesday se agachó y la recogió.

—No puedes permitirte el lujo de ser descuidado con los regalos de la gente —dijo Wednesday—. Tienes que guardar bien cosas como ésta. No vayas tirándola por ahí. —Examinó la moneda: primero miró el lado del águila y luego el de la Libertad—. Ah, la señora Libertad. Es bella, ¿verdad?

Le lanzó la moneda a Sombra, que la cogió en el aire, hizo un amago como si la fuera a dejar caer sobre la mano izquierda cuando en realidad no la soltó, y simuló guardársela en el bolsillo con la mano izquierda. La moneda estaba en la palma de la mano derecha, perfectamente visible. Transmitía una sensación reconfortante.

—Señora Libertad —dijo Wednesday—. Como muchos de los dioses a los que los estadounidenses tienen estima, una extranjera. En este caso, una mujer francesa, aunque, en deferencia a las sensibilidades estadounidenses, los franceses cubrieron los magníficos pechos de la estatua que regalaron a Nueva York. Libertad —frunció la nariz al ver el condón usado que había al final de las escaleras, y lo apartó con el pie mostrando su desagrado—. Alguien podría resbalar con eso. Partirse el cuello —murmuró—. Como una piel de plátano, sólo que con mal gusto y cierta ironía. —Abrió la puerta y la luz del sol les sacudió de pleno—. Libertad —exclamó Wednesday con voz de trueno— es una zorra a la que hay que follarse en un colchón de cadáveres.

—¿Sí?

—Citaba —respondió Wednesday—. Citaba a un francés. En honor de ella tienen esa estatua en el puerto de Nueva York: una zorra a la que le gustaba que se la follasen en los residuos del carro en el que llevaban a las víctimas de la guillotina de la Revolución Francesa. Ya puedes levantar la antorcha tanto como quieras, aún tienes ratas en el vestido y semen frío que te corre por las piernas. —Abrió el coche y le señaló a Sombra el asiento del acompañante.

—Yo creo que es bella —dijo Sombra mientras miraba la moneda de cerca. La cara plateada de Libertad le recordaba un poco a Zorya Polunochnaya.

—Eso —dijo Wednesday mientras sacaba el coche del aparcamiento— es la eterna locura del hombre. Correr detrás de la carne fresca, sin darse cuenta de que no es más que una cubierta bonita de los huesos. Comida para gusanos. De noche te frotas contra comida de gusanos. Conste que no es mi intención ofender.

Sombra nunca había visto tan comunicativo a Wednesday. Su nuevo jefe pasaba de fases de extroversión a períodos de intenso silencio.

—¿Entonces no eres estadounidense? —preguntó Sombra.

—Nadie lo es —respondió Wednesday—. No originalmente. Eso es lo que creo. —Miró su reloj—. Aún tenemos que matar muchas horas antes de que cierren los bancos. Anoche hiciste un buen trabajo con Chernobog, por cierto. Yo lo habría acabado reclutando, pero tú conseguiste convencerlo e infundirle mucho mayor entusiasmo.

—Sólo porque luego podrá matarme.

—No tiene por qué. Como tú mismo resaltaste inteligentemente, es viejo y quizás el golpe te deje tan sólo, bueno, paralizado de por vida, digamos. Un inválido desesperanzado. Así que te aguardan muchas experiencias, si el señor Chernobog sobrevive a los problemas que se nos echan encima.

—¿Y hay alguna posibilidad de que eso ocurra? —preguntó Sombra imitando la forma de hablar de Wednesday y se odió a sí mismo por haberlo hecho.

—Claro que sí, joder —respondió Wednesday. Detuvo el coche en el aparcamiento de un banco—. Éste es el banco en el que quiero robar. No cierran hasta dentro de unas horas. Entremos a saludar.

Le hizo un gesto a Sombra, que salió del coche de mala gana. Si el viejo iba a hacer algo estúpido, Sombra no entendía por qué quería dejar que lo filmaran. Pero la curiosidad pudo más que él y entró en el banco. Miró al suelo, se rascó la nariz con la mano, hizo de todo para esconder la cara.

—¿Los impresos para hacer un ingreso, señora? —le preguntó Wednesday a la cajera solitaria.

—Están allí.

—Muy bien. ¿Y si tuviera que hacer un ingreso de noche...?

—Se usan los mismos formularios. —La mujer le sonrió—. ¿Sabe dónde está el buzón para hacer ingresos nocturnos? Junto a la puerta principal, a la izquierda, en la pared.

—Muchas gracias.

Wednesday cogió varios formularios para ingresos. Sonrió a modo de despedida a la cajera y salió del banco con Sombra.

Wednesday se detuvo un momento en la acera, para mesarse la barba. Luego fue hasta el cajero automático y el buzón para ingresos nocturnos y los inspeccionó. Fue con Sombra hasta el supermercado que había enfrente del banco, donde compró una chocolatina para él y una taza de chocolate caliente para Sombra. Había un teléfono público en la pared de la entrada, bajo un tablón de anuncios en el que se alquilaban habitaciones y se regalaban cachorros y gatitos que buscaban un buen hogar. Wednesday escribió el número de teléfono de la cabina. Cruzaron la calle de nuevo.

—Lo que necesitamos —dijo Wednesday de repente— es nuevo. Una nevada copiosa y molesta. Piensa en «nieve», ¿vale?

—¿Eh?

—Concéntrate en esas nubes —las que hay allí, hacia el oeste—, en hacerlas más grandes y oscuras. Piensa en un cielo gris y en vientos que soplan del ártico. Piensa en nieve.

—No creo que sirva de nada.

—Tonterías. Como mínimo, tendrás algo en lo que pensar —respondió Wednesday al abrir el coche—. Próxima parada, Kinko's. Date prisa.

«Nieve —pensó Sombra, en el asiento del acompañante, mientras bebía el chocolate a pequeños sorbos—. Copos inmensos de nieve que caen a través del aire, motas blancas bajo un cielo gris, nieve que se deposita en tu lengua con el frío del invierno, que te besa en la cara con su tacto vacilante antes de congelarte hasta la muerte. Treinta centímetros de algodón de azúcar de nieve, que crean un mundo de cuento de hadas, que transforman el paisaje en algo bellísimo...»

Wednesday le estaba hablando.

—¿Perdona? —preguntó Sombra.

—He dicho que ya hemos llegado. Aunque tú aún estabas en otra parte.

—Estaba pensando en nieve.

En Kinko's, Wednesday fotocopió los formularios de ingreso del banco. Le pidió al vendedor que le imprimiera dos juegos de diez tarjetas de negocios. A Sombra empezaba a dolerle la cabeza, y notaba una sensación extraña entre los omóplatos; se preguntó si había dormido mal, si el dolor de cabeza era un legado del sofá de la noche anterior.

Wednesday se sentó ante un ordenador, escribió una carta y, con la ayuda del vendedor, hizo varios carteles de gran tamaño.

«Nieve —pensó Sombra—. En la atmósfera, perfecta, pequeños cristales con la forma de una diminuta mota de polvo, como una obra de encaje de arte fractal. Y los cristales de nieve se agrupan para formar copos mientras caen, y cubren Chicago con su abundancia blanca, centímetro a centímetro...»

—Toma —dijo Wednesday. Le dio a Sombra una taza de café de Kinko's. Un terrón de leche en polvo sin disolver flotaba en la superficie—. Creo que con esto basta, ¿no?

—¿Basta qué?

—Basta de nieve. Tampoco es que queramos inmovilizar a la ciudad entera.

El cielo se había vuelto de color gris plomo. Estaba a punto de nevar. Sí.

—En realidad no lo he hecho yo, ¿no? ¿O sí?

—Bebe el café. Está asqueroso, pero te aliviará el dolor de cabeza. Buen trabajo.

Wednesday pagó al vendedor de Kinko's y cogió sus carteles, cartas y tarjetas. Abrió el maletero del coche, guardó los papeles en un maletín metálico negro, del tipo que llevaban los guardas encargados de repartir las nóminas, y cerró el maletero. Le dio una tarjeta de negocios a Sombra.

—¿Quién —preguntó Sombra— es A. Haddock, Director de Seguridad, A1 Security Services?

—Tú.

—¿A. Haddock?

—Sí.

—¿Qué significa la A.?

—¿Alfredo? ¿Alphonse? ¿Augustine? ¿Ambrose? El que más te guste.

—Ah. Ya veo.

—Yo soy James O'Gorman. Jimmy para los amigos. ¿Ves? También tengo una tarjeta.

Volvieron al coche. Wednesday le dijo:

—Si puedes pensar que eres «A. Haddock» tan bien como has hecho con «nieve», conseguiremos un montón de dinero para dar de comer y de beber a mis amigos esta noche.

—No pienso volver a la cárcel.

—Es que eso no va a ocurrir.

—Pensaba que habíamos acordado que no haría nada ilegal.

—No vas a hacerlo. Quizá prestarás algo de ayuda para cometer una pequeña conspiración y recibirás dinero robado, pero créeme, cuando se acabe este asunto seguirás oliendo como una rosa.

—¿Eso será antes o después de que ese vejestorio de superhombre eslavo me reviente el cráneo de un mazazo?

—Cada vez ve peor. Es probable que ni te roce. Bueno, aún nos queda algo de tiempo, el banco cierra a mediodía los sábados. ¿Te gustaría almorzar?

—Sí. Me estoy muriendo de hambre.

—Conozco el lugar adecuado —dijo Wednesday, que mientras conducía tarareaba una canción alegre que Sombra no reconoció. Empezaron a caer copos de nieve, tal y como Sombra los había imaginado, y sintió una rara sensación de orgullo. Racionalmente sabía que no había tenido nada que ver con aquella nevada, de la misma forma que sabía que el dólar de plata que llevaba en el bolsillo no era, ni había sido nunca la luna. Pero aun así...

Se detuvo ante un gran edificio que parecía una cabaña. Un cartel decía que el buffet libre costaba 4,00 dólares.

—Me encanta este lugar —exclamó Wednesday.

—¿Hacen buena comida?

—No es que sea deliciosa, pero el ambiente es impagable.

El ambiente que tanto le gustaba resultó ser, una vez hubieron comido —Sombra escogió el pollo frito y le gustó—, el asunto que tenía lugar en la parte de atrás de la cabaña: era, según anunciaba una bandera en el centro de la sala, un depósito de objetos provenientes de bancarrotas y liquidaciones de stock.

Wednesday fue al coche y reapareció con una pequeña maleta, con la que se fue al lavabo. Sombra supuso que averiguaría dentro de poco lo que Wednesday se traía entre manos, tanto si quería como si no, de forma que se fue a echar un vistazo a las cosas que estaban en venta: cajas de café «para usar únicamente con filtros de aerolíneas», muñecos de las Tortugas Ninja y muñecas de harén de Xena: La princesa guerrera, ositos de peluche que tocaban melodías patrióticas en el xilofón cuando los encendían, latas de carne en conserva, chanclos y varias galochas, relojes de pulseras de Bill Clinton, árboles artificiales en miniatura de Navidad, saleros y pimenteros con formas de animales, prótesis, fruta y, el favorito de Sombra, un kit de muñeco de nieve al que «sólo hay que añadirle una zanahoria de verdad» con los ojos de carbón de plástico, pipa de mazorca de maíz y un sombrero de plástico.

Sombra pensó en cómo podía lograr alguien hacer como si quitara la luna del cielo y la convirtiera en un dólar de plata, y qué hacía que una mujer decidiera levantarse de su tumba y cruzar la ciudad para hablar con él.

—¿No es un lugar maravilloso? —preguntó Wednesday cuando salió del lavabo de hombres. Aún tenía las manos mojadas y se las estaba secando con un pañuelo—. No quedan toallitas de papel. —Se había cambiado de ropa. Ahora llevaba una chaqueta azul oscuro con unos pantalones a juego, una corbata azul de punto, un jersey grueso azul, una camisa blanca y zapatos negros. Parecía un guardia de seguridad de verdad y Sombra se lo dijo.

—¿Qué puedo decir, jovencito —dijo Wednesday mientras cogía una caja de peces de acuario de plástico («¡¡Nunca se morirán y nunca tendrá que darles de comer!!»)—, aparte de felicitarte por tu perspicacia? ¿Qué te parece Arthur Haddock? Arthur es un buen nombre.

—Demasiado mundano.

—Bueno, pues piensa en algo. Venga. Volvamos a la ciudad. Tenemos que llegar a la hora exacta para cometer nuestro atraco al banco, y luego gastaré un poco de dinero.

—La mayoría de gente —dijo Sombra— lo cogería simplemente del cajero automático.

—Curiosamente, es lo que pensaba hacer. Más o menos.

Wednesday aparcó el coche en el supermercado que había enfrente del banco. Del maletero del coche sacó el maletín de metal, una tablilla con sujetapapeles, y un par de esposas con las que se sujetó el maletín a la muñeca izquierda. Seguía nevando. Luego se puso una gorra azul y una chapa en el bolsillo del pecho de la chaqueta. En la gorra y la chapa se podía leer «A1 SECURITY». Puso los formularios para realizar ingresos en la tablilla. Luego se puso bien derecho. Tenía pinta de policía retirado y, de repente, parecía como si le hubiera salido barriga.

—Bueno. Compra algo en el supermercado y luego quédate cerca del teléfono. Si alguien te pregunta algo, estás esperando la llamada de tu novia, a quien se le ha estropeado el coche.

—¿Y por qué me llama aquí?

—¿Cómo quieres que lo sepa?

Wednesday se puso un par de orejeras rosas, descoloridas. Cerró el maletero. Se le empezaron a acumular copos de nieve en la gorra azul y las orejeras.

—¿Qué pinta tengo?

—Ridícula.

—¿Ridícula?

—Quizá de tonto.

—Mm. Tonto y ridículo. Perfecto. —Wednesday sonrió. Las orejeras le daban un aspecto tranquilizador, divertido y adorable. Todo a la vez. Cruzó la calle corriendo, y anduvo a lo largo de un edificio hasta llegar al banco, mientras Sombra entraba en el supermercado y lo observaba.

Wednesday pegó un gran cartel rojo en el cajero, que indicaba que estaba fuera de servicio. Tapó la ranura del buzón nocturno para ingresos con un lazo rojo, y pegó un cartel fotocopiado encima. Sombra lo leyó divertido:

«POR SU COMODIDAD —decía—, ESTAMOS TRABAJANDO PARA HACER MEJORAS. DISCULPEN CUALQUIER INCONVENIENTE QUE LES PODAMOS CAUSAR.»

Entonces Wednesday se volvió y se puso de cara a la calle. Puso cara de estar pasando mucho frío y de estar sufriendo.

Una chica se acercó al cajero. Wednesday negó con la cabeza y le explicó que estaba fuera de servicio. La chica soltó un par de palabrotas, se disculpó por haberlo hecho y se fue.

Delante del banco se detuvo un coche del que bajó un hombre que sostenía un pequeño saco gris en una mano y una llave. Sombra lo observó mientras Wednesday le pedía disculpas, luego le hacía firmar el formulario de ingreso, comprobaba que estuviera todo correcto, le extendía un recibo con gran minuciosidad, se detenía confundido porque no sabía que copia entregarle y, al final, abría su gran maletín metálico, y ponía el saco dentro.

El hombre temblaba bajo la nieve, y no paraba de dar patadas en el suelo, mientras esperaba que el viejo guardia de seguridad acabara con todo el papeleo, para poder dejar la recaudación y volver, entonces cogió el recibo, volvió a su coche que estaba caliente y se fue.

Wednesday cruzó la calle con el maletín de metal y se compró un café en el supermercado.

—Buenas tardes, joven —dijo con una sonrisa paternal, al pasar junto a Sombra—. Hace frío, ¿eh?

Volvió a cruzar la calle y siguió cogiendo las sacas grises y los sobres de la gente que iba a depositar sus ganancias o su recaudación aquella tarde de sábado. Un viejo guardia de seguridad con sus divertidas orejeras de color rosa.

Sombra compró algo para leer, *Turkey Hunting*, *People* y, como la foto de portada de Bigfoot era tan atrayente, el *Weekly World News*, y miró a través de la ventana.

—¿Puedo ayudarle en algo? —preguntó un hombre negro de mediana edad que tenía un bigote blanco. Parecía el gerente.

—Gracias, pero no. Estoy esperando una llamada. A mi novia se le ha estropeado el coche.

—Seguro que es la batería. La gente se olvida de estas cosas y sólo funcionan durante tres o cuatro años. Y no es que cuesten una fortuna.

—Y que lo diga.

—Espere aquí un momento —dijo el gerente, que regresó al supermercado.

La nieve había convertido la calle en el interior de un globo de nieve, perfecto en todos los detalles.

Sombra siguió observando, impresionado. Incapaz de oír las conversaciones que tenían lugar al otro lado de la calle, se sentía como si estuviera viendo una película muda, todo pantomima y expresión: el viejo guardia de seguridad era brusco, serio, un poco torpe quizá, pero hacía su trabajo con la mejor de las intenciones. Todos los que le daban el dinero se iban un poco más felices después de haberlo conocido.

De repente, un coche de policía aparcó delante del banco y a Sombra le dio un vuelco el corazón. Wednesday se tocó la visera a modo de saludo y fue hasta el coche sin ninguna prisa. Saludó a los dos agentes, les estrechó la mano a través de la ventanilla abierta, asintió con la cabeza y luego se puso a rebuscar por los bolsillos hasta que encontró una tarjeta y una carta y se las dio. Luego tomó un trago de café.

Sonó el teléfono. Sombra lo descolgó y se esforzó al máximo por parecer aburrido.

—A1 Security Services —dijo.

—¿Puedo hablar con A. Haddock? —preguntó el policía que estaba al otro lado de la calle.

—Al habla Andy Haddock.

—Sí, señor Haddock, está hablando con la policía. Tiene a un hombre en el First Illinois Bank en la esquina de la calle Market con la Segunda.

—Eh, sí. Es cierto. Jimmy O'Gorman. ¿Hay algún problema, oficial? ¿Se está comportando Jim? Supongo que no habrá bebido.

—Ningún problema, señor. Su hombre está bien. Tan sólo queríamos asegurarnos de que estaba todo en orden.

—Dígale a Jim que si volvemos a cogerle bebiendo será despedido. ¿Lo entiende? A la calle. A la puta calle. En A1 Security no toleramos este tipo de comportamiento.

—No creo que sea yo quien deba decirle eso, señor. Está haciendo un buen trabajo, pero estábamos preocupados porque se trata de un trabajo que deberían hacer dos personas. Es arriesgado tener un único guardia no armado a cargo de tanto dinero.

—Ni falta hace que me lo diga. O más bien, dígaselo a esos agarrados del First Illinois. Son mis hombres los que se la juegan, oficial. Hombres buenos. Hombres como usted. —Sombra empezaba a entusiasmarse con su identidad. Sentía que se iba convirtiendo en Andy Haddock, que masticaba tabaco barato y lo escupía en el cenicero, tenía una montaña de papeleo que solucionar aquella tarde de sábado, tenía una casa en Schaumburg y una amante en un pequeño apartamento en Lake Shore Drive—. Parece usted un hombre muy inteligente, oficial, esto...

—Myerson.

—Oficial Myerson. Si necesita trabajar algún fin de semana o acaba dejando el cuerpo por algún motivo, llámenos. Siempre necesitamos a hombres buenos. ¿Tiene mi tarjeta?

—Sí, señor.

—No la pierda —dijo Andy Haddock—. Llámeme.

Los policías se fueron y Wednesday regresó a la oficina del banco a través de la nieve para atender a la pequeña cola de gente que esperaba para darle el dinero.

—¿Está bien? —preguntó el gerente, que asomó la cabeza por la puerta—. ¿Su novia?

—Era la batería. Ahora sólo tengo que esperar.

—Mujeres. Espero que valga la pena esperar por ella.

Cayó la oscuridad del invierno, y el gris de la tarde se desvaneció lentamente para dar paso a la noche. Se encendieron las luces. La mayoría de gente dio su dinero a Wednesday. De repente, como si hubiera habido alguna señal que Sombra no pudo ver, Wednesday se acercó a la fachada del banco, quitó los carteles de fuera de servicio, y cruzó con cierta dificultad la calle cubierta de nieve, en dirección al aparcamiento. Sombra lo esperó un minuto y luego lo siguió.

Wednesday estaba sentado en el asiento trasero del coche. Había abierto el maletín de metal y estaba repartiendo de manera metódica todo el dinero que le habían dado en pequeños montoncitos.

—Arranca —le dijo a Sombra—. Vamos al First Illinois Bank de State Street.

—¿A repetir el número? ¿No estás desafiando la suerte?

—En absoluto. Vamos a hacer negocios.

Mientras Sombra conducía, Wednesday se dedicaba a sacar a puñados los billetes de las bolsas de ingreso, apartaba los cheques y los justificantes de tarjeta de crédito, y quitaba el dinero en efectivo de alguno de los sobres. Volvió a meter todos los billetes en el maletín metálico. Sombra se detuvo cerca del banco, a unos cincuenta metros, para quedar fuera del radio de alcance de la cámara de vigilancia. Wednesday salió del coche y metió los sobres en el buzón para ingresos nocturnos. Luego abrió la caja fuerte nocturna, metió las bolsas grises y la volvió a cerrar.

Entró en el coche y se sentó en el asiento del acompañante.

—Ve en dirección de la I-90 —dijo Wednesday—. Sigue las señales que indican hacia el oeste para ir a Madison.

Sombra arrancó el coche y se pusieron en marcha.

Wednesday volvió la cabeza para mirar al banco mientras se iban.

—Ya está —exclamó alegremente—, esto los confundirá por completo. Ahora que, si quieres ganar un montón de dinero, esto hay que hacerlo un domingo a las cuatro y media de la madrugada, cuando las discotecas y los bares van a ingresar la recaudación de la noche del sábado. Si escoges el banco adecuado y al tipo adecuado para dar el golpe —acostumbran a escogerlos grandes y honestos, acompañados a veces por unos cuantos gorilas que no suelen ser muy inteligentes—, puedes irte con un cuarto de millón de dólares por una noche de trabajo.

—Si es tan fácil, ¿por qué no lo hace todo el mundo?

—Porque es un trabajo con ciertos riesgos, sobre todo a las cuatro y media de la madrugada.

—¿Te refieres a que los polis son más desconfiados a esa hora?

—No, qué va. Pero los gorilas sí. Y las cosas pueden complicarse.

Wednesday echó un vistazo a un fajo de billetes de cincuenta, añadió un pequeño montón de veinte y se los dio a Sombra.

—Toma —le dijo—. El sueldo de tu primera semana.

Sombra se lo guardó en el bolsillo sin contarlo.

—¿Así que esto es lo que haces? ¿Para ganar dinero?

—Casi nunca. Sólo cuando necesito mucho efectivo rápidamente. En general, se lo saco a gente que nunca se dará cuenta de que lo he hecho, y que nunca se quejará, y que, en la mayoría de los casos, se prestará de nuevo a lo mismo en cuanto yo vuelva a aparecer.

—Ese tal Sweeney dijo que eras un estafador.

—Tenía razón. Pero ésa es mi característica menos importante. Y el asunto para el que menos te necesito, Sombra.

Los copos de nieve subían desde los faros del coche hasta el parabrisas mientras conducían por la oscuridad. El efecto era casi hipnótico.

—Éste es el único país del mundo —dijo Wednesday en mitad del silencio— que se preocupa por lo que es.

—¿Qué?

—El resto de países saben lo que son. Nadie necesita ir en busca del corazón de Noruega. O busca el alma de Mozambique. Saben lo que son.

—¿Y...?

—Tan sólo pensaba en voz alta.

—Has estado en muchos países, ¿no?

Wednesday no dijo nada. Sombra lo miró.

—No —respondió Wednesday con un suspiro—. No. Nunca.

Pararon para llenar el depósito y Wednesday fue al lavabo con su chaqueta de guardia de seguridad puesta y su maletín, y salió vestido con un traje de color pálido recién planchado, zapatos marrones y un abrigo tres cuartos márrón que parecía italiano.

—Bueno, ¿qué haremos cuando lleguemos a Madison?

—Cogeremos la autopista catorce hacia el oeste, en dirección a Spring Green. Tenemos que encontrarnos con todo el mundo en un lugar llamado la Casa de la Roca. ¿Has estado ahí?

—No. Pero he visto los carteles.

Los carteles de la Casa de la Roca estaban por todos lados en aquella parte del mundo: carteles oblicuos y ambiguos por todo Illinois, Minnesota y Wisconsin, incluso quizá hasta en Iowa, creía Sombra, carteles que avisaban a uno de la existencia de la Casa de la Roca. Sombra había visto los carteles y se había preguntado por ellos. ¿Se balanceaba la casa peligrosamente sobre la Roca? ¿Qué tenía de interesante la Roca? ¿Y la Casa? Había pensado en ello durante un instante, pero luego lo había olvidado. No tenía la costumbre de visitar las atracciones que había a pie de carretera.

Dejaron la interestatal en Madison y pasaron frente a la cúpula del edificio del Capitolio, otra perfecta escena de globo de nieve gracias a la que estaba cayendo. Empezaron a circular por pequeñas carreteras de pueblo. Después de casi una hora de pasar por pueblos como Black Earth, doblaron por un estrecho camino y pasaron frente a varias macetas enormes cubiertas de nieve, entrelazadas con dragones que parecían lagartos. El aparcamiento, rodeado de árboles, estaba casi vacío.

—Van a cerrar dentro de poco —dijo Wednesday.

—¿Qué es esto? —preguntó Sombra mientras cruzaban el aparcamiento y se dirigían a un pequeño edificio de madera.

—Es un pequeño parque de atracciones de carretera. Uno de los mejores. Lo que significa que es un lugar de poder.

—¿Cómo dices?

—Es sencillísimo. En otros países, a lo largo de los años, la gente reconocía los sitios de poder. A veces era una formación natural, otras no era más que un lugar que, por algún motivo, era especial. Sabían que ahí ocurría algo especial, que había un punto de concentración, un canal, una ventana a lo inmanente. De forma que construían templos o catedrales, o erigían construcciones megalíticas, o... bueno, ya me entiendes.

—Pero hay iglesias por todo el país —dijo Sombra.

—En todos los pueblos. A veces en todas las manzanas de casas. Pero en este contexto tienen tanta importancia como las consultas de dentistas. No, en los Estados Unidos la gente aún siente la llamada, como mínimo algunos de ellos, y sienten que los llaman del vacío trascendente, y responden a él construyendo una reproducción de un lugar que nunca han visitado con botellas de cerveza, o construyen una casa para murciélagos enorme en una parte del país que, tradicionalmente, los murciélagos se han negado a visitar. Los parques de atracciones a pie de carretera: la gente se siente atraída a lugares donde, en otras partes del mundo, reconocerían esa parte de sí mismos que es trascendente, y compran un perrito, dan un paseo y se sienten satisfechos a un nivel que no pueden llegar a describir, e inmensamente insatisfechos a un nivel inferior aún.

—Tienes unas teorías de lo más raras.

—Esto no tiene nada de teórico, joven. Ya deberías haberte dado cuenta de ello.

Sólo quedaba una taquilla abierta.

—Dejamos de vender entradas dentro de media hora —dijo la chica—. Como mínimo se tarda dos horas en visitarlo.

Wednesday pagó las entradas en efectivo.

—¿Dónde está la roca? —preguntó Sombra.

—Bajo la casa —respondió Wednesday.

—¿Dónde está la casa?

Wednesday se puso un dedo sobre los labios y siguieron caminando. Más adentro, una pianola tocaba una melodía que pretendía ser el Bolero de Ravel. El lugar parecía ser un piso de soltero de 1960 reconfigurado geométricamente, con trabajos de mampostería abierta, alfombras de pelo y pantallas de lámpara de cristal tintado en forma de champiñón feísimas. Al final de una escalera había otra habitación llena de adornos cutres.

—Dicen que esto lo construyó el hermano malvado de Frank Lloyd Wright —dijo Wednesday—. Frank Lloyd Wrong. —Se rió entre dientes de su propio chiste.

—Eso lo he visto escrito en una camiseta —dijo Sombra.

Subieron y bajaron más escaleras hasta llegar a una habitación muy larga de cristal que sobresalía por el campo sin hojas y en blanco y negro que tenían a varios metros bajo ellos. Sombra se detuvo para ver cómo caía la nieve.

—¿Es ésta la casa sobre la roca? —preguntó confuso.

—Más o menos. Es la habitación infinita, una parte de la casa, aunque fue añadida posteriormente. Pero no, mi joven amigo, aún no hemos visto ni un ápice de lo que la casa puede ofrecernos.

—Así que, según tu teoría, Disneyland es el lugar más sagrado de los Estados Unidos.

Wednesday frunció la frente y se mesó la barba.

—Walt Disney compró unos campos de naranjos en mitad de Florida y construyó una ciudad turística. Ahí no hay magia de ningún tipo. En el Disneyland original puede haber algo de real. Quizá tenga algo de poder, aunque estará escondido y resultará difícil acceder a él. Pero algunas partes de Florida están llenas de magia de verdad. Tan sólo debes tener los ojos bien abiertos. Ah, por las sirenas de Weeki Wachee... Sígueme, por aquí.

Se oía música por todos lados: música sin armonía, que siempre sonaba fuera de ritmo y desacompasada. Wednesday cogió un billete de cinco dólares, lo introdujo en una máquina de cambio, y recibió a cambio un puñado de monedas de metal cobrizas. Le lanzó una a Sombra, que la cogió y, al ver que un niño pequeño lo miraba, la sostuvo entre el índice y el pulgar y la hizo desaparecer. El niño fue corriendo hasta su madre que estaba viendo uno de los ubicuos Papá Noel —«MÁS DE SEIS MIL EN EXPOSICIÓN!», decía el cartel— y empezó a tirar con impaciencia de las faldas de su abrigo.

Sombra fue con Wednesday hasta fuera y luego siguieron los carteles que indicaban la dirección de las Calles del Ayer.

—Hace cuarenta años Alex Jordan —su cara está en la moneda que tienes en la mano derecha, Sombra— empezó a construir una casa en lo alto de un peñasco, en un campo que no poseía, y fue incapaz de decir por qué. La gente venía a ver cómo la construía: los curiosos y los desconcertados, y aquellos que no eran ninguna de las dos cosas, pero que tampoco sabían por qué habían acudido. Así que hizo lo que cualquier hombre con sentido común de su generación habría hecho: empezó a cobrarles dinero, no mucho. Cinco centavos, quizá. O veinticinco. Y siguió construyendo la casa y la gente siguió viniendo a verle.

»Entonces cogió las monedas de cinco y de veinticinco centavos que había ganado e hizo una cosa aún más grande y extraña. Construyó unos almacenes debajo de la casa y los llenó de cosas para que las viera la gente, y luego la gente vino a verlas. Millones de personas vienen todos los años.

—¿Por qué?

Pero Wednesday tan sólo sonrió, y se adentraron en las Calles del Ayer, repletas de árboles e iluminadas tenuemente. Unas muñecas de porcelana victorianas, de labios finos, miraban a través de escaparates polvorientos, al igual que muchos objetos de *atrezzo*, de respetables películas de miedo. Adoquines bajo los pies, la oscuridad de un tejado sobre la cabeza, el martilleo de una música mecánica de fondo. Pasaron junto a una caja de cristal de muñecos de peluche rotos y una caja de música dorada enorme, dentro de una urna de cristal. Pasaron junto al dentista y el *drugstore* («¡DEVUELVE LA POTENCIA! ¡CINTURÓN MAGNÉTICO O'LEARY!»).

Al final de la calle había una gran caja de cristal con un maniquí femenino dentro, vestido como una adivina gitana.

—Ahora —gritó Wednesday para que pudiera oírlo por encima de la música mecánica—, al inicio de cualquier búsqueda o empresa, nos corresponde consultar a la diosa Fortuna. Así que designemos a esta Sibila como nuestra Urd, ¿vale? —Insertó una moneda de color cobri-

zo de la Casa de la Roca en la ranura. Con unos movimientos entrecortados y mecánicos, la gitana levantó el brazo y lo bajó. Salió un
papel por la ranura.

Wednesday lo cogió, lo leyó, gruñó, lo dobló y se lo guardó en el
bolsillo.

—¿No piensas enseñármelo? Yo te dejaré ver el mío —dijo Sombra.

—La fortuna de un hombre es su propio asunto —le espetó
Wednesday—. Yo no te pediría que me dejaras leer la tuya.

Sombra puso su moneda en la ranura. Cogió el papel y lo leyó.

TODO FINAL ES UN NUEVO INICIO.
NO TIENES NÚMERO DE LA SUERTE.
TU COLOR DE LA SUERTE SE HA MUERTO.
Lema:
DE TAL PALO, TAL ASTILLA.

Sombra hizo una mueca. Dobló su papel de la fortuna y se lo guardó
en el bolsillo interior.

Siguieron andando, por un pasillo rojo, pasaron por habitaciones llenas de sillas vacías sobre las que descansaban violines, violas y violon-
celos que tocaban por sí solos, o lo parecía, cuando se les echaba una
moneda. Las llaves se movían, los platillos entrechocaban, las boquillas
insuflaban aire comprimido en los clarinetes y los oboes. Sombra observó, con sonrisa irónica, que los arcos de algunos instrumentos, tocados
por brazos mecánicos, no llegaban a tocar nunca las cuerdas, que acostumbraban a estar flojas, cuando las había. Se preguntó si todos los sonidos que oía eran producidos por el viento y la percusión, o si también
había cintas.

Habían andado durante lo que a Sombra le parecieron varios kilómetros, cuando llegaron a una habitación llamada el Mikado, una de cuyas
paredes era una pesadilla pseudooriental del siglo diecinueve, en la que
percusionistas de cejas muy pobladas tocaban los címbalos y los tambo-
res mientras miraban fuera de su guarida, cubierta de imágenes de dragones. En aquel preciso momento, estaban torturando de forma majes-
tuosa la *Danza macabra* de Saint-Saëns.

Chernobog estaba sentado en un banco de la pared que estaba frente
a la máquina de Mikado, y mataba el tiempo tamborileando con lo dedos.
Los caramillos sonaban, las campanas repicaban.

Wednesday se sentó junto a él. Sombra decidió quedarse de pie.
Chernobog estiró el brazo izquierdo, y le estrechó la mano a
Wednesday y a Sombra.

—Bienvenidos —dijo. Y luego volvió a reclinarse. Al parecer disfrutaba de la música.

La *Danza Macabra* llegó a un final apasionado y discordante. El hecho de que todos los instrumentos artificiales estuvieran tan poco desafinados, reforzaba la sensación de ensueño que transmitía el lugar. Empezó a sonar una nueva pieza.

—¿Qué tal el robo del banco? —preguntó Chernobog—. ¿Te ha ido bien? —Se quedó de pie, reacio a abandonar el Mikado y su música estruendosa y desacompasada.

—Ha sido más fácil que robarle un caramelo a un niño.

—Yo cobro una pensión del matadero. No pido más.

—No durará para siempre. Nada es para siempre.

Más pasillos, más máquinas musicales. Sombra se dio cuenta de que no estaban siguiendo el camino a través de las habitaciones diseñado para los turistas, sino que parecían seguir una ruta diferente que había ideado Wednesday. Estaban bajando por una cuesta, y Sombra, confuso, se preguntó si ya habían pasado por ahí.

Chernobog lo cogió del brazo.

—Rápido, ven aquí —dijo y lo hizo ir hasta una gran caja de cristal que había en la pared. Contenía un diorama de un vagabundo que dormía en un cementerio, frente a la puerta de una iglesia. «EL SUEÑO DE UN BORRACHO», decía la etiqueta, que explicaba que era una máquina del siglo diecinueve, que había estado originalmente en una estación de ferrocarril inglesa. La ranura para las monedas había sido modificada para aceptar las de la Casa de la Roca.

—Pon el dinero —dijo Chernobog.

—¿Por qué? —preguntó Sombra.

—Tienes que verlo. Yo te lo enseño.

Sombra introdujo la moneda. El borracho del cementerio se acercó la botella hasta los labios. Una de las tumbas se abrió, y dejó al descubierto un cadáver; una lápida se volvió, y las flores fueron sustituidas por una calavera sonriente. Un espectro apareció a la derecha de la iglesia, mientras que en la izquierda, algo con la cara medio oculta, alargada e inquietante, un demonio pálido del Bosco, se deslizó suavemente de una lápida a las sombras de la noche y desapareció. Luego se abrió la puerta de la iglesia, salió un cura y los fantasmas, espíritus y cadáveres desaparecieron y tan sólo quedaron el cura y el borracho en el cementerio. El cura miró al borracho con desdén, entró en la iglesia, cerró la puerta tras de sí y dejó al borracho a solas.

La historia era muy inquietante. Mucho más, pensó Sombra, de lo que tiene derecho a ser un juguete de cuerda.

—¿Sabes por qué te lo he enseñado? —le preguntó Chernobog.

—No.

—Así es el mundo. Ése es el mundo real. Está ahí, en esa caja.

Entraron en una sala de color sangre, llena de viejos órganos de teatro, tubos de órgano enormes, y lo que parecían ser unas enormes cubas de cobre para hacer cerveza, robadas de una cervecería.

—¿Adónde vamos? —preguntó Sombra.

—Al carrusel —respondió Chernobog.

—Pero hemos pasado por carteles que indicaban la dirección del carrusel una docena de veces.

—Él sigue su camino. Caminamos en espiral. A veces, el camino más rápido es el más largo.

A Sombra empezaban a dolerle los pies, y aquella opinión le pareció muy inverosímil.

Una máquina mecánica tocaba *Octopus's Garden* en una habitación que tenía muchos pisos, cuyo centro estaba ocupado completamente por una réplica de una bestia negra enorme que parecía una ballena que tenía un bote en su boca de fibra de vidrio. De ahí pasaron a un Salón de los Viajes, donde vieron el coche cubierto de tejas, y la máquina de pollos de Rube Goldberg, y anuncios oxidados de Burma Shave en la pared.

Vivimos en un mundo
Muy duro y complicado
Por eso lo mejor es
Ir siempre bien afeitado
Burma Shave

decía uno y

Intentó adelantar
En mitad de una curva
Desde entonces vive solo
En su propia tumba
Burma Shave

Ahora se encontraban al final de una rampa. Delante de ellos una tienda de helados. Estaba abierta, pero la chica que estaba limpiando tenía los ojos cerrados, de forma que pasaron a la pizzería cafetería, en la que sólo había un hombre mayor negro que llevaba un traje de cuadros y unos guantes amarillo canario. Era un hombre bajito, el tipo de viejo que parecía como si el paso de los años lo hubiera encogido, y estaba comiendo una copa de helado de varias bolas, y bebía una taza de café enorme. Un purito se consumía en el cenicero que había delante de él.

—Tres cafés —le dijo Wednesday a Sombra, y se fue al lavabo.

Sombra fue a por los cafés y regresó junto a Chernobog, que estaba sentado con el viejo negro y fumaba un cigarrillo a escondidas, como si tuviera miedo de que lo pillaran. El otro hombre, que jugaba felizmente con su helado, no hacía caso del purito, pero cuando Sombra se acercó lo cogió, le dio una gran calada e hizo dos aros con el humo, uno grande y otro pequeño que pasó limpiamente por el medio del otro, y sonrió, como si estuviera orgullosísimo de sí mismo.

—Sombra, te presento al señor Nancy —dijo Chernobog.

El viejo se puso en pie y le ofreció la mano derecha, enfundada en el guante.

—Encantado de conocerte —exclamó con una sonrisa radiante—. Sé quién eres. Trabajas para ese tuerto cabrón, ¿no? —hablaba con un acento nasal, con un dialecto que podría haber sido de las Antillas.

—Trabajo para el señor Wednesday. Sí. Siéntese, por favor.

Chernobog le dio una calada a su cigarrillo.

—Creo —dijo con tristeza—, que los de nuestra especie, disfrutamos tanto de los cigarros porque nos recuerdan las ofrendas que quemaban antes por nosotros, el humo que ascendía, mientras buscaban nuestra aprobación o nuestros favores.

—A mí nunca me hicieron algo así —dijo Nancy—. Lo máximo que podía esperar era un montón de fruta para comer, tal vez una cabra almohazada, algo frío para beber lentamente y una mujer grande y vieja con los pechos turgentes para hacerme compañía. —Mostró sus dientes blancos al sonreír y le guiñó un ojo a Sombra.

—Hoy en día —dijo Chernobog, a quien le cambió la expresión de la cara— no tenemos nada.

—Bueno, hoy ya no consigo ni de lejos tanta fruta como antes —dijo Mr. Nancy con los ojos brillantes—. Pero no hay nada en este mundo que pueda comprar con dinero que supere a una mujer de pechos turgentes. Algunos hombres dicen que lo primero en lo que hay que fijarse es el culo, pero a mí, lo que me la sigue poniendo dura en una mañana fría son las tetas. —Nancy empezó a reír, soltó una carcajada bondadosa, y Sombra se dio cuenta de que, muy a su pesar, le caía bien aquel viejo.

Wednesday volvió del lavabo y le estrechó la mano a Nancy.

—¿Quieres comer algo, Sombra? ¿Una porción de pizza? ¿Un sandwich?

—No tengo hambre.

—Te voy a decir una cosa —dijo el señor Nancy—. A veces puede pasar mucho rato entre comidas. Si alguien te ofrece algo para comer, tienes que decir que sí. Ya no soy muy joven, pero créeme si te digo que nunca hay que dejar pasar una oportunidad para mear, comer o echar una siestecita de media hora. ¿Me entiendes?

—Sí. Pero no tengo hambre, de verdad.

—Eres un tío grande —dijo Nancy mientras miraba a Sombra a los ojos gris claro, con sus ojos color caoba—, pero debo decir que no pareces muy listo. Tengo un hijo que es tan estúpido como el hombre que compró a su hijo estúpido en unas rebajas de dos por el precio de uno, y tú me recuerdas a él.

—Si no te importa, me lo tomaré como un cumplido.

—¿Que te llame burro como el hombre que se quedó dormido la mañana en que repartían los cerebros?

—Que me compares con un miembro de tu familia.

El señor Nancy apagó su purito y luego se quitó una mota imaginaria de ceniza de los guantes amarillos.

—Visto lo visto, quizá no eres la peor elección que el viejo Tuerto podría haber hecho. —Levantó la cabeza y miró a Wednesday—. ¿Tienes idea de cuántos vamos a juntarnos esta noche?

—He avisado a todos los que he podido encontrar. Obviamente no van a poder venir todos. Y algunos —miró de reojo a Chernobog—, tal vez no quieran. Pero creo que seremos varias decenas.

Pasaron junto a una exposición de armaduras («Falsificación victoriana —dijo Wednesday cuando pasaron junto al expositor de cristal—, imitación moderna, es una reproducción del siglo diecisiete con un yelmo del siglo doce, un guante izquierdo del siglo quince...») y entonces Wednesday salió por una puerta de emergencia, les hizo dar una vuelta alrededor del edificio («No me sientan bien todos estos cambios de temperatura —dijo Nancy—. Ya no soy tan joven como antes y vengo de climas más cálidos.») por una pasarela cubierta, volvieron a entrar por una puerta de emergencia y llegaron a la sala del carrusel.

Sonaba música de calíope: un vals de Strauss, conmovedor y discordante de vez en cuando. La pared del lado por el que entraron estaba cubierta con caballos antiguos de carrusel, había cientos, algunos necesitaban una mano de pintura, otros que les quitaran el polvo; sobre ellos había decenas de ángeles alados construidos a partir de maniquís femeninos de escaparate; algunos de ellos estaban con sus pechos asexuales al descubierto; otros habían perdido las pelucas y miraban hacia abajo, calvos y ciegos, desde la oscuridad.

Y luego estaba el carrusel.

Un cartel proclamaba que era el más grande del mundo, decía cuánto pesaba, cuántos miles de bombillas había en las lámparas de araña que colgaban de él con profusión gótica y prohibía que nadie se subiera a él o que se montara en los animales.

¡Y qué animales! Sombra miraba boquiabierto, muy a su pesar, los cientos de criaturas de tamaño natural que rodeaban la plataforma del carrusel. Criaturas reales, imaginarias e híbridos de las dos: no había ni una igual. Vio una sirena y un tritón, un centauro y un unicornio, elefantes (uno grande, uno pequeño), un bulldog, una rana y un ave fénix, una cebra, un tigre, una mantícora y un basilisco, unos cisnes que tiraban de un carruaje, un buey blanco, unas morsas gemelas, incluso una serpiente de mar, todos ellos de colores intensos y más que reales: todos ellos daban vueltas a la plataforma cuando se acabó el vals y empezó a sonar otro. El carrusel ni tan sólo aminoró la marcha.

—¿Para qué sirve? —preguntó Sombra—. Es decir, sí, vale, es el más grande del mundo, cientos de animales, miles de bombillas, y da vueltas continuamente, pero nadie se monta en él.

—No está aquí para que la gente se suba a él —respondió Wednesday—. Esta aquí para ser admirado. Está aquí para ser.

—Como una rueda de las plegarias que da vueltas y vueltas —dijo Mr. Nancy—, y acumula poder.

—¿Dónde nos vamos a encontrar con el resto de personas? —preguntó Sombra—. Creía que habías dicho que iba a ser aquí, pero esto está vacío.

Wednesday esbozó su sonrisa terrorífica.

—Sombra —dijo—. Haces demasiadas preguntas. No te pago para eso.

—Lo siento.

—Ahora ven aquí y ayúdanos a subir —le ordenó Wednesday, que se acercó hasta un lado de la plataforma, donde había una descripción del carrusel y un cartel que advertía que no se podía montar en el carrusel.

Sombra pensó en decir algo, pero en lugar de eso los ayudó a subirse al borde, uno a uno. Wednesday parecía muy pesado; Chernobog subió por sí mismo, tan sólo se apoyó en el hombro de Sombra; Nancy parecía que no pesaba nada. Los tres viejos se encontraban en el borde del carrusel y entonces dieron un pequeño salto para llegar hasta la plataforma del centro, que no se detenía.

—¿Qué pasa? —gruñó Wednesday—. ¿No piensas venir?

Sombra, no sin ciertas dudas, y después de echar un vistazo alrededor para asegurarse de que no había ningún trabajador de la Casa de la Roca que los estuviera viendo, se subió al carrusel más grande del mundo. Sintió desconcierto, al mismo tiempo que le hizo gracia, cuando se dio cuenta de que le preocupaba mucho más romper las reglas del parque y montarse en el carrusel que el hecho de robar dinero al banco aquella misma tarde.

Los tres viejos habían seleccionado una montura. Sombra se decantó por un lobo dorado. Chernobog por un centauro con armadura, que tenía la cara escondida tras un yelmo de metal. Nancy, sin dejar de reír, se encaramó a la espalda de un enorme león que estaba saltando, captado por el escultor en mitad de un rugido. Le dio unas palmaditas al león en el costado. El vals de Strauss les hacía dar vueltas majestuosamente.

Wednesday sonreía, Nancy reía con gran alegría, e incluso Chernobog parecía estar disfrutando. De repente, Sombra sintió como si le hubieran quitado un gran peso de la espalda: tres hombres mayores que se lo estaban pasando en grande, montados en el carrusel más grande del mundo. ¿Y qué si los echaban del lugar? ¿Acaso no valía la pena hacer aquello para decir que habías montado en el carrusel más grande del mundo? ¿No valía la pena montar en uno de aquellos monstruos gloriosos?

Sombra miró el bulldog, el tritón, el elefante que tenía la silla dorada y al final se montó a lomos de una criatura que tenía cabeza de águila y cuerpo de tigre, y se agarró con fuerza.

El ritmo del «Danubio azul» le resonaba en la cabeza, las luces de mil bombillas centelleaban y refulgían, y durante un instante Sombra volvió a ser un niño, lo único que necesitó para sentir aquello fue subirse al carrusel: se quedó completamente quieto, montado en su águila-tigre en el centro de todo, y el mundo daba vueltas a su alrededor.

Sombra se oyó reír, por encima del sonido de la música. Era feliz. Era como si las últimas treinta y seis horas no hubieran ocurrido nunca, como si su vida se hubiese evaporado en el sueño de un niño, montado en un carrusel del Golden Gate Park de San Francisco, en su primer viaje de vuelta a los Estados Unidos, un viaje maratoniano en barco y en coche, y su madre a su lado, mirándolo orgullosa, mientras él lamía el helado que se le estaba derritiendo, lo sujetaba con fuerza, esperando que la música no dejara de sonar nunca, que el carrusel nunca aminorara la marcha, que no se detuviera nunca. Daba vueltas y vueltas y vueltas y más vueltas...

Entonces se apagaron las luces, y Sombra vio a los Dioses.

CAPÍTULO SEXTO

Abiertas de par en par, sin vigilancia, esperan nuestras puertas,
y una multitud diversa y salvaje las atraviesa.
Hombres de las estepas tártaras y del Volga.
Figuras de expresión inerte del Huang-ho.
Malayos, escitas, teutones, eslavos y celtas,
vuelan sobre el antiguo mundo del desdén y la pobreza;
traen consigo dioses y ritos desconocidos,
esas pasiones feroces para que saquen aquí sus garras,
qué extrañas lenguas llenan calles y alamedas,
acentos amenazantes llegan a nuestros oídos,
voces que antaño conoció la Torre de Babel.

—Thomas Bailey Aldrich, *The Unguarded Gates*, 1882

Sombra estaba montado en el carrusel más grande del mundo, asido a su tigre con cabeza de águila, cuando las luces blancas y rojas empezaron a parpadear y se apagaron, y él empezó a precipitarse por un océano de estrellas mientras el vals mecánico cambiaba por un ritmo ensordecedor, como de platillos u olas rompiendo en la orilla de un lejano océano.

La única luz era la de las estrellas, pero iluminaba todo con una claridad fría. Debajo de él la montura acolchada y dada de sí, las pieles a su izquierda y las plumas a su derecha.

—No está mal, ¿eh? —La voz llegó a sus oídos, a su mente por detrás.

Sombra se volvió, lentamente, en su cabeza se agolpaba un torrente de imágenes de él mismo moviéndose, momentos congelados, cada uno de ellos capturado en una fracción de segundo, cada instante duraba una eternidad. Las imágenes carecían de sentido alguno: era como ver el mundo a través de los ojos caleidoscópicos de una libélula, pero cada espejuelo reflejaba algo completamente distinto, y le era imposible unificar lo que estaba viendo, o creía ver.

Miraba al señor Nancy, un hombre negro, mayor, con un bigote fino, ataviado con chaqueta deportiva de cuadros y guantes amarillo limón, montado en un tigre de carrusel que flotaba alto en el aire. Al mismo tiempo, veía una serpiente engalanada, tan alta como un caballo, que le observaba con ojos jocosos, cual nebulosa de esmeraldas. A la vez miraba a un hombre con tres pares de brazos, de altura descomunal y piel color teca, que iba tocado con una pluma de avestruz y la cara pintada a rayas rojas y que montaba un furioso león dorado al que se sujetaba fuertemente con dos de sus seis manos. También veía a un harapiento joven negro con el pie izquierdo infestado de jejenes; y por último, detrás de todo esto, Sombra miraba a una pequeña araña marrón que se escondía tras una hoja color ocre.

Al verlo todo junto Sombra supo que se trataba de una misma cosa.

—Si no cierras la boca —dijeron las múltiples formas que adoptó el señor Nancy—, te entrará una mosca.

Sombra cerró la boca y tragó con dificultad.

Había una casa de madera en una colina, a un kilómetro y medio más o menos de donde estaban. Cabalgaron hacia allí, cascos y pies avanzaban en silencio por la arena seca a la orilla del mar.

Chernobog cabalgaba a lomos de un centauro. Golpeó el brazo humano de su montura.

—Esto no puede ser verdad —dijo Sombra. Su voz sonó triste—. Está todo en nuestra cabeza. Mejor no pensarlo.

Sombra vio a un inmigrante canoso de Europa del Este, con un impermeable raído y un diente de color hierro, real. Pero también vio una cosa regordeta, más oscura que la oscuridad que les envolvía, con ojos como ascuas; y vio a un príncipe de pelo largo y sedoso, bigote largo y negro, con la cara y manos ensangrentadas, su cuerpo desnudo cubierto tan sólo por los hombros con una piel de oso, su cara y torso tatuados con espirales y remolinos, montado en una criatura medio hombre medio bestia.

—¿Quién eres? —preguntó Sombra—. ¿Qué eres?

Cabalgaron por la orilla. Las olas rompían implacables en la noche.

Wednesday guiaba a su lobo —ahora una bestia gris carbón de ojos verdes— hacia Sombra. La cabalgadura de Sombra se alejaba escarceando y Sombra le acarició el cuello para tranquilizarlo. Su cola de tigre dio un violento latigazo. A Sombra se le ocurrió que quizás había otro lobo, gemelo del que montaba Wednesday, que les seguía el paso por las dunas sin que pudieran verlo.

—¿Me conoces, Sombra? —dijo Wednesday. Llevaba al lobo con la cabeza alta. Su ojo derecho brillaba, el izquierdo lo tenía apagado.

Llevaba una capa con cogulla y su rostro se ocultaba tras las sombras—. Te dije que te diría mis nombres. Así es como me llaman: El Orgullo de la Guerra, el Encapuchado, el Señor y el Tercero. Soy el Tuerto. Me llaman el Supremo y el Adivino de la Verdad. Soy el Enmascarado. Soy el Padre de Todos, y soy Göndlir, el Mago. Tengo tantos nombres como vientos existen, tantos títulos como formas de morir hay. Mis cuervos se llaman Huginn y Muninn, pensamiento y memoria; mis lobos, Freki y Geri; mi caballo es la horca —Dos cuervos grises fantasmagóricos, como la piel trasparente de los pájaros, se posaron en los hombros de Wednesday, hundieron sendos picos en las sienes, como si saborearan su mente, y emprendieron el vuelo hacia el mundo de nuevo.

«¿Qué tengo que creer?», se preguntaba Sombra, y la voz volvió a él desde algún abismo alejado del mundo y retumbó en sus oídos—: Cree en todo.

—¿Odín? —dijo Sombra y el viento le arrancó la palabra de los labios.

—¿Odín? —murmuró Wednesday y ni el estruendo de las olas al romper en la playa de calaveras pudo ahogar aquel susurro.

—Odín —dijo Wednesday saboreando el sonido de las palabras en su boca.

—Odín —dijo Wednesday con una voz triunfante que resonó de horizonte a horizonte. Su nombre creció, se expandió e inundó el mundo como la sangre que bombeaba en los oídos de Sombra.

Entonces, como en un sueño, ya no cabalgaban hacia la lejana casa. Ya habían llegado, las monturas estaban amarradas y a cubierto.

Era un lugar inmenso y primitivo. El techo era de paja y las paredes, de madera. Una hoguera ardía en el centro de la sala y el humo le irritaba los ojos a Sombra.

—Deberíamos haber hecho esto en mi mente, no en la suya —murmuró el señor Nancy—. Se estaría más calentito allí.

—¿Estamos en su mente?

—Más o menos. Esto es Valaskjalf. Su antigua morada.

A Sombra le alivió ver que Nancy volvía a ser un anciano con guantes amarillos, aunque su sombra se estremecía y cambiaba con las llamas, y las formas que adoptaba no siempre eran del todo humanas.

Había bancos de madera contra las paredes y unas diez personas sentadas en ellos o de pie detrás. Guardaban distancia entre ellas: una mezcla heterogénea que congregaba a una mujer de aspecto matronal y tez oscura con un sari rojo; a varios hombres de negocios con pinta andrajosa y a otras personas demasiado cerca del fuego para que Sombra pudiera vislumbrarlas.

—¿Dónde están? —le susurró Wednesday furioso a Nancy—. ¿Y bien? ¿Dónde están? Tendríamos que ser decenas aquí. ¡Veinte!

—Tu invitaste a todo el mundo —dijo Nancy—. Creo que es un milagro que hayas conseguido que vengan los que están. ¿Crees que debería contar una historia y ponernos en marcha?

Wednesday sacudió la cabeza.

—Ni hablar.

—No parecen muy simpáticos —dijo Nancy—. Una historia es una buena manera de llegar a la gente. Y no tienes un bardo para que les cante.

—Nada de historias —repuso Wednesday—. Ahora no. Ya tendremos tiempo para las historias más tarde. Pero ahora no.

—Nada de historias. Vale. Sólo seré el que rompa el hielo —Y el señor Nancy se acercó hacia la hoguera con una sonrisa simplona.

—Sé lo que estáis pensando todos vosotros —dijo—. Estáis pensando qué es lo que está haciendo Compé Anansi, hablándoos, cuando ha sido el Todopoderoso quien os convocado, al igual que ha hecho conmigo. Bueno, a veces las personas necesitan que les recuerden las cosas. He mirado a mi alrededor cuando he entrado y he pensado, ¿dónde está el resto? Pero luego se me ha ocurrido: ¿Sólo porque seamos pocos y ellos sean más, somos débiles y ellos poderosos? No significa que estemos perdidos.

»Sabéis, una vez vi a tigre al lado de la charca, tenía los testículos más grandes que cualquier otro animal, las garras más afiladas y dos colmillos tan largos como navajas y tan afilados como cuchillas. Le dije:

«Hermano tigre, date un baño, yo te cuidaré los huevos» ¡Estaba tan orgulloso de sus huevos! Así que se fue hacia la charca para darse un chapuzón y yo me puse sus huevos y le dejé los míos pequeños, como de araña. ¿Y después sabéis lo que hice? Salí por piernas.

»No paré hasta que no llegué a la siguiente ciudad. Y allí vi al Viejo Mono.

»—Tienes buen aspecto, Anansi —dijo el Viejo Mono.

»Yo le pregunté: —¿Sabes qué cantan todos en aquella ciudad?

»—¿Qué cantan? —me preguntó—.

»—Cantan una canción divertidísima —le dije.

»Entonces hice un baile y canté:

> Los huevos del tigre, sí.
> Me comí los huevos del tigre.
> Ahora nadie va a poder pararme.
> Contra el muro negro nadie va a ponerme
> porque me comí los atributos del tigre.
> Me comí los huevos del tigre

»El Viejo Mono se partía de la risa, se desternillaba. Entonces empezó a cantar *Los huevos del tigre, sí. Me comí los huevos del tigre*, chasqueando los dedos y dando vueltas sobre sus pies.

»—Es una buena canción —dijo—, voy a cantársela a todos mis amigos.

»—Hazlo —le dije—, yo vuelvo a la charca.

»Allí en la charca había un tigre dando vueltas, que no paraba de agitar la cola y que tenía las orejas y el pelo del pescuezo como escarpias y que era capaz de desgarrar con su dentadura hiriente y sus ojos inyectados en sangre a cualquier insecto que se cruzara en su camino. Tenía un aspecto cruel y peligroso, pero entre sus piernas colgaban los huevos más pequeños y el escroto más negro, más pequeño y más arrugado que jamás hayáis visto.

»—¡Eh!, Anansi —dijo cuando me vio—. Se suponía que tenías que guardarme los huevos mientras yo me bañaba. Pero cuando he salido de la charca sólo había a este lado de la orilla estos dos huevos de araña, negros y arrugados que no sirven para nada y que ahora llevo.

»—Lo hice lo mejor que pude —le respondí—, pero fue culpa de esos monos, vinieron y se comieron tus huevos y cuando les reñí me los arrancaron a mí. Estaba tan avergonzado que me fui corriendo.

»—Mentiroso, Anansi —dice Tigre—. Voy a comerme tu hígado —Pero entonces oyó a una docena de monos felices que venían saltando por el camino de la ciudad, chasqueando los dedos y cantando a grito pelado:

> *Los huevos del tigre, sí.*
> *Me comí los huevos del tigre.*
> *Ahora nadie va a poder pararme*
> *Contra el muro negro nadie va a ponerme*
> *porque me comí los atributos del tigre.*
> *Me comí los huevos del tigre*

»El tigre, entre gruñidos y gemidos salió hacia el bosque, tras los monos que gritaban por las copas de los árboles. Me rasqué mis nuevos huevos grandes y ¡oh, sí! me quedaban muy bien, colgados entre las piernas delgadas y me fui hacia casa. Todavía hoy el tigre sigue persiguiendo a los monos. Así que recordad todos: sólo porque seas pequeño, no significa que no tengas poder.

—Creí haber dicho que nada de historias —dijo Wednesday.

—¿A esto le llamas historia? —dijo Nancy—. No he hecho más que aclararme la garganta. Les he preparado para ti. Ve y machácales.

Wednesday, un anciano grande, con un ojo de cristal, vestido con un traje marrón y abrigo de Armani, caminó hacia la hoguera. Se detuvo, miró a la gente sentada en los bancos de madera y estuvo un buen rato sin decir ni una palabra. Mucho más del que Sombra creía que podía pasar una persona sin sentirse incómoda. Finalmente habló.

—Me conocéis —dijo él—. Todos me conocéis. Algunos no tenéis motivos para amarme, pero me améis o no, todos me conocéis.

Se oyeron murmullos entre la gente de los bancos.

—He estado aquí más tiempo que la mayoría de vosotros. Como el resto, me figuro que podríamos pasar con lo que tenemos. No es lo suficiente para hacernos felices pero suficiente para ir tirando. Lo que puede que no sea el caso nunca más. Se avecina una tormenta y no es una tormenta provocada por nosotros.

Hizo una pausa. Dio un paso adelante y se cruzó de brazos.

—Cuando la gente vino a América, nos trajeron con ellos. Me trajeron a mí, a Loki, a Thor, a Anansi, al Dios León, a los leprechauns, a los kobolds, a las banshees, a Kubera, a Frau Holle y a Ashtaroth, y ellos os trajeron a vosotros. Llegamos aquí en sus mentes y echamos raíces. Viajamos con los colonizadores hacia las nuevas tierras a través del océano.

»El mundo es vasto. Pronto, nuestra gente nos abandonó, sólo nos recordaban como criaturas de la antigua tierra, como seres que no habían evolucionado hacia lo nuevo con ellos. Nuestros creyentes más devotos han muerto o han dejado de creer. Nos abandonaron, nos quedamos perdidos, aterrados y desposeídos, sólo con las migajas de fe y devoción que a duras penas encontramos para seguir con algo de dignidad.

»Así es que eso es lo que hemos hecho, ir tirando, al margen de las cosas, donde nadie nos observaba desde muy cerca.

»Vamos a enfrentarnos a ello, vamos a admitirlo, tenemos poca influencia. Les oprimimos, nos aprovechamos de ellos, y vamos tirando; nos desnudamos y nos prostituimos, bebemos demasiado; ponemos gasolina y robamos, engañamos y somos la escoria que vive al margen de la sociedad. Dioses viejos, aquí en esta nueva tierra sin dioses.

Wednesday hizo una pausa. Miró a todos y cada uno de los oyentes con la sobriedad propia de un estadista. Todos le miraban impertérritos, sus rostros eran máscaras, indescifrables. Wednesday se aclaró la garganta y escupió con fuerza dentro de la hoguera. Las llamas ardieron con vigor e iluminaron el interior de la sala.

—En la actualidad, como todos habréis tenido la oportunidad de comprobar por vosotros mismos, están surgiendo nuevos dioses en América que han logrado establecer fuertes vínculos de creencia: dioses de tarjeta de crédito y autopista, de Internet y teléfonos, de radio, de hospital y de televisión, dioses de plástico, de buscas y de neón.

Dioses orgullosos, criaturas gordas y estúpidas, henchidas de su propia novedad e importancia.

—Saben de nuestra existencia, nos temen y nos odian —dijo Odín—. Os engañáis si pensáis lo contrario. Si pueden nos destruirán. Es hora de aunar fuerzas, es hora de actuar.

La anciana del sari rojo caminó hacia la hoguera. Tenía en la frente una pequeña joya azul oscura.

—¿Nos has convocado aquí para semejante sinrazón? —dijo. Empezó a soltar carcajadas, mezcla de diversión e irritación.

Wednesday bajó las cejas.

—Sí, te he pedido que vinieras aquí. Pero eso no carece de sentido, Mama-ji, al contrario, tiene mucho sentido. Incluso un niño pequeño lo entendería.

—Así que soy un niño, ¿no? —dijo levantando el dedo índice—. Ya era mayor en Kalighat antes de que la gente soñara contigo, tonto. ¿Soy un niño? Entonces soy un niño, ya que no hay nada que entender en tu estúpido discurso.

De nuevo un momento de doble visión. Sombra vio a la anciana con el rostro afligido por la edad y la desaprobación; pero tras ella vio algo enorme, una mujer desnuda con la piel tan negra como una chaqueta de cuero y la lengua y los labios rojos tan brillantes como la sangre arterial. Tenía calaveras alrededor del cuello y todas sus muchas manos asían cuchillos, espadas y cabezas degolladas.

—No he dicho que seas un niño, Mama-ji, —dijo Wednesday pacíficamente—. Pero es evidente...

—Lo único que es evidente —dijo la mujer, apuntando (como si detrás de ella, a través de ella y encima de ella, un dedo negro con una garra afilada apuntara en serie)— es tu deseo de vanagloriarte. Hemos vivido en paz en este país durante mucho tiempo. Algunos lo llevamos mejor que otros, lo reconozco. Yo lo llevo bien. En la India hay una reencarnación mía que lo lleva mucho mejor, pero qué vamos a hacerle. No tengo envidia. He visto subir a los nuevos y los he visto desplomarse —Dejó caer la mano a un lado. Sombra vio que los demás la estaban observando: una gran variedad de expresiones (respeto, diversión, vergüenza) invadía sus miradas—. Aquí aún adoraban a las vías del tren hace muy poco tiempo. Y ahora los dioses de hierro están tan olvidados como los buscadores de esmeraldas...

—Ve al grano, Mama-ji —dijo Wednesday.

—¿Al grano? —desplegó las fosas nasales, las comisuras de los labios cayeron hacia los lados—. Yo, y obviamente no soy más que un niño, digo que esperemos. Que no hagamos nada. No sabemos si pretenden herirnos.

—¿Os vais a quedar de brazos cruzados cuando lleguen por la noche y os maten o se os lleven?

La mueca de sus labios, cejas y nariz tenía una expresión despectiva y amena.

—Si intentaran algo así —dijo—, les costaría mucho encontrarme, y aún más matarme.

Un hombre regordete que estaba sentado en el banco carraspeó para captar la atención de los demás y dijo con voz resonante:

—Todopoderoso, mi gente está a gusto. Sacamos lo mejor de lo que tenemos. Si esta guerra se vuelve contra nosotros, podríamos perderlo todo.

—Ya lo habéis perdido todo. Os estoy dando la oportunidad de recuperar una parte —dijo Wednesday.

Las llamas crecían a medida que hablaban, iluminando los rostros de la audiencia.

«En realidad no me lo creo —pensó Sombra—. No creo nada de todo esto. Puede que sea porque sólo tengo quince años. Mi madre todavía está viva y ni siquiera he conocido a Laura. Todo lo que ha ocurrido por ahora es un sueño muy vívido». Pero ni siquiera se lo creía del todo. Lo único en lo que tenemos que creer es en nuestros sentidos, herramientas que utilizamos para percibir el mundo: vista, tacto, memoria. Si nos mienten, no podemos confiar en nada. Aunque no creamos, no podemos viajar en otra dirección que no sea la que nos marcan nuestros sentidos y debemos llegar hasta el final.

La hoguera se extinguió y la oscuridad reinó en Valaskjalf, la morada de Odín.

—¿Y ahora qué? —susurró Sombra.

—Ahora volvemos a la sala del carrusel —murmuró el señor Nancy—, y el viejo Tuerto nos invitará a cenar, untará algunas palmas, besará a algunos bebés y nadie volverá a pronunciar la palabra D nunca más.

—¿La palabra D?

—Dioses. Pero bueno, ¿qué estabas haciendo el día que repartieron los cerebros, muchacho?

—Alguien estaba contando una historia sobre el robo de los huevos de un tigre, y me paré para averiguar el final.

El señor Nancy se rió entre dientes.

—Pero no se ha resuelto nada. No se han puesto de acuerdo.

—Se los está trabajando lentamente. Ya verás como se los gana. Al final cambiarán de opinión.

Sombra notó un viento procedente de alguna parte que le alborotaba el pelo, le acariciaba el rostro y tiraba de él.

Se hallaban en la sala del carrusel más grande del mundo, escuchando el *Vals del emperador*.

Había un grupo de personas, que por su aspecto parecían turistas, hablando con Wednesday en el otro extremo de la sala. Había tanta gente como sombras.

—Por aquí —dijo Wednesday con voz profunda y los guió hacia la única salida hecha para parecer la boca de un monstruo gigante, con los dientes afilados y preparados para hacerlos picadillo. Se movía entre ellos como si fuera un político: engatusando, sonriendo, discrepando amablemente, poniendo orden.

—¿Ha sucedido? —preguntó Sombra.

—¿Si ha pasado qué, cabeza de chorlito? —preguntó el señor Nancy.

—La sala, la hoguera, los huevos del tigre, el carrusel.

—¡Demonios! No está permitido montar en el carrusel. ¿No has visto los carteles? Cállate.

La boca del monstruo conducía a la sala del Órgano, lo que confundió a Sombra. ¿Había pasado ya por allí? No resultó menos extraño la segunda vez. Wednesday les condujo por unas escaleras, pasaron junto a una representación tamaño real de los cuatro jinetes del Apocalipsis que colgaban del techo, y siguieron las señales hasta la salida más cercana.

Sombra y Nancy cerraban la marcha. De repente se encontraron fuera de la Casa de la Roca. Pasaron junto a la tienda de regalos y se dirigieron hacia el aparcamiento.

—Qué lástima que nos hayamos ido antes de que acabara —dijo el señor Nancy—. Tenía muchas ganas de poder ver a la orquesta artificial más grande del mundo entero.

—Yo la he visto —dijo Chernobog—. No es para tanto.

El restaurante estaba a diez minutos por la carretera. Wednesday les había dicho a todos los invitados que esa noche la cena corría de su cuenta y había previsto medios de transporte para aquellas personas que no dispusieran del suyo propio.

Sombra se preguntaba, en primer lugar, cómo habían llegado a la Casa de la Roca sin su propio medio de transporte y cómo iban a salir de allí, pero no dijo nada. Le pareció lo más sensato.

Sombra tenía la responsabilidad de llevar a los invitados de Wednesday al restaurante: la mujer del sari rojo se sentó junto a él. Había dos hombres en los asientos traseros: el joven regordete de aspecto peculiar cuyo nombre Sombra no acababa de entender del todo pero que sonaba a algo parecido a Elvis y otro hombre con traje oscuro que Sombra no recordaba.

Estaba de pie junto al hombre cuando entró en el coche, le había abierto y cerrado la puerta y no había podido recordar nada sobre él. Se dio la vuelta y le miró prestando suma atención a su pelo, su rostro, su ropa, para asegurarse de poder reconocerlo si volvía a verlo. Se volvió para arrancar el coche y en ese momento se dio cuenta de que el hombre se había esfumado de su mente. Le quedó grabada una sensación de riqueza pero nada más.

«Estoy cansado», pensó Sombra. Echó un vistazo hacia la derecha y miró de reojo a la mujer india. Se fijó en el collar plateado de calaveras que rodeaba su cuello, en la graciosa pulsera de cabezas y manos que sonaban como campanillas cuando se movía y en la joya azul oscuro que le adornaba la frente. Olía a especias, a cardamomo, a nuez moscada y a flores.

Sus cabellos eran de sal y pimienta y sonrió al notar que la estaba observando.

—Puede llamarme Mama-ji —dijo.

—Yo me llamo Sombra, Mama-ji.

—¿Y qué piensa de los planes de su jefe, señor Sombra?

Redujo porque un camión les adelantó a toda velocidad y les salpicó de barro.

—Yo no pregunto y él no cuenta nada —dijo.

—Si le interesa yo creo que quiere una última oportunidad. Quiere que nos consumamos en las llamas de la gloria. Eso es lo que quiere. Y somos ya lo bastante viejos, o estúpidos, como para que alguno de nosotros acepte.

—No es mi trabajo preguntar, Mama-ji —dijo Sombra. Su risa inundó todo el espacio.

El hombre del asiento trasero —no el joven de aspecto peculiar, sino el otro— dijo algo y Sombra le respondió, pero un minuto más tarde ya no podía recordar qué había dicho.

El joven de aspecto peculiar no había dicho nada, pero en ese momento empezó a tararear algo, de manera profunda, melancólica que hizo que el interior del coche vibrara, resonara, zumbara.

Era de estatura media, pero de constitución extraña: Sombra había oído hablar de hombres que tenían el pecho como un barril pero no tenía la imagen que ilustrara la metáfora. Este hombre tenía el pecho de barril y las piernas parecían, sí, troncos de árbol y las manos, exacto, corvejones de cerdo. Llevaba un abrigo con capucha, varios jerséis, lonas gruesas y un par de zapatillas de deporte blancas del mismo tamaño y forma que una caja de zapatos, algo del todo incongruentemente para ser invierno y llevar tanta ropa. Sus dedos parecían longanizas y tenía las yemas planas y cuadradas.

—Vaya manera de tararear —dijo desde el asiento del conductor.

—Perdón —dijo avergonzado el peculiar joven con voz profunda. Y dejó de cantar.

—No, si me gusta —dijo Sombra—. No pares.

El joven de aspecto peculiar dudó y empezó de nuevo a tararear con aquella voz reverberante. Esta vez intercalaba algunas palabras.

—Abajo, abajo, abajo —dijo con una voz tan profunda que las ventanas temblaron.

—Abajo, abajo, abajo, abajo, abajo, abajo, abajo.

Todos los aleros de las casas y edificios por los que pasaban estaban adornados con luces de Navidad. Había desde discretas luces doradas que parpadeaban, hasta enormes dispositivos de muñecos de nieve, osos de peluche y estrellas multicolores.

Sombra llegó al restaurante, una estructura grande con forma de granero y dejó a los pasajeros frente a la puerta. Condujo el coche hasta el aparcamiento. Quería caminar hasta el restaurante solo en el frío para aclararse las ideas.

Aparcó al lado de un camión negro. Se preguntaba si sería el mismo que los adelantó antes. Cerró la puerta del coche y se quedó de pie en el aparcamiento, su respiración se convertía en vaho.

Dentro del restaurante, Sombra imaginaba a Wednesday sentando ya a todos los invitados alrededor de la mesa y se preguntaba si realmente Kali había ido conduciendo enfrente de su coche o había ido detrás...

—¡Eh!, colega, ¿tienes una cerilla? —dijo una voz que le era medio familiar y al volverse Sombra para disculparse y decir que no, el cañón de una pistola le golpeó en el ojo izquierdo y cayó. Sacó un brazo para amortiguar la caída. Alguien le introdujo algo suave en la boca para evitar que gritara e inmovilizarlo con una serie de movimientos hábiles, como un carnicero que destripa a un pollo.

Sombra intentó gritar para avisar a Wednesday, para avisar a todos, pero no consiguió articular palabra, tan sólo un sonido inaudible.

—El resto está dentro —dijo la voz medio familiar—.

—¿Todo el mundo preparado? —Una voz entrecortada se oyó a través de una radio—. ¡Entrad y rodeadlos a todos!

—¿Qué pasa con el tipo grande? —dijo otra voz.

—Atadlo y sacadlo —dijo la primera voz.

Encapuchó a Sombra con una bolsa y le ató las muñecas y los tobillos con cinta aislante. Lo metió en la parte trasera del camión y empezó a conducir.

No había ni una ventana en la habitación en la que encerraron a Sombra sólo una silla de plástico, una mesa plegable no muy pesada y un cubo con tapa que hacía las veces de váter. Había también un trozo de espuma amarilla en el suelo de un metro ochenta de largo y una manta fina con una mancha marrón incrustada hacía tiempo en el centro de sangre, mierda o comida, Sombra no lo sabía y no se molestó en averiguarlo. Había una bombilla desnuda encerrada en una rejilla de metal en lo alto de la habitación, pero Sombra no podía encontrar el interruptor. La luz permanecía siempre encendida y la puerta no tenía pomo por dentro.

Tenía hambre.

Lo primero que hizo cuando los fantasmas lo empujaron dentro de la habitación después de que le desataran las muñecas, los tobillos y la boca y lo dejaran solo fue inspeccionar la habitación con cuidado. Golpeó las paredes, que sonaron con monotonía metálica. Había un pequeño respiradero en la parte superior de la habitación. La puerta estaba cerrada a cal y canto.

Un hilillo de sangre le brotaba de la ceja izquierda. Le dolía la cabeza.

El suelo no estaba enmoquetado. Lo golpeó. Era del mismo metal que las paredes.

Levantó la tapa del cubo, meó y volvió a taparlo. Según su reloj tan sólo habían pasado cuatro horas desde el ataque en el restaurante.

Ya no tenía su cartera, pero le habían dejado las monedas.

Se sentó a la mesa de juego cubierta por un tapete con una quemadura de cigarrillo. Sombra practicó intentando empujar las monedas por la mesa. Cogió entonces dos monedas de veinticinco centavos e hizo uno de esos trucos inútiles con monedas.

Se escondió una de las monedas en la mano derecha y se puso la otra en la izquierda, entre el dedo índice y el gordo. Entonces hizo ver como si cogiera la moneda de la mano izquierda cuando, en realidad, la estaba dejando caer otra vez en la misma mano. Abrió la mano derecha para mostrar la moneda que había permanecido allí todo el rato.

Lo importante de este truco de monedas fue que Sombra tuvo que emplear todos sus sentidos o, aun mejor, que no podría haberlo hecho si hubiera estado enfadado o molesto. Así que la práctica de dicha ilusión solo, aunque fuera sólo una vez sin aplicación real —ya que se había empleado a fondo para que pareciera que había pasado una moneda de una mano a otra, algo para lo que no se requiere una gran habilidad a no ser que lo quieras hacer de verdad— le tranquilizó y borró la confusión y el miedo de su mente.

Empezó a hacer un truco todavía aun más inútil: transformar medio dólar en un penique con sólo una mano, pero con dos monedas de veinticinco centavos. Escondía y enseñaba cada una de las monedas según iba avanzando el truco: empezó enseñando una de las monedas y la otra la escondió. Levantó una mano a la altura de la boca y sopló sobre la moneda que estaba a la vista y se la escondía en la palma, mientras que con los dos primeros dedos cogía la moneda que escondía y la sacaba. El efecto era que se ponía una moneda en la mano, se la llevaba a la altura de la boca, soplaba, la volvía a bajar y enseñaba la misma moneda durante todo el truco.

Lo repitió una y otra vez.

Se preguntaba si lo iban a matar, la mano le tembló un poco y una de las monedas le cayó encima del tapete sucio de la mesa de cartas.

Como ya no podía más, apartó las monedas y sacó el dólar de la Libertad que Zorya Polunochnaya le había dado, lo apretó con fuerza y esperó.

A las tres de la mañana, según su reloj, los fantasmas volvieron para interrogarle. Dos hombres con trajes oscuros, de pelo oscuro y zapatos negro brillante. Fantasmas. Uno de ellos tenía unas mandíbulas prominentes, hombros anchos, el pelo muy fuerte y las uñas mordidas, parecía que hubiera jugado a fútbol americano en la instituto. El otro llevaba la raya del pelo ancha, gafas redondas plateadas y uñas de manicura. A pesar de que no se parecían en nada, Sombra albergaba la sospecha de que en algún aspecto, seguramente el celular, los dos eran idénticos. Se quedaron de pie a ambos lados de la mesa observándole.

—¿Cuánto tiempo lleva trabajando para Cargo, señor? —preguntó uno.

—No sé a qué se refiere —dijo Sombra.

—Se hace llamar Wednesday. Grimm. Padre de Todos. El Viejo. Se les ha visto juntos, señor.

—Llevo trabajando para él un par de días.

—No nos mienta, señor —dijo el fantasma de las gafas.

—De acuerdo —dijo Sombra—. No lo haré. Pero aun así han sido un par de días.

El fantasma de mandíbula prominente le cogió la oreja con dos dedos y se la estrujó, la retorció, se la machacó. El dolor era intenso.

—Le hemos dicho que no nos mienta, señor —dijo con calma. Después le dejó en paz.

Bajo la chaqueta de cada uno se intuía la forma de una pistola. Sombra no trató de vengarse. Se imaginó que estaba de nuevo en la cárcel. «Tómate tu tiempo —pensó—. No les cuentes nada que todavía no saben. No preguntes».

—La gente con la que está tratando son peligrosos, señor —dijo el fantasma de gafas—. Le hará un favor al país si declara como testigo. —Sonrió con compasión: «Soy el poli bueno», decía con su sonrisa.

—Ya veo —dijo Sombra.

—Y si no quiere ayudarnos, señor —dijo el de mandíbula cuadrada—, comprobará cómo somos cuando nos enfadamos —Le dio un puñetazo en el estómago que le dejó sin respiración. «No se trata de tortura —pensó Sombra—, tan sólo es cuestión de puntualización: "Soy el poli malo"». Le dieron náuseas.

—Me gustaría complacerles —dijo Sombra cuando pudo hablar de nuevo.

—Lo único que le pedimos es que colabore, señor.

—¿Puedo preguntar...? —dijo Sombra en un suspiro. «No preguntes», pensó, pero era demasiado tarde, ya lo había dicho—, ¿puedo preguntar con quién voy a colaborar?

—¿Quiere saber nuestros nombres? —preguntó el de la mandíbula cuadrada—. Debe de estar soñando.

—No, tiene razón —dijo el fantasma de las gafas—. Le resultará más fácil contárnoslo todo —Miró a Sombra y le ofreció una sonrisa de anuncio de dentífrico—. Hola, me llamo señor Piedra y mi colega es el señor Madera.

—De hecho —dijo Sombra—, quería saber a qué agencia pertenecen, ¿a la CIA?, ¿al FBI?

Piedra le estrechó la mano.

—Dios mío, ya no resulta tan fácil, señor. Las cosas no son tan sencillas.

—El sector privado —dijo Madera—, el sector público. Ya sabe. Hay mucha interacción hoy en día.

—Pero le puedo asegurar —dijo Piedra con otra de sus sonrisas—, somos los buenos. ¿Tiene hambre, señor? Se metió la mano en el bolsillo y sacó una barrita de Snickers—. Aquí tiene, un regalo.

—Gracias —dijo Sombra. Le quitó el envoltorio y se la comió.

—Supongo que querrá una bebida para acompañarlo. ¿Café? ¿Cerveza?

—Agua, por favor —dijo Sombra.

Piedra se dirigió hacia la puerta y llamó. Dijo algo al guardia que había al otro lado, que asintió con la cabeza y volvió al cabo de un rato con un vaso de poliuretano lleno de agua.

—La CIA —dijo Madera. Bajó la cabeza, con pesar—. ¡Qué tipos! Eh, Piedra. Me han contado un nuevo chiste de la CIA. Vale, ¿cómo podemos estar seguro de que la CIA no tuvo nada que ver en el asesinato de Kennedy?

—No lo sé —dijo Piedra—. ¿Cómo podemos estar seguros?

—Está muerto, ¿no? —dijo Madera.

Ambos rieron.

—¿Mejor ahora, señor? —preguntó Piedra.

—Supongo.

—¿Pues por qué no nos cuenta lo que ha sucedido esta tarde, señor?

—Hicimos un poco de turismo. Fuimos a la Casa de la Roca. Fuimos a comer algo. Y el resto ya lo sabe.

Piedra dejó escapar un fuerte suspiro. Madera movió la cabeza con decepción y golpeó a Sombra en la rodilla. El dolor era infernal. Entonces Madera le asestó un puñetazo en la espalda, justo a la altura de los riñones y el dolor que sintió fue todavía mucho más intenso que el de la rodilla.

«Soy mucho más corpulento que ellos dos —pensó—. Puedo con ellos». Pero estaban armados; aunque lograra de alguna manera matarlos o reducirlos, continuaría encerrado en la celda con ellos. (Pero tendría una pistola, dos pistolas.)(«No».)

Madera no le había tocado la cara. Ninguna señal. Nada que durara para siempre, sólo puñetazos y patadas en el torso y rodillas. Le dolía y Sombra apretaba con fuerza el dólar de la Libertad en la palma de su mano, esperando que todo terminara.

Después de un período de tiempo demasiado largo la paliza cesó.

—Nos vemos en un par de horas, señor —dijo Piedra—. Sabe, a Madera no le ha gustado nada tener que hacerlo. Somos hombres razonables. Como he dicho, somos los buenos. Usted está en el lado equivocado. Mientras tanto, ¿por qué no intenta dormir un poco?

—Es mejor que empiece a tomarnos en serio —dijo Madera.

—Ahí has estado acertado, Madera —dijo Piedra—. Piénselo.

Un portazo sonó tras ellos. Sombra se preguntaba si apagarían la luz, pero no lo hicieron y brillaba en la habitación como un ojo frío. Se arrastró por el suelo hasta la espuma amarilla, se acostó y se tapó con la manta fina. Cerró los ojos y no pensó en nada, se aferró a los sueños.

Pasó el tiempo.

Tenía de nuevo quince años, su madre estaba muriendo y trataba de decirle algo muy importante pero no podía entenderla. Se movió en sueños, una lanza de dolor le llevó de nuevo a un estado de medio conciencia y se sobresaltó.

Sombra se encogió bajo la delgadez de la manta. Su brazo derecho le cubría los ojos impidiendo el paso de la luz. Se preguntaba si Wednesday y el resto seguirían en libertad, si seguirían vivos. Esperaba que así fuera.

El dólar plateado seguía estando frío en su mano izquierda. Sabía que estaba ahí, como durante la paliza. Se preguntó inútilmente por qué no había adquirido la temperatura de su cuerpo. Todavía medio dormido medio delirante, la moneda, la idea de libertad, la luna y Zorya Polunochnaya se entrelazaron en un rayo plateado cuyo brillo provenía de las profundidades y se elevaba hacia el cielo. Él subía muy alto en ese rayo, lejos del dolor y del miedo, lejos del dolor y, por suerte, de vuelta a los sueños.

Oyó un ruido procedente de un lugar remoto, pero ya era tarde para pensar en eso. Ahora estaba cautivo en su sueño.

Pensó aturdido: esperaba que no se tratara de gente que fuera a despertarle para pegarle o gritarle. Entonces, notó con placer, que había caído en un sueño profundo y ya no tenía frío.

Alguien en algún lugar pedía auxilio, gritando, en el sueño o fuera de él.

Sombra rodó fuera del colchón de espuma mientras dormía y descubrió nuevas zonas doloridas al rodar.

Alguien le zarandeaba por el hombro.

Quería pedirles que no le despertaran, que le dejaran dormir, que le dejaran en paz, pero sonó como un gruñido.

—Tesoro —dijo Laura—. Tienes que despertarte, por favor, despierta cariño.

Tuvo un momento de descanso apacible. Estaba teniendo un sueño tan extraño, de prisiones, timadores y dioses de poca monta y ahora Laura le estaba despertando para recordarle que era hora de trabajar y que quizás tendría tiempo suficiente antes del trabajo para robarle un café o un beso, o quizás algo más. Se estiró para tocarla.

Su piel estaba fría como el hielo y pegajosa.

Sombra abrió los ojos.

—¿De dónde sale toda esta sangre? —preguntó.

—De otra gente —dijo ella—. No es mía, yo estoy rellena de formaldehído, mezclado con glicerina y lanolina.

—¿Qué otra gente? —preguntó.

—Los guardas —respondió ella—. No pasa nada. Los he matado. Mejor será que te muevas. No creo que nadie haya tenido tiempo de activar la alarma. Coge un abrigo de ahí fuera o te congelarás vivo.

—¿Que los has matado?

Ella se encogió de hombros y esbozó una media sonrisa algo incómoda. Parecía que había estado pintando un cuadro de tonos carmesí con los dedos y tenía salpicaduras en la cara y en la ropa (el mismo traje azul con el que había sido enterrada) que le recordó a Jackson Pollock, ya que resultaba menos problemático pensar en Jackson Pollock que aceptar lo que estaba ocurriendo.

—Es más fácil matar a gente cuando tú ya estás muerto, —le dijo—. Quiero decir, no es para tanto. Ya no tienes prejuicios.

—Sigue siendo algo muy fuerte para mí —dijo Sombra.

—¿Quieres quedarte hasta que venga el personal de la mañana? —dijo ella—. Si quieres, puedes. Pensaba que querrías huir.

—Pensarán que lo he hecho yo —dijo él de manera estúpida.

—Tal vez —dijo ella—. Ponte un abrigo, cariño. Te vas a congelar.

Al final del pasillo al que salieron había un guardarropa y allí se encontraban los cuatro cadáveres: tres guardas y el hombre que se autodenominaba Piedra. Su amigo no se veía por ningún lado. Por las huellas de sangre en el suelo, se deducía que dos de los hombres habían sido arrastrados hasta el guardarropa y tirados al suelo.

Su propio abrigo colgaba de una percha. La cartera todavía estaba en el bolsillo interior, intacta, al parecer. Laura abrió un par de cajas de cartón repletas de chocolatinas.

Los guardas a los que ahora podía ver a la perfección, llevaban uniformes oscuros de camuflaje, pero no llevaban ninguna identificación oficial, nada que dijera para quién trabajaban. Puede que fueran cazadores de fin de semana disfrazados para la ocasión.

Laura tomó entre sus gélidas manos la de Sombra. Llevaba la moneda de oro que él le había regalado colgada del cuello con una cadena dorada.

—Te queda muy bien —dijo él.

—Gracias —Sonrió con belleza.

—¿Qué hay de los otros? —preguntó él—. ¿Wednesday y el resto? ¿Dónde están? —Laura le pasó un puñado de chocolatinas y se llenó los bolsillos.

—No había nadie más allí. Un montón de celdas vacías y una en la que estabas tú. Ah, uno de los hombres había entrado en una de las celdas de allí para relajarse con una de esas revistas... Se ha llevado un susto.

—¿Has matado a un hombre mientras se la meneaba?

Se rió entre dientes.

—Supongo —dijo incómoda—. Me preocupaba que te estuvieran haciendo daño. Alguien tiene que cuidar de ti y te dije que lo haría, ¿no? Pues ahí tienes —Había un manojo de productos químicos y calentadores para pies: pequeñas bolsitas a las que les quitas el precinto, se calientan y aguantan el calor durante horas. Sombra se las guardó en el bolsillo.

—¿Cuidarme? Sí —murmuró—, lo dijiste.

Le acarició la ceja izquierda con el dedo.

—Te han herido —dijo.

—Estoy bien.

La puerta de metal en la pared se abrió de par en par lentamente. Había que saltar una distancia de unos cuatro pasos para llegar al suelo. Se lanzó hasta que notó la grava en sus pies. Cogió a Laura por la muñeca, la cogió en sus brazos como solía hacer, sin ninguna dificultad, sin pensárselo ni un segundo...

La luna salió tras una nube espesa. Estaba baja en el horizonte, lista para ponerse, aunque la luz que reflejaba en la nieve era suficiente para ver con claridad.

Fueron a parar a lo que resultó ser un vagón de metal pintado de negro de un largo tren de carga, aparcado o abandonado en una zona de desvío. La vista no les alcanzaba para ver el final de la sucesión de vagones entre los árboles. Estaba en un tren, debería haberlo sabido.

—¿Cómo coño me encontraste aquí? —le preguntó a su difunta mujer.

Ella movió la cabeza lentamente, con diversión.

—Brillas como un faro en la oscuridad —le dijo—. No fue tan difícil. Ahora simplemente vete. Vete lo más lejos que puedas. No utilices las tarjetas de crédito y todo irá bien.

—¿Dónde debería ir?

Le acarició el pelo enredado, y se lo apartó de los ojos.

—La carretera está en esa dirección —le respondió—. Haz lo que puedas. Roba un coche si tienes que hacerlo. Ve hacia el sur.

—Laura —exclamó y dudó por un momento—. ¿Sabes lo que está pasando? ¿Sabes quiénes son esas personas? ¿A quién has matado?

—Mmm, sí —dijo—. Creo que sí.

—Te debo una —dijo Sombra—. Todavía estaría allí si no hubiera sido por ti. No creo que tengan nada bueno pensado para mí.

—No —dijo ella—. No lo creo.

Salieron de los vagones vacíos del tren. Sombra erró por los otros trenes que habían visto, vagones de metal sin ventanas que se extendían a lo largo de kilómetros y kilómetros, trazando su propio camino solitario en la noche. Apretó con los dedos el dólar de la Libertad que tenía en el bolsillo y recordó a Zorya Polunochnaya y el modo en que lo miró bajo la luz de la luna. «¿Le has preguntado qué es lo que quiere? Es lo más inteligente que se le puede preguntar a los muertos. Algunas veces te lo dicen.»

—Laura... ¿qué quieres? —le preguntó.

—¿De verdad quieres saberlo?

—Sí, por favor.

Laura lo miró con sus inertes ojos azules.

—Quiero estar viva otra vez —dijo—. No medio viva, sino viva del todo. Quiero sentir cómo me late el corazón en el pecho. Quiero sentir fluir la sangre por mis venas, caliente, salada y auténtica. Es extraño, no creo que puedas notarlo hasta que deje de fluir, ya verás —Se frotó los ojos y el rojo de sus manos le manchó la cara—. Mira, es duro. ¿Sabes por qué los muertos sólo salen por la noche, tesoro? Porque es más fácil pasar desapercibido en la oscuridad. Y yo no quiero pasar desapercibida. Quiero estar viva.

—No entiendo qué es lo que quieres que haga.

—Haz lo posible, cariño. Algo se te ocurrirá. Sé que lo harás.

—Vale. Lo intentaré. Y si lo consigo, ¿cómo te encontraré?

Pero ella se había esfumado y no había nada más en el bosque aparte del gris suave del cielo que indicaba dónde estaba el este y, en el amargo viento de diciembre, el sollozo de la que pudiera ser la última ave nocturna o la primera del amanecer.

Sombra echó a caminar hacia el sur.

CAPÍTULO SÉPTIMO

Los dioses hindúes son, en cierta manera, inmortales —porque nacen y mueren— y por ello experimentan la mayor parte de los dilemas de la humanidad y a menudo sólo se diferencian de los humanos en aspectos triviales... y de los demonios, incluso en menos. Aun así son considerados por las clases hindúes seres por definición totalmente diferentes a los otros, su vida nunca puede regirse por arquetipos. Son actores que interpretan un papel que, en realidad, está hecho a nuestra medida, son las máscaras bajo las que vemos nuestros propios rostros.

Wendy Doniger O'Flaherty. Introducción de *Hindu Myths*
(Penguin Books, 1975)

Sombra había estado caminando hacia el sur más o menos durante varias horas siguiendo una estrecha carretera sin señalización a través de los bosques del sur de Wisconsin o al menos eso creía. Un par de todoterrenos bajaba por la carretera hacia él con las luces parpadeantes y se escondió tras unos árboles hasta que pasaran. La niebla matinal le llegaba a la cintura. Los coches eran negros.

Cuando media hora más tarde oyó al oeste el sonido lejano de unos helicópteros, se desvío de la pista que seguía y se adentró en el bosque. Eran dos helicópteros, se agazapó en un hueco debajo de un árbol caído y esperó a que pasaran de largo. Cuando se alejaron, miró alrededor y buscó su brillo en el cielo gris. Le satisfizo observar que los aparatos estaban pintados de color negro mate. Esperó bajo aquel árbol hasta que el sonido se perdiera en la lejanía.

La nieve bajo los árboles no era más que un polvo en el que crujían las pisadas. Estaba muy contento de haber cogido aquellos productos químicos y el calentador de pies, que evitaron que se le congelaran las extremidades. Pero aun así estaba entumecido: entumecido el corazón, entumecida la mente, entumecida el alma. Se dio cuenta de que arrastraba esa sensación hacía mucho tiempo.

«¿Qué es lo que quiero?», se preguntó a sí mismo. No encontró respuesta, así que siguió caminando a través del bosque, paso a paso sin aminorar la marcha. Los árboles le resultaban familiares, algunos fragmentos del paisaje eran perfectos *dejà-vu*. ¿Estaría caminando en círculos? Puede que estuviera caminando y caminando y caminando hasta que se le acabaran los calentadores y las chocolatinas y entonces se sentara y no volviera a levantarse nunca.

Llegó hasta un riachuelo grande, que los habitantes del lugar llaman arroyo y pronuncian rollo, y decidió seguirlo. Los riachuelos desembocan en ríos, todos los ríos van a parar al Misisipi así que si continuaba caminando, o robaba una barca o se construía una balsa, en algún momento llegaría a Nueva Orleans, con su clima cálido, una idea que le pareció muy acertada a la par que improbable.

Ya no había más helicópteros. Tuvo el presentimiento de que los que había visto antes habían estado poniendo orden en el cementerio de trenes, no le buscaban a él porque de haber sido así habrían regresado; llevarían perros de caza y se oirían sirenas y toda la parafernalia que rodea una persecución. Sin embargo no se oía nada.

¿Que quería? Que no lo pillaran. Que no lo acusaran de las muertes de aquellos hombres del tren. «No fui yo —se oía a sí mismo decir— fue mi difunta esposa». Podía ver las caras de los agentes. Y la gente podría discutir si se trataba de un caso locura o no mientras lo llevaban a la silla...

Se preguntaba si en Wisconsin existía la pena de muerte. Se preguntaba si eso importaba. Quería entender lo que estaba pasando y averiguar cómo acabaría. Finalmente, esbozando una sonrisa tristona, se dio cuenta de que lo que más quería era que todo volviera a la normalidad. Quería no haber estado nunca en la cárcel, que Laura estuviera viva, que nada de esto hubiera sucedido.

«Me temo que ésa no es la opción correcta, chico —pensó para sus adentros, con la voz ronca de Wednesday y asintió con la cabeza—. No hay opción. No hay vuelta de hoja. Así que sigue adelante. Tómate tu tiempo...»

Se oía a lo lejos un pájaro carpintero picoteando un árbol podrido.

Sombra empezó a sentirse observado: un puñado de cardenales rojos le miraban desde un arbusto esquelético y luego siguieron picoteando bayas de saúco. Se parecían a las ilustraciones del calendario de aves de invierno de Norteamérica. El trino y los chillidos de los pájaros le acompañaron a lo largo del riachuelo, hasta que en algún momento dejó de oírlos.

Un ciervo muerto yacía en un claro de la colina y un pájaro negro del tamaño de un perro hurgaba en su interior y con su pico cruel y enorme arrancaba a tiras trozos de carne roja. El animal ya no tenía ojos pero la cara permanecía intacta y se veían manchas blancas de ciervo en su trasero. Sombra se preguntaba cómo habría muerto.

El pájaro negro le dio un picotazo en un lado de la cabeza y dijo, con un chasquido de voz:

—Tú, hombre sombra.

—Me llamo Sombra —respondió él. El pájaro dio un salto y se colocó en la parte trasera del ciervo, llegó hasta la cabeza y erizó las plumas del cuello y de la cresta. Era enorme y tenía los ojos negros como el azabache. Resultaba intimidatorio, un pájaro de ese tamaño y tan cerca.

—Dice que te verá en Kay-ro —dijo el cuervo. Sombra se preguntaba cuál de los cuervos de Odín sería este: Huginn o Muninn, memoria o pensamiento.

—¿Kay-ro? —preguntó.

—En Egipto.

—¿Cómo voy a ir a Egipto?

—Sigue el Misisipi. Hacia el sur. Encuentra Chacal.

—Mira —dijo Sombra—, no quiero que parezca que soy... Dios mío, mira... —hizo una pausa. Ordenó sus pensamientos. Tenía frío, estaba en un bosque hablando con un pájaro negro que de hecho se estaba zampando a Bambi—. De acuerdo. Lo que intento decir es que no quiero misterios.

—Misterios —asintió el pájaro con amabilidad.

—Lo que quiero son explicaciones. Chacal en Kay-ro. No es de gran ayuda. Parece una frase del guión de un *thriller* malo de espías.

—Chacal. Amigo. Tok. Kay-ro.

—Eso ya lo has dicho. Me gustaría algo más de información.

El pájaro volvió la cabeza y sacó otro trozo de carne cruda de las costillas del ciervo. Alzó el vuelo y desapareció entre los árboles con el trozo de carne colgando en el pico como si fuera un largo gusano sangriento.

—¡Eh! ¿Puedes al menos indicarme el camino hasta una carretera de verdad? —gritó Sombra.

El cuervo volaba alto y cada vez más lejos. Sombra miró el cuerpo del cervatillo. Decidió que si fuera un auténtico hombre de campo, le cortaría una costillas y las cocinaría en un hoguera improvisada. Sin embargo, se sentó en un tronco de árbol, se comió un Snickers y se dio cuenta de que no era un auténtico hombre de campo.

El cuervo graznó desde el extremo del claro.

—¿Quieres que te siga? —preguntó Sombra—. ¿O es que Timmy se ha caído en otro pozo? —El pájaro volvió a graznar, con impaciencia. Sombra empezó a caminar hacia él. Esperó hasta que estuvo cerca, entonces aleteó con fuerza hasta otro árbol, desviándose de alguna manera hacia la izquierda del camino que Sombra seguía en un principio.

—¡Eh! —dijo Sombra—. Huginn o Muninn o quien seas.

El pájaro se volvió con suspicacia, hacia un lado, y le escrutó con sus ojos brillantes.

—Di «Nevermore» —dijo Sombra.

—Que te jodan —dijo el cuervo y no volvió a dirigirle la palabra en todo el camino a través del bosque.

En media hora llegaron a una carretera asfaltada a las afueras de una ciudad y el cuervo viró hacia el bosque. Sombra divisó un poste de la hamburguesería Culver Frozen Custard y al lado una gasolinera. Entró en la hamburguesería que estaba vacía. Había un joven amable con la cabeza afeitada tras la caja registradora. Sombra pidió dos hamburguesas y patatas fritas. Después fue a los servicios para limpiarse. Estaba hecho un asco. Hizo inventario de lo que llevaba en los bolillos: unas cuantas monedas, incluido el dólar de la Libertad, un cepillo y pasta de dientes de viaje, tres Snickers, cinco bolsitas químicas de calor, una cartera (con nada más dentro que su carné de conducir y una tarjeta de crédito, se preguntaba durante cuánto tiempo más le funcionaría) y en el bolsillo interior mil dólares en billetes de cincuenta y veinte, su parte del trabajo en el banco del día anterior. Se lavó la cara y las manos con agua caliente, se echó el pelo para atrás y volvió al restaurante, se comió las hamburguesas, las patatas y se tomó un café.

Fue hacia la caja.

—¿Quiere natillas heladas? —le preguntó el joven.

—No, no, gracias. ¿Hay por aquí cerca algún lugar donde pueda alquilar un coche? El mío me ha dejado tirado en la carretera.

El joven se rascó la cabeza.

—No por aquí cerca, señor. Si se ha estropeado puede llamar a ayuda en carretera. También puede hablar con los de la gasolinera de aquí al lado.

—Una idea brillante —dijo Sombra—. Gracias.

Atravesó la nieve derretida desde el aparcamiento de Culvers hasta la gasolinera. Compró chocolatinas, palitos de cecina y más calentadores químicos para pies y manos.

—¿Algún lugar por aquí donde pueda alquilar un coche? —le preguntó a la cajera. Era muy gorda, llevaba gafas y estaba encantada de tener alguien con quien hablar.

—Déjeme pensar —dijo—. Estamos un poco alejados de todo, aquí. Seguro que en Madison encuentra algo. ¿Adónde va?

—Kay-ro —dijo—, dondequiera que eso esté.

—Yo sé dónde está —dijo—. Páseme un mapa de Illinois de aquella estantería.

Sombra le paso un mapa en una funda de plástico. Lo desplegó y señaló con satisfacción la esquina inferior del estado.

—Aquí está.

—¿Cairo?

—Así es cómo se pronuncia el de Egipto. Pero el del Pequeño Egipto se llama Kay-ro. También tienen una Tebas allí. Mi cuñada es de Tebas. Le pregunté sobre el de Egipto y me miró como si me faltara un tornillo —La mujer salpicaba al hablar como un aspersor.

—¿Alguna pirámide? —La ciudad estaba a más de setecientos kilómetros, casi en línea recta hacia el sur.

—No que me hayan dicho. Lo llaman Pequeño Egipto porque hace tiempo, puede que hace unos cien o ciento cincuenta años hubo escasez. Las cosechas se echaron a perder en todas partes menos allí. Así que todo el mundo iba allí a comprar comida. Como en la Biblia. Como en *Joseph and the Amazing Technicolor Dreamcoat*. Hacia Egipto vamos, pa ta pam.

—Si usted fuera yo y necesitara llegar allí, ¿cómo lo haría? —preguntó Sombra.

—En coche.

—Mi coche se ha estropeado unas cuantas millas más allá, en la carretera. Era, con perdón por la expresión, una mierda de coche —dijo Sombra.

—Eme-de-ce —dijo ella—. ¡Uh! Así es como los llama mi cuñado. Se dedica a comprar y vender coches a pequeña escala. Me llamará — dice Mattie— le acabo de vender un M.D.C. Quizás esté interesado en su viejo coche, para chatarra o algo.

—Es de mi jefe —dijo Sombra sorprendido de su verborrea y fluidez a la hora de mentir—. Tengo que llamarlo para que venga a buscarme — Un pensamiento le sobresaltó—. ¿Su cuñado está por aquí?

—Está en Muscoda. Diez minutos al sur. Justo al otro lado del río. ¿Por qué?

—Bueno, quizás tenga un M.D.C para venderme por... quinientos o seiscientos dólares.

Sonrió con dulzura.

—Señor, no tiene ni un solo coche con el depósito lleno que no pudiera comprar con quinientos dólares. Pero no le diga que yo le he dicho esto.

—¿Podría llamarle? —preguntó Sombra.

—Por supuesto —dijo y cogió el teléfono—: ¿Cariño? Soy Mattie. Ven aquí en cinco minutos. Hay un hombre que quiere comprarte un coche.

La mierda de coche que escogió fue un Chevy Nova de 1983, que compró con el depósito lleno por cuatrocientos cincuenta dólares. Tenía al menos unos 350.000 kilómetros y apestaba a *bourbon*, tabaco y a algo más fuerte que bien podría haber sido plátano. No podía ver con exactitud de qué color era bajo la capa de suciedad y nieve. Aun así, de todos los coches que tenía el cuñado de Mattie en su garaje era el único que parecía que le podía llevar a setecientos kilómetros de allí.

Le pagó en efectivo y el cuñado de Mattie no le pidió en ningún momento su nombre o el número de la seguridad social, tan sólo el dinero.

Sombra condujo hacia el oeste y luego al sur con quinientos cincuenta dólares en el bolsillo, junto a la interestatal. La mierda de coche tenía radio, pero no se oía nada cuando la enchufó. Una señal le anunciaba que acababa de salir de Wisconsin y entraba en Illinois. Pasó junto a unas obras, las luces azules ardían en la luz débil de un día de invierno.

Paró y comió en un lugar llamado *Mom's* justo antes de que cerraran.

Cada una de las ciudades por las que pasó tenía una señal más encima de la señal que indicaba que estaba entrando en Nuestra Ciudad (720 habitantes). El cartel extra anunciaba que el equipo sub-14 estaba tercero en la clasificación interestatal o que en la ciudad vivían las semifinalistas sub-16 de lucha.

Siguió conduciendo, pegando cabezadas, se sentía cada vez más hundido. Se saltó un scmáforo y de poco es arrollado por una mujer en un Dodge. Cuando llegó a una zona rural se desvió por una pista vacía junto a la carretera y aparcó al lado de un campo de rastrojos salpicado de nieve por el que iban en procesión unos pavos salvajes, gordos y negros. Apagó el motor, se echó en la parte trasera y se durmió.

Oscuridad, sensación de estar cayendo, como si se precipitara por un gran agujero como Alicia. La caída duró cien años. Surgían rostros de la oscuridad que se evaporaban antes de que alcanzara a tocarlos...

De repente, sin transición, ya no caía. Ahora se hallaba en una cueva y ya no estaba solo. Sombra miraba fijamente a los ojos de una persona conocida: ojos enormes, de un negro intenso. Parpadearon.

Bajo tierra: sí. Recordaba ese lugar. La peste a vaca húmeda. Una hoguera resplandecía en las paredes húmedas de la cueva e iluminaba la cabeza de búfalo, el cuerpo de hombre, el color arcilla de la piel.

—¿No podéis dejarme en paz? —preguntó Sombra—. Sólo quiero dormir.

El hombre búfalo agitó la cabeza despacio. Sus labios no se movieron pero una voz le habló:

—¿A dónde vas, Sombra?

—A Cairo.

—¿Por qué?

—¿Dónde quieres que vaya? Wednesday me quiere allí. Bebí el aguamiel.

En el sueño de Sombra, con el poder de la lógica onírica, la obligación parecía irrebatible: él bebió el aguamiel de Wednesday tres veces y con eso selló el pacto. ¿Qué otra opción tenía?

El hombre búfalo acercó la mano a la hoguera, avivó las brasas y movió las ramas rotas.

—Se avecina tormenta —dijo. Se limpió la mano llena de ceniza en su pecho peludo y lo dejó lleno de manchas negras.

—Vosotros no paráis de decirme cosas. ¿Puedo preguntar yo algo?

Hubo una silencio. El hombre búfalo apartó una mosca que se había posado en su frente peluda.

—Pregunta.

—¿Es todo esto verdad? ¿Son dioses de verdad? Es todo tan... —Hizo una pausa. Entonces añadió—: imposible —que no era exactamente la palabra que estaba buscando pero fue la mejor que se le ocurrió.

—¿Qué son los dioses? —preguntó el hombre búfalo.

—No lo sé —dijo Sombra.

Se oía un ruido apagado e inexorable. Sombra esperaba que el hombre búfalo dijera algo, que le explicara qué eran los dioses, que le explicara la confusa pesadilla en que se había convertido su vida. Tenia frío.

Toc, toc, toc.

Sombra abrió los ojos y algo vacilante se sentó. Estaba congelado, el cielo fuera del coche era del color púrpura intenso y brillante que separa el anochecer de la noche cerrada.

Toc, toc. Alguien dijo:

—¡Eh! Señor —y Sombra giró la cabeza. Ese alguien estaba de pie tras el cristal, no era mas que una figura oscura en la oscuridad del cielo. Sombra alargo la mano y bajo unos centímetros la ventanilla. Emitió algunos sonidos al despertarse y luego dijo:

—Hola.

—¿Está bien? ¿Se encuentra mal? ¿Ha estado bebiendo? —era una voz aguda, de mujer o de chico.

—Estoy bien —dijo Sombra—. Espere. —Abrió la puerta, salió y estiró las piernas y el cuello mientras salía. Se frotó las manos para activar la circulación de la sangre y calentarse.

—¡Jo! Eres bastante grande.

—Es lo que dicen —dijo Sombra—. ¿Quién eres?

—Me llamo Sam —dijo la voz.

—¿Sam chico o Sam chica?

—Sam chica. Solían llamarme Sammi con «i» y yo dibujaba una cara sonriente encima de la «i», pero luego me cansé porque todo el mundo lo hacía y lo dejé.

—Vale, Sam. Ve allí y mira hacia la carretera.

—¿Por qué? ¿Es un psicópata asesino o algo así?

—No —dijo Sombra—, tengo que mear y me gustaría tener un mínimo de intimidad.

—Vale, no hay problema. De acuerdo. Lo pillo. Yo soy igual, no puedo mear si hay alguien cerca. El síndrome de la vejiga vergonzosa.

—Ahora, por favor.

Caminó hacia el otro lado del coche y Sombra se adentró un poco en el campo, se bajó la cremallera de los tejanos y meó contra la tapia durante un rato largo. Volvió junto a la chica. La noche lo inundaba todo.

—¿Todavía estás ahí? —preguntó.

—Sí —dijo—. Debe tener una vejiga del tamaño del lago Erie. Creo que se han erigido y han caído varios imperios en el tiempo que ha durado su meada. Lo he oído todo el rato.

—Gracias ¿Querías algo?

—Bueno, quería ver si se encontraba bien. Si hubiera estado muerto o algo habría llamado a la policía. Pero al estar las ventanas un poco empañadas he pensado que estaría vivo.

—¿Vives por aquí cerca?

—No, vengo haciendo dedo desde Madison.

—Eso es peligroso.

—Llevo haciéndolo cinco veces al año desde hace tres y todavía sigo con vida. ¿Hacia dónde va?

—A Cairo.

—Gracias —dijo—. Yo voy a El Paso para pasar las vacaciones con mi tía.

—No puedo llevarte tan lejos —dijo Sombra.

—No El Paso, Tejas sino el que está en Illinois, a unas horas hacia el sur. ¿Sabe dónde estamos ahora mismo?

—No —dijo Sombra—. Ni idea. En algún punto de la autopista 52.

—La próxima ciudad es Perú —dijo Sam—. Pero no el Perú de Perú, el de Illinois. Déjeme que le huela, acérquese. —Sombra se agachó y la chica le olisqueó la cara—. Vale, no huele a alcohol, puede conducir. Vámonos.

—¿Qué te hace pensar que voy a llevarte?

—Que soy una dama en apuros —dijo ella—. Y usted es un caballero en lo que sea. Un coche muy sucio. ¿Sabe que alguien ha escrito «¡Lávame!» en la luna trasera? —Sombra se subió al coche y abrió la puerta del copiloto. La luz que se enciende en los coches al abrir las puertas no funcionaba en éste.

—No —dijo él—, no lo sabía.

Ella se montó en el coche.

—Fui yo —dijo—. Lo escribí yo cuando todavía había suficiente luz para ver.

Sombra arrancó el coche, puso las luces y volvió a la carretera.

—A la izquierda —dijo Sam con amabilidad—. Sombra dobló a la izquierda y siguió conduciendo. Al cabo de unos cuantos minutos, la calefacción empezó a funcionar y un agradable calor inundó el coche.

—Todavía no ha dicho nada, —dijo Sam–. Diga algo.

—¿Eres humana? —preguntó Sombra—. ¿Un ser humano que vive, respira, nacido de un hombre y una mujer como Dios manda?

—Claro —respondió ella.

—Vale, sólo estaba comprobando. ¿Qué quieres que diga?

—Algo que me tranquilice. De repente se ha apoderado de mí esa sensación de «¡Oh mierda, estoy en el coche equivocado con un loco al volante».

—Sí —dijo—, a mi también me pasa. ¿Qué te parecería tranquilizador?

—Sólo dígame que no es un convicto fugado ni un asesino es serie o algo así.

Pensó un momento.

—Sabes, en realidad no lo soy.

—Ha tenido que pensárselo.

—Me he tomado mi tiempo. Nunca he matado a nadie.

—¡Ah!

Llegaron a una pequeña ciudad iluminada por las luces de la calle y los adornos navideños y Sombra dobló hacia la derecha. La chica tenía el pelo enredado y más o menos negro, un rostro atractivo y desde su punto de vista algo inexpresivo: sus rasgos podrían haber sido esculpidos en una roca. Ella le miraba con atención.

—¿Por qué estuvo en la cárcel?

—Herí de gravedad a dos personas. Me enfadé mucho.

—¿Se lo merecían?

Sombra recapacitó unos instantes. «Entonces eso pensaba».

—¿Lo volvería a hacer?

—Pues claro que no. Perdí tres años de mi vida allí.

—Mmm, ¿corre sangre india por sus venas?

—No que yo sepa.

—Me lo parecía, eso es todo.

—Siento decepcionarte.

—No pasa nada. ¿Tiene hambre?

Sombra asintió con la cabeza.

—No me importaría comer algo.

—Hay un sitio que no está mal. Ahí, donde esas luces. Comida buena y también barata.

Sombra aparcó. Salieron del coche. No se preocupó de cerrarlo, aunque se guardó la llave en el bolsillo. Cogió algunas monedas para comprar el periódico.

—¿Puedes permitirte comer aquí? —preguntó.

—Sí —dijo ella con la cabeza alta—, puedo pagarme lo mío.

Sombra movió la cabeza.

—Te diré una cosa. Nos lo jugamos a suertes —dijo—, cara, pago yo, cruz pagas tu.

—Déjeme ver la moneda antes —dijo ella suspicaz—, un tío mío tenía una moneda con dos caras.

La inspeccionó y comprobó con satisfacción que era una moneda de lo más normal. Sombra se la colocó en el dedo gordo, la lanzó al aire y dio vueltas hasta caer en su palma izquierda y la destapó con la derecha delante de ella.

—Cara —dijo ella con felicidad—. Paga usted.

—Bueno —dijo él—. No siempre se gana.

Sombra pidió pastel de carne y Sam, lasaña. Él hojeó el periódico para ver si había alguna noticia relacionada con la muerte de aquellos hombres del cementerio de trenes. Nada. La única noticia interesante ocupaba la portada: un gran número de cuervos infesta la ciudad. Los granjeros de la zona querían colgar cuervos muertos por la ciudad en edificios públicos para espantar a los demás; los ornitólogos decían que eso no surtiría efecto, que los cuervos vivos se comerían a los muertos. Pero los granjeros eran implacables. «Cuando vean los cuerpos muertos de sus amigos —dijo el portavoz— sabrán que no son bienvenidos».

La comida era una montaña humeante en los platos, más de lo que una persona podía comer.

—¿Y qué hay en Cairo? —preguntó Sam con la boca llena.

—Ni idea. Me llegó un mensaje de mi jefe, me necesita allí.

—¿A qué se dedica?

—Soy el chico de los recados.

Ella sonrió.

—Bueno —dijo—, no eres de la mafia, no tienes pinta y además conduces una mierda de coche. ¿Y por qué huele a plátano tu coche?

Se encogió de hombros y siguió comiendo.

Sam entrecerró los ojos.

—A lo mejor es un traficante de plátanos —dijo—. Todavía no me ha preguntado a qué me dedico?

—Me imagino que estás en la universidad.

—UW Madison.

—Donde estarás estudiando sin duda alguna historia del arte, típico de mujeres, y probablemente harás tus propias figuras de bronce. Y seguramente trabajas en una cafetería para poder pagar el alquiler.

Dejó caer el tenedor, respiró con fuerza y abrió los ojos de par en par.

—¿Cómo coño lo ha hecho?

—¿El qué? Ahora es cuando tú dices que en realidad estás estudiando románicas y ornitología.

—¿Así que pretende que me crea que ha sido casualidad o algo así?

—¿El qué ha sido?

Lo miró con sus ojos oscuros.

—Es un tío peculiar, señor... no sé qué.

—Me llaman Sombra —dijo.

Hizo una extraña mueca con la boca como si estuviera comiendo algo que no le gustara. Se calló, bajó la cabeza y se terminó la lasaña.

—¿Sabes por qué se llama Egipto? —Preguntó Sombra cuando Sam acabó de comer.

—¿Allí donde está Cairo? Sí, está en el delta del Ohio y el Misisipi. Como El Cairo en Egipto se halla en el delta del Nilo.

—Es lógico.

Se apoyó en el respaldo, se pasó una mano por el pelo negro. Pidió café y tarta de crema de chocolate.

—¿Está casado, señor Sombra? —Dudó por un instante—. ¡Vaya! Acabo de hacer otra pregunta comprometedora, ¿no?

—Fue enterrada el jueves —dijo eligiendo las palabras con sumo cuidado—. Se mató en un accidente de tráfico.

—¡Oh, Dios mío! Lo siento.

—Yo también.

Un silencio incómodo.

—Mi hermanastra perdió a su hijo, mi sobrino, a finales del año pasado. Es horrible.

—Sí, lo es. ¿De qué murió?

Sorbió un poco de café.

—No lo sabemos, en realidad no sabemos si está muerto. Simplemente se evaporó. Pero sólo tenía trece años. Fue a mitad del invierno pasado. Mi hermana estaba destrozada.

—¿No había ninguna pista? —sonó como un policía de la televisión. Lo intentó de nuevo—. ¿Sospechaban de alguien? —Sonó todavía peor.

—Sospechaban del gilipollas de mi cuñado, su padre que no tenía la custodia. Y que era lo bastante gilipollas como para llevárselo. Lo más seguro es que lo hiciera. Esto pasó en una localidad en North Woods, en una ciudad pequeña, encantadora y dulce donde nadie cierra las casas con llave. —Suspiró y movió la cabeza. Cogió la taza de café con ambas manos—. ¿Está seguro que no es usted medio indio?

—Que yo sepa no. Es posible. No sé mucho sobre mi padre. Creo que mi madre me habría dicho que era un indio americano. Puede.

Otra vez la mueca. Sam se comió la mitad de la tarta de chocolate: el trozo era la mitad de su cabeza. Arrastró el plato por la mesa hacia Sombra.

—¿Quiere? —Él sonrió.

—Vale —y se la comió.

La camarera les trajo la cuenta y Sombra pagó.

—Gracias —dijo Sam.

Estaba refrescando. El coche se caló un par de veces antes de arrancar. Sombra regresó a la carretera y siguió hacia el sur.

—¿Has leído alguna vez a un escritor llamado Herodoto? —preguntó.

—¡Jesús! ¿Qué?

—Herodoto. ¿Has leído algunas vez sus *Historias*?

—Sabe —dijo medio en sueños—, no le pillo. No entiendo cómo habla, ni las palabras que utiliza, ni nada. A veces es como un niño grande, y al cabo de un instante me lee la mente y luego me habla de Herodoto. Pues no, no he leído a Herodoto. He oído algo sobre él. Quizá en la radio. ¿No es ése al que llaman el dios de las mentiras?

—Creía que ése era el demonio.

—Sí, a él también. Parece ser que Herodoto decía que había hormigas y grifos gigantes que custodiaban unas minas de oro; pero se lo inventó todo.

—No creo. Él escribió lo que le contaron. Es como si escribiera esas historias y en su mayor parte fueran buenas historias. Un montón de detalles extraños como ¿sabías que si en Egipto se moría una chica o esposa muy bella de un señor no podían embalsamarla durante tres días? Dejaban que su cuerpo se descompusiera primero.

—¿Por qué? No, espera. Vale, creo que sé por qué. Pero es asqueroso.

—Y había batallas, era de lo más normal. Y están también los dioses. Un tipo vuelve para hacer un informe del resultado de la batalla, corre y corre y ve a Pan en un claro. Y Pan le dice: «diles que erijan un templo en mi honor aquí». Así que dice: «de acuerdo», y vuelve corriendo todo el camino. Realiza el informe de la batalla y dice: «por cierto, Pan quiere que le construyamos un templo». Eran muy prácticos ¿sabes?

—Así que son historias llenas de dioses. ¿Qué intentas decirme? ¿Que estos tipos tenían alucinaciones?

—No —dijo Sombra—. No se trata de eso.

Ella se comía las uñas.

—He leído un libro sobre el cerebro —dijo—. Mi compañera de habitación lo tenía y estaba todo el día dando vueltas por ahí. Iba de cómo hace cinco mil años, los lóbulos cerebrales se fusionaron y antes de eso la gente pensaba que cuando el lóbulo derecho decía algo era la voz de un dios que les decía lo que tenían que hacer. ¡Es sólo el cerebro!

—Me gusta más mi teoría —dijo Sombra.

—¿Cuál es tu teoría?

—Que entonces la gente se solía encontrar a los dioses de vez en cuando.

—¡Ah! —Silencio: sólo el traqueteo del coche, el rugido del motor, el murmullo de la sordina, que no sonaba del todo bien—. ¿Cree que todavía están ahí?

—¿Dónde?

—En Grecia, Egipto, en las islas. En esos lugares. ¿Cree que si camina por donde caminaba esa gente los verá?

—Puede. Pero no creo que la gente supiera qué era lo que estaban viendo.

—Me juego algo a que son como alienígenas del espacio. Hoy en día la gente ve extraterrestres. Antes veían dioses. A lo mejor los alienígenas provienen del hemisferio derecho del cerebro.

—No creo que a los dioses les hicieran nunca pruebas rectales —dijo Sombra—. Y no mutilaban al ganado ellos mismos. Tenían gente que lo hacía en su lugar.

Ella se rió entre dientes. Siguieron en silencio durante unos cuantos minutos y entonces dijo:

—¡Eh! Eso me recuerda a mi historia de dioses preferida, de Religión Comparada de primero. ¿Quiere oírla?

—Claro —dijo Sombra.

—De acuerdo. Es una sobre Odín, el dios escandinavo ¿sabe? Había un rey vikingo en un barco vikingo –se remonta a la época de los vikingos, obviamente— inmóvil en alta mar por falta de viento, así que dijo que sacrificaría a uno de sus hombres a Odín, si el dios les enviaba un soplo de viento que les permitiera llegar a la orilla. Sopla el viento y llegan a la orilla. Ya en tierra les cuesta decidir a quién sacrificarán y finalmente deciden que sea al propio rey. Bueno, no le parece bien, pero piensan que pueden colgarle sin hacerle daño. Cogen los intestinos de un becerro y se los atan flojo alrededor del cuello y atan el otro extremo a una rama. Cogen una caña en vez de una lanza le pegan y se van. Vale, te hemos colgao, colgado, lo que sea, te hemos sacrificado a Odín.

Una curva en la carretera: Otra Ciudad (300 habitantes), la del corredor estatal sub-12 en los campeonatos de patinaje; había dos funerarias enormes a cada lado de la carretera. «¿Cuántas se necesitan —se preguntaba Sombra— para trescientas personas...?»

—Así que al pronunciar el nombre de Odín, la caña se transforma en una lanza y se clava en el costado del tipo, los intestinos de becerro se convierten en una soga gruesa, la rama débil pasa a ser una rama fuerte, el árbol crece y la tierra se hunde bajo los pies del rey que queda allí colgado hasta la muerte con una herida en el costado mientras su cara se torna negra. Fin de la historia. Los blancos tienen dioses cabrones, señor Sombra.

—Sí —asintió él—. ¿Tú no eres blanca?

—Soy cherokee —dijo ella.

—¿Del todo?

—No, cincuenta por cien. Mi madre era blanca. Mi padre, un auténtico indio de las reservas. Vino por aquí, en algún momento se casó con mi madre, me tuvo y cuando se separaron volvió a Oklahoma.

—¿Volvió a la reserva?

—No. Pidió prestado algo de dinero y abrió una copia de Taco Bell llamado Taco Bill´s. Le va bien. No le gusto, dice que estoy a medio educar.

—Lo siento.

—Es un imbécil. Estoy orgullosa de mi sangre india. Me ayuda a pagar las tasas universitarias. Y quizás algún día me sirva para conseguir un trabajo, si puedo vender mis bronces.

—Siempre la misma historia —dijo Sombra.

Se detuvo en El Paso, Illinois (250 habitantes) para dejar a Sam en una casa echa polvo a las afueras de la ciudad. Un gran reno rodeado de alambre y cubierto por luces parpadeantes reinaba en el jardín.

—¿Quiere entrar? —preguntó—. Mi tía nos preparará una taza de café.

—No —dijo—. Debo seguir.

Ella le sonrió y de repente por primera vez parecía vulnerable. Le dio un golpecillo en el brazo.

—Está jodido, señor. Pero es un tipo enrollado.

—Creo que así es como denominan a la condición humana —dijo Sombra—. Gracias por la compañía.

—No hay de qué —dijo ella—. Si ves algún dios en la carretera hacia Cairo asegúrate de que le dices hola de mi parte —Salió del coche y caminó hacia la puerta de la casa. Llamó al timbre y se quedó de pie delante de la puerta sin volver la vista atrás. Sombra esperó hasta que abrieran la puerta y estuviera sana y salva antes de dar marcha atrás y volver a la carretera. Pasó por Normal, Bloomington y Lawndale.

A las once de la noche Sombra empezó a temblar. Entraba en ese momento en Middletown. Decidió dormir un rato o al menos no conducir más y aparcó frente a una posada, pagó treinta y cinco dólares en efectivo por adelantado por una habitación en la planta baja y fue al baño. Una triste cucaracha yacía boca arriba en el centro del suelo alicatado. Sombra cogió una toalla y limpió el interior de la bañera, luego abrió el grifo. Se quitó la ropa y la puso encima de la cama en la habitación principal. Los morados en su torso eran oscuros y visibles. Se sentó en la bañera, mirando como cambiaba el color del agua. Entonces, desnudo, se lavó los calcetines, los calzoncillos y la camiseta en la pila, escurrió las prendas y las colgó en la cuerda que atravesaba la bañera. Dejó la cucaracha donde la encontró, por respeto a los muertos.

Sombra se metió en la cama. Remoloneó un rato viendo una película para adultos, pero el sistema de pagar por teléfono para ver la televisión funcionaba con tarjeta de crédito y era demasiado arriesgado. De todas maneras no estaba convencido de que le hiciera sentirse mejor ver a otras personas disfrutando del sexo del que él no disfrutaba. Puso la tele para tener compañía, apretó un botón tres veces y programó la televisión para que se apagara de forma automática al cabo de cuarenta y cinco minutos. Faltaba un cuarto de hora para la medianoche.

La imagen era borrosa y los colores se mezclaban en la pantalla. Saltaba de un programa a otro de la telebasura, imposible concentrarse. Alguien hacía una demostración de algo que servía para cocinar y que sustituía a una docena de utensilios de cocina, que Sombra ni siquiera tenía. Clic. Un hombre con traje de chaqueta anunciaba que estábamos en el final de los tiempos y que Jesús —palabra que al pronunciarla convirtió en una de cuatro o cinco sílabas— haría que el negocio de Sombra prosperara si Sombra le enviaba una cantidad de dinero. Clic. Un episodio de *M.A.S.H* terminaba y empezaba *El Show de Dick Van Dyke*.

Hacía años que Sombra no había visto un capítulo de *El Show de Dick Van Dyke*, pero algo especial tenía el mundo en blanco y negro de 1965 que describía. Dejó el mando a distancia al pie de la cama y encendió la luz de la mesilla de noche. Miró el programa, los párpados le pesaban cada vez más y se dio cuenta de que había algo que le parecía extraño. No había visto muchos episodios de *El Show de Dick Van Dyke* así que no le sorprendía no poder recordar haberlo visto antes. Lo que le parecía extraño era el tono del programa.

A todos los empleados les preocupaba que Rob bebiera. Faltaba al trabajo. Fueron a su casa: se había encerrado en su habitación y le tuvieron que persuadir para que saliera. Estaba completamente borracho, pero aún así era bastante divertido. Sus amigas, protagonizadas por Maury Amsterdam y Rose Marie, se fueron tras algunos *gags* ingeniosos. Entonces, cuando la mujer de Rob va a discutir con él, él la golpea con fuerza en la cara. Ella se sienta en el suelo y empieza a llorar, no con el sollozo famoso de Mary Tyler, sino con un leve y desvalido lamento, abrazándose y susurrando:

—No me pegues, por favor, no haré nada, pero no me pegues más.

—¿Qué coño es esto? —dijo Sombra en voz alta.

La imagen se disolvió en forma de nieve borrosa. Cuando volvió, *El Show de Dick Van Dyke* se había convertido, de manera inexplicable en *I love Lucy*. Lucy intentaba convencer a Ricky para que cambiaran su antigua caja de hielo por un nuevo refrigerador. Sin embargo cuando él se marchó, ella caminó hasta el sofá y se sentó, cruzando los tobillos, descansando las manos sobre el regazo y mirando los años pasar en blanco y negro.

—Sombra —dijo—. Tenemos que hablar.

Sombra no dijo nada. Ella abrió el bolso y sacó un cigarrillo, lo encendió con un potente mechero plateado que guardó después.

—Te estoy hablando a ti —dijo—. ¿Y bien?

—Esto es una locura —dijo Sombra.

—Como si el resto de tu vida fuera normal. Dame un respiro, joder.

—Lo que sea. Lucille Ball hablándome desde la televisión es lo más raro con diferencia que me ha pasado hasta el momento —dijo Sombra.

—No soy Lucille Ball, soy Lucy Ricardo. Y ¿sabes algo? Ni siquiera soy ella. Es tan sólo una apariencia fácil de adoptar dado el contexto. Eso es todo —Adoptó una postura incómoda en el sofá.

—¿Quién eres? —preguntó Sombra.

—Vale —dijo ella—. Buena pregunta. Soy la caja tonta. Soy la televisión. Soy el ojo que todo lo ve y el mundo del rayo catódico. Soy el cajón bobo. Soy el pequeño santuario que las familias adoran.

—¿Eres el televisor? ¿O alguien dentro de la televisión?

—El televisor sólo es el altar. Soy por lo que la gente se sacrifica.

—¿Qué sacrifican? —pregunto Sombra.

—Su tiempo, principalmente —dijo Lucy—. Algunas veces unos a otros. Alzó dos dedos a modo de pistola imaginaria y sopló. Entonces guiñó el ojo, un antiguo guiño de *I love Lucy*.

—¿Eres un dios? —dijo Sombra.

Lucy sonrió con presunción y le dio una calada muy femenina al cigarrillo.

—Podría decirse así —dijo ella.

—Hola de parte de Sam —dijo Sombra.

—¿Qué? ¿Quién es Sam? ¿De qué hablas?

Sombra miró el reloj. Eran las doce y veinticinco.

—No importa —dijo—. Así que Lucy en la televisión. ¿De qué tenemos que hablar? Demasiada gente necesita hablar últimamente. Suele acabar con que alguien me pega.

La cámara hizo un primer plano: Lucy parecía preocupada, arrugó los labios.

—Odio esto. No me gustó que esa gente te pegara, Sombra. Yo nunca lo haría, cariño. No, yo quiero ofrecerte un trabajo.

—¿De qué?

—Trabajar para mí. He oído acerca de los problemas que tuviste con los fantasmas y me impresionó la manera en que lo resolviste. Eficiente, serio, eficaz. ¿Quién iba a pensar que lo llevabas dentro? Están muy cabreados.

—¿De verdad?

—Te infravaloraron, amor. Yo no voy a cometer ningún error. Te quiero a mi lado —Se puso de pie y caminó hacia la cámara—. Míralo así Sombra: somos el futuro. Nosotros somos centros comerciales, tus amigos son ferias cutres de carretera. ¡Joder! nosotros somos centros comerciales en línea, mientras que tus amigos están sentados al borde de la autopista vendiendo productos caseros en una carreta. No, son peor. Fruteros, vendedores de látigos para calesas, reparadores de corsés de hueso de ballena. Nosotros somos el hoy y el mañana. Tus amigos no son ya ni el ayer.

Era un discurso de lo más familiar. Sombra le preguntó:

—¿Has conocido alguna vez a un chaval gordo en una limusina?

Abrió las manos y giró los ojos con gracia, la divertida Lucy Ricardo lavándose las manos.

—¿El ciberchico? ¿Has conocido al ciberchico? Mira, es un buen chaval. Es uno de los nuestros. Sencillamente no es amable con la gente que no conoce. Cuando trabajes para nosotros verás lo maravilloso que es.

—Y ¿si no quiero trabajar para ti, I-love-Lucy?

Se oyó la puerta del apartamento y la voz de Ricky en *off* le preguntaba a Luu-cy qué era lo que la estaba entreteniendo tanto, tenían que estar en el club en la próxima escena. Un aire de irritación cambió su rostro acartonado.

—Mierda —dijo—. Mira lo que te pagan esos viejos. Yo puedo pagarte el doble, el triple, cien veces más. Da igual lo que te den, yo puedo darte mucho más —Sonrió con la sonrisa perfecta, traviesa de Lucy Ricardo—. Dime, cariño ¿qué necesitas? —Empezó a desabrocharse los botones de la blusa—. ¡Eh! —dijo—, ¿nunca le has querido ver las tetas a Lucy?

Se produjo un fundido en negro. La función de autoapagado se había accionado y la tele se apagó sola. Sombra miró el reloj: eran las doce y media.

—En verdad no —dijo Sombra.

Se volvió y cerró los ojos. Se le ocurrió que el motivo por el que le gustaba Wednesday y el señor Nancy y el resto más que sus oponentes estaba bastante claro: puede que fueran baratos, sucios y que su comida supiera a mierda, pero al menos no soltaban clichés al hablar.

Y supuso que se quedaría antes con cualquier feria de carretera por muy cutre, cochambrosa o triste que fuera, que con un centro comercial.

La mañana sorprendió a Sombra de nuevo en la carretera, atravesando un paisaje marrón suavemente ondulado de hierba invernal y árboles caducos. Las últimas nieves ya se habían derretido. Llenó el depósito del coche de mierda en la ciudad natal de la corredora sub-16 de trescientos metros lisos y llevó el coche al túnel de lavado junto a la gasolinera, esperando que la suciedad no fuera lo que mantenía todas las piezas unidas. Descubrió con gran sorpresa que, una vez limpio y contra todo pronóstico, el coche era blanco y mucho más bonito. Siguió conduciendo.

El cielo era de un azul imposible, las nubes blancas de humo de las fábricas estaban suspendidas en el aire, como en una fotografía.

En algún momento se dio cuenta de que se dirigía al este de San Louis. Intentó evitarlo pero acabó yendo hacia lo que parecía el barrio rojo de un complejo industrial. Vehículos de dieciocho ruedas y camiones enormes estaban aparcados a las puertas de edificios que parecían almacenes temporales y que pretendían ser CLUBES NOCTURNOS 24 HORAS y en alguno de los casos LAS MEJORES CABINAS DE PEAP SHOW DE LA CIUDAD. Sombra movió la cabeza y siguió conduciendo. A Laura le encantaba bailar, vestida o desnuda (y en tardes memorables iba de un estado a otro) y él disfrutaba observándola.

Su comida se redujo a un sandwich y una lata de Coca-cola en una ciudad llamada Red Bud.

Atravesó un cementerio de tractores amarillos, orugas y máquinas de arrastre. Se preguntaba si éste era el lugar al que iban a morir los tractores.

Pasó por el salón Pop-a-Top y por Chester (la ciudad de Popeye). Se dio cuenta de que habían empezado a añadir columnas a las casas, por muy pequeñas que fueran, para que a los ojos ajenos parecieran mansiones. Atravesó un gran río enfangado y no pudo contener las carcajadas al ver que según el cartel se llamaba Gran Río Enfangado. Vio una cubierta de kudzú sobre tres árboles de invierno muertos que adoptaban formas extrañas, casi humanas. Podrían haber sido brujas, tres viejas encorvadas dispuestas a leerle el futuro.

Condujo a orillas del Misisipi. Sombra nunca había visto el Nilo, pero había un reflejo dorado de atardecer en el profundo río marrón que le hizo pensar en las crecidas del Nilo; pero no el Nilo tal y como es ahora, sino el de hace mucho tiempo, el que fluía como una arteria a través de las ciénagas de papiros, hogar de cobras, chacales, vacas salvajes...

Una señal anunciaba Tebas.

La carretera tenía un espesor de unos treinta y seis centímetros, así que estaba conduciendo por encima de las ciénagas. Bandadas de pájaros como puntos negros en el cielo, volaban de un lado a otro con desesperación, trazando un movimiento browniano.

Al atardecer, el sol empezó a caer. Una luz dorada convertía el mundo en un lugar encantado. Esa luz cálida color natilla hacía que el mundo pareciera un lugar menos terrenal, algo más allá de la realidad. Bajo esa luz, Sombra pasó al lado de la señal que le daba la bienvenida al histórico Cairo. Pasó por debajo de un puente y fue a parar a la pequeña ciudad portuaria. Las estructuras imponentes del tribunal de justicia de Cairo y las todavía más imponentes oficinas de aduana parecían enormes pasteles recién horneados a la luz acaramelada del ocaso.

Aparcó el coche en una calle secundaria y caminó hasta la presa del río, no muy seguro de si miraba al Ohio o al Misisipi. Una gatita marrón sacó la nariz de entre unas latas de basura de la parte trasera de un edificio, pero la luz hacía mágica incluso la basura.

Una gaviota solitaria planeaba por la orilla del río, moviendo un ala para corregir el vuelo.

Sombra se percató de que estaba solo. En la otra orilla, a treinta metros, había una niña con unas zapatillas antiguas y un viejo jersey de hombre gris a modo de vestido que le miraba con la gravedad sobria de una niña de seis años. Tenía el pelo negro, largo y lacio, su piel era marrón como el río.

Le sonrió, ella le miraba desafiante.

Se oyeron chillidos y alaridos que provenían de la orilla y después vio a la gatita marrón salir disparada por detrás de una lata perseguida por un perro negro de hocico largo. La gata logró escurrirse bajo un coche.

—¡Eh! —le dijo Sombra a la niña—. ¿Has visto alguna vez polvos invisibles?

Dudó. Luego negó con la cabeza.

—De acuerdo —dijo Sombra—. Pues mira esto —Sombra sacó una moneda con la mano izquierda, la sujetó dándole vueltas de una lado a otro, entonces hizo como que se la colocaba en la mano derecha, la cerró muy fuerte y extendió el brazo hacia delante—. Ahora —dijo—, saco algunos polvos invisibles del bolsillo... —y al meter la mano en el bolsillo de la chaqueta dejó caer la moneda—, y los echo sobre la mano que supuestamente contenía la moneda... —hizo la mímica de espolvorear—, y mira, ahora la moneda también es invisible —Abrió la mano derecha vacía y se quedó atónito al ver que la izquierda también estaba vacía.

La niña pequeña se asustó.

Sombra se encogió de hombros, volvió a meter las manos en los bolsillos y cogió la moneda de veinticinco centavos con una mano y un billete de cinco dólares doblado con la otra. Pensaba sacarlos por arte de magia y dárselos a la niña, que parecía necesitarlos.

—¡Eh! —dijo—, parece que tenemos público.

El perro negro y la gatita marrón sentados al lado de la niña también le miraban con atención. El perro tenía las orejas enormes de punta, lo que le daba un aspecto de alerta cómico. Un hombre alto, con gafas de montura dorada, se acercaba a ellos mirando con curiosidad hacia todas partes, como si buscara algo. Sombra se preguntaba si sería el dueño del perro.

—¿Qué te ha parecido? —le preguntó Sombra al perro para tratar de ganarse a la niña—. Ha estado bien, ¿eh?

El perro negro se lamió el hocico. Después dijo con voz ronca:

—Una vez vi al Gran Houdini y, créeme, te queda mucho que aprender.

La niña miró a los animales, miró a Sombra y salió corriendo tan rápido que parecía que todas las fuerzas del mal la perseguían. Los dos animales vieron cómo se alejaba. El hombre llegó donde estaba el perro, se agachó y le acarició las orejas puntiagudas.

—Vamos —dijo el hombre de las gafas doradas al perro—. Era un simple truco con monedas, no trataba de escapar bajo el agua.

—Por ahora no —dijo el perro—, pero lo intentará. —Un gris crepuscular había sustituido a la luz dorada.

Sombra dejó caer la moneda y el billete doblado en el bolsillo.

—Vale —dijo—. ¿Quién de vosotros es Chacal?

—Usa los ojos —dijo el perro negro con su hocico enorme. Empezó a deambular tras el hombre de gafas doradas y después de dudar un instante Sombra empezó a seguirles. A la gata no se la veía. Llegaron a un enorme edificio antiguo en una fila de casas tapiadas. El cartel de la puerta rezaba IBIS Y JACQUEL. EMPRESA FAMILIAR. FUNERARIA. DESDE 1863.

—Soy el señor Ibis —dijo el hombre de lentes doradas—. Creo que debería obsequiarle con algo de cena. Me temo que mi amigo tiene trabajo pendiente.

EN ALGÚN LUGAR DE AMÉRICA

Nueva York asusta a Salim, por eso coge la maleta de muestras con ambas manos, y se la aprieta contra el pecho. Tiene miedo de los negros, del modo en que le miran y también teme a los judíos, a los que puede identificar por el sombrero negro, barba y los rizos a los lados y a todos los que no puede identificar. Tiene miedo de las multitudes, todo tipo de formas y tamaños que se agolpan en las aceras al salir de esos asquerosos edificios tan altos. Tiene miedo del bullicio del tráfico e incluso le teme al aire que huele sucio y dulce a la vez y que no tiene nada que ver con el de Omán.

Salim ha estado en Nueva York, en Estados Unidos, una semana. Todos los días visita dos, quizá tres, oficinas diferentes, abre su maleta de muestras y les enseña baratijas de cobre, anillos, botellas y linternas eléctricas, figurillas de cobre brillante del Empire State, de la estatua de la Libertad, de la torre Eiffel. Todas las noches le manda un fax a su cuñado Fuad, que vive en Muscat, contándole que no le han hecho ningún pedido, o que no ha sido un buen día o que ha recibido algunos encargos (pero Salim se da cuenta con tristeza de que no es suficiente para pagar el viaje de vuelta ni la estancia en el hotel).

Por alguna razón que no entiende, los socios de su cuñado le han reservado habitación en el hotel Paramount, en la calle 46. Para su gusto es confuso, claustrofóbico, caro y alienante.

Fuad es el marido de la hermana de Salim. No es un hombre rico pero es copropietario de una fábrica de baratijas. Todo lo que hacen va destinado a su exportación a otros países árabes, Europa o Estados Unidos. Salim lleva trabajando con su cuñado seis meses. Le tiene un poco de miedo. El tono de los faxes de Fuad se hace cada vez más hostil. Por las tardes, Salim se queda en el hotel leyendo el Corán y se dice a sí mismo que pronto todo terminará, que su estancia en este mundo extraño es finita, limitada.

Su cuñado le dio mil dólares para gastos y el dinero, que en principio le pareció una cantidad considerable, se está esfumando a velocidades insospechadas. Los primeros días, con el temor de ser visto como un árabe pobre, daba propinas a todo el mundo, siempre tenía un dólar de más para dar a quien encontrara. Más tarde pensó que se estaban aprovechando de él, incluso riéndose de él y dejó por completo de dar propinas.

En su primer y último viaje en metro se perdió y no pudo llegar a la cita. Ahora coge taxis sólo cuando es imprescindible y por lo demás va andando a todas partes. Las oficinas con demasiada calefacción le aturden, las mejillas se le quedan insensibles por el cambio de temperatura, suda bajo el abrigo, los pies le chorrean por la nieve y cuando sopla el viento por las avenidas (que se extienden de norte a sur y las calles de oeste a este, tan simple que Salim siempre sabe donde está la Meca) siente un frío tan intenso en la cara como si le golpearan.

Nunca come en el hotel (como la factura la pagan los socios de Fuad, él tiene que pagar las dietas). Se compra comida en los puestos de falafel y en pequeñas tiendas, lo esconde bajo su abrigo y lo sube a la habitación ya que hace unos días se dio cuenta de que nadie lo advertía. Aun así se siente extraño al subir las bolsas de comida en el ascensor de luz tenue (Salim siempre tiene que doblarse y bizquear para apretar el botón de su piso) hasta la habitación pequeña que ocupa.

Salim está molesto. El fax que le esperaba esta mañana cuando se ha levantado era corto, y alternaba un tono de reproche, severo y de desaprobación. Salim les estaba hundiendo, a su hermana, a Fuad, a los socios de Fuad, al sultán de Omán y al mundo árabe al completo. Si no era capaz de conseguir los pedidos, Fuad nunca más sentiría la obligación de contratarlo. Dependían de él. El hotel era demasiado caro. ¿Qué estaba haciendo Salim con su dinero, vivir como un sultán en América? Salim leía el fax en su habitación (donde siempre hacía mucho calor, pero la noche anterior había abierto la ventana y ahora hacía mucho frío). Se quedó sentado allí un rato con una expresión de amargura en el rostro petrificado.

Salim se dirige al centro de la ciudad, con la maleta de muestras asida como si contuviera diamantes y rubíes, peleando con el frío manzana tras manzana hasta que en la calle 19 de Broadway encuentra una casa ruinosa encima de un ultramarinos. Sube al cuarto hasta la oficina de Panglobal Imports.

El lugar está sucio, pero es consciente de que en EE.UU. Panglobal maneja casi la mitad del negocio de souvenir que procede del Lejano Oriente. Un pedido, un gran pedido de Panglobal, salvaría el viaje de Salim, marcaría la diferencia entre fracaso y victoria. De modo que Salim se sienta en una silla de madera incómoda en la sala de espera, pone la maleta en su regazo y mira fijamente a la mujer de edad media y pelo teñido de un rojo demasiado intenso, que está sentada en su escritorio sonándose la nariz sin descanso. Un Kleenex tras otro, se suena y lo tira a la basura.

Salim ha llegado a las 10:30, una hora antes de lo previsto. Ahora está ahí sentado, enrojecido y tiritando; quizás esté incubando una enfermedad. El tiempo pasa lentamente.

Salim se mira el reloj. Carraspea.

La mujer le mira desde su escritorio.

—¿Quiere algo? —pregunta. Suena como *¿Quiede adgo?*

—Son las once y media —dice Salim.

La mujer mira el reloj de la pared:

—Si, lo sé.

—Tenía una cita a las once —dice Salim con una sonrisa aplastante.

—El señor Blanding sabe que está aquí —dice ella con reprobación. (*Ed señod Bladdid sabe que edta aquí*).

Salim coge un ejemplar pasado del *New York Post* de la mesa. Habla inglés mejor de lo que escribe y se abre camino a través del artículo como un hombre intentando hacer un crucigrama. El joven gordito espera y mira con ojos de cordero degollado de su reloj al periódico y del periódico al reloj de la pared.

A las doce y media varios hombres salen del despacho. Hablan gritando, farfullando en americano. Uno de ellos, un hombre grande y barrigón lleva un puro en la boca que no está encendido. Mira a Salim mientras sale. Le dice a la mujer que pruebe el zumo de limón con zinc, según su hermana no hay nada mejor que el zinc y la vitamina C. Le promete que lo hará y le entrega varios sobres. Se los guarda en el bolsillo y entonces él y los otros hombres salen al vestíbulo. El sonido de sus risas se desvanece por las escaleras.

Es la una. La mujer del escritorio abre un cajón y saca una bolsa de papel marrón que contiene varios sándwich, una manzana y una chocolatina Milky Way. También saca una pequeña botella de plástico de zumo de naranja natural.

—Perdone —dice Salim—, pero quizás podría llamar al señor Blanding y decirle que todavía le estoy esperando.

Le mira sorprendida de que todavía esté esperando, como si no hubieran estado juntos durante las dos últimas horas y media.

—Está comiendo —dice ella. *Ezdá cobieddo.*

Salim sabía, lo notaba en lo más hondo de sus entrañas, que Blanding era el hombre del puro apagado.

—¿Cuándo volverá?.

La chica se encogió de hombros y le pegó un mordisco al sándwich.

—Tiene más citas durante el día —dice ella. *Tiede bás citas dudadte ed día.*

—¿Me recibirá cuando vuelva? —pregunta Salim.

Ella se encoge de hombros de nuevo y se suena la nariz.

Salim tiene hambre y se siente cada vez más frustrado e impotente.

A las tres en punto la mujer le mira y le dice:

—No tiene pensado volver. *Do tiede pesado vodved.*

—¿Perdón?

—*Ed señod Bladdid. Do tiede pesado vodved.*

—¿Puedo pedir cita para mañana?

Se limpia la nariz.

—*Tiede que llabad pod tedéfodo. Pedid cita sólo pod tedéfodo.*

—Ya veo —dijo Salim. Y entonces sonríe: Fuad se lo había dicho muchas veces antes de que se fuera de Muscat, en Estados Unidos un vendedor está desnudo sin sonrisa.

—Mañana llamaré —dice. Coge su maletín de muestras y baja las numerosas escaleras hasta la calle, donde la lluvia helada se vuelve aguanieve. Salim contempla el camino largo y frío de vuelta al hotel de la calle 46, consciente del peso de la maleta, entonces se acerca al bordillo de la acera y hace señales a todos los taxis amarillos que se acercan; tengan la luz de arriba encendida o apagada. Ninguno para.

Uno de ellos acelera al pasar, una rueda se hunde en un bache lleno de agua y le salpica en los pantalones y en el abrigo con agua enfangada. Durante un momento, se plantea la posibilidad de arrojarse a uno de los coches que avanzan pesadamente por la calle pero se da cuenta de que su cuñado se preocuparía más de la suerte que corriera la maleta de muestras que de él mismo. Piensa que sólo causaría gran tristeza a su querida hermana, la mujer de Fuad (ya que él siempre ha supuesto una vergüenza para sus padres y sus encuentros románticos han sido siempre, por necesidad, breves y relativamente anónimos); y por último duda de que alguno de los coches vaya lo suficientemente rápido como para acabar con su vida.

Un taxi amarillo abollado para junto a él y feliz de poder abandonar sus pensamientos Salim se sube.

El asiento trasero está remendado con cinta aislante gris, la barrera de seguridad plexiglas medio abierta está llena de carteles que le prohíben fumar o le informan de las tarifas para ir a los diferentes aeropuertos. La voz grabada de alguien famoso que no conoce le recuerda que se abroche el cinturón de seguridad.

—Al hotel Paramount, por favor —dice Salim.

El taxista gruñe y coge la curva para incorporarse al tráfico. Está sin afeitar, lleva un jersey grueso de color tierra y gafas de sol negras de plástico. El tiempo es gris, la noche está cayendo: Salim se pregunta si el hombre tiene problemas en los ojos. Los limpiaparabrisas convierten la calle en un escenario gris y con luces ahumadas.

Un camión aparece de la nada y se coloca delante de ellos. El taxista se caga en las barbas del profeta.

Salim mira el nombre en la tarjeta y ve que no es de aquí.

—¿Cuánto tiempo lleva conduciendo el taxi, amigo? —le pregunta en su lengua materna.

—Diez años —dice el taxista en la misma lengua—. ¿De dónde es?

—De Muscat —dice Salim—. En Omán.

—De Omán. Yo he estado en Omán. Fue hace mucho tiempo. ¿Ha oído hablar de la ciudad de Ubar? —le pregunta el taxista.

—Por supuesto que sí —dice Salim—. La Ciudad Perdida de las Torres. La encontraron en el desierto hace cinco, diez años, no me acuerdo con exactitud. ¿Formaba parte de la expedición arqueológica?

—Algo parecido. Era una ciudad buena —dice el taxista—. La mayor parte de las noches había allí acampadas tres o cuatro mil personas, todos los viajeros descansaban en Ubar, sonaba la música, el vino corría como agua y el agua también corría, por eso la ciudad existía.

—Eso es lo que he oído —dice Salim—. Pero ¿hace cuánto que pereció: mil, dos mil años?

El taxista no dijo nada. Están parados en un semáforo en rojo. Se pone en verde, pero el taxista no arranca a pesar del inmediato alarido de bocinas. Dubitativo, Salim, a través de un agujero del Plexiglás zarandea al conductor. Levanta la cabeza, pisa a fondo el acelerador y salen disparados por el cruce.

—Mierda-joder-mierda-joder —dice en inglés.

—Debe de estar muy cansado, amigo —dice Salim.

—Llevo conduciendo este taxi dejado de la mano de Alá treinta horas —dice el conductor—. Es demasiado. Antes he dormido cinco horas y conducido catorce. Andamos escasos de compañeros, antes de Navidad.

—Espero que amase una pequeña fortuna —dice Salim.

El conductor suspira.

—No crea. Esta mañana he llevado a un hombre desde la calle 51 hasta el aeropuerto de Newark. Cuando hemos llegado ha salido corriendo hacia el aeropuerto y ya no he podido encontrarlo. Una carrera de cincuenta dólares al garete y he tenido que pagar el peaje a la vuelta yo mismo.

Salim mueve la cabeza.

—Yo hoy he perdido todo el día esperando a un hombre que no me recibirá. Mi cuñado me odia. Llevo en Estados Unidos una semana y no he hecho otra cosa que gastar dinero. No vendo nada.

—¿Qué vende?

—Mierda —dice Salim—. Chucherías, juguetitos, baratijas sin valor para turistas. Mierda horrible, barata, estúpida, fea.

El taxista gira a la derecha, esquiva algo y sigue conduciendo. Salim se pregunta cómo puede ver para conducir entre la lluvia, la noche y las gafas de sol oscuras.

—¿Intenta vender mierda?

—Sí —dice Salim horrorizado por haber dicho la verdad a cerca de los productos de su cuñado.

—¿Y no se la van a comprar?

—No.

—Qué raro. Mire las tiendas de alrededor, es lo único que venden.

Salim sonríe nervioso.

Un camión bloquea la calle delante de ellos: un policía con el rostro encendido de pie frente al camión gesticula, grita y les señala la calle más cercana.

—Iremos por la Octava avenida, viene de la parte alta de la ciudad por aquí —dice el taxista. Giran por la calle, donde el tráfico está completamente parado. Una cacofonía de bocinas llena el ambiente, pero los coches no se mueven.

El taxista se acomoda en el asiento. La mandíbula empieza a caerle sobre el pecho, una, dos, tres veces. Entonces empieza a roncar, no muy fuerte. Salim alarga la mano para despertarle, pensando que es lo mejor que puede hacer. Al sacudirle el hombro, el conductor se mueve, Salim le da en la cara con la mano y las gafas le caen en el regazo.

El taxista abre los ojos, coge las gafas negras de plástico para volver a ponérselas pero ya es demasiado tarde. Salim le ha visto los ojos.

El coche avanza a través de la lluvia. Los números en el taxímetro siguen aumentando.

—¿Va a matarme? —pregunta Salim.

Los labios del conductor están sellados. Salim se mira la cara en el espejo retrovisor.

—No —dice el taxista muy bajito.

El coche vuelve a parar. La lluvia golpea el techo.

Salim empieza a hablar.

—Mi abuela juraba que había visto un *ifrit* o, quizás un *marid*, al anochecer en el final desierto. Le dijimos que se trataba de una tormenta de arena, un poco de viento, pero ella dijo que no, que le vio la cara y los ojos, como los suyos, ardían en llamas.

El conductor sonríe, pero vuelve a ocultar los ojos tras la gafas de sol de plástico negro y Salim no puede distinguir si hay algo de humor en esa sonrisa o no.

—Las abuelas también vienen aquí —dice.

—¿Hay muchos *jinn* en Nueva York? —pregunta Salim.

—No, no somos muchos.

—Hay ángeles, hay hombres que Alá hizo de barro y luego están las personas de fuego, los *jinn* —dice Salim.

—La gente no sabe nada sobre nosotros aquí —dice el conductor—. Creen que concedemos deseos. ¿Cree que si pudiera conceder deseos conduciría un taxi?

—No entiendo.

El taxista parecía abatido. Salim le miraba a la cara que se reflejaba en el espejo mientras hablaba, fijándose en los labios oscuros del *ifrit*.

—Creen que concedemos deseos. ¿Por qué lo creen? Duermo en una habitación apestosa en Brooklyn. Llevo en este taxi a cualquier personaje maloliente que tenga dinero para pagarme y a algunos que no tienen. Les llevo donde necesitan y algunas veces me dan propinas. Algunas veces me pagan. —Le empezó a temblar el labio inferior. El *ifrit* estaba al límite—. Uno de ellos se cagó en el asiento trasero una vez. Tuve que limpiarlo antes de devolver el taxi. ¿Cómo pudo hacerlo? Tuve que limpiar la mierda fresca del asiento. ¿Está bien eso?

Salim saca una mano y le da unos golpecitos en el hombro al *ifrit*. Siente sus carnes firmes bajo el jersey de lana. El *ifrit* levanta la mano del volante y la posa sobre la mano de Salim durante un instante.

Salim piensa en el desierto: la arena roja levanta una tormenta de polvo en su mente y las sedas escarlata de las tiendas que rodean la ciudad perdida de Ubar se hinchan y se mueven con el viento.

Conducen por la Octava avenida.

—La antigua creencia. No mean en agujeros porque el profeta les dijo que los *jinn* vivían en agujeros. Saben que los ángeles nos arrojan estrellas ardiendo cuando intentamos oír sus conversaciones. Pero incluso para los ancianos cuando vienen a este país, nosotros estamos muy, muy lejos. Allí no tenía que conducir un taxi.

—Lo siento —dice Salim.

—Corren malos tiempos —dice el taxista—. Se avecina una tormenta. Me asusta. No podré hacer nada para evitarla.

Ninguno de los dos vuelve a dirigirse la palabra durante el resto del trayecto hasta el hotel.

Cuando Salim sale del taxi le da al *ifrit* un billete de veinte dólares y le dice que se quede con el cambio. Entonces, en un arrebato de coraje repentino, le da su número de habitación. El taxista no responde. Una mujer joven sube a la parte trasera del taxi y vuelve a conducir bajo el frío y la lluvia.

Seis de la tarde, Salim todavía no ha escrito el fax para su cuñado. Sale bajo el chaparrón, se compra su *kebab* de la noche y patatas fritas. Ha sido sólo una semana pero nota que está engordando, redondeando su contorno, haciéndose más blando en esta ciudad de Nueva York.

Cuando vuelve al hotel se sorprende al ver al taxista en el vestíbulo, con la manos hundidas en los bolsillos. Está mirando con atención una estantería de postales en blanco y negro. Sonríe con timidez al ver a Salim.

—He llamado a su habitación —dice—, pero no contestaba nadie. Así que he decidido esperar.

Salim también sonríe y le toca el brazo.

—Estoy aquí —dice.

Entran juntos al ascensor de tenue luz verde y suben al quinto piso cogidos de la mano. El *ifrit* le pregunta si puede utilizar el baño.

—Me siento sucio —dice. Salim asiente con la cabeza. Se sienta en la cama, que llena la mayor parte de la pequeña habitación blanca y oye el ruido de la ducha. Salim se quita los zapatos, los calcetines y el resto de la ropa.

El taxista sale de la ducha mojado con una toalla atada a la cintura. No lleva las gafas de sol y en la tenebrosidad de la habitación sus ojos brillan como llamas ardiendo.

Salim contiene las lágrimas.

—Ojalá pudiera ver lo que yo veo —dice.

—No concedo deseos —susurra el *ifrit* mientras se quita la toalla y empuja con suavidad pero con firmeza a Salim hacia la cama.

Al cabo de una hora o más el *ifrit* se corre, después de clavársela a Salim en la boca. Éste se ha corrido ya dos veces. El semen del *jinn* sabe extraño, muy fuerte, le abrasa la garganta.

Salim va al baño y se lava la boca. Cuando vuelve a la habitación el taxista duerme en la cama blanca, roncando en paz. Salim se mete en la cama y se pone a su lado, se acurruca cerca del *ifrit* e imagina el desierto en su piel.

Cuando se está quedando dormido, se da cuenta de que todavía no le ha escrito el fax a Fuad y se siente culpable. En lo más profundo de su ser se siente vacío, solo. Estira su brazo, coge con la mano el pene tumefacto del *ifrit* y se duerme tranquilo.

Se despiertan en la habitación pequeña, se mueve, vuelven a hacer el amor. En un momento dado, Salim se da cuenta de que está llorando y que el *ifrit* le seca las lágrimas con los besos de sus labios ardientes.

—¿Cómo te llamas? —le pregunta Salim al taxista.

—Hay un nombre en mi permiso de conducir pero no es el verdadero —dice el *ifrit*.

Después Salim ya no pudo recordar donde acababa el sexo y donde empezaba el sueño.

Salim se despierta solo en la habitación, el sol frío se cuela por la ventana.

También descubre que la maleta de muestras ya no está, todas las botellas, los anillos y los souvenir de cobre han desaparecido junto a la maleta, su pasaporte y su billete de avión de regreso a Omán.

Encuentra un par de tejanos, la camiseta y el jersey de lana color tierra en el suelo. Debajo encuentra un permiso de conducir a nombre de Ibrahim bin Irem, una licencia de taxi al mismo nombre y un juego de llaves con una dirección escrita en inglés en un trozo de papel. Las fotos del permiso y la licencia no se parecen mucho a Salim pero tampoco se parecían mucho al *ifrit*.

El teléfono suena: es la recepción para recordarle que Salim ya ha dejado el hotel y que su invitado debe abandonar la habitación pronto para que puedan prepararla para el próximo cliente.

—No concedo deseos —dice Salim y nota el modo en que las palabras solas toman forma en su boca.

Se siente extrañamente aturdido al vestirse.

Nueva York es muy simple, las avenidas van de norte a sur, las calles de oeste a este.

—No puede ser muy difícil —se dice a sí mismo.

Tira las llaves al aire y las coge. Se pone las gafas de sol de plástico negro que encuentra en el bolsillo y sale de la habitación para ir a buscar su taxi.

CAPÍTULO OCTAVO

Él decía que los muertos tenían alma, pero cuando le pregunté
cómo podía ser... pensaba que los muertos eran almas,
desapareció mi estupor. ¿No te hace pensar
que hay algo que los muertos ocultan?
Sí, hay algo que los muertos ocultan.

—Robert Frost, *Two Witches.*

Después de cenar Sombra aprendió que la semana antes de Navidad suele ser tranquila en una funeraria. Estaban sentados en un restaurante pequeño, a dos manzanas de la funeraria Ibis y Jacquel. Sombra pidió para comer un desayuno completo, que venía acompañado de unos tortitas fritas. El señor Ibis comía de un trozo de tarta de café mientras le contaba:

—Los más perseverantes todavía aguantan a la espera de una última Navidad —dijo el señor Ibis—, o incluso de un último Año Nuevo; mientras que los demás, aquellos a los que el regocijo y la felicidad ajena les resulta demasiado doloroso, a los que no les va a tumbar ahora la última proyección de *¡Qué bello es vivir!*, digamos que todavía no ha llegado para ellos la gota que colmó el vaso, o más bien la bola de que tiró al suelo el árbol de Navidad.

Ibis y Jacquel era una funeraria pequeña, de carácter familiar, una de las casas funerarias realmente independientes de la zona según el señor Ibis.

—En la mayor parte de compras que realiza un ser humano se valoran las marcas de peso nacional —dijo. El señor Ibis hablaba con explicaciones, una lectura amable y comedida que le recordaba a un profesor de la universidad que solía ir al Muscle Farm y no sabía hablar, sólo podía dar discursos, exponer, explicar. Sombra se había dado cuenta al poco de conocer al señor Ibis de que lo que se esperaba de él en las conversaciones con el director de la funeraria era intervenir las menos veces posible.

—Así lo creo porque a la gente le gusta saber qué están consumiendo a largo plazo. De ahí que McDonald's, Wal Mart, F. W. Woolworth (Dios lo tenga en su gloria) sean marcas consolidadas y visibles por todo el país. Allá donde vas te das cuenta de que, salvo pequeñas variantes regionales, todo es lo mismo.

—Sin embargo, en lo que se refiere a las funerarias, las cosas son, a la fuerza, diferentes. Tienes que sentir que estás recibiendo un servicio personal, propio de una población pequeña, de alguien que tiene una vocación por su oficio. Quieres atención personalizada para ti y para los más queridos en un momento difícil. Deseas que tu sufrimiento se reduzca al ámbito local y que no se extienda al nacional. Sin embargo en todos las ramas industriales —y la muerte es una industria, no te equivoques, amigo mío— uno hace dinero trabajando a lo grande, comprando a granel, centralizando las operaciones. La realidad no siempre es bonita. El problemas es que a nadie le resulta agradable que sus seres más queridos viajen en una furgoneta refrigeradora hacia un almacén antiguo donde puede que haya veinte, cincuenta o cien cadáveres más. No señor. Estas personas quieren pensar que los llevan a un lugar acogedor, donde serán tratados con el máximo respeto por alguien ante el que se quitarían el sombrero si se lo cruzaran por la calle.

El señor Ibis llevaba sombrero. Era de un marrón soberbio, que hacía juego con la sobriedad de su rostro y de su chaqueta marrón. Las gafas pequeñas de montura dorada se acomodaban en su nariz. Sombra recordaba al señor Ibis como un señor bajito; pero cada vez que se ponía de pie junto a él redescubría que medía más de un metro ochenta, una grulla larguirucha. Sentado frente a él a una mesa rojo brillante, Sombra se percató de que no podía quitarle la vista de encima.

—Así que cuando llegan los peces gordos, compran el nombre de la empresa, pagan a los directores de la funeraria para que se queden, dan apariencia de diversidad. Pero es tan sólo la punta del iceberg. En realidad, son tan locales como Burger King. Así que nosotros, por motivos propios, somos realmente independientes. Nosotros mismos hacemos el embalsamamiento y es el mejor del estado, aunque nadie más a parte de nosotros lo sepa. Sin embargo, no realizamos incineraciones. Podríamos ganar más dinero pero no estamos especializados. Según mi socio, si el Señor te da un don, una habilidad, tienes la obligación de utilizarlo lo mejor que puedas. ¿No estás de acuerdo?

—Me parece bien —dijo Sombra.

—El Señor le dio a mi socio dominio sobre los muertos, como a mí, sobre las palabras. Algo curioso, las palabras. Escribo libros de cuentos ¿sabes? Nada literario. Lo hago para mí. Descripciones de vidas. —Hizo una pausa. Para cuando Sombra se dio cuenta de que tendría que haber preguntado si podía leer una ya había perdido la oportunidad.

—Bueno, lo que les ofrecemos aquí es continuidad, ha habido aquí un Ibis y Jacquel durante casi doscientos años. Pero no siempre hemos sido directores de funeraria. Antes nos llamaban amortajadores y antes de eso, arreglamuertos.

—¿Y antes?

—Bueno —dijo el señor Ibis con una sonrisa presumida—, nos remontamos mucho en el tiempo. Por supuesto, no fue hasta antes de la guerra civil cuando encontramos nuestro rincón aquí. Ahí fue cuando nos convertimos en los funerarios para los amigos de color de las inmediaciones. Antes nadie nos había considerado de color, puede que extranjeros, exóticos, morenos, pero no de color. Una vez finalizada la guerra, bastante pronto, nadie puede recordar los tiempos en los que no se nos consideró negros. Mi socio siempre ha tenido la piel más oscura que yo. Fue una transición fácil. En definitiva eres lo que tú crees ser. Es raro cuando se habla de afroamericanos. Me hace pensar en gente del país de Punt, Ophir o Nubia. Nunca nos hemos considerado africanos, éramos la gente del Nilo.

—¿Así que eran egipcios? —preguntó Sombra.

El señor Ibis arrugó el labio inferior y su cabeza se movía de un lado a otro como si rebotara en una goma. Analizaba los pros y los contras, todos los diferentes puntos de vista.

—Pues sí y no. Egipcios me hace pensar en los que viven allí ahora. Los que construyen ciudades sobre nuestros cementerios y palacios. ¿Se parecen a mí?

Sombra se encogió de hombros. Había visto a tipos negros que se parecían al señor Ibis y tipos blancos bronceados que también se le parecían.

—¿Cómo está esa tarta de café? —preguntó la camarera mientras les servía más café.

—Es la mejor que he probado —respondió el señor Ibis—. Dale recuerdos a tu mamá.

—Lo haré —dijo y se marchó.

—Si eres director de funeraria ya no te interesas por la salud de nadie. Pueden pensar que lo haces sólo por cuestiones de negocio —dijo el señor Ibis en un tono más bajo—. ¿Vamos a ver si ya está preparada tu habitación?

Su aliento se convertía en vapor en el aire nocturno. Las luces de Navidad parpadeaban en los escaparates de las tiendas por las que pasaban.

—Es muy amable de tu parte ayudarme —dijo Sombra—. Muchas gracias.

—Le debemos a tu jefe una serie de favores. Y el Señor sabe que tenemos una habitación. Es una casa grande y vieja. Solíamos ser más ¿sabes? Ahora sólo estamos los tres. No molestas.

—¿Sabes por casualidad cuánto tiempo tengo que quedarme?

El señor Ibis negó con la cabeza.

—No lo dijo, pero estamos contentos de tenerte aquí y podemos encontrarte un trabajo. Si no eres escrupuloso y tratas a los muertos con respeto.

—Bueno —preguntó Sombra—, ¿y qué hacéis vosotros en Cairo? ¿Fue sólo por el nombre o algo así?

—No, nada de eso. De hecho la región se llama así por nosotros, aunque casi nadie lo sabe. Era una zona de comercio en la antigüedad.

—¿En la época de las fronteras?

—Puedes llamarlo así —dijo Ibis—. ¡Buenos días señorita Simmons!¡Y feliz Navidad a usted también! El tipo que me trajo aquí vino por el Misisipi hace mucho tiempo.

Sombra se paró y le observó.

—¿Intentas decirme que los antiguos egipcios vinieron aquí para comerciar hace cinco mil años?

El señor Ibis no dijo nada, pero se rió a carcajadas. Entonces dijo:

—Tres mil quinientos treinta años. ¿Lo tomas o lo dejas?

—Vale —dijo Sombra—, te creo. ¿Con qué comerciaban?

—Con poco —dijo el señor Ibis—. Pieles de animales, algo de comida, cobre de las minas de lo que ahora es la península de Michigan. En general fue decepcionante. El esfuerzo no valió la pena. Se quedaron el tiempo suficiente para creer en nosotros, para sacrificarse por nosotros y para que unos cuantos comerciantes murieran de fiebre y fueran enterrados aquí. Así fue como nos instalamos —Se paró en seco en medio de la acera, se dio la vuelta lentamente con los brazos extendidos—. Este país ha sido centro neurálgico durante diez mil años o más. Y me preguntarás ¿y que pasa con Colón?

—Claro —dijo Sombra por obligación—. ¿Qué pasa con él?

—Colón hizo lo que mucha gente había estado haciendo durante miles de años. No era nada especial llegar a América. He ido escribiendo historias sobre esto a lo largo de todo este tiempo —Empezaron a caminar de nuevo.

—¿Historias reales?

—Hasta cierto punto sí. Te dejaré leer una o dos si quieres. Todo está ahí, delante de aquel que tenga ojos para verlo. A mí, y te lo digo en calidad de suscrito a la revista *Scientific American*, me dan pena los profesionales cada vez que encuentran un cráneo que les confunde, algo que perteneció a una persona equivocada, o cuando encuentran estatuas o artefactos que les llevan por el camino equivocado. Me dan pena porque hablan de lo extraño del hallazgo y no de lo imposible, ya que si algo se convierte en imposible se escapa a toda creencia, aunque sea o no real. Quiero decir, un cráneo que muestra que el pueblo Ainu, los aborígenes japoneses, estuvieron en América hace nueve mil años. Otro que demuestra que había polinesios en California unos dos mil años más tarde. Y todos los científicos se rompen los cascos intentando averiguar quién desciende de quién y pierden el norte por completo. Sólo el cielo sabe que pasaría si alguna vez descubrieran los túneles de emergencia de los Hopi. Eso aclararía unas cuantas cosas, tiempo al tiempo.

—¿Llegaron los irlandeses en los años oscuros? Me preguntarás. Por supuesto que sí y los galeses y los vikingos, mientras que los africanos de la costa oeste –lo que más tarde se conocerá como la costa de los esclavos o la Costa de Marfil— comerciaban con Sudamérica y los chinos visitaron Oregón (Fu Sang, como lo llamaban ellos) un par de veces. Los vascos establecieron sus zonas de pesca sagrada en las costas de Terranova hace mil doscientos años. Ahora supongo que dirás: «Pero, señor Ibis, estas gentes eran primitivos, no tenían radios ni vitaminas ni aviones».

Sombra no había dicho nada y ni tan siquiera pensaba hacerlo, pero sintió que tenía que hacerlo.

—¿Y no lo eran? —las últimas hojas muertas del otoño crujían bajo las suelas de sus zapatos, anuncio del invierno.

—Un concepto erróneo es que el hombre no había realizado desplazamientos de larga distancia en barco antes de los tiempos de Colón. Ya en lugares como Nueva Zelanda, Tahití e innumerables islas del Pacífico se habían asentado pueblos cuya destreza en el arte de la navegación habría dejado en ridículo al mismísimo Cristóbal Colón. Y la riqueza de África provenía del comercio, en gran parte con el este, pero también con India y China. Mi gente, los del Nilo, descubrimos más pronto que con una embarcación de cañas se podía dar la vuelta al mundo si se tenía la paciencia y las jarras de agua dulce suficientes. Ves, el problema principal de venir a América en aquellos tiempos era que aquí no había mucho material con el que se quisiera comerciar y estaba demasiado lejos.

Habían llegado a una casa inmensa, construida al estilo conocido como reina Ana. Sombra se preguntaba quién fue la reina Ana y por qué era tan amiga de las casas estilo Familia Adams. Era la única construcción que no tenía las ventanas tapiadas. Atravesaron la verja y entraron por la parte trasera del edificio.

Pasaron por unas puertas dobles enormes que el señor Ibis abrió con una llave de su llavero y llegaron a una habitación grande y fría ocupada por dos personas: un hombre muy alto, de piel oscura con un escalpelo en la mano y una adolescente muerta tumbada en una mesa de porcelana que bien podría haber sido un lavabo o una losa.

Varias fotografías de la chica colgaban de un tablón de corcho en la pared sobre el cadáver. Sonreía en una de ellas, una foto de instituto. En otra, posaba junto a tres chicas más. Llevaba el vestido de graduación y el pelo negro recogido en un intrincado moño.

El pelo con restos de sangre seca le caía por los hombros, a la joven fría sobre la porcelana.

—Este es mi socio, el señor Jacquel —dijo Ibis.

—Ya nos conocemos —dijo Jacquel—. Perdona que no te estreche la mano.

Sombra miró a la chica de la mesa.

—¿Qué le pasó? —preguntó.

—Mal gusto para novios —dijo Jacquel.

—No siempre termina así —dijo el señor Ibis—. Pero esta vez sí. Él estaba borracho, tenía un cuchillo y ella le contó que podría estar embarazada. Él no creyó que el niño fuera suyo.

—La apuñaló... —dijo el señor Jacquel y empezó a contar. Se oyó un clic cuando pisó el interruptor de pie y encendió un dictáfono pequeño situado cerca de la mesa—, cinco veces. Presenta tres heridas por arma blanca en la parte interior del pecho. La primera se encuentra entre el cuarto y quinto espacio intercostal junto al pecho izquierdo, dos coma dos centímetros de profundidad; la segunda y tercera, superpuestas, se hallan en la parte inferior izquierda entre los pechos, penetran el sexto espacio intercostal, tres centímetros de profundidad. Presenta una herida por arma blanca de dos centímetros de longitud en la parte superior del pecho en el segundo espacio, y otra de cinco centímetros y un máximo de uno coma seis centímetros de profundidad en el deltoides izquierdo anteromedial, una herida despiadada. Todas las heridas por arma blanca del pecho son penetrantes. No existen otras heridas exteriores visibles. —Dejó de apretar el interruptor. Sombra vio un micrófono pequeño suspendido encima de la mesa de embalsamamiento.

—¿Así que tú eres también el forense? —preguntó Sombra.

—El forense es un cargo político aquí —dijo Ibis—. Se encargan de darle una patada al cadáver, y si no se la devuelve firma el certificado de defunción. Jacquel es más bien el prosector. Trabaja para el cuerpo médico del condado. Realiza autopsias y guarda muestras de tejido para los análisis. Ya ha fotografiado el cuerpo.

Jacquel no les prestaba ni la más mínima atención. Cogió un escalpelo grande y realizó una incisión profunda en forma de «V» desde las clavículas hasta el final del esternón y después la «V» pasó a ser una «Y» al continuar la incisión en línea recta hasta el pubis. Cogió lo que parecía un pequeño taladro de cromo redondo en forma de medallón con una cuchilla en el extremo. Lo enchufó y realizó una perforación a través de las costillas a ambos lados del esternón.

La joven se desplegó como un monedero.

De repente Sombra se dio cuenta de un ligero pero desagradable y penetrante olor a carne.

—Pensaba que olería peor —dijo Sombra.

—Todavía está bastante fresca —dijo Jacquel—. Y los intestinos no se perforaron, así que no huele a mierda.

Sombra se dio cuenta de que miraba hacia otro lugar no por repulsión, como podría haber esperado, sino por el extraño deseo de no invadir la intimidad de la chica. Resultaría difícil estar más desnudo que esta cosa abierta sobre la mesa.

Jacquel sacó los intestinos que serpenteaban en su barriga, por debajo del estómago hacia la pelvis. Los examinó con detenimiento, centímetro a centímetro, los describió como «normales» dirigiéndose al micrófono y los puso en un cubo del suelo. Le extrajo toda la sangre del pecho con una bomba y midió su volumen. Se dispuso a inspeccionar el interior del pecho. Dijo al micrófono: «Presenta tres laceraciones en el pericardio, que se encuentra lleno de coágulos en licuefacción».

Jacquel cogió el corazón, lo cortó por los extremos y le dio la vuelta en la palma de la mano examinándolo. Accionó el interruptor con el pie y dijo: «Hay dos laceraciones en el miocardio; una laceración de un centímetro y medio en el ventrículo derecho y una de uno coma ocho centímetros que penetra el ventrículo izquierdo».

Jacquel extrajo los pulmones. El izquierdo había sido apuñalado y se había colapsado. Pesó los órganos y fotografió las heridas. De cada pulmón recogió una muestra de tejido que puso dentro de un bote.

—Formaldehído —susurró el señor Ibis amablemente.

Jacquel continuó hablándole al micrófono, describiendo lo que hacía y veía mientras le quitaba el hígado, el estómago, la bilis, el páncreas, ambos riñones, el útero y los ovarios.

Pesó cada uno de los órganos, los describió como normales y no dañados. De cada uno de ellos cogió una muestra y la puso en el bote con formaldehído.

Del corazón, el hígado y los riñones extrajo otras muestras que masticó, despacio, haciéndolas durar, mientras trabajaba.

A Sombra le pareció un buen oficio: digno, en absoluto obsceno.

—¿Así que quieres quedarte por un tiempo? —dijo Jacquel mientras masticaba un trozo del corazón de la chica.

—Si no os importa —dijo Sombra.

—Claro que no —dijo el señor Ibis—. No hay ningún motivo por el que no puedas quedarte y muchos para que te quedes. Estarás bajo nuestra protección mientras estés aquí.

—Espero que no te incomode dormir bajo el mismo techo que los muertos —dijo Jacquel.

Sombra pensó en el roce de los labios de Laura amargo y frío.

—No —dijo—. Siempre y cuando sigan muertos.

Jacquel se volvió y le miró con sus ojos marrón oscuro tan fríos y excéntricos como el postre de un perro.

—Aquí permanecen muertos —fue todo lo que dijo.

—Me parece —dijo Sombra—, me parece que los muertos vuelven a la vida con bastante facilidad.

—En absoluto —dijo Ibis—. Incluso los zombis se hacen a partir de los vivos ¿sabes? Unos polvos, unos cantos, algo de magia y ya tienes un zombi. Viven pero saben que están muertos. Pero para devolver la vida a un muerto en su propio cuerpo hace falta poder —dudó por un momento—. En la tierra antigua, en otros tiempos resultaba más fácil.

—Podías unir el *ka* de un hombre a su cuerpo durante cinco mil años —dijo Jacquel—. Unirlo o perderlo. Pero de eso hace mucho tiempo. —Cogió todos los órganos que había extraído y los colocó de nuevo, con sumo respeto, en la cavidad corporal. Puso los intestinos y el esófago en su sitio y unió los extremos de la piel. Entonces cogió una aguja gruesa e hilo y la cosió con puntadas rápidas y silenciosas como si cosiera una pelota de baseball. Los trozos de carne retomaron su forma humana anterior.

—Necesito una cerveza —dijo Jacquel. Se quitó los guantes de látex, los tiró a la papelera y tiró en un canasto la bata marrón oscuro. Entonces cogió una bandeja de cartón con los botes que contenían las rebanadas moradas y marrones de órganos.

—¿Vienes?

Subieron por unas escaleras negras hasta la cocina. Era marrón y blanca, una habitación sobria y respetable con una decoración que a Sombra le pareció digna de los años 20. Había una nevera Kelvinator enorme que pegaba golpes contra la pared. Jacquel abrió la puerta de la Kelvinator, puso los botes de plástico con los trozos de bilis, riñones, hígado y corazón dentro. Sacó tres botellas marrones. Ibis abrió un armario con puerta de cristal y sacó tres vasos de tubo. Le dijo a Sombra con un gesto que se sentara a la mesa de la cocina.

Ibis sirvió las cervezas y le pasó un vaso a Sombra y otro a Jacquel. Era una cerveza buena, amarga y tostada.

—Buena cerveza —dijo Sombra.

—La elaboramos nosotros mismos —dijo Ibis—. En los tiempos antiguos las mujeres se encargaban de su elaboración. Eran mejores cerveceras que nosotros. Pero ahora solo estamos nosotros tres. Yo, él y ella —se volvió hacia la gatita marrón y gorda que dormía en una cesta en una esquina de la habitación—. Éramos más en un principio. Set se fue a explorar y nos dejó ¿hace cuánto, doscientos? Puede ser. Recibimos una postal suya desde San Francisco en 1905, 1906. Desde entonces, nada. Y el pobre Horus... —su voz se apagó en un suspiro y agitó su cabeza.

—Todavía lo veo, de vez en cuando —dijo Jacquel—. De camino a hacer una recogida —sorbió la cerveza.

—Trabajaré para mantenerme —dijo Sombra—. Mientras que esté aquí decidme lo que necesitáis que haga y lo haré.

—Te encontraremos un trabajo —le dijo Jacquel.

La gatita marrón abrió los ojos y se estiró. Caminó por la cocina y frotó su cabeza en la bota de Sombra. Bajó la mano y le acarició la frente, la parte trasera de la orejas y el cuello. Ella se arqueó con elasticidad, saltó a su regazo, se apretó contra su pecho y juntó su nariz húmeda a la de él. Se acurrucó en sus brazos y siguió durmiendo. La acarició: su piel era muy suave y ella estaba a gusto y calentita en el brazo. Actuaba como si se encontrara en el lugar más seguro del mundo y eso reconfortaba a Sombra.

La cerveza se le subió a la cabeza.

—Tu habitación está al final de las escaleras, al lado del baño —dijo Jacquel—. La ropa de trabajo está colgada en el armario, ya la verás. Supongo que querrás lavarte y afeitarte antes.

Así hizo Sombra, se duchó bajo el tubo de hierro fundido y se afeitó, muy nervioso, con una cuchilla afilada con empuñadura de nácar que le prestó Jacquel. El filo resultaba macabro, Sombra sospechaba que lo usaba para darles a los muertos su último afeitado. Aunque no se había nunca afeitado a cuchilla no se cortó. Se limpió la espuma de afeitar y se miró desnudo al espejo del baño cubierto con manchas de mosca. Tenía magulladuras: nuevos moratones en el pecho y los brazos sobre los anteriores que Sweeney el Loco le había proporcionado. Sus ojos reflejados en el espejo le miraron con desconfianza.

Y luego, como si alguien le cogiera la mano, levantó la cuchilla y se la puso contra la garganta.

«Sería la forma de acabar con todo —pensó—. Una salida fácil. Si hubiera alguien que simplemente tomara nota de lo sucedido, alguien que arreglara todo y siguiera con su vida. Ese alguien son las personas que están abajo, tomando una cerveza en la mesa de la cocina. No más preocupaciones. No más Laura. No más misterios y conspiraciones. No más pesadillas. Sólo paz y tranquilidad para el resto de la vida. Un corte limpio, de oreja a oreja. Eso era todo».

Se quedó plantado, la cuchilla contra el cuello. Un hilo de sangre brotó donde la punta presionaba la carne. Ni siquiera se había dado cuenta de que tenía un corte. «Ves —se dijo a sí mismo, y casi podía escuchar el susurro de sus propias palabras—. No duele. Demasiado afilado para que duela. Me habré muerto antes de darme cuenta».

Entonces la puerta del baño se abrió tan sólo unos pocos centímetros lo suficiente para que la gata marrón pusiera su cabeza contra el marco de la puerta y ronroneara mirándole con curiosidad.

—¡Eh! —le dijo—. Pensaba que había cerrado con llave.

Guardó la cuchilla cortacuellos, la puso en un lado del lavabo y se puso un poco de papel higiénico en el corte sangrante. Se anudó una toalla a la cintura y fue a la habitación de al lado.

Su habitación, como la cocina, parecía decorada al estilo de los años veinte: había una palangana y una jarra junto a una cajonera y un armario. Alguien ya había puesto la ropa encima de la cama: un traje negro, una camisa blanca, una corbata negra, ropa interior blanca y calcetines negros. Los zapatos negros estaban sobre la alfombra persa junto a la cama.

Se vistió. La ropa era de buena calidad, aunque no parecía nueva. Se preguntó a quién pertenecerían. ¿Llevaba los calcetines de un muerto? Se ajustó la corbata en el espejo y esta vez su reflejo le sonreía burlón.

Ahora le parecía una inconveniencia haber pensado en degollarse. Su reflejo continuaba sonriéndole mientras se ponía la corbata.

—¡Eh! —le dijo—. ¿Sabes algo que yo no sepa? —y de inmediato se sintió imbécil.

La puerta crujió al abrirse. La gata se coló por la ranura entre el dintel y la puerta, atravesó la habitación y se subió al alféizar de la ventana.

—¡Eh! —le dijo—. He cerrado la puerta. Sé que la he cerrado. —La gata le miró con interés. Tenía los ojos amarillo oscuro, del color del ámbar. Saltó del alféizar a la cama, donde se hizo una bola de pelo y siguió durmiendo, un círculo de gato sobre la colcha vieja.

Sombra dejó la puerta de la habitación abierta para que se aireara un poco y la gata pudiera salir y bajó. Las escaleras crujían y temblaban a cada paso, protestando por el peso, como si lo único que quisieran fuera que las dejaran en paz.

—¡Uauh! Te queda muy bien —dijo Jacquel. Le esperaba al pie de la escalera vestido con un traje negro parecido al de Sombra—. ¿Has conducido alguna vez un coche fúnebre?

—No.

—Siempre hay una primera vez para todo —dijo Jacquel—. Está aparcado ahí fuera.

Había muerto una mujer mayor. Se llamaba Lila Goodchild. Siguiendo las órdenes del señor Jacquel, Sombra subió la camilla plegada de aluminio por unas escaleras estrechas hasta la habitación y la desplegó junto a la cama. Cogió una bolsa de plástico azul translúcida, la puso junto al cuerpo de la mujer en la cama y bajó la cremallera. La mujer llevaba una bata guateada rosa. Sombra la cogió, tan frágil que casi no pesaba, la envolvió en una manta y la metió en la bolsa. Subió la cremallera y la metió en la camilla. Mientras Sombra trabajaba, Jacquel hablaba con un anciano que había estado casado con Lila Goodchild, cuando todavía estaba viva. O mejor escuchaba lo que el hombre le contaba. Cuando Sombra subía la cremallera, el hombre estaba relatando lo desconsiderados que habían sido sus hijos, y también sus nietos, aunque eso no era culpa suya, era culpa de sus padres, ya se sabe, de tal palo tal astilla, él los habría educado mucho mejor.

Sombra y Jacquel arrastraron la camilla hasta la angosta escalera. El anciano les seguía sin callar, hablaba de dinero, codicia e ingratitud. Llevaba zapatillas de estar por casa. Sombra cargó con el extremo más pesado de la camilla escaleras abajo, la sacó a la calle y la arrastró por la acera helada hasta el coche fúnebre. Abrió la puerta trasera del vehículo. Sombra dudó y Jacquel le dijo:

—Simplemente empújala. Las ruedas se pliegan solas.

Sombra empujó la camilla que se deslizó hacia el interior del coche. Jacquel le enseñó cómo asegurarla y Sombra cerró la puerta mientras Jacquel escuchaba al hombre que había estado casado con Lila Goodchild y que sin importarle el frío, con sus zapatillas de estar por casa y su albornoz en el crudo invierno le contaba lo buitres que eran sus hijos, peores que buitres carroñeros al acecho para recoger lo poco que él y Lila habían podido sacar juntos. Cómo habían volado juntos a San Louis, a Memphis, a Miami, cómo habían dado a parar a Cairo y lo tranquilo que estaba de que su mujer no se hubiera muerto en una residencia para ancianos, y lo preocupado que hubiera estado de haber sido así.

Acompañaron al señor a su casa por las escaleras hasta la habitación. En una de las esquinas había una televisión. Al pasar junto a ella, Sombra se dio cuenta de que el presentador del telediario le sonreía y le guiñaba el ojo. Cuando se aseguró de que nadie le veía le hizo un corte de mangas.

—No tienen dinero —dijo Jacquel una vez en el coche—. Vendrá a ver a Ibis mañana. Elegirá el funeral más barato. Me imagino que sus amigos le intentarán convencer de que le de el último adiós en el salón. Pero él se resistirá. No tiene dinero. Hoy en día nadie de los alrededores tiene dinero. De todas maneras se morirá dentro de seis meses. Un año máximo.

Copos de nieve caían delante de los faros. La nieve venía del sur. Sombra preguntó:

—¿Está enfermo?

—No se trata de eso. Las mujeres viven más que los hombres. Los hombres, al menos los que son como yo, no viven mucho más cuando fallecen sus mujeres. Ya verás, ahora él empezará a divagar, ella se lo ha llevado todo consigo. Se siente cansado, se desvanece, se deja llevar y muere. Puede que sea de una neumonía, de cáncer o de un paro cardíaco. A la edad anciana, ya no tienes fuerza para luchar. Entonces mueres.

Sombra recapacitó.

—¡Eh, Jacquel!

—¿Sí?

—¿Crees que existe el alma? —no era la pregunta exacta que iba a hacer y le pilló por sorpresa oír esas palabras salir de su boca. No tenía la intención de ser tan directo, pero no encontraba otra manera de decirlo.

—Depende. En mis tiempos estaba todo establecido. Cuando morías te ponías a la cola y te preguntaban cuales habían sido tus buenas obras y las malas. Si las malas pesaban más que una pluma, tu corazón servía de alimento para Ammet, el Devorador de Almas.

—Se comería muchos.

—No tantos como piensas. Era una pluma muy pesada, era especial. Tenías que ser un auténtico diablo para inclinar la balanza a su favor. ¡Para! Vamos a repostar en esa gasolinera.

Las calles estaban desiertas, como sólo lo están cuando empieza el período de nieves.

—Vamos a tener unas Navidades blancas —dijo Sombra mientras llenaba el depósito.

—Sí. Mierda. Ese chico era un hijo de virgen con suerte.

—¿Jesucristo?

—Un tipo muy afortunado. Podía caer en un agujero de mierda y salía oliendo a rosas. ¡Joder! Y ni siquiera es su cumpleaños ¿lo sabías? Se lo quitó a Mitra. ¿Has conocido ya a Mitra? Gorra roja. Un chaval majo.

—No, me parece que no.

—Bueno... nunca he visto a Mitra por aquí. Era un mocoso del ejército. Puede que esté de nuevo en Oriente Medio, de relajo, pero supongo que ya se habrá esfumado a estas alturas. También sucede. Algún día todo soldado del imperio tiene que ducharse con la sangre del toro sacrificado. Y ya ni siquiera recuerdan cuándo es tu cumpleaños.

Los limpiaparabrisas apartaban la nieve con un movimiento elegante y los convertían en remolinos de puro hielo.

El semáforo pasó de ámbar a rojo y Sombra pisó el freno. El coche fúnebre coleó de un lado a otro de la carretera vacía antes de detenerse.

Se puso en verde. Sombra conducía a veinte kilómetros por hora, suficiente para ir por una carretera resbaladiza. Era feliz yendo en segunda: supuso que le costaría mucho tiempo a esa velocidad y que retendría el tráfico.

—Así bien —dijo Jacquel—. Pues sí, Jesús lo lleva bien por aquí. Pero conocí a un tipo que decía haberlo visto haciendo dedo en la carretera de Afganistán y que nadie le recogía. ¿Sabes? Depende de donde te encuentres.

—Creo que se avecina una tormenta de verdad —dijo Sombra y hablaba en concreto del tiempo meteorológico.

Sin embargo cuando Jacquel empezó a hablar, no se refería precisamente al tiempo.

—Míranos a Ibis y a mí —dijo—. Estaremos fuera del mapa en pocos años. Tenemos ahorros suficientes para el período de vacas flacas; pero llevamos ya mucho tiempo de vacas flacas y cada vez adelgazan más. Horus está loco, está como una puta cabra, se pasa el día como un halcón, come trozos de carne, ¿qué tipo de vida es ésa? Has visto a Bast. Nosotros estamos en mejor forma que la mayoría de ellos. Al menos nos queda algo de fe para ir tirando. Muchos de esos capullos no tienen ni eso. Es como el negocio de la funeraria, los peces gordos se harán un día con él, te guste o no, porque son más poderosos, más eficientes y trabajan. Nuestra lucha no va a cambiar nada porque ya perdimos esta batalla cuando llegamos a la tierra verde hace cien, mil o diez mil años. Nosotros llegamos y a América no le importó ni lo más mínimo. Nos compran, o avanzamos deprisa o emprendemos otro viaje. Así que estás en lo cierto. Se avecina tormenta.

Sombra giró por la calle donde estaban todas las casas tapiadas excepto una.

—Entra por detrás —dijo Jacquel.

Entró el coche fúnebre hasta que casi tocó la puerta doble de la parte trasera de la casa. Ibis abrió el vehículo y las puertas mortuorias y Sombra soltó la camilla y la empujó. Las ruedecillas se deslizaron y cayeron ayudadas por el amortiguador. Llevó la camilla hasta la mesa de autopsias. Cogió a Lila Goodchild acunándola en la bolsa opaca como si fuera un bebe dormido y la colocó con cuidado sobre la mesa en la gélida sala, como si tuviera miedo de despertarla.

—Tenemos una tabla para traspasarla —dijo Jacquel—. No tienes que llevarla a brazos.

—No pasa nada —dijo Sombra. Su voz se empezaba a parecer a la de Jacquel—. Soy un tipo fuerte. No me importa.

En la infancia, Sombra había sido un niño enclenque para su edad, todo codos y rodillas. La única fotografía de pequeño que a Laura le gustó lo suficiente como para enmarcarla mostraba a un niño solemne con el pelo revuelto y ojos oscuros, de pie, tras una mesa llena de galletas y pasteles. Sombra creía que le habían hecho la foto en una fiesta de Navidad de la embajada porque lucía pajarita y sus mejores galas.

Sombra y su madre habían viajado demasiado, primero por toda Europa, de embajada en embajada, donde su madre trabajaba en el departamento de asuntos exteriores transcribiendo y enviando telegramas clasificados a todo el mundo. Cuando cumplió ocho años volvieron a Estados Unidos donde su madre, aburrida de tener un trabajo fijo, no paraba de trasladarse de una ciudad a otra sin descanso, un año aquí y otro allá, más tiempo o menos dependiendo del ánimo materno. Nunca se quedaron el tiempo suficiente en ninguna parte como para que Sombra hiciera amigos, para que se sintiera en casa, para que se relajara. Y Sombra era pequeño...

Había crecido rápido. En la primavera de los trece los otros niños le insultaban, le metían en peleas de las que nunca salía victorioso sino que salía disparado al baño para limpiarse los restos de sangre y barro de la cara antes de que nadie pudiera verle. Pero llegó el verano, el mágico estío eterno de los trece, que pasó esquivando a los niños más mayores, nadando y leyendo libros al borde de la piscina local. A principios de verano casi no sabía nadar. A finales de agosto nadaba a crol, brazada tras brazada con facilidad desde la parte honda y su tez se volvió oscura por la acción del sol y el agua. En septiembre volvió al colegio y se dio cuenta de que los chicos que le habían hecho pasar malos ratos eran pequeños y débiles, incapaces de volverle a molestar. A los dos que lo intentaron les enseñó buenas maneras de forma rápida y dolorosa. Sombra reafirmó su personalidad: ya no volvería a ser un chico callado, que intentara pasar desapercibido. Era demasiado grande para seguir así, se le veía demasiado. A finales de año formaba parte del equipo de natación y de halterofilia y el entrenador lo eligió para el equipo de triatlón. Le gustaba ser grande y fuerte. Le proporcionaba una identidad. Había sido un chaval tímido, tranquilo y dedicado a los libros y sólo le había proporcionado dolor. Ahora era el tipo fuerte y estúpido del que no se esperaba más que llevara un sofá de una habitación a otra solo.

Hasta que llegó Laura.

El señor Ibis había preparado la cena: arroz y judías hervidas para él y el señor Jacquel.

—No como carne —explicó—. Jacquel obtiene toda la carne que necesita de su trabajo —En el sitio de Sombra había una caja de cartón con trozos de pollo del KFC y una botella de cerveza.

Había más pollo del que Sombra podía comer así que le quitó la piel y los huesos, desmenuzó las sobras y las compartió con la gata.

—Había un tipo en la cárcel llamado Jackson —dijo Sombra mientras comía—, que trabajaba en la biblioteca. Me contó que cambiaron el nombre de Kentucky Fried Chicken por KFC porque lo que venden ya no es pollo. Se ha convertido en esa cosa mutante modificada genéticamente, como un ciempiés gigante sin cabeza, sólo segmentos de patas, muslos y alas a la que alimentan mediante tubos. El tipo me contó que el gobierno no les dejaba utilizar la palabra pollo.

El señor Ibis arqueó las cejas.

—¿Crees que es verdad?

—No. Mi compañero de celda decía que era porque la palabra frito ya no suena bien. A lo mejor querían que la gente pensara que el pollo se cocinaba solo.

Después de cenar Jacquel se disculpó y bajo a la sala mortuoria. Ibis se retiró al estudio a escribir. Sombra se quedó en la cocina un rato más, alimentando a la gata con pollo y dando tragos a su cerveza. Cuando el pollo y la cerveza se acabaron, fregó los platos y los cubiertos, los puso a secar y bajó.

Al llegar a la habitación vio que la gata ya estaba de nuevo durmiendo a los pies de la cama, hecha un ovillo de pelos. En el cajón de en medio del tocador encontró varios pijamas de algodón a rayas. Parecía que tuvieran setenta años pero olían a limpio. Cogió uno y, como el traje negro, parecía hecho a su medida.

Había unos cuantos ejemplares de *Reader's Digest* amontonados en la mesilla de noche, ninguna con fecha posterior a marzo de 1960. Jackson, el tipo de la biblioteca, el mismo que le había jurado que la historia de las criaturas mutantes en forma de pollo frito Kentucky era cierta, el que le había contado la historia del convoy de trenes negros con los que el gobierno transportaba a presos políticos a campos de concentración secretos de California, atravesando el país en la tranquilidad de la noche, también le había contado que la CIA utilizaba las oficinas de la revista *Reader's Digest* como sede por todo el mundo. Le dijo que en realidad todas las redacciones de la revista en todos los países eran oficinas de la CIA.

—Es broma —dijo el señor Madera en la memoria de Sombra—. ¿Cómo puedes estar seguro de que la CIA no estuvo involucrada en el asesinato de Kennedy?

Sombra abrió la ventana unos centímetros, lo suficiente para que entrara algo de aire fresco y para que la gata pudiera salir al balcón.

Encendió la lámpara de la mesilla, se metió en la cama y leyó un rato. Eligió los números más aburridos y los artículos más estúpidos para intentar desconectar y olvidar los últimos días. El artículo «Soy el páncreas de Joe» actuó como somnífero. Casi no tuvo tiempo de volverse, apagar la luz y poner la cabeza en la almohada antes de caer rendido.

Nunca más pudo recuperar las secuencias y detalles de ese sueño: los intentos de recordarlo no le proporcionaban nada más que un conjunto de imágenes confusas. Había una chica. La había conocido en alguna parte y ahora atravesaban un puente que cruzaba un lago en medio de la ciudad. El viento ondulaba la superficie del lago y formaba olas con palomilla que a Sombra le parecían manos diminutas emergiendo del agua.

—Allí abajo —dijo la mujer. Llevaba una camiseta de estampado de leopardo que ondeaba al viento. La carne entre la parte superior de las medias y la falda era cremosa y suave. En su sueño, en el puente, ante Dios y el mundo, Sombra se arrodilló frente a ella, hundió la cabeza en su entrepierna y bebió de la esencia intoxicada de la jungla femenina. Era consciente, en sueños, de que tenía una erección real, una cosa monstruosa, rígida, vibrante, tan dolorosa como las erecciones que tenía cuando era pequeño, cuando entraba en la adolescencia.

Paró y miró hacia arriba pero no podía verle la cara. Su boca buscaba la de ella y sentía el roce suave de sus labios en los suyos. Con las manos le acariciaba los pechos y recorría su piel sedosa presionando y apartando las carnes que le rodeaban la cintura, descendía hacia su maravillosa raja que, húmeda y cálida, se le abría en la mano como una flor.

La mujer ronroneaba extasiada y con la mano le acariciaba y apretaba el pene. Apartó las sábanas y rodó sobre ella. Con las manos le separaba los muslos, ella le guiaba por entre sus piernas con la mano hacia el punto en el que un roce, un toque mágico...

De repente se encontraba en su celda de la cárcel con ella, la besaba con pasión. Ella le abrazaba con fuerza, rodeándole con las piernas para sujetarlo, que no pudiera escapar, ni aunque quisiera.

Nunca había besado unos labios tan suaves. No habría imaginado nunca que hubiera labios tan suaves en el mundo. Su lengua, sin embargo, rascaba como papel de lija cuando le chupaba.

—¿Quién eres? —preguntó.

Ella no contestó, simplemente lo empujó con un movimiento ágil, se puso a horcajadas y empezó a montarle. No, no le montaba, sino que se le insinuaba con movimientos suaves como la seda, cada uno más vigoroso que el anterior. Golpes, pulsaciones, ritmos que impactaban contra su cuerpo y su mente como las olas del lago que rompían en la orilla. Tenía las uñas tan afiladas que le agujereaba el costado, le hurgaba, pero no sentía dolor. Todos los movimientos se convertían por arte de magia en la máxima expresión del placer.

Luchaba por encontrarse a sí mismo, por poder hablar, su cabeza ahora estaba repleta de dunas y vientos del desierto.

—¿Quién eres? —preguntó de nuevo casi sin aliento.

Ella le miró con ojos de color ámbar y buscó su boca para besarle apasionadamente, le besó con tanta fuerza, con tanta intensidad, en el puente sobre el lago, en la celda en la cama de la funeraria de Cairo que estuvo a punto de correrse. Se dejó llevar por esa sensación como una cometa se deja llevar por un huracán, intentaba no explotar, quería que durara para siempre. Lo tenía todo bajo control. Tenía que advertirle.

—Mi mujer, Laura, te matará.

—No creo —dijo ella.

Le vino a la mente un pensamiento absurdo: en la Edad Media se decía que si una mujer estaba arriba durante el coito concebía a un obispo. Eso es lo que se decía: a por el obispo...

Quería saber su nombre, pero no se atrevía a preguntarle por tercera vez. Ella le empujó contra su pecho de tal modo que él podía notar la protuberancia de sus pezones en la piel. Ella le exprimía allí abajo, en la profundidad de su interior y él no podía controlarlo. Esta vez se apoderó de él, daba vueltas, se desplomaba. Arqueado, la penetraba con una fuerza que jamás habría imaginado, como si fueran de alguna manera parte de la misma criatura. Saboreaba, bebía, aguantaba, quería...

—Suéltalo —dijo ella con voz felina—. Dámelo. Suéltalo.

Él se corrió, se disolvió entre espasmos. Su mente se hizo líquida y pasaba lentamente de un estado a otro.

Al final inspiró, una bocanada de aire fresco que sintió que le llenaba los pulmones y en ese momento se dio cuenta de que había estado aguantando la respiración durante mucho tiempo. Tres años al menos. Más incluso.

—Ahora descansa —dijo ella, y le besó en los ojos con sus labios sedosos—. Suéltalo todo.

Se sumergió y se aferró a un sueño profundo, sin sobresaltos, apacible.

La luz era extraña. Miró el reloj, eran las 06:45 y todavía estaba oscuro fuera, aunque una claridad azulada inundaba la habitación. Salió de la cama. Estaba seguro de que se había puesto el pijama antes de meterse en la cama pero ahora estaba completamente desnudo y el aire le enfriaba la piel. Caminó hacia la ventana y la cerró.

Hubo una tormenta de nieve por la noche, habían caído unos quince centímetros o más. El rincón de la ciudad que Sombra veía desde la ventana sucio y derruido se había convertido en otro lugar más limpio. Las casas ya no estaban abandonadas ni olvidadas, eran elegantes edificios congelados. Las calles habían desaparecido por completo, enterradas bajo un manto de nieve blanca.

Una idea le rondaba la cabeza relacionada con la transitoriedad. Tal como vino se fue.

Veía tan nítido como si fuera de día.

Al mirarse al espejo Sombra notó algo extraño. Se acercó más y se miró sorprendido. Todos los morados habían desaparecido. Se llevó las manos al costado, apretó con fuerza para dar con aquel terrible dolor que le recordaba su encuentro con el señor Madera y el señor Piedra, para encontrar los morados que Sweeney el Loco le regaló, pero no encontró nada de todo eso. Tenía la cara limpia y sin señales. Sin embargo tenía el costado y la espalda (se dio la vuelta para comprobarlo) lleno de arañazos, marcas de garras.

Entonces, no era un sueño. No del todo.

Sombra abrió los cajones y se puso lo primero que encontró: un par de vaqueros Levi's viejos, una camisa, un jersey grueso azul y un abrigo negro que encontró colgado en el armario de la habitación.

Se puso sus propios zapatos viejos.

Toda la casa dormía. Se deslizó por ella intentando que las tablas del suelo no crujieran. Salió y caminó sobre la nieve dejando unas pisadas profundas en la acera. Estaba más claro fuera de lo que parecía desde la casa y la nieve reflejaba la luz del cielo.

Después de caminar quince minutos, Sombra llegó a un puente con un cartel enorme a un lado que anunciaba que estaba abandonando Cairo. Había un hombre alto y larguirucho bajo el puente fumando un cigarrillo y tiritando sin cesar. Sombra creyó reconocerlo.

Una vez bajo el puente, en la oscuridad del invierno, ya estaba lo bastante cerca para ver la mancha morada que rodeaba el ojo del individuo y le dijo:

—Buenos días, Sweeney el Loco.

El mundo estaba en calma. Ni siquiera los coches perturbaban el silencio de las nieves.

—¡Eh, tío! —dijo Sweeney el Loco. No levantó la mirada. El cigarrillo era de liar.

—Sigues merodeando por los puentes, la gente pensará que eres un *troll*.

Esta vez Sweeney el Loco le miró. Sombra pudo ver el blanco de sus ojos rodeando el iris. El tipo parecía asustado.

—Te estaba buscando —dijo—. Tienes que ayudarme, colega. Esta vez la he cagado —Dio una calada al cigarro liado. Al separarlo de la boca el papel se le quedó pegado al labio inferior, se desarmó por completo y todo el contenido fue a parar a su barba pelirroja y a su camiseta sucia. Sweeney se lo sacudió de manera convulsiva, con las manos amoratadas, como si se tratara de un insecto peligroso.

—Mis recursos se agotan —dijo Sombra—. Pero ¿por qué no me dices lo que necesitas? ¿Tomamos un café?

Sweeney negó con la cabeza. Cogió un puñado de tabaco y papeles del bolsillo de su chaqueta vaquera y empezó a liarse otro cigarrillo. Se le erizó la barba y movió la boca, aunque no articuló ni una palabra. Chupó la goma del papel y lió el cigarrillo con los dedos. El resultado guardaba cierto parecido con un cigarrillo auténtico. Entonces dijo:

—No soy un *troll*. Mierda. Esos cabrones son malvados.

—Se que no eres un *troll*, Sweeney —dijo Sombra con tono amable—. ¿Cómo puedo ayudarte?

Sweeney el Loco abrió su Zippo y el primer centímetro de cigarrillo se chamuscó y se redujo a cenizas.

—¿Recuerdas que te enseñé cómo coger una moneda? ¿Te acuerdas?

—Sí —dijo Sombra. Visualizó la moneda dorada en su mente, la vio caer en el ataúd de Laura, cómo le brillaba alrededor del cuello—. Me acuerdo.

—Cogiste la moneda equivocada, amigo.

Un coche se acercó a la penumbra del puente y les deslumbró con los faros. Redujo al pasar por su lado, paró y la ventanilla se bajó.

—¿Todo en orden, señores?

—Todo bien, gracias agente —dijo Sombra—. Estamos dando un paseo matutino.

—De acuerdo —dijo el policía. No pareció que se lo hubiera creído. Se esperó. Sombra pasó una mano por los hombros de Sweeney el Loco y avanzaron juntos hacia las afueras de la ciudad lejos del coche de policía. Oyó cómo se cerraba la ventanilla pero el coche permanecía quieto.

Sombra caminó. Sweeney el Loco caminaba y a veces se balanceaba.

El coche de policía pasó, les adelantó lentamente, dio la vuelta y volvió acelerando hacia la ciudad por la carretera nevada.

—Y ahora ¿por qué no me cuentas qué te pasa? —dijo Sombra.

—Hice lo que me dijo. Hice lo que me dijo pero te di la moneda equivocada. Ésa es para la realeza, ¿ves? Ni siquiera me habrían autorizado a cogerla. Era la moneda que se le da al mismo rey de América y no a unos capullos como a ti o a mí. Y ahora estoy con el agua al cuello. Sólo quiero que me des la moneda, tío. No me volverás a ver si me la das, te lo juro. Te lo juro por todos los años que he pasado en los putos árboles.

—¿Hiciste lo que te dijo, quién, Sweeney?

—Grimnir. El tipo al que llamas Wednesday. ¿Sabes quién es? ¿Quién es en realidad?

—Sí, me lo imagino.

Los lunáticos ojos azules del irlandés tenían una mirada de pánico.

—No era nada malo. Nada que no pudieras... nada malo. Me pidió sólo que fuera al bar y me peleara contigo. Sólo quería saber de qué material estabas hecho.

—¿Te pidió que hicieras algo más?

Sweeney estaba tiritando. Sombra pensó que era por el frío del momento pero luego pensó que había visto antes esa forma de tiritar, de agitarse: en la cárcel. Eran las convulsiones propias de un yonqui. Sweeney tenía el mono de algo y Sombra habría apostado lo que fuera a que se trataba de heroína. ¿Un *leprechaun* yonqui? Sweeney el Loco apuró la colilla del cigarro, lo tiró al suelo y se guardó en el bolsillo el resto amarillento. Se frotó las manos sucias y exhaló dentro de ellas para calentarse. Su voz se debilitó.

—Oye, dame la puta moneda. Te daré otra tan buena como esa. ¡Joder, te daré un montón!

Se quitó la gorra de baseball grasienta y con la mano derecha dibujó en el aire una moneda dorada enorme que cayó dentro de su gorra. Sacó otra del vaho de su respiración y otra. Las fue sacando del aire tranquilo de la mañana hasta que rebosaban por la gorra y Sweeney se vio obligado a sostenerla con ambas manos.

Alargó la gorra repleta de oro hacia Sombra.

—Aquí tienes —dijo—. Cógela, sólo devuélveme la moneda que te di. —Sombra miró la gorra y se preguntó cuánto contendría.

—¿Dónde voy a gastar estas monedas, Sweeney? —preguntó Sombra—. ¿Hay por aquí muchos sitios para cambiar oro por dinero?

Pensó por un momento que el irlandés le iba a pegar, pero ese instante pasó y el irlandés permanecía inmóvil, sujetando la gorra con las dos manos como Oliver Twist. Entonces las lágrimas que brotaban de sus ojos empezaron a rodarle por las mejillas. Cogió la gorra y volvió a ponérsela sobre su despejado cuero cabelludo, vacía, sin nada más que una banda grasienta.

—Tienes que hacerlo, tío —le decía—. ¿No te enseñé yo cómo hacerlo? Te enseñé a sacar monedas del tesoro. Te dije dónde estaba escondido. Sólo devuélveme la maldita moneda. No era mía.

—Ya no la tengo.

Sweeney el Loco dejó de llorar y sus mejillas se encendieron.

—Tú, tú, maldito... —dijo, pero las palabras le fallaron y abría y cerraba la boca sin emitir ningún sonido.

—Te estoy diciendo la verdad —dijo Sombra—. Lo siento. Si la tuviera te la daría pero se la di a otra persona.

La asquerosa mano de Sweeney golpeó el hombro de Sombra y le miró fijamente con los ojos azul claro. Las lágrimas habían dejado surcos en la cara sucia de Sweeney.

—Mierda —dijo. A Sombra le llegaba el olor a tabaco y a sudor de whisky y cerveza—. Estás diciendo la verdad, cabrón. Se la diste a alguien porque sí, por voluntad propia. Me cago en tus ojos oscuros, se la diste a alguien.

—Lo siento —Sombra recordó el ruido sordo que hizo la moneda al caer en el ataúd de Laura.

—Lo sientas o no, estoy acabado, estoy jodido —Se limpió la nariz y los ojos con las mangas. Su cara adoptaba formas extrañas.

Sombra le apretó el antebrazo a Sweeney en un gesto de masculinidad forzado.

—Desearía no haber nacido —dijo Sweeney el Loco al final. Después levantó la vista—. La persona a la que se la diste, ¿me la devolvería?

—Es una mujer. Y no sé donde está. Pero no, no creo que te la diera.

Sweeney suspiró con tristeza.

—Cuando era tan sólo un jovencito —dijo—, conocí a una mujer bajo las estrellas que me dejó juguetear con sus tetas y me leyó el futuro. Me dijo que acabaría abandonado y destrozado al oeste del Sol y que el capricho de una mujer muerta sellaría mi destino fatal. Yo reí, me serví más vino de cebada y seguí jugando con sus tetas y besé sus preciosos labios. Eso pasó en los buenos tiempos, el primer monje gris todavía no había llegado a nuestra tierra, no había atravesado el mar verde hacia el oeste. Y ahora. —Paró a media frase. Se volvió hacia Sombra y le dijo reprochándole —: No deberías fiarte de él.

—¿De quién?

—De Wednesday. No deberías confiar en él.

—No tengo por qué hacerlo. Trabajo para él.

—¿Te acuerdas de cómo hacerlo?

—¿El qué? —A Sombra le dio la impresión de que mantenía una conversación con una docena de personas diferentes. El duende con estilo propio balbuceaba y saltaba de personaje en personaje, de tema en tema, como si las pocas neuronas que le quedaban estuvieran en ignición, ardiendo y hubieran salido a cenar fuera.

—Las monedas, tío. Las monedas. Te lo enseñé. ¿Te acuerdas?

Sweeney se tambaleaba por la carretera. Ya había amanecido y el mundo era blanco y gris. Sombra le siguió. Sweeney caminaba dando tumbos, como si fuera a caerse todo el tiempo pero sus piernas estuvieran ahí para evitarlo, para dar otra zancada torpe. Cuando llegaron al puente se apoyó en los ladrillos con la mano, se volvió y dijo:

—¿Tienes unos cuantos pavos? No necesito mucho. Sólo para un billete que me sacará de aquí. Con veinte dólares me apaño. Sólo son veinte pavos de nada.

—¿Dónde puedes ir con un billete de autobús de veinte dólares? —preguntó Sombra.

—Puedo salir de aquí —dijo Sweeney—. Puedo huir antes de que la tormenta arrase con todo. Lejos de una sociedad en la que los narcóticos se han convertido en la religión de las masas. Lejos de —Se calló, se limpió la nariz con la mano y luego la mano en la manga.

Sombra se sacó del bolsillo un billete de veinte y se lo dio.

—Toma.

Sweeney lo dobló y lo guardó bien en el bolsillo de la grasienta chaqueta vaquera que llevaba, bajo el parche cosido con dos buitres posados en una rama muerta que rezaba: ¡PACIENCIA, JODER. VOY A MATAR A ALGUIEN! Inclinó la cabeza.

—Esto me llevará adonde necesito ir —dijo él.

Se apoyó contra la pared y empezó a hurgar en los bolsillos hasta encontrar la punta de cigarrillo que había dejado antes. Lo encendió con cuidado para intentar no quemarse los dedos o la barba.

—Te diré algo —dijo como si no hubiera dicho nada en todo el día—. Caminas bajo la horca, tienes una soga al cuello y un cuervo en cada hombro esperando para comerse tus ojos. El árbol de la horca tiene unas raíces muy profundas que van del cielo al infierno y nuestro mundo se reduce a la rama de la que pende la soga. —Paró—: Me quedaré aquí un rato —dijo agachándose y apoyando la espalda contra el muro negro de ladrillos.

—Buena suerte —dijo Sombra.

—Mierda. Estoy jodido —dijo Sweeney el Loco—. Sí, bueno. Gracias.

Sombra caminó de vuelta a la ciudad. Eran las ocho de la mañana y Cairo despertaba. Se dio la vuelta y vio la cara pálida de Sweeney, cubierta de lágrimas y chorretones de mierda, que le seguía con la mirada.

Fue la última vez que Sombra vio a Sweeney el Loco con vida.

Los días que precedieron la Navidad fueron como momentos de luz en la oscuridad del invierno y pasaron volando en la casa de los muertos.

Era treinta y uno de diciembre y Jacquel e Ibis preparaban el velatorio para Lila Goodchild. Mujeres alborotadoras llenaron la cocina con tubos, cazos, sartenes y *tupperware*. La difunta yacía en su ataúd en el salón de la casa funeraria con delicadas flores a su alrededor. Había una mesa en la otra punta de la habitación repleta de ensalada, alubias, tortitas de maíz fritas, pollo, costillas y guisantes. A media tarde la casa estaba llena de gente llorando y riendo, dándole la mano al cura. Todo organizado y supervisado al detalle por los señores de atuendo soberbio Jacquel e Ibis. El entierro se celebraría a la mañana siguiente.

El teléfono del recibidor sonó (era negro y de baquelita y tenía disco de marcado como Dios manda) y el señor Jacquel lo cogió. Luego se dirigió a Sombra.

—Era la policía —dijo—. ¿Puedes hacer un servicio?

—Sí, claro.

—Sé discreto. Aquí es —Escribió la dirección en un trozo de papel y le pasó a Sombra la nota, escrita con una letra muy nítida, dobló el papel y se lo guardó en el bolsillo.

—Habrá un coche de policía —dijo Jacquel.

Sombra salió y cogió el coche fúnebre. Tanto el señor Ibis como el señor Jacquel, por separado, habían hecho hincapié en que el coche fúnebre sólo se utilizaba para los entierros, que disponían de una furgoneta para la recogida de cadáveres, pero la furgoneta estaba averiada, hacía ya tres semanas, y que por favor tuviera mucho cuidado con el coche. Sombra conducía despacio por la calle. «La muerte ha desaparecido de las calles de Estados Unidos —pensó Sombra—; ahora está reservada a las habitaciones de hospital y las ambulancias. No debemos molestar a los vivos». El señor Ibis le había dicho que en algunos hospitales trasladan a los muertos en la parte inferior de la camilla aparentemente cubierta y tapada; los muertos encuentran su propia manera de viajar encubiertos.

Había un coche patrulla azul oscuro en la calle y Sombra aparcó el coche fúnebre detrás de él. Dos policías sentados dentro bebían café en la taza de plástico que tapa los termos. Tenían el motor en ralentí para estar más calientes. Sombra dio un golpecito en la ventanilla.

—¿Sí?

—Soy de la funeraria —dijo Sombra.

—Esperamos al médico forense —dijo el policía. Sombra se preguntaba si se trataría del mismo hombre con el que había hablado bajo el puente. El policía, que era negro, bajó del coche, dejó a su compañero sentado al volante y caminó con Sombra hacia un contenedor. Sweeney el Loco estaba sentado sobre la nieve al lado del contenedor. Tenía una botella verde vacía en el regazo y la cara, la gorra de béisbol y los hombros cubiertos de nieve y hielo. No parpadeaba.

—Un borracho muerto —dijo el policía.

—Eso parece —dijo Sombra.

—No toque nada aún —le ordenó el policía—. El médico llegará en cualquier momento. El tipo bebió hasta la saciedad y la palmó congelado.

—Sí —asintió Sombra—. Eso es lo que parece.

Se agachó y examinó la botella de Sweeney el Loco. Whisky irlandés Jameson: un billete de veinte dólares para salir de aquí. Un Nissan pequeño se paró a su lado. Salió del coche un hombre de aspecto atormentado, de edad media, con el pelo y el bigote de color arena, que se les acercó. Buscó el pulso en el cuello del muerto. «Le da una patada al muerto —pensó Sombra— y si no se devuelve...»

—Está muerto —dijo el médico—. ¿Señas de identidad?

—Es un desconocido —respondió el policía.

El médico miró a Sombra.

—¿Trabajas para Jacquel e Ibis? —preguntó.

—Sí —dijo Sombra.

—Dile a Jacquel que le coja las huellas dactilares y fotos para un carnet de identidad. No necesitamos hacer la autopsia. Que haga sólo un análisis toxicológico de la sangre. ¿Lo has entendido? ¿Quieres que te lo escriba?

—No —dijo Sombra—. Tranquilo, me acordaré.

El hombre frunció el ceño con facilidad, sacó una tarjeta de visita de la cartera, garabateó algo y se la dio a Sombra deseando «Feliz Navidad» a todos y se fue. Los policías confiscaron la botella vacía.

Sombra firmó para llevarse al desconocido y lo subió a la camilla. El cuerpo estaba bastante rígido y no podía modificar su postura sentada. Toqueteó la camilla y se dio cuenta de que podía levantar uno de los extremos. Aseguró al desconocido y lo metió en la parte trasera del coche fúnebre, mirando hacia delante. Podía resultarle un paseo agradable. Corrió las cortinas y volvió a la funeraria.

El coche se paró ante la luz roja del semáforo y Sombra escuchó una voz:

—Querré un velatorio en toda regla, con todo lo mejor, bellas plañideras vestidas de luto y hombres apuestos contando mis aventuras en el día más glorioso de mi vida.

—Estás muerto, Sweeney el Loco —dijo Sombra—. Acepta tu condición de muerto.

—Sí, debería —dijo en un suspiro el hombre que ocupaba la parte trasera del coche fúnebre. La voz del yonqui borracho se desvanecía y era remplazada por un tono de resignación, como si las palabras se recibieran desde algún punto muy, muy lejano. Palabras muertas a través de una frecuencia muerta.

El semáforo se puso en verde y Sombra apretó el acelerador con suavidad.

—Pero, aun así, prepárame un velatorio —dijo Sweeney el Loco—. Hazme un sitio a la mesa y dame alcohol apestoso para despedirme. Tu me mataste, Sombra. Me lo debes.

—Yo no te maté. «Sólo veinte dólares —pensó— para el billete que me sacará de aquí». Fue el alcohol y el frío lo que te mató, no yo.

No obtuvo respuesta y el silencio reinó durante el resto del camino. Tras aparcar Sombra arrastró la camilla del coche a la sala mortuoria. Cogió el cuerpo de Sweeney el Loco con sus propias manos y lo puso en la mesa de embalsamamiento como si fuera un trozo de ternera.

Cubrió al desconocido con una sábana y lo dejó allí, con todo el papeleo al lado. Al subir las escaleras le pareció oír una voz tranquila y susurrante como si hubiera una radio encendida en una habitación lejana, que decía:

—¿Y por qué iban el alcohol y el frío a matar a un pobre duende? No, fuiste tu al perder el pequeño sol dorado. Tú, Sombra, me mataste, tan cierto como que el agua moja, que los días son largos y que a la larga un amigo siempre te decepciona.

Sombra quería comentarle a Sweeney el Loco que la suya era una filosofia muy amarga, pero supuso que era cl hecho de estar muerto lo que lo teñía todo de amargura.

Subió a la casa donde un grupo de mujeres de edad media tapaban con papel transparente platos de comida, ponían las tapas a los *tupperware* con patatas fritas y macarrones con queso ya fríos.

El señor Goodchild, esposo de la difunta, tenía al señor Ibis contra la pared. Le estaba contando que sabía que ninguno de sus hijos vendría a rendir el último adiós a su madre.

—La manzana no cae lejos del árbol —le decía a cualquiera que le escuchara—. La manzana no cae lejos del árbol.

Esa tarde Sombra puso la mesa para uno más. Puso un vaso para cada uno y una botella de Jameson Gold en medio de la mesa. Era el whisky irlandés más caro que había en la tienda. Después de comer (un gran plato de sobras que dejaron aquellas mujeres) Sombra sirvió whisky para todos con generosidad, para él, para Ibis y Jacquel y para Sweeney el Loco.

—Y qué más da que esté sentado en la camilla allí abajo —dijo Sombra mientras servía—, de camino a una tumba de pobre. Esta noche brindaremos por él, le daremos la despedida que él quería.

Sombra alzó su vaso hacia el sitio vacío en la mesa.

—Sólo vi a Sweeney el Loco dos veces vivo —dijo—. La primera vez pensé que era un capullo integral poseído por el demonio. La segunda pensé que era un pobre desgraciado y le di el dinero para que se matara. Me enseñó un truco de monedas que ya no se cómo se hace, me hizo algunos morados y aseguraba que era un duende. Descansa en paz, Sweeney el Loco —Dio un trago de whisky y dejó que ese sabor ahumado se evaporara en su boca. Los otros dos bebieron después de levantar sus vasos hacia el sitio vacío.

El señor Ibis sacó del bolsillo una libreta. Pasó las hojas hasta que encontró la página que buscaba y leyó una versión resumida de la vida de Sweeney el Loco.

Según el señor Ibis, Sweeney había empezado como guardián de la roca sagrada en un pequeño claro del bosque en Irlanda, hacía unos tres mil años. El señor Ibis les relató su vida amorosa, sus enemistades, la locura que le concedió su poder («todavía se cuenta una versión posterior del cuento, aunque la naturaleza sagrada y la antigüedad de la mayor parte de los versos se ha perdido con el tiempo»)la devoción y adoración que sentía por su tierra natal que se fue transformando en respeto profundo y más tarde en diversión. Les contó la historia de la chica de Bantry que vino al Nuevo Mundo y trajo consigo la fe por el *leprechaun* Sweeney el Loco porque ¿no había sido ella la que le vio en la piscina y él le había sonreído y llamado por su nombre real? Ella era polizonte en la bodega de un barco de gente que había visto cómo se pudrían sus patatas en el suelo, que había visto a amigos y familiares morir de hambre, que soñaba con la tierra de los estómagos llenos. La chica de la bahía de Bantry soñaba, en concreto, con una ciudad en la que una chica fuera capaz de ganar el dinero suficiente para sacar a flote a su familia en el Nuevo Mundo. Muchos de los irlandeses que llegaron a América se sentían cató-

licos, aunque no supieran nada de catequesis, aunque lo único que conocieran de religión fuera a Bean Shide, a la *banshee*, el espíritu que aullaba a las puertas de las casas cuando la muerte se acercaba; y a la santa
Brígida, que tuvo en un tiempo dos hermanas (cada una de las tres era una
Brígida, se trataba de la misma mujer); y las leyendas de Finn, Oísin,
Conan e incluso de los *leprechauns*, seres diminutos (que no eran en absoluto el hazmerreír de Irlanda, ya que los *leprechauns* habían sido en su día
los más altos de un montón de pueblos)...

El señor Ibis les contó todo esto y más en la cocina aquella noche. La
sombra que proyectaba en la pared era alargada y en forma de pájaro y a
medida que el whisky corría, a Sombra se le antojaba una cabeza enorme
de ave acuática, pico largo y curvado. Pero fue a mitad del segundo vaso
cuando el propio Sweeney el Loco empezó a añadir detalles e irrelevan-
cias al discurso del señor Ibis («... qué pedazo de chica, qué tetas rosadas
y salpicadas de pecas, con los pezones de un rosa rojizo intenso como
cuando ha llovido a cántaros por la mañana y a la hora de cenar se levanta un día glorioso...»). Sweeney trataba de explicar, con ambas manos, la
historia de los dioses de Irlanda, paso a paso, cómo vinieron desde
la Galia o España y de todos los rincones, cómo todos, hasta el último
dios, fueron transformados en *trolls* y hadas, y cómo llegaron todos los
dioses, hasta la Santa Madre Iglesia y todos fueron transformados en
hadas o santos o reyes muertos sin pedirles permiso.

El señor Ibis se ajustó las gafas de montura dorada y explicó -pro-
nunciando con mayor claridad y precisión, por lo que Sombra dedujo que
estaba borracho (sus palabras y el sudor que le goteaba por la frente en la
estancia fría eran los únicos indicios)— y levantando el dedo índice, que
él era un artista y que no deberían ver sus relatos como meras construcciones literales sino como verdaderas recreaciones imaginativas, más
ciertas que la vida misma. Sweeney el Loco dijo:

—Te voy a enseñar una recreación imaginativa, mi puño recreándose
con imaginación en tu puta cara para empezar — El señor Jacquel le
gruñó, un gruñido propio de un perro rabioso que no busca pelea pero que
en cualquier momento puede saltarte al cuello. Sweeney captó el mensaje, se sentó y se sirvió otro vaso de whisky.

—¿Te has acordado ya de cómo hacer mi truco de la moneda? —le
preguntó a Sombra con una amplia sonrisa.

—No

—Si intentas adivinar cómo lo hice —dijo Sweeney el Loco, sus labios
estaban morados y sus ojos azules nublados—, te diré si te vas acercando.

—No es en la palma de la mano, ¿verdad? —preguntó Sombra.

—No.

—¿Es algún tipo de artimaña? ¿Algún dispositivo en la manga o en algún sitio que empuja la moneda para que tú la cojas?

—Tampoco es eso. ¿Alguien más quiere whisky?

—He leído en un libro que hay una manera de crear un efecto óptico cubriéndote la mano de látex y haciendo un saquito de color carne para esconder las monedas.

—Es una despedida muy triste para el Gran Sweeney que, llevado por su locura, voló como un pájaro atravesando toda Irlanda y comió berros: estar muerto y ser velado por un pájaro, un perro y un idiota. No, no es un saquito.

—Bueno, eso es todo lo que se me ocurre —dijo Sombra—. Me imagino que simplemente las sacas de la nada —Lo dijo con sarcasmo pero entonces vio la cara de Sweeney.

—Sí —dijo—. Las sacas de la nada. Bueno, no exactamente de la nada. Pero te estás acercando. Las sacas del tesoro.

—El tesoro —dijo Sombra empezando a recordar—. Claro.

—Sólo necesitas tenerlo en mente y es tuyo, puedes coger todas las monedas que quieras. El tesoro del Sol. Está ahí cuando hay un arco iris en el mundo. Está ahí en los momentos de eclipse y de tormenta.

Le enseñó a Sombra cómo hacerlo.

Esta vez lo entendió.

Sombra tenía la cabeza como un bombo y la lengua como papel de lija. Le deslumbró la claridad de la mañana. Se había dormido con la cabeza sobre la mesa de la cocina. Estaba vestido aunque en algún momento le habían quitado la corbata negra.

Bajó las escaleras hasta la sala mortuoria y le tranquilizó, aunque no le sorprendió, comprobar que el cuerpo del desconocido seguía encima de la mesa de embalsamamiento. Tenía los dedos aferrados a la botella vacía de Jameson Gold por el *rigor mortis* del cuerpo. Sombra se la arrancó y la tiró. Oyó movimiento en el piso de arriba.

Cuando subió encontró al señor Wednesday sentado a la mesa de la cocina. Estaba comiendo restos de ensalada de patata de un *tupperware* con una cuchara de plástico. Vestía un traje gris oscuro a conjunto con la corbata y una camisa blanca: el sol de la mañana se reflejaba en el alfiler en forma de árbol que llevaba prendido. Sonrió al ver a Sombra.

—¡Oh! Sombra, mi chico, me alegro de verte. Pensaba que jamás te ibas a despertar.

—Sweeney el Loco está muerto —dijo Sombra.

—Eso he oído —dijo Wednesday—. Una lástima. A todos nos llega la hora. —Tiró de una soga imaginaria, a la altura de la oreja y dejó caer el cuello hacia un lado, sacó la lengua y los ojos. Cuando dejó de hacer la pantomima, el ambiente se volvió tenso. Soltó la cuerda y le sonrió con familiaridad.

—¿Quieres ensalada de patatas?

—No —Sombra echó un vistazo fuera de la cocina y en el vestíbulo—. ¿Sabes dónde están Ibis y Jacquel?

—Pues sí. Están enterrando a la señora Lila Goodchild. Seguramente les habría gustado que les ayudaras pero les he pedido que no te despertaran. Te espera un largo camino.

—¿Nos vamos?

—Dentro de un rato.

—Debería despedirme.

—Las despedidas están sobrestimadas. Volverás a verlos antes de que todo termine, no me cabe la menor duda.

Sombra observó que por primera vez después de la primera noche la gata dormía hecha un ovillo en su cesta. Abrió los ojos inquisidores de color ámbar y le miró.

Así que Sombra abandonó la casa de los muertos. El hielo cubría los arbustos negros y los árboles como si estuvieran aislados, como si hubieran sido concebidos en sueños. El camino resbalaba.

Wednesday siguió a Sombra hasta su Chevy Nova aparcado al otro lado de la calle. Lo había limpiado hacía poco y había cambiado las placas de matrícula de Wisconsin por las de Minesota. El equipaje de Wednesday ya estaba en el asiento trasero. Wednesday abrió el coche con una copia de la llave que Sombra tenía en el bolsillo.

—Yo conduciré —dijo Wednesday—. Por lo menos necesitas una hora para despertarte.

Se dirigieron hacia el norte, con el Misisipi a su izquierda, un ancho riachuelo plateado bajo el cielo gris. Sombra vio posado en una rama gris en el margen de la carretera un halcón marrón y blanco enorme que les seguía con la mirada y que alzó el vuelo lentamente en círculos poderosos.

Sombra se dio cuenta de que su estancia en la casa de los muertos había sido un pequeño paréntesis y que ahora todo le empezaba a recordar a algo que le había sucedido a otra persona hacía mucho tiempo.

SEGUNDA PARTE

MI AINSEL

CAPÍTULO NOVENO

Por no mencionar las criaturas mitológicas de los escombros...

Wendy Cope, *A Policeman's Lot.*

Al salir de Illinois aquella tarde, Sombra le hizo a Wednesday la primera pregunta. Vio el cartel de BIENVENIDOS A WISCONSIN y le preguntó:

—¿Quiénes eran los tipos que me secuestraron en el aparcamiento? ¿El señor Madera y el señor Piedra? ¿Quiénes son?

Los faros del coche iluminaban el paisaje invernal. Wednesday le había anunciado que no cogerían autopistas porque no sabía de parte de quién estaban así que Sombra se vio obligado a ir por carretera. No le importaba. Ni siquiera tenía claro que Wednesday estuviera loco.

Wednesday gruñó.

—No son más que fantasmas. Miembros de la oposición. Sombreros negros.

—Me parece —dijo Sombra— que ellos creen que son sombreros blancos.

—Por supuesto que sí. Nunca se ha librado una guerra en la que los contrincantes supiera a qué bando pertenecían. Los peligrosos de verdad creen que están haciendo lo que sea que estén haciendo tan sólo porque tienen una confianza ciega en lo que hacen. Y eso es lo que les convierte es peligrosos.

—¿Y tú? —preguntó Sombra—. ¿Por qué haces lo que estás haciendo?

—Porque quiero —dijo Wednesday sonriendo—. Así que no hay ningún problema.

—¿Cómo os escapasteis? Porque, ¿os escapasteis, no? —preguntó Sombra.

—Sí, nos escapamos. Aunque fue difícil. Si no hubieran parado para pillarte a ti, puede que nos hubieran cogido a todos los demás. Eso provocó que muchas de las personas que ocupaban los bancos se convencieran de que no estaba loco del todo.

—¿Y cómo salisteis?

Wednesday negó con la cabeza.

—No te pago para que me preguntes. Ya te lo he contado.

Sombra se encogió de hombros.

Hicieron noche en el motel Super 8 al sur de La Crosse.

El día de Navidad lo pasaron en la carretera conduciendo de norte a este. Los campos de cultivo pasaron a ser bosques. Las ciudades quedaban cada vez más lejos.

La comida de Navidad la hicieron bien entrada la tarde en un restaurante familiar al norte del centro de Wisconsin. Sombra eligió poco entusiasmado el pavo seco con salsa de arándanos de trozos rojos de mermelada, patatas asadas con aspecto de madera y guisantes de lata verde chillón. Wednesday parecía disfrutar del plato por el modo en que lo atacó y por cómo se relamía los bigotes. Durante la comida se fue volviendo más extrovertido: hablaba, gastaba bromas y cada vez que se acercaba, ligaba con la camarera, una chica rubia que tenía toda la pinta de no haber acabado el instituto.

—Perdona, querida, ¿te importaría traerme otra taza de ese delicioso chocolate caliente? Y confío en que no pienses que voy demasiado deprisa si te digo lo atractivo y favorecedor que es el vestido que llevas. Alegre a la par que elegante.

La camarera, que llevaba una falda brillante roja y verde acabada en flecos de purpurina, se rió, se sonrojó, sonrió alegre y le trajo a Wednesday otra taza de chocolate.

—Atractiva —dijo Wednesday mirando de arriba abajo a la chica—. Favorecedora —Sombra no creyó que se refiriera a la falda. Wednesday engulló el último trozo de pavo, se limpió la barba con la servilleta y apartó el plato.

—¡Ahhh! ¡Qué bueno! —Miró a su alrededor en el comedor familiar. Sonaba de fondo una cinta navideña: el chico de la batería no tenía mucha gracia, *parupapom-pom*, *rapapom pom*, *rapapom*, *pom*.

—Puede que algunas cosas cambien —dijo Wednesday de repente—. La gente sin embargo... la gente no. Algunos timos duran para siempre, otros se esfuman con el tiempo, se pierden en el mundo. Mi timo preferido ya no es práctico. Sin embargo es curioso la cantidad de timos que perduran en el tiempo: el timo de la estampita, el de la herencia, el del tocomocho (es parecido al de la estampita pero en vez de utilizar una bolsa llena de billetes se usa un número de lotería premiado), el del violín...

—Nunca he oído hablar de ese último —dijo Sombra—. Me parece que de los otros sí. Mi antiguo compañero de celda hacía el de la estampita. Era timador.

—¡Ah! —dijo Wednesday y le brilló el ojo izquierdo—. El timo del violín era maravilloso. En un principio es un timo en el que participan dos timadores. Juega con la codicia y la avaricia de las personas, como todos los timos. Siempre se puede intentar con personas honradas pero cuesta más. Bueno, estamos en un hotel, en una pensión o en un restaurante caro y cenando allí encontramos a un hombre mediocre, pero de un mediocre modesto, no venido a bajo por completo. Podemos llamarle Abraham. Cuando llega el momento de pagar la cuenta, no muy elevada: unos cincuenta o sesenta dólares. ¡Qué bochorno! Su cartera. Dios mío, debe de haberla olvidado en casa de un amigo no muy lejos. Podría ir a buscarla y volver inmediatamente.

—Aquí tiene, amigo —dice Abraham—, coja este antiguo violín a modo de señal. Es viejo, como verá, pero con él me gano la vida.

La sonrisa de Wednesday cuando vio que la camarera se acercaba era enorme y depredadora.

—¡Ah! El chocolate. Me lo ha traído, mi ángel de Navidad. Dime, querida, ¿me podrías traer más de ese delicioso pan tuyo cuando tengas un momento?

Sombra se preguntaba cuántos años tendría la camarera que miraba al suelo ruborizada: ¿dieciséis, diecisiete?. Le sirvió el chocolate con la mano temblorosa y se retiró al otro extremo de la estancia cerca del aparador con las tartas, donde se paró y observó a Wednesday. Después se metió en la cocina para sacar el pan.

—Así que el violín, sin duda viejo y quizás algo abollado se queda allí en su maletín y nuestro Abraham pobretón sale a por su cartera. Pero un caballero bien vestido que acaba de terminar de cenar ha estado observando el intercambio y se acerca al dueño con la intención de poder inspeccionar el violín que el honesto de Abraham ha dejado allí.

»Por supuesto que puede. Nuestro anfitrión lo coge y el caballero (llamémosle Barrington) abre la boca atónito, se da cuenta y la cierra, examina el violín con sumo cuidado, como un hombre al que se le ha permitido entrar en el santuario sagrado para examinar los huesos de un profeta.

»—¡Uauh! —dice— es, tiene que ser, no, no puede ser; pero sí, es. Sí señor. ¡Es increíble! —Y señala la marca en una tira de papel marrón dentro del violín—. Pero de todas maneras —dice— incluso sin eso lo hubiera reconocido por el color del barniz, por el pergamino, por la forma.

»En ese momento Barrington saca de su bolsillo una tarjeta de visita que le acredita como experto marchante de instrumentos de música antiguos y raros.

»—¿Así que se trata de una rareza? —pregunta el dueño.

»—En efecto —dice Barrington que todavía lo admira sobrecogido— y su valor se estima superior a cien mil dólares, si no me equivoco. Incluso como marchante en estos casos yo pagaría cincuenta... no, setenta y cinco mil dólares, una cantidad considerable, por esta pieza exquisita. Tengo un hombre en la Costa Oeste que lo compraría mañana mismo sin verlo siquiera, sólo un telegrama y pagaría lo que le dijera —entonces se mira el reloj y baja la cabeza—. ¡Mi tren! —dice—, tengo el tiempo justo para llegar. Dios mío, cuando vuelva el dueño del inestimable instrumento dele por favor mi tarjeta ya que, muy a mi pesar, ya no estaré —Y así se va Barrington, un hombre que sabe que ni el tiempo ni el tren esperan.

»El dueño examina el violín. La curiosidad y la codicia le corren por las venas y empieza a urdir un plan. Pero el tiempo pasa y Abraham no vuelve. Ya es tarde y por la puerta aparece Abraham con su aspecto de pobre orgulloso, nuestro violinista, con la cartera en la mano; una cartera que ha conocido mejores tiempos, una cartera que nunca ha contenido más de cien dólares en el mismo día, de la que coge el dinero para pagar la cuenta y recuperar el violín.

El hostelero pone el violín sobre la barra y Abraham lo coge como si se tratara de un bebé.

»—Dígame —dice el hombre con la tarjeta del hombre que le pagará cincuenta mil dólares, un pellizco considerable, ardiéndole en el bolsillo del pecho—, ¿cuánto vale un violín como éste? Es que es el cumpleaños de mi sobrina la semana que viene y está ansiosa por aprender a tocar el violín.

»—¿Vender mi violín? No podría jamás. Lo tengo desde hace veinte años, lo he tocado en todos los estados de la unión. Y para ser sincero, me costó unos quinientos dólares cuando lo compré.

»El dueño sonríe.

»—¿Quinientos dólares? ¿Y si le doy mil a toca teja?

»El violinista le mira encantado, luego alicaído y le dice:

»—Pero señor, soy violinista, es todo lo que sé hacer. El violín me conoce y me quiere, mis dedos lo conocen tan bien que podrían tocarlo en la oscuridad. ¿Dónde voy a encontrar otro que suene tan bien? Mil dólares es mucho dinero pero el violín es mi vida. Ni por mil ni por cinco mil.

»Nuestro hostelero ve que su beneficio se reduce, pero el negocio es el negocio, se tiene que invertir dinero para ganar más.

»—Ocho mil dólares —dice—. No lo vale pero me he encaprichado y me encantaría regalárselo a mi sobrina.

»Abraham casi llora ante la idea de perder su querido violín, ¿pero cómo puede decir que no a ocho mil dólares? Y más cuando el hombre se acerca a la caja registradora y saca no ocho mil sino nueve mil dólares envueltos y listos para colarse en el bolsillo raído del violinista.

»—Es un buen hombre —le dice el violinista—. Es usted un santo. Pero tiene que jurarme que cuidará de mi niño —y muy a su pesar le entrega el violín.

—Pero qué pasaría si el hostelero le da la tarjeta de Barrington y le dice a Abraham que va a hacerse con una inmensa fortuna —le pregunta Sombra.

—Entonces pagamos las dos cenas y punto —dice Wednesday. Se acaba la salsa y los restos de comida del plato con un trozo de pan que se come relamiéndose de gusto.

—Déjame adivinarlo —dice Sombra—. Abraham se va, nueve mil dólares más rico, y en el aparcamiento al lado de la estación del tren se encuentra a Barrington. Se reparten el dinero, se meten en el coche de Barrington, un Ford A, y salen hacia la próxima ciudad. Supongo que en el maletero tienen una caja repleta de violines a cien dólares.

—Yo en particular le daría el toque de honor y no cobraría nunca más de cinco mil dólares —dijo Wednesday. Se volvió hacia la camarera dudosa—. Bueno, querida, deléitanos con los sabrosos postres que tenéis en este día, el día del nacimiento de nuestro Dios —Él lanzó una mirada lasciva, como si algo de lo que pudiera ofrecerle fuera un bocado de sus carnes. Sombra se sintió muy incómodo. Era como si estuviera viendo a un lobo acechando a un cervatillo demasiado joven para saber que si no echa a correr ahora acabará en algún claro alejado y devorado por cuervos.

La chica se sonrojó de nuevo y les dijo que de postre tenían tarta de manzana *à la mode* («es decir, con una bola de vainilla»), tarta de Navidad *à la mode* o pudín rojo y verde. Wednesday la miró fijamente a los ojos y le dijo que probaría la tarta de Navidad *à la mode*. Sombra no tomó nada.

—Los timos —prosiguió Wednesday— como el del violín, se remontan a unos trescientos años atrás. Y si eliges la víctima con acierto, aún hoy en día lo puedes hacer en cualquier parte de Estados Unidos.

—Me pareció entender que tu timo preferido ya no era práctico —dijo Sombra.

—Lo he dicho. Sin embargo, ése no es mi favorito. Mi favorito era uno llamado el timo del obispo. Lo tenía todo: emoción, subterfugio, sorpresa. De vez en cuando pienso que quizá con algún cambio podría... —Pensó por unos instantes y movió la cabeza—. No. Su tiempo ha pasado. Era 1920 pongamos, en una ciudad de las dimensiones de Chicago, Nueva York o tal vez Filadelfia. Estamos en una joyería. Un hombre vestido de clérigo —pero no de un clérigo cualquiera sino de obispo, de color púrpura— entra y coge un collar, una obra maravillosa y espléndida de diamantes y perlas y lo paga con doce billetes de cien dólares nuevecitos.

»Hay una mancha de tinta verde en el primer billete y el dueño de la tienda disculpándose pero con tono firme manda el fajo de billetes al banco de la esquina para que los comprueben. Pronto el dependiente de la tienda vuelve con los billetes, el banquero dice que no hay ninguno falso. El dueño vuelve a disculparse y el obispo, más cortés, dice que entiende el problema, parece que las leyes no existan, hay tanto impío en el mundo, tanta inmoralidad y lascivia, tanta mujer sinvergüenza; y las fuerzas del mal emergen lentamente de las profundidades y toman vida en las pantallas de los cines, ¿qué más se puede esperar? Ponen el collar en la caja y el dependiente intenta no pensar para qué quiere un obispo de la iglesia un collar de doce mil dólares o por qué lo paga en efectivo.

»El obispo se despide amablemente y nada más salir a la calle una mano grande le coge por el hombro.

»—Bueno, bueno ¿a quién tenemos aquí? Soapy, viejo amigo, ¿haciendo de las tuyas, eh? —Un policía con cara de irlandés bueno entra con el obispo a la tienda.

»—Disculpe, ¿le ha comprado algo este hombre? —pregunta el policía.

»—Claro que no —dice el obispo—. Dígaselo.

»—Por supuesto que sí —dice el joyero—. Me ha comprado un collar de perlas y diamantes que ha pagado en efectivo.

»—¿Tiene los billetes a mano? —dice el policía.

»El joyero saca los billetes de la caja registradora y se los da al policía que los observa al trasluz y mueve la cabeza.

»—¡Soapy, Soapy...! —exclama— ¡Son los mejores que has hecho en tu vida! ¡Estás hecho un auténtico artesano!

»El obispo sonríe orgulloso.

»—No puede probar nada —dice el obispo—. Y en el banco dijeron que no eran falsos, de los verdes auténticos.

»—Estoy seguro de ello —asiente el policía—. Pero dudo que hayan avisado al banco de que Soapy Sylvester anda por la ciudad ni de la calidad de las falsificaciones que ha utilizado en Denver y San Louis. —Y con estas palabras mete la mano en el bolsillo del obispo y saca el collar—. Un collar de perlas valorado en doce mil dólares a cambio de papel y tinta por valor de cincuenta centavos —dice el policía, que obviamente es un gran filósofo—. Y haciéndose pasar por un hombre de la iglesia. Debería avergonzarse —dice mientras le pone las esposas al obispo que en realidad no lo es y se van, eso sí, llevándose consigo el collar y los billetes falsos. Después de todo se trata de las pruebas de un crimen.

—¿Los billetes eran falsos? —pregunta Sombra.

—¡Claro que no! Billetes nuevos, recién sacados del banco, sólo que un par con una pequeña mancha de tinta verde para hacerlo más interesante.

Sombra dio un sorbo al café. Estaba más malo que el de la cárcel.

—Así que el policía no lo era ¿y el collar?

—Pruebas —dijo Wednesday. Quitó la tapa del salero y puso un pellizco de sal sobre la mesa—. Pero el joyero recibe un papel, una especie de comprobante que le asegura que recuperará el collar tan pronto como se resuelva la sentencia. Se le felicita por ser un buen ciudadano y mira orgulloso, pensando ya en la historieta que les contará a sus amigotes en la reunión de la tarde, cómo el policía se lleva al presunto obispo hacia una comisaría que no les verá el pelo a ninguno de los dos.

La camarera ha vuelto para quitar la mesa.

—Dime, chata —dijo Wednesday— ¿estás casada?

Ella niega con la cabeza.

—Increíble que una chica tan encantadora y de tu edad siga soltera y sin compromiso —Jugaba con la sal haciendo figuras en forma de runas. La camarera se quedó de pie tras él. Sombra la veía más como un conejito asustado e indeciso ante los faros de un vehículo de dieciocho ruedas que como un cervatillo.

Wednesday bajó el tono de voz tanto que Sombra casi no podía ni oírle desde la otra punta de la mesa.

—¿A qué hora sales de trabajar?

—A las nueve —dijo y tragó saliva—. A las nueve y media como muy tarde.

—¿Y cuál es el mejor motel de la zona?

—Hay un Motel 6 —dijo ella—. No está mal.

Wednesday le rozó la palma de la mano con la yema de los dedos dejando granitos de sal en su piel. Ella no hizo ademán de quitárselos.

—Para nosotros —susurró—, será el palacio del placer.

La camarera le miró. Se mordió los labios delgados, dudó y con la cabeza baja volvió a la cocina.

—Vamos... —dijo Sombra—. Ni siquiera parece mayor de edad.

—Nunca me han preocupado demasiado los aspectos legales —le dijo Wednesday—. Y la necesito no a ella como fin sino para despertarme un poquito. Incluso el rey David sabía que sólo existe una manera de conseguir calentar la sangre de un cuerpo viejo: elige a una virgen y llámame por la mañana.

Sombra se preguntaba si la chica del turno de noche de la parte trasera del hotel de Eagle Point era virgen.

—¿No te asustan las enfermedades? —le preguntó—. ¿Qué pasa si la dejas embarazada? ¿Y si tiene un hermano?

—No —dijo Wednesday—. No me preocupan las enfermedades, no las cojo. Y por desgracia en la mayor parte de los casos las personas como yo disparamos balas de fogueo así que el riesgo de reproducción es mínimo. Solía pasar en los viejos tiempos. Hoy en día es posible pero tan improbable que resulta imposible. Así que no hay de qué preocuparse. Y muchas chicas tienen hermanos y padres. No es mi problema. En un noventa por cien de los casos para entonces ya me he ido de la ciudad.

—¿Entonces nos quedamos aquí esta noche?

Wednesday se frotó la mandíbula.

—Yo me quedaré en el Motel 6 —dijo y se puso la mano en el bolsillo. Sacó una llave de color bronce con una tarjeta en la que había escrita una dirección: *Carretera Northridge 502, apartamento 3*—. A ti te espera un apartamento en una ciudad lejana —Wednesday cerró los ojos un momento. Los abrió: grises, brillantes, algo desencajados y dijo—: El autobús de línea Greyhound llegará en veinte minutos, para en la gasolinera, aquí tienes tu billete —Sacó un billete doblado que le pasó por encima de la mesa. Sombra lo cogió y lo miró.

—¿Quién es Mike Ainsel? —preguntó. Era el nombre que aparecía en el billete.

—Eres tú. Feliz Navidad.

—¿Y dónde está Lakeside?

—Será tu dulce hogar durante los próximos meses. Y ahora, como las alegrías nunca llegan solas... —Sacó de su bolsillo un paquete pequeño envuelto en papel de regalo y se lo pasó. Estaba al lado de la botella de ketchup con trozos de salsa seca en la tapa. Sombra no hizo ademán de cogerlo.

—¿Y bien?

Sombra le arrancó el papel de regalo rojo de mala gana y vio que se trataba de una cartera de piel marrón lustrosa por el uso. Evidentemente la cartera pertenecía a otra persona. Había dentro un carné de conducir con la fotografía de Sombra a nombre de Michael Ainsel, una dirección de Milwaukee, una MasterCard del señor M. Ainsel y veinte billetes de cincuenta dólares nuevecitos. Sombra cerró la cartera y se la puso en el bolsillo.

—Gracias —dijo.

—Piensa que es la extra de Navidad. Ahora te acompañaré al autobús. Quiero decirte adiós con la mano cuando partas en esa bestia gris hacia el norte.

Salieron del restaurante. Sombra no podía creer lo mucho que había bajado la temperatura en unas pocas horas. Sin embargo hacía demasiado frío para que nevara. Un frío agresivo. Era un invierno crudo.

—¡Eh, Wednesday! Los dos timos que me contabas antes, el del violín y el del obispo y el policía... —Hizo una pausa para darle forma a la idea, para concentrarse en el *quid* de la pregunta.

—¿Qué?

—Se necesitaban en ambos casos dos timadores. Uno a cada lado. ¿Solías tener un compañero? —El aliento de Sombra se convertía en vaho. Se juró a sí mismo que cuando llegara a Lakeside se gastaría la paga extra en el abrigo más grueso y que más abrigara que encontrara.

—Sí —dijo Wednesday—. Sí, tenía una compañera, un aprendiz. Pero muy a mi pesar esos días quedaron atrás. Ahí está la gasolinera y allí, a menos que me falle la vista, está el autobús —Tenía el intermitente puesto para entrar a la gasolinera—. La dirección está en la llave —dijo Wednesday—. Si alguien te pregunta soy tu tío y me siento orgulloso de llamarme Emerson Borson. Instálate en, en Lakeside sobrino Ainsel. Iré a buscarte esta semana. Viajaremos juntos para ir a visitar a la gente que tengo que visitar. Mientras tanto intenta no meterte en líos.

—¿Y mi coche? —dijo Sombra.

—Lo cuidaré. Pásatelo bien en Lakeside —dijo Wednesday. Se dieron un apretón de manos. La mano de Wednesday estaba fría como la de un muerto.

—¡Dios mío! —dijo Sombra—, estás congelado.

—Pues cuanto antes me encuentre haciendo el misionero con la chavalita caliente del restaurante en la habitación del Motel 6 mejor. —Saca la otra mano y le estrecha el hombro.

Sombra experimentó un momento de doble visión vertiginoso: vio delante de él a un hombre entrecano que le apretaba el hombro pero también vio algo más. Muchos inviernos, cientos y cientos de inviernos y un hombre gris con un sombrero de ala ancha que caminaba de pueblo en pueblo, presionando a su gente, escrutando a través de los cristales la chimenea, la felicidad, la vida ardiente que nunca podrá alcanzar, que nunca podrá ni siquiera sentir...

—Vete —dijo Wednesday con un gruñido—. Todo va bien, todo va bien, todo irá bien.

Sombra le enseñó el billete a la conductora.

—Vaya día para viajar, eh —dijo ella. Y añadió con cierta satisfacción—, feliz Navidad.

El autobús estaba prácticamente vacío.

—¿Cuándo llegaremos a Lakeside? —preguntó Sombra.

—Dos horas, puede que un poco más —dijo la conductora—. Dicen que viene una ola de frío —Activó un botón con el dedo gordo y las puertas se cerraron entre chirridos.

Sombra caminó hasta la mitad del autobús, tiró el asiento para atrás todo lo que pudo y empezó a pensar. El movimiento del autobús y el calor se aliaron para adormecerle y antes de que pudiera darse cuenta ya estaba dormido.

En la tierra y en sus profundidades. Las marcas de la pared tenían el color de la arcilla húmeda: manos, huellas dactilares y crudas representaciones de animales, personas y pájaros por todas partes.

La hoguera aun ardía y el hombre búfalo todavía estaba sentado junto a ella y miraba a Sombra con sus ojos oscuros como pozos de barro. Los labios del búfalo, cubiertos por un hilillo de pelos marrones, no se movieron cuando dijo:

—Bueno, Sombra, ¿todavía no crees?

—No lo sé —dijo Sombra. Se dio cuenta de que su boca tampoco se movió. Las palabras que se intercambiaban no eran habladas o al menos no de una manera que Sombra entendiera—. ¿Eres de verdad?

—Cree —dijo el hombre búfalo.

—Eres... —Sombra dudó y preguntó—, ¿también eres un dios?

El hombre búfalo metió una mano en la hoguera y sacó un tizón ardiendo. Lo sujetó en el centro. Llamas azules y amarillas le lamían la mano roja pero no le quemaban.

—Ésta no es tierra de dioses —dijo el hombre búfalo. Pero Sombra sabía que ya no era él quien le hablaba en sueños: era el fuego, el chasquido y el ardor de la llama en sí lo que se dirigía a Sombra en la oscuridad de las profundidades de la tierra.

—Esta tierra la trajo un buceador desde las profundidades del océano —dijo el fuego—. La tejió una araña con su propio hilo. La cagó un cuervo. Es el cuerpo de un padre caído cuyos huesos son montañas y sus ojos, lagos.

—Es la tierra de los sueños y el fuego —dijo la llama.

El hombre búfalo dejó el tizón dentro de la hoguera.

—¿Por qué me cuentas todo esto? —dijo Sombra—. No soy importante. No soy nadie. Yo era un preparador físico medio, un sinvergüenza asqueroso y quizás no tan buen marido como pensaba... —Su voz se fue apagando.

—¿Cómo puedo ayudar a Laura? —le preguntó Sombra al hombre búfalo—. Quiere que le devuelva la vida. Dije que le ayudaría, se lo debo.

El hombre búfalo no dijo nada. Señaló hacia el techo de la cueva. Sombra le siguió con los ojos. Un fino rayo de luz se colaba por un agujero diminuto arriba del todo.

—¿Por ahí? —preguntó Sombra con la esperanza de conseguir respuesta a una de sus preguntas—. ¿Tengo que salir por ahí?

Entonces el sueño le llevó, la idea tomó forma y Sombra fue aplastado contra la roca y la tierra. Era como un topo intentando atravesar la tierra, como un tejón trepando, como una marmota apartando la tierra de su camino, como un oso; pero la tierra era demasiado densa, estaba demasiado dura y respiraba con dificultad, no podía avanzar más ni excavar ni trepar y entonces supo que moriría en algún lugar en las profundidades.

Su propia fuerza no era suficiente. Sus esfuerzos se debilitaban. Sabía que, aunque su cuerpo estuviera caliente en un autobús atravesando los bosques helados, si dejaba de respirar aquí, bajo tierra, dejaría de respirar también allí, que incluso ahora su respiración consistía en jadeos profundos.

Luchó, empujó. Desperdiciaba aire en cada uno de los movimientos, más débil que el anterior. Estaba atrapado, no podía avanzar más y no había marcha atrás.

—Ahora negocia —dijo una voz en su interior.

—¿Negocia con qué? —preguntó Sombra—. No tengo nada —. Podía sentir el sabor espeso y arenoso del barro en su boca.

Entonces Sombra dijo:

—Excepto a mí mismo. Me tengo a mí mismo ¿no?

Tenía la impresión de que todo a su alrededor contenía la respiración.

—Me ofrezco a mí mismo —dijo.

La respuesta fue inmediata. Las rocas y la tierra que le rodeaban empezaron a empujarle con tanta fuerza que le robaron la última gota de aire que tenía en los pulmones. La presión se convirtió en un dolor que le invadía todo el cuerpo. Alcanzó el punto máximo de dolor y se quedó allí colgado, arqueado, sabía que no podría soportarlo más; pero en ese momento el espasmo cesó y Sombra recuperó la respiración. Había más luz sobre su cabeza.

Le empujaban hacia la superficie.

Sombra aprovechó el siguiente espasmo de la tierra para avanzar y notó cómo ascendía.

El dolor provocado por esta última contracción era imposible de describir, se sintió exprimido, aplastado y embutido en un espacio entre rocas rígidas. Tenía los huesos destrozados, la carne empezaba a perder su forma. Cuando su cara dolorida y su boca se abrieron camino por el agujero, empezó a gritar de dolor y miedo.

Se preguntaba si en el mundo real también estaría gritando, si estaba gritando en sueños en la oscuridad del autobús.

Se incorporó con brusquedad, se limpió la tierra de la cara con la mano y levantó la vista hacia el cielo. Estaba anocheciendo, las estrellas brillaban con una intensidad y viveza que jamás había visto ni imaginado en el crepúsculo púrpura.

—Pronto caerán —dijo la voz chasqueante de la llama que venía de atrás—. Pronto caerán y la gente de las estrellas conocerá a los terrícolas. Entre ellos habrá héroes, personas que asesinarán a monstruos y que aportarán nuevos conocimientos; pero ningún dios. Es un lugar pobre para los dioses.

Una bocanada de aire sorprendentemente helado le golpeó la cara. Fue como si le empaparan con agua congelada. Oyó la voz de la conductora anunciando que estaban en Pinewood:

—Si alguien quiere fumar un cigarrillo o estirar las piernas pararemos diez minutos.

Sombra salió a trompicones del autobús. Habían aparcado en una gasolinera de pueblo casi idéntica a la de la que salieron. La conductora estaba ayudando a un par de adolescentes a poner su equipaje en el maletero del autobús.

—¡Eh! —dijo la conductora cuando vio a Sombra—. ¿Usted baja en Lakeside, no?

Sombra asintió medio dormido.

—¡Vaya! Es una buen sitio —dijo la conductora—. A veces pienso que si tuviera que mudarme a algún sitio sería a Lakeside. Es la ciudad más bonita que jamás haya visto. ¿Vive allí desde hace mucho tiempo?

—Es la primera vez que voy.

—Tómese una empanadilla en Mabel's a mi salud, ¿me oye?

Sombra decidió no entrar en detalles.

—Dígame —preguntó—, ¿he hablado en sueños?

—Si lo ha hecho, no he oído nada —Se miró el reloj—. Volvamos al autobús, ya le avisaré cuando lleguemos a Lakeside.

Las dos chicas —dudó que ninguna de las dos tuviera más de catorce años— que subieron en Pinewood ocupaban los sitios delante de él. Tras escuchar la conversación sin poder evitarlo, Sombra decidió que eran amigas y no hermanas. Una de ellas no sabía prácticamente nada sobre sexo, pero sabía mucho de animales, había hecho de voluntaria o había pasado un tiempo en una especie de casa de recogida; mientras que la otra no estaba en absoluto interesada por los animales, pero iba armada hasta los dientes de chismes sacados de Internet o de programas de cotilleo y pensaba que sabía un montón sobre la sexualidad humana.

Sombra escuchaba fascinado, horrorizado y divertido a la vez, a la que pensaba que era experta en el intrincado y complejo mundo de la utilización de Alka-Seltzer para mejorar el sexo oral.

Sombra intentó desconectar, anular todo ruido excepto el de la carretera y sólo de vez en cuando se colaba algún fragmento de la conversación.

—Goldie es un perro de pura raza, si mi padre dijera que sí... Mueve la cola cada vez que me ve.

—Es Navidad, tiene que dejarme usar la moto de nieve.

—Puedes escribir tu nombre con la lengua al lado de eso.

—Echo de menos a Sandy.

—Sí, yo también.

—Han dicho que esta noche caerían quince centímetros, pero se lo inventan todo y nadie les dice nada...

Los frenos del autobús chirriaron y la conductora gritó:

—¡Lakeside! —Las puertas se abrieron de golpe. Sombra siguió a las niñas hasta el aparcamiento de un videoclub y un solárium que Sombra supuso que era la estación de los autobuses Greyhound en Lakeside. El aire era terriblemente frío pero refrescante. Le despertó. Miró las luces de la ciudad al sur y al oeste y la extensión pálida del lago congelado al este.

Las chicas estaban de pie en el aparcamiento frotándose y calentándose las manos con fuerza. Una de ellas cruzó una mirada con Sombra y sonrió incómoda al darse cuenta de que le había pillado.

—Feliz Navidad —dijo Sombra.

—Sí —dijo la otra chica que parecía un año o así mayor que la otra—, feliz Navidad a usted también. —Era pelirroja y tenía la nariz cubierta con cientos de miles de pecas.

—Una bonita ciudad —dijo Sombra.

—A nosotras nos gusta —dijo la más joven. Era a la que le gustaban los animales. Le sonrió con timidez y al hacerlo dejó entrever la ortodoncia azul que llevaba en los dientes—. Se parece a alguien —le dijo seria—, ¿es usted el hermano o el hijo de alguien o algo así?

—¿Estás tonta o qué? —le espetó la amiga—. Todo el mundo es el hijo o el hermano de alguien o algo así.

—No era lo que quería decir —dijo Alison. Los faros les alumbraron durante un momento blanco brillante. Tras los faros había una ranchera y una madre dentro que en un minuto cogió a las chicas, sus bolsas y dejó a Sombra sólo allí.

—¿Puedo hacer algo por usted, joven? —Un hombre mayor miraba hacia el videoclub. Se guardó las llaves en el bolsillo—. El videoclub no abre en Navidad —le dijo a Sombra amablemente—. He bajado al encuentro del autobús, para asegurarme de que todo va bien. No podría seguir viviendo si tan sólo una pobre alma se quedara tirada el día de Navidad —Estaba lo suficientemente cerca como para verle la cara: vieja pero alegre, se notaba que había pasado tragos amargos en la vida, pero que al final le habían sabido a whisky, y del bueno.

—Bueno, me podría dar el número de la compañía de taxis local —dijo Sombra.

—Podría —dijo el hombre con cierta duda— pero seguro que Tom está en la cama a estas horas e incluso si lograra levantarlo no le serviría de nada. Esta tarde lo he visto en el bar y estaba muy feliz. Muy, muy feliz. ¿Adónde quiere ir?

Sombra le enseñó la dirección de la llave.

—Bueno, eso está a diez o veinte minutos a pie pasado el puente. Pero no hace ninguna gracia cruzarlo con el frío que hace y cuando no se sabe el camino siempre te parece más largo. ¿Se ha dado cuenta? La primera vez cuesta una eternidad y luego, las otras veces, en un minuto ya estás.

—Sí —dijo Sombra— nunca lo he pensado, pero supongo que es cierto.

El hombre sacudió la cabeza. Su cara se transformó en una sonrisa.

—¡Qué demonios! Es Navidad. Tessie nos llevará.

Sombra siguió al hombre hasta la carretera donde había aparcado un descapotable biplaza. Los gángsteres se habrían sentido orgullosos de conducir uno de éstos en los locos años veinte, con estribos y todo. De noche todos los gatos son pardos, bien podría haber sido rojo o verde.

—Éste es Tessie —dijo el anciano—. ¿A que es precioso? —Le dio un golpecito de propietario orgulloso donde la capota se curva sobre la rueda delantera derecha.

—¿Qué marca es? —preguntó Sombra.

—Es un Wendt Phoenix. La Wendt se hundió en el año 31, el nombre lo compró Chrysler pero ya no fabricaron más Wendts. Harvey Wendt, fundador de la empresa, era un chico de barrio. Se mudó a California y se suicidó en 1941, o en el 42. Una gran tragedia.

El coche olía a cuero y a humo de cigarrillo. No era un olor reciente sino más bien parecía que fuera un olor propio del coche, como si se hubieran fumado allí una gran cantidad de cigarros y puros a lo largo de estos años. El hombre puso la llave en el contacto y Tessie arrancó a la primera.

—Mañana —le dijo a Sombra— lo meto en el garaje. Lo cubriré con una funda y allí se quedará hasta la primavera. De hecho no debería estar conduciéndolo ahora mismo con nieve en la calzada.

—¿No va bien en la nieve?

—Es por la sal que echan en la carretera. Oxida estas bellezas más rápido de lo que pueda imaginar. ¿Quiere que le lleve directamente o prefiere un paseo por la ciudad bajo la luz de la luna?

—No quiero molestarle...

—No es molestia. Cuando llegue a mi edad se dará cuenta de lo difícil que es pegar ojo. Si tengo suerte consigo dormir cinco horas últimamente, me despierto y no paro de darle vueltas a la cabeza. ¿Pero dónde está mi educación? Me llamo Hinzelmann. Le diría que me llamara Richie pero todos los que me conocen me llaman Hinzelmann. Le estrecharía la mano pero necesito las dos para conducir a mi Tessie. Sabe cuándo no le presto suficiente atención.

—Mike Ainsel —dijo Sombra—. Encantado de conocerle, Hinzelmann.

—Pues iremos alrededor del lago. Bonito paseo —dijo Hinzelmann.

La calle principal que atravesaban en ese momento era bonita incluso de noche y parecía anticuada en el buen sentido de la palabra. Parecía como si durante cien años los habitantes se hubieran preocupado de la calle y hubieran querido conservar todo lo que les gustaba de ella.

Hinzelmann le señaló los dos restaurantes de la ciudad cuando pasaron por delante (uno alemán y otro que describió como medio griego medio noruego, en el que daban un panecillo con cada plato), la panadería y la librería («como yo digo, una ciudad sin librería no es una ciudad. Puede que se llame ciudad pero a no ser que tenga una librería no puede engañar a nadie»). Redujo al pasar por delante para que Sombra pudiera verla bien.

—La construyó en la década de 1870 John Henning, un empresario maderero de la zona. Quería que se llamara Librería Memorial Henning pero cuando murió todo el mundo empezó a llamarla la librería de Lakeside y supongo que seguirá llamándose así hasta el final de los tiempos. ¿No es todo un primor? —No habría estado más orgulloso de ella si la hubiera construido él mismo. El edificio le recordó a un castillo y Sombra no dudó en decirlo—. Tiene razón —dijo Hinzelmann—. Las torrecillas y todo. Henning quería que tuviera ese aspecto por fuera. En el interior todavía se conservan todas las estanterías de madera de pino originales. Miriam Shultz quiere tirar todo el interior para modernizarlo pero el edificio forma parte del patrimonio de edificios históricos y no hay nada que ella pueda hacer.

Condujeron por el extremo sur del lago. La ciudad rodeaba el lago que estaba a unos nueve metros bajo el nivel de la carretera. Sombra veía las placas de hielo que quitaban el brillo de la superficie del lago y de vez en cuando un trozo brillante que reflejaba las luces de la ciudad.

—Parece que se está congelando —dijo Sombra.

—Lleva congelado un mes ya —dijo Hinzelmann—. Las zonas mate es nieve acumulada y las brillante, hielo. Se heló, fino como el cristal, justo después de Acción de Gracias en una noche de mucho frío. ¿Le gusta practicar la pesca en el hielo, señor Ainsel?

—Nunca lo he hecho.

—Es lo mejor que un hombre puede hacer. No se trata de los peces que coja sino de la paz interior que se lleva uno a casa al final del día.

—Lo recordaré —Sombra miró con detenimiento el lago a través de la ventanilla de Tessie—. ¿Se puede caminar sobre él?

—Claro, incluso conducir, pero no me arriesgaría. Ha hecho frío seis semanas —dijo Hinzelmann—. Aquí, al norte de Wisconsin se le debe dar a las cosas más tiempo para que se congelen que en otras partes. Salí a cazar ciervos un día, le estoy hablando de hace treinta o cuarenta años. Disparé a uno pero fallé y salió corriendo hacia el bosque, a través del extremo norte del lago cerca de donde vive usted, Mike. Era el mejor ciervo que había visto nunca, grande como un potro, no miento. Antes era más joven y echado para adelante que ahora y aunque aquel año las nieves habían empezado antes de Halloween, era el día de Acción de Gracias y había nieve fresca en el suelo y se distinguían las pisadas del ciervo. Me pareció que nuestro amigo se dirigía hacia el lago presa del pánico.

»Bueno, sólo un tonto es capaz de seguir a un ciervo, así que allí iba yo, corriendo tras él. Efectivamente estaba en el lago, el agua le cubría veinte o veinticinco centímetros las patas y tenía la mirada puesta en mí. En ese mismo momento el sol se escondió tras una nube y el ambiente se congeló, la temperatura descendió al menos treinta grados en diez minutos y que me muera si miento. Y el pobre ciervo intentó echarse a correr pero no pudo moverse. Se quedó congelado en el lago.

»Me puse a caminar despacio hacia él. Vi que quería echar a correr, pero estaba congelado y no había nada que pudiera hacer. Sin embargo no puedo disparar a un ser indefenso que no es capaz de huir. ¿Qué tipo de hombre sería si lo hubiera hecho? Así que cogí mi rifle tiré una concha al aire y disparé.

»El ruido y el susto fueron suficientes para que el ciervo intentara saltar aunque se dejara allí la piel y al ver que no podía porque sus patas estaban congeladas es precisamente lo que hizo. Se dejó el pellejo y la cornamenta en el hielo y corrió hacia el bosque rosa como un ratón recién nacido y temblando de los pies a la cabeza.

»Me sentí fatal por el pobre ciervo y convencí al colectivo de Amigas del Punto de Lakeside para que le hicieran algo que le abrigara durante el invierno y le hicieron un traje de lana de una pieza para que no muriera congelado. Por supuesto éramos el hazmerreír porque el traje era de lana color naranja brillante para que ningún cazador le disparase. Los cazadores van de naranja durante la temporada —añadió a modo de explicación—. Y si cree que lo que le he contado es mentira, puedo probarlo: todavía conservo la cornamenta en la pared de mi habitación de trofeos.

Sombra se rió y el hombre le respondió con una sonrisa de artesano satisfecho. Pararon delante de un edificio de ladrillos con una gran cubierta de madera de la que colgaban y parpadeaban luces doradas navideñas que invitaban a entrar.

—Éste es el quinientos dos —dijo Hinzelmann—. El apartamento 3 estará en el último piso, al otro lado, con vistas al lago. Ya estamos, Mike.

—Gracias señor Hinzelmann. ¿Le puedo dar algo por la gasolina?

—Sólo Hinzelmann. Y no me debes ni un centavo. Feliz Navidad de mi parte y de parte de Tessie.

—¿Está seguro de que no quiere nada?

El hombre se frotó la barbilla.

—Te diré una cosa —dijo—, la semana que viene o así pasaré para venderte unas papeletas para la rifa benéfica. Pero por ahora puede irte a dormir, joven.

Sombra sonrió.

—Feliz Navidad, Hinzelmann —dijo.

El anciano le dio la mano, una mano con los nudillos rojos. Era tan fuerte y rugosa como la rama de un roble.

—Tenga cuidado al subir, estará resbaladizo. Veo su puerta desde aquí, en aquel lado, ¿la ve? Esperaré en el coche hasta que haya entrado. Hágame una señal con la mano cuando esté allí y me iré.

Dejó el Wendt en ralentí hasta que Sombra estuvo a salvo arriba y abrió la puerta del apartamento. La puerta chirrió al abrirse. Sombra le hizo el gesto acordado al hombre, que esperaba al volante del Wendt llamado Tessie. Pensar que un coche pudiera tener nombre le arrancó de nuevo una sonrisa. Hinzelmann y Tessie se fueron y volvieron a la ciudad atravesando el puente.

Sombra cerró la puerta principal. La habitación estaba helada. Olía a gente que se había ido a vivir otra vida y a lo que habían comido y soñado. Encontró el termostato y lo subió a 20 grados. Entró en la cocina pequeña, miró los cajones y abrió la nevera de color aguacate, pero estaba vacía. Ninguna sorpresa. Al menos la nevera olía a limpio y no a humedad.

Había un dormitorio pequeño con un colchón desnudo y junto a la cocina un cuarto de baño todavía más pequeño. Casi toda la superficie la ocupaba el plato de la ducha. En la taza del váter flotaba una colilla que teñía el agua de marrón. Sombra tiró de la cadena.

Hizo la cama con unas sábanas y una manta que encontró en un armario. Se quitó los zapatos, la chaqueta, el reloj y se metió en la cama con el resto de la ropa que llevaba, pensando en cuánto tiempo le costaría entrar en calor.

Las luces estaban apagadas y reinaba un silencio casi absoluto, sólo el zumbido de la nevera y una radio que sonaba en alguna parte del edificio lo perturbaban. Tumbado en la oscuridad pensaba si se había dormido en el autobús, si el hambre, el frío, la cama nueva y la locura de estas últimas semanas se conjurarían para mantenerle despierto esa noche.

En la tranquilidad oyó un ruido parecido a un disparo. «Una rama —pensó—, o el hielo». Hacía mucho frío fuera.

Se preguntaba cuánto tiempo tendría que esperar a Wednesday. ¿Un día? ¿Una semana? No importaba cuánto tardara, sabía que tenía que mantenerse ocupado. Decidió que volvería a practicar sus juegos de manos con monedas hasta perfeccionarlos («practica todos tus trucos —le susurró una voz, que no era la suya, en la cabeza— todos menos el que el pobre Mad Sweeney el loco te enseñó, muerto de frío y de olvido a la intemperie y que ya sobraba. Ese truco no. ¡Oh! todos menos ése»).

Pero ése era un buen truco. Lo presentía.

Pensó en el sueño, si es que fue un sueño, que tuvo la primera noche en Cairo. Pensó en Zorya... ¿Cómo coño se llamaba? La hermana de la medianoche.

Y luego pensó en Laura...

Si pensaba en ella parecía que se abriera una ventana en su mente. Podía verla. Podía, en cierta manera, verla.

Estaba en Eagle Point, en el jardín de la enorme casa de su madre.

Allí fuera, en el jardín ya no sentía el frío o al menos no como antes. Su madre había comprado la casa en 1989 con el dinero del seguro de vida del padre de Laura, Harvey McCabe, cuando falleció de un ataque al corazón mientras hacía fuerza sentado en el retrete. Tenía las manos pegadas al cristal, de su boca no salía nada de vaho y miraba a su madre, a su hermana, que vivía en Texas junto a su marido y sus hijos, de vuelta a casa por Navidad. Y en la oscuridad estaba Laura, imposible no mirar.

Las lágrimas brotaban de los ojos de Sombra y caían a la cama.

Se sintió un mirón, intentó borrar sus pensamientos con la esperanza de que volvieran. El lago se extendía a sus pies con la fuerza del viento ártico que soplaba como dedos fisgones cien veces más fríos que los de cualquier cadáver.

La respiración de Sombra era pausada. Oía un viento cada vez más fuerte por la casa, un grito amargo, y por un instante creyó oír voces en el viento.

Para estar en ninguna parte mejor se quedaba aquí, pensó y se durmió.

MIENTRAS TANTO. UNA CONVERSACIÓN.

Ding dong
—¿Señorita Cuervo?
—Sí.
—¿La señorita Samantha Cuervo Negro?
—Sí.
—¿Le importa si le hago unas cuantas preguntas?
—¿Son policías? ¿Quiénes son?
—Me llamo Ciudad y mi colega Carretera. Investigamos la desaparición de dos de nuestros socios.
—¿Cómo se llamaban?
—¿Perdone?
—Dígame sus nombres. Quiero saber cómo se llamaban. Sus socios. Dígame sus nombres quizá pueda ayudarles.
—...De acuerdo. Se trata del señor Piedra y el señor Madera. ¿Tendría la amabilidad de contestar ahora a nuestras preguntas?
—¿Qué pasa, que ustedes ven cosas y se ponen nombres, no? ¡Oh! Usted será el señor Acera y él el señor Alfombra, saluden al señor Avión.
—Muy graciosa señorita. Primera pregunta: ¿Ha visto usted a este hombre? Aquí tiene. Puede coger la fotografía.
—¡Uauh! De perfil, con números abajo... y grande. Pues, es mono. ¿Qué ha hecho?
—Estuvo involucrado en un robo a un banco, como conductor, hace unos años. Sus dos compinches decidieron quedarse con todo el botín y huir. El se enfadó y los encontró. Estuvo a punto de matarlos con sus propias manos. El estado hizo un pacto con ellos: testificarían contra él. Tenía para seis años pero sólo cumplió condena tres. A tipos como éste habría que encerrarlos y tirar la llave.
—Nunca he oído a nadie decir eso de verdad. Al menos no en voz alta.
—¿Decir qué, señorita Cuervo?
—«Botín». No es una palabra que la gente suela decir. Quizás en películas pero no en la vida real.
—Esto no es una película, señorita Cuervo.
—Cuervo Negro. Es señorita Cuervo Negro. Mis amigos me llaman Sam.
—Vale, Sam. Y ahora, ¿qué sabe de este hombre?
—Pero ustedes no son mis amigos así que llámenme señorita Cuervo Negro.
—¡Escucha mocosa...!
—Está bien, señor Carretera. Aquí Sam... perdón señorita Cuervo Negro quiere ayudar. Es una ciudadana respetuosa con la ley.

—Señorita, sabemos que ayudó a Sombra. Se les ha visto juntos en un Chevy Nova blanco. La recogió en la carretera. ¿Dijo él algo que pueda ayudar en la investigación? Dos de nuestros mejores hombres han desaparecido.

—Nunca he visto a este hombre.

—Sí que lo ha visto. Por favor no cometa el error de pensar que somos estúpidos.

—He conocido a un montón de gente. Quizás lo conocí y ya me he olvidado.

—Por favor, es mejor que colabore.

—¿Si no... no tendrán más remedio que presentarme a sus amigos el señor Puño Americano y el señor Pentotal?

—No nos lo está poniendo nada fácil.

—¿No me diga? Lo siento. ¿Algo más que pueda hacer por ustedes? Porque voy a decir adiooós y voy a cerrar la puerta y me imagino que ustedes darán media vuelta, cogerán al señor Coche y se irán.

—Hemos tomado nota de su falta de cooperación.

—Adiooós.

Clic.

CAPÍTULO DÉCIMO

I'll tell you all my secrets
But I lie about my past
So send me off to bed forevermore

—Tom Waits, *Tango Till They're Sore.*

Durante su primera noche en Lakeside, Sombra soñó con toda una vida entre tinieblas, rodeada de corrupción. Era la vida de un niño, lejana en el tiempo y en la distancia, en un país al otro lado del océano, en tierras en las que lucía el Sol. Sin embargo, esa vida no contenía ningún amanecer, sólo una palidez diurna y una ceguera nocturna.

Nadie le hablaba. Oía voces que venían de fuera, pero no podía entender el habla humana más que el ulular de los búhos o el aullido de los perros.

Recordaba, o creía recordar, que una noche remota había entrado en silencio una de las personas grandes y que no lo había abofeteado o alimentado, sino que lo había levantado hasta su pecho y lo había abrazado. Olía bien. Unas gotas de agua caliente se habían deslizado desde la cara de la mujer hasta la suya. Había sentido miedo y gimió asustado.

Ella lo dejó rápidamente sobre la paja, salió de la cabaña y cerró la puerta tras de sí.

Recordaba ese momento y lo atesoraba de la misma forma en que recordaba la dulzura del corazón de una col, el sabor ácido de las ciruelas, la textura crujiente de las manzanas o el deleite grasiento del pescado asado.

Ahora veía las caras a la luz de la hoguera, todas lo miraban mientras lo sacaban por primera y única vez de la cabaña. Éste, pues, era el aspecto de las personas. Él, que se había criado en la oscuridad, nunca había visto un rostro. Todo le resultaba nuevo y extraño. La luz de la hoguera le dañaba los ojos. Le ataron la cuerda alrededor del cuello para conducirlo hasta el lugar donde le esperaba el hombre.

Cuando se alzó el primer cuchillo también se elevaron los gritos de entusiasmo de la multitud. Un niño entre tinieblas comenzó a reírse placentera y libremente.

Entonces cayó la hoja.

Sombra abrió los ojos y se dio cuenta de que tenía hambre y frío. El cristal de la ventana del apartamento estaba nublado por dentro con una capa de hielo. Supuso que se trataba de su propio aliento congelado. Salió de la cama y se alegró de no tener que vestirse. Rascó una ventana con un dedo al pasar, sintió que el hielo se le deshacía bajo la uña.

Intentó acordarse del sueño, pero lo único que conseguía era una sensación de tristeza y de oscuridad.

Se calzó. Imaginó que podría caminar hasta el centro de la ciudad, a través del puente y del lado norte del lago, si es que su idea de la geografía de la ciudad era correcta. Se puso una chaqueta ligera y recordó que se había prometido a sí mismo comprarse un abrigo. Abrió la puerta y salió a la terraza de madera. El frío le dejó sin aliento: inspiró y sintió que todos los pelos de la nariz se le congelaban hasta quedarse rígidos. La terraza le ofrecía una buena vista del lago, retazos grises irregulares rodeados de una extensión blanca.

No cabía duda de que había llegado la ola de frío. No podía hacer mucho más de cero grados y el paseo no iba a ser nada agradable, pero estaba seguro de que podría llegar a la ciudad sin problemas. ¿Qué había dicho Hinzelmann anoche...? ¿Diez minutos a pie? Sombra era un hombre corpulento. Podría andar rápido y mantener el calor.

Salió hacia el sur, en dirección al puente.

Enseguida empezó a toser, con una tos seca y leve, a medida que el aire frío y áspero le alcanzaba los pulmones. Al poco le dolían las orejas, la cara, los labios y más tarde los pies. Metió las manos desnudas en los bolsillos de la chaqueta y cerró los dedos intentando sentir un poco de calor. Se encontró recordando los cuentos de Low Key Lyesmith sobre los inviernos en Minnesota, sobre todo uno en que un oso perseguía a un cazador durante una fuerte helada y éste se sacaba la polla y meaba con un chorro arqueado y humeante que se congelaba antes de llegar al suelo y después se libraba de la vara de orina dura como una piedra deslizándola hacia abajo. Una sonrisa irónica y otra punzante tos seca.

Un paso y otro y otro más. Miró atrás. El bloque de pisos no estaba tan lejos como esperaba.

Decidió que aquel paseo era un error, pero ya se encontraba a tres o cuatro minutos del apartamento y el puente sobre el lago estaba a la vista. Tanto sentido tenía continuar como volver. En caso de volver,

¿qué? ¿Llamar a un taxi desde el teléfono cortado? ¿Esperar a la primavera? Se recordó a sí mismo que no tenía comida.

Continuó, revisando a la baja sus estimaciones de la temperatura a medida que iba andando. ¿Diez bajo cero? ¿Veinte? Quizá cuarenta, ese extraño punto en el que los termómetros centígrados y los de Fahrenheit coinciden. Probablemente no hacía tanto frío, pero la sensación empeoraba con el viento, que era cortante, regular y continuo, que bajaba desde el Ártico a través de Canadá y soplaba sobre el lago.

Recordó con envidia los calentadores químicos para las manos y los pies. Ojalá tuviese unos en ese momento.

Supuso que llevaba andando otros diez minutos, pero el puente no parecía acercarse lo más mínimo. Tenía demasiado frío para tiritar. Le dolían los ojos. Éste no era un clima normal, era de ciencia ficción: la historia debía de ubicarse en la cara oculta de Mercurio, en aquella época en que se pensaba que Mercurio tenía una cara oculta. Se ubicaba en algún lugar del rocoso Plutón, donde el Sol no es más que otra estrella que brilla en la oscuridad, casi en uno de esos sitios en los que el aire se trae en cubos y se sirve igual que la cerveza.

Los pocos coches que casualmente pasaban a su lado parecían irreales: naves espaciales, pequeños envoltorios congelados de metal y cristal, ocupados por personas más abrigadas que él mismo. Le empezó a pasar por la cabeza una antigua canción que le encantaba a su madre *Walking in a Winter Wonderland*, la tarareó con los labios cerrados y acomodó sus pasos al ritmo.

Ya no se sentía los pies en absoluto. Se miró los zapatos de cuero negro y los calcetines finos de algodón. Empezó a preocuparse de verdad por la congelación.

No era ninguna broma. Ya había traspasado el límite de la imprudencia y había llegado al auténtico momento de Dios mío esta vez la he cagado de verdad. Le hubiese dado igual llevar ropas de red o de encaje, porque el viento lo atravesaba todo, le helaba los huesos y hasta el tuétano dentro de los huesos, le helaba las pestañas, le helaba la zona caliente bajo los huevos, que se retraían hacia la cavidad pélvica.

—Sigue andando —se decía—, sigue. Ya pararás a beberte un balde de aire cuando llegues a casa. —Una canción de los Beatles empezó a sonarle en la cabeza y acomodó su paso para seguirla. En el momento en que llegó al estribillo se dio cuenta de que estaba tarareando *Help*.

Casi había llegado ya al puente. Tenía que cruzarlo y después le quedarían otros diez minutos hasta las tiendas al oeste del lago, quizá algo más...

Le sobrepasó un coche, frenó, dio marcha atrás en medio de una nube de humo y se paró a su lado. Bajaron una ventanilla, el vapor neblinoso que salía de ella se mezcló con el humo del tubo de escape y formó un aliento draconiano que rodeó el coche.

—¿Va todo bien? —preguntó un policía desde dentro.

Instintivamente Sombra hubiese respondido «Claro, todo está perfecto. Qué amabilidad la suya al preguntar, agente». Pero ya era demasiado tarde para eso y empezó a decir «Creo que me estoy congelando. Iba a Lakeside a comprar ropa y comida, pero no había calculado bien la distancia». Pensaba que ya había terminado la frase cuando se dio cuenta de que sólo había conseguido articular «Co-Con-ge-lándome» y algún otro sonido tembloroso, así que balbuceó:

—Lo s-siento. Frío. Perdón.

El policía abrió la puerta trasera del coche.

—Suba aquí un momento a calentarse, ¿de acuerdo?

Sombra subió agradecido y se sentó en la parte de atrás mientras se frotaba las manos e intentaba no preocuparse por que se le hubiesen congelado los dedos de los pies. El policía volvió al asiento del conductor. Sombra lo miró a través de le rejilla metálica. Intentó no pensar en la última vez que había estado sentado en la parte trasera de un coche de policía, no darse cuenta de que no había manillas en las puertas y en cambio concentrarse en devolverles la vida a sus manos. Le dolía la cara, le dolían los dedos lívidos y, con el calor, también volvían a dolerle los dedos de los pies. Se imaginaba que eso era buena señal.

El policía puso en marcha el coche.

—Lo que ha hecho —decía más alto pero sin volverse a mirar a Sombra—, si me perdona que se lo diga, ha sido una verdadera tontería. ¿No había oído ninguna predicción del tiempo? Hace treinta bajo cero ahí fuera. Y contando con la acción del viento, sólo Dios sabe qué temperatura hace, sesenta o setenta bajo cero. Aunque me imagino que a treinta lo que menos debe de preocupar es el viento.

—Gracias, gracias por parar. No sabe cuánto se lo agradezco.

—Esta mañana una mujer de Rhinelander salió en bata y zapatillas para poner alpiste a sus pájaros y se congeló, literalmente, se quedó pegada a la acera. Ahora está en cuidados intensivos. Salió por la tele esta mañana. Es nuevo por aquí. —Era casi una pregunta, pero la respuesta era evidente.

—Llegué anoche en autobús. Pensaba que hoy podría comprarme algunas ropas de abrigo, comida y un coche. No me esperaba que hiciera este frío.

—Sí, a mí también me ha sorprendido. Estaba demasiado ocupado pensando en el calentamiento global. Me llamo Chad Mulligan. Soy el jefe de policía de Lakeside.

—Mike Ainsel.

—Encantado, Mike. ¿Ya te encuentras mejor?

—Sí, un poco.

—¿Y dónde quieres que te lleve?

Sombra acercó las manos a la corriente de aire caliente, que le hizo daño en los dedos, después las retiró. Cada cosa a su tiempo.

—¿Me puede dejar en el centro de la ciudad?

—Ni hablar. A no ser que me necesites para buscar un coche con el que huir después de atracar un banco, estaré encantado de llevarte a cualquier sitio. Tómatelo como si fuese el comité de bienvenida a la ciudad.

—¿Por dónde cree que deberíamos empezar?

—Llegaste anoche, ¿no?

—Así es.

—¿Ya has desayunado?

—Todavía no.

—Bueno, entonces me parece que puede ser el mejor punto de partida.

Ya habían pasado el puente y entraban en la ciudad por el lado noroeste.

—Ésta es la calle principal —señalaba Mulligan al cruzarla. Después dobló a la derecha—. Y ésta es la plaza.

Incluso en invierno la plaza era impresionante, pero Sombra ya sabía que el lugar estaba pensado para visitarlo en verano. Debía de ser un estallido de color, con amapolas, lirios y todo tipo de flores, con un grupo de abedules en una esquina componiendo una maraña verde y plateada. Ahora, incolora, la plaza conservaba cierta belleza esquelética, con el quiosco de música vacío, la fuente cerrada, el Ayuntamiento de piedra tostada cubierto por la nieve blanca.

—... y esto de aquí —concluía Chad Mulligan al parar el coche en el lado oeste de la plaza delante de un edificio antiguo con la fachada de cristal — es Mabel's.

Salió del coche y le abrió la puerta a Sombra. Ambos se agazaparon para enfrentarse al frío y al viento y se apresuraron a cruzar la acera hasta el cálido establecimiento, lleno de los aromas de pan recién hecho, de pasteles, de sopa y de beicon.

El local estaba prácticamente vacío. Mulligan se sentó a una mesa y Sombra frente a él. Sospechaba que Mulligan se comportaba así para formarse alguna opinión del nuevo en la ciudad, pero bien podía ocurrir que el jefe de policía fuese sólo lo que aparentaba: un tipo amable, con ganas de ayudar, una buena persona.

Una mujer se acercó rápidamente a la mesa. No era gorda, pero sí voluminosa, una mujer corpulenta de unos sesenta años, pelirroja de bote.

—Hola Chad, ¿quieres una taza de chocolate mientras te decides? —Les tendió dos cartas.

—Pero sin nata por encima —accedió— Mabel me conoce demasiado bien —le comentó a Sombra—. ¿Y tú que vas a tomar?

—El chocolate me parece una buena opción y de buena gana me lo tomaré con nata por encima.

—Eso está bien —comentó Mabel—. La vida es una aventura, cariño. ¿No me piensas presentar, Chad? ¿Este muchacho es el nuevo agente?

—Todavía no —respondió Chad Mulligan con una breve sonrisa—. Es Mike Ainsel. Se acaba de mudar a Lakeside, anoche. Y ahora, si me perdonáis. —Se levantó, se dirigió al fondo del local y entró por una puerta con un cartel en el que había dibujada una escopeta. Junto a ella había otra con un conejo.

—Tú eres el nuevo del apartamento subiendo por la carretera de Northridge. En la antigua casa de Pilsen. Ya, ya sé exactamente quién eres. Hinzelmann ha pasado esta mañana a por su empanada matutina y me lo ha contado todo sobre ti. ¿Pensáis tomar sólo el chocolate o vais a echarle un ojo a la carta de desayunos?

—Yo quiero desayunar, ¿qué me recomiendas?

—Todo esta bueno, lo hago yo, pero éste es el lugar más al sur y más al este de la pese donde podrás encontrar empanadas y son especialmente sabrosas. Además calientan y llenan. Son mi especialidad.

Sombra no tenía ni idea de qué eran las empanadas, pero dijo que le parecía bien. En un momento Mabel volvió con un plato donde había algo con aspecto de tarta doblada por la mitad, que tenía una servilleta de papel enrollada en la parte inferior. Sombra la cogió por la servilleta y la mordió: estaba caliente y llevaba un relleno de carne, patata, zanahoria y cebolla.

—Es la primera empanada que me como y está muy buena.

—Son de la pese —le respondió Mabel—. Normalmente no se encuentran hasta llegar a Ironwood, pero aquí nos las trajeron unos tipos de Cornualles que vinieron a trabajar en las minas de hierro.

—¿Pese?

—Península Superior, P.S., pese. Es ese saliente de Michigan hacia el noreste.

El jefe de policía volvió. Cogió la taza de chocolate y sorbió.

—Mabel, ¿ya estás obligando a este joven tan simpático a que se coma una de tus empanadas?

—Está buena —dijo Sombra. Y lo estaba, una delicia sabrosa envuelta en una masa caliente.

—Van directamente a la barriga —repuso Chad Mulligan, dándose palmaditas en su propia tripa—. Yo sólo te lo advierto, ¿vale? Necesitas un coche, ¿no? —Sin la cazadora resultaba ser un hombre larguirucho con una tripa redondita en forma de manzana. Su aspecto era de persona preocupada y competente, más de ingeniero que de policía.

Sombra asintió con la cabeza, tenía la boca llena.

—Bien, he hecho algunas llamadas. Justin Liebowitz vende su jeep y pide cuatro mil dólares por él, aunque se conformará con tres mil. Los Gunther llevan intentando vender su Toyota 4-Runner desde hace ocho meses y como es feo de cojones, en este momento probablemente estarán dispuestos a pagarte porque se lo saques de la entrada. Si no te importa que sea horrible, seguro que haces un buen negocio. He llamado desde el teléfono del baño y le he dejado un mensaje a Missy Gunther en la inmobiliaria Lakeside, pero todavía no había llegado, probablemente estaba en la peluquería.

La empanada continuaba igual de apetitosa y Sombra ya estaba terminando de comérsela. Era sorprendente que llenase tanto. «Comida que se te pega en las costillas —como hubiese dicho su madre— que se te pega por los costados».

—Vale —concluyó el jefe de policía mientras se limpiaba los restos del chocolate de los labios—, podemos hacer la siguiente parada en los Suministros Agrícolas y Domésticos Hennings para que te compres un auténtico vestuario de invierno, darnos una vuelta por Delicias Dave, para que puedas llenarte la despensa y después te dejaré en la inmobiliaria. Si puedes plantarles delante mil dólares por el coche, estarán encantados, si no, con quinientos en cuatro meses se darán por satisfechos. El coche es feo, ya te lo he dicho, pero si el hijo no lo hubiera pintado de lila, valdría diez mil, además es seguro, justo lo que necesitas para pasar este invierno, te lo digo yo.

—Es muy amable por su parte pero, ¿no debería estar por ahí atrapando delincuentes, en lugar de ir ayudando a los recién llegados? No me estoy quejando, por supuesto.

Mabel se reía entre dientes.

—Eso es lo que todos le decimos.

Mulligan se encogió de hombros.

—Ésta es una ciudad tranquila —respondió llanamente—. No hay muchos problemas. Siempre te encuentras a alguien que se salta los límites de velocidad dentro de la ciudad, lo cual tampoco está nada mal, porque mi sueldo se paga con las multas. Los viernes y sábados por la noche puedes encontrarte con algún imbécil que se emborracha y le pega a su pareja, cosa que sucede en ambos sentidos, créeme, tanto hombres como mujeres. Pero aquí estamos muy tranquilos. Me llaman cuando alguien se ha dejado las llaves dentro del coche, o porque hay perros que ladran y cada año pillan a un par de chicos del instituto con malas hierbas detrás de las gradas. El mayor caso policial que hemos vivido en cinco años fue cuando Dan Schwartz se emborrachó y disparó contra su propio camión, después salió corriendo en silla de ruedas por la calle principal agitando su maldita escopeta, gritando que se cargaría a quien se pusiese en su camino y que nadie podría evitar que se metiese en la autopista interestatal. Creo que pretendía ir a Washington a matar al presidente. Todavía me río cuando pienso en Dan bajando por la interestatal en la silla esa que tenía con una pegatina detrás que decía «Mi delincuente juvenil está machacando a tu estudiante modelo». ¿Te acuerdas, Mabel?

Asintió, con los labios fruncidos. No parecía encontrar la historia tan graciosa como Mulligan.

—¿Y qué hizo? —preguntó Sombra.

—Hablé con él, me dio la escopeta y durmió la mona en la cárcel. Dan no es un mal tipo, sólo estaba harto y borracho.

Sombra pagó su desayuno y, en medio de las protestas medio fingidas de Mulligan, los chocolates de los dos.

Los Suministros Agrícolas y Domésticos Hennings estaban en un edificio del tamaño de un almacén en la parte sur de la ciudad. Vendían de todo, desde tractores hasta juguetes. Los juguetes estaban junto a los adornos de Navidad, que continuaban a la venta. La tienda estaba muy animada por las compras de después de Navidad. Sombra reconoció a la más joven de las niñas que iban sentadas delante de él en el autobús. Estaba siguiendo a sus padres. La saludó y ella le devolvió una sonrisa indecisa. Sombra se preguntó apáticamente cuál sería su aspecto dentro de diez años.

Probablemente sería tan guapa como la chica del mostrador de la salida del almacén, que registraba sus compras con un aparato ruidoso y que seguramente era más que capaz de registrar también un tractor si alguien sacaba uno.

—¿Diez pares de calzoncillos largos? —preguntó—. ¿Los coleccionas, o qué? —Parecía una estrella de cine.

Sombra se sintió como si volviera a tener catorce años, atontado e incapaz de decir una palabra. De hecho, no dijo nada mientras ella anotaba las botas de montaña, los guantes, los jerseys y el abrigo de plumón de oca.

No le hacía mucha gracia usar la tarjeta de crédito de prueba que le había dado Wednesday con el jefe Mulligan acompañándolo amablemente, así que pagó todo al contado. Se llevó las bolsas al servicio de caballeros y salió vistiendo varias de sus compras.

—Tienes buen aspecto, grandullón —dijo Mulligan.

—Al menos así no tendré frío. —Fuera, en el aparcamiento, aunque el viento le quemaba de frío en la cara, el resto de su cuerpo mantenía suficiente calor. Mulligan le invitó a que dejase las bolsas en la parte de atrás del coche y fuese en el asiento de pasajeros delante y así lo hizo.

—Bueno, ¿en qué trabajas, Ainsel? Un tipo tan corpulento. ¿Cuál es tu profesión? ¿La piensas ejercer aquí en Lakeside? —El corazón de Sombra empezó a latir más deprisa, pero mantuvo la voz firme.

—Trabajo para mi tío. Se dedica a la compra venta por todo el país. Yo sólo hago el trabajo duro.

—¿Paga bien?

—Soy de la familia. Sabe que no le voy a dejar tirado y así voy aprendiendo un poco de qué va el negocio, hasta que sepa bien qué es lo que quiero hacer. —Le estaba saliendo con convicción, suave como la seda. En un instante ya se lo sabía todo sobre Mike Ainsel y Mike le gustaba. Nunca había tenido los problemas de Sombra. Ainsel nunca había estado casado. A Mike Ainsel nunca le habían interrogado el señor Madera y el señor Piedra en un tren de mercancías. A Mike Ainsel no le hablaba la televisión (Una voz en su cabeza le decía: «¿Quieres ver las tetas de Lucy?»). Mike Ainsel no tenía pesadillas ni pensaba que se acercaba una tormenta.

Se llenó la cesta de la compra en Delicias Dave con el mínimo indispensable para seguir viaje: leche, huevos, pan, manzanas, queso y galletas. Sólo un poco de comida. Ya haría la verdadera compra más tarde. Mientras iba andando, Chad Mulligan saludaba a la gente y les presentaba a Sombra.

—Éste es Mike Ainsel, ha alquilado el apartamento vacío en la antigua casa de Pilsen. Ahí arriba en la parte de atrás—. Sombra dejó de intentar recordar los nombres. Sólo estrechaba la mano y sonreía, sudando un poco, incómodo con la ropa de invierno en el interior de una tienda sofocante.

Chad Mulligan acompañó a Sombra al otro lado de la calle hasta la inmobiliaria Lakeside. Missy Gunther, recién peinada y apestando a laca, no necesitaba presentación, ella ya sabía perfectamente quién era Mike Ainsel. El Señor Borson, tan amable, su tío Emerson, que era un hombre tan simpático, hace unas, ¿qué?, ¿seis?, ¿ocho semanas? había alquilado el apartamento ahí arriba en la antigua casa de Pilsen y la vista allí, ¿no es como para morirse? Bueno, cariño, espera a la primavera, porque tenemos una suerte, hay tantos lagos por esta parte del mundo que en verano se llenan de algas y se quedan de un verde brillante que le ponen a una mala del estómago, pero nuestro lago, bueno, vienes el cuatro de julio y aún casi se podría beber y el señor Borson había tenido que pagar un año entero de alquiler por adelantado, en cuanto al Toyota 4-Runner, no se podía creer que Chad Mulligan todavía se acordase y sí le encantaría deshacerse de él. Ya se había resignado a dárselo a Hinzelmann como chatarra y quedarse sólo con la cancelación de impuestos, pero no porque el coche fuese en absoluto una chatarra, no, nada de eso, era el coche de su hijo antes de que se fuese a estudiar a Green Bay y, bueno, un día se le ocurrió pintarlo de lila y, je, je, esperaba que a Mike Ainsel le gustase el lila, eso era todo lo que podía decir y, claro, si no le gustaba ella también lo entendía...

El jefe Mulligan se excusó hacia la mitad de esta letanía.

—Parece que me necesitan en la comisaría. Encantado de conocerte Mike. —Trasladó las bolsas de Sombra a la parte de atrás de la furgoneta de Missy Gunther.

Missy llevó a Sombra a su casa, en cuya entrada había un envejecido SUV. La nieve cuajada había teñido la mitad del coche de un blanco deslumbrante, pero el resto estaba pintado en una especie de lila soso que sólo alguien que se pasase mucho tiempo muy emporrado podía empezar a encontrar atractivo.

De todas formas, el coche se puso en marcha al primer intento y la calefacción funcionaba, aunque le costó unos diez minutos con el motor encendido y la calefacción a tope conseguir que el interior del coche pasase de frío insoportable a sólo fresco. Durante este tiempo, Missy Gunther condujo a Sombra a la cocina disculpándose por el desorden, pero los niños dejan los juguetes por todas partes después de Navidades y le daba tanta pena no... ¿le apetecía comer algunas sobras de pavo? Bueno, entonces café, que no costaba un momento hacer una jarra. Sombra cogió un coche de juguete rojo de la repisa de una ventana y se sentó mientras Missy Gunther le preguntaba si ya había conocido a sus vecinos y él confesaba que no.

Mientras el café iba cayendo gota a gota, le informó de que había otros cuatro habitantes en la casa, que cuando los Pilsen vivían allí, ocupaban el apartamento de abajo y alquilaban los dos de arriba, que ahora este apartamento lo tenían un par de chicos, el señor Holz y el señor Neiman, que de hecho eran pareja, y cuando dijo «pareja», señor Ainsel, Por Dios, que tenemos niños, más de un tipo de árbol en el bosque, aunque la mayor parte de esta clase de personas terminan en Madison o Twin Cities, pero, la verdad es que aquí nadie le da vueltas a esto. Están en Cayo Hueso pasando el invierno, volverán en abril, ya los conocerá entonces. Lo que ocurre es que Lakeside es una buena ciudad. Y en la puerta al lado de la suya vive Marguerite Olsen con su niño, una señora muy dulce, muy dulce, muy dulce, pero que ha tenido una vida muy dura, a pesar de todo, sigue tan dulce como la miel, y trabaja para el Lakeside News, que no es que sea el periódico más interesante del mundo, pero que, según pensaba la señora Gunther, probablemente era como a la mayor parte de la gente de por aquí le gustaba.

Ay, decía y servía el café, le encantaría que el señor Ainsel pudiese ver la ciudad en verano o a finales de primavera, cuando hubiesen florecido los lilos, los manzanos y los cerezos, ella pensaba que no había belleza comparable, nada parecido en todo el mundo.

Sombra le entregó un depósito de quinientos dólares, se subió al coche y dio marcha atrás desde el jardín enfrente de la casa hasta la calle. Missy Gunther llamó a la ventanilla del coche.

—Tome, para usted, casi se me olvida. —Le tendió un sobre acolchado—. Es una especie de broma. Las mandamos imprimir hace unos años. No hace falta que lo mire ahora.

Se lo agradeció y condujo con cuidado de vuelta a la ciudad. Tomó la carretera que rodeaba el lago. Le hubiese gustado poder verlo en primavera o verano u otoño, seguro que era precioso.

En diez minutos había llegado a casa. Aparcó en la calle y subió los escalones exteriores hasta su apartamento, que estaba helado. Sacó la compra de las bolsas, puso la comida en los armarios y en el frigorífico, después abrió el sobre que le había dado Missy Gunther.

Dentro había un pasaporte. Era azul, plastificado y dentro proclamaba a Michael Ainsel, escrito con la cuidada letra de Missy Gunther, como ciudadano de Lakeside. En la página siguiente había un mapa de la ciudad. El resto estaba lleno con vales de descuento de distintos establecimientos locales.

—Creo que me va a gustar estar aquí —dijo Sombra en voz alta, mirando el lago congelado a través de la escarcha de la ventana —. Si es que alguna vez llega a hacer calor.

Se oyó un golpe en la puerta principal hacia las dos de la tarde. Sombra había estado jugando con una moneda, pasándosela de una mano a la otra monótonamente. Tenía las manos tan frías y tan torpes que la moneda se le caía sobre la mesa una y otra vez y el golpe hizo que se le volviese a caer.

Fue a abrir la puerta.

Tuvo un momento de pánico cuando vio en la puerta a un hombre con una pasamontañas negro que le cubría media cara. Era la clase de pasamontañas que utilizaría un ladrón de bancos de la televisión o un asesino en serie de una película barata para asustar a sus víctimas. También llevaba un gorro negro de lana en la cabeza.

No obstante, era un hombre más bajo y menos robusto que Sombra y no parecía ir armado. Además, llevaba un abrigo claro de cuadros, del tipo que los asesinos en serie suelen evitar.

—oi, jijeljan —emitió.

—¿Qué?

El hombre se quitó el pasamontañas y mostró la cara alegre de Hinzelmann.

—Decía que soy Hinzelmann. La verdad es que no sé qué hacíamos antes de que sacasen estas cosas. Bueno, sí que me acuerdo, llevábamos gorros de lana gruesos que cubrían toda la cara, bufandas y no quieras ni saber qué más. Estas cosas que inventan ahora son un milagro. Puede que ya sea viejo, pero no pienso ser yo quien se queje del progreso.

Mientras acababa de hablar, le pasó a Sombra un cesto repleto de quesos de la región, de botellas, de botes y de varios salchichones pequeños etiquetados como salchichas veraniegas de venado. Entró diciendo:

—Feliz día después de Navidad. —Tenía la nariz, las orejas y las mejillas rojas como tomates, independientemente de que hubiese llevado puesto el pasamontañas. Me han dicho que ya te has comido una empanada de Mabel, pero te he traído algunas cosas.

—Muy amable, gracias.

—De gracias nada, que me pienso pegar a ti la semana que viene con la porra. La organiza la Cámara de Comercio y la Cámara de Comercio la organizo yo. El año pasado conseguimos casi diecisiete mil dólares para la sección de pediatría del hospital de Lakeside.

—¿Y por qué no me apunta ya?

—Es que no empiezo hasta que el cacharro está en el hielo. —Miraba por la ventana de Sombra hacia el lago—. Hace frío. Debe de haber bajado unos cincuenta grados esta noche.

—Es cierto. Ha sido muy rápido.

—En los viejos tiempos solían rezar por que helase así. Me lo contaba mi padre.

—¿Rezaban para que hiciese este tiempo?

—Sí, claro, era la única forma en que los colonos podían sobrevivir. No había suficiente comida para todos y no podías bajarte a la tienda de Dave, llenarte el coche y ya está, no señor. Por eso mi abuelo tuvo una idea: cuando hacía un día de frío como éste, cogía a la abuela y a los niños, mi tío, mi tía y mi padre, que era el más pequeño, a la criada, al jornalero y los llevaba al arroyo, les daba un poco de ron y algunas hierbas de una receta antigua y les echaba agua del río por encima. Se congelaban en un momento, claro, se quedaban tiesos y azules como un polo. Los cargaba hasta una zanja que habían abierto antes y habían acolchado con paja y los amontonaba uno a uno como troncos de leña, rellenaba los huecos con paja y después tapaba la zanja con madera para protegerlos de las alimañas. Por aquel entonces había lobos, osos y de todo por aquí, pero ningún hodag, eso de los hodags son habladurías y nunca me intentaría aprovechar de tu credulidad contándote historietas de esas, no señor. Así que, tapaba la zanja con troncos para que la siguiente nevada la cubriese por completo, excepto una bandera que plantaba al lado para saber dónde estaba.

»Así, mi abuelo podía pasar el invierno tranquilo, sin tener que preocuparse por si se le acababa la comida o el combustible. Cuando veía que ya se acercaba definitivamente la primavera, iba hasta la bandera, cavaba a través de la nieve, quitaba las maderas, los llevaba a casa uno a uno y los ponía frente a la hoguera para que se descongelasen. Nadie ponía pegas, excepto uno de los jornaleros, que perdió media oreja porque se la royó una familia de ratones una vez que mi abuelo no los cubrió con madera. Claro que entonces sí que teníamos inviernos de verdad y se podían hacer estas cosas. En estos inviernos de maricones que tenemos ahora yo casi no tengo ni frío.

—¿No? —Sombra se estaba haciendo el inocente y lo estaba disfrutando.

—No, desde el invierno del 49, no. Y seguro que tú eres muy joven para acordarte de ése. Eso sí que fue un invierno. Veo que te has comprado un coche.

—Pse. ¿Qué le parece?

—La verdad es que nunca me ha gustado el chico ese, el Gunther. Tenía un río con truchas por ahí metido en el bosque, en la parte de atrás de mis tierras, así, bastante lejos, bueno en terreno municipal, pero había puesto algunas piedras en el río y me había montado unos estanques donde a las truchas les gustaba vivir. Así también podía pescarme unos ejemplares... una de ellas debía de pesar unos tres o cuatro kilos y ese enano de Gunther, el muy hijo de puta me desmontó a patadas los estanques y me amenazó con denunciarme a los forestales. Ahora está en Green Bay, pero volverá pronto. Si hubiese algo de justicia en el mundo se hubiese ido igual que uno de esos que lían el petate en invierno, pero ni hablar, claro, mala hierba nunca muere. —Empezó a colocar lo que había traído en la cesta de bienvenida de Sombra en la encimera—. Ésta es la mermelada de manzanas silvestres de Katherine Powdermaker. Lleva regalándome un bote por Navidades desde antes de que nacieses y lo triste del asunto es que nunca he abierto ni uno. Los tengo todos en el sótano, unos cuarenta o cincuenta. A lo mejor un día abro uno y me doy cuenta de que me va y todo, pero mientras tanto, este es para ti. Puede que te guste.

—¿Qué quiere decir con eso de liar el petate en invierno?

—Mmmm. —El viejo se subió el gorro por encima de las orejas, se rascó la sien con el índice enrojecido—. Bueno, no es exclusivo de Lakeside, ésta es una buena ciudad, mejor que muchas, pero no perfecta. Algunos inviernos a un chico se le cruzan los cables, cuando hace tanto frío que no se puede ni salir y la nieve está tan seca que no se puede ni hacer una bola sin que se desmigaje...

—¿Se escapan de casa?

El viejo asintió con preocupación.

—Yo creo que la culpa la tiene la televisión, que está todo el día enseñando a los chicos cosas que nunca van a llegar a tener, como en *Dallas* o en *Dinastía* y todas esas tonterías. Yo no tengo televisión desde el otoño del 83, sólo un aparato en blanco y negro guardado en un armario por si viene alguien de fuera y hay algún partido importante.

—¿Quiere tomar algo, Hinzelmann?

—Café no, que me da acidez. Sólo agua. —Hinzelmann hacía gestos de desaprobación—. Por aquí, nuestro problema más grave es la pobreza. No como la de la Depresión, sino más in... ¿cómo es esta palabra? ¿sabes lo que digo? La palabra significa que algo va como trepando por una pared, igual que una cucaracha.

—¿Insidiosa?

—Sí, eso insidiosa. La industria maderera está muerta. Las minas también. Los turistas no pasan de Dells, excepto un puñado de cazadores y algunos chicos que vienen a acampar en los lagos, pero éstos no se gastan el dinero en las ciudades.

—Pero Lakeside parece bastante próspera.

Los ojos azules del viejo parpadearon.

—Y cuesta mucho trabajo, créeme, mucho trabajo. Luego, la ciudad es buena y todo el trabajo que la gente hace aquí merece la pena. No es que mi familia no fuese pobre cuando éramos niños. Pregúntame cómo éramos de pobres en la infancia.

Sombra puso su cara de niño bueno y preguntó:

—¿Cómo eran de pobres cuando eran niños, señor Hinzelmann?

—Llámame sólo Hinzelmann, Mike. Éramos tan pobres que no nos podíamos permitir ni encender fuego. En Nochevieja mi padre se echaba unos tragos de Peppermint y nosotros, los niños, nos quedábamos alrededor con las manos extendidas para que nos llegase el calor que desprendía.

Sombra intentó decir algo. Hinzelmann se puso el pasamontañas y el grueso abrigo a cuadros, se sacó las llaves del coche del bolsillo y, por último, se puso unos guantes enormes.

—Si te aburres mucho por aquí, bájate a la tienda y pregunta por mí. Te enseñaré mi colección de cebos de pescar hechos a mano. Te aburrirás tanto que volver aquí te parecerá una liberación. —Su voz se iba amortiguando, pero aún era audible.

—Lo haré —contestó Sombra con una sonrisa—. ¿Cómo está Tessie?

—Hibernando. Saldrá en primavera. Cuídate, Ainsel. —Y cerró la puerta al salir.

El piso se enfrió todavía más.

Sombra se puso el abrigo y los guantes. Se calzó las botas. Apenas podía ver a través de las ventanas, porque el hielo de la cara interior de los cristales desdibujaba el lago.

Su aliento flotaba en el aire.

Salió del apartamento a la terraza de madera y llamó a la puerta de al lado. Oyó la voz de una mujer que le gritaba a alguien que por Dios se callase de una vez y bajase el volumen de la televisión. Debía tratarse de un niño, porque los adultos no suelen gritarse de esa manera entre sí. La puerta se abrió y una mujer con el pelo muy largo y muy negro se quedó mirándolo con cautela.

—¿Sí?

—Buenos días, señora. Me llamo Mike Ainsel y soy su vecino de al lado.

Su expresión no cambió ni un ápice.

—¿Sí?

—Mire, mi piso está congelado. Sale algo de calor de la chimenea, pero no consigue calentar la habitación, ni siquiera un poco.

Le miró de arriba abajo, entonces un esbozo de sonrisa apareció en las comisuras de sus labios y dijo:

—Entonces entre, que si no también se va a escapar el calor de aquí.

Entró en el apartamento. El suelo estaba sembrado de juguetes de plástico de todos los colores. Había jirones de papel de regalo amontonados junto a las paredes. Un niño pequeño miraba a poca distancia del televisor el *Hércules* de Disney, una escena en la que un sátiro alegre trotaba y gritaba por toda la pantalla. Sombra se puso de espaldas al aparato.

—Bien —le empezó a explicar la mujer—, esto es lo que tiene que hacer. En primer lugar, selle las ventanas, puede comprar el burlete en Hennings, es como una esponja pero en tiras. Lo pega en el marco y si quiere que quede de lujo, le enchufa un rato el secador y ya no se despega en todo el invierno. Así evita que el calor se escape por las ventanas. Además, cómprese un par de estufas. La caldera del edificio es vieja y cuando hace frío de verdad no puede con él. En los últimos tiempos hemos tenido inviernos bastante suaves, supongo que deberíamos estar agradecidos. —En ese momento le tendió la mano —. Marguerite Olsen.

—Encantado de conocerle. —Se quitó un guante y se dieron la mano—. Siempre había creído que los Olsen eran más bien rubios.

—Mi ex marido era lo más rubio que uno se pueda imaginar. Rubio y rosado. No se ponía moreno ni amenazándole con una pistola.

—Missy Gunther me ha dicho que escribe en el periódico local.

—Missy Gunther le dice todo a todo el mundo. No sé ni para qué queremos un periódico teniendo a Missy. —Asintió—. Sí, alguna noticia de vez en cuando, pero la mayoría las escribe el redactor. Yo escribo la columna de naturaleza, la de jardinería, la de opinión de los domingos y la página de Sociedad, que cuenta hasta los más ínfimos detalles de quién se fue a cenar con quién en setenta kilómetros a la redonda. ¿O se debería decir a quién?

—¿A quién? No. —contestó Sombra antes de poder contenerse—. Eso es el complemento directo.

Ella lo miró con sus ojos negros y Sombra sintió un violento déjà vu. «Ya he estado aquí —pensó— No, ¡ella me recuerda a alguien!»

—De cualquier forma, así es como podrá calentar el piso.

—Gracias. Cuando lo haya hecho tendrá que pasarse con el pequeño.

—Se llama León. Por cierto, encantada, señor... perdone....

—Ainsel, Mike Ainsel.

—¿De dónde viene ese nombre, Ainsel?

Sombra no tenía ni idea.

—Es mi nombre. Me temo que nunca me he interesado demasiado por la historia familiar.

—Quizá es noruego...

—Nunca hemos tenido mucha relación. —Entonces se acordó del tío Emerson Borson y añadió—. Al menos con esa parte de la familia.

Para cuando llegó el señor Wednesday, Sombra ya había colocado el burlete por todas las ventanas, tenía una estufa funcionando en la habitación principal y otra en el dormitorio. Casi resultaba acogedor.

—¿Qué coño es esa mierda lila que conduces ahora? —le preguntó a modo de saludo.

—Bueno, tú te llevaste mi mierda blanca. Y, por cierto, ¿dónde está?

—La vendí en Duluth. No te preocupes tanto. Además, ya te llevarás tu parte cuando se acabe todo esto.

—¿Se puede saber qué hago aquí? Me refiero a Lakeside, no al mundo en general.

Wednesday le devolvió una de esas sonrisas que sacaban totalmente de quicio a Sombra.

—Estás aquí porque es el último sitio al que vendrían a buscarte. Es un lugar donde puedo mantenerte bien escondido.

—¿Quién me está buscando? ¿Los de los sombreros negros?

—Exactamente. Me parece que las aguas están un poco revueltas ahora mismo. Resultará difícil, pero lo conseguiremos. Ahora sólo tenemos que hacer un poco de ruido, ondear banderas, movernos en círculos y deambular un poco hasta que empiece la acción, que será un poco más tarde de lo que nos esperábamos. Creo que los contendrán hasta la primavera. Nada puede pasar hasta entonces.

—¿Por qué?

—Porque podrán llenarse la boca hablando de micromilisegundos y mundos virtuales y cambios de paradigma y lo que les dé la gana, pero a la hora de la verdad viven en este planeta y siguen sujetos a los ciclos del año y éstos son meses muertos. Una victoria ahora es una victoria muerta.

—No entiendo nada de lo que estás diciendo —contestó Sombra, pero no era del todo verdad, tenía una vaga idea y esperaba no estar en lo cierto.

—Va a ser un invierno muy duro y tú y yo tenemos que aprovechar el tiempo lo mejor posible. Debemos reunir a nuestras tropas y escoger el campo de batalla.

—De acuerdo. —Sombra sabía que Wednesday le decía la verdad, o al menos parte de ella. La guerra estaba en camino. No, no lo estaba: la guerra ya había empezado, lo que estaba en camino era la batalla—. Sweeney el Loco dijo que trabajaba para ti cuando lo conocimos la primera noche. Lo repitió antes de morir.

—¿Y tú crees que hubiese contratado a un tipo que no pudo ni ganarte en la pelea del bar? Pero no te preocupes, que tú me has devuelto las esperanzas en ti una docena de veces. ¿Has estado alguna vez en Las Vegas?

—¿Las Vegas, en Nevada?

—Exactamente.

—No.

—Nos vamos allí desde Madison esta noche, en un vuelo nocturno que organiza un caballero para jugadores de categoría. Le he convencido de que debíamos ir en él.

—¿Nunca te cansas de mentir? —preguntó delicadamente y con curiosidad.

—Jamás. Pero esto es verdad. Jugaremos a las mayores apuestas. No creo que tardemos más que un par de horas en llegar a Madison, las carreteras están despejadas. Cierra la puerta y apaga la calefacción, no vaya a ser que se queme la casa en tu ausencia.

—¿A quién vas a ver en Las Vegas?

Wednesday le respondió.

Sombra apagó las estufas, metió algunas ropas en una bolsa de viaje y se volvió para preguntarle a Wednesday:

—Mira me siento un poco tonto, ya sé que me acabas de decir a quién vamos a ver, pero... no sé. Se me ha ido completamente de la cabeza. ¿Quién era?

Wednesday se lo repitió.

Esta vez Sombra casi lo pilla. El nombre lo tenía ahí, en algún recodo del cerebro. Tenía que haber prestado más atención cuando Wednesday se lo dijo. Qué más daba.

—¿Quién conduce? —preguntó.

—Tú. —Salieron de la casa, bajaron las escaleras de madera y el trecho helado hasta donde estaba aparcado un Lincoln Town Car negro.

Condujo Sombra.

Cuando se va a un casino, lo mejor es ir por invitación. Una de esas invitaciones que sólo un hombre de hielo, sin corazón, descerebrado y extrañamente falto de avaricia podría declinar. Escucha: la metralla de las monedas de plata que caen a chorros por la ranura de una máquina y se desbordan sobre alfombras con monogramas queda substituida por el clamor de sirena de las tragaperras, la estridencia, el zumbido que una enorme sala absorbe y convierte en un agradable murmullo de fondo en el momento en que se llega a las mesas de cartas, un sonido distante sólo lo suficientemente audible como para mantener la adrenalina fluyendo por las venas de los jugadores.

Los casinos tienen un secreto que ocultan, guardan y atesoran, el más sagrado de sus misterios. La mayor parte de las personas no juega para ganar dinero, a pesar de que esto sea lo que se anuncie, venda, proclame y sueñe. Ésta es sólo la mentira fácil que les hace traspasar las grandiosas puertas, permanentemente abiertas y acogedoras.

El secreto es que las personas juegan para perder dinero, para perder. Van al casino por los momentos en que se sienten vivos, para poner en marcha la ruleta, volver las cartas y perderse a sí mismos por las ranuras, igual que las monedas. Pueden alardear de las noches en que ganaron, del dinero que se llevaron del casino, pero atesoran en secreto las veces que perdieron. Es un sacrificio mediocre.

El dinero fluye por el casino como una corriente ininterrumpida de verde y plata que pasa de mano a mano, de jugador a croupier, a cajero, a dirección, a seguridad y que acaba en el lugar más venerable, la profundidad más sagrada: la Cámara de Contabilidad. Precisamente vamos a detenernos aquí, en la sala de contabilidad de este casino, aquí, en el lugar donde los billetes se clasifican, se amontonan, se catalogan, un lugar que poco a poco empieza a resultar superfluo, ya que cada vez más el dinero que fluye por el casino es imaginario, una secuencia de señales eléctricas que se encienden y se apagan, una secuencia a través de líneas telefónicas.

En la sala de contabilidad hay tres hombres que cuentan dinero bajo la mirada vidriosa de cámaras que están a la vista y las miradas arácnidas de diminutas cámaras imperceptibles. A lo largo de sólo uno de sus turnos, cada uno de estos hombres contará más dinero del que suman los sueldos de toda su vida. Cada uno de ellos, cuando duerme, sueña que cuenta dinero, que los montones y los fajos de billetes y los números ascienden inevitablemente y que los clasifica y los pierde. No menos de una vez por semana, cada uno de ellos imagina con indolencia cómo eludir los sistemas de seguridad del casino y escapar con todo el dinero del que pueda apoderarse. Se resiste, pero revisa el sueño y lo encuentra imposible de realizar, se conforma con su cheque habitual y descarta la doble posibilidad de la cárcel o la tumba anónima.

Aquí, en el sanctasanctórum, hay tres hombres que recuentan el dinero y hay tres vigilantes de seguridad que observan, traen el dinero y se lo llevan. Además hay otra persona. Lleva un traje gris carbón inmaculado, tiene el pelo oscuro, está bien afeitado y su fisonomía y su porte pasan totalmente inadvertidos: ninguno de los otros ha llegado a percibir su presencia, o si lo ha hecho, la ha olvidado inmediatamente.

Al terminar el turno se abren las puertas, el hombre del traje gris carbón sale de la habitación y camina junto a los vigilantes a través de los pasillos, seguidos del susurro de sus pies que se arrastran por las alfombras. El dinero, en cajas de seguridad, se transporta hasta un patio interior donde se carga en camiones blindados. Cuando se abre la puerta de la rampa para permitir la salida del camión blindado a las calles de Las Vegas en las que ya clarea el día, sin que nadie se percate, el hombre del traje color carbón pasa por la puerta, asciende la rampa y sale a la acera. No se detiene siquiera a mirar la imitación de Nueva York a su izquierda.

Las Vegas se ha convertido en la ciudad de los sueños de un niño: aquí, un castillo épico, allí, una pirámide negra flanqueada por esfinges que despide luz blanca en la oscuridad, como una señal de aterrizaje para ovnis, por todas partes, oráculos de neón y pantallas giratorias que predicen la felicidad y la buena fortuna, que anuncian a los cantantes, humoristas y magos de la casa o de paso, y luces que parpadean y llaman. Cada hora hay una erupción volcánica de fuego y luz. Cada hora un barco pirata hunde un navío de la armada.

El hombre del traje color carbón deambula tranquilamente por la calle, sintiendo el flujo de dinero que atraviesa la ciudad. En verano, las calles son como un horno y las puertas de las tiendas por las que pasa exhalan un aire invernal que, en medio del sofocante calor, le enfría el sudor de la frente. Ahora, en el invierno desértico hace un frío seco, cosa que le agrada. Lo que le atrae de esta ciudad en el desierto es la rapidez del movimiento, el modo en que el dinero pasa de mano en mano: lo exalta, le da brío, le impulsa a la calle devotamente.

Un taxi lo sigue lentamente por la calle, manteniendo cierta distancia. No repara en él, no se le ocurre fijarse: resulta tan extraño que alguien repare en su propia presencia, que la idea de que le puedan estar siguiendo le resulta casi inconcebible.

Son las cuatro de la mañana y se siente atraído por un hotel con casino que hace treinta años dejó de estar a la moda pero sigue funcionando hasta que mañana o dentro de seis meses lo derriben y construyan un palacio del placer en su lugar y quede sepultado en el olvido. Nadie lo conoce, nadie lo recuerda; el bar de la entrada está descuidado y tranquilo, el aire, teñido de azul por el humo de los cigarrillos y alguien está a punto de dejarse varios millones de dólares jugando al póquer en una sala privada en el piso de arriba. El hombre del traje color carbón se aposenta en el bar varios pisos por debajo del juego y la camarera lo ignora. Suena una versión para hilo musical de *Why Can't He be You?* de forma casi subliminal. Cinco imitadores de Elvis Presley, cada uno de ellos con un mono de distinto color, miran una reposición nocturna de un partido de fútbol en la televisión del bar.

Un hombre corpulento que lleva un traje gris claro se sienta en la mesa del hombre del traje carbón. La camarera es demasiado delgada para resultar guapa y demasiado anoréxica para trabajar en el Luxor o el Tropicana y está contando los minutos que le quedan para salir del trabajo. Aunque no ha sido capaz de notar la presencia del hombre del traje carbón, sí que ve al otro, viene inmediatamente a la mesa y sonríe. Él le devuelve una sonrisa franca.

—Esta noche estás preciosa, un regalo para la vista de estos ojos tan cansados. —Ella, adivinando el aroma de una buena propina, le sonríe abiertamente. El hombre del traje gris claro pide un Jack Daniel's para él y un Laphroaig con agua para el hombre con traje gris carbón que se sienta a su lado.

—¿Sabías que —dice el hombre del traje claro cuando llega su bebida— el mejor poema de toda la historia de este puto país lo creó Canada Bill Jones en 1853 en Bâton Rouge cuando le estaban desplumando en una partida amañada? George Devol, que al igual que Canada Bill, tampoco era reacio a limpiar a algún pobre pringado de vez en cuando, lo llevó aparte un momento y le preguntó si no se daba cuenta de que lo estaban engañando como a un indio. Canada Bill suspiró, se encogió de hombros y contestó «Ya lo veo, pero no hay otra partida en toda la ciudad» y volvió a jugar.

Unos ojos oscuros miran al hombre del traje gris claro con desconfianza. El hombre del traje gris carbón responde algo. El del traje claro, que lleva una barba pelirroja encanecida, niega con la cabeza.

—Oye, siento lo de Wisconsin, pero os conseguí poner a todos a salvo, ¿no? Nadie sufrió ningún daño.

El hombre del traje oscuro bebe sorbos de Laphroaig con agua paladeando su sabor pantanoso, la textura de légamo que el whisky le deja en la lengua. Pregunta algo.

—No lo sé. Las cosas están yendo más rápido de lo que esperaba. Todos están siendo bastante duros con mi chico de los recados. Lo tengo fuera, esperando en el taxi. ¿Todavía estás interesado?

El hombre del traje oscuro responde.

El de la barba niega.

—Hace doscientos años que no se le ve: si no se ha muerto, se ha perdido por el camino.

Comentan algo más.

—Entra —le dice el hombre de la barba acabándose el Jack Daniel's—, lo único que tienes que hacer es estar dispuesto para cuando te necesitemos y yo me ocuparé de ti. ¿Qué es lo que quieres? ¿Soma? Te puedo dar una botella de Soma, del de verdad.

El hombre del traje oscuro le mira. Después, a regañadientes, asiente y hace algún comentario.

—Por supuesto que voy a hacerlo. —El hombre de la barba sonríe como una navaja—. ¿Qué esperabas? Pero piénsalo de esta manera: es la única partida de la ciudad. —Tiende una especie de garra y estrecha la aseada mano del otro. Después se va.

La camarera escuálida se acerca desconcertada porque ahora sólo haya un hombre en la mesa de la esquina, un hombre vestido de forma severa, con el pelo oscuro y el traje color carbón.

—¿Está todo bien? ¿Su amigo piensa volver?

El hombre de pelo oscuro suspira y explica que su amigo no volverá y que, por lo tanto, no se le pagará por su tiempo o sus molestias.

Después, su aspecto dolido le hace sentir lástima por ella y examina los hilos dorados de su mente, observa la matriz, sigue el dinero hasta que localiza una intersección y le dice que si va a la puerta de la Isla del Tesoro a las seis de la mañana, media hora después de salir de trabajar, conocerá a un oncólogo de Denver que acabará de ganar cuarenta mil dólares a los dados y que necesitará una mentora, una compañera, alguien que le ayude a gastarse todo ese dinero antes de montarse en el avión y volverse a casa.

Las palabras se evaporan en la mente de la camarera, pero la dejan satisfecha. Suspira y se da cuenta de que los tíos de la esquina se han pirado y ni siquiera le han dejado propina. Se le ocurre que en lugar de irse directamente a casa, hoy se va a pasar por la Isla del Tesoro, pero jamás sabría decir por qué.

—¿Quién era ese tío con el que estabas? —preguntó Sombra mientras volvían a las aglomeraciones de Las Vegas. Había máquinas tragaperras en el aeropuerto. Incluso a estas horas de la mañana la gente continuaba frente a ellas alimentándolas de monedas. Sombra se imaginaba que podía haber alguien que nunca saliese del aeropuerto, que bajase del avión, se dirigiese a la terminal y se quedase allí, atrapado por las imágenes cambiantes y las luces en movimiento hasta haber gastado su último centavo y entonces, sin nada más que hacer, simplemente se diese la vuelta, cogiese el avión y se fuese a casa.

Entonces se dio cuenta de que se había distraído justo en el momento en que Wednesday le había dicho quién era el hombre del traje al que habían seguido en el taxi.

—Está con nosotros. Pero me costará una botella de Soma.

—¿Qué es el Soma?

—Es una bebida. —Subieron al avión alquilado, en el que no había nadie más que ellos y un trío de empresarios derrochadores que tenían que volver a Chicago para el siguiente día laborable.

Wednesday se puso cómodo, se pidió un Jack Daniel's.

—Las personas como yo vemos a las personas como tú... —dudó un instante—. Es como las abejas y la miel. Cada abeja produce sólo una pequeña, minúscula gota de miel. Hacen falta miles, quizá millones de abejas trabajando todas juntas para reunir el bote de miel que usas en el desayuno. Bien, ahora imagínate que no pudieras comer nada más que miel. Eso es lo que le sucede a la gente como yo... nos alimentamos de fe, de plegarias, de amor.

—Y el Soma es...

—Siguiendo con la analogía, es un licor de miel, hidromiel. —Se rió entre dientes—. Es una bebida, un concentrado de oraciones y fe destilado en aguardiente.

Ya sobrevolaban Nebraska tomando un frugal desayuno cuando Sombra dijo:

—Mi mujer.

—La muerta.

—Laura. No quiere estar muerta. Me lo dijo. Después de rescatarme de los tipos del tren.

—Un acto digno de elogio en una esposa. Liberarte de un confinamiento infame y asesinar a los que te hubiesen perjudicado. Debes apreciarla, sobrino Ainsel.

—Desea estar viva de verdad. ¿Es factible? ¿Podemos hacerlo?

Wednesday se mantuvo en silencio durante tanto tiempo que Sombra empezó a pensar que quizá no había oído la pregunta o se había dormido con los ojos abiertos. Después, mirando hacia el frente, declaró:

—Conozco un ensalmo que cura el dolor y la enfermedad y que alivia a los corazones que sufren.

»Conozco un ensalmo con el que cicatrizar con sólo tocar.

»Conozco un conjuro que hace a un lado las armas del enemigo.

»Conozco otro que me libera de mis cadenas y ataduras.

»Conozco además un quinto hechizo: atrapar al vuelo una flecha sin que me hiera. —Dijo en voz baja y con un tono apremiante. Atrás había quedado su presuntuosidad, al igual que su sonrisa. Wednesday hablaba como recitando las palabras de un ritual religioso o recordando un momento oscuro y doloroso.

»En virtud del sexto, cualquier maleficio destinado a dañarme se volverá contra quien lo haya echado.

»Gracias a un séptimo hechizo, puedo apagar el fuego con la mirada.

»El octavo causa que si un hombre me odia pueda ganarme su amistad.

»El noveno consiste en cantarle al viento para que duerma y permita a un barco regresar a puerto.

»Estos fueron los primeros nueve hechizos que aprendí. Durante nueve noches permanecí colgado de un árbol desnudo, con el costado traspasado por una lanza. Me balanceaba y me azotaba el viento, el viento frío y el viento cálido, sin alimentos, sin agua: un sacrificio de mí hacia mi propia persona y los mundos se abrieron ante mí.

»El décimo conjuro que aprendí fue cómo disipar a las brujas, cómo hacer que un torbellino las arrastre por todos los cielos hasta que no puedan volver a encontrar sus propias puertas.

»El undécimo dicta que si canto en el fragor de la batalla pueda mantener ilesos a los soldados a través de todo el tumulto, hasta conducirlos sanos y salvos a sus corazones y a sus hogares.

»Conozco un duodécimo encantamiento: Cuando encuentro un ahorcado puedo descolgarlo y hacer que nos susurre todos sus recuerdos.

»El décimotercero hace que si rocío con agua la cabeza de un niño, éste no caiga en ninguna batalla.

»Por el decimocuarto conozco los nombres de todos los dioses, cada maldito nombre.

»Decimoquinto: sueño con el poder, con la gloria, con la sabiduría y puedo hacer que la gente crea en mis sueños. —Ahora su voz era casi inaudible. Sombra tenía que esforzarse para poderla distinguir por encima del ruido de los motores del avión.

»Conozco un decimosexto encantamiento, así cuando estoy falto de amor, puedo cambiar la mente y el corazón de cualquier mujer.

»Hay un decimoséptimo, gracias al cual ninguna mujer que yo desee podrá desear a otro.

»Y aún conozco un decimoctavo hechizo, un hechizo más poderoso que ningún otro, un hechizo que a nadie puedo decir, porque hay un secreto que nadie conoce, salvo tú, y ése es el secreto más poderoso que pueda existir. —Suspiró y dejó de hablar.

Sombra sintió un escalofrío. Era como si se hubiese abierto una puerta a otro lugar, a un mundo remoto con ahorcados balanceándose al viento en cada encrucijada y brujas chillando en cielo nocturno.

—Laura —fue lo único que pudo decir.

Wednesday volvió la cabeza, clavó la vista en los ojos gris pálido de Sombra.

—No puedo hacer que vuelva a la vida. Ni siquiera sé por qué no está todo lo muerta que debería estar.

—Creo que fui yo. Es culpa mía. —Wednesday levantó una ceja—. Sweeney el Loco me regaló una moneda de oro cuando me estuvo enseñando a hacer aquel truco. Por lo que dijo, me había dado la moneda equivocada y era más poderosa de lo que pensaba. Yo se la pasé a Laura.

Wednesday gruñó, apoyó la barbilla en el pecho, frunció el ceño. Después se recostó.

—Eso pudo haberlo desencadenado. Y no, yo no puedo ayudarte. Claro que lo que hagas en tu tiempo libre no es cosa mía.

—¿Qué? ¿Qué se supone que quieres decir con esto?

—Que yo no puedo evitar que te dediques a cazar piedras de águila y aves del trueno, aunque preferiría mil veces que te quedases tranquilamente recluido en Lakeside, sin que te viera nadie y, esperemos, sin que nadie pensara en ti. Cuando las cosas se pongan peliagudas vamos a necesitar todas las manos.

Al decir esto, su aspecto se tornó muy viejo y frágil, su piel parecía transparente y su carne grisácea.

Sombra deseaba, con todas sus fuerzas, alargar la mano y coger la de Wednesday. Quería decirle que todo iba a salir bien, aunque no sentía que fuese a ser así, porque pensaba que eso era lo que debía decir. Fuera había hombres viajando en trenes negros, había un gordo en una limusina alargada y había gente en la televisión que quería causarles problemas.

No se acercó a Wednesday. No le dijo nada.

Más tarde pensó si aquello habría cambiado algo, si ese gesto habría mejorado alguna cosa, si habría podido evitar el mal que estaba a punto de alcanzarlos. Se dijo a sí mismo que no podía cambiar nada. Sabía que no podía, pero de todas formas, le habría gustado coger la mano de Wednesday un instante durante aquel lento viaje de vuelta a casa.

La escasa luz diurna ya estaba desapareciendo cuando Wednesday dejó a Sombra frente a su apartamento. La temperatura helada que Sombra sintió al abrir la puerta del coche le pareció aún más inverosímil al compararla con la de Las Vegas.

—No te metas en líos, quédate en casa y no armes jaleo.

—¿Todo a la vez?

—No te hagas el listillo conmigo, chico. En Lakeside puedes pasar desapercibido. He tenido que pedir un gran favor para poder traerte aquí sano y salvo. Si estuvieses en una ciudad encontrarían tus huellas en cuestión de minutos.

—Me portaré bien y no me meteré en líos —lo decía de corazón. Llevaba toda la vida metido en líos y estaba dispuesto a salirse de ellos para siempre—. ¿Cuándo volverás?

—Pronto —respondió Wednesday. Puso en marcha el motor del Lincoln, subió la ventanilla y desapareció en la gélida noche.

CAPÍTULO UNDÉCIMO

Tres pueden guardar un secreto si dos de ellos están muertos.

—Ben Franklin, *Poor Richard's Almanack.*

Transcurrieron tres días de frío en los que el termómetro no llegaba en ningún momento a cero, ni siquiera a mediodía. Sombra se preguntaba cómo podía sobrevivir la gente con ese frío en los tiempos anteriores a la electricidad, anteriores a las mascarillas térmicas, anteriores a la ropa interior térmica, anteriores a nuestra facilidad para viajar.

Había bajado a la tienda de vídeos, curtidos, cebos y aparejos de pesca a ver la colección de cebos hechos a mano de Hinzelmann. Eran más interesantes de lo que esperaba: imitaciones de vida llenas de color, hechas de cuero e hilo, que disimulaban un anzuelo en su interior.

Se lo preguntó a Hinzelmann.

—¿Quieres saber la verdad?

—Sí.

—Bueno —le explicaba el viejo—, a veces no sobrevivían, morían. Las chimeneas con goteras, las estufas y los fogones mal ventilados mataban a tanta gente como el propio frío. Aquellos tiempos eran muy duros, se pasaban el verano y el otoño almacenando comida y leña para el invierno. Lo peor de todo era la locura. He oído por la radio que tiene que ver con la luz del Sol, que no hay bastante en invierno. Mi padre decía que la gente perdía la cabeza, lo llamaban locura de invierno. En Lakeside nunca ha sido muy grave, pero en algunas de las otras ciudades de por aquí, ahí sí que les daba fuerte. Cuando yo era niño todavía se decía que si la criada no te había intentado matar antes de febrero era porque no tenía sangre en las venas.

»En la época en que todavía no había biblioteca, los libros de cuentos se trataban como oro en paño, cualquier cosa que se pudiera leer era un tesoro. Una vez, mi abuelo recibió un libro de su hermano de Baviera y todos los alemanes de la ciudad se reunieron en el Ayuntamiento para que se lo leyese. Los irlandeses, los finlandeses y todos los demás pedían a los alemanes que les contasen los relatos.

»A treinta kilómetros hacia el sur, en Jibway, un invierno encontraron a una mujer como Dios la trajo al mundo, que andaba con un bebé muerto entre los brazos y no podía soportar que se lo quitasen. —Meneaba la cabeza pensativo, cerró la caja de cebos con un chasquido—. Mal asunto. ¿Quieres un carnet del videoclub? Acabarán por abrir un Blockbuster aquí y se nos habrá acabado el negocio, pero de momento tenemos bastantes películas.

Sombra le recordó a Hinzelmann que no tenía ni televisión ni video. Le divertía su compañía, sus reminiscencias, sus historias y su sonrisa de duende viejo, pero hubiese sido un poco incómodo para Sombra admitir que la televisión le resultaba violenta desde el momento en que le había empezado a hablar.

Hinzelmann rebuscó en un cajón y sacó una caja de latón, que por su aspecto, en algún momento había sido una caja de bombones o galletas de Navidad: un Papá Noel de colorines con una bandeja de coca-colas brillaba en la tapa. Hinzelmann la destapó. Dentro había un cuaderno y unos libros con unas papeletas en blanco y le dijo:

—¿Cuántas quieres que te apunte?

—¿Cuántas qué?

—Papeletas para el cacharro. Lo pondremos hoy en el hielo, así que ya hemos empezado a vender papeletas. Cada una vale cinco dólares, diez por cuarenta y veinte por setenta y cinco. Una papeleta son cinco minutos. Claro que no puedo prometerte que se vaya a hundir en tus cinco minutos, pero la persona que se acerque más puede ganar quinientos dólares y si se hunde dentro de tus cinco minutos el premio es de mil. Cuanto antes compres la papeleta, menos tiempo estará ya pedido. ¿Quieres ver el folleto de información?

—Claro.

Hinzelmann le pasó una fotocopia. El cacharro era un coche viejo sin motor ni depósito que se aparcaba en el lago helado durante el invierno. En el algún momento de la primavera el lago empezaría a deshelarse y cuando el hielo fuese demasiado fino para soportar el peso del coche, éste se hundiría. La vez que el cacharro había tardado menos en hundirse en el lago fue un 27 de febrero («En el invierno de 1998, que no creo que se le pueda ni llamar invierno a eso.») y la vez en que había tardado más fue un uno de mayo («El de 1950. Ese año parecía que el invierno sólo iba a acabar si alguien le clavaba una estaca en el corazón.»). Parecía que el momento en el que el coche se solía hundir era a principios de abril, normalmente a media tarde.

Las tardes de abril ya estaban todas vendidas, tachadas en el cuaderno de Hinzelmann. Sombra compró media hora de la mañana del 23 de marzo, de nueve a nueve y media. Le dio treinta dólares a Hinzelmann.

—Ojalá costase tan poco venderle las papeletas a toda la gente de esta ciudad.

—Es para agradecerte que me llevases en coche la primera noche que pasé aquí.

—No, Mike, es para los niños. —Por un momento se puso serio, sin rastro del aspecto travieso característico de su cara arrugada—. Pásate esta tarde a echarnos una mano para empujar el cacharro al centro del lago.

Le dio seis papeletas azules en que había escrito la fecha y la hora con letra anticuada y después anotó los datos en su cuaderno.

—Hinzelmann, ¿has oído hablar alguna vez de piedras de águila?

—¿Al norte de Rhinelander? No, eso es el Río Águila. Creo que no.

—¿Y de aves del trueno?

—Bueno, había una tienda de marcos que se llamaba así en la calle Quinta, pero ya está cerrada. No te sirve de ayuda, ¿no?

—Pues no.

—¿Por qué no echas un vistazo en la biblioteca? Son buena gente, aunque esta semana puede que estén un poco distraídos por el mercadillo. Ya te he dicho dónde está, ¿no?

Sombra asintió y se despidió. Tenía que haberse acordado de la biblioteca él solo. Se metió en el todoterreno lila y bajó por la calle principal rodeando el lago hasta su punto más meridional, donde estaba el edificio con aspecto de castillo que albergaba la biblioteca municipal. Entró. Había una señal que apuntaba hacia el sótano: «mercadillo». La biblioteca en sí estaba en la planta baja. Se sacudió la nieve de las botas.

Una mujer de aspecto severo con los labios fruncidos y pintados de rojo le preguntó con cierto retintín si podía ayudarle.

—Supongo que necesito un carnet de la biblioteca y me gustaría informarme sobre las aves del trueno.

Las «tradiciones y creencias de los indios americanos» estaban reunidas en un único estante en una espacie de torreón de castillo. Sombra se bajó algunos libros y se sentó junto a la ventana. En pocos minutos ya sabía que las aves del trueno eran unos gigantescos pájaros míticos que vivían en las cumbres de las montañas, que atraían el rayo y batían las alas para producir el trueno. Algunas tribus, según los libros, creían que las aves del trueno habían creado el mundo. La siguiente media hora de lectura no le proporcionó ninguna otra información y no pudo encontrar ninguna mención de las piedras de águila en los catálogos de libros.

Sombra estaba recolocando el último de los libros en la estantería cuando advirtió que alguien le estaba observando. Una persona seria de corta estatura le espiaba desde el otro lado de las voluminosas estanterías. Al volverse, la cara desapareció. Dio la espalda al muchacho y miró a su alrededor para comprobar que le observaban de nuevo.

Llevaba una moneda en el bolsillo. Se la sacó y la sostuvo en la mano derecha, asegurándose de que el chico la veía. La escondió entre los dedos de la izquierda, mostró ambas manos vacías, se llevó la mano izquierda a la boca, tosió y dejó que la moneda cayese de su mano izquierda a la derecha.

El niño lo miró con los ojos como platos y después se escabulló. Volvió pocos minutos después arrastrando a una Marguerite Olsen ceñuda que miró a Sombra con desconfianza.

—Hola señor Ainsel. León dice que estaba usted haciéndole un truco de magia.

—Sólo un poco de prestidigitación, señora. No le he llegado a agradecer sus consejos para calentar la casa. Ahora se está como en un horno.

—Eso es bueno. —Su frialdad aún no había empezado a derretirse.

—Es una biblioteca muy agradable.

—El edificio es precioso, pero esta ciudad necesita algo más práctico y menos precioso. ¿Baja al mercadillo?

—No había pensado hacerlo.

—Debería. Es por una buena causa.

—Entonces me propondré ir.

—Salga al vestíbulo y baje por las escaleras. Me alegro de verle, señor Ainsel.

—Puede llamarme Mike.

No le respondió, sólo cogió a León de la mano y se lo llevó a la sección infantil.

—Pero mamá —le oyó decir a León—, no era nada de «prisagitación». De verdad que no. Lo he visto, desaparecía y le salía por la nariz. ¡Lo he visto!

Un retrato al óleo de Abraham Lincoln lo miraba desde la pared. Sombra bajó los escalones de mármol y roble hasta el sótano de la biblioteca y entró en una sala repleta de mesas cubiertas de libros de una variedad indiscriminada y un orden promiscuo: libros de bolsillo y de tapas duras, novelas y ensayos, revistas y enciclopedias, todos mezclados en las mesas, con los lomos en distintas orientaciones.

Sombra caminó tranquilamente hasta el final de la sala, donde había una mesa cubierta con libros encuadernados en cuero, de aspecto envejecido y con un número de catalogación pintado en blanco en el lomo.

—Es la primera persona que se acerca a esa esquina en lo que va de día —le dijo un hombre sentado junto a una pila de cajas vacías, unas bolsas y una caja metálica para guardar dinero antigua y pequeña que estaba abierta—. La mayor parte de la gente sólo se lleva las historias de suspense, los libros para niños y las novelas rosas, tipo Danielle Steel y esas cosas. —Él estaba leyendo *El asesinato de Rogelio Ackroyd* de Agatha Christie—. Todo lo que hay en la mesa es a cincuenta centavos el volumen, puede llevarse tres por un dólar.

Sombra le dio las gracias y continuó hojeando. Encontró un ejemplar de las *Historias* de Herodoto encuadernado en un cuero castaño descascarillado. Le recordó al de bolsillo que había dejado en la cárcel. Había otro llamado *Ilusionismo desconcertante de salón*, que tenía aspecto de contener algún truco de monedas. Se los llevó al cajero.

—Llévese uno más, le costará lo mismo. Y nos hará un favor, necesitamos más espacio en las estanterías.

Sombra volvió a los libros de cuero. Decidió poner en libertad al libro menos susceptible de ser comprado por cualquier otra persona y se sintió incapaz de escoger entre *Enfermedades comunes del tracto urinario explicadas por un médico con ilustraciones* y *Crónicas del Consejo municipal de Lakeside 1872-1884*. Ojeó las ilustraciones del libro de medicina y supuso que en algún lugar de la ciudad algún adolescente podría utilizarlo para tomar el pelo a sus amigos. Llevó las crónicas al hombre de la puerta, que le cobró un dólar, y se los metió en una bolsa de papel marrón de Delicias Dave.

Sombra salió de la biblioteca. La vista del lago estaba totalmente despejada. Incluso podía ver el edificio de su apartamento al otro lado del puente, que parecía una casa de muñecas. Había varios hombres en el hielo cerca del puente, eran cuatro o cinco, y estaban empujando un coche verde hacia el centro del lago blanco.

—Veintitrés de marzo —pidió al lago en voz baja—. De las nueve a las nueve y media de la mañana. —Se preguntó si el lago o el cacharro le podrían oír y si le harían caso incluso suponiendo que le oyesen. Lo dudaba.

El viento le azotó la cara con dureza.

El agente Chad Mulligan le estaba esperando fuera de su apartamento cuando llegó. El corazón de Sombra empezó a palpitar con fuerza al ver el coche de policía, pero se tranquilizó un poco cuando se dio cuenta de que el policía estaba haciendo papeleo en el asiento del conductor.

Caminó hacia el coche con la bolsa de libros en la mano. Mulligan bajó la ventanilla.

—¿El mercadillo de la biblioteca?

—Sí.

—Hace unos dos o tres años compré toda una caja de libros de Robert Ludlum. Todavía estoy intentando leerlos. A mi primo le apasiona. Yo, me imagino que si alguna vez me abandonan en una isla desierta con la caja de libros de Robert Ludlum, me los acabaré leyendo.

—¿Necesita alguna cosa, jefe?

—Ni media, amigo. Sólo he pasado a ver cómo te estabas instalando. Ya sabes el dicho chino, si salvas la vida de un hombre, eres responsable de ella. Bueno, no digo que te salvase la vida la semana pasada, pero de todas formas he pensado que podía pasar a fichar. ¿Cómo te va con el *gunthermóvil* lila?

—Bien, va bien. Rueda.

—Me alegra oírlo.

—Acabo de ver a la vecina en la biblioteca. La señorita Olsen. Me preguntaba...

—¿Qué se le ha metido en el culo y se le ha podrido allí?

—Si lo quiere decir así...

—Es una larga historia. Si te apetece darte una vuelta, te la cuento.

Sombra se lo pensó un momento y aceptó. Se subió al coche, se sentó en el asiento del copiloto. Mulligan condujo hacia el norte de la ciudad, después apagó las luces y estacionó al lado de la carretera.

—Darren Olsen conoció a Marge en la universidad en Stevens Point y se la trajo a Lakeside. Ella era una periodista titulada. Él estaba estudiando no sé qué porquería de gestión hotelera, o algo así. Cuando llegaron aquí, nos quedamos con la boca abierta. Fue hace unos trece o catorce años. Era tan guapa... con ese pelo tan negro... —se paró un momento—. Darren llevaba el Motel América de Camden, treinta kilómetros al oeste de aquí. Sólo que parece que a nadie se le ocurría parar por Camden y el motel acabó por cerrar. Tenían dos hijos. Por aquel entonces Sandy tenía once años. Y el pequeño —León, ¿no?— era un bebé.

»Darren Olsen no era una persona demasiado valiente. Había sido un buen jugador de fútbol americano en el instituto, pero aquellos fueron sus últimos momentos de gloria. Lo que sea. No fue capaz de contarle a Margie que se había quedado sin trabajo. Así que, durante un mes, o puede que dos, cada día salía de casa por la mañana y volvía por la noche quejándose del día tan duro que había tenido en el motel.

—¿Y qué es lo que hacía?

—Mmm. No estoy seguro. Supongo que subía a Ironwood o bajaba a Green Bay. Me imagino que empezó a buscar trabajo. Pero enseguida debió de empezar a beber para pasar el rato y a fumar porros y lo más

seguro es que también se buscase alguna chica a sueldo para gratifica-
ciones ocasionales. Puede que jugase. Lo único que sé seguro es que se
fundió su cuenta conjunta en unas diez semanas. Sólo era cuestión de
tiempo que Margie lo descubriese y, ¡ya la tenemos!

Sacó el coche, puso en marcha la sirena y las luces y dejó pálido a un
tipo pequeñajo en un coche con matrícula de Iowa que acababa de pasar
la colina a cien.

Con el golfo de Iowa bien multado, Mulligan retomó la historia.

—¿Por dónde iba? Ya. Así que, Margie le da la patada, pide el divorcio y éste se convierte en una lucha brutal por la custodia. Así es cómo
la llaman en las revistas del corazón: lucha brutal por la custodia. Le dieron los niños a ella. A Darren le concedieron derechos de visita y poco
más. Bien, entonces León era muy pequeño. Sandy un poco mayor, un
buen chico, el tipo de niño que endiosa a su padre. No dejaba que Margie
dijese nada malo de él. Perdieron la casa, tenían una muy agradable en la
carretera de Daniels. Ella se mudó al apartamento y él se fue de la ciudad. Volvía una vez cada seis meses a joder a todo el mundo.

»Continuó así durante algunos años. Volvía, se gastaba un dineral
con los niños y dejaba a Margie para el arrastre. Muchos de nosotros
empezamos a querer que no volviese más. Sus padres se habían trasla-
dado a Florida al jubilarse, decían que no podían soportar otro invierno
en Wisconsin, así el año pasado salió con que quería que los niños pasa-
sen las Navidades en Florida. Margie dijo que ni hablar y le mandó a la
mierda. Las cosas se pusieron bastante feas. Llegó un punto en el que
tuve que presentarme allí. Pelea doméstica. Para cuando llegué, Darren
estaba frente a la casa diciendo de todo a gritos, los niños casi no podían
controlarse y Margie estaba llorando.

»Le advertí a Darren de que se estaba ganando una noche entre rejas.
Por un momento pensé que me iba a pegar, pero estaba suficientemente
sobrio. Me lo llevé al aparcamiento de camiones del sur de la ciudad y le
dije que parase el carro, que ya le había hecho bastante daño... Al día
siguiente se marchó de la ciudad.

»Dos semanas más tarde Sandy desapareció. No subió al autobús del
colegio. Le había dicho a su mejor amigo que iba a ver pronto a su padre,
que Darren le iba a traer un regalo especial por haberse perdido las
Navidades en Florida. Nadie le ha vuelto a ver. Los secuestros paternos
son los peores. Es muy difícil encontrar a un crío que no quiere que le
encuentren, ¿entiendes?

Sombra le dio la razón, pero también vio algo más. Chad Mulligan
estaba enamorado de Marguerite Olsen. Se preguntó si se daba cuenta de
lo obvio que resultaba.

Mulligan volvió a salir con las luces puestas y cogió a unos adolescentes a noventa. No les puso multa, sólo les metió «miedo en el cuerpo».

Esa tarde Sombra se sentó en la mesa de la cocina a intentar averiguar cómo transformar un dólar de plata en un penique. Era un truco que había encontrado en el *Ilusionismo desconcertante de salón*, pero las instrucciones eran exasperantes, demasiado vagas y no servían de nada. En cada párrafo había frases como «entonces haga desaparecer el penique de la manera habitual». Sombra se preguntaba cuál era «la manera habitual» en ese contexto: ¿Metérselo en la manga? ¿O gritar «¡Dios mío, miren! ¡Un león de las montañas!» y dejarlo caer en el bolsillo de la chaqueta mientras el público estuviese distraído?

Lanzó el dólar de plata al aire, lo recogió y, acordándose de la luna y de la mujer que se lo había dado, volvió a intentar el truco. Parecía que no funcionaba. Entró en el baño, lo intentó delante del espejo y confirmó que no le salía. El truco, tal y como estaba escrito, simplemente no funcionaba. Suspiró, dejó caer las monedas en el bolsillo y se sentó en el sofá. Se echó una manta barata sobre las piernas y abrió las *Crónicas del Consejo municipal de Lakeside 1872-1884*. La letra, a dos columnas, era demasiado pequeña y casi resultaba ilegible. Hojeó el libro mirando las reproducciones de fotografías de la época, las diversas encarnaciones del Consejo municipal de Lakeside: patillas descomunales, pipas de barro y sombreros ajados y brillantes sobre caras que en muchos casos le eran extrañamente familiares. No le sorprendió ver que el corpulento secretario del Consejo municipal de 1882 era un tal Patrick Mulligan: afeitado y con diez kilos menos hubiese sido una réplica exacta de Chad Mulligan, su... ¿tatara-tataranieto? ¿Estaría el abuelo pionero de Hinzelmann en las fotos? No parecía que hubiese formado parte de ningún consejo. Tenía la impresión de haber visto una referencia a algún Hinzelmann por el texto mientras pasaba de foto en foto, pero no pudo encontrarla al volver atrás a rastrearla en esa letra enana que hacía que a Sombra le doliesen los ojos.

Se apoyó el libro en el pecho y se dio cuenta de que estaba cabeceando. Quedarse dormido en el sofá era ridículo, teniendo la cama a pocos pasos, decidió despejándose. Por otra parte, la cama seguiría en el mismo sitio dentro de cinco minutos y además no pensaba dormirse, sólo iba a cerrar los ojos un momentito...

La oscuridad bramaba.

Estaba en una llanura desierta. A su lado estaba el lugar desde el que había emergido, desde el que la tierra lo había empujado fuera. Las estrellas aún caían desde el cielo y cada estrella que tocaba la tierra roja se convertía en una persona. Los hombres tenían el cabello largo y negro y los pómulos marcados. Todas las mujeres tenían el aspecto de Marguerite Olsen. Era la gente de las estrellas.

Todos lo miraban con orgullo.

«Habladme de las aves del trueno. Por favor, no es por mí, es por mi mujer.»

Uno por uno le dieron la espalda y cuando dejó de ver sus rostros, desaparecieron fundidos con el paisaje. Sin embargo, la última, de pelo gris oscuro encanecido, antes de irse señaló algo, señaló el cielo de color vino.

«Pregúntales tú mismo.»

Un relámpago estival iluminó momentáneamente el paisaje por todo el horizonte.

A su lado, había unas rocas escarpadas, unos peñascos de arenisca y Sombra comenzó a escalar el más cercano. Tenía el aspecto del marfil envejecido. Se agarró a un saliente que se desprendió entre sus manos. «Es un hueso —pensó—. No es piedra, es hueso viejo y reseco».

Era un sueño y en los sueños no hay elección: o bien no hay decisiones que tomar, o bien las decisiones están tomadas mucho antes de empezar a soñar. Sombra continuó escalando. Le dolían las manos. El hueso reventaba, se desprendía y se fragmentaba bajo sus pies descalzos. El viento lo azotaba y él se aferraba a la roca y continuaba el ascenso.

Se dio cuenta de que la roca estaba compuesta de un mismo hueso repetido incesantemente, un hueso seco y de forma esférica. Imaginó que podían ser las cáscaras de los huevos de un pájaro gigantesco, pero otro relámpago desmintió su impresión: vislumbró cuencas y dientes que sonreían burlonamente.

Varias aves lo llamaban. La lluvia le golpeaba el rostro.

Se agarraba a la pared de la torre de cráneos a decenas de metros del suelo, los rayos cruzaban las alas de los pájaros sombríos que circundaban el peñasco, unas aves enormes, negras, de cuello blanco, semejantes a los cóndores. Eran gigantescas, gráciles, aterradoras; el batir de sus alas estallaba en el cielo nocturno como un trueno.

Circunvolaban el peñasco.

Debían medir entre cinco y siete metros de envergadura.

Entonces planeó hacia él el primer pájaro, con rayos azulados centelleándole en las alas. Se agazapó en una grieta entre los cráneos, las cuencas lo miraban, un laberinto de marfil le sonreía, pero continuó escalando, subiendo por la montaña de calaveras, cuyas aguzadas aristas le desgarraban la piel, ascendiendo sobrecogido por la repulsión y el terror.

Otro pájaro se acercó a él y hendió la garra en su brazo.

Alargó la mano tratando de arrancarle una pluma del ala, porque si regresaba a la tribu sin ella, caería en desgracia, nunca sería considerado un hombre. El pájaro remontó el vuelo y no pudo arrancársela. El ave del trueno liberó su garra y ascendió con el viento. Sombra siguió trepando.

Debía haber más de mil calaveras, millares de ellas. Y no todas humanas. Por fin alcanzó la cumbre del peñasco, los enormes pájaros, las aves del trueno le rodeaban lentamente, planeando sobre las embestidas de la tormenta con sutiles movimientos de sus alas.

Oyó una voz, la voz del hombre búfalo, que le llamaba a través del viento, contándole a quién pertenecían las calaveras...

La torre empezó a desplomarse y el mayor de los pájaros, cuyos ojos resplandecían con azulados rayos cegadores, se precipitó hacia él en medio de un estruendo ensordecedor. Sombra caía dando tumbos por la torre de cráneos...

El teléfono sonó estridentemente. Sombra ni siquiera sabía que había línea. Lo descolgó confuso y tembloroso.

—¡Hijo de puta! —le gritó Wednesday, con una furia que Sombra desconocía—. ¿A qué hostias crees que estás jugando, joder?

—Estaba durmiendo —contestó atontado.

—¿Para qué coño crees que te he metido en un agujero como Lakeside si después te vas a dedicar a montar un número capaz de despertar a un muerto?

—Estaba soñando con aves del trueno... y una torre. Calaveras... —le parecía muy importante contar el sueño.

—Ya sé lo que estabas soñando. Todo el mundo se ha enterado de tu maldito sueño, cabrón. ¿Me quieres decir para qué te escondo si piensas ponerte a pregonarlo?

Sombra no dijo nada.

Al otro lado del teléfono hubo un silencio.

—Llegaré por la mañana. —Parecía que su cólera se había aplacado—. Nos vamos a San Francisco. Lo de las flores en el pelo es opcional. —La comunicación se cortó.

Sombra dejó el teléfono en la alfombra y se sentó alterado. Eran las seis de la mañana y aún no había amanecido. Se levantó del sofá tiritando. Podía escuchar el ulular del viento atravesando el lago helado. Podía oír un llanto cercano, justo al otro lado de la pared. Estaba seguro de que era Marguerite Olsen. Sus sollozos llegaban amortiguados, insistentes, desgarradores.

Sombra entró en el baño a mear, se fue a su cuarto y cerró la puerta para evitar escuchar el llanto de la mujer. Al otro lado de la ventana gemía el viento como si también llorara la pérdida de un hijo.

Enero era en San Francisco un mes inusualmente cálido, lo suficiente como para que a Sombra le resbalase el sudor por la nuca. Wednesday llevaba un traje azul oscuro y unas gafas de montura dorada que le daban el aspecto de un abogado televisivo.

Caminaban por la calle Haight. Los mendigos, los pedigüeños y los carteristas los miraban pasar, pero nadie agitaba un recipiente con monedas delante de ellos ni les pedía nada.

Wednesday no abría la boca. Sombra distinguió inmediatamente que aún estaba enfadado. Por eso no le había preguntado nada cuando el Lincoln negro había aparecido delante de la puerta por la mañana. De camino al aeropuerto, no se habían dirigido la palabra. Se había sentido aliviado al ver que Wednesday iba en primera y él en la parte de atrás.

Era ya una hora avanzada de la tarde. Sombra, que no había estado en San Francisco desde que era niño y que posteriormente sólo lo había visto como escenario de película, estaba sorprendido de que le resultase tan familiar, con sus llamativas casas de madera, tan particulares, con sus empinadas colinas, sorprendido de sentir que era tan distinto a cualquier otro lugar.

—Resulta difícil creer que esté en el mismo país que Lakeside —comentó.

Wednesday lo miró con desdén y le contestó:

—Es que no lo está. San Francisco y Lakeside no están en el mismo país más que Nueva Orleans y Nueva York o Miami y Mineápolis.

—¿Tú crees? —dijo Sombra suavemente.

—Sin duda alguna. Pueden compartir ciertos rasgos culturales, como el dinero, el gobierno federal o la televisión, al fin y al cabo, evidentemente se trata de una misma tierra, pero las únicas cosas que crean la ilusión de estar en un solo país son los dólares, el programa del sábado noche y McDonald's. —Estaban llegando a un parque al final de la calle—. Sé amable con la mujer que vamos a ver, pero no demasiado.

—Seré impasible.

Caminaron por el césped.

Una muchacha que no tenía más de catorce años y llevaba el pelo teñido de verde, naranja y rosa los miró pasar. A su lado había un perro mestizo que llevaba una cuerda a modo de correa. La chica parecía aún más famélica que el perro. El chucho les aulló, pero después meneó el rabo.

Sombra le dio un billete a la muchacha, que lo miró como si no supiese de qué se trataba. Le sugirió que comprase comida para el perro. Ella asintió con una sonrisa.

—Te lo voy a decir una vez y no más. Tienes que tener mucho cuidado con la mujer que vamos a ver. Como le gustes, la has liado.

—¿Qué pasa? ¿Es tu novia o qué?

—Ni por todos los juguetes de plástico de la China —contestó en tono festivo. Parecía que ya se había aplacado toda su cólera, o quizá más bien la guardaba para el futuro. Sombra sospechaba que la cólera era el motor de Wednesday.

Había una mujer sentada en la hierba bajo un árbol, con un mantel de papel extendido a sus pies y tarteras con comida sobre él.

No era ni mucho menos gorda, pero Sombra no había tenido antes ocasión de utilizar la palabra que la definía: voluptuosa. Su cabello era tan rubio que parecía blanco y lo llevaba peinado en unas trenzas de ese rubio platino propio de una antigua estrella de cine fallecida. Tenía los labios pintados de carmesí. Su aspecto intemporal la situaba entre los veinticinco y los cincuenta.

Cuando llegaron estaba jugueteando con un plato de huevos picantes. Levantó la vista mientras Wednesday se aproximaba, dejó el huevo que había cogido y se limpió los dedos.

—Hola, viejo farsante. —dijo sonriente. Wednesday le hizo una profunda reverencia, cogió su mano y se la llevó a los labios.

—Tienes un aspecto divino.

—¿Qué otro podría tener? —preguntó con dulzura—. De todos modos, eres un zalamero. Lo de Nueva Orleans fue un error imperdonable. Juro que engordé unos quince kilos. Ya sabía que tenía que marcharme cuando empecé a andar con aquel contoneo tan torpe. Ahora, cuando camino, la cara interior de mis muslos se toca, ¿te lo puedes creer? —esto último iba dirigido a Sombra, que no tenía ni idea de qué responder y sintió que un rubor intenso le cubría el rostro. La mujer rió con deleite.

—¡Se está sonrojando! Wednesday, eres un encanto, me has traído un ruboroso. ¡Qué maravilla! ¿Cómo se llama?

—Éste es Sombra. —Parecía disfrutar de su incomodidad—. Sombra, saluda a Easter.

Sombra profirió algo que se podía interpretar como un hola y la mujer le volvió a sonreír. Se sintió como si le apuntase uno de esos focos cegadores que los furtivos usan para desorientar a los ciervos antes de dispararlos. Podía sentir el aroma de su perfume sin necesidad de acercarse, una embriagadora mezcla de jazmín y madreselva, de una leche almibarada y piel de mujer.

—Bien, ¿cómo está el bribonzuelo? —preguntó Wednesday.

La mujer, Easter, se rió a carcajadas, alborozada, todo su cuerpo rebosaba alegría. ¿Cómo podía no resultar fascinante alguien con semejante risa?

—Va todo estupendamente. ¿Y qué tal tú, viejo lobo?

—Tenía la esperanza de que me brindases tu ayuda.

—Pierdes el tiempo.

—Por lo menos deberías oír mi propuesta antes de rechazarla.

—No pienso hacerlo, ni te molestes.

Ella miró a Sombra.

—Por favor siéntate y sírvete algo de comer. Toma, un plato, llénalo hasta los topes. Todo es suculento. Hay huevos, pollo asado, pollo con curry, ensalada de pollo, y en este de aquí hay conejo, el conejo frío es una delicia, y en ese cuenco de allí, liebre estofada. Bueno, ¿por qué no te sirvo yo un plato? —Lo hizo inmediatamente, cogió un plato de plástico, lo llenó a rebosar y se lo pasó. Después miró a Wednesday—. ¿Tú piensas comer?

—Estoy a tu disposición.

—Estás tan lleno de mierda que no sé cómo no se te ponen los ojos marrones. —Le pasó un plato vacío—. Sírvete.

El Sol vespertino transformaba sus cabellos en un aura de platino.

—Sombra —le dijo mientras se deleitaba con un muslo de pollo—, es un nombre bonito. ¿Por qué te llaman Sombra?

Sombra se relamió los labios resecos.

—Cuando era niño, vivíamos, mi madre y yo, éramos, quiero decir, ella era una especie de secretaria en varias embajadas estadounidenses y vagábamos de ciudad en ciudad por todo el norte de Europa. Después enfermó, tuvo que pedir una jubilación anticipada y volvimos a los Estados Unidos. Nunca se me ocurría nada que decir a los otros niños, así que me dedicaba a seguir a los adultos por ahí sin decir palabra. Supongo que sólo necesitaba compañía. No sé, era un niño.

—Pero ya has crecido.

—Sí, ya he crecido.

Easter se volvió hacia Wednesday, que estaba poniéndose unos cazos de algo que parecía caldo frío en un cuenco.

—¿Es el chico que está tocándoles tanto las narices a todos?

—Si que corren las noticias.

—Es que tengo el oído muy fino —le respondió. Y después se dirigió a Sombra— Y tú apártate de su camino. Hay demasiadas sociedades secretas pululando y no guardan lealtad ni amor a nadie. Ya pueden ser comerciales, independientes o gubernamentales, que están todas en el mismo barco. Abarcan desde las que a duras penas llegan a ser competentes, hasta las considerablemente peligrosas. Eh, viejo lobo, el otro día me contaron un chiste que te va gustar. ¿Cómo sabes que la CIA no estuvo metida en el asesinato de Kennedy?

—Ya lo he oído.

—Qué pena. —Volvió a dirigir su atención a Sombra—. Pero los fantasmas, los que tú has conocido, esos son otra cosa. Existen porque todos saben que deben existir. —Se bebió de un trago un vaso de algo que parecía vino blanco y se puso de pie—. Sombra es un buen nombre. Quiero un café, acompañadme. —Ya se alejaba.

—¿Qué pasa con la comida? —preguntó Wednesday—. ¿No pensarás dejarla aquí?

Ella sonrió y señaló a la chica del perro. Después extendió los brazos para recibir en ellos el parque Haight y el mundo.

—Deja que sirva para alimentarlos —fue su respuesta y caminó con Wednesday y Sombra tras sus pasos.

Mientras caminaban le dijo a Wednesday:

—Recuerda, yo soy rica, me lo estoy montando de cine. ¿Por qué debería ayudarte?

—Porque eres una de los nuestros. Estás tan sumida en el olvido y la falta de amor como los demás. Eso deja bastante claro el partido que debes tomar.

Llegaron a una cafetería con terraza y entraron. Atendía una única camarera, que llevaba una marca circular en la frente semejante a las indias; además de ella, había una mujer preparando café en la barra. La camarera se aproximó con una sonrisa automática, los sentó y anotó su pedido.

Easter posó su mano esbelta sobre el reverso de la ancha mano grisácea de Wednesday.

—Ya te lo he dicho. A mí me va muy bien. Los días de mi festividad todavía se celebran con huevos y conejos, con dulces y con carne, que representan el renacimiento y la cópula. Todavía llevan flores en los sombreros y se las regalan unos a otros en mi nombre. Cada año lo hacen más personas y en mi nombre, viejo lobo, en mi nombre.

—¿Y tú engordas y prosperas gracias a su adoración y su amor? —dijo cortante.

—No seas gilipollas. —De pronto su voz parecía muy cansada. Tomó unos sorbos del café.

—La pregunta va en serio, chata. Evidentemente, estoy de acuerdo en que millones y millones de ellos se hacen regalos en tu nombre, aún practican todos los ritos de tu festividad, incluso lo de ir a recolectar huevos escondidos. Pero, ¿cuántos de ellos saben quién eres? Eh, perdone señorita. —Esto último a la camarera.

—¿Quieren otro café?

—No, encanto, sólo que tenemos una pequeña discusión y quizá puedas ayudarnos. Mi amiga y yo no nos ponemos de acuerdo sobre el origen de la palabra inglesa «Easter», ya sabes, pascua. ¿Tú lo sabes?

La chica lo empezó a mirar como si le hubieran empezado a salir sapos verdes de la boca.

—No tengo ni idea de esas chorradas cristianas. Soy pagana.

La mujer de la barra dijo:

—A mí me parece que debe querer decir «Cristo resucitado» o algo así.

—¿De verdad? —exclamó Wednesday.

—Sí, claro, «Easter», como el Sol que nace por el este.

—El hijo renaciente, claro, es la suposición más lógica. —La mujer sonrió y volvió a la máquina de café. Wednesday levantó la vista hacia la camarera —. Creo que al final sí tomaré otro café, si no te importa. Y dime, como pagana, ¿a quién veneras?

—¿Venerar?

—Sí, exacto, me imagino que las opciones deben ser muy numerosas. Así que, ¿a quién has dedicado tu altar doméstico? ¿Ante quién te arrodillas? ¿A quién rezas al amanecer y al atardecer?

Hizo varios gestos con los labios antes de poder llegar a proferir una respuesta.

—El principio femenino. Es un principio fortalecedor, ¿sabes?

—Efectivamente. Y este principio femenino tuyo, ¿tiene algún nombre?

—Es la diosa de nuestro interior —declaró la chica de la marca en la frente con rubor—, no necesita ningún nombre.

—Ajá —dijo Wednesday con una sonrisa maliciosa—. ¿Así que organizáis bacanales desenfrenadas en su honor? ¿Bebéis sangre las noches de luna llena rodeadas de velas encarnadas en candelabros de plata? ¿Os adentráis desnudas en la espuma del mar entonando extáticos cánticos a vuestra diosa innombrable mientras las olas lamen vuestras piernas y succionan vuestros muslos como las lenguas de un millar de leopardos?

—Me estás tomando el pelo. No hacemos ninguna de esas cosas raras. —Inspiró profundamente. Sombra intuyó que estaba contando hasta diez. —¿Algún otro café? ¿No quiere otro, señora? —Sonreía de forma muy similar a cuando habían entrado.

Rechazaron la oferta y la camarera se volvió para saludar a otros clientes. Wednesday comentó:

—Ahí va una que «no tiene fe y tampoco tendrá placer», Chesterton. Pagana, desde luego. Y bien, Easter, querida, ¿quieres que salgamos a la calle y repitamos la experiencia? ¿Quieres que averigüemos cuántos viandantes saben que su famosa fiesta de la Pascua aquí recibe el nombre de Eostra del amanecer? Vamos a ver... ya lo tengo: preguntaremos a cien personas, por cada uno que conozca la verdad, puedes cortarme un dedo y por cada veinte que no la conozca, me otorgas tus favores sexuales una noche. De momento llevas una ventaja considerable, además, estamos en San Francisco, cuyas abruptas calles rebosan paganos, brujos e idólatras.

Sus ojos verdes miraban a Wednesday. Sombra decidió que eran exactamente del mismo color que una hoja primaveral atravesada por la luz del sol. Ella no emitió ni un sonido.

—Podríamos probarlo —continuaba Wednesday—, pero me temo que yo acabaría con mis veinte dedos intactos y pasando cinco noches en la cama contigo. Así que no me repitas que te glorifican y que celebran tu festividad. Se llenan la boca con tu nombre, pero no significa nada para ellos. Absolutamente nada.

Los ojos se le bañaron en lágrimas.

—Ya lo sé —dijo con un hilo de voz—. No soy tonta.

—Pues no, no lo eres.

«Se le ha ido la mano», pensó Sombra.

Wednesday bajó la mirada avergonzado.

—Lo siento. —Sombra podía percibir sinceridad en su voz—. Te necesitamos. Necesitamos tu impulso, tu poder. ¿Estarás a nuestro lado para combatir la tempestad?

Ella dudaba. Lucía una cadena de nomeolvides tatuada en la muñeca izquierda.

—Sí —cedió al poco tiempo—, supongo que sí.

«Ya veo que es cierto lo que dicen: si puedes simular la sinceridad, ya lo tienes todo hecho», se dijo Sombra. Se sintió culpable por tal pensamiento.

Wednesday posó un beso en sus propios dedos y acarició la mejilla de Easter con ellos. Llamó a la camarera para pagar los cafés. Contó los billetes cuidadosamente, los dobló junto a la cuenta y se los entregó.

Cuando se marchaba Sombra le avisó:

—¡Señorita! Oiga, creo que se le ha caído esto. —Recogió del suelo un billete de diez dólares.

—No —dijo mirando las cuentas enrolladas que llevaba en la mano.

—Lo he visto caer —añadió educadamente—. Debería contarlas.

Ella contó el dinero y con una mirada de incredulidad exclamó:

—¡Vaya! Tiene razón, lo siento. —Cogió el billete de diez dólares de Sombra y se marchó.

Easter salió hasta el paseo con ellos. Justo comenzaba a oscurecer. Asintió mirando a Wednesday y después tocó la mano de Sombra y le preguntó:

—¿Con qué soñaste anoche?

—Con aves del trueno y una montaña de calaveras.

Ella le hacía gestos afirmativos.

—¿Y sabes a quién pertenecían esas calaveras?

—Había una voz, en el sueño, y me lo dijo.

Le dirigía otro ademán afirmativo y esperaba.

—Me dijo que eran mías, antiguas calaveras mías. Había millares.

Ella miró a Wednesday y observó:

—Me parece que éste es un guardián. —Exhibió una de sus limpias sonrisas. Después palmeó el brazo de Sombra y se alejó por el paseo. Sombra la miró mientras se perdía de vista intentando no pensar en sus muslos rozándose entre sí al caminar, cosa que le resultó imposible.

En el taxi de camino al aeropuerto Wednesday le interpeló:

—¿Qué mierda era esa de los diez dólares?

—Le pagaste de menos. Si no aparece todo el dinero se lo descuentan del sueldo.

—¿Y a ti qué te importa? —Su ira parecía real.

Sombra reflexionó un instante antes de contestar:

—Bueno, a mí no me gustaría que me lo hicieran. Ella no hizo nada malo.

—¿Ah, no? —Wednesday se quedó un momento con la mirada perdida y enumeró— A los siete años encerró a un gatito en un armario, lo oyó maullar durante días, cuando por fin dejó de maullar, lo metió en una caja de zapatos y lo enterró en el jardín. Quería enterrar algo. Se dedica a robar en los lugares en los que trabaja, pequeñas cantidades y a menudo. El año pasado estuvo visitando a su abuela en una residencia de ancianos: se llevó un antiguo reloj de oro de su mesita de noche y después estuvo merodeando por diversas habitaciones sustrayendo pequeñas cantidades de dinero y objetos personales de los otoñales internos en sus años dorados. Cuando llegó a casa no sabía qué hacer con sus caprichos, le asustaba que alguien le pudiese descubrir y acabó tirándolo todo excepto el dinero.

—Es suficiente.

—Además padece gonorrea asintomática. Sospecha que puede estar infectada pero no hace nada al respecto. El día que su último novio le acusó de habérsela pasado se mostró herida, se ofendió y se negó a volverlo a ver.

—No hace falta que sigas. Ya he cogido la idea. Puedes hacer esto con cualquiera, ¿no? Me puedes contar su parte mala.

—Claro, todos hacen lo mismo. Se creen que sus pecados son originales, pero la mayor parte de ellos son mezquinos y repetitivos.

—¿Y eso justifica que le robes diez pavos?

Wednesday pagó el taxi y los dos entraron en el aeropuerto y deambularon hasta su puerta. El embarque aún no había comenzado.

—¿Qué otra cosa puedo hacer? No sacrifican carneros o toros en mi honor, no me envían las almas de asesinos o esclavos, ahorcados y picoteados por los cuervos. Ellos me crearon y ahora me han olvidado. Sólo me tomo una pequeña revancha. ¿Acaso no es justo?

—Mi madre solía decir que «La vida no es justa».

—Claro, típica frase de madre, a la misma altura de «¿Y si todos tus amigos se tiran por la ventana, tú te piensas tirar detrás?

—Le birlaste diez dólares a esa chica y yo le deslicé otros diez —respondió con obstinación—. Yo sólo he hecho lo que creía correcto.

Una voz anunció que ya podían empezar a embarcar. Wednesday se puso en pie.

—Ojalá tus elecciones sean siempre tan claras.

La ola de frío ya estaba remitiendo durante la madrugada que Wednesday dejó en casa a Sombra. En Lakeside hacía un frío obsceno, pero ya no imposible. Al pasar por medio de la ciudad, el cartel lateral del banco M&I alternaba «3:30» con «-20°».

Eran las nueve y media de la mañana cuando el jefe de policía Chad Mulligan llamó a la puerta del apartamento y preguntó a Sombra si conocía a una chica llamada Alison McGovern.

—Creo que no —respondió somnoliento.

—Ésta es su foto, una de las del instituto. —Sombra reconoció a la persona de la foto inmediatamente: era la chica con el aparato dental de gomas azules, la que había estado aprendiendo todo sobre los usos orales del Alka-Seltzer con su amiga.

—Ah, vale, venía en el autobús cuando llegué a la ciudad.

—¿Dónde estuvo ayer, señor Ainsel?

Sombra sintió que el mundo se alejaba de él girando. Sabía que no tenía ninguna razón para sentirse culpable, salvo «violar la condicional y vivir bajo un nombre falso —le susurraba una voz tranquila en su mente— ¿Te parece poco?».

—En San Francisco, California, ayudando a mi tío a transportar una cama con dosel.

—¿Tiene algún resguardo de los billetes o algo así?

—Claro. —Conservaba sus dos tarjetas de embarque en el bolsillo de atrás y las sacó—. ¿Qué pasa?

Chad Mulligan examinó las tarjetas.

—Alison McGovern ha desaparecido. Colaboraba con la Sociedad humanitaria de Lakeside, alimentando animales y paseando perros. Solía ir unas horas después de clase. Dolly Knopf, que lleva la Sociedad humanitaria, siempre la traía de vuelta a casa por la noche cuando cerraban. Ayer Alison no llegó a ir.

—Ha desaparecido...

—Sí. Sus padres nos llamaron anoche. La muy tonta solía hacer dedo para ir a la sociedad, que está en la comarcal oeste, bastante aislada. Sus padres ya le habían dicho que no lo hiciera, pero esta no es la clase de sitio donde pasan cosas... la gente aquí ni siquiera cierra la puerta de casa. No se les puede ordenar algo así a los niños. Bueno, mira la foto otra vez.

Alison McGovern sonreía. En la foto, las gomas del aparato dental eran rojas, no azules.

—¿Puedes asegurarme con sinceridad que no la has raptado, violado, asesinado o algo así?

—Estaba en San Francisco. Además soy incapaz de hacer algo así, joder.

—Ya me lo imaginaba, hombre. Bueno, ¿quieres venir a ayudarnos a buscarla?

—¿Yo?

—Sí, tú. La unidad canina ha salido esta mañana, pero de momento no hemos hecho nada más. —suspiró—. Oye, Mike, yo sólo espero que aparezca en Twin Cities con algún novio atontado.

—¿Crees que es probable?

—Es posible. ¿Quieres unirte a la partida de búsqueda?

Sombra se acordó de cuando había visto a la chica en los Suministros domésticos y agrícolas Hennings, del atisbo de una tímida sonrisa festoneada de gomas azules, de lo guapa que había pensado que llegaría a ser algún día.

—Iré.

Había dos docenas de hombres y mujeres esperando en el vestíbulo del cuartel de bomberos. Sombra reconoció a Hinzelmann y algunas caras más también le resultaron familiares. Había agentes de policía y varios hombres y mujeres con los uniformes pardos de la comisaría del sheriff de la región de Lumber.

Chad Mulligan les explicó qué llevaba Alison en el momento de la desaparición: un abrigo rojo, unos guantes verdes, un gorro de lana azul bajo la capucha del abrigo. Después dividió a los voluntarios en tríos. Sombra, Hinzelmann y un hombre llamado Brogan formaban uno de ellos. Se les recordó que la luz diurna no duraría mucho, que si encontraban el cuerpo de Alison, Dios no lo quisiera, no debían contárselo a nadie ni alterar nada, sólo pedir ayuda por radio, pero que si ella aún estuviese viva, debían mantenerla en calor hasta que llegase ayuda.

Les dejaron en la comarcal W.

Hinzelmann, Brogan y Sombra caminaban por la orilla de un riachuelo helado. A cada trío se le había asignado una pequeña radio manual antes de partir.

Había nubes bajas y todo estaba en penumbra. No había vuelto a nevar en las últimas treinta y seis horas. Las huellas destacaban en la brillante superficie quebradiza de la nieve.

Brogan tenía el aspecto de un coronel retirado, por su bigote fino y sienes blanquecinas. Le aclaró a Sombra que era un director de instituto jubilado.

—Como ya no me iba a hacer más joven... Aún doy algunas clases, organizo los juegos de la escuela, que de todas formas son lo mejor del curso, y me dedico a cazar un poco y paso demasiado tiempo en la cabaña que tengo en Pike Lake. —Mientras salían dijo— Por un lado espero que la encontremos, pero por otro, si hay que encontrarla, espero que sean otros y no nosotros. ¿Me entendéis?

Sombra lo entendía perfectamente.

No hablaban mucho entre ellos tres. Sólo caminaban en busca de un abrigo rojo, unos guantes verdes, un gorro azul o un cuerpo blanco. De vez en cuando Brogan, que llevaba la radio, se ponía en contacto con Chad Mulligan.

A la hora del almuerzo se sentaron en un autobús escolar requisado junto al resto del grupo de búsqueda a comer unos perritos y tomarse una sopa caliente. Alguien avistó un halcón de cola encarnada en un árbol pelado, otra persona dijo que más bien parecía un halcón peregrino, pero el pájaro se alejó volando y la discusión se dejó de lado.

Hinzelmann les relató una historia sobre la trompeta de su abuelo en la que éste había estado intentando tocarla durante una ola de frío, pero hacía una temperatura tan baja fuera junto al granero, donde su abuelo había ido a practicar, que no salía ni música.

—Más tarde volvió a casa y dejó la trompeta junto a la estufa para que se deshelase. Y bueno, es noche, cuando toda la familia estaba ya en la cama, de repente las notas congeladas empezaron a salir de la trompeta. Mi abuela se asustó tanto que casi le da un ataque.

La tarde fue interminable, infructuosa y deprimente. La luz del día se apagaba lentamente, las distancias se difuminaban en un mundo teñido de añil y el viento les quemaba en la cara. Cuando ya se había hecho demasiado tarde para continuar, Mulligan les llamó para suspender la búsqueda por esa tarde y los recogieron y condujeron al cuartel de bomberos.

En la manzana junto al cuartel estaba la Taberna Los pavos paran aquí, que es donde acabaron la mayor parte de los voluntarios. Estaban exhaustos y desanimados, hablando entre sí del frío que había hecho, de que probablemente Alison aparecería en un par de días sin enterarse del revuelo que había montado.

—No debe usted llevarse una mala impresión de la ciudad por esto —le decía Brogan—. Es un buen lugar.

—Lakeside —añadió una mujer esbelta cuyo nombre Sombra ya no recordaba, si es que alguien se la había presentado— es la mejor ciudad de los North Woods. ¿Sabe cuantos parados hay en Lakeside?

—No —respondió Sombra.

—Menos de veinte y hay más de cinco mil personas viviendo aquí o en los alrededores. Puede que no seamos ricos, pero todos tenemos trabajo, no como en las ciudades mineras al noreste, que en su mayoría ya son ciudades fantasma. También había ciudades ganaderas, pero el desplome de los precios de la leche o la bajada de los precios del cerdo acabaron con ellas. ¿Sabe cuál es la mayor causa de muerte no natural entre los granjeros del Medio Oeste?

—¿El suicidio? —arriesgó Sombra.

Ella casi parecía decepcionada.

—Sí, exacto, se matan. —Meneó la cabeza con desaprobación. Continuó—. Por aquí hay demasiadas ciudades que viven sólo de los cazadores y los turistas, ciudades que les piden el dinero y los mandan de vuelta a casa con sus trofeos y sus picaduras de bichos. Después están las ciudades de una empresa, donde todo va de cine hasta que Wal-Mart cambia de lugar su centro de distribución o 3M deja de fabricar cajas para CD o cualquier otra cosa y de la noche a la mañana aparecen mil tipos que no pueden pagar la hipoteca. Perdone, no he captado bien su nombre.

—Ainsel, Mike Ainsel. —La cerveza que estaba bebiendo era de elaboración local, hecha con agua mineral, y estaba muy buena.

—Yo soy Callie Knopf, la hermana de Dolly. —Su cara aún estaba enrojecida por el frío—. Lo que digo es que en Lakeside tenemos suerte. Aquí hay un poco de todo: ganadería, pequeña industria, turismo, artesanía y buenas escuelas.

Sombra la miraba atónito. Había algo vacío en el fondo de sus palabras: era como si estuviese oyendo a un vendedor, a un vendedor muy bueno, que creyese en su producto, pero que, aún así, quisiese asegurarse de que volvieses a casa con todos los cepillos o la colección completa de enciclopedias. Quizá ella lo pudiese percibir en su cara, porque dijo:

—Lo siento, pero es que cuando uno quiere algo tanto, no puede parar de hablar de ello. ¿En qué trabaja, señor Ainsel?

—Mi tío se dedica a la compraventa de antigüedades por todo el país. Le ayudo a mover los artículos pesados, de gran tamaño. El trabajo es bueno, pero no muy estable.

—Al menos así puede viajar —comentó Brogan—, ¿hace alguna otra cosa?

—¿Tiene ocho monedas? —preguntó Sombra. Brogan rebuscó entre sus monedas. Encontró cinco de veinticinco, se las pasó a Sombra por el medio de la mesa. Callie Knopf le dio otras tres.

El colocó las monedas en dos filas de cuatro. Entonces, con un pequeño pase de mano, hizo el truco llamado «Monedas a través de la mesa», parecía que las empujaba por toda la mesa de su mano izquierda a la derecha.

Después, cogió las ocho monedas con la mano derecha y un vaso de agua vacía con la izquierda, cubrió el vaso con una servilleta y aparentemente, hizo que las monedas desapareciesen una a una de su mano derecha y aterrizasen una a una a través de la servilleta en el interior del vaso con un sonoro repiqueteo. Al final, abrió la mano derecha para demostrar que estaba vacía y retiró la servilleta para que se viesen las monedas en el vaso.

Devolvió las monedas, tres a Callie y cinco a Brogan, después, volvió a coger una de las de Brogan y dejó cuatro en su mano. Sopló la moneda y era un penique, que le devolvió a Brogan, quien, a su vez, contó sus monedas de veinticinco y se quedó pasmado al ver que aún tenía cinco en la mano.

—Eres un Houdini —cacareó Hinzelmann con deleite—. Eso es lo que eres.

—Sólo soy un aficionado. Todavía tengo mucho que aprender. —Aún así, sintió un punto de orgullo. Era la primera vez que tenía público adulto.

Paró en el supermercado de camino a casa para comprar un cartón de leche. La chica pelirroja de la caja le resultaba familiar y tenía los ojos enrojecidos por el llanto. Su rostro era una enorme peca.

—Te conozco, eres... —estuvo a punto de decir «la chica del Alka-Seltzer», pero se mordió la lengua y dijo— eres la amiga de Alison, la del autobús. Espero que ella esté bien.

Sollozó y asintió.

—Yo también.

Se sonó la nariz ruidosamente en un pañuelo y se lo metió en la manga.

Llevaba una banda que decía: «¡Hola! ¡Soy Sophie! ¡Pregúntame cómo puedes perder diez kilos en 30 días!»

—Hoy he estado buscándola todo el día, pero no ha habido suerte.

Sophie asintió conteniendo las lágrimas. Agitó el cartón de leche frente a una pantalla que mostró el precio con un pitido. Sombra le tendió dos dólares.

—Me largo de esta puta ciudad —dijo la chica repentinamente con voz ahogada—. Me voy a vivir con mi madre a Ashland. Alison se ha ido. Sandy Olsen se fue el año pasado. Jo Ming el anterior. ¿Qué pasa si me voy yo el año que viene?

—Pensaba que a Sandy Olsen se lo había llevado su padre.

—Sí —respondió amargamente—, seguro que sí. Y Jo Ming se fue a California y Sarah Lindquist se perdió en una excursión y nunca la encontraron. Lo que sea. Yo me quiero largar a Ashland.

Inspiró profundamente y retuvo el aire un instante. Después, inesperadamente, le sonrió. No había nada forzado en el gesto, sólo que probablemente le habían dicho que debía sonreír al devolver el cambio. Le deseó que tuviese un buen día antes de volverse hacia la mujer con un carrito repleto que estaba detrás de él y comenzar a descargar y registrar.

Sombra cogió la leche y se marchó, pasó junto a la gasolinera y la chatarra, cruzó el puente en dirección a casa.

VIAJE A AMÉRICA

1778

«Había una joven y su tío la vendió», escribió el señor Ibis con su perfecta caligrafía.

Ésa es la historia, el resto son meros detalles.

Si exponemos nuestro corazón abiertamente a determinados relatos, nos herirán con demasiada profundidad. Tomemos el ejemplo de un buen hombre, bueno a sus ojos y a los ojos de sus amigos: es fiel y sincero con su mujer, adora a sus hijos y los colma de atenciones, se preocupa por su país, realiza su trabajo escrupulosamente, lo mejor que puede. Por eso, con eficacia y buen humor, se dedica a exterminar judíos: aprecia la música que suena por el campo para amansarlos, les aconseja que no olviden sus números de identidad cuando los conduce a la ducha, porque mucha gente, les cuenta, los olvida y después se lleva la ropa equivocada al salir. Esto calma a los judíos. Habrá vida después de la ducha, se convencen. Nuestro hombre supervisa los detalles del traslado de los cuerpos a los hornos y si hay algo que le haga sentir mal, es que todavía permite que el exterminio de alimañas le afecte, porque si fuese realmente bueno, no sentiría sino alegría por librar a la tierra de tal plaga.

«Había una joven y su tío la vendió», dicho de esta forma, parece tan simple.

«Ningún hombre —proclamaba Donne— es una isla», pero se equivocaba. Si no fuésemos islas, estaríamos perdidos, ahogados en tragedias ajenas. Estamos aislados, palabra que, recuérdese, significa literalmente «hechos islas», aislados de las tragedias ajenas por nuestra naturaleza de islas y por la forma repetitiva de las historias. La forma perdura: hay un ser humano que nace, vive y, por un medio u otro, muere. Así. Los detalles se pueden rellenar de acuerdo con la propia experiencia, tan poco originales como cualquier otra historia y tan únicos como cualquier otra vida. Las vidas son copos de nieve, forman modelos que ya hemos visto. Modelos unos iguales a otros, pero al mismo tiempo únicos, como los guisantes en su vaina. ¿Alguna vez has visto guisantes en una vaina? ¿Te has fijado realmente? Al minuto de inspección detallada no hay posibilidad de confusión entre ellos.

Sin individuos sólo vemos cifras: mil muertos, cien mil muertos, «el número de muertos puede ascender a un millón». A través de las historias individuales las estadísticas se convierten en personas, pero incluso esto constituye una mentira, porque las personas continúan sufriendo en cifras pasmosas y sin sentido. Mira, ¿no ves la tripa hinchada del niño, las moscas que se arrastran por el contorno de sus ojos y sus miembros esqueléticos? ¿Sería más fácil si conocieses su nombre, su edad, sus sueños, sus miedos? ¿Si conocieses su interior? Y si lo fuese, ¿no estarías con ello discriminando a su hermana, que yace en el mismo polvo ardiente, retorcida e hinchada como una caricatura grotesca? Pero incluso sintiéndolo por ellos, ¿acaso son más importantes para nosotros que otros mil niños afectados por la misma hambre, otras mil tiernas vidas que pronto serán pasto de la miríada de larvas retorcidas de las moscas?

Trazamos nuestras fronteras alrededor de estos momentos de dolor y permanecemos en nuestras islas, donde no pueden alcanzarnos. Quedan cubiertos con una capa suave, segura y coriácea que hace que resbalen como perlas por nuestras almas sin llegar a dañarlas.

La novela nos permite deslizarnos al interior de esas otras cabezas, de esos otros lugares y mirar por esos otros ojos. En el cuento nos detenemos justo antes de morir o morimos representando a otro, sin dolor, para, en el mundo más allá del relato, volver la página o cerrar el libro y recomenzar nuestras vidas.

La vida es, como cualquiera, diferente de cualquiera.

La simple verdad es que «había una joven y su tío la vendió».

En el lugar de donde venía la joven se decía que ningún hombre podía estar seguro de quién era el padre de un niño, en cambio la madre, sí que quedaba bien claro. El linaje y la propiedad se pasaban de forma matrilineal, pero el poder permanecía en manos de los hombres: el hombre ostentaba la propiedad absoluta de los hijos de su hermana.

Había guerra en aquel lugar, una guerra ínfima, no más que una escaramuza entre los hombres de dos aldeas rivales. Prácticamente se reducía a una discusión. Una aldea ganó la discusión y la otra la perdió.

La vida como una mercancía y las personas como una propiedad: la esclavitud formaba parte de la vida de aquellos lugares desde hacía milenios. Los esclavistas árabes habían destruido los reinos del África oriental, mientras que las naciones del África occidental se habían destruido unas a otras.

No era en absoluto impropio o extraño que el tío vendiese a los gemelos, aunque los gemelos eran considerados criaturas mágicas y su tío los temía, los temía hasta tal punto que no les dijo que los iba a vender por si le dañaban la sombra y lo mataban. Tenían doce años. Ella se llamaba Wututu, el pájaro mensajero, él Agasu, el nombre de un rey fallecido. Eran unos niños sanos. Al ser gemelos, hembra y varón, se les explicaban muchas cosas sobre los dioses, al ser gemelos, escuchaban lo que se les decía y lo recordaban.

Su tío era un hombre gordo y perezoso. De haber tenido más ganado, probablemente hubiese cedido alguna cabeza en lugar de los niños, pero no lo hizo: vendió a los gemelos. Esto es todo lo que necesitamos saber de él, no volverá a aparecer en este relato, que sigue a los gemelos.

Les hicieron marchar, en compañía de otros esclavos capturados o vendidos en la guerra, una decena de kilómetros hasta un pequeño destacamento. Allí los vendieron y a los gemelos, además de a otros trece, los compró un grupo de seis hombres con lanzas y navajas que los condujeron hacia el oeste, a través del mar, y después, durante bastantes millas a lo largo de la costa. En aquel momento en total había quince esclavos con ataduras laxas en las manos y sujetos por el cuello.

Wututu preguntaba a su hermano Agasu qué sería de ellos.

—No lo sé —le respondía. Agasu era un niño de sonrisa fácil; mostraba sus dientes blancos y perfectos al sonreír y así alegraba a Wututu. Pero ahora no estaba sonriendo. En su lugar, por su hermana, intentaba aparentar valentía, llevaba la cabeza bien alta, los hombros abiertos, tan orgulloso, tan amenazador y tan cómico como un cachorro con el pelo erizado.

Un hombre con la cara llena de cicatrices que estaba en la fila detrás de Wututu les dijo:

—Nos venderán a los demonios blancos, que nos llevarán a su casa a través del agua.

—¿Y qué nos harán allí? —inquirió Wututu.

El hombre no decía nada.

—¿Qué? —preguntaba. Agasu intentó echarle una mirada por encima del hombro. No les estaba permitido hablar o cantar durante la marcha.

—Es posible que nos coman. Eso es lo que nos han dicho. Por eso necesitan tantos esclavos, porque siempre tienen hambre.

Wututu empezó a llorar mientras andaba. Agasu le consolaba:

—No llores, hermana mía, no llores, que no te comerán. Yo te protegeré, nuestros dioses te protegerán.

Pero Wututu continuaba llorando, caminando con el corazón abrumado, sintiendo el dolor, la rabia y el miedo que sólo un niño puede llegar a sentir: desnudo e inhumano. Se sintió incapaz de decirle a Agasu que lo que temía no era que los diablos blancos la engullesen a ella. Tenía la certeza de que iba sobrevivir. Lloraba porque temía que se comiesen a su hermano y no estaba segura de poder protegerlo.

Llegaron a un mercado, en el que los retuvieron durante diez días. La mañana del décimo los sacaron de la cabaña en la que habían estado recluidos y que en los últimos días se había llenado de gente al tiempo que llegaban hombres desde muy lejos con sus propios grupos de esclavos. Los hicieron caminar por la bahía y Wututu vio el barco que se los llevaría.

Lo primero que pensó fue que el barco era enorme, pero inmediata- mente después, que era demasiado pequeño para que todos cupiesen dentro. Apenas descansaba sobre el agua. Un bote iba y venía transpor- tando a los cautivos al barco, donde los marineros les ponían grilletes y los alojaban en la bodega. Algunos marineros tenían la piel de color cal- dera o morena, extrañas narices afiladas y barbas que les conferían un aspecto animal. Algunos de los marineros eran como su propia gente, como los hombres que la habían llevado por la costa. Los separaron en hombres, mujeres y niños y los obligaron a colocarse en diferentes luga- res de la bodega. Había demasiados para el tamaño del barco, por lo que encadenaron a otra docena de hombres en la cubierta, bajo las hamacas de la tripulación.

Wututu quedó en el grupo de los niños, no de las mujeres, por lo que no estaba encadenada, sólo encerrada. Agasu, fue obligado a ir con el grupo de los hombres, encadenados, amontonados como sardinas. Bajo la cubierta, a pesar de que la tripulación lo había estado restregando, el hedor era insoportable, estaba imbuido en la madera, era el olor del miedo, de la bilis, de la diarrea, de la muerte, de la fiebre y de la locura. Wututu se sentó con los otros niños en el sofocante encierro. Sentía el sudor de los que estaban a su lado. Una ola precipitó encima de ella a un niño pequeño, que se disculpó en una lengua extraña. Intentó sonreírle medio en la penumbra.

El barco zarpó, avanzaba pesadamente por el agua.

Wututu divagaba sobre el lugar del que venían los hombres blancos, aunque, pensándolo bien, ninguno de ellos era blanco, su piel curtida por el mar y el Sol, oscura. ¿Acaso sufrían una escasez tal de alimentos que necesitaban ir hasta su tierra a buscar personas para comérselas? O es que ella iba a convertirse en un manjar especial para personas que ya habían consumido tantos que sólo la carne de piel negra podía abrirles el apetito?

El segundo día fuera del puerto, el barco encontró una tormenta, pequeña, pero que sacudió y golpeó las bodegas hasta que el olor del vómito se unió a la mezcla de orina, heces líquidas y sudor frío. La llu- via les caía a cántaros desde los respiraderos del techo de la bodega.

A la semana de viaje, cuando no se avistaba tierra alguna, se per- mitió a los esclavos librarse de los grilletes. Se les advirtió que cual- quier desobediencia, cualquier problema sería castigado con una dure- za inimaginable.

Por la mañana, los cautivos recibieron alubias, tortas de viaje y un trago de zumo de lima avinagrado por cabeza, un zumo tan agrio que se les retorcía el semblante y les hacía toser e incluso gemir a algunos cuando se lo repartían. No podían escupirlo, porque si les pillaban escupiendo o babeando les propinaban azotes o palizas.

Por la noche les dieron buey salado. Tenía un sabor desagradable y una pátina irisada en la superficie grisácea. Ya al principio del viaje era así, pero conforme pasaban los días, la carne se iba estropeando cada vez más.

Siempre que podían Wututu y Agasu se reunían para hablar de su madre, de su hogar y de sus amigos. A veces Wututu relataba a Agasu historias que les solía contar su madre, como las de Elegba, el más pícaro de los dioses, que era los ojos y oídos de Mawu en el mundo, que llevaba mensajes a Mawu y volvía con sus respuestas.

Al anochecer, para disipar la monotonía del viaje, los marineros hacían que los esclavos cantasen para ellos y bailasen las danzas de sus tierras.

Por fortuna, Wututu había sido colocada entre los niños, a los que simplemente se ignoraba. Las mujeres no tenían siempre esta misma suerte. En algunos barcos esclavistas toda la tripulación violaba repetidamente a las mujeres, como parte de la remuneración tácita por el viaje. Este no era uno de esos barcos, pero eso tampoco quería decir que no se produjesen violaciones.

A lo largo del viaje perecieron cien hombres, mujeres y niños y los echaron por la borda. Algunos de los cautivos que tiraron por la borda aún no habían muerto, pero el rigor verde del océano enfrió sus últimas fiebres y cayeron agitándose, ahogándose, y se perdieron.

Wututu y Agasu viajaban en un barco holandés, pero no lo sabían y, de hecho, podía haber sido inglés, portugués, español o francés.

Los tripulantes negros, cuya piel era aún más oscura que la de Wututu, indicaban a los cautivos adónde ir, qué hacer, cuándo bailar. Una mañana Wututu sorprendió a uno de los guardas negros mirándola. Mientras comía, el hombre se acercó a ella y la miró sin decir nada.

—¿Por qué hacéis esto? —preguntó Wututu— ¿Por qué servís a los demonios blancos?

Él sonrió como si la pregunta fuese lo más gracioso que había oído en su vida. Después se inclinó de modo que sus labios casi rozaban la oreja de Wututu y el aliento que despedía le provocó una repulsión repentina.

—Si fueses mayor, te haría gritar de alegría con mi pene. Quizá lo haga esta noche. Ya he visto lo bien que bailas.

Ella lo miró con sus ojos castaños y le respondió resuelta, casi con una sonrisa:

—Si me lo metes ahí abajo, te lo arrancaré con mis dientes de ahí abajo. Soy una bruja y tengo unos dientes muy afilados ahí abajo.

Le encantó ver cómo cambiaba su expresión. No le dijo nada más y se marchó en silencio.

Las palabras habían salido de su boca, pero no eran sus palabras, no las había pensado o formado. Se dio cuenta de que eran las palabras de Elegba, el granuja. Mawu había creado el mundo y después, gracias a los engaños de Elegba, había perdido el interés por él. Había sido Elegba el astuto, el de la erección de hierro, quien había hablado por su boca, quien la había cabalgado por un instante. Aquella noche, antes de dormir, agradeció a Elegba.

Algunos de los cautivos se negaban a comer, entonces se les azotaba hasta que acababan poniéndose comida en la boca y la tragaban; los latigazos eran tan fuertes que dos hombre murieron a causa de ellos. Después, nadie más intentó ayunar para conseguir la libertad. Un hombre y una mujer intentaron matarse saltando por la borda. La mujer lo logró. Al hombre lo rescataron, lo ataron a un mástil y lo azotaron durante buena parte del día hasta que le corrió la sangre por la espalda. Lo dejaron atado mientras el día se hacía noche, sin darle nada que comer o beber salvo su propia orina. Al tercer día ya deliraba y tenía la cabeza hinchada y blanda como un melón pasado. Cuando dejó de delirar lo tiraron por la borda. Además, durante los cinco días posteriores al intento de fuga, los cautivos volvieron a sus grilletes y cadenas.

Era un viaje largo y duro para los cautivos, pero tampoco era agradable para la tripulación, a pesar de que había aprendido a endurecer el alma en el negocio y actuaba como si sólo estuviese transportando ganado al mercado.

Arribaron a puerto un día tranquilo y agradable en Bridgeport, en las Barbados, y llevaron a los cautivos del barco a la orilla en botes bajos enviados desde el muelle. Los condujeron a la plaza del mercado donde, a gritos y golpes, los ordenaron en filas. Sonó un silbato y la plaza quedó repleta de hombres de caras rubicundas que hurgaban, daban codazos, gritaban, inspeccionaban, llamaban, valoraban y refunfuñaban.

En ese momento separaron a Wututu y Agasu, súbitamente. Un hombre corpulento abrió la boca de Agasu, le miró los dientes, tocó los músculos de sus brazos, asintió y otros dos hombres se lo llevaron a rastras. No se resistió. Sólo miró a Wututu y le dijo:

—Sé fuerte.

Ella asintió y la mirada se le empañó de lágrimas y gimió. Juntos eran gemelos, mágicos, poderosos. Separados sólo eran dos niños desamparados.

No volvió a verlo, salvo una vez, y nunca con vida.

Esto es lo que le ocurrió a Agasu. Primero lo llevaron a una plantación de especias, en la que le azotaban diariamente por lo que hacía y por lo que no hacía, le enseñaron algunos rudimentos de inglés y le dieron el nombre de Jack el Teñido por lo oscuro de su piel. Cuando escapó, lo cazaron con perros, lo trajeron de vuelta y le cortaron un dedo del pie con un cincel para grabarle una lección que no olvidaría. Habría ayunado hasta la muerte, pero cuando se negó a comer, le rompieron los dientes y le introdujeron a la fuerza papilla en la boca hasta que no le quedó más remedio que tragar o ahogarse.

Incluso por aquel entonces se preferían los esclavos nacidos en cautividad a los traídos desde África. Los esclavos que habían nacido libres intentaban huir o morir y en ambos casos los beneficios menguaban.

Cuando Jack el Teñido cumplió dieciséis años lo vendieron, junto con varios esclavos más, a una plantación de azúcar en la isla de Santo Domingo. Le llamaban Jacinto, el corpulento esclavo de los dientes rotos. Encontró a una vieja de su propia aldea en la plantación. Había trabajado como esclava doméstica hasta que los dedos se le habían vuelto demasiado nudosos y artríticos. Le dijo que los blancos separaban a los cautivos de las mismas ciudades y pueblos intencionadamente para evitar insurrecciones y revueltas. No les gustaba cuando los esclavos hablaban entre sí en sus propias lenguas.

Jacinto aprendió algo de francés y le proporcionaron algunas enseñanzas de la Iglesia católica. Cada día cortaba caña de azúcar desde antes del amanecer hasta después de la puesta del Sol.

Tuvo varios hijos. Durante la madrugada iba con el resto de los esclavos a los bosques, aunque estaba prohibido, para bailar la Calinda, cantar a Damballa-Wedo, el dios en forma de serpiente negra. Cantaba en honor a Elegba, Ogu, Shango, Zaka y muchos otros, todos los dioses que los cautivos habían llevado consigo a la isla en sus mentes y en lo recóndito de sus corazones.

Los esclavos de las plantaciones de Santo Domingo no solían sobrepasar la década de vida. El tiempo libre que se les concedía, dos horas en el calor del mediodía y cinco en la oscuridad de la noche, era el tiempo disponible para cultivar y cuidar de su alimentación, ya que sus amos no les daban comida, sólo les proporcionaban minúsculas porciones de tierra para cultivar y alimentarse con ellas. Este tiempo era también el tiempo para dormir y soñar. Aún así, dedicaban el tiempo a reunirse y danzar, a cantar y adorar. El suelo de Santo Domingo era fértil y los dioses de Dahomey, del Congo y del Níger echaron hondas raíces en él y crecieron de forma exuberante, enorme, profunda y prometieron la libertad a todo aquel que los adorase por las noches en las arboledas.

Jacinto tenía veinticinco años cuando una araña le mordió el dorso de la mano derecha. La mordedura se infectó y la carne de la mano se le gangrenó: al poco tiempo, todo su brazo estaba hinchado y morado y la mano desprendía hedor, le punzaba y le quemaba.

Le dieron a beber ron a palo seco y calentaron la hoja de un machete al fuego hasta que despidió un brillo rojo y blanco. Le cortaron el brazo a la altura del hombro con una sierra y lo cauterizaron con la hoja ardiente. Sufrió fiebre durante una semana. Después volvió al trabajo.

El esclavo de un sólo brazo llamado Jacinto tomó parte en la revuelta de esclavos de 1791.

El propio Elegba tomó posesión de Jacinto en la arboleda, cabalgándolo como el hombre blanco cabalga el caballo, y habló por su boca. Él apenas recordaba qué había dicho, pero los que estaban a su lado le recordaron que les había prometido liberarlos de su cautiverio. Él sólo recordaba su erección, dolorosa y como una vara de madera, y que había levantado en dirección a la Luna sus dos manos, la que tenía y la que ya no.

Los hombres y mujeres de aquella plantación sacrificaron un cerdo y bebieron su sangre aún caliente para comprometerse y unirse en una hermandad. Juraron ser un ejército de la libertad, hicieron votos a todos los dioses de las tierras de las que habían sido arrancados como botín.

—Si morimos en la guerra contra los blancos —se decían mutuamente—, renaceremos en África, en nuestros hogares, en nuestras propias tribus.

Como había otro Jacinto en el levantamiento, ahora llamaban a Agasu «el Gran Manco». Combatió, veneró, sacrificó, planeó. Vio cómo morían sus amigos y amantes, pero continuó luchando.

La guerra se prolongó doce años, una lucha enloquecedora, sangrienta, contra los dueños de las plantaciones, contra las tropas venidas de Francia. Combatieron, continuaron luchando y de modo imposible, acabaron ganando.

El 1 de enero de 1804 se declaró la independencia de Santo Domingo, que pronto sería presentada al mundo como la República de Haití. El Gran Manco no vivió para verlo. Había muerto en agosto de 1802, traspasado por la bayoneta de un soldado francés.

En el preciso momento de la muerte del Gran Manco, antes conocido como Jacinto, y aún antes como Jack el Teñido y que en su corazón siempre continuó siendo Agasu, su hermana, a quien él había conocido como Wututu, que se había llamado Mary en su primera plantación de las Carolinas y Daisy cuando se convirtió en esclava doméstica y Sukey cuando la vendieron a la familia Lavere aguas abajo en Nueva Orleans, sintió el frío de la bayoneta deslizarse entre sus costillas y comenzó a gritar y llorar inconsolablemente. Sus hijas gemelas se despertaron y empezaron a chillar. Eran de color café con leche, sus nuevos bebés, distintas de los hijos negros que había tenido en la plantación cuando ella misma era poco más que una niña, hijos a los que no veía desde que tenían quince y diez años y de la hija mediana que llevaba muerta un año cuando vendieron a Wututu y tuvo que abandonarlos.

A Sukey le habían azotado repetidas veces desde que había llegado a tierra, una vez le restregaron sal en las heridas, en otra ocasión le habían azotado de forma tan brutal y durante tanto tiempo que no pudo sentarse ni dejar que nada le rozase la espalda en varios días. Le habían violado multitud de veces cuando era más joven, hombres negros a los que se les había ordenado compartir su catre de madera y también hombres blancos. La habían encadenado. Sin embargo, nunca había derramado una lágrima. Desde que le habían quitado a su hermano sólo había llorado una vez. Fue en Carolina del Norte, cuando vio que la comida de los esclavos niños se servía en los mismos abrevaderos que la de los perros y que sus hijos arañaban junto a los perros los últimos restos. Un día vio cómo esto sucedía, ya lo había visto antes, cada día en la plantación y lo seguiría viendo muchas veces después, hasta que dejó la plantación, pero verlo aquel día le rompió el corazón.

Durante un tiempo había sido guapa. Después, los años de penurias se desquitaron y perdió su belleza. Su cara estaba arrugada y sus ojos castaños reflejaban demasiado dolor.

Once años antes, cuando tenía veinticinco, su brazo derecho se había marchitado. Nadie entre la gente blanca había sabido qué hacer con él. Parecía que la carne se fundiese en los huesos y el brazo se le quedó colgando, poco más que piel y hueso, casi inmóvil. Después de esto tuvo que pasar a ser una esclava doméstica.

La familia Casterton, dueña de la plantación, estaba impresionada con sus habilidades en la casa y la cocina, pero a la señora Casterton el brazo marchito le resultaba perturbador y la acabaron vendiendo a la familia Lavere, que estaba pasando un año fuera de Luisiana: el señor Lavere era un hombre gordo y animado que necesitaba una cocinera y criada para todo tipo de tareas y al cual el brazo marchito de la esclava Daisy no le provocaba ni la más mínima repulsión. Cuando un año después volvieron a Luisiana, la esclava Sukey se fue con ellos.

En Nueva Orleans las mujeres, y también los hombres, acudían a ella para comprar curas, filtros de amor y pequeños fetiches, gente negra, por supuesto, pero también gente blanca. La familia Lavere aparentaba no enterarse, quizá disfrutaba del prestigio de tener una esclava temida y respetada. De cualquier modo, se negaban a venderle su libertad.

Bien entrada la noche, Sukey iba al arroyo a danzar la Calinda y la Bamboula. Al igual que en Santo Domingo y que en su propia tierra, en el arroyo se bailaba bajo la protección de una serpiente negra, pero los dioses de su tierra y de otras naciones africanas no poseían aquí a las personas en la forma en que habían poseído a su hermano y a la gente de Santo Domingo. Aún así, ella continuaba invocándolos y llamándolos por sus nombres para implorar sus favores.

Escuchó cuando la gente blanca hablaba de lo que llamaban la revuelta de Santo Domingo y de cómo estaba abocada al fracaso —«¡Pensadlo! ¡Una tierra dominada por caníbales!»— y más tarde observó que nunca volvían a hablar de ella.

Pronto le pareció que actuaban como si nunca hubiese existido un lugar llamado Santo Domingo y ni siquiera mencionaban la palabra Haití. Era como si todo Estados Unidos hubiese decidido que podrían, con sólo desearlo, ordenar desaparecer a una isla caribeña de buen tamaño, por medio de un acto de fe.

Los hijos de Lavere crecieron bajo el ojo vigilante de Sukey. El benjamín, incapaz de pronunciar «Sukey» cuando era pequeño, la llamaba Mamá Zuzú y el nombre se acabó quedando. Corría el año 1821 y Sukey ya pasaba de la cincuentena, aunque parecía mucho mayor.

Conocía más secretos que la vieja Santé Dedé, que vendía dulces frente al Cabildo, más que Marie Salopé, que se llamaba a sí misma la reina del vudú. Ambas eran mujeres de color libres, mientras que Mamá Zuzú era una esclava y moriría como esclava, o al menos eso era lo que decía su amo.

Una mujer que vino a verla para averiguar qué había sido de su marido se hacía llamar la Viuda París. Tenía unos senos prominentes, era joven y orgullosa. Por sus venas corría sangre africana, europea e india. Su piel era rojiza, su pelo de un negro brillante, sus ojos, negros y altaneros. Su marido, Jacques París, quizá estaba muerto. Era un mulato cuarterón, según los cálculos de la época, el bastardo de una familia antes soberbia, de las muchas que huyeron de Santo Domingo, nacido libre, al igual que su flamante mujer.

—¿Mi Jacques está muerto? —preguntaba la Viuda París. Era una peluquera que iba de casa en casa peinando a las mujeres elegantes de Nueva Orleans antes de sus exigentes compromisos sociales.

Mamá Zuzú consultó los huesos y movió la cabeza.

—Está con una mujer blanca en algún lugar al norte de aquí, una mujer blanca con el pelo dorado. Está vivo.

No era el fruto de ninguna magia. Era del dominio público en Nueva Orleans con quién había huido Jacques París y el color de su cabello.

Mamá Zuzú estaba sorprendida de que la Viuda París no supiese todavía que su Jacques le metía cada noche su pequeño pene de cuarterón a una chica de piel rosada en Colfax. Bueno, eso las noches que no estaba demasiado borracho para poder usarlo en algo más productivo que mear. Quizá lo sabía, quizá tenía alguna razón más fuerte para venir.

La Viuda París venía a ver a la vieja esclava una o dos veces por semana. Después de un mes ya le colmaba de regalos: lazos para el pelo, una tarta de semillas, un gallo negro.

—Mamá Zuzú, ya es hora de que me enseñes lo que sabes.

—Sí —le respondía sabiendo por qué lado soplaba el viento. Además la Viuda París le había confesado que al nacer tenía los pies palmeados, señal de que era una gemela que había matado a su hermano en el vientre. ¿Qué otra cosa podía hacer Mamá Zuzú?

Enseñó a la joven que colgando dos nueces moscadas del cuello del paciente hasta que se rompiese la cuerda, curaría los soplos del corazón; que abriendo un pichón que nunca hubiese volado y colocándolo sobre su cabeza le calmaría la fiebre. Le enseñó a fabricar una bolsa de deseos, una pequeña bolsa de cuero con treinta peniques, nueve semillas de algodón y las cerdas de un puerco negro y cómo frotar la bolsa para que concediese sus peticiones.

La Viuda París aprendía todo lo que Mamá Zuzú le enseñaba, pero no tenía auténtico interés por los dioses. Sus intereses eran meramente prácticos. Le encantaba aprender que si mojaba un rana viva en miel y la colocaba en la boca de un hormiguero, cuando los huesos estuviesen limpios, podría buscar dos entre ellos, uno plano en forma de corazón y el otro con una especie de gancho y que debería colgar el hueso del gancho en la ropa del hombre que quisiese que la amase y guardar el otro en lugar seguro, porque si se perdía, su amante se volvería contra ella como un perro rabioso. Y que esto, infaliblemente haría suyo al hombre que amase.

Aprendió que el polvo seco de serpiente, mezclado entre los polvos de tocador de su rival, le producirían ceguera y que se podía provocar que una rival se ahogase cogiendo una prenda de su ropa interior, dándole la vuelta y enterrándola a medianoche bajo un ladrillo.

Mamá Zuzú mostró a la Viuda París la raíz maravillosa del mundo, las grandes y pequeñas raíces de John el Conquistador, la sangre de dragón, la valeriana y la hiedra de cinco dedos. Le enseñó a preparar té para que se consuman, agua para que te cortejen y para hacer *shingo*.

Mamá Zuzú instruyó a la Viuda París en estas y otras muchas artes, pero era decepcionante para la vieja, que daba lo mejor de sí para enseñar sus verdades más recónditas, su sabiduría más profunda, para hablar de Papa 'Legba, de Mawu, de Aido-Hwedo, la serpiente vudú, y de todos los otros sin que la Viuda Paris —cuyo nombre al nacer y cuando se volvió famosa era Marie Laveau, pero no la gran Marie Laveau, de la que habréis oído hablar, que era su madre y acabó convirtiéndose en la Viuda Glapion— estuviese en absoluto interesada en los dioses de la remota tierra africana. Si Santo Domingo había sido una tierra negra y fértil para que los dioses africanos prosperasen en ella, esta otra tierra, una tierra de maíz y melones, una tierra de cangrejos y algodón, era estéril.

—No quiere aprender —se quejaba Mamá Zuzú a Clémentine, su confidente, que hacía la colada de muchas de las casas del barrio y lavaba las cortinas y las colchas. A Clémentine le afloraban quemaduras por las mejillas y uno de sus hijos se había escaldado hasta morir cuando se le volcó un barreño de cobre.

—Entonces no le enseñes —dice Clémentine.

—Le enseño, pero no entiende qué es lo valioso, lo único que ve es qué hacer con ello. Le entrego un diamante, pero sólo le importan los cristales vistosos. Le ofrezco media botella del mejor vino y se bebe el agua del río. Le obsequio con una codorniz y sólo desea comerse una rata.

—¿Y por qué persistes?

Mamá Zuzú se encoge de hombros, lo que provoca que el brazo marchito le tiemble.

No puede responder, diría que enseña porque así agradece estar viva, y así es, ha visto morir a demasiados. Podría decir que sueña con que un día los esclavos se rebelen, como lo hicieron, aunque fracasaron, en LaPlace, y sabe en el fondo de su alma que sin los dioses africanos, sin el favor de 'Legba y Mawu, nunca podrán vencer a sus captores blancos y nunca volverán a su tierra natal.

Aquella terrible noche casi veinte años antes en que se despertó sintiendo el acero frío entre sus costillas, la vida de Mamá Zuzú llegó a su fin. Ahora era una persona que no vivía, que sólo odiaba. Si se le hubiese preguntado por el odio, no habría sido capaz de hablar de una niña de doce años en un barco pestilente, porque esto ya había quedado cubierto en su mente por capas y capas de latigazos y palizas, noches encadenada, demasiadas separaciones y demasiado dolor. Podía haber hablado de su hijo y de cómo el amo le había cercenado un dedo del pie al descubrir que el niño sabía leer y escribir. Podía haber hablado de su hija que con doce años ya estaba embarazada de un vigilante y cómo cavaron un hoyo que contuviese la barriga hinchada de la niña mientras la azotaban hasta hacerle la carne de la espalda sangre y cómo, a pesar de que el hoyo estaba cavado con el mayor cuidado, su hija perdió el niño y la vida un domingo por la mañana mientras los blancos estaban en misa...

Demasiado dolor.

—Reveréncialos —le decía Mamá Zuzú a la joven Viuda París en el arroyo una hora después de la medianoche. Ambas estaban desnudas hasta la cintura, sudando por la humedad de la noche, con la piel reflejando la pálida luz de la Luna.

El marido de la Viuda París, Jacques, cuya muerte se produjo tres años después en extrañas circunstancias, había hablado a Marie de los dioses de Santo Domingo, pero a ella no le importaban: el poder surgía de los rituales, no de los dioses.

Mamá Zuzú y Marie París cantaban, estampaban los pies contra el suelo y se arrodillaban en la ciénaga. Cantaban en honor a las serpientes negras, las mujeres de color libres y la esclava del brazo marchito.

—No se trata sólo de que tú prosperes y tus enemigos encuentren la ruina. Es algo más —decía Mamá Zuzú.

Muchas de las palabras ceremoniales, palabras que antes conocía y que su hermano también había conocido, se habían borrado ya de su memoria. Le decía a la hermosa Marie Laveau que las palabras no importaban, que sólo importaban los ritmos y las melodías y allí, cantando y chapoteando sobre las serpientes negras, en la charca, tiene una visión extraña. Ve el batir de las canciones, el de la Calinda, el de la Bamboula y todos los otros ritmos del África ecuatorial extendiéndose poco a poco por esta tierra de medianoche hasta que todo el país se estremece y baila los ritmos de los viejos dioses cuyo reino ella tuvo que abandonar. Pero desde la ciénaga comprende que ni siquiera esto será suficiente.

Se vuelve hacia la hermosa Marie Laveau y se ve a sí misma a través de sus ojos, una mujer de piel negra, con la cara surcada de arrugas, con un brazo esquelético colgando sin vida en su costado, con los ojos de quien ha visto a sus hijos pelearse por la comida con los perros. Se vio a sí misma y por primera vez supo la repulsión y el temor que la joven sentía por ella.

Entonces prorrumpió en risas, se agachó y agarró con su mano útil una serpiente negra tan larga, vigorosa y gruesa como el cabo de un barco.

—Ésta será nuestro vudú.

Dejó caer la serpiente ya dócil en un cesto que la mulata Marie sostenía.

Después, a la luz de la Luna, una segunda visión le poseyó definitivamente y vio a su hermano Agasu, pero ya no como el niño de doce años del que se había separado en el mercado de Bridgeport, sino como un hombre corpulento, calvo, que al sonreír mostraba unos dientes rotos y cuya espalda estaba cruzada de profundas cicatrices. En una mano llevaba un machete. Su brazo derecho apenas era un muñón.

Ella alargó su propia mano sana.

—Espera, espera un momento —susurró—. Me voy contigo. Pronto estaré a tu lado.

Y Marie París pensó que la vieja hablaba con ella.

CAPÍTULO DUODÉCIMO

América ha invertido su religión y su moral en valores renta-
bles. Ha adoptado la inalcanzable posición de nación bendeci-
da sólo porque merece serlo y sus súbditos, aunque mantengan
o descuiden cualquier otra teología, suscriben sin reservas el
credo nacional.

—Agnes Repplier, *Times and Tendencies*

Sombra condujo en dirección oeste, atravesando Wisconsin, Minnesota, hacia el interior de Dakota del Norte, donde las montañas cubiertas de nieve parecían gigantescos búfalos dormidos y Wednesday y él no alcanzaban a ver otra cosa que no fuese un paisaje desierto, del que se hartaron durante kilómetros. Fueron rumbo al sur, hacia el interior de Dakota del Sur, camino de la reserva.

Wednesday había cambiado el Lincoln Town Car, que a Sombra le agradaba conducir, por un viejo Winnebago hecho trizas, que desprendía un penetrante e inconfundible olor a gato y que a Sombra le desagradaba profundamente conducir.

Pasaron la primera indicación del Monte Rushmore, para el que aún faltaba un buen centenar de kilómetros y Wednesday gruñó:

—Ése sí que es un lugar santo.

Sombra, hasta ese momento, pensaba que Wednesday estaba dormido. Le comentó:

—Sé que era sagrado para los indios.

—La forma de vida americana es así: hay un lugar sagrado, pero hay que darle a la gente una excusa para que pueda venir a rendir culto. En estos tiempos, la gente ya no puede ir a ver simplemente una montaña, así que tiene que venir el señor Gutzon Borglum y esculpir las caras de los presidentes. Con eso, el permiso queda garantizado y las muchedumbres pueden conducir hasta aquí para contemplar en persona algo que ya han visto mil veces en postal.

—Una vez, hace muchos años, conocí a un tío que iba a la fábrica de músculos. Contaba que los indios dakota escalan la montaña y forman cadenas humanas que desafían la muerte, sólo para que el último tío de la cadena pueda mearle al presidente en la nariz.

Wednesday estalló en carcajadas.

—¡Genial! ¡Muy bien! ¿Y el blanco de sus iras es algún presidente en concreto?

Sombra se encogió de hombros.

—Eso no nos lo dijo.

Los kilómetros desaparecían bajo las ruedas del Winnebago. Sombra se imaginaba que era el paisaje de Norteamérica el que se movía a cien kilómetros por hora mientras él estaba quieto. Una bruma invernal empañaba los contornos de las cosas.

Ya era mediodía en su segundo día de viaje y estaban a punto de llegar. Sombra, que llevaba un rato pensativo, observó:

— La semana pasada, desapareció una chica en Lakeside, mientras estábamos en San Francisco.

—¿Mmm? —Wednesday no parecía especialmente interesado.

—Una niña llamada Alison McGovern. No es la única que ha desaparecido, ha habido más. Se marchan en invierno.

Wednesday frunció el ceño.

—Menuda tragedia, ¿no? Y luego sus caritas en los cartones de leche —aunque no puedo recordar cuándo fue la última vez que vi la cara de un niño en un cartón de leche— y en las paredes de las áreas de descanso de las autopistas. «¿Me has visto? —preguntan, lo que en el mejor de los casos es una cuestión de gran profundidad existencial— ¿Me has visto? Cuéntalo en la próxima salida.»

A Sombra le pareció oír pasar un helicóptero, pero las nubes eran demasiado bajas para distinguir nada.

—¿Por qué escogiste Lakeside?

—Ya te lo he dicho, porque es un lugar agradable y tranquilo en el que mantenerte escondido. Allí estás aislado, fuera del radar.

—Pero, ¿por qué?

—Por que es así y ya está. Ahora vete a la izquierda.

Sombra giró a la izquierda.

—Algo va mal. Joder. Me cago en Jesucristo en bicicleta. Frena, pero no te pares.

—¿Te importaría explicarte un poco?

—Problemas. ¿Conoces algún camino alternativo?

—La verdad es que no. Es la primera vez que vengo a Dakota del Sur y no tengo muy claro adónde vamos.

Al otro lado de la colina se vio un destello rojo difuminado por la neblina.

—La carretera está cortada —dijo Wednesday introduciendo la mano hasta el fondo de uno de los bolsillos de su chaqueta, y después del otro, en busca de alguna cosa.

—No puedo pararme y darme la vuelta.

—No, no podemos volver, también están detrás. Reduce a quince o veinte kilómetros por hora.

Sombra miró por el retrovisor, había unos faros detrás, a un kilómetro y medio más o menos.

—¿Lo tienes claro?

—Tan claro como que un huevo es un huevo, como dijo un granjero turco cuando incubó por primera vez una tortuga. ¡Eureka! —bufó y sacó un pequeño pedazo de tiza blanca del fondo de un bolsillo.

Empezó a trazar marcas por todo el salpicadero de la furgoneta como si estuviese resolviendo un problema de álgebra o, como pensó Sombra, igual que un vagabundo escribiendo largos mensajes a otros vagabundos en lenguaje cifrado: perro peligroso, ciudad insegura, mujer simpática, cárcel buena para pasar la noche...

—Bien, ahora acelera a cuarenta y no bajes de esta velocidad.

Uno de los coches que estaban detrás encendió las luces, puso la sirena en marcha y aceleró tras ellos.

—No frenes. Sólo quieren que vayamos más despacio antes de llegar al control. —Continuaba escribiendo sin cesar.

Estaban ya en lo alto de la colina, con el control a menos de medio kilómetro. Había doce coches atravesados en la carretera, varios coches de policía a los lados y algunas furgonetas negras.

—Ya está. —Se guardó la tiza. El salpicadero del Winnebago estaba cubierto de trazos rúnicos.

El coche de la sirena estaba justo detrás de ellos, había disminuido hasta su velocidad y un altavoz les gritaba:

—¡A un lado!

Sombra miraba a Wednesday.

—Gira a la derecha y sal de la carretera.

—No puedo salir sin más, vamos a volcar.

—No te preocupes, sólo gira, ¡ya!

Sombra dio un volantazo a la derecha y el Winnebago empezó a dar tumbos. Por un momento pensó que tenía razón y que el vehículo iba a volcar, pero después el paisaje del parabrisas tembló y se disolvió, como una imagen reflejada en la superficie de un lago cristalino agitado por el viento.

Las nubes, la llovizna y la nieve habían desaparecido. Las estrellas colgaban sobre ellos como hojas de luz helada apuñalando el cielo nocturno.

—Aparca aquí. Podemos andar el resto del camino.

Sombra paró el motor, fue a la parte de atrás del Winnebago, se puso el abrigo, las botas y los guantes. Después salió del vehículo y dijo:

—Ya está, vámonos.

Wednesday lo miró divertido y algo más, quizá irritado, quizá orgulloso.

—¿No discutes? ¿No piensas exclamar que esto es imposible? ¿Por qué coño haces lo que te digo y te lo tomas tan tranquilamente, joder?

—Porque no me pagas para que te haga preguntas —respondió y después, comprendiendo la verdad mientras hablaba, añadió — y porque, de todas formas, nada me sorprende desde lo de Laura.

—¿Desde que volvió de entre los muertos?

—Desde que supe que se estaba follando a Robbie. Eso me dolió. Lo demás es superficial. ¿Hacia dónde vamos?

Wednesday se lo indicó y empezaron a caminar. El suelo bajo sus pies estaba hecho de algún tipo de roca volcánica lisa, a veces resbaladiza. Corría un aire fresco, pero no invernal. Descendían torpemente una colina en la que había un sendero tortuoso y lo siguieron. Sombra miraba hacia el pie de la colina.

—¿Qué coño es eso? —preguntó, pero Wednesday se llevó un dedo a los labios y movió la cabeza de un lado a otro con fuerza: silencio.

Parecía una araña metálica, emitía una luz azul, metalizada, como de pantalla, y era del tamaño de un tractor. Permanecía encogida al pie de la colina. Detrás había diversos huesos, cada uno de ellos con una llama algo mayor que la de una vela parpadeando al lado.

Wednesday le indicó con gestos que se mantuviese a distancia de aquellos objetos. Sombra dio otro paso lateral, un error en un camino tan resbaladizo, que le hizo torcerse el tobillo y caer por el terraplén, rodando, deslizándose y rebotando. Se agarró a una roca al caer, pero una protuberancia de obsidiana le desgarró el guante de cuero como si fuese papel.

Acabó al pie de la colina, entre la araña metálica y los huesos.

Apoyó una mano para levantarse y se dio cuenta de que estaba tocando algo con la palma de la mano que parecía ser un fémur y que estaba...

...de pie, a plena luz del día, fumando un cigarro y mirando el reloj. Había coches a su alrededor, algunos vacíos y otros no. Pensaba que no debía haberse tomado la última taza de café, porque ahora se estaba muriendo de ganas de mear y empezaba a sentirse incómodo.

Uno de los policías locales se dirigió hacia él, un hombre corpulento con escarcha en el bigote de morsa, de cuyo nombre ya se había olvidado.

—No sé cómo hemos podido perderlos —le dice en tono apologético y atónito.

—Sería una ilusión óptica, se producen en condiciones meteorológicas extrañas. La neblina. Un espejismo: estarían conduciendo por otra carretera y nos pareció que era por ésta.

El policía local parecía decepcionado:

—Pensaba que se trataría de uno de esos casos tipo Expediente X...

—No tan emocionante, me temo. —De vez en cuando sufre hemorroides, ahora el ano le empieza a picar, señal de que un brote se aproxima. Quiere volver a la circunvalación. Ojalá hubiese un árbol tras el que esconderse, la necesidad de mear es cada vez más imperiosa. Tira el cigarrillo y lo pisa.

El policía local se dirige a uno de los coches y le comenta algo al conductor. Ambos hacen gestos de desaprobación con la cabeza.

Saca el teléfono, manipula el menú hasta que encuentra el número inscrito como «lavandería», que tanta gracia le hizo cuando lo introdujo porque era una referencia a *Los agentes de CIPOL*. Mientras lo mira se da cuenta de que no tiene nada que ver, que en este caso era el número de un sastre y lo que en realidad recuerda es *El Super Agente 86* y se siente extraño y un poco avergonzado, incluso tras todos estos años, por no haberse dado cuenta cuando era un niño de que se trataba de parodias y haberse pasado el día soñando con tener un teléfono en el zapato...

Una voz de mujer responde al teléfono:

—¿Sí?

—Soy el señor Ciudad y quiero hablar con el señor Mundo.

—Espere un momento, por favor, voy a ver si puede ponerse.

Escucha el silencio. Cruza las piernas, se esfuerza por ponerse el cinturón algo más alto en la barriga y más lejos de la vejiga, definitivamente tiene que bajar los últimos cinco kilos. Después, una voz urbana le dice:

—Hola, señor Ciudad.

—Los hemos perdido —informa Ciudad. Siente una punzada de frustración en las entrañas: eran los cabrones, los asquerosos hijos de puta que se habían cargado a Madera y a Piedra, joder. Unos buenos hombres. Desea con locura tirarse a la señora Madera, pero sabe que ha pasado demasiado poco tiempo desde la muerte de Madera para empezar el ataque, por eso se la lleva a cenar una vez cada dos semanas, una inversión de futuro, con ella tan agradecida por la atención...

—¿Cómo?

—No lo sé. Colocamos una barricada en la carretera y no había ningún sitio al que se pudiesen escapar, pero lo cierto es que se fueron.

—Otro de los pequeños misterios de la vida. No te preocupes. ¿Has tranquilizado a los locales?

—Les he dicho que era una ilusión óptica.

—¿Y se lo han tragado?

—Probablemente.

Algo le resultaba extrañamente familiar en la voz del señor Mundo, un pensamiento bastante raro, teniendo en cuenta que llevaba dos años trabajando directamente para él, hablando con él cada día, por supuesto que su voz debía sonarle familiar.

—Ya deben de estar lejos.

—¿Enviamos a alguien a la reserva a interceptarlos?

—No vale la pena. Hay demasiadas cuestiones jurisdiccionales y el número de hilos de los que puedo tirar en una sola mañana es limitado. Tenemos tiempo de sobra. Sólo ven. Estoy a vueltas con la organización del encuentro de gestión.

—¿Problemas?

—Es una merienda de negros. Yo he propuesto hacerlo aquí. Los técnicos lo quieren en Austin, o quizá San José, los actores en Hollywood y los intangibles en Nueva York. Cada uno pretende llevárselo a su terreno y nadie quiere ceder ni un ápice.

—¿Necesitas que haga algo?

—Todavía no. Primero voy a gruñirles a algunos y darles palmaditas en la espalda a otros. Ya sabes, la rutina.

—Sí, señor.

—Sigue así, Ciudad.

La comunicación se corta.

Ciudad piensa que debía haber tenido un equipo de operaciones especiales para acabar con el puto Winnebago, o minas terrestres en la carretera o algún artefacto nuclear táctico de los cojones, que les hubiese enseñado a los cabrones esos que iban en serio. Era lo que le había dicho un día el señor Mundo, «estamos escribiendo el futuro en letras de fuego» y el señor Ciudad piensa que si no mea ahora mismo se le va a joder un riñón, le va a explotar, como solía decir su padre en los viajes largos cuando Ciudad era un niño e iban por la interestatal y el padre decía «tengo las muelas a flote —Ciudad todavía podía oír su voz, con aquel acento yanqui cerrado— voy a tomarme un trago ahora mismo, que tengo las muelas a flote»...

...Y fue en ese momento cuando Sombra sintió que una mano abría su propia mano, forzando a que cada dedo dejase caer el fémur al que estaba aferrado. Ya no tenía ganas de mear, ésa era otra persona. Estaba en pie bajo las estrellas en una planicie de roca vidriosa.

Wednesday le volvió a indicar que guardase silencio. Comenzó a andar y Sombra lo siguió.

La araña metálica crujió y Wednesday se paró en seco. Sombra también se detuvo y espero junto a él. Algunos grupos de luces verdes centelleaban y corrían junto a la máquina. Sombra contenía la respiración.

Pensaba en lo que acababa de suceder. Había sido como mirar a través de una ventana el interior de la mente de otra persona. Después cayó en la cuenta: al que le sonaba familiar la voz del señor Mundo era a mí. Era mi pensamiento, no el del señor Ciudad. Por eso la impresión era tan extraña. Intentó identificar mentalmente la voz, clasificarla en su categoría correspondiente, pero no lo logró.

«Ya lo haré —pensó—, antes o después lo conseguiré.»

Las luces verdosas se volvieron azules, después rojas, más tarde se fueron difuminando en un rojo más pálido y la araña se recostó sobre sus patas metálicas. Wednesday comenzó a caminar hacia el frente, una figura solitaria bajo las estrellas con un sombrero de ala ancha, con un abrigo oscuro deshilachado ondeando al azar en el viento apátrida, con un bastón repiqueteando en el suelo de roca vidriosa.

Cuando la araña ya no era sino un destello distante en un punto lejano de la llanura bajo la luz de las estrellas, Wednesday anunció:

—Ahora ya podemos hablar tranquilamente.

—Pero, ¿dónde estamos?

—Entre bastidores.

—¿Cómo?

—Imagina que estamos entre bastidores, igual que en el teatro. Sólo nos he sacado de la vista del público y estamos andando por detrás del escenario. Es un atajo.

—Cuando he cogido ese hueso, era como si me metiese en la mente de un tío llamado Ciudad. Está con los del espectáculo fantasmal. Nos odia.

—Sí.

—Su jefe se llama señor Mundo. Me recuerda a alguien, pero no sé a quién. Yo estaba mirando el interior de la cabeza de Ciudad, o estaba dentro, no estoy seguro.

—¿Saben adónde nos dirigimos?

—Creo que están dando por finalizada la cacería ahora mismo. No querían seguirnos hasta la reserva. ¿Vamos a una reserva?

—Quizá. —Descansó un instante sobre el bastón, después continuó el camino.

—¿Qué era esa especie de araña?

—Una manifestación ejemplar. Un motor de búsqueda.

—¿Son peligrosos?

—Sólo se llega a mi edad asumiendo lo peor.

Sombra sonrió:

—¿Qué edad?

—La edad de mi lengua y algunos meses más que mis dientes.

—Juegas con las cartas tan cerca del pecho que ni siquiera tengo claro que sean cartas.

Wednesday sólo gruñó.

Las colinas que iban encontrando eran cada vez más difíciles de subir.

Sombra empezó a sentir dolor de cabeza. Había algo insufrible en la luz de las estrellas, algo que hacía eco del pulso de sus sienes y de su pecho. Al pie de la siguiente colina tropezó, abrió la boca para decir algo y, sin previo aviso, vomitó.

Wednesday rebuscó en un bolsillo interior y sacó un frasco pequeño.

—Tómate un trago, sólo un sorbo.

El líquido era agrio y se evaporaba en la boca como el buen coñac, aunque no sabía a alcohol. Wednesday le quitó el frasco y se lo guardó.

—Al público no le sienta muy bien andar entre bastidores, por eso te sientes enfermo. Tendremos que darnos prisa en sacarte de aquí.

Anduvieron más rápido, Wednesday con vigor y Sombra dando tumbos de vez en cuando, a pesar de que se sentía mejor después de haber tomado la bebida, que le había dejado en la boca una mezcla de sabor de piel de naranja, de aceite de romero, de menta y de clavo.

Wednesday lo cogió por el brazo.

—Allí —le indicó apuntando hacia dos lomas heladas de roca vidriosa a su izquierda—. Pasa entre esos dos montículos, pasa a mi lado.

Al pasar, el aire frío y la cegadora luz diurna golpearon simultáneamente la cara de Sombra.

Se encontraban a medio camino de una colina suave. La lluvia había desaparecido, lucía el sol y hacía frío, el cielo estaba completamente azul. Al pie de la colina había un camino de grava por el que una furgoneta cabeceaba como si fuese un coche de juguete. Salía olor a humo de leña de una construcción cercana. Parecía como si treinta años antes alguien hubiese cogido una caravana y la hubiese plantado en una colina. La casa estaba llena de reparaciones, parches y, en algunos lugares, incluso añadidos.

Al llegar a la puerta, ésta se abrió y un hombre de mediana edad con ojos penetrantes y boca como hecha de un tajo los miró de arriba abajo:

—¡Epa! Ya había oído que había dos blancos que venían a verme, dos blancos en un Winnebago. También había oído que se habían perdido, como siempre se pierden los blancos en cuanto no llenan todo de señales. Y mira esos dos pobres diablos en la puerta. ¿ya sabéis que estáis en tierras lakota? —Tenía el pelo largo y ceniciento.

—¿Desde cuándo eres tú lakota, viejo farsante? —replicó Wednesday, que ahora llevaba un abrigo y un gorro con orejeras. A Sombra ya le parecía bastante improbable que sólo unos instantes atrás, bajo las estrellas, hubiese estado vestido con un sombrero de ala ancha y un abrigo hecho jirones—. Bien, Whiskey Jack, me muero de hambre y mi amigo acaba de vomitar el desayuno, ¿nos piensas invitar a pasar?

Whiskey Jack se rascó un sobaco. Llevaba unos vaqueros y una camiseta del mismo gris que su pelo. Estaba calzado con unos mocasines indios y no parecía sentir ningún frío. Después dijo:

—Sí, me gusta esto, entrad hombres blancos que han perdido su Winnebago.

Dentro de la caravana el aire olía más a humo de leña y había otro hombre sentado a la mesa. Llevaba unos zahones de cuero teñido y estaba descalzo. Tenía la piel del color de la corteza.

Wednesday estaba encantado.

—Bien, parece que nuestro retraso ha tenido consecuencias afortunadas: Whiskey Jack y Apple Johnny, dos pájaros de un tiro.

El tipo de la mesa, Apple Johnny, miró a Wednesday, después se llevó una mano al paquete, la curvó y respondió:

—Te has vuelto a equivocar, acabo de comprobarlo y tengo mis dos balas exactamente donde tienen que estar. —Miró a Sombra, levantó la mano y se la tendió—. Soy Johnny Chapman. No te creas nada de lo que tu jefe te diga sobre mí. Es un imbécil. Siempre lo ha sido y siempre lo será. Algunas personas son imbéciles y ya está, no hay nada que hacer.

—Mike Ainsel.

Chapman se mesó una barba incipiente.

—Ainsel, eso no es un nombre, pero en caso de necesidad te servirá. ¿Cómo te llaman?

—Sombra.

—Entonces te llamaré Sombra. Eh, Whiskey Jack —aunque lo que pronunciaba no era «Whiskey Jack», había demasiadas sílabas, advirtió Sombra—, ¿cómo va la comida?

Whiskey Jack levantó con una cuchara de madera la tapa de una olla de hierro negro que humeaba en el fogón de la estufa de leña.

—Lista.

Cogió cuatro cuencos de plástico, sirvió el contenido de la olla en ellos y los puso en la mesa. Después abrió la puerta, salió a la nieve y sacó una jarra de plástico de un montículo. La trajo adentro, sirvió cuatro vasos de un líquido amarillento y turbio y los colocó junto a los cuencos. Por último sacó cuatro cucharas y se sentó a la mesa con los demás.

Wednesday levantó su vaso con reticencia.

—Parece meado.

—¿Todavía bebes aquella mierda? —preguntó Whiskey Jack— Los hombres blancos estáis locos. Esto es mucho mejor. —A continuación se dirigió a Sombra— El estofado sobre todo es de pavo salvaje y la sidra la ha comprado John.

—Es sidra de manzana dulce. Nunca me han gustado los licores fuertes, te vuelven loco.

El estofado era delicioso y la sidra también era muy buena. Sombra tenía que contenerse para masticar la comida y no engullirla, pero tenía un hambre increíble. Repitió de estofado y de sidra.

—Hay un rumor que dice que has estado hablando con todo tipo de gente y ofreciéndoles todo tipo de cosas. Dicen que estás reuniendo a los de antes para ir a la guerra —comentó John Chapman. Sombra y Whiskey Jack estaban fregando y guardando los restos del estofado en *tupperwares*. Whiskey Jack los sacó a los ventisqueros junto a la puerta y puso una caja de leche encima del lugar en el que los había hundido para poder volver a encontrarlos.

—Creo que se trata de un resumen justo y sensato de las cosas —respondió Wednesday.

—Vencerán ellos —le soltó Whiskey Jack tajantemente—. De hecho, ya han ganado y tú ya has perdido, igual que mi gente contra el hombre blanco. La mayor parte de las veces ganaban los blancos, cuando no ganaban hacían un trato y después lo rompían para volver a ganar. No pienso volver a luchar por causas perdidas.

—A mí no te molestes ni en mirarme —dijo John Chapman— porque incluso si llegase a luchar por ti, cosa que no voy a hacer, no te serviría de nada. Unos cabrones sarnosos con rabo de rata me han dejado fuera de juego. —Paró. Después exclamó— Paul Bunyan. —Movió la cabeza con desaprobación y repitió— Paul Bunyan. —Sombra nunca había oído unas palabras tan innocuas proferidas de forma tan acusadora.

—¿Paul Bunyan? —preguntó— ¿Pero qué hizo?

—Se apropió de espacio mental —respondió Whiskey Jack. Agarró un cigarro de Wednesday y los dos se sentaron a fumar.

—Es como esos idiotas que se piensan que los colibríes se preocupan por el sobrepeso o las caries o alguna tontería del estilo o pretenden simplemente salvar a los pájaros de los males del azúcar —explicaba Wednesday— y por eso rellenan sus comederos con la mierda esa de la sacarina. Los colibríes vienen, se la toman y después se mueren porque su comida no contiene calorías por mucho que se llenen la tripa. Eso es lo que Paul Bunyan supone para vosotros.

Nadie había contado las historias de Paul Bunyan, tampoco nadie creía en él, pero salió renqueando de una agencia de publicidad de Nueva York en 1910 y llenó el estómago mítico de la nación de alimentos bajos en calorías.

—A mí me gusta Paul Bunyan —dijo Whiskey Jack— Me subía a su montaña rusa en el Mall of America hace unos años. El viejo Paul Bunyan está en la cúspide y después de verlo caes en picado, ¡paf! A mí me parece bien. No me importa que nunca haya existido, eso quiere decir que nunca se cargó ni un árbol, lo cual no es tan bueno como haberlos plantado, claro, plantarlos es mejor.

—¡Qué profundo! —aprobó Johnny Chapman.

Wednesday hizo un anillo de humo, que se quedó suspendido en el aire, deshaciéndose poco a poco en volutas y curvas.

—Joder, Whiskey Jack, sabes que no se trata de eso.

—No te voy a ayudar. Cuando te peguen la patada en el culo, vienes, y si todavía estoy aquí, te volveré a invitar a comer. La mejor comida la tenemos en otoño.

—Las alternativas son peores.

—No tienes ni idea de las alternativas —respondió Whiskey Jack. Después miró a Sombra—. Tú estás de caza —le dijo. Su voz estaba cascada por el humo de la leña y del tabaco.

—Estoy trabajando.

Whiskey Jack negó con la cabeza.

—Pero también estás buscando algo. Tienes una deuda por pagar.

Sombra pensó en los labios azulados de Laura y en la sangre de sus manos y asintió.

—Escúchame. El primero en llegar fue Zorro, que era hermano de Lobo. Zorro dijo «la gente vivirá para siempre, si mueren no será por mucho tiempo». Lobo declaró «no, la gente morirá, debe morir, todo lo que vive debe morir, porque si no, se extenderá por todo el mundo y lo cubrirá y acabará con todos los salmones y los caribús y los búfalos, se comerá todas las calabazas y el maíz. El día que Lobo murió, le pidió a Zorro «deprisa, deprisa devuélveme a la vida». Pero Zorro respondió «no, los muertos deben permanecer muertos. Tú me convenciste». Lloraba al proferir estas palabras, pero ya las había dicho y eran definitivas. Ahora Lobo reina en el mundo de los muertos y Zorro vive eternamente bajo el Sol y la Luna y continúa llorando a su hermano.

—Si no pensáis entrar en el juego, no entréis, pero entonces nos tenemos que ir —dijo Wednesday.

El rostro de Whiskey Jack permaneció impasible.

—Estoy hablando con este muchacho. Tú eres un caso perdido, pero él no. —Se volvió hacia Sombra—. Cuéntame tu sueño.

—Estaba subiendo por una torre de calaveras. Había unas aves gigantescas con rayos en las alas volando alrededor. Me atacaban. La torre se desplomó.

—Todo el mundo sueña, ¿no podríamos ponernos en marcha ya?

—No todo el mundo sueña con Wakinyau, el ave del trueno. Sentimos los ecos del sueño incluso aquí.

—Ya te lo había dicho, joder.

—Hay una bandada de aves del trueno en Virginia Occidental —explicó Chapman sin prisa—, al menos un par de gallinas y un gallo viejo. También hay una pareja que está criando en la tierra que se solía llamar Estado de Franklin, pero el viejo Ben al final se quedó sin estado, entre Kentucky y Tenessee. Claro que nunca ha habido demasiados, ni siquiera en los mejores tiempos.

Whiskey Jack alargó una mano del color de la arcilla y tocó la cara de Sombra con suavidad.

—Sí, es verdad, si cazases un ave del trueno podrías traer de vuelta a tu mujer, pero ella pertenece al lobo, no a la tierra de los vivos.

—¿Y eso cómo lo puedes saber?

Los labios de Whiskey Jack no se movieron.

—¿Qué te dijo el búfalo?

—Que creyese.

—Buen consejo. ¿Lo estás siguiendo?

—Más o menos, supongo que sí. —Hablaban sin palabras, sin boca, en silencio. Sombra se preguntó si a los otros dos hombres de la habitación les parecería que estaban de pie, sin moverse, el tiempo que dura un latido o incluso una fracción de latido.

—Cuando encuentres tu tribu, vuelve a verme. Puedo ayudarte.

—Vendré.

Whiskey Jack bajó la mano. Después se volvió hacia Wednesday.

—¿Vas a ir a buscar tu Cacho-casa?

—¿Mi qué?

—«Cacho-casa», así es como los Winnebago se llaman a sí mismos.

Wednesday negó:

—Es demasiado arriesgado. Recuperarlo puede ser problemático y además pueden estar buscándolo.

—¿Es robado?

Wednesday parecía ofendido.

—De eso nada, los papeles están en la guantera.

—¿Y las llaves?

—Las tengo yo.

Mi sobrino, Harry Bluejay tiene un Buick del 81. ¿Por qué no me das las llaves de vuestra furgoneta? Os podéis quedar con su coche.

Wednesday saltó:

—¿Me estás tomado el pelo?

Whiskey Jack se encogió de hombros.

—Ya sabes lo difícil que va a ser recuperar la furgoneta de donde la dejaste tirada. Te estoy haciendo un favor. Lo tomas o lo dejas, a mí me da igual. —Cerró su boca como hecha de un tajo.

Wednesday parecía furioso, pero la furia se convirtió en arrepentimiento y dijo:

—Sombra, dale a este tío las llaves del Winnebago. —Sombra se las pasó.

—Johnny —dijo Whiskey Jack—, ¿te importaría bajar a estos dos a buscar a Harry Bluejay? Dile que le pido que les dé su coche.

—Será un placer.

Se levantó y se fue hacia la puerta. Salió seguido de Sombra y Wednesday. Whiskey Jack se despidió en la puerta:

—Eh, Wednesday, no vuelvas por aquí. No eres bienvenido.

Wednesday extendió un dedo hacia lo alto.

—Móntate y pedalea —respondió con amabilidad.

Bajaron la colina a través de la nieve, abriéndose paso entre ventisqueros. Chapman iba al frente, con los pies descalzos lívidos al contacto con la superficie quebradiza de la nieve.

—¿No tienes frío? —preguntó Sombra.

—Mi mujer era una *choctaw*.

—¿Y te enseñó alguna fórmula mágica para evitar el frío?

—No, pensaba que estaba loco. Solía decir «Johnny, ¿por qué no vas a ponerte unas botas? —La pendiente de la colina se hizo más abrupta y tuvieron que dejar de hablar. Los tres iban tropezando y resbalándose por la nieve, usaban los troncos de los abedules que crecían en la colina para mantenerse en pie y no caerse. Cuando el suelo volvió a ser un poco menos accidentado, Chapman continuó —Ella ya está muerta, claro. Por supuesto, cuando murió me volví un poco paranoico, pero eso le puede pasar a cualquiera, también te podría pasar a ti. —Le palmeó el brazo a Sombra—. Dios mío, sí que estás fuerte.

—Eso me dicen.

Durante media hora aproximadamente bajaron penosamente la colina hasta que llegaron a la carretera de grava que hería su contorno y comenzaron a seguirla en dirección al grupo de casas que habían visto desde lo alto.

Un coche frenó. La mujer que lo conducía se estiró, bajó la ventanilla del lado derecho y preguntó:

—¿Queréis que os lleve, chicos?

—Es usted muy amable, señora —respondió Wednesday—, estamos buscando al señor Harry Bluejay.

—Estará en la sala recreativa —dijo la mujer. Debía pasar de los cuarenta, supuso Sombra—. Subid.

Entraron. Wednesday se sentó delante, John Chapman y Sombra se sentaron detrás. Las piernas de Sombra eran demasiado largas para sentarse detrás con comodidad, pero hizo lo que pudo. El coche dio una sacudida hacia delante y empezó a bajar por la carretera de grava.

—¿De dónde habéis salido?

—Venimos de visitar a un amigo —eludió Wednesday.

—Vive en la colina de atrás —contestó Sombra.

—¿Qué colina?

Sombra miró hacia atrás por el cristal polvoriento del coche, pero ya no había ninguna colina, sólo nubes sobre una planicie.

—Whiskey Jack.

—Ah, por aquí lo llamamos Inktomi. Creo que es el mismo tipo. Mi abuelo solía contar algunas historias divertidas sobre él, la mayoría bastante picantes, claro. —El coche salta con un bache y la mujer maldice—. ¿Vais bien ahí atrás?

—Sí, señora —respondió Johnny Chapman aferrándose con las dos manos al asiento de atrás.

—Carreteras de reserva. Te acabas acostumbrando.

—¿Todas son así?

—Más o menos. Todas las de por aquí, sí. Y no te pongas a preguntar por el dinero de los casinos, porque ¿quién en su sano juicio quiere pegarse la paliza de venir hasta aquí sólo para ir a un casino? No vemos ni un centavo.

—Lo siento.

—No lo sientas. —Cambió la marcha con un crujido—. ¿Sabes que la población blanca de esta zona está disminuyendo? Sales y sólo hay ciudades fantasma. ¿Cómo los vas a retener en una granja después de haber visto el mundo en la televisión? De todas formas, a nadie le merece la pena seguir cultivando estas tierras tan pobres. Nos quitaron la tierra, se instalaron en ella y ahora se marchan. Se van al sur, al oeste. A lo mejor, si esperamos a que se vayan bastantes a Nueva York, Miami o Los Ángeles, podemos recuperar todo el centro sin una sola batalla.

—Buena suerte.

Encontraron a Harry Bluejay en la sala recreativa, en la mesa de billar, haciendo unos tiros con efecto para impresionar a un grupo de chicas. Llevaba un pájaro azul tatuado en el dorso de la mano derecha y multitud de *piercings* en la oreja.

—Epa, indio.

—Lárgate, espectro descalzo y chiflado —contestó un Harry Bluejay locuaz—, que me pones la carne de gallina.

Había varios viejos al fondo de la sala, algunos jugando a las cartas, otros hablando. También había otros más jóvenes, de la edad de Harry Bluejay, esperando su turno para la mesa de billar. Era una mesa de gran tamaño y tenía un siete en el tapete reparado con cinta adhesiva plateada.

—Te traigo un mensaje de tu tío. Dice que les des a estos dos tu coche.

Debía haber unas treinta o cuarenta personas en la sala y todos ellos miraban fijamente sus cartas, pies o uñas, poniendo el mayor empeño en disimular que estaban escuchando.

—No es mi tío.

El humo del tabaco flotaba por toda la sala. Chapman sonrió abiertamente, mostrando la dentadura más espantosa que Sombra había visto en una boca humana.

—¿Quieres decirle eso a tu tío? Dice que tú eres la única razón por la que se queda entre los lakota.

—Whiskey Jack dice muchas cosas —respondió Harry Bluejay de forma petulante, pero sin pronunciar tampoco Whiskey Jack. Sonaba casi igual para el oído de Sombra, pero no exactamente: «Wisakedjack —pensó— Eso es lo que dicen y no Whiskey Jack».

—Sí, y una de ellas es que cambiemos nuestro Winnebago por tu Buick— soltó Sombra.

—No veo ningún Winnebago.

—Te lo traerá él —aseguró John Chapman— Ya sabes que lo hará.

Harry Bluejay intentó un nuevo tiro con efecto y falló, no tenía las manos suficientemente firmes.

—No soy el sobrino de ese viejo zorro. Me gustaría que no fuese por ahí diciéndoselo a la gente.

—Mejor un zorro vivo que un lobo muerto —apuntó Wednesday en una voz tan profunda que parecía un gruñido—. Y ahora, ¿nos vas a vender el coche?

Harry Bluejay tembló visible y violentamente.

—Claro, claro, sólo era una broma, me encanta gastar bromas. — Dejó el taco apoyado en la mesa, cogió una chaqueta gruesa sacándola de un montón de abrigos similares colgados junto a la puerta—. Dejadme que saque toda mi mierda del coche primero.

Continuó lanzando miradas a Wednesday como si temiese que fuera a explotar.

El coche de Harry Bluejay estaba aparcado a unos cien metros. Mientras caminaban hacia él pasaron por delante de una iglesia católica bien encalada y un hombre con alzacuellos los miró desde la puerta. Aspiraba un cigarro como si no le estuviese gustando fumárselo.

—¡Buenos días, padre! —saludó Johnny Chapman, pero el tipo del alzacuellos no respondió, aplastó el cigarrillo con la suela, recogió la colilla, la tiró en la papelera junto a la puerta y entró.

El coche de Harry Bluejay no tenía retrovisores y las ruedas eran de una goma negra y sedosa, las más lisas que Sombra había visto. Harry Bluejay les anunció que el coche se bebía la gasolina, pero que mientras continuasen echándole más, les llevaría hasta el fin del mundo, a no ser que se parase antes.

Harry llenó una bolsa de basura negra con la mierda del coche, que entre otras cosas incluía: varias botellas a rosca de cerveza barata sin acabar, un pequeño envoltorio de papel de aluminio con resina de cannabis mal escondido en el cenicero del coche, una cola de mofeta, dos docenas de cintas de country y un ejemplar manoseado y amarillento de *Forastero en tierra extraña*.

—Siento haberte estado tocando los cojones antes —Le comentó Harry Bluejay a Wednesday pasándole las llaves del coche— ¿Sabes cuándo me darán el Winnebago?

—Pregúntaselo a tu tío —gruñó—, él es el puto vendedor de coches usados.

—Wisakedjak no es mi tío —protestó, después cogió su bolsa de basura negra, se fue a la casa más cercana y cerró la puerta tras de sí.

Dejaron a Johnny Chapman en Sioux Falls, frente a un supermercado.

Wednesday no abrió la boca durante el viaje. Llevaba sumido en negros pensamientos desde que habían salido de casa de Whiskey Jack.

Cuando estaban en un restaurante lleno de niños a las afueras de St. Paul, Sombra cogió un periódico que alguien se había dejado: lo miró, volvió a mirarlo y se lo enseñó a Wednesday.

—Mira.

Wednesday se encogió de hombros, echó una ojeada al periódico sin demasiado interés.

—Me complace sobremanera que la disputa de los controladores aéreos se haya resuelto sin recurrir a los tribunales.

—Eso no. Mira, es catorce de febrero.

—Feliz San Valentín.

—Vamos a ver, salimos el qué... veinte o veintiuno de enero, no me estaba fijando mucho en la fecha, pero era la tercera semana de enero. Pasamos, en total, tres días en la carretera. ¿Cómo puede ser catorce de febrero?

—Porque estuvimos andando como un mes por aquel yermo, entre bastidores.

—Menudo atajo.

Wednesday apartó el periódico.

—El puto Johnny Appleseed, siempre dando el coñazo con Paul Bunyan. En la vida real Johnny Chapman era dueño de catorce huertos de manzanas. Cultivaba cientos de hectáreas. Avanzaba al tiempo que la frontera del oeste, pero no hay ni una sola historia sobre él que contenga una palabra de verdad, salvo que una vez se trastornó un poco. Aún así no importa, como decían en los periódicos, si la verdad no es lo suficientemente grande, se escribe la leyenda. Este país necesita leyendas, pero incluso las propias leyendas ya no lo creen.

—Tú te das cuenta.

—Pero yo ya soy pasado. ¿A quién coño le importo?

—Eres un dios —dijo Sombra con suavidad.

Wednesday lo miró de forma penetrante, parecía estar a punto de decir algo, en su lugar, se recostó en el sillón, miró la carta y sólo preguntó:

—¿Y?

—Ser un dios es bueno.

—¿De verdad? —Esta vez fue Sombra quien desvió la mirada.

En una gasolinera a cincuenta kilómetros de Lakeside, en la pared del baño, Sombra vio un aviso casero fotocopiado: una foto en blanco y negro de Alison McGovern y sobre ella la pregunta «¿Me ha visto?», escrita a mano. Era la misma fotografía del anuario, una chica con sonrisa confiada, con un aparato con gomas en los dientes superiores, que quiere trabajar con animales cuando sea mayor.

«¿Me ha visto?»

Sombra compró una chocolatina, una botella de agua y un ejemplar del *Lakeside News*. El artículo en portada era de Marguerite Olsen, nuestra reportera en Lakeside, mostraba una fotografía de un chico y un hombre mayor en el lago helado, junto a una cabaña para pescar en el hielo. Sostenían entre los dos un pez enorme y sonreían. «Padre e hijo baten el récord local de pesca de lucios. Página 5»

Conducía Wednesday.

—Léeme lo primero que encuentres interesante en el periódico.

Sombra miró con atención, pasaba las páginas despacio, pero no consiguió encontrar nada.

Wednesday lo dejó en la entrada de su apartamento. Un gato de color humo lo miraba desde el camino, pero se escapó corriendo en el momento en que se agachó a acariciarlo.

Sombra se paró un momento en la terraza de madera fuera del apartamento y miró al lago, ligeramente moteado con cabañas de pesca verdes y marrones. Había coches aparcados junto a muchas de ellas. En el hielo más cercano al puente descansaba el viejo cacharro verde, igual que en la foto del periódico.

—Veintitrés de marzo —dijo Sombra alentadoramente— sobre las nueve y cuarto de la mañana. Venga, tú puedes.

—Ni hablar —exclamó una voz femenina—, tres de abril a las seis. Así el día calentará el hielo. —Sombra sonrió. Marguerite Olsen llevaba un traje de esquí. Estaba en el otro extremo de la terraza, rellenando el comedero de los pájaros.

—Ya he leído tu artículo en el Lakeside News sobre el récord de la ciudad en pesca de lucios.

—¿Interesante, eh?

—Bueno, quizá educativo.

—Ya pensaba que no ibas a volver con nosotros. Has estado fuera una temporadita, ¿no?

—Mi tío me necesitaba y el tiempo se nos fue volando.

Colocó el último pedazo de sebo y empezó a llenar una red con semillas de cardo que extraía de una jarra de leche de plástico. Algunos luganos, con el abrigo pardo de invierno, daban saltitos impacientes en un abeto cercano.

—No he visto nada en el periódico sobre Alison McGovern.

—No había nada de qué informar: sigue desaparecida. Corrió el rumor de que alguien la había visto en Detroit, pero resultó ser una falsa alarma.

—Pobre chica.

Marguerite Olsen volvió a enroscar la tapa de la jarra.

—Espero que esté muerta —dejó caer en tono práctico.

Sombra quedó desconcertado.

—¿Por qué?

—Porque las alternativas son peores.

Los luganos saltaban frenéticamente de rama en rama en el abeto, impacientes por que la gente se marchara.

«No estás pensando en Alison —se dijo Sombra—. Estás pensando en tu hijo. Estás pensando en Sandy.»

Recordó que alguien había dicho que echaba de menos a Sandy. ¿Quién había sido?

—Me alegro de hablar contigo.

—Sí, yo también.

Febrero pasó en una sucesión de días cortos y grises. Algunos días nevaba, pero la mayoría, no. El tiempo empezó a ser más cálido e incluso, en los días buenos, llegaba a no helar. Sombra se recluyó en el apartamento hasta que le empezó a resultar como una celda y entonces, en los días en que Wednesday no lo necesitaba para viajar, empezó a dar largos paseos.

Se dedicaba a caminar la mayor parte del día, largas caminatas fuera de la ciudad. Paseaba solo hasta que llegaba a la reserva natural por el norte y el oeste o a los campos de maíz y pastos del sur. Empezaba en la pista forestal de la región maderera, caminaba junto a las viejas vías del tren y volvía por las carreteras. En un par de ocasiones incluso bordeó el lago helado de norte a sur. Algunas veces se encontraba y saludaba a personas de la región, turistas de invierno o gente corriendo. Pero la mayor parte del tiempo no veía absolutamente a nadie, sólo cuervos y gorriones y de vez en cuando un halcón dándose un festín con una zarigüeya o un mapache atropellados. En una ocasión única incluso llegó a ver un águila atrapar un pez plateado del medio del río White Pine, cuyas aguas estaban heladas en los bordes, pero aún fluían raudas en el centro. El pez dio violentas sacudidas entre las garras del águila, cintilando al sol del mediodía. Sombra se lo imaginó liberándose, escapando a nado a través del aire, y sonrió alegremente.

Descubrió que al pasear no necesitaba pensar y eso era exactamente lo que buscaba, porque, al pensar, su mente se dirigía a lugares incontrolables, lugares que le incomodaban. Era preferible quedarse exhausto, así sus pensamientos no vagaban hasta Laura, no tenía extraños sueños, no pensaba cosas que no eran, ni podrían ser. Al volver a casa después de sus caminatas, podía dormir sin dificultad y sin soñar.

Se dio de narices con el jefe Mulligan en la barbería de George, en la plaza de la ciudad. Sombra siempre esperaba maravillas de los cortes de pelo, pero éstos nunca alcanzaban sus expectativas. Después de pasar por la peluquería su aspecto era más o menos el mismo, con el pelo un poco más corto. Chad, sentado en la silla contigua a la de Sombra parecía muy preocupado por su imagen. Cuando acabaron de cortarle el pelo, se miró sonriente en el espejo, con la misma cara que cuando ponía una multa.

—Te queda bien.

—¿También lo pensarías si fueses una mujer?

—Supongo.

Fueron juntos a Mabel's al otro lado de la plaza y pidieron un par de chocolates a la taza.

—Mike, ¿alguna vez has pensado en trabajar en las fuerzas del orden?

Sombra se encogió de hombros.

—No puedo decir que lo haya hecho. Creo que necesitas tener un montón de conocimientos.

Chad negó con la cabeza.

—¿Sabes en que consiste la mayor parte del trabajo de un policía en un sitio así? En mantener la calma. Pasa algo, alguien viene gritándote, chillando que te va a matar, tú sólo tienes que ser capaz de decir que estás seguro de que todo ha sido una equivocación y de que podrás arreglarla si se apartan tranquilamente un momento. Tienes que ser capaz de decirlo con convicción.

—¿Y después lo solucionas?

—La mayor parte de las veces, entonces es cuando tienes que ponerles las esposas, pero sí, haces todo lo que puedes por solucionarlo. Si quieres un trabajo dímelo, estamos contratando gente y tú eres el tipo de persona que buscamos.

—Lo recordaré si lo de mi tío sale mal.

Sorbieron el chocolate y Mulligan dijo:

—Mike, ¿qué harías si tuvieras una prima, una especie de viuda, y te empezase a llamar?

—A llamarte, ¿cómo?

—Al teléfono, a larga distancia. Vive fuera del estado. —Se le empezaron a colorear las mejillas—. La vi el año pasado en una boda familiar, entonces estaba casada, bueno, quiero decir, su marido estaba vivo y como ella es de la familia… No una prima carnal, sino bastante lejana.

—¿Sientes algo por ella?

Se ruborizó.

—No lo sé.

—Bueno, entonces digámoslo de otro modo, ¿ella siente algo por ti?

—Bien, me ha dicho algunas cosas cuando ha llamado. Es una mujer guapísima.

—Y entonces... ¿qué piensas hacer al respecto?

—Le podría decir que viniese, ¿no? Más o menos ha dicho que le gustaría subir.

—Ambos sois adultos. Yo creo que estaría bien.

Chad asintió y se ruborizó de nuevo y volvió a asentir.

El teléfono del apartamento de Sombra estaba muerto, en silencio. Pensó conectarlo, pero no se le ocurría a quién podría querer llamar. Ya era tarde, una noche, cuando lo cogió y escuchó convencido de que se oía el viento y una conversación distante entre un grupo de personas que hablaban en voz tan baja que no llegaba a comprender. Preguntó «¿Hola? ¿Hay alguien ahí?», pero no recibió respuesta alguna, sólo un silencio repentino y el sonido de una risa lejana, tan apagado que ni siquiera pudo estar seguro de no habérselo imaginado.

Sombra estuvo viajando más con Wednesday durante las siguientes semanas.

Esperó en la cocina de una casa de campo en Rhode Island y escuchó mientras Wednesday estaba sentado en un dormitorio a oscuras y discutía con una mujer que no quería salir de la cama, ni dejar que Wednesday o Sombra viesen su rostro. En el frigorífico había una bolsa de plástico llena de grillos y otra de cadáveres de ratones recién nacidos.

En un club de rock de Seattle, Sombra vio a Wednesday saludar a gritos, a través de la música estridente, a una chica pelirroja de pelo corto con tatuajes azules en forma de espiral. La conversación parece que fue fructífera, porque Wednesday salió sonriendo alegremente.

Cinco días más tarde, Sombra esperaba en un coche de alquiler a que Wednesday saliese del vestíbulo de un edificio de oficinas en Dallas. Cuando éste entró al coche, dio un portazo y se sentó en silencio, con la cara roja de rabia.

—Conduce. Putos albaneses, como si le importasen a alguien.

Tres días más tarde volaron a Boulder y tomaron un agradable almuerzo con una joven japonesa. Fue una comida llena de cortesías y formalidades de la que Sombra salió sin tener muy claro si se había llegado a algún acuerdo o decidido algo. Wednesday, sin embargo, parecía bastante contento.

Sombra empezaba a tener ganas de volver a Lakeside, a la paz y la sensación de bienestar que se respiraba allí y que tanto le agradaban.

Siempre que no estaba de viaje bajaba por la mañana en coche a la plaza de la ciudad. Se compraba dos empanadas en Mabel's y se comía una de ellas allí acompañada de un café. Si alguien se había dejado un periódico se lo leía, aunque no le interesaban lo suficiente como para comprarse uno.

Se guardaba la segunda empanada, envuelta en una bolsa de papel, para comérsela al mediodía.

Una mañana estaba leyendo el *USA Today* cuando Mabel le dijo:

—Mike, ¿a dónde vas hoy?

El cielo estaba de un azul pálido. La llovizna de la mañana había dejado los árboles cubiertos de escarcha.

—No lo sé, quizá vuelva a la pista forestal.

Le rellenó la taza de café.

—¿Nunca has ido hacia el este por la comarcal Q? Es una zona que está bastante bien. Es esa carretera pequeña que sale de enfrente de la tienda de alfombras de la avenida Veinte.

—No, no he ido nunca.

—Pues es agradable.

Era precioso. Sombra dejó el coche a la salida de la ciudad y caminó junto a la carretera, una carretera tortuosa que discurría al este de la ciudad por el campo rodeando las colinas, cubiertas de arces desnudos, abedules de tronco blanco, abetos oscuros y pinos.

En un momento, un gato pequeño y oscuro lo alcanzó al borde de la carretera. Era de un color sucio, con las patas delanteras blancas. Sombra se acercó a él sin que huyese.

—Hola, gato —dijo despreocupadamente.

El gato inclinó la cabeza y levantó la mirada hacia él con ojos de esmeralda. Después bufó, pero no a él, sino a algo más lejos junto a la calzada, algo que Sombra no podía ver.

—Tranquilo.

El gato se marchó cruzando la carretera y desapareció en un antiguo maizal sin cosechar.

Tras el siguiente recodo de la carretera, Sombra se topó con un minúsculo cementerio. Las lápidas estaban deterioradas, a pesar de varios ramos de flores recién cortadas descansaban en algunas de ellas. No había ninguna pared que delimitase el cementerio, ninguna valla, sólo unos morales bajos plantados en el perímetro y doblados bajo el peso del hielo y los años. Sombra pasó sobre el hielo y la nieve derretida apilados al borde de la carretera. Para marcar la entrada al cementerio, había dos pilares, entre los cuales pasó al interior.

Vagó por el cementerio mirando las lápidas. No había ninguna inscripción posterior a 1969. Limpió la nieve de un ángel de granito con aspecto estable y se apoyó contra él.

Cogió la bolsa de papel que llevaba en el bolsillo y sacó la empanada. Rompió el borde, que despidió un débil jirón de vapor al aire invernal. Olía estupendamente. La mordió.

Oyó un murmullo a sus espaldas, por un momento pensó que sería el gato, pero después olió el perfume y bajo éste, el hedor de la podredumbre.

—Por favor, no me mires —le pidió ella desde atrás.

—Hola Laura.

Su voz contenía cierta indecisión, pensó Sombra, quizá incluso estuviese asustada.

—Hola, cachorrito.

Partió algo de empanada.

—¿Quieres un poco?

Ella estaba en pie justo a sus espaldas.

—No, cómetela tú, yo ya no como.

Comía la empanada. Estaba buena.

—Quiero verte.

—No te va a gustar.

—Por favor.

Ella caminó alrededor del ángel de piedra. Sombra la miró a la luz del día. Algo estaba distinto, pero también algo permanecía igual. Sus ojos no habían cambiado, tampoco su tortuosa sonrisa esperanzada. Estaba evidentemente muerta. Sombra terminó la empanada. Se levantó, vació la bolsa de papel de migajas, la dobló y se la guardó.

El tiempo que había pasado en la funeraria de Cairo le ayudó de alguna manera a estar en su presencia. No sabía qué decirle.

La mano fría de ella buscó la de él y la apretó con suavidad. Podía sentir su corazón palpitando en el pecho. Tenía miedo, pero lo que le asustaba era la normalidad del momento. Se sentía tan a gusto con ella a su lado que hubiese deseado permanecer allí para siempre.

—Te echo de menos —admitió él.

—Estoy aquí.

—Es cuando más te echo de menos, cuando estás. Cuando no estás eres sólo un fantasma del pasado o un sueño de otra vida, entonces es más fácil.

Ella le apretó los dedos.

—¿Y bien? ¿Cómo te va la muerte?

—Es duro, continúa.

Ella dejó caer la cabeza sobre su hombro, cosa que le desarmó. Él le dijo:

—¿Quieres ir a dar un paseo?

—Claro. —Le sonrió con una sonrisa torcida y nerviosa en una cara muerta.

Salieron del cementerio y volvieron a la carretera, en dirección a la ciudad, cogidos de la mano.

—¿Dónde has estado? —preguntó ella.

—Aquí. La mayor parte del tiempo.

—Desde Navidades te había perdido el rastro. A veces sabía dónde estabas durante algunas horas o pocos días. Te sentía en todas partes. Después volvías a desaparecer.

—Estaba en esta ciudad, en Lakeside. Es una buena ciudad pequeña.

—Oh.

—Ya no llevaba el traje azul con el que la habían enterrado. Llevaba varios jerséis, una falda larga oscura y unas botas altas color burdeos. Sombra hizo un comentario sobre ellas.

Laura agachó la cabeza. Sonrió.

—¿No son geniales? Las encontré en esa zapatería tan grande de Chicago.

—Bueno, ¿cómo es que has decidido venir desde Chicago?

—Hace una buena temporada que no estoy en Chicago, cachorrito. Me dirigía al sur. Me molestaba el frío. Podría parecer que me iba a venir bien, pero es algo que debe tener que ver con estar muerto, ya no sientes tanto frío. Sientes como una especie de vacío y supongo que cuando estás muerto lo único que temes es el vacío. Me iba a Texas, había planeado pasar el invierno en Galveston, creo que cuando era niña solía hacerlo.

—Yo creo que no, antes nunca lo habías mencionado.

—¿No? Entonces quizá era otra persona. No lo sé. Recuerdo las gaviotas, había cientos de ellas, todo el cielo cubierto de gaviotas que batían las alas y cazaban pan al vuelo. Si no he sido yo quien lo ha visto, entonces debe haber sido otra persona.

Un coche salió de la esquina. El conductor les saludó con la mano. Sombra devolvió el saludo. Sentía una maravillosa normalidad al pasear con su mujer.

—Me siento bien —dijo Laura como si le leyese la mente.

—Sí.

—Cuando llegó la llamada tuve que volver corriendo, ya casi estaba en Texas.

—¿La llamada?

Levantó la mirada hacia él. La moneda de oro le brillaba alrededor del cuello.

—Sentí como una llamada. Empecé a pensar en ti, en lo mucho que necesitaba verte. Era como un hambre.

—¿Entonces supiste que estaba aquí?

—Sí —Hizo una pausa. Frunció el ceño y presionó el labio inferior azulado con los dientes superiores, mordiéndolo con suavidad. Inclinó la cabeza y respondió— Sí, fue de repente, pero lo supe. Pensé que me estabas llamando, pero no eras tú quien me llamaba, ¿no?

—No.

—No querías verme.

—No era eso —dudaba—. No, no quería verte, me duele demasiado.

La nieve se quebraba bajo sus pies y, al contacto con la luz del sol, brillaba como si estuviera compuesta de diamantes.

—Debe ser duro —comentó Laura— no estar vivo.

—¿Quieres decir que te resulta duro estar muerta? Oye, todavía estoy intentando saber como traerte de vuelta en condiciones. Creo que estoy siguiendo la pista adecuada…

—No es eso. Quiero decir, te lo agradezco y espero que puedas conseguirlo de verdad. Yo he hecho muchas cosas que no estaban bien… —Movió la cabeza de un lado a otro—. Pero me refería a ti.

—Yo estoy vivo, no muerto, ¿lo recuerdas?

—No estás muerto, pero no estoy segura de que estés vivo, vivo de verdad.

«Esta conversación no va por buenos derroteros —pensó Sombra—. Estos no son los derroteros de nada.»

—Te quiero —dijo ella desapasionadamente—, eres mi cachorrito, pero cuando estás muerto de verdad ves las cosas más claras. Es como si no hubiese nadie ahí dentro. Eres como un vacío grande, consistente y con forma humana. —Frunció el ceño otra vez—. Incluso cuando estábamos juntos, me encantaba estar contigo, tú me adorabas, hubieses hecho cualquier cosa por mí, pero a veces entraba en una habitación y ni siquiera pensaba que podía haber alguien en ella. Encendía la luz, la apagaba y me daba cuenta de que estabas allí, sentado, solo, sin leer, sin ver la tele, sin hacer nada de nada.

Lo abrazó como para quitar veneno a sus palabras y añadió:

—Lo mejor de Robbie es que él sí que era alguien. A veces era un gilipollas, y podía ser de chiste, y le encantaba poner espejos a nuestro alrededor cuando hacíamos el amor para poderse ver a sí mismo follándome, pero estaba vivo, cachorrito, vivo. Quería cosas. Llenaba el espacio. —Se paró un instante, lo miró, hizo la cabeza un poco al lado—. Lo siento. ¿Te he herido?

No podía confiar en que su voz no le traicionaría, así que, negó con un gesto.

—Bien, eso está bien.

Se estaban acercando al área de descanso donde había dejado el coche. Sombra sentía que debía decir algo del estilo de «te quiero» o «por favor no te vayas» o «lo siento», las palabras que sirven para poner un parche a una conversación que se ha deslizado hacia las tinieblas, sin previo aviso. En su lugar dijo:

—Yo no estoy muerto.

—Puede que no, pero ¿estás seguro de estar vivo?

—Mírame.

—Ésa no es una respuesta. Cuando lo estés lo sabrás.

—Y ahora, ¿qué?

—Bueno, ya te he visto. Me vuelvo al sur.

—¿De nuevo a Texas?

—Un lugar cálido, no me importa cuál.

—Yo tengo que quedarme aquí, hasta que mi jefe me reclame.

—Eso no es vivir. —Suspiró y después sonrió con la misma sonrisa que, sin importar cuántas veces la viese, siempre le robaba el corazón. Cada vez que sonreía volvía a ser la primera vez.

Hizo un gesto para rodearla con el brazo, pero ella no se lo permitió y se puso fuera de su alcance. Se sentó al borde de una mesa de picnic cubierta de nieve y observó cómo se marchaba en coche.

INTERLUDIO

La guerra había comenzado y nadie se había percatado. La tormenta estaba amainando y nadie lo sabía.

En Manhattan la caída de una viga dejó una calle cortada durante dos días. Mató a dos peatones, a un taxista árabe y a su pasajero.

Un camionero de Denver fue hallado muerto en su casa. El arma del delito, un martillo con cabeza de goma, estaba junto al cuerpo de la víctima. Su cara estaba intacta, pero la nuca había quedado completamente destrozada. Había algunas palabras en un alfabeto extranjero escritas con pintalabios marrón en el espejo del baño.

En una oficina postal de Phoenix, Arizona, un hombre se volvió loco, se le giró el sello, como dijeron en las noticias de la noche, y disparó a Terry, el *troll*, Evensen, un obeso patológico y torpe que vivía solo en una caravana. Disparó también a otras personas de la oficina, pero sólo falleció Evensen. El autor de los disparos, del que en principio se pensó que se trataba de un funcionario de correos descontento, no ha sido atrapado ni identificado.

—La verdad es que si pensábamos que alguien se podía volver loco en esa oficina era el Troll, un buen trabajador, pero un tío un poco raro. Quiero decir que nunca se sabe, ¿no?— Fueron las declaraciones del supervisor de Terry el Troll Evensen a las noticias de la tarde.

Cuando la noticia se volvió a emitir por la noche, cortaron la entrevista.

Se encontró muerta a una comunidad de nueve anacoretas de Montana. Los periodistas especularon sobre si se trataba de un suicidio colectivo, pero poco después se informaba que la causa de la muerte había sido el envenenamiento con dióxido de carbono proveniente de una estufa envejecida.

En el cementerio de Cayo Hueso violaron una cripta.

Un tren de pasajeros chocó contra un camión de la UPS en Idaho y acabó con la vida del conductor del camión. Ninguno de los pasajeros sufrió lesiones graves.

Entonces todavía era una guerra fría, de mentira, nada que se pudiese ganar o perder.

El viento movía las ramas del árbol. Las chispas saltaban desde la hoguera. La tormenta se acercaba.

La reina de Saba que, según cuentan, era medio demoníaca por parte de padre, bruja, sabia y reina, gobernó en Saba cuando ésta era la tierra más próspera del mundo, cuando sus especias, gemas y maderas aromatizadas se transportaban en barco y a lomos de camello hasta los confines de la tierra. Adorada en vida como diosa viviente y la más juiciosa de las reinas, ahora está en una de las aceras del Sunset Boulevard a las dos de la mañana. Mira sin ver el tráfico, como una novia de plástico prostituyéndose sobre una tarta de boda negra y con luces de neón, plantada como si fuese dueña de la acera y de la noche que la rodea.

Cuando alguien le mira, mueve los labios como si hablase consigo misma. Cuando pasan hombres en coche, busca sus miradas y les sonríe.

La noche ha sido muy larga.

La semana ha sido muy larga, como largos han sido los últimos cuatro mil años.

Es orgullosa y no le debe nada a nadie. Las otras chicas de la calle tienen chulos, adicciones, niños, gente que se lleva lo que ganan. Ella no.

Ya no queda nada santo en su profesión. Nada.

Una semana atrás han comenzado en Los Ángeles las lluvias, que dan a las calles el lustre de los accidentes, que hacen que el barro se desplome desde las faldas de las colinas y derriban las casas en los cañones, que lavan el mundo en torrentes y arroyos, y ahogan a los vagabundos que acampan en el canal de cemento del río. Cuando llegan las lluvias a Los Ángeles siempre pillan a la gente por sorpresa.

Bilquis lleva toda la semana dentro de casa. Sin poder salir a la acera, ha estado acurrucada en su cama en una habitación del color del hígado crudo, escuchando el repiqueteo de la lluvia en la caja metálica del aire acondicionado de la ventana y poniendo anuncios en Internet. Ha estado dejando sus ofrecimientos en buscamigasadultas.com, chicas-LA.com, nenasenhollywood.com y se ha creado una dirección anónima de correo electrónico. Se sentía orgullosa de llevar su negocio a los nuevos territorios, pero nerviosa porque llevaba mucho tiempo evitando cualquier cosa que pudiese recordar un anuncio de periódico. Nunca ha puesto ni un anuncio diminuto en las últimas páginas del *LA Weekly*, prefiere elegir a sus propios clientes y decidir con la vista, el olfato y el tacto quiénes la venerarán como ella requiere, quiénes permitirán que los lleve hasta el final...

Mientras está de pie en la esquina de la calle, estremeciéndose porque las lluvias de finales de febrero ya se han desvanecido, pero no el frío que las acompañaba, se le ocurre que ella tiene una adicción tan peligrosa como la de las putas que reciben palizas o las que están enganchadas al crack. Esto la inquieta y sus labios vuelven a ponerse en movimiento. Desde una distancia lo suficientemente cercana a sus labios rojo rubí se le podría oír decir:

«Me alzaré ahora y vagaré por las calles de la ciudad y saldré en busca de mi amado por todos los medios —susurra, murmura— durante la noche busqué en mi lecho a aquél cuyo amor mi alma anhela. Permitidle que me bese con los besos de su boca. Mi amor es mío y suya soy yo».

Bilquis espera que la interrupción de las lluvias traiga de vuelta a los clientes. La mayor parte del año camina arriba y abajo de las tres mismas manzanas del Sunset, disfrutando de las frescas noches de Los Ángeles. Una vez al mes, paga a un policía que ha sustituido al último al que solía pagar, que desapareció. Su nombre era Jerry LeBec y su desaparición, un misterio para el departamento de policía de Los Ángeles. Se había obsesionado con Bilquis y había empezado a seguirla a pie. Una tarde, ella despertó sobrecogida por un ruido, abrió la puerta de su piso y se encontró a Jerry LeBec vestido de civil y de rodillas sobre el felpudo, balanceándose. Agachó la cabeza para esperar a que ella saliese. El ruido que ella había oído era el que producía el choque de su cabeza contra la puerta al balancearse sobre las rodillas.

Le acarició el pelo y le dijo que entrase. Más tarde, introdujo sus ropas en una bolsa de basura y las tiró a un contenedor detrás de un hotel a varias manzanas. Puso su pistola y su cartera en la bolsa de una verdulería, las cubrió de posos de café y restos de comida, dobló la parte superior de la bolsa y la depositó en la papelera de una parada de autobús.

No se quedó ningún recuerdo.

El cielo nocturno anaranjado brilla a occidente con algún relámpago distante, mar adentro y Bilquis sabe que pronto comenzará a llover. Suspira. No quiere que le pille un aguacero. Decide volver a su piso, darse un baño, depilarse —le parece que siempre está depilándose— e irse a dormir.

Echa a andar por una calle lateral que sube por la colina hasta donde ha aparcado el coche.

Unos focos la siguen, frenan a medida que se acercan a ella, Bilquis se da la vuelta y sonríe. La sonrisa se le congela al ver que el coche es una limusina larga y blanca. Los tipos de limusinas largas y blancas siempre quieren montárselo en ellas y no en la intimidad del santuario de Bilquis. De todas formas puede ser una buena inversión de futuro.

Una ventanilla ahumada se baja y Bilquis se acerca a la limusina sonriente.

—Hola cariño, ¿buscas algo?

—Dulce amor —responde una voz desde la parte trasera de la limusina.

Ella escudriña lo más posible el interior desde la ventanilla abierta: conoce a una chica que se metió en una limusina con cinco jugadores de rugby borrachos y salió bastante mal, pero, por lo que puede ver, sólo hay un tío y tiene un aspecto bastante juvenil. No parece que vaya a ser muy devoto, pero el dinero, la buena cantidad que puede desembolsar, le renueva las energías —*baraka*, como le llamaban en otros tiempos— y es algo que resulta bastante útil, por no decir, con franqueza, que estos días cualquier suma, por pequeña que sea, ya es algo.

—¿Cuánto?

—Depende de lo que quieras y por cuánto tiempo. Y de si puedes pagarlo. —Huele un humo que se escapa por la ventanilla de la limusina, como de cables quemados y circuitos recalentados. La puerta se abre desde dentro.

—Puedo permitirme lo que me dé la gana —contesta el tipo. Ella mete la cabeza en el coche y mira a su alrededor. No hay nadie más, sólo el cliente, un chico de cara rechoncha que no parece tener edad ni para beber. Como está solo, entra.

—Niño rico, ¿eh?

—Más que rico —le dice arrastrándose hacia ella por el asiento de cuero. Se mueve con torpeza. Ella le sonríe.

—Mmmm. Eso me pone caliente. Debes de ser uno de esos punto com de los que he leído en los periódicos, ¿no?

Se pavonea, se hincha como un sapo en celo.

—Sí, entre otras cosas. Soy un chico tecnológico. —El coche se pone en marcha.

—Bien, dime, Bilquis, ¿cuánto por una mamada?

—¿Qué me has llamado?

—Bilquis —repite y después comienza a cantar en una voz que no está hecha para eso— «Eres una chica inmaterial en un mundo material». —Hay algo poco natural en sus palabras, como si las hubiese estado ensayando frente a un espejo.

Ella deja de sonreír, cambia la expresión de su rostro, que se vuelve más sabio, más inquisitivo, más duro.

—¿Qué quieres?

—Ya te lo he dicho, cariño.

—Te daré lo que quieras. —Tiene que salir de la limusina. Va demasiado deprisa para tirarse en marcha, pero lo hará si no puede escapar con palabras. No sabe qué pasa, pero le huele mal.

—Lo que quiera, sí. —Se interrumpe, se pasa la lengua por los labios—. Quiero un mundo limpio. Quiero ser dueño del mañana. Quiero evolución, devolución y revolución. Quiero llevar a los míos de los bordes de la corriente al cauce principal. Vosotros estáis en lo subterráneo y eso está muy mal. Nosotros necesitamos los focos y el brillo, adelante y el centro. Lleváis tanto tiempo bajo tierra que habéis perdido la vista.

—Me llamo Ayesha. No sé de qué hablas. Hay otra chica en la esquina que se llama Bilquis. Podemos volver al Sunset y te quedas con las dos...

—Oh, Bilquis —suspira de forma teatral—. Sólo hay cierta cantidad de fe circulando y están llegando al límite de la que nos pueden otorgar: el vacío de credibilidad. —Vuelve a cantar en su voz nasal e inarmónica— «Eres una chica analógica en un mundo digital». —La limusina entra demasiado deprisa en una curva y él sale despedido del asiento hasta caer sobre ella. El conductor queda oculto por un cristal ahumado. Le sobrecoge la convicción irracional de que nadie conduce el coche, de que la limusina blanca callejea por Beverly Hills igual que Herbie el escarabajo, obedeciendo a su propia voluntad.

El cliente alarga el brazo y golpea el cristal.

El coche ralentiza la marcha y antes de que llegue a pararse Bilquis abre la puerta de un empujón y se medio lanza, medio cae al asfalto. Está en la carretera de una colina. A su izquierda hay una escarpada ascensión, a su derecha, una caída en picado. Comienza a correr por la carretera.

La limusina permanece en su sitio, inmóvil.

Caen las primeras gotas de lluvia y sus altos tacones le hacen resbalar y se tuercen. Con una patada se los quita y sigue corriendo, calada hasta los huesos, buscando un lugar por el que salir de la carretera. Está aterrada. Tiene un gran poder, es cierto, pero se trata de magia sobre el ardor, magia vaginal. Con ella se ha mantenido viva en esta tierra durante largo tiempo, pero para el resto necesita sus penetrantes ojos y su mente, su altura y su presencia.

A su derecha hay una barandilla hasta la altura de la rodilla para evitar que los coches caigan colina abajo, la lluvia ya cae en torrentes y le ha empezado a sangrar la planta de los pies.

Las luces de Los Ángeles se extienden frente a ella, centelleando en el mapa eléctrico de un reino imaginario en el cual los cielos descansan aquí mismo, sobre la tierra, y sabe que lo único que necesita hacer para salvarse es salir de la carretera.

«Mi piel es negra, pero soy bella —recita a la noche y la lluvia—. Soy de oriente la rosa y del valle una lila. Retenedme con un cáliz, confortadme con manzanas, porque estoy sedienta de amor».

Un rayo ilumina en verde el cielo nocturno. Pierde apoyo, resbala un par de metros y se roza la piel del codo y la pierna. Cuando se está poniendo en pie, ve las luces del vehículo descendiendo la colina hacia ella. Baja demasiado deprisa, duda si tirarse a la derecha, donde puede estrellarse contra la colina, o hacia la izquierda, donde puede caerse del barranco. Cruza la carretera intentando trepar por la tierra mojada cuando la limusina ya se acerca en vaivenes por la resbaladiza carretera, mierda, debe ir a ciento veinte, quizá surcando la carretera como un hidroavión, agarra un puñado de hierbas y tierra, sabe que escapará y en ese momento la tierra se desprende y ella da con su cuerpo en la carretera.

El vehículo la golpea tan fuerte que el parachoques se deforma y ella sale despedida por los aires como un muñeco de trapo. Aterriza en la carretera detrás de la limusina, el impacto le destroza la cadera y le fractura el cráneo. La fría lluvia corre por su rostro.

Comienza a maldecir a su asesino, en silencio, ya que no puede mover los labios. Lo maldice en la vigilia y el sueño, en la vida y la muerte. Lo maldice como sólo alguien medio demoníaco por parte de padre puede hacerlo.

La puerta de un coche se cierra de golpe y alguien se acerca a ella.

—«Eras una chica analógica —vuelve a cantar, sin melodía— en un mundo digital.» —añade— putas madonas, sois todas unas putas madonas. —Se aleja.

La puerta del coche vuelve a cerrarse violentamente.

La limusina va marcha atrás y pasa sobre ella lentamente, por primera vez. Sus huesos crujen bajo las ruedas. Después la limusina vuelve a bajar la colina en su dirección.

Cuando desaparece colina abajo lo único que deja tras de sí es carne roja, sucia y arrollada en la carretera, apenas reconocible como humana, pero incluso eso quedará pronto lavado por la lluvia.

INTERLUDIO 2

—Hola, Samantha.

—¿Mags? ¿Eres tú?

—¿Quién si no? León me ha dicho que ha llamado la tía Sammy mientras estaba en la ducha.

—Hemos estado hablando un buen rato. Es un niño tan mono.

—Sí, creo que a éste me lo voy a quedar.

Un silencio incómodo, en el que apenas se oye un susurro en el teléfono. Después:

—Sammy, ¿cómo va la escuela?

—Ahora tenemos una semana de vacaciones, por un problema con las calderas. ¿Cómo van las cosas por tu parte de los North Woods? ·

—Bueno, tengo un vecino nuevo que hace trucos con monedas. La columna de cartas del Lakeside News ahora experimenta un controvertido debate sobre la posible reordenación del territorio urbano y rural junto al viejo cementerio en la orilla sureste del lago y tenemos que escribir un editorial estridente que resuma la posición del periódico al respecto, sin ofender a nadie y sin dar en realidad ninguna idea de cuál es nuestra posición.

—Parece divertido.

—Pues no lo es. La semana pasada desapareció Alison McGovern, la hija mayor de Jilly y Stan McGovern, una niña simpática, había estado cuidando a León algunas veces.

Una boca se abre para decir algo y se vuelve a cerrar sin haber dicho lo que iba a decir. En su lugar comenta:

—Es horrible.

—Sí.

—Así que... —No hay nada que pueda decir después de lo anterior que no vaya a hacer daño, por eso pregunta— ¿es guapo?

—¿Quién?

—El vecino.

—Se llama Ainsel, Mike Ainsel. No está mal, pero es demasiado joven para mí. Es un tipo corpulento que parece... ¿cuál es la palabra? Empieza con «m».

—¿Mezquino? ¿Marica? ¿Magnífico? ¿Marido?

Una risa divertida.

—Sí, supongo que se comporta como un marido, si es que todos los hombres casados hacen cosas semejantes. Sí, lo parece. Pero la palabra que estaba pensando es melancólico.

—¿Y misterioso?

—No especialmente. Cuando se trasladó parecía un poco desamparado, ni siquiera sabía sellar las ventanas. Ahora parece que sigue sin saber
qué hace aquí. Cuando está, está y después se vuelve a ir. Lo he visto
paseando fuera alguna vez.

—Quizá es un ladrón de bancos.

—Huy, huy, eso es precisamente lo que estaba pensando.

—Ni hablar, esa idea es mía. Oye, Mags, ¿cómo estás? ¿estás bien?

—Sí.

—¿De verdad?

—No.

De nuevo un largo silencio.

—Voy a subir a verte.

—Sammy, no.

—Después del fin de semana, antes de que vuelvan a funcionar las
calderas y comience la escuela. Será divertido. Puedes ponerme una cama
en el sofá. E invitar al vecino misterioso a cenar una noche.

—Sam, ya estás haciendo de casamentera.

—¿Casamentera, yo? Lo que pasa es que después de la hija de puta
de Claudine, quizá ya esté a punto para volver a los hombres por un tiempo. Conocí a un tío un poco raro que me gustaba bajando a dedo a El Paso
en Navidades.

—Ajá. Oye, Sam, tienes que dejar de hacer auto-stop.

—¿Y cómo te crees que voy a ir hasta Lakeside?

—Alison McGovern estaba haciendo autostop. Incluso en una ciudad
así, no es seguro.. Te envío el dinero y coges el autobús.

—No pasará nada.

—Sammy...

—Vale, Mags. Mándame el dinero si eso te va hacer dormir más
tranquila.

—Ya sabes que sí.

—Bueno, hermana mayor y mandona. Dale un abrazo a León y dile
que la tía Sammy va a venir y que no se le ocurra volver a esconder los
juguetes en su cama.

—Se lo diré, pero no puedo prometer que vaya a surtir ningún efecto. Bueno, ¿cuándo llegarás?

—Mañana por la noche. No hace falta que vengas a buscarme a la
estación, le pediré a Hinzelmann que me lleve en Tessie.

—Demasiado tarde, Tessie está hibernando, pero Hinzelmann te traerá de todas formas, le gustas, escuchas sus anécdotas.

—A lo mejor deberías proponerle que te escriba el editorial.
Veamos: «Sobre la nueva planificación de las tierras junto al viejo

cementerio. Ocurrió que en el invierno de 1903 mi abuelo disparó a un ciervo junto al viejo cementerio del lago. Se había quedado sin balas, así que utilizó un hueso de las cerezas que mi abuela le había puesto en la comida. Le dobló el cráneo al ciervo y éste se echó a correr como un murciélago fuera del infierno. Dos años más tarde, el abuelo pasaba por la misma zona cuando vio a un ciervo enorme con un cerezo en flor que le salía de entre los cuernos. Y… bueno, lo abatió y la abuela estuvo haciendo tantas tartas de cerezas que todavía las siguieron comiendo el cuatro de julio…»

Las dos rieron.

INTERLUDIO 3

Jacksonville, Florida 2:00.

—El cartel dice que ofrecen trabajo.

—Siempre estamos buscando a alguien.

—Sólo puedo trabajar en el turno de noche, ¿habría algún problema?

—No tendría por qué. Te doy una ficha para que la rellenes. ¿Ya has trabajado en alguna gasolinera?

—No. ¿Es muy difícil?

—Bueno, seguro que no es como la ingeniería aeronáutica. Oiga, señora, espero que no le importe que se lo diga, pero no tiene muy buen aspecto.

—Ya lo sé, es una enfermedad, pero parece peor de lo que es en realidad. Nada vital.

—Bueno, deje su ficha aquí. La verdad es que necesitamos gente para el turno de noche ahora mismo. Lo llamamos el turno de los zombis. Cuando lo haces mucho tiempo, así es como te acabas sintiendo. Bueno… ¿Larna?

—Laura.

—Vale, Laura. En fin, supongo que no te importa tratar con gente rara, porque son los que vienen de noche.

—Eso ya me lo me imagino. No pasa nada.

CAPÍTULO DECIMOTERCERO

Eh, viejo amigo.
¿Qué me dices, viejo amigo?
Hazlo bien, viejo amigo,
y da un descanso a nuestra amistad.
¿Por qué tan cohibido?
Seguiremos en la eternidad.
Tú, él, yo...
demasiadas vidas en el tablero...

—Stephen Sondheim, «Old friends».

Era sábado por la mañana. Sombra abrió la puerta.

Marguerite Olsen estaba ante ella. No entró, se quedó bajo la luz del sol, con aspecto serio.

—¿Señor Ainsel?

—Por favor, llámame Mike.

—Mike, sí. ¿Te gustaría venir a cenar esta noche? ¿Sobre las seis? Nada especial, sólo espaguetis con albóndigas.

—Me gustan los espaguetis con albóndigas.

—Claro que si tienes otros planes...

—No tengo ninguno.

—A las seis, entonces.

—¿Llevo flores?

—Sólo si es necesario, pero se trata de un gesto meramente social, nada romántico.

Se dio una ducha. Salió a pasear un poco, hasta el puente y vuelta. El sol lucía en lo alto como una moneda deslucida y, para cuando llegó a casa, ya iba sudando embutido en el abrigo. Bajó en coche hasta las Delicias Dave a comprar una botella de vino, una botella de veinte dólares, lo que le pareció cierta garantía de calidad. No tenía ni idea de vinos, así que compró un *cabernet* de California, porque, cuando era joven y la gente todavía llevaba pegatinas en el parachoques, había tenido una que decía «La vida es un *cabernet*» y le hizo gracia recordarlo.

Como regalo, compró una planta en una maceta, que sólo tuviese hojas verdes, nada de flores, nada ni remotamente romántico.

Compró un cartón de leche, que nunca llegaría a beberse, y un montón de fruta, que nunca llegaría a comerse.

Después, se acercó a Mabel's y sólo se llevó una empanada para el almuerzo. A Mabel se le encendió la cara al verlo.

—¿Te has encontrado con Hinzelmann?

—No sabía que me estuviera buscando.

—Sí, quiere llevarte a pescar en el hielo. Y Chad Mulligan también quería saber si te había visto. Su prima ha venido desde fuera del estado: su prima segunda, las que solemos llamar «primas de besar», monísima, te encantará. —Metió la empanada en una bolsa de papel y cerró el borde para que se mantuviese caliente.

Sombra hizo en coche el largo trayecto de vuelta a casa comiendo con una mano y llenándose los pantalones y suelo del coche de migas. Pasó junto a la biblioteca de la orilla meridional del lago. La ciudad estaba blanca y negra por el hielo y la nieve. La primavera parecía remotamente lejana: el cacharro seguía sobre el hielo, rodeado de agujeros para la pesca, de huellas de furgonetas y de vehículos para la nieve.

Llegó a la casa, aparcó, subió hasta el apartamento por los escalones de madera. Los luganos y trepadores del comedero apenas le prestaron atención. Entró. Regó la planta y estuvo pensando si debía meter la botella en el frigorífico.

Quedaba mucho tiempo que perder hasta las seis.

Hubiese deseado poder volver a encender cómodamente la televisión. Quería que le entretuviesen, no tener que pensar, sólo sentarse y que las luces y ruidos lo evadiesen. «Quieres ver las tetas de Lucy», susurraba algo semejante a la voz de Lucy en su memoria y sacudió la cabeza aunque nadie podía verlo.

Se dio cuenta de que estaba nervioso. Iba a ser su primer contacto con otra gente, gente normal, que no fuesen presos, ni dioses, ni héroes culturales, ni sueños, desde que lo arrestaron por primera vez hacía unos tres años. Tendría que dar conversación como Mike Ainsel.

Miró el reloj, eran las dos y media. Marguerite Olsen le había dicho que pasase a las seis. ¿Se refería a las seis en punto? ¿Debería ir un poco antes? ¿Algo más tarde? Al final, decidió llamar a la puerta contigua a las seis y cinco.

El teléfono sonó.

—¿Qué?

—Ésa no es forma de responder al teléfono.

—Cuando tenga línea ya lo responderé con educación. ¿Puedo ayudarte?

—No lo sé. —Hubo un momento de silencio. Después añadió— Organizar a los dioses es como colocar gatos en fila india, no se adaptan con naturalidad. —Se percibía un agotamiento mortal en la voz de Wednesday que Sombra no había oído hasta entonces.

—¿Algo va mal?

—Es muy duro, joder. No sé si va a funcionar. Creo que podríamos rajarnos la garganta nosotros mismos y el resultado sería el mismo.

—No digas eso.

—Sí, claro.

—Bueno, a lo mejor si te rajas la garganta ni siquiera te duele —dijo Sombra en un intento de sacar a Wednesday de su pesadumbre.

—Sí que dolería, incluso nosotros sentimos dolor. Si te mueves e intervienes en el mundo material, el mundo material también interviene en ti. El dolor hace sufrir, igual que la avaricia hace enfermar y la lujuria, arder. Puede que no muramos fácilmente y te aseguro, por todos los infiernos, que no morimos bien, pero nos puede suceder. Si aún somos amados y recordados, algo muy semejante a nosotros aparece y toma nuestro lugar para que todo vuelva a comenzar, pero si estamos sumidos en el olvido, apaga y vámonos.

Sombra no sabía qué decir.

—Bueno, ¿desde dónde llamas?

—Eso no te interesa lo más mínimo, mierda.

—¿Estás borracho?

—Todavía no. Sólo es que no puedo parar de pensar en Thor. No lo has conocido, pero era un tío corpulento, como tú, de buen corazón. Con pocas luces, pero que sería capaz de darte hasta la camisa si se la pides. Se suicidó, se metió una pistola en la boca y se saltó la tapa de los sesos en 1932. ¿Tú crees que ésa es la forma en que tiene que morir un dios?

—Lo siento.

—A ti no te importa una mierda, hijo. Se parecía mucho a ti, grande y tonto. —Calló, tosió.

—¿Qué pasa? —volvió a preguntar Sombra.

—Se han puesto en contacto.

—¿Quiénes?

—Los del otro bando.

—¿Y?

—Quieren llegar a una tregua. Conversaciones de paz. La mierda de vive y deja vivir.

—Y ahora, ¿qué?

—Ahora voy y me bebo un café malo con los gilipollas modernitos en una sede masónica de Kansas.

—Bien. ¿Me recoges o nos encontramos en algún sitio?

—Tú te quedas ahí y ni se te ocurra asomar la cabeza. No te metas en problemas. ¿Me oyes?

—Pero...

Un chasquido y la línea queda interrumpida, muerta, sin tono de llamada, al fin y al cabo, tampoco lo había habido nunca.

Nada salvo el tiempo por matar. La conversación con Wednesday le había dejado con cierta inquietud, se levantó con la intención de salir a dar una vuelta, pero la luz ya estaba desapareciendo y se volvió a sentar.

Cogió las *Crónicas del Consejo municipal de Lakeside 1872-1884* y las hojeó, revisando la minúscula letra sin llegar a leerla y parando de tanto en tanto para mirar algo que le llamaba la atención.

Se enteró de que en julio de 1874 el consejo estaba preocupado por el gran número de leñadores itinerantes que llegaban desde fuera a la ciudad. Se iba a construir un teatro para ópera en la calle Tercera con Broadway. Se esperaba que las molestias derivadas de la presa del arroyo del molino desapareciesen una vez que el estanque del molino se hubiese convertido en lago. El consejo había autorizado el pago de setenta dólares al señor Samuel Samuels y ochenta y cinco al Señor Hekki Salaminen en compensación por sus tierras y por los gastos a los que se habían visto obligados al cambiar su domicilio fuera del área que se iba a inundar.

Nunca se le había ocurrido a Sombra que el lago fuese artificial. ¿Por qué bautizar a la ciudad en referencia a un lago que había comenzado como un estanque de molino? Continuó leyendo y descubrió que el señor Hinzelmann, conocido como Hündemuhlen en Baviera, era quien dirigía el proyecto de construcción del lago y que el consejo municipal le había concedido la suma de 370 dólares para realizarlo y que cualquier déficit sería cubierto con una suscripción pública. Sombra cortó una tira de papel de cocina y la colocó dentro del libro para señalar el lugar. Ya imaginaba lo contento que estaría Hinzelmann al ver la referencia a su abuelo. Se preguntó si el viejo sabía que su familia había estado metida en la construcción del lago. Ojeó las páginas posteriores del libro en busca de alguna otra referencia al proyecto.

En la primavera de 1876 habían inaugurado el lago en una ceremonia precursora del centenario de la ciudad. El consejo había agradecido oficialmente al señor Hinzelmann su trabajo.

Sombra miró el reloj y ya eran las cinco y media. Fue al baño: se afeitó, se peinó. Se cambió de ropa. Sin saber cómo transcurrieron los últimos quince minutos. Cogió el vino y la planta y se dirigió a la puerta vecina.

La puerta se abrió en cuanto llamó. Marguerite Olsen parecía casi tan nerviosa como él. Recibió con agradecimiento la botella y la planta. En la televisión habían puesto el vídeo de *El Mago de Oz*: estaba en la parte en blanco y negro, cuando Dorothy aún está en Kansas sentada con los ojos cerrados en la camioneta del Profesor Marvel mientras el viejo farsante hace que lee su mente y el tornado que la alejará de su vida ya se acerca. León se había sentado frente a la televisión a jugar con un camión de bomberos de juguete. Al ver a Sombra, una expresión de deleite iluminó su cara. Se levantó y saltó corriendo a una habitación a oscuras, tropezando con sus propios pies por la emoción para, un instante después, salir agitando una moneda de veinticinco en la mano triunfalmente.

—¡Mira, Mike Ainsel! —gritó. Después cerró ambas manos, hizo como si cogiese la moneda con la mano derecha y la abrió completamente—. ¡La he hecho desaparecer, Mike Ainsel!

—Sí, señor —concedió Sombra— después de comer, si a tu madre le parece bien, te enseñaré a hacerlo un poco mejor.

—Ahora mismo si quieres —dijo Marguerite— estamos esperando a Samantha. La he mandado a por nata y no sé por qué tarda tanto.

Como si eso marcase su entrada, se oyeron sus pasos en la terraza de madera y alguien apareció en la puerta principal. Al principio, Sombra no la reconoció, después ella dijo «no sabía si la querías con calorías o de la que sabe a pegamento de empapelar, así que he traído con calorías» y se dio cuenta de quien era: la chica de la carretera a Cairo.

—No importa. Sam, éste es mi vecino, Mike Ainsel. Mike, ésta es Samantha Cuervo Negro, mi hermana.

«No te conozco —pensó Sombra desesperadamente—. No nos hemos visto nunca. Somos completamente desconocidos.» Intentó recordar cómo había pensado en «nieve», lo ligero y fácil que le había resultado: era una situación desesperada. Le tendió la mano y saludó:

—Encantado de conocerte.

Ella pestañeó y le miró la cara. Tras un momento de desconcierto, sus ojos lo reconocieron y las comisuras de la boca se le curvaron en una sonrisa.

—Hola.

—Voy a echarle un ojo a la comida —anunció Marguerite con la voz tensa de a quien se le queman las cosas en cuanto las deja sin vigilancia en la cocina, aunque sea por un instante.

Sam se quitó el abultado abrigo y el gorro.

—Así que tú eres el vecino melancólico y misterioso. ¿Quién lo hubiese imaginado? —soltó en voz baja.

—Y tú la chica Sam, ¿podemos hablar de esto más tarde?

—Si prometes explicarme qué está pasando.

—Trato hecho.

León se agarró a los pantalones de Sombra.

—¿Me lo enseñas ya? —preguntó con la moneda en la mano.

—Vale, pero si te lo enseño debes recordar que un mago nunca cuenta a nadie cómo hace sus trucos.

—Lo prometo —respondió con seriedad.

Sombra se puso la moneda en la mano izquierda y movió la mano derecha de León para enseñarle como hacer que pareciese cogerla con ella mientras en realidad la dejaba en la mano izquierda de Sombra. Después hizo que León repitiese los movimientos por su cuenta.

Tras varios intentos, el niño ya dominaba el movimiento.

—Ahora ya sabes la mitad, la otra mitad consiste en dirigir la atención al lugar donde debería estar la moneda. Mírate la mano derecha, si actúas como si la moneda estuviese allí, a nadie se le ocurrirá mirarte la izquierda, por patoso que seas con ella.

Sam observaba todo esto con la cabeza ligeramente inclinada, en silencio.

—¡A cenar! —les llamó Marguerite saliendo de la cocina con una fuente humeante de espaguetis—. León, lávate las manos.

Sombra alabó el pan de ajo crujiente, la salsa de tomate espesa y las albóndigas picantes de Marguerite.

—Una receta familiar, de la parte corsa de la familia.

—Pensaba que erais descendientes de indios americanos.

—Papá es cherokee —dijo Sam—, el padre de la madre de Mags era de Córcega. —Sam era la única que de verdad se estaba bebiendo el *cabernet*—. Papá la dejó cuando Mags tenía diez años y se cambió de ciudad. Seis meses después nací yo. Mis padres se casaron cuando consiguió el divorcio. Cuando yo tenía diez años se marchó. Creo que su capacidad de atención dura diez años.

—Bueno, ahora ya lleva diez años en Oklahoma.

—La familia de mi madre eran judíos europeos, de uno de esos sitios antes comunistas y que ahora están sumidos en el caos. Creo que le gustaba la idea de casarse con un Cherokee, freír pan y cortar hígado. —Bebió otro sorbo de vino.

—La madre de Sam es una mujer salvaje —dijo Marguerite con cierta aprobación.

—¿Sabes dónde está ahora? —le preguntó Sam. Sombra respondió que no con la cabeza—. Está en Australia. Conoció a un tío por Internet que vivía en Hobart. Cuando se vieron en carne y hueso le pareció que en realidad era un poco chungo, pero le encantó Tasmania, así que se ha quedado ahí abajo a vivir con un grupo de mujeres enseñándoles a teñir la ropa a mano y cosas así. ¿No te parece genial? ¿A su edad?

Sombra estuvo de acuerdo y se sirvió más albóndigas. Sam les contó que todos los aborígenes de Tasmania habían sido exterminados por los ingleses, que habían hecho una cadena humana alrededor de la isla y sólo habían atrapado a un viejo y a un niño enfermo. Les contó cómo a los tigres de Tasmania los habían extinguido los granjeros, que temían por sus ovejas, y que los políticos sólo se habían dado cuenta de la necesidad de protegerlos en 1930, justo después de que muriese el último ejemplar. Terminó de beberse su segundo vaso de vino y se sirvió el tercero.

—Bueno, Mike —dijo Sam, cuyas mejillas ya comenzaban a enrojecer—, cuéntanos algo de tu familia. ¿Cómo son los Ainsel? —Sonreía malintencionadamente.

—Somos un aburrimiento total. Nadie ha llegado a un lugar tan lejano como Tasmania. Tú vas a una escuela en Madison, ¿cómo es?

—Ya lo sabes, aprendo historia del arte, estudios de la mujer y hago piezas de bronce.

—Cuando sea mayor —interrumpió León— seré mago, ¿me enseñarás, Mike?

—Claro, si a tu madre le parece bien.

—Después de cenar, mientras llevas a León a la cama, Mags, voy a hacer que Mike me lleve al bar "Buck Stops Here" durante una hora o así.

Marguerite no pareció indiferente, sino que movió la cabeza y arqueó una ceja.

—Creo que es interesante y tenemos mucho de qué hablar.

Marguerite miró a Sombra que se afanaba en limpiarse una imaginaria mancha de salsa de tomate de la barbilla.

—Bueno, ya sois mayorcitos —dijo en un tono que implicaba que no lo eran o que, incluso en caso de serlo, desde luego no debían considerarse como tales.

Después de cenar, Sombra secó los platos para ayudar a Sam que estaba lavándolos y le hizo otro truco a León: contaba unos peniques que el niño tenía en la mano, cada vez que León la abría y los contaba había uno menos que antes. Cuando llegó al último, le preguntó: «¿Lo estás agarrando bien fuerte?». León abrió la mano y se había transformado en una moneda de diez. Sus lastimeras quejas lo persiguieron hasta el vestíbulo.

Sam le pasó el abrigo.

—Vámonos. —Tenía las mejillas ruborizadas por el vino.

Fuera hacía frío.

Sombra paró para recoger de su apartamento las *Crónicas del Consejo municipal de Lakeside 1872-1884*, las metió en una bolsa de plástico de la verdulería y se las llevó. Hinzelmann podía estar en Los pavos y quería enseñarle la mención a su abuelo.

Anduvieron por la rampa uno junto al otro.

Cuando abrió el garaje, ella se echó a reír.

—¡Dios mío! —exclamó al ver el todoterreno— pero si es el coche de Paul Gunther. Te has comprado el coche de Paul Gunther, ¡hostia!

Sombra le abrió la puerta del vehículo, después lo rodeó y entró.

—¿Conoces el coche?

—Cuando vine aquí hace dos o tres años a visitar a Mags, fui yo quien lo convenció para pintarlo de lila.

—Me alegro de tener una culpable.

Sacó el automóvil a la calzada y cerró el garaje. Sam le empezó a mirar de forma extraña cuando volvió a entrar en el coche, como si su confianza en sí misma se estuviese esfumando por momentos. Sombra se puso el cinturón de seguridad y ella le comentó:

—Vale, es algo bastante idiota, subirse al coche de un psicópata, ¿no?

—La última vez te dejé sana y salva en casa.

—Te has cargado a dos tíos, te buscan los federales y ahora te encuentro viviendo bajo un nombre falso al lado de mi hermana. ¿O es que Ainsel es tu nombre verdadero?

—No —contestó y se encogió de hombros. Le molestó profundamente tener que admitirlo. Era como si estuviese dejando escapar algo muy importante, abandonando a Mike Ainsel al negarlo, como si estuviese renunciando a un amigo.

—¿Mataste a esos tíos?

—No.

—Vinieron a mi casa y me dijeron que nos habían visto juntos. Un tipo me enseñó fotos tuyas. ¿Cómo se llamaba, Sombrero? No, era el señor Ciudad. Era como en *El Fugitivo*. Yo dije que no te había visto.

—Gracias.

—Así que, dime lo que está pasando. Guardaré tus secretos si tú tampoco cuentas los míos.

—No conozco ninguno de los tuyos.

—Bueno, sabes que fue idea mía lo de pintar esto de lila, cosa que hizo que Paul Gunther se convirtiese en el hazmerreír de toda la región hasta el punto de obligarle a abandonar la ciudad. Estábamos un poco fumados —admitió.

—No creo que esto último sea un gran secreto, debe de saberlo todo Lakeside, porque es un color típico de colocón.

Después ella habló tranquila y muy rápido:

—Si tienes que matarme, por favor no me hagas daño. No debería haber venido contigo. Soy tan imbécil, tonta. Te puedo identificar. ¡Dios!

Sombra hizo un gesto indiferente.

—Nunca he matado a nadie, de verdad. Y ahora nos vamos al bar, nos tomamos una copa, o, si me das tu palabra, damos la vuelta y te llevo a casa. De todas formas, tendré que confiar en que no vas a llamar a la policía.

Reinaba el silencio mientras cruzaban el puente.

—¿Quién mató a esos hombres?

—Si te lo dijese, no me creerías.

—Claro que sí. —Su voz estaba teñida de ira en ese momento. Sombra penso que quizá no había sido tan buena idea llevar vino a la cena. La vida ya no era un *cabernet*.

—No es fácil de creer.

—Yo me puedo creer cualquier cosa. No tienes ni idea de lo que me puedo llegar a creer.

—¿De verdad?

—Me puedo creer cosas ciertas, cosas falsas y cosas que nadie sabe si son ciertas o falsas. Puedo creer en Papá Noel y en el conejo de Pascua y en Marilyn Monroe y en los Beatles y en Elvis y en Mr. Ed. Mira, creo que las personas pueden alcanzar la perfección y que el conocimiento es infinito y que el mundo está dirigido por cárteles financieros secretos y que lo visitan periódicamente grupos de alienígenas, buenos, que parecen lemures arrugados, y malos, que mutilan el ganado y quieren apropiarse de nuestra agua y nuestras mujeres. Creo que el futuro nos aspira y creo que el futuro nos sacude y creo que un día la Mujer búfalo blanca volverá y nos dará a todos una patada en el culo. Creo que los hombre son sólo niños grandes con problemas de comunicación y que la decadencia del sexo en Estados Unidos coincide con la decadencia de los cines al aire libre por todos los estados. Creo que todos los políticos son unos cabrones sin principios y también creo que son mejores que la alternativa. Creo que California se va a hundir en el mar cuando venga el gran terremoto, mientras que Florida se disolverá en el caos, los cocodrilos y los vertidos tóxicos. Creo que el jabón antibacterias está acabando con nuestras resistencias a la porquería y la enfermedad hasta el punto de que un día seremos borrados de la tierra por el catarro común, igual que los marcianos en *La Guerra de los Mundos*. Creo que los mejores poetas del siglo pasado fueron Edith Sitwell y Don Marquis, que el jade es esperma de dragón seco y que hace miles de años, en una vida anterior, yo era una chamán siberiana manca. Creo que el destino de la humanidad está escrito en las estrellas. Creo que es verdad que los caramelos sabían mejor cuando era pequeña, que es aerodinámicamente imposible que los abejorros vuelen, que la luz es una onda y una partícula y que en algún lugar del mundo hay un gato en una caja que está vivo y muerto al mismo tiempo, pero que si nadie va pronto a abrir la caja y darle de comer acabará estando muerto de dos formas distintas, y creo que hay estrellas miles de millones de años más antiguas que el propio universo. Creo en un dios personal que me cuida y se preocupa y supervisa todo lo que hago. Creo en un dios impersonal que puso el universo en marcha, después se fue de juerga con sus novias y ni siquiera sabe que existo. Creo en un universo ateo creado al azar, como ruido de fondo y por pura casualidad. Creo que todos los que dicen que se da excesivo valor al sexo, simplemente nunca han echado un polvo en condiciones. Creo que los que dicen saber qué pasa también mienten sobre los detalles. Creo en la veracidad absoluta y en la necesidad social de mentiras piadosas. Creo en el derecho de elección de la mujer, en el derecho a la vida del bebé, en que toda vida humana es sagrada y en que la pena de muerte no está mal si es posible otorgar una confianza implícita al sistema legal. Creo que la vida es un juego, que la vida es una broma cruel y que la vida también es lo que sucede cuando estás vivo y puedes tumbarte y disfrutar. —Se interrumpió, sin aliento.

Sombra casi levanta las manos del volante para aplaudir, pero en su lugar sólo dijo:

—Vale, así que si te cuento lo que sé, no pensarás que estoy como una regadera.

—Puede, prueba.

—¿Te creerías que todos los dioses que la gente llegó a imaginar siguen entre nosotros hoy en día…?

—…Quizá.

—¿Y que ahora han surgido nuevos dioses por ahí, dioses de los ordenadores y de los teléfonos y todo esto y que como todos parecen creer que no hay sitio para ambos en el mundo probablemente se va a producir algún tipo de guerra?

—¿Fueron estos dioses los que mataron a aquellos hombres?

—No, fue mi mujer.

—Pensaba que habías dicho que estaba muerta.

—Lo está.

—¿Los mató antes de morir?

—Después, no preguntes.

Levantó una mano y se apartó el pelo de la frente.

Subieron por la calle principal junto a Los pavos paran aquí. El letrero tenía dibujado un ciervo sorprendido, de pie sobre las patas traseras y con una jarra de cerveza. Sombra cogió la bolsa del libro y se la llevó.

—¿Para qué se harán la guerra? Parece que no tiene mucho sentido. ¿Qué pueden ganar?

—No lo sé —admitió Sombra.

—Resulta más fácil creer en marcianos que en dioses. Quizá el señor Ciudad y el señor Mundo fuesen como los Hombres de Negro pero del tipo alienígena.

Cuando estaban en la acera de enfrente del bar, Sam se detuvo. Levantó los ojos hacia Sombra y su aliento flotó en el aire nocturno como una nube tenue.

—Sólo dime que eres uno de los buenos —le pidió.

—No puedo, me gustaría y hago todo lo posible, pero no lo soy.

Le observó, se mordió el labio. Después asintió.

—Lo bastante bueno, no te delataré, pero me tienes que invitar a una cerveza.

Sombra le abrió la puerta y una ola de calor y música les golpeó. Entraron.

Sam saludó a algunos amigos y Sombra a media docena de personas cuyas caras, aunque no sus nombres, recordaba del día que había pasado buscando a Alison McGovern o de las mañanas en Mabel's. Chad Mulligan estaba en la barra rodeando con el brazo a una pelirroja de corta estatura, la prima de besar, se imaginó Sombra. Se preguntó cuál sería su aspecto, pero le daba la espalda. Chad alzó la mano en un medio saludo cuando vio a Sombra y éste sonrió y agitó la mano en respuesta. Sombra miró a su alrededor en busca de Hinzelmann, pero el viejo no parecía encontrarse allí esa noche. Avistó una mesa vacía en el fondo y empezó a caminar hacia ella.

Entonces alguien se puso a chillar.

Era un alarido desagradable, desgarrador, el grito histérico de quien ha visto un fantasma, que silenció todas las conversaciones. Sombra miró a su alrededor, con la seguridad de que estaban matando a alguien y entonces se percató de que todas las miradas se dirigían a él. Incluso el gato negro, que dormía todo el día en la ventana estaba sobre la máquina tragaperras mirándolo con la cola en alto y todo el pelaje erizado.

El tiempo se ralentizó.

—¡Cogedle! —gritó una voz de mujer al borde de un ataque de nervios— ¡Por Dios, que alguien lo detenga! ¡No dejéis que se escape! ¡Por favor! —Era una voz conocida.

Nadie se movió. Sólo miraban a Sombra y Sombra les devolvía la mirada.

Chad Mulligan se adelantó esquivando a la gente. La mujer baja lo seguía cautelosa con los ojos espantados, como si estuviese a punto de ponerse a gritar de nuevo. Sombra la conocía, claro que la conocía.

Chad aún llevaba la cerveza en la mano y la dejó en una mesa cercana.

—Mike.

—Chad.

Audrey Burton tiró de la manga de Chad. Tenía la cara pálida y los ojos bañados en lágrimas.

—Sombra, mal nacido, maldito asesino cabrón.

—¿Estás segura de que conoces a este hombre, cielo? —preguntó Chad visiblemente incómodo.

Audrey Burton lo miró con incredulidad.

—¿Estás loco? Trabajó para Robbie durante años y años. La guarra de su mujer era mi mejor amiga. Le buscan por asesinato, ¡por asesinato! Tuve que responder muchas preguntas. Es un fugitivo. —La situación le desbordaba, su voz temblaba por el arrebato contenido, sorbía las palabras como una actriz de telenovela candidata a un Emmy. «Primas de besar», pensó Sombra indiferente.

En el bar, nadie decía una palabra. Chad Mulligan fijó la vista en Sombra.

—Probablemente es un error que se podrá arreglar. —Después se dirigió al resto del bar— No pasa nada. No hay nada de qué preocuparse. Podemos solucionarlo. Ya está. —De nuevo a Sombra— Vamos fuera, Mike. —Tranquilo y competente: esta vez sí que estaba impresionado.

—Claro.

Notó que una mano tocaba la suya y se volvió para ver a Sam mirándolo. Le dirigió una sonrisa con toda la seguridad que pudo aparentar.

Sam posó sus ojos en él y después observó las caras que lo miraban por todo el bar. Insultó a Audrey Burton:

—No sé quién eres. Pero. Eres. Una. Una hija de puta. —Se puso de puntillas, atrajo a Sombra hacia sí y lo beso con dureza en los labios, apretando su boca contra él durante lo que a Sombra le parecieron varios minutos, pero que en el tiempo real, del reloj, pudieron no sobrepasar los cinco segundos.

Era un beso extraño, pensó Sombra mientras sus labios se apretaban: no estaba dirigido a él, sino al resto de la concurrencia del bar, para mostrar que ella había tomado partido. Era un beso como una bandera que se ondea. A pesar de que le daba un beso, quedaba claro que no le gustaba, al menos no en ese sentido.

Sin embargo, una vez había leído un cuento, hacía mucho tiempo, cuando era pequeño: la historia de un viajante que había resbalado por un barranco con tigres hambrientos de carne humana en la cima y una caída letal a sus pies y que había conseguido quedarse a medio camino, aferrándose a la vida. A su lado había una mata con fresas y una muerte segura tanto hacia arriba como hacia abajo. La pregunta era: «¿Qué debía hacer?»

La respuesta: «Comerse las fresas».

Cuando era niño, la historia nunca le había dicho nada, pero ahora adquiría sentido. Cerró los ojos, se dejó arrastrar por el beso y no sintió nada salvo los labios de Sam y la suavidad de su piel, dulce como una fresa silvestre.

—Vamos, Mike —dijo Chad Mulligan con firmeza— Por favor, salgamos de una vez.

Sam se retiró. Se lamió los labios, exhibió una sonrisa que apenas le llegaba a los ojos.

—No está mal, besas bien para ser un chico. Vale, ya podéis ir a jugar fuera. —A continuación se volvió a Audrey Burton—. Pero tú sigues siendo una hija de puta.

Sombra le lanzó a Sam las llaves de su coche. Ella las recogió con una mano. Él recorrió el bar hasta salir fuera seguido de Chad Mulligan. La nieve había empezado a caer con suavidad y los copos se posaban sobre el letrero de neón del bar.

—¿Quieres hablar de esto?

Audrey los había seguido a la acera. Parecía dispuesta a volver a empezar a gritar.

—Mató a dos hombres, Chad. El FBI estuvo llamando a mi puerta. Es un psicópata. Si quieres te acompaño a la comisaría.

—Ya ha causado bastantes problemas, señora —dijo Sombra con una voz que incluso a él le sonaba cansada —. Por favor, váyase.

—Chad, ¿has oído eso? ¡Me ha amenazado!

—Vuelve dentro, Audrey —pidió Chad Mulligan. Ella parecía estar a punto de ponerse a discutir, pero frunció los labios con tanta fuerza que se tornaron blancos y volvió adentro del bar.

—¿Quieres responder algo sobre lo que ha dicho?

—No he matado a nadie en mi vida.

Chad asintió.

—Te creo. Estoy seguro de que podemos encargarnos de estas alegaciones con toda facilidad. No tienes intención de crearme ningún problema, ¿no, Mike?

—Desde luego, se trata de un error.

—Exactamente, así que supongo que podemos ir a mi oficina y resolverlo todo allí.

—¿Me estás arrestando?

—No, a no ser que quieras que lo haga. Me imagino que me acompañas movido por un sentido del deber cívico y así enderezamos todo esto.

Chad cacheó a Sombra sin encontrar ningún arma. Subieron al coche de Mulligan, Sombra volvió a sentarse en la parte trasera, mirando a través de la jaula metálica. «SOS. Mayday. Ayuda —pensó. Intentó influir con la mente a Mulligan como una vez había hecho con un policía de Chicago— Soy tu viejo amigo Mike Ainsel, me has salvado la vida. ¿No ves que esto es una tontería? ¿Por qué no dejas correr todo el asunto?».

—He pensado que lo mejor era sacarte de ahí. Lo único que faltaba era algún bocazas decidiendo que tú habías sido el asesino de Alison McGovern y nos las hubiésemos visto con un linchamiento popular.

—Te la debo.

Permanecieron en silencio durante el resto del viaje hasta la comisaría de Lakeside que, como Chad recordó mientras aún estaban fuera, en realidad pertenecía al departamento del sheriff regional. La policía municipal sólo tenía allí unas pocas salas. En breve, el municipio iba a construirles algo más moderno, pero por el momento tenían que conformarse con eso.

Entraron.

—¿Llamo a un abogado?

—No se te acusa de nada, haz lo que quieras. —Pasaron por varias puertas giratorias—. Siéntate ahí.

Sombra se sentó en una silla de madera con huellas de cigarrillos en el lateral. Se sintió estúpido y torpe. Había un anuncio pequeño junto a un gran cartel de «prohibido fumar» que rezaba «desaparecida y en peligro». La fotografía era de Alison McGovern.

Había una mesa de madera con ejemplares atrasados de *Sports Illustrated* y *Newsweek*. La luz era bastante pobre. La pared era de color amarillo, pero quizá tiempo atrás hubiese sido blanca.

Diez minutos más tarde Chad le trajo un chocolate de máquina de cafés.

—¿Qué tienes en la bolsa? —le preguntó y sólo entonces Sombra se dio cuenta de que seguía llevando la bolsa de plástico con las *Crónicas del Consejo municipal de Lakeside*.

—Un libro viejo. Aparece la foto de tu abuelo, o puede que sea tu bisabuelo.

—¿Sí?

Sombra pasó las páginas rápidamente hasta encontrar el retrato del consejo y señaló al hombre llamado Mulligan. Chad rió entre dientes.

—Ésta sí que es buena.

Pasaron los minutos y las horas en aquella sala. Sombra se leyó dos *Sports Illustrated* y empezó con un *Newsweek*. De vez en cuando, Chad iba pasando, una vez para ver si Sombra necesitaba ir al baño, otra para ofrecerle un bocadillo de jamón y una bolsa de patatas fritas.

—Gracias —dijo Sombra aceptándolos—. ¿Ya estoy bajo arresto?

Chad aspiró el aire entre sus dientes.

—Bueno, todavía no, pero parece que no has venido como Mike Ainsel legalmente. Por otro lado, te puedes llamar como te dé la gana en este estado mientras no sea con intenciones delictivas. Tranquilo.

—¿Puedo hacer una llamada?

—¿Local?

—Conferencia.

—Te saldrá más barato si la cargo en mi tarjeta telefónica, si no vas a tener que meter diez dólares en monedas de veinticinco en el cacharro ese del vestíbulo.

«Claro —pensó Sombra— así además sabrás a qué número he llamado y probablemente me estarás escuchando desde alguna otra extensión.»

—Eso sería genial —respondió. Se metieron en una oficina vacía. El número que Sombra dio a Chad para que se lo marcase era el de una funeraria de Cairo, Illinois. Chad marcó y le dio el auricular a Sombra.

—Te dejo solo. —Se fue.

El teléfono estuvo sonando varias veces hasta que lo descolgaron.

—Jacquel e Ibis, ¿en qué puedo ayudarle?

—Hola señor Ibis, soy Mike Ainsel, estuve echándoles una mano en Navidades.

Un momento de duda y después:

—Por supuesto, Mike, ¿cómo estás?

—No muy bien, señor Ibis, en un lío. A punto de que me arresten y esperando que hayan visto por ahí a mi tío o que puedan hacerle llegar un mensaje.

—Seguro que puedo dar unas voces. Espera un momento, Mike, que hay alguien aquí que quiere hablar contigo.

Le pasaron el teléfono a alguien y después una voz gutural de mujer le saludó:

—Hola encanto, te echo de menos.

Estaba seguro de no haber oído nunca esa voz, pero la conocía, estaba seguro de conocerla...

«Cálmate —le susurraba la voz gutural en su mente, en un sueño—, no te preocupes de nada».

—¿Quién era esa chica a la que estabas intentado besar, cielito? ¿Quieres ponerme celosa?

—Sólo somos amigos. Ella intentaba demostrar algo. ¿Cómo has sabido que me ha dado un beso?

—Tengo ojos en todos los lugares donde está mi gente. Cuídate, cariño. —Hubo un instante de silencio y después el señor Ibis volvió al aparato:

—¿Mike?

—Sí.

—Hay un problema para localizar a tu tío, parece que está bastante ocupado, pero intentaré hacerle llegar el mensaje a tu tío Nancy. Buena suerte. —Y colgaron.

Sombra se quedó sentado en la oficina vacía a la espera de que Chad volviese y deseando tener algo que le distrajese. A regañadientes, volvió a coger las *Crónicas*, las abrió por algún lugar del medio y empezó a leer.

En diciembre de 1876, por ocho votos contra cuatro, se había aprobado y puesto en vigor una ordenanza que prohibía escupir en las aceras y en el suelo de los edificios públicos, además de tirar cualquier tipo de tabaco al suelo de estos mismos lugares.

Lemmi Hautala tenía doce años y «se temía que hubiese salido a vagar presa de un delirio» el trece de diciembre de 1876. «Se había iniciado su búsqueda inmediatamente, pero unas excepcionales nevadas habían impedido continuar.» El consejo había decidido por unanimidad expresar sus condolencias a la familia Hautala.

El incendio en los establos de posta de Olsen la semana siguiente había sido extinguido sin daños ni pérdida de vidas humanas o equinas.

Sombra examinó las concentradas columnas, pero no puedo hallar otra mención de Lemmi Hautala.

Después, movido por algo poco mayor que un capricho, pasó las páginas hasta el invierno de 1877. Encontró lo que buscaba como una mención aislada en las crónicas de enero: Jessie Lovat, cuya edad no se incluía, «una niña negra» había desaparecido la noche del 28 de diciembre. Se creía que podía haber sido «raptada por los así llamados vendedores ambulantes». No se expresaron condolencias a la familia Lovat.

Sombra estaba ya ojeando las crónicas del invierno de 1878 cuando Chad Mulligan llamó a la puerta y entró, con la actitud avergonzada de un niño que vuelve a casa con un informe de mal comportamiento.

—Señor Ainsel, Mike. Realmente siento tener que hacer esto. Personalmente me caes bien, pero eso no cambia nada, ¿no?

Sombra lo entendía.

—No tengo elección. Tengo que arrestarte por violar la condicional. —Después Mulligan le leyó sus derechos, rellenó unos papeles y tomó las huellas de Sombra. Lo condujo a través del vestíbulo hasta la cárcel, en la otra punta del edificio.

A un lado de la sala había un mostrador largo y varias puertas, en el lado opuesto, dos celdas de cristal y otra puerta. Una de las celdas estaba ocupada por un hombre que dormía en una cama de cemento bajo una manta ligera. La otra estaba vacía.

Había una mujer de aspecto somnoliento y uniforme pardo tras el mostrador que miraba un pequeño aparato de televisión portátil. Cogió los papeles que Chad le tendía y firmó la entrada de Sombra. Chad se quedó un rato haciendo más papeleo. La mujer salió del mostrador, cacheó a Sombra, recogió todos sus objetos personales —la cartera, unas monedas, la llave de casa, el libro, el reloj— y los dejó sobre el mostrador, le dio una bolsa de plástico con unas ropas naranjas y le dijo que fuese a cambiarse a la celda vacía. Podía quedarse con su ropa interior y calcetines. Fue a la celda y se puso la ropa naranja y las sandalias. Dentro había un hedor insoportable. La camiseta naranja llevaba detrás en grandes letras negras: «cárcel regional de Lumber».

La taza metálica del baño de la celda estaba atascada y llena hasta el borde de un caldo marrón de heces líquidas y orina agria y cervecera.

Sombra salió, entregó su ropa a la mujer, que la introdujo en la misma bolsa que sus objetos personales. Antes de entregar la cartera, la había ojeado, había pedido a la mujer que tuviese cuidado con ella, porque toda su vida estaba allí contenida. La mujer la había recibido asegurando que estaría completamente segura en sus manos. Preguntó a Chad si aquello era cierto y Chad, levantando la mirada del último papel por rellenar, aseguró que Liz decía la verdad, que hasta entonces nunca habían perdido las pertenencias de ningún recluso.

Sombra había deslizado en los calcetines las facturas por valor de cuatrocientos dólares que había sustraído de la cartera cuando se estaba cambiando, junto con el dólar de plata que había hecho desaparecer mientras se vaciaba los bolsillos.

Al salir, preguntó:

—¿Os importaría si sigo leyendo el libro?

—Lo siento, Mike, las reglas son las reglas —respondió Chad.

Liz colocó la bolsa con los objetos de Sombra en la habitación trasera. Chad dijo que dejaría a Sombra en las eficaces manos de la agente Bute. Liz parecía cansada e indiferente. Chad se marchó. Sonó el teléfono y Liz, la agente Bute, contestó.

—Sí, perfecto, no hay problema. Vale, no, no es ningún problema. De acuerdo. —Dejó el teléfono e hizo una mueca.

—¿Problemas?

—Sí, en realidad no. Más o menos. Mandan a alguien a recogerte desde Milwaukee.

—Y eso, ¿por qué es un problema?

—Porque tengo que mantenerte aquí tres horas y esa celda está ocupada. El tío de ahí está bajo observación por suicidio y no te puedo poner con él. Tampoco merece la pena registrarte en la cárcel regional para sacarte dentro de tres horas y seguro que no quieres meterte aquí —señaló la celda vacía en la que se había cambiado de ropa— porque el baño está atascado y el olor es asqueroso, ¿no?

—Sí, era muy fuerte.

—Lo hago sólo por humanidad. Cuanto antes nos vayamos al nuevo edificio, mejor, yo ya no puedo esperar. Seguro que una de las mujeres que encerramos ayer tiró un tampón. Les digo que no lo hagan, para eso ya tenemos papeleras. Atascan las cañerías. Cada puto tampón que tiran en esa taza le cuesta al municipio cien dólares en facturas de fontanería. Te puedo tener fuera si te esposo, o te puedes meter en la celda, como prefieras.

—No es que me vuelvan loco, pero me quedo con las esposas.

Ella sacó un par de su cinturón y se palmeó la semiautomática como para recordarle que estaba allí.

—La manos en la espalda.

Las esposas le apretaban, tenía unas muñecas grandes. También le encadenó los tobillos y lo sentó en un banco en el extremo del mostrador junto a la pared.

—Si no me molestas, yo a ti tampoco. —Giró la televisión para que él también la pudiese ver.

—Gracias.

—Cuando tengamos las nuevas dependencias no habrá que hacer ninguna de estas tonterías.

El programa del sábado noche ya se había acabado y comenzó un episodio de *Cheers*. Sombra nunca había seguido la serie, sólo conocía un episodio, en el que la hija del entrenador va al bar, pero lo había visto varias veces. Se dio cuenta de que cuando ves un episodio de una serie que no sigues, siempre acabas encontrándote con el mismo una y otra vez, en años sucesivos. Pensó que podía tratarse de algún tipo de ley cósmica.

La agente Liz Bute se recostó en la silla, no roncaba abiertamente, pero tampoco estaba despierta, así que no advirtió que los chicos de *Cheers* dejaron de charlar, de soltar comentarios jocosos y simplemente empezaron a mirar fuera de la pantalla hacia Sombra.

Diana, la camarera rubia que se las daba de intelectual, fue la primera en hablar:

—Sombra, estábamos tan preocupados por ti. Habías desaparecido de la superficie de la tierra. Nos alegramos de volver a verte, incluso en reclusión y con vestimentas naranjas.

—Supongo que lo mejor que puedes hacer —pontificó Cliff, el aburrido de bar— es escaparte en la temporada de caza, cuando el resto del mundo también va vestido de naranja.

Sombra no abrió la boca.

—Ah, ya veo, te ha comido la lengua el gato, ¿eh? —interrumpió Diana— pues no veas como nos lo hemos tenido que montar para encontrarte.

Sombra desvió la mirada. La agente Liz había empezado a roncar suavemente. Carla, la camarera bajita soltó:

—Eh, ¡cacho maricón! Interrumpimos esta emisión para enseñarte algo que va a hacer que te mees en las bragazas de nena frígida que llevas. ¿Estás listo?

La pantalla parpadeó y se fundió en negro. La expresión «en directo» apareció en blanco en la esquina inferior izquierda. Una voz en *off* femenina y amortiguada anunció:

—Evidentemente, no es demasiado tarde para sumarse al bando vencedor, pero, como ya sabe, tiene derecho a permanecer donde está. Ése es el sentido de ser estadounidense, ése es el milagro de los Estados Unidos. Después de todo, la libertad de credo significa que se es libre para equivocarse, al igual que la libertad de palabra otorga el derecho al silencio.

La película mostraba una escena en la calle. La cámara dio una sacudida hacia delante, como las de las cámaras de vídeo de mano de los documentales realistas.

Un hombre de cabello menguante, bronceado y con expresión algo avergonzada ocupaba toda la pantalla. Se encontraba de pie, apoyado contra una pared, bebiendo café a sorbos en una taza de plástico. Miró a la cámara y declaró:

—Los terroristas se esconden bajo arteras palabras, tales como «defensores de la libertad», pero tú y yo sabemos que son pura y simplemente despreciables asesinos y arriesgamos nuestras vidas para marcar la diferencia.

Sombra reconoció la voz: ya había estado en el interior de la cabeza de ese hombre una vez y, aunque desde dentro era una voz distinta, más profunda, más resonante, no dudo un momento en reconocer al señor Ciudad.

Las cámaras se alejaron para mostrar que el señor Ciudad estaba fuera de un edificio de ladrillo visto en alguna calle de los Estados Unidos. Sobre la puerta había un cartabón y un compás que enmarcaban la letra «G».

Alguien desde fuera de la pantalla informó:

—En posición.

—Vamos a ver si las cámaras de «dentro» funcionan —propuso la voz en *off* femenina.

Las palabras «en directo» continuaban parpadeando en la parte inferior izquierda de la pantalla. La película mostraba ahora el interior de una sala pequeña y mal iluminada. Había dos hombres sentados a una mesa en el extremo de la habitación. Uno de ellos estaba de espaldas a la cámara. La cámara se acercó rápida y torpemente a ellos. Durante un instante logró enfocarlos, pero después volvieron a desenfocarse. El hombre que estaba de cara a la cámara se levantó y comenzó a caminar como un tigre enjaulado. Era Wednesday. Parecía disfrutar de alguna forma de la situación. Cuando consiguieron enfocarlos el sonido apareció de golpe.

El hombre de espaldas a la pantalla decía:

—Os estamos ofreciendo la oportunidad de acabar con todo esto, aquí y ahora, sin más derramamiento de sangre, sin más violencia, sin perder más vidas. ¿No crees que eso ya merece ceder un poco?

Wednesday se detuvo y se volvió. La nariz le llameaba de ira.

—En primer lugar —gruñó— tenéis que entender que me estáis pidiendo que hable por todos nosotros, cosa que no tiene ningún sentido. En segundo lugar, ¿qué es lo que os hace pensar que me creo que vais a mantener vuestras promesas?

El hombre de espaldas a la cámara negó con la cabeza:

—Eres muy injusto contigo mismo. Está claro que vosotros no tenéis líderes, pero tú eres la persona a la que escuchan, a la que prestan atención. Y con respecto a que vayamos a cumplir los tratos, debo decir que estas conversaciones preliminares se están filmando y difundiendo en directo. —Señaló la cámara—. Algunos de los vuestros lo están viendo mientras hablamos, otros verán grabaciones. La cámara no miente.

—Todo el mundo miente.

Sombra reconoció la voz de hombre que daba la espalda a la cámara: era el señor Mundo, el que había hablado con Ciudad por el móvil mientras Sombra estaba en su cabeza.

—No crees que vayamos a respetar los tratos.

—Creo que hacéis promesas para romperlas y juramentos para violarlos, pero yo sí que mantendré mi palabra.

—No queremos correr riesgos, por eso hemos pactado una tregua. Debo advertirte, por cierto, que tu joven protegido vuelve a estar bajo nuestra custodia.

Wednesday resopló:

—No, no puede ser.

—Estamos discutiendo sobre las formas de lidiar con el futuro cambio de paradigma. No hace falta que sigamos siendo enemigos, ¿no crees?

Wednesday parecía muy afectado:

—Haré todo lo que esté en mi mano...

Sombra se percató de que sucedía algo extraño con la imagen de Wednesday en la pantalla: había un reflejo rojo en su ojo izquierdo, el de cristal. El punto dejaba una estela fosforescente cuando Wednesday se movía y no parecía ser consciente de esto.

—Es un país lo suficiente grande — balbucía sumido en sus pensamientos. Movió la cabeza y el láser se deslizó hasta su mejilla. Después, volvió a colocarse sobre el ojo—. Hay bastante espacio...

Se produjo un estruendo amortiguado por los altavoces de la televisión y el lateral de la cabeza de Wednesday explotó. Su cuerpo se desplomó de espaldas.

El señor Mundo se puso en pie, siempre sin mirar a la cámara, y salió de la imagen.

—Repitamos la escena, esta vez a cámara lenta —dijo la voz del presentador reafirmándose.

Las palabras «en directo» se convirtieron en «repetición». Lentamente, el láser rojo volvió a apuntar y trazar la mota sobre el ojo de cristal dc Wednesday y de nuevo su cabeza se disolvió en una nube de sangre. La imagen se congeló.

—Ciertamente éste sigue siendo el país de Dios —declamó el presentador igual que un periodista que redondea la última frase de su reportaje—. La cuestión es: ¿de qué dioses?

Otra voz, que a Sombra le pareció la del señor Mundo porque le resultaba igualmente familiar, anunció:

—Devolvemos la conexión a su programación habitual.

En *Cheers*, el entrenador aseguró que su hija era realmente una belleza, como su madre.

El teléfono sonó y la agente Liz se despertó sobresaltada. Lo cogió:

—Sí... vale... de acuerdo... sí.

Colgó el teléfono, se puso en pie e informó a Sombra:

—Voy a tener que meterte en la celda. No uses la taza. El departamento del sheriff de Lafayette vendrá a buscarte dentro de un momento.

Le quitó las esposas y grilletes y lo encerró en la celda. El hedor era aún peor con la puerta cerrada.

Sombra se sentó en la cama de hormigón, se sacó el dólar de plata del calcetín y comenzó a moverlo en distintas posiciones, del dedo a la palma, entre ambas manos, con el único objetivo de evitar que pudiese verlo alguien si mirase dentro de la celda. Era sólo por pasar el rato. Estaba aturdido.

De pronto, sintió una profunda nostalgia de Wednesday, añoraba su confianza, su actitud, su convicción.

Abrió la mano y miró la imagen de la estatua de la libertad, un perfil de plata. Cerró los dedos sobre la moneda y la sujetó con fuerza. Se preguntaba si acabaría siendo uno de esos condenados a muerte por algo que no han hecho, si es que conseguía llegar tan lejos. Por lo que había visto del señor Mundo y del señor Ciudad, no iban a tener muchos problemas para sacarlo del sistema. Quizá sufriese un desafortunado accidente de camino a la próxima prisión. Tampoco le parecía improbable que le pegaran un tiro mientras intentaba escapar.

Al otro lado del cristal se empezó a sentir movimiento: la agente Liz entró de nuevo, apretó un botón y se abrió una puerta que Sombra no podía ver, por la que pasó un agente con un uniforme pardo de sheriff, que se dirigió al mostrador con prisa.

Sombra se volvió a deslizar la moneda en el calcetín.

El nuevo suplente del sheriff sacó unos papeles, Liz les echó una ojeada y los firmó. Vino Chad Mulligan, le dijo unas palabras al nuevo, abrió la puerta de la celda y se metió dentro.

—Bueno, han venido unos tíos a buscarte. Parece que eres una cuestión de seguridad nacional.

—Será una portada estupenda para el *Lakeside News*.

Chad lo miró inexpresivo.

—¿Que han cogido a un vagabundo por violar la condicional? No es una gran noticia.

—¿Así que eso es todo?

—Eso es lo que me han dicho.

Esta vez Sombra alargó las manos hacia delante y Chad le esposó. Le encadenó los tobillos y unió las esposas de las manos con los grilletes de las piernas.

Sombra pensó: «Me van a sacar. Quizá pueda escaparme... con grilletes, esposas y estas ropas tan ligeras y naranjas fuera en la nieve». Ya en el momento de pensarlo era consciente de lo estúpido y desesperado que resultaba.

Chad lo acompañó a la oficina. Liz apagó la televisión. El suplente lo miró de arriba abajo.

—Es un tipo bastante grande —le comentó a Chad.

Liz le pasó al nuevo suplente la bolsa de papel con las pertenencias de Sombra y el firmó que la había recogido.

Chad miró a Sombra y después al suplente. Se dirigió al suplente con calma pero en una voz lo suficientemente alta como para que Sombra pudiese oírle.

—Oiga, sólo quiero dejar constancia de que no me gusta cómo están llevando este asunto.

El suplente asintió.

—Tendrá que ponerlo en conocimiento de las autoridades competentes. Nuestro trabajo sólo consiste en transportarlo.

Chad puso cara de malhumor. Se volvió hacia Sombra.

—Bien, por esa puerta hasta el portalón.

—¿El qué?

—Ahí fuera, donde está el coche.

Liz abrió las puertas.

—Quiero ese uniforme de vuelta —le dijo al suplente—. La última vez que enviamos a un preso a Lafayette, nos quedamos sin uniforme y eso le cuesta dinero al municipio.

Condujeron a Sombra fuera, al portalón, donde un coche descansaba indolente. No era un vehículo del departamento del sheriff, sino un turismo negro. Otro agente, un tipo blanco, de pelo gris y con bigote, estaba junto al coche fumando un cigarrillo. Al acercarse, lo aplastó con un pie y le abrió a Sombra la puerta trasera.

Sombra tomó asiento con dificultad, porque sus movimientos estaban impedidos por las esposas y los grilletes. No había reja entre los asientos delanteros y los traseros.

Los dos agentes se subieron delante. El negro puso en marcha el motor. Esperaron a que abrieran el portalón.

—Venga, venga —decía el negro con los dedos tamborileando sobre el volante.

Chad Mulligan llamó a la ventanilla. El agente blanco miró al conductor y después la bajó.

—Creo que esto está mal —insistió Chad—; sólo quería decir esto.

—Tendremos en cuenta sus comentarios y se los haremos llegar a las autoridades competentes —respondió el conductor.

Se abrieron las puertas al mundo exterior. La nieve continuaba cayendo en remolinos frente a las luces del coche. Aceleraron y volvieron en dirección a la calle principal.

—¿Has oído lo de Wednesday? —preguntó el conductor. Su voz sonaba en ese momento más vieja, diferente y familiar —. Ha muerto.

—Sí, lo sé. Lo he visto por la tele.

—Esos cabrones —exclamó el agente blanco. Era lo primero que decía; su voz era sonora, con un fuerte acento y, al igual que la del conductor, era una voz que Sombra conocía —. Te lo digo yo, son unos cabrones.

—Gracias por venir a buscarme.

—De nada —contestó el conductor. A la luz de un coche que venía de frente, su cara aún tenía un aspecto más envejecido. También parecía haber menguado de tamaño. La última vez que Sombra lo había visto llevaba unos guantes de color amarillo limón y una chaqueta a cuadros—. Estábamos en Milwaukee. Hemos tenido que conducir como locos desde que nos llamó Ibis.

—¿Te creías que íbamos a dejar que te llevasen a la silla eléctrica cuando yo todavía estoy esperando para romperte el cráneo con mi maza? —preguntó el agente blanco tristemente, rebuscando en el bolsillo un paquete de cigarros. Tenía acento de Europa del Este.

—Dentro de una hora más o menos destaparán toda la mierda —predijo el señor Nancy, que cada vez iba adoptando más su propio aspecto—, cuando vayan a buscarte los de verdad. Tenemos que parar antes de llegar a la autopista 53 para quitarte los grilletes y volver a ponerte tu ropa. —Chernobog agitó unas llaves para esposas y sonrió.

—Me gusta el bigote, te queda bien —le dijo Sombra.

Chernobog se lo acarició con un dedo amarillento.

—Gracias.

—Wednesday, ¿de verdad está muerto? No es ningún truco, ¿no?

Se dio cuenta de que, por estúpido que pudiese resultar, se había estado aferrando a algún tipo de esperanza, pero la expresión de la cara de Nancy le comunicó todo lo que necesitaba saber para perderla.

VIAJE A AMÉRICA

14.000 a.C.

Hacía un gélido frío y reinaban las tinieblas cuando la visión le alcanzó, porque allá en el norte la luz diurna era tan sólo una fracción de gris pálido entre dos oscuridades: el día que llega y se va.

Eran una tribu de nómadas de las estepas, de un tamaño no muy grande para las escalas de la época. Poseían un dios que consistía en el cráneo de un mamut y su piel transformada en una pesada capa. Lo llamaban Nunyunnini. Cuando no viajaban descansaba sobre una estructura de madera de la altura de un hombre.

Ella era la mujer santa de la tribu, la guardiana de sus secretos, y su nombre era Atsula, la raposa. Atsula caminaba ante los dos hombres de la tribu que transportaban su dios sobre dos largos palos y envuelto en pieles de oso, para que no fuese mancillado por ojos profanos, para que no pudiesen verlo en los momentos en que no estaba consagrado.

Vagaban por la tundra en tiendas. La mejor de ellas estaba confeccionada con piel de caribú, era la tienda sagrada y estaba ocupada por cuatro personas: Atsula, la sacerdotisa, Gugwei, el más viejo de la tribu, Yanu, el líder en tiempos de guerra, y Kalanu, la exploradora. Ella los había congregado allí el día de su visión.

Atsula echó un poco de liquen al fuego, después añadió unas hojas secas con su marchita mano izquierda. Las hojas desprendían un humo gris que escocía en los ojos y emitía un olor penetrante y extraño. Después tomó un tazón de madera de una repisa también de madera y se lo pasó a Gugwei. El tazón estaba medio lleno de un líquido amarillento y oscuro.

Atsula había encontrado las setas de siete motas que sólo una auténtica mujer santa podía descubrir, las había recogido en la oscuridad de la luna y las había secado en una cuerda hecha de cartílago de ciervo.

El día anterior, antes de acostarse, había comido las tres copas de las setas secas. Sus sueños se habían poblado de temores y confusión, de luces brillantes que se movían deprisa, de riscos que contenían luces y que apuntaban hacia lo alto como carámbanos. En medio de la noche se había despertado sudorosa y con necesidad de hacer aguas. Se había arrodillado sobre el tazón de madera y lo había llenado de orina. Después, lo había colocado fuera de la tienda, en la nieve, y había vuelto a dormir.

Al levantarse, había extraído los fragmentos de hielo del tazón de madera y había reservado un líquido más oscuro, más concentrado.

Ése era el líquido que pasaba, primero a Gugwei, después a Yanu y a Kalanu. Cada uno de ellos tomó un gran trago del líquido y Atsula tomó el suyo al final. Lo tragó y vertió los restos en el suelo frente a su dios, una libación a Nuyunnini.

Permanecieron sentados en la tienda llena de humo a la espera de que su dios comenzase a hablar. Fuera, en la oscuridad, el viento gemía.

Kalanu, la exploradora, era una mujer que vestía y caminaba como un hombre, incluso había tomado como esposa a Dalani una doncella de catorce años. Kalanu cerró los ojos con fuerza, se levantó y se acercó al cráneo de mamut. Se echó la capa de piel de mamut sobre los hombros y se colocó de forma que su cabeza quedase en el interior del cráneo de mamut.

—Hay algo maligno en la tierra —proclamó Nuyunnini con la voz de la mujer—. Un mal de tal magnitud que si permanecéis aquí, en la tierra de vuestras madres y de las madres de vuestras madres, todos pereceréis.

Los tres que escuchaban lanzaron un gruñido.

—¿Son los cazadores de esclavos? ¿O los grandes lobos? —preguntó Gugwei, que tenía una larga cabellera blanca y el rostro tan sembrado de pecas como la grisácea corteza del espino.

—No son cazadores de esclavos —respondió Nuyunnini, la piel paleolítica—. No son grandes lobos.

—¿Acaso es una hambruna? ¿Una hambruna está a punto de alcanzarnos? —inquirió Gugwei.

Nuyunnini estaba en silencio. Kalanu salió del cráneo y quedo esperando junto a los demás.

Gugwei de puso la capa de piel de mamut e introdujo la cabeza en el cráneo.

—No se trata de una hambruna como las que conocéis —fue la respuesta de Nuyunnini por boca de Gugwei—, aunque vendrá seguida de un período de escasez.

—Entonces, ¿qué es? —interrogó Yanu—. No tengo miedo, lucharé contra lo que sea. Tenemos lanzas y lanzaremos piedras. Incluso si cien guerreros poderosos nos atacaran, venceríamos: los conduciríamos a las marismas y abriríamos sus cabezas con nuestros pedernales.

—No se trata de nada humano —dijo Nuyunnini con la cascada voz de Gugwei—. Descenderá desde los cielos y ninguna de vuestras lanzas o piedras os podrá defender.

—¿Cómo podremos protegernos? —suplicó Atsula—. He contemplado llamas ardiendo en el cielo. He oído un estruendo mayor que diez truenos. He visto los bosques desaparecer y los ríos hervir.

—Ay... —gimió Nuyunnini, pero sin decir otra palabra. Gugwei salió del cráneo, inclinándose con dificultad por su avanzada edad, por sus hinchadas y agarrotadas articulaciones.

Todo permaneció en silencio. Atsula echó más hojas al fuego y el humo hizo que sus ojos se llenasen de lágrimas.

Entonces, Yanu fue hasta la cabeza de mamut tranquilamente, se puso la capa sobre sus anchos hombros y metió la cabeza en el cráneo. Su voz retumbaba.

—Debéis partir —dijo Nuyunnini—, debéis dirigiros hacia el Sol, al lugar en que nace, y allí hallaréis una nueva tierra en la que vivir tranquilamente. El viaje será largo: la Luna se llenará y vaciará, morirá y renacerá, dos veces, encontraréis cazadores de esclavos y bestias, pero yo os guiaré y os mantendré a salvo si viajáis hacia el amanecer.

Atsula dió una patada al suelo de barro y exclamó:

—No. —Podía sentir cómo el dios la miraba—. No. Eres un mal dios por pedirnos esto. Moriremos. Moriremos todos y después ¿quién quedará para llevarte de loma en loma, para plantar tu tienda, para engrasar tus grandes colmillos?

El dios no respondió. Atsula tomó el lugar de Yanu y su rostro aparecía entre los amarillentos huesos de mamut.

—Atsula no tiene fe —dijo Nayunnini con su voz—. Atsula ha de morir antes de que los demás entréis en la nueva tierra, pero todo el resto vivirá. Confiad en mí: hay una tierra despoblada de hombres a oriente. Que esta tierra sea vuestra tierra y la tierra de vuestros hijos y de los hijos de vuestros hijos durante siete generaciones y siete veces siete. De no haber sido por la descreencia de Atsula habría sido vuestra para siempre. Por la mañana, recoged vuestras tiendas y pertenencias y marchad hacia el amanecer.

Gugwei, Yanu y Kalanu inclinaron sus cabezas y reverenciaron el poder y la sabiduría de Nuyunnini.

La Luna creció y menguó, creció y menguó de nuevo. Las gentes de la tribu marcharon hacia el este, hacia el amanecer, luchando contra vientos gélidos que dejaban insensible su piel desnuda. Nuyunnini había dicho la verdad: no perdieron a nadie durante el viaje, salvo a una mujer embarazada y las mujeres embarazadas pertenecen a la Luna, no a Nuyunnini.

Cruzaron el puente de tierra.

Kalanu los había dejado con las primeras luces para explorar el camino. El cielo ya estaba oscuro y Kalanu no había vuelto. El cielo nocturno estaba poblado de luces, que se unían, cintilaban, serpenteaban, cambiaban y vibraban, luces blancas, verdes, violetas y rojas. Atsula y su gente ya habían visto las luces del norte otras veces, pero les continuaban atemorizando y esta manifestación era inaudita.

Kalanu volvió a su lado mientras las luces del cielo tomaban formas y fluían.

—A veces —le confesó a Atsula— siento que podría simplemente abrir los brazos y caerme en el cielo.

—Eso es porque eres exploradora —respondió Atsula, la sacerdotisa—. El día que mueras caerás en el cielo y te convertirás en una estrella, para guiarnos igual que nos guiabas en vida.

—Hay unos acantilados de hielo al este, unos acantilados muy escarpados —explicó Kalanu, que llevaba su pelo, del negro del cuervo, largo como lo llevaría un hombre—. Podremos subir por ellos, pero tardaremos muchos días.

—Nos conducirás sanos y salvos. Yo moriré al pie de los acantilados y ése será el sacrificio que os llevará a las nuevas tierras.

Al oeste, en las tierras de las que venían, donde el sol se había puesto horas atrás, se produjo un estallido de una perturbadora luz amarilla, más brillante que el rayo, más luminoso que la luz del día. Era una explosión de puro brillo que obligó a las gentes que estaban en el puente de tierra a taparse los ojos y gritar. Los niños comenzaron a gemir.

—Ésta es la desgracia contra la que nos había prevenido Nuyunnini —exclamó el viejo Gugwei—. Es un dios sabio y poderoso.

—Es el mejor de los dioses —aseguró Kalanu—. En nuestras nuevas tierras lo colocaremos en alto, limpiaremos sus colmillos con grasa animal y de pescado, contaremos a nuestros hijos y a los hijos de nuestros hijos y a los hijos de nuestros hijos hasta su séptima generación que Nuyunnini es el dios más poderoso y así nunca será olvidado.

—Los dioses son grandiosos —dijo Atsula despacio, como impartiendo un gran secreto—, pero más grandioso es el corazón, porque es en nuestro corazón donde los dioses nacen y a nuestros corazones han de regresar...

No se puede asegurar adónde habría conducido esta blasfemia, porque se vio interrumpida de una forma que no admitía discusión.

El rugido que provenía de occidente era tan intenso que los oídos les sangraron. Durante un tiempo no pudieron oír. Quedaron temporalmente ciegos y sordos, pero estaban vivos y conscientes de que tenían más suerte que las tribus del oeste.

—Es bueno —dijo Atsula, pero ni siquiera fue capaz de oír estas palabras dentro de su cabeza.

Atsula falleció al pie de los acantilados, cuando el sol primaveral se encontraba en su zénit. No vivió para ver el Nuevo Mundo y la tribu entró en estas tierras sin mujer santa.

Escalaron los acantilados, marcharon hacia el sur y el oeste, hasta encontrar un valle de agua fresca y ríos que rebosaban peces plateados y ciervos que al no haber visto nunca antes un ser humano, eran tan mansos se debía escupir y pedir perdón a sus espíritus antes de darles muerte.

Dalani concibió tres hijos, por lo que algunos murmuraron que Kalanu había llevado a cabo una magia definitiva y podía practicar la cosa de hombre con su esposa, pero otros comentaron que Gugwei no era tan viejo como para no poder acompañar a una joven dama cuando su marido estaba ausente y lo cierto es que, desde que Gugwei murió, Dalani no continuó teniendo descendencia.

Llegó la edad de hielo y pasó la edad de hielo, la gente se diseminó por la tierra y formó nuevas tribus y escogió nuevos tótems: cuervos y zorros y osos y grandes felinos y búfalos, cada una de ellas, un animal que marcase su identidad tribal, cada animal un dios.

Como los mamuts de las nuevas tierras eran mayores, más lentos y menos inteligentes que los de las estepas siberianas y allí no crecían las setas de siete motas, Nuyunnini no siguió hablando a la tribu.

En los días de los nietos de los nietos de Dalani y Kalanu, un grupo de guerreros miembros de una tribu próspera que volvían de una expedición de caza de esclavos al norte de sus tierras, encontraron el valle de las primeras gentes: mataron a la mayoría de los hombres y capturaron a las mujeres y a muchos de los niños.

Uno de los niños, esperando clemencia, los llevó a una cueva en las montañas donde había un cráneo de mamut, los jirones de una capa de piel, un tazón de madera y la cabeza embalsamada de Atsula el Oráculo.

Algunos de los guerreros de la nueva tribu estaban a favor de llevarse los objetos sagrados, robar los dioses de las primeras gentes y así hacerse con su poder, pero otros advirtieron de que no atraerían sino una suerte adversa y el rencor de su propio dios, porque estas nuevas gentes pertenecían a una tribu de cuervos y los cuervos son dioses celosos.

Así pues, arrojaron los objetos a un profundo barranco y se llevaron a los supervivientes de las primeras gentes en su largo viaje al sur. Las tribus de cuervos y las de zorros se fueron haciendo más y más poderosas y pronto Nuyunnini acabó completamente olvidado.

TERCERA PARTE

EL MOMENTO DE LA TORMENTA

CAPÍTULO DECIMOCUARTO

La gente vive en la oscuridad, no sabe qué hacer
Yo tenía una linterna pequeña, pero también se fundió.
Alargo la mano. Espero que tu también estés.
Sólo quiero estar contigo en la oscuridad.

—Greg Brown, *In the Dark with You.*

Cambiaron los coches a las cinco de la madrugada en Minneapolis, en el aparcamiento del aeropuerto. Subieron hasta el último piso del edificio del aparcamiento que estaba al aire libre.

Sombra sacó el uniforme anaranjado, las esposas y las maniotas para los pies, lo metió en la bolsa de papel marrón que había contenido por muy poco tiempo todas sus posesiones, lo dobló todo y lo tiró a la basura. Habían estado esperando diez minutos cuando un joven con el pecho como un barril salió de una puerta del aeropuerto y se dirigió hacia ellos. Estaba comiendo patatas fritas del Burger King. Sombra lo reconoció inmediatamente: era el tipo que se había sentado en el asiento trasero del coche cuando salieron de la Casa de la Roca y cuyo tarareo hacía que el coche retumbara. Llevaba una barba canosa que antes no tenía y que le hacía parecer mayor.

El hombre se limpió la grasa de las manos en los vaqueros y le dio la mano a Sombra.

—Me he enterado de que el Creador ha muerto —dijo—. Lo pagarán... y muy caro.

—¿Wednesday era tu padre? —preguntó Sombra.

—Era el Creador —dijo el hombre. Su voz profunda se le agarró a la garganta—. Diles, diles que cuando estemos necesitados mi gente estará ahí.

Chernobog se sacó una brizna de tabaco de entre los dientes y la escupió sobre la nieva fangosa.

—¿Y cuántos sois? ¿Diez? ¿Veinte?

La barba del hombre del pecho barril se erizó.

—¿No son suficientes diez de los nuestros por cien de los suyos? ¿Quién lucharía en contra de ni tan sólo uno de mis colegas? Pero somos muchos más en las afueras de las ciudades. Hay algunos en las montañas. Otros en Catskill y unos pocos viven en las ciudades carnavalescas de Florida. Conservan las hachas afiladas. Vendrán si les llamamos.

—Hazlo tu, Elvis —dijo el señor Nancy, o al menos Sombra pensó que le había llamado así. Nancy había cambiado su uniforme de ayudante por una chaqueta gruesa marrón, unos pantalones de pana y unos mocasines marrones.

—Llámales. Es lo que hubiera querido ese viejo cabrón.

—Ellos lo traicionaron. Ellos lo mataron. Me reí de Wednesday pero estaba equivocado. Nadie de nosotros está a salvo —dijo el joven de nombre parecido a Elvis—. Pero tu puedes confiar en nosotros —Le dio unos golpecitos a Sombra en el hombro que casi le tumban. Fue como si le dieran unos toquecitos en el hombro con una bola de demolición.

Chernobog había estado observando el aparcamiento.

—Me vais a perdonar pero, ¿cuál es nuestro coche nuevo? —preguntó.

El hombre del pecho barril lo señaló.

—Está allí —dijo.

Era una furgoneta Volskwagen de los 70. Tenía una pegatina del arco iris en la luneta.

—Es un vehículo excelente, es lo último que esperarán verte conducir.

Chernobog lo observó. Entonces empezó a toser, una tos de perro viejo y fumador de las cinco de la madrugada. Carraspeó y escupió. Se dio un masaje en el pecho para aliviar el dolor.

—Sí, es lo último que se esperan. ¿Y qué pasará cuando la policía nos pare para buscar *hippies* y costo, eh? No hemos venido para conducir la furgoneta mágica sino para pasar desapercibidos.

El hombre barbudo abrió la puerta del coche.

—Te miran, ven que no sois *hippies* y os dicen adiós. Es el disfraz perfecto. Y es lo único que he podido encontrar.

Chernobog parecía estar dispuesto a seguir con la discusión pero el señor Nancy intervino con sutileza.

—Elvis, has venido hasta aquí por nosotros. Te estamos muy agradecidos. Ahora el coche tiene que volver a Chicago.

—Lo dejaremos en Bloomington —dijo el hombre de barba. Los lobos se harán cargo de él. No lo pienses más —. Se volvió hacia Sombra—. De nuevo te has ganado mi simpatía y comparto tu dolor. Buena suerte. Y si te toca hacer vigilia te ganarás también mi devoción —Le estrechó la mano con su manaza de jugador de béisbol haciéndole daño.

—Reconocerás el cuerpo nada más verlo. Dile que Alvis hijo de Vindalf seguirá venerándolo.

La furgoneta olía a pachulí, a incienso pasado y a tabaco de liar. Había una moqueta rosa palo pegada al suelo y a las paredes.

—¿Quién era? —preguntó Sombra mientras chirriaba el cambio de marcha al bajar por la rampa.

—Lo acaba de decir: Alvis, hijo de Vindalf. Es el rey de los enanos. El más grande, poderoso e importante de los enanos.

—Pero él no es un enano —señaló Sombra— ¿Cuánto mide? ¿Uno setenta? ¿Uno setenta y cinco?

—Lo que le convierte en un gigante entre los enanos —dijo Chernobog desde atrás—. El enano más alto de América.

—¿Qué era eso de la vigilia? —dijo Sombra.

—Los dos hombres mayores no dijeron nada. Sombra miró al señor Nancy, que miraba por la ventana.

—No tendrás que hacerlo —dijo Chernobog desde el asiento trasero.

—¿Hacer el qué?

—La vigilia. Habla demasiado. Todos los enanos hablan demasiado. Ni siquiera lo pienses. Mejor, olvídate.

Conducir hacia el sur era como viajar en una máquina del tiempo hacia el futuro. La nieve se fundía lentamente y a la mañana siguiente cuando llegaron a Kentucky había desaparecido por completo. El invierno ya había acabado y la primavera se abría paso. Sombra empezó a preguntarse si existía alguna regla que lo explicara: quizá cada cien kilómetros recorridos al sur les hacía ganar un día.

No le planteó su duda a nadie, además el señor Nancy dormía en el asiento del copiloto y Chernobog roncaba sin parar en el de atrás.

En ese momento el tiempo parecía un producto flexible de su imaginación, una ilusión que se figuraba mientras conducía. Se percató de que empezaba a fijarse dolorosamente en los animales y pájaros a su alrededor: vio los cuervos al margen de la carretera o en la calzada, picoteando animales atropellados; bandadas de pájaros que revoloteaban por los cielos dibujando formas casi con sentido; gatos que les escrutaban desde los jardines y los postes de las verjas.

Chernobog se despertó de un resoplo y se incorporó lentamente.

—He tenido un sueño raro —dijo—. He soñado que en verdad soy Bielebog. Que ya para siempre el mundo imagina que somos dos, el dios de la luz y el de las tinieblas, pero que somos los dos viejos. Me doy cuenta de que era yo todo el tiempo, les daba regalos, me quitaban los míos—

Rompió el filtro de un Lucky Strike se puso el cigarrillo en la boca y lo encendió.

Sombra bajó la ventanilla.

—¿No te preocupa el cáncer de pulmón? —preguntó.

—Soy el cáncer —dijo Chernobog—. No me asusto de mí mismo.

—Los tipos como nosotros no tenemos cáncer. Ni arteriosclerosis, ni Parkinson, ni la sífilis. Somos huesos duros de roer —dijo Nancy.

—Han matado a Wednesday —dijo Sombra.

Paró a poner gasolina y luego aparcó en el restaurante de al lado para un desayuno temprano. Cuando entraron, la cabina empezó a sonar.

Le pidieron a una viejecita de sonrisa preocupada, que estaba sentada leyendo una edición de bolsillo de *What My Heart Meant* de Jenny Kerton. La mujer suspiró y se dirigió hacia el teléfono, lo cogió y dijo:

—¿Sí? —Entonces se giró—. Sí, parece que están aquí. Espere un momento —Caminó hacia el señor Nancy.

—Es para usted —dijo.

—Vale —dijo el señor Nancy—. Ahora asegúrese de que las patatas salgan crujientes de verdad —Se dirigió a la cabina—. Soy él.

—¿Y qué le hace pensar que soy lo bastante tonto como para creerle? —dijo.

—Puedo encontrarlo —dijo—. Sé donde está.

—Sí —dijo—. Claro que lo queremos. Sabe que lo queremos y yo sé que quieren deshacerse de él. Así que no juegue conmigo.

Colgó y volvió a la mesa.

—¿Quién era? —preguntó Sombra.

—No me lo ha dicho.

—¿Qué querían?

—Nos proponía una tregua mientras entregan el cadáver.

—Mienten —dijo Chernobog—. Quieren engatusarnos y luego matarnos, como hicieron con Wednesday. Es lo que yo solía hacer —añadió con un tono triste de orgullo.

—Está en territorio neutral —dijo Nancy—. Neutral del todo.

Chernobog se rió y sonó como si agitara un cráneo seco con una bola de metal dentro.

—Solía decir eso también. Venid a una zona neutral, diría, y después en la oscuridad saldríamos y los mataríamos a todos. Aquellos eran buenos tiempos.

El señor Nancy se encogió de hombros. Empezó a engullir las patatas fritas y sonrió con aprobación.

—Mmmm... estas patatas están de vicio —dijo.

—No podemos fiarnos de esa gente —dijo Sombra.

—Escucha, soy mayor que tú, soy más listo y estoy mejor que tú —dijo el señor Nancy mientras abría el bote de ketchup y embadurnaba las patatas quemadas—. Puedo tirarme a más tías en una tarde que tú en un año. Bailo como un ángel, peleo como un oso en captura, me organizo mejor que un zorro, canto como un ruiseñor...

—¿Y?

Los ojos de Nancy se posaron en los de Sombra.

—Y necesitan deshacerse del cuerpo tanto como nosotros necesitamos hacernos con él.

—No existe ese sitio neutral —dijo Chernobog.

—Hay uno —dijo el señor Nancy—. En el centro.

Lo menos que se puede decir sobre la determinación de un lugar neutral es que puede ser muy problemático. Con seres vivos —gente, por ejemplo, o continentes— el problema se hace intangible: ¿Cuál es el centro de un hombre? ¿Dónde está el centro de un sueño? Y en el caso del continente de los Estados Unidos, ¿se cuenta Alaska cuando intentas definir donde se halla el centro? ¿Y Hawaii?

Cuando empezó el siglo XX, se hizo una gran maqueta de cartón de los EE.UU., y para establecer el centro lo pusieron sobre un alfiler hasta que encontraron el punto donde se mantenía solo en equilibrio.

Difícil de acertar: el centro exacto de los Estados Unidos estaba a unos cuantos kilómetros de Lebanon, Kansas, en la granja de cerdos de Johnny Grib. En la década de 1930 los habitantes de Lebanon estuvieron a punto de erigir un monumento en medio de la granja, pero Johnny Grib dijo que no quería que miles de turistas pisotearan todo y molestaran a los cerdos. Así que lo plantaron en el centro geográfico del país a tres kilómetros de la ciudad. Construyeron un parque, un monumento de piedra con una placa de latón. Asfaltaron la carretera que venía de la ciudad y con la esperanza de una avalancha de turistas construyeron un motel al lado. Esperaron.

Los turistas no llegaron. No fue nadie.

Ahora es un triste parquecito con una capilla móvil que ni siquiera serviría para celebrar un funeral íntimo y un motel con ventanas que parecen ojos muertos.

—Es por lo que —concluyó el señor Nancy al entrar en Humansville, Missouri (1084 habitantes)— el centro exacto de América es un pequeño parque ruinoso, con una iglesia vacía, una pila de piedras y un motel abandonado.

—Una granja de cerdos —dijo Chernobog—. Acabas de decir que el centro exacto de América era una granja de cerdos.

—No se trata de lo que sea —dijo el señor Nancy—. Se trata de lo que la gente cree que es. Eso es lo importante. La gente sólo lucha por cosas imaginarias.

—¿Mi tipo de gente? —dijo Sombra— ¿O tu tipo de gente?

Nancy no dijo nada. Chernobog emitió un sonido entre gruñido y carcajada.

Sombra intentó acomodarse en la parte trasera de la furgoneta. Había dormido muy poco. Le rondaba un mal presentimiento por la boca del estómago. Peor que los sentimientos que le invadían en la cárcel, peor que el que tuvo cuando Laura le contó lo del robo. Era algo malo. Le picaba la nuca, se mareaba de vez en cuando, se asustó.

Ya estaban en Humansville. El señor Nancy aparcó delante del supermercado y entró seguido de Sombra. Chernobog esperó en el aparcamiento fumando un cigarrillo.

Había un chaval rubio, no muy mayor, reponiendo la estantería de los cereales para el desayuno.

—¡Eh! —dijo el señor Nancy.

—¡Eh! —dijo el joven—. ¿Es verdad, no? ¿Lo han matado?

—Sí —dijo el señor Nancy —. Lo han matado.

El chaval puso algunas cajas de Captain Crunch en la estantería.

—Se creen que pueden aplastarnos como a cucarachas —dijo. Tenía una pulsera de plata mate en la muñeca—. No nos machacarán tan fácilmente, ¿verdad?

—No —dijo el señor Nancy—. No lo harán.

—Estaré ahí, señor —dijo el joven de ojos azules ardientes.

—Lo sé, Gwydion —dijo el señor Nancy.

El señor Nancy compró varias botellas de cola, un paquete de seis rollos de papel de váter, un paquete de tabaco negro con una pinta de mil demonios, unos cuantos plátanos y un paquete de chicles Doublemint.

—Es un buen tipo. Vino en el siglo XVII. Galés.

La furgoneta deambuló primero hacia el oeste y luego hacia el norte. El final muerto del invierno volvió a ganar el pulso a la primavera. Kansas era un lugar gris de nubes desamparadas y tristes, ventanas vacías y corazones perdidos. Sombra se había vuelto adicto a la caza de emisoras de radio. Tenía que tener en cuenta los gustos del señor Nancy, al que le gustaban los programas de tertulia y la música de baile, y de Chernobog, que prefería la música clásica cuanto más lúgubre mejor y las emisoras religiosas evangélicas más radicales. Sombra prefería las canciones de su época.

Al final de la tarde pararon a petición de Chernobog en las afueras de Cherryvale, Kansas (2.464 habitantes). Chernobog les dirigió hacia un prado. Todavía quedaba nieve en los árboles y la hierba tenía un color sucio.

—Esperad aquí —dijo Chernobog.

Caminó solo hasta el centro del prado. Se quedó allí durante un tiempo, a la merced de los vientos de finales de febrero. Al principio inclinó la cabeza y luego empezó a gesticular.

—Parece que esté hablando con alguien —dijo Sombra.

—Fantasmas —dijo el señor Nancy—. Lo trajeron en barco hasta aquí, hace más de cien años. Le hicieron el sacrificio de la sangre y le derramaron libaciones con un martillo. Después de un tiempo los amigos de la ciudad se preguntaban por qué los muchos extranjeros que pasaban por allí no volvían. Aquí es donde ocultaban algunos de los cuerpos.

Chernobog volvió del centro del prado. Su bigote parecía más oscuro y tenía mechones negros en el pelo gris. Sonrió enseñando su diente de hierro.

—Me siento bien. Ahhh. Algunas cosas perduran y la sangre, lo que más.

Caminaron por el prado hasta donde habían aparcado. Chernobog encendió un cigarrillo pero no tosió.

—Lo hicieron con el martillo —dijo—. Votan hablaría de la horca y la lanza, pero para mí es diferente... —Levantó un dedo amarilleado por la nicotina y lo hundió con fuerza en el centro de la frente de Sombra.

—No hagas eso por favor —dijo Sombra educadamente.

—«No hagas eso por favor», —repitió en tono burlón Chernobog—. Un día sacaré mi martillo y te haré mucho más daño amigo, recuérdalo.

—Sí —dijo Sombra—, pero si me vuelves a poner el dedo en la frente te partiré la mano.

Chernobog gruñó y a continuación dijo:

—La gente del lugar debería estar agradecida. Hubo tal auge de fuerza. Incluso treinta años después de que obligaran a mi gente a esconderse, esta tierra, esta misma tierra dio a la mejor estrella del celuloide de todos los tiempos. Fue la mejor de todas las actrices.

—¿Judy Garland? —preguntó Sombra.

Chernobog movió la cabeza de manera cortante.

—Está hablando de Louise Brooks —dijo Nancy.

—Pues mira, cuando Wednesday fue a hablar con ellos lo hizo durante la tregua —dijo Sombra en vez de preguntar quien era Louise Brooks.

—Sí.

—Y ahora vamos a arrebatarles el cuerpo de Wednesday como tregua.

—Sí.

—Y sabemos que me quieren muerto o fuera de su camino.

—Nos quieren a todos muertos —dijo Nancy.

—Lo que no entiendo es por qué pensamos que están jugando limpio esta vez cuando no lo hicieron con Wednesday.

—Por eso —dijo Chernobog— es por lo que quedamos en el centro. Es... —Frunció el ceño— ¿Cómo se dice? ¿El antónimo de sagrado?

—Profano —dijo Sombra sin pensar.

—No —dijo Chernobog—. Quiero decir cuando un sitio es menos sagrado que otro. O de un sagrado negativo. Lugares donde no se pueden construir templos, lugares a los que la gente no iría y de los que se iría lo antes posible. Lugares en los que los dioses sólo caminan si les obligan.

—No sé —dijo Sombra—. No creo que exista una palabra para esos sitios.

—Toda América es algo así —dijo Chernobog—. Por eso no somos bienvenidos. Pero el centro... el centro es peor. Es como un campo de minas: todos pisamos con sumo cuidado para intentar romper la tregua.

Ya habían llegado a la furgoneta Volskwagen. Chernobog le dio unas palmaditas en el brazo a Sombra.

—No te preocupes —dijo con una tranquilidad siniestra—. Nadie va a matarte. Nadie excepto yo.

Sombra encontró el centro de América por la tarde ese mismo día, antes de que anocheciera por completo. Estaba en una pequeña colina al noreste de Lebanon. Condujo por el parque colindante, pasó la capilla móvil y el monumento de piedra y cuando Sombra vio el hotel de una planta años cincuenta en un extremo del parque se le encogió el corazón. Había un Humvee negro aparcado delante. Parecía un jeep reflejado en un espejo de feria, tan achatado, feo e inútil como un coche blindado. No había ninguna luz encendida dentro del edificio.

Aparcaron al lado del motel y al hacerlo un hombre con uniforme y gorra de chófer salió el edificio y los faros de la furgoneta le iluminaron. Les saludó con la gorra educadamente, se subió en el coche y se fue.

—Coche grande, polla pequeña —dijo el señor Nancy.

—¿Crees que tienen camas aquí? —preguntó Sombra— Hace días que no veo una. Parece que vayan a demoler este sitio en cualquier momento.

—Los dueños son unos cazadores de Texas —dijo el señor Nancy—. Vienen una vez al año para evitar que el sitio se eche a perder. Mierda, si supiera lo que cazan.

Subieron a la furgoneta. Delante del hotel les esperaba una mujer que Sombra no pudo reconocer. Llevaba el maquillaje impecable y un tocado perfecto. Le recordaba a las presentadoras de programas matinales sentadas en un estudio que no tiene nada que ver con una salita de verdad.

—Encantada de verlos —dijo ella—. Tú debes ser Chernobog. He oído hablar mucho de ti. Y tú Anansi, siempre haciendo travesuras ¿eh? Que viejo picarón. Y tú, tú tienes que ser Sombra. Has protagonizado una persecución divertida ¿eh? —Una mano asió la suya con firmeza y le miró directamente a los ojos— Soy Medios de Comunicación. Encantada de conocerte. Espero que esta tarde podamos resolver este asunto de la manera más agradable posible.

Las puertas principales se abrieron.

—En cierta manera, Toto —dijo el chico gordo que Sombra había visto sentado en una limusina—, no me creo que todavía estemos en Kansas.

—Estamos en Kansas —dijo el señor Nancy—. Creo que hoy la hemos atravesado por completo. Joder, este país es plano.

—No hay ni luz, ni electricidad ni agua caliente aquí —dijo el niño gordo—. Y no os lo toméis como una ofensa pero necesitáis una ducha. Oléis como si hubierais estado metidos en esa furgoneta una semana.

—No creo que haya ninguna necesidad de ir allí —dijo la mujer con suavidad—. Aquí todos somos amigos. Entrad. Os enseñaremos vuestras habitaciones. Nosotros nos hemos quedado con las cuatro primeras. Vuestro amigo tardón está en la quinta. Todas las demás están vacías, podéis coger la que queráis. Me temo que no es el Four Seasons pero ¿qué motel lo es?

Ella abrió la puerta del vestíbulo que estaba completamente oscuro. Olía a cerrado y a humedad. Había un hombre allí sentado.

—¿Tenéis hambre? —preguntó él.

—Yo siempre tengo apetito —dijo el señor Nancy.

—El conductor ha ido a por unas hamburguesas. Volverá pronto —Levantó la mirada. Estaba demasiado oscuro para distinguir los rostros pero dijo—: Un tipo grande. Tú eres Sombra ¿no? ¿El gilipollas que mató a Piedra y a Madera?

—No —dijo Sombra—. No fui yo. Sé quienes sois —Él lo sabía, había entrado en su mente—. Eres Ciudad. ¿Te has acostado ya con la viuda de Madera?

El señor Ciudad se cayó de la silla. En una película habría resultado gracioso pero en la vida real quedó torpe. Se levantó como un rayo y se dirigió hacia Sombra.

—No empieces nada que no puedas acabar —le dijo Sombra mirándole de arriba abajo.

—Tregua, ¿recuerdas? — dijo el señor Nancy posando su mano en el hombro de Sombra—. Estamos en el centro.

El señor Ciudad se volvió, se inclinó sobre el mostrador y cogió tres llaves.

—Estáis al final del corredor —dijo—. Aquí tienes.

Le dio las llaves al señor Nancy y se perdió en la oscuridad del pasillo. Oyeron una puerta que se abría y luego un portazo.

El señor Nancy le dio una llave a Sombra y otra a Chernobog.

—¿Hay una linterna en la furgoneta? —preguntó Sombra.

—No —dijo el señor Nancy—. Tan sólo es oscuridad. No deberías tener miedo.

—No tengo —replicó Sombra—. Lo que me asusta es la gente en la oscuridad.

—La oscuridad es buena —dijo Chernobog. Parecía que no tenía ninguna dificultad para ver, les llevaba por el pasillo sombrío y metía las llaves en las cerraduras sin titubear.

—Estaré en la habitación diez —les dijo—. Comunicación. Me parece que he oído hablar de ella. ¿No fue la que mató a su hijo?

—Una mujer diferente —dijo el señor Nancy—. Pero el mismo trato.

El señor Nancy estaba en la habitación ocho y Sombra enfrente de los dos, en la nueve. La habitación olía a basura, a polvo, a abandono. Había un somier con un colchón encima sin sábanas. Se colaba un rayo de luz del ocaso por la ventana. Sombra se sentó en el colchón, se quitó los zapatos y se estiró todo lo largo que era. Había conducido mucho últimamente.

A lo mejor se dormía.

Estaba andando.

Un viento suave tiraba de su ropa. Los copos de nieve eran diminutos, parecían polvo cristalino que se alborotaba en el viento.

Los árboles estaban desnudos de hojas en el invierno. Estaba rodeado por colinas altas. El cielo y la nieve, entrada la tarde de invierno adquirían el mismo tono púrpura. En algún lugar más hacia delante —con esa luz era difícil determinar las distancias— titilaban las llamas amarillas y anaranjadas de una hoguera.

Un lobo gris había pisado la nieve antes que él.

Sombra se paró. El lobo también paró, se dio la vuelta y esperó. Los ojos le brillaron con un destello verde amarillento. Sombra se encogió de hombros y caminó hacia las llamas y el lobo ambló delante de él.

La hoguera ardía en medio de un centenar de árboles plantados en dos filas. Unas figuras colgaban de las ramas. Al final de las filas había un edificio que se parecía un poco a un barco volcado. Estaba tallado en madera, adornado con criaturas y caras de dragones, grifos, *trolls* y cerdos que bailaban al son del parpadeo caprichoso del fuego.

La hoguera estaba tan alta que Sombra casi no podía alcanzarla. El lobo caminó alrededor.

En vez del lobo apareció un hombre desde el otro lado del fuego. Se apoyaba en un bastón alto.

—Estás en Upsala, Suecia —dijo el hombre en un tono familiar y grave—. Hace unos cien años.

—¿Wednesday? —dijo Sombra.

El hombre continuó hablando como si Sombra no estuviese allí.

—Al principio todos los años. Luego, más tarde, las cosas empezaron a decaer, empezaron a relajarse y cada nueve años se sacrificaba aquí. Un sacrificio de punta en blanco. Todos los días colgaban animales bonitos en los árboles del bosquecillo durante nueve días. Uno de esos animales siempre era un hombre.

Iba y venía de la hoguera a los árboles y Sombra le seguía. A medida que se acercaba lo que de ellos colgaba tomaba forma: piernas, ojos, lenguas y cabezas. Sombra no sabía qué pensar: había un no sé qué de tristeza oscura y surrealismo a la vez que convertía la visión de un toro ahorcado en algo casi divertido. Sombra pasó junto a un ciervo, un perro lobo, un oso marrón y junto a un caballo, un poco más grande que un poni, de color castaño con la crin blanca. El perro todavía estaba vivo: cada poco tiempo se retorcía en espasmos y emitía un llanto angustioso al oscilar la cuerda.

El hombre al que seguía cogió un bastón, que Sombra no se había dado cuenta hasta entonces que era una lanza, y le atravesó el estómago al perro como si le asestara una cuchillada limpia. Las vísceras humeantes rodaron sobre la nieve.

—He dedicado esta muerte a Odín —dijo el hombre con firmeza.

—Es tan sólo un gesto —dijo girándose hacia Sombra—. Pero los gestos lo son todo. La muerte de un perro simboliza la muerte de todos los perros. Me dieron nueve hombres, pero representaban a todos los hombres, toda la sangre, todo el poder. No fue suficiente. Un día la sangre dejó de fluir. La fe sin sangre no nos lleva tan lejos. La sangre debe fluir.

—Te vi morir —dijo Sombra.

—En este negocio —dijo la figura y Sombra supo con toda certeza que se trataba de Wednesday, nadie más tenía ese timbre, esa alegría cínica en las palabras—, lo que importa no es la muerte, es la oportunidad de resucitar. Y entonces la sangre fluye... —Dedicó un gesto a los animales y personas que colgaban de los árboles.

Sombra no sabía si le horrorizaban más los humanos muertos que había visto o los animales. Al menos los humanos supieron que iban a morir. El olor penetrante a borracho que había entre los hombres daba a entender que se les dejó anestesiarse de camino a la horca, mientras que los animales fueron linchados y colgados vivos, horrorizados. Los rostros humanos tenían aspecto joven, no más de veinte años.

—¿Quién soy? —preguntó Sombra.

—¿Tú? —dijo el hombre—. Tú eres una oportunidad. Formabas parte de una gran tradición. Aunque los dos estábamos lo bastante comprometidos como para morir por ello.

—¿Quién eres? —preguntó Sombra.

—La parte más difícil es sobrevivir —dijo el hombre. La hoguera ardía acaloradamente. Sombra se dio cuenta con gran estupor de que en ella se consumían huesos: costillas, cráneos con cuencas fogosas prominentes que observaban desde las llamas y chisporroteaban oligoelementos de colores en la noche, verdes, amarillos y azules—. Tres días en el árbol, tres días en el submundo, tres días para encontrar el camino de vuelta.

Las llamas ardían y chispeaban con tanta fuerza que Sombra no podía mirarlas directamente. Dirigió su mirada hacia la oscuridad de los árboles.

Un golpe en la puerta, la luz de luna se colaba por la ventana. Sombra se levantó.

—La cena está lista —dijo la voz de Comunicación.

Sombra se puso los zapatos y salió al pasillo. Alguien había encontrado unas velas y su luz tenue y amarilla iluminaba el vestíbulo de la recepción. El conductor del Humvee volvió con una bolsa de papel en una bandeja de cartón. Llevaba un abrigo negro largo y una gorra de chófer con visera.

—Siento el retraso —dijo con voz ronca—. He cogido lo mismo para todos: un par de hamburguesas, patatas grandes, Coca-cola grande y tarta de manzana. Me comeré lo mío fuera en el coche —Dejó la bandeja y volvió afuera. El olor de la comida rápida inundó la habitación. Sombra cogió la bolsa de papel y fue pasando la comida, las servilletas y las bolsitas de ketchup.

Cenaron en silencio bajo el brillo de las velas y el silbido de la cera.

Sombra se dio cuenta de que Ciudad le fulminaba con la mirada. Movió la silla un poco para ponerse de espaldas a la pared. Comunicación se comía la hamburguesa con una servilleta cerca de los labios para quitarse las migas.

—Vaya, estupendo. Estas hamburguesas están frías —dijo el niño gordo. Todavía llevaba puestas las gafas de sol, algo que a Sombra le parecía de lo más inútil y estúpido por la oscuridad que reinaba.

—Lo siento —dijo Ciudad—. El McDonald's más cercano está en Nebraska.

Se acabaron las hamburguesas medio heladas y las patatas frías. El niño gordo dio un bocado a todas las tartas de manzana y el relleno, que todavía estaba caliente, le chorreaba por la barbilla.

—¡Oh! —exclamó. Se limpió con la mano, se chupó los dedos para limpiárselos—. ¡Esto quema! Estas tartas de manzana son un juicio de acción popular esperando audiencia.

Sombra quería pegarle. Había querido desde que sus matones le apalearon en la limusina, tras el funeral de Laura. Intentó apartar ese pensamiento de su mente.

—¿Podemos limitarnos a coger el cuerpo de Wednesday y salir de este lugar? —preguntó.

—A media noche —dijeron el señor Nancy y el niño gordo al unísono.

—Tenemos que acatar las normas —dijo Chernobog.

—Sí —dijo Sombra—. Pero nadie me dice cuáles son. No paráis de hablar de las malditas reglas y todavía no se a qué jugáis.

—Es como quebrantar la ley de la calle —dijo Comunicación con brillantez—. Ya sabes, cuando se permite vender de todo.

—Me parece que todo esto es una mierda —dijo Ciudad—. Pero si sus reglas les hacen felices, entonces mi agencia es feliz y todo el mundo lo es —Sorbió de su Coca-cola—. Esperemos hasta media noche. Vosotros cogéis el cuerpo y os marcháis. Nos quedamos afligidos y os decimos adiós con la mano. Y luego ya podemos emprender la cacería y perseguiros como ratas.

—¡Eh! —le dijo el chaval gordo a Sombra—. ¿Me recuerdas? Te pedí que le dijeras a tu jefe que ya era historia. ¿Se lo dijiste?

—Se lo dije —dijo Sombra—. ¿Y sabes lo que me contestó? Me pidió que si volvía a ver al mocoso que lo había dicho le dijera que el futuro de hoy es el ayer del mañana —Esas palabras nunca salieron de la boca de Wednesday. Pero parecía que a esta gente le gustaban los clichés. Las gafas negras reflejaban las llamas vigorosas, parecían ojos.

—Este sitio es un puto agujero. No hay electricidad, no llegan las ondas de radio. Cuando tienes que conectarte casi te remontas a la Edad de Piedra —dijo el niño gordo. Sorbió con la pajita lo poco que le quedaba de Coca-cola, tiró el vaso en la mesa y caminó por el pasillo.

Sombra alargó el brazo y puso la basura del niño gordo dentro de la bolsa de papel.

—Voy a ver el centro de América —anunció. Se levantó y salió en la noche. El señor Nancy le siguió. Pasearon juntos por el parquecito sin dirigirse la palabra hasta que llegaron al monumento. El viento tiraba de ellos de un lado y luego de otro.

—¿Y bien? ¿Ahora qué?

La media luna colgaba pálida en el cielo oscuro.

—Ahora —dijo Nancy—, deberías volver a la habitación, cerrar con llave e intentar dormir. A medianoche harán entrega del cuerpo y luego nos piramos de aquí. El centro no es un sitio seguro para nadie.

—Si tú lo dices.

El señor Nancy pegó una calada a su cigarrillo.

—Esto no debería haber ocurrido nunca —dijo—. Nada de esto tendría que haber pasado. Nuestra gente, somos... —Movió el cigarrillo como si lo utilizara para buscar una palabra y lo clavó en un punto en el aire—... exclusivos. No somos seres sociales. Ni siquiera yo. Ni siquiera Baco. No durante mucho tiempo. Vamos a nuestro aire o formamos pequeños grupos. No trabajamos bien en equipo. Nos gusta que nos adoren, que nos respeten y nos veneren. A mí me gusta que cuenten historias sobre mí, cuentos que reflejen mi sabiduría. Es un fallo, lo sé, pero es mi forma de ser. Nos gusta ser grandes. Hoy en día en los malos tiempos somos insignificantes. Los nuevos dioses suben y bajan, vuelven a subir y bajan de nuevo. Pero éste no es un país que tolere dioses por mucho tiempo. Brahma crea, Vishnu preserva, Shiva destroza y Brahma vuelve a tener campo libre para crear de nuevo.

—¿Qué quieres decir? —preguntó Sombra— ¿La lucha ha terminado? ¿Ya se ha librado la batalla?

El señor Nancy gruñó.

—¿Se te va la cabeza? Han matado a Wednesday. Lo han matado y alardean de ello. Lo gritan a los cuatro vientos. Ha salido en todos los canales para aquellos que tienen ojos para verlo. No, Sombra. Acaba de comenzar.

Se inclinó ante los pies del monumento de piedra, apagó su cigarrillo en el suelo y lo dejó allí, como una ofrenda.

—Solías contar chistes —dijo Sombra—. Y ahora ya no lo haces.

—Es difícil hacer chistes hoy en día. Wednesday ha muerto. ¿Entras?

—Ahora voy.

Nancy se alejó camino al motel. Sombra alargó la mano y tocó el monumento de piedra. Arrastró el pulgar por la placa de latón. Dio media vuelta y caminó hacia la capilla blanca, atravesó la puerta abierta y entró en la oscuridad. Se sentó en el banco más cercano, cerró los ojos y bajó la cabeza. Pensó en Laura, en Wednesday y en estar vivo.

Se oyó un clic por detrás y un ruido de pasos contra el suelo. Sombra se levantó y se dio la vuelta. Alguien estaba de pie al otro lado de la puerta, una forma oscura sobre las estrellas. La luz de luna se reflejaba en algo de metal.

—¿Vas a dispararme? —preguntó Sombra.

—Dios mío, me encantaría —dijo el señor Ciudad—. La llevo sólo como autodefensa. ¿Así que estás rezando? ¿Te han convencido de que hay dioses? Los dioses no existen.

—No estaba rezando —dijo Sombra—. Sólo pensaba.

—Yo me lo imagino como mutaciones —dijo el señor Ciudad—. Experimentos evolutivos. Un poco de hipnosis, un poco de abracadabra pata de cabra y pueden hacer que la gente crea en lo que sea. Nada que contar. Eso es todo. Mueren como los seres humanos después de todo.

—Siempre lo han hecho —dijo Sombra. Se levantó y el señor Ciudad retrocedió un paso. Sombra salió de la capilla pequeña y el señor Ciudad mantuvo las distancias.

—¡Eh! ¿Sabe quién era Louise Brooks?

—¿Una amiga suya?

—No, era una estrella de cine nacida al sur de aquí.

—A lo mejor se cambió el nombre y pasó a llamarse Liz Taylor o Sharon Stone o algo así —sugirió amablemente tras una pausa.

—Puede ser —Sombra empezó a caminar hacia el motel. Ciudad le siguió.

—Yo no maté a sus socios —dijo Sombra—. Pero te diré algo que me dijo una vez un tipo cuando estaba en la cárcel. Algo que nunca he olvidado.

—¿Qué?

—Sólo había un tipo en toda la Biblia al que Jesús no le prometió el paraíso. No era ni Pedro ni Pablo, ninguno de esos. Era un ladrón convicto que estaban ejecutando. No golpees a los que están en el corredor de la muerte. Quizá saben algo que tu no sabes.

—Buenas noches —dijo el conductor del Humvee cuando pasaron.

—Buenas noches —dijo el señor Ciudad. Y luego le dijo a Sombra—: A mí no me importa una mierda ninguno de estos tipos. Yo hago lo que el señor Mundo dice. Es más fácil así.

Sombra caminó por el pasillo hasta la habitación nueve.

Abrió la puerta y entró.

—Perdón —dijo—, pensaba que ésta era mi habitación.

—Y lo es —dijo Comunicación—. Te estaba esperando. Veía su pelo a la luz de la luna y su cara pálida. Estaba reclinada en la cama.

—Encontraré otra habitación.

—No me quedaré mucho rato —dijo—. Sólo pensé que era el momento adecuado para hacerle una oferta.

—Vale, hágala.

—Relájate —dijo con voz sonriente— ¿Tienes un palo metido por el culo? Mira, Wednesday está muerto. No le debes nada a nadie. Únete a nosotros. Es hora de que juegues con el equipo ganador.

Sombra no dijo nada.

—Podemos hacerte famoso, Sombra. Podemos darte poder sobre lo que dice, piensa, sueña y lleva la gente. ¿Quieres ser el próximo Cary Grant? Podemos hacer que eso ocurra. Podemos convertirte en los futuros Beatles

—Creo que prefería cuando me ofrecías verle las tetas a Lucy —dijo Sombra—, si eras tú.

—¡Ah! —dijo ella.

—Quiero estar solo en mi habitación. Buenas noches.

—Y también, por supuesto —dijo sin moverse, como si no hubiera hablado—, podemos darle la vuelta a la tortilla. Podemos dejarte mal parado. Serías un chiste malo toda tu vida. O podrías ser recordado como un monstruo. Se te podría recordar para siempre, pero como se recuerda a Manson, a Hitler... ¿Te gustaría?

—Lo siento señorita pero estoy algo cansado —dijo Sombra—. Le agradecería que se marchara.

—Te he ofrecido el mundo —dijo ella—. Cuando esté agonizando en una alcantarilla, recuerda estas palabras.

—Lo haré —dijo Sombra.

Después de que se marchara su perfume seguía flotando en el ambiente. Se tumbó en el colchón sin sábanas y pensó en Laura. Pero todo lo que pensara sobre ella —Laura jugando al frisbi, Laura comiendo batido sin cuchara, Laura con la risa floja, enseñando la ropa interior sexy que se compró cuando fue al congreso de agentes turísticos en Anaheim— se convertía en Laura chupándole la polla a Robbie mientras un camión los sacaba de la carretera y los condenaba al olvido. Y luego oía sus palabras y todavía dolía más.

«No estás muerto —Su hilo de voz le retumbaba en la cabeza—. Pero estoy segura de que tampoco estás vivo».

Llamaron a la puerta, Sombra se levantó y abrió. Era el niño gordo.

—Esas hamburguesas —dijo—, estaban repugnantes. ¿Puedes creerlo? A setenta kilómetros de un McDonald's. Nunca habría dicho que existía en el mundo un lugar que estuviera a setenta kilómetros del McDonald's.

—Este sitio parece Grand Central Station —dijo Sombra—. Vale, supongo que estás aquí para ofrecerme la libertad de Internet si me paso a vuestro bando, ¿eh?

El niño gordo estaba temblando.

—No, tu ya estás muerto —dijo—. Eres un puto manuscrito gótico. No podrías ser hipertexto ni aunque lo intentases. Yo... yo soy sináptico y tu sinóptico... —Sombra se dio cuenta de que olía extraño. Había un tipo en la celda de enfrente. Sombra nunca podía recordar su nombre. Se quitó una vez la ropa en pleno día y le dijo a todo el mundo que él había sido enviado para llevarse a los buenos de verdad en una nave plateada al lugar perfecto. Era la última vez que Sombra lo había visto. El niño gordo olía como aquel tipo.

—¿Estás aquí por alguna razón?

—Sólo quería charlar —dijo el niño gordo. Su voz sonaba aquejada—. Mi habitación está asquerosa, eso es todo, da repelús. A setenta kilómetros del McDonald's ¿lo puedes creer? A lo mejor puedo quedarme aquí contigo, ¿no?

—¿Qué ha sido de tus colegas de la limusina? Los que me pegaron. ¿No te puedes quedar con ellos?

—Los niños no deberían actuar allí fuera. Estamos en zona muerta.

—Queda mucho hasta medianoche y todavía más hasta el amanecer. Creo que necesitas descansar. Yo sí.

El niño gordo no dijo nada, movió la cabeza y salió de la habitación. Sombra cerró la puerta con llave y se tumbó en el colchón.

Tras unos pocos segundos empezó a oír un ruido. Le costó un poco descifrar de qué se trataba, luego salió al pasillo. Era el niño gordo que había vuelto a su habitación. Parecía que estaba lanzando algo enorme contra las paredes. Por el sonido Sombra interpretó que se estaba dando golpes él mismo.

—Tan sólo es carne —sollozaba. O quizás—: Tan sólo soy carne — Sombra no podía distinguir.

—¡Silencio! —bramó Chernobog desde su habitación al final del pasillo.

Sombra caminó hacia el vestíbulo y salió del motel. Estaba cansado.

El conductor todavía estaba junto al coche, una figura oscura junto a un coche blindado.

—¿No puede dormir, señor? —preguntó.

—No —dijo Sombra.

—¿Un cigarrillo señor?

—No, gracias.

—¿Le importa si fumo?

—En absoluto.

El conductor tenía un mechero Bic recargable y gracias a la llama amarilla Sombra le vio la cara por primera vez de hecho, le reconoció y empezó a entender.

Sombra conocía esa cara delgada. Sabía que bajo esa gorra el conductor tenía el pelo de color naranja y rapado al cero. Sabía que cuando el hombre sonriera sus labios se cuartearían.

—No tienes mala pinta grandullón —dijo el conductor

—¿Low Key? —Sombra miró a su antiguo compañero de celda con cautela.

Los compañeros de cárcel son algo bueno: te acompañan por lugares sombríos en los malos tiempos. Pero esa amistad se queda tras los barrotes y cuando reaparece en tu vida tiene sus pros y sus contras.

—Dios mío, Low Key Lyesmith —dijo Sombra y oyó lo que estaba diciendo y entendió— Loki —dijo—, Loki Lie-Smith, el herrero mentiroso.

—Eres lento pero al final llegas —Sus labios sonrieron agrietados y sus ojos brillaban como ascuas.

Se sentaron en la habitación de Sombra en el motel abandonado en la cama, cada uno en un extremo del colchón. Los ruidos procedentes de la habitación del niño gordo habían cesado casi por completo.

—Tienes suerte de que estuviéramos juntos allí dentro —dijo Loki—. Nunca habrías sobrevivido el primer año sin mí.

—¿No podrías haber salido si hubieras querido?

—Es fácil pasar el tiempo —Hizo una pausa y continuó—: Tienes que entender todo el rollo de los dioses. No es cuestión de magia. Es cuestión de ser tú mismo, pero el tú en el que cree la gente. Se trata de ser la esencia concentrada y ampliada de ti mismo. Tienes que convertirte en trueno o en la fuerza de un caballo o en sabiduría. Te adueñas de toda la fe y te haces más grande, más guay, más allá de lo humano. Te cristalizas —Hizo otra pausa—. Y entonces un día se olvidan de ti, ya no creen en ti nunca más, no se sacrifican y no les importa. Te ves haciendo juegos de cartas en la esquina de Broadway con la Cuarenta y tres.

—¿Por qué estabas en mi celda?

—Coincidencia pura y dura.

—Y ahora militas en la oposición.

—Si quieres llamarlo así. Depende de donde te encuentres. Yo prefiero decir que juego con el equipo vencedor.

—Pero Wednesday y tú erais los dos del mismo... ambos...

—El panteón escandinavo. Los dos éramos del panteón escandinavo. ¿Es eso lo que intentabas decir?

—Sí.

—¿Y?

—¿Habréis sido amigos durante un tiempo, no?

—No, nunca fuimos amigos. No me duele que haya muerto. Frenaba a los demás. Con su muerte, el resto va a afrontar la situación: renovarse o morir, evolucionar o perecer. Él ya no está, la guerra ha terminado.

Sombra le miró desencajado.

—No eres tan estúpido —dijo—. ¿Siempre eres tan audaz? La muerte de Wednesday no va a parar nada, sino que va a dar ánimos a aquellos que estaban subidos a la valla al borde del precipicio.

—¿Mezclando metáforas, Sombra? Mal hábito.

—Lo que sea —dijo Sombra—. Es cierto. Por favor, con su muerte consiguió en un instante lo que había estado intentando conseguir durante meses. Los unió a todos, les dio algo en lo que creer.

Quizá —Loki se encogió de hombros—. Por lo que yo sé, lo que se creía a este lado es que con la eliminación del agitador los problemas desaparecerían. Pero no es de mi incumbencia, yo sólo conduzco.

—Dime —dijo Sombra—, ¿por qué todo el mundo se preocupa por mí? Actúan como si fuera importante. ¿Por qué importa lo que yo haga?

—No tengo ni idea. Eras importante para nosotros porque lo eras para Wednesday. En cuanto al porqué... supongo que es uno de los muchos misterios de la vida.

—Estoy cansado de misterios

—¿Sí? Le dan sal a la vida.

—Así que tú eres el chófer. ¿Llevas a todos?

—A quien lo necesite —dijo Loki—. Es una manera de ganarme los cuartos.

Subió el reloj de muñeca a la altura de la cara y apretó un botón. La esfera tenía un brillo azul claro que iluminaba su cara y le daba cierta apariencia de cazador cazado.

—Faltan cinco minutos para las doce. Es la hora —dijo Loki—. ¿Vienes?

Sombra aspiró con fuerza.

—Voy —dijo.

Caminaron por el pasillo del motel hasta llegar a la habitación cinco.

Loki cogió una caja de cerillas del bolsillo y encendió una. El destello momentáneo hirió los ojos de Sombra. La mecha de la vela parpadeó pero se cogió. Y otra. Loki encendió otra cerilla y continuó encendiendo velas situadas en el alféizar, en la cabecera de la cama y en el lavabo de la esquina del cuarto.

Habían arrastrado la cama desde la pared hasta el centro de la habitación y habían dejado unos cuantos centímetros entre la pared y la cama a cada lado. Estaba cubierta por unas sábanas viejas de motel con agujeros y manchas y sobre ellas yacía apaciblemente Wednesday.

Llevaba el mismo traje color pastel que cuando le dispararon. La parte derecha de su cara estaba intacta, perfecta, sin manchas de sangre. La parte izquierda estaba echa un mapa y tenía el hombro izquierdo y la parte delantera del traje salpicados de manchas oscuras. Las dos manos a los lados. La expresión que reflejaban los restos de su cara no era muy plácida. Era de dolor, de dolor de alma, de un dolor muy profundo henchido de rabia, odio y locura salvaje. Pero en cierta manera parecía satisfecho.

Sombra se imaginó al señor Jacquel eliminando con suavidad el odio y la rabia, reconstruyéndole la cara con maquillaje y una cera especial dándole la paz y la dignidad que incluso en muerte se le había negado.

El cuerpo no parecía más pequeño ahora y perduraba el olor a Jack Daniel's.

El viento de las llanuras aumentaba su velocidad. Oía los aullidos alrededor del motel en el centro imaginario de América. Las velas del pasillo parpadeaban.

Se oían pasos fuera. Alguien llamó a la puerta y dijo: «De prisa, por favor. Es la hora», y empezó a arrastrar los pies. Todos bajaron la cabeza.

Ciudad llegó el primero seguido de la señorita Comunicación, el señor Nancy y Chernobog. El último fue el niño gordo. Tenía morados frescos en la cara y movía los labios sin parar como si recitara en voz baja algún verso, pero no emitía sonido alguno. Sombra se dio cuenta de que le daba pena.

De manera informal, sin mediar palabra, se distribuyeron alrededor del cuerpo guardando una distancia de separación de un brazo entre ellos. Reinaba una atmósfera religiosa, muy religiosa, una sensación que Sombra no había experimentado jamás. No se oía nada a parte del aullido del viento y el craqueo de las velas.

—Estamos aquí reunidos, es este lugar impío —dijo Loki— para entregar el cuerpo de este individuo a aquellos que sabrán darle un final más acorde a sus ritos. Si alguien desea decir algo que lo haga ahora.

—Yo no —dijo Ciudad—, no lo conocía mucho y esta situación me hace sentir muy incómodo.

—Estas acciones tienen consecuencias. ¿Lo sabéis? Puede ser tan sólo el principio.

El niño gordo empezó a reírse en un tono agudo femenino.

—Vale, vale. Lo pillo —dijo y recitó de un tirón—:

Girando, girando en una espiral infinita.
El halcón no puede oír al halconero.
Todo se echa a perder; el centro no aguanta...

Entonces paró y arrugó la frente.

—Mierda me lo sabía todo —Se masajeó las sienes, puso cara y se calló.

Después todos miraron a Sombra. El viento gritaba con fuerza. No sabía que decir.

—Es un momento muy triste. La mitad de los aquí presentes lo mataron o participaron de su muerte. Ahora nos entregáis el cuerpo. Bien. Era un cabrón irascible pero bebí su aguamiel y todavía trabajo para él. Eso es todo.

—Estamos en un mundo en el que muere alguien todos los días, creo que lo importante es recordar que por cada minuto de pena que sentimos por una pérdida hay un minuto de júbilo por la llegada de un nuevo ser a este mundo. Ese primer llanto... ¿no es maravilloso? Quizá sea difícil decirlo pero la alegría y la pena son como la leche y las galletas: ¡una combinación perfecta! Creo que deberíamos recapacitar durante unos minutos —dijo Comunicación.

—Pues —dijo el señor Nancy tras aclarase la garganta—, tengo que decirlo yo porque veo que nadie lo hará. Estamos en el centro de este lugar: una tierra que no tiene tiempo para dioses y aquí en el centro menos todavía. Es tierra de nadie, un lugar para la tregua y donde observamos nuestras treguas. No hay elección. Así que entregadnos el cuerpo de nuestro amigo. Lo aceptamos. Pagaréis por ello: ojo por ojo, diente por diente.

—Como quieras. Ahorraréis tiempo y esfuerzo si os largáis y os pegáis un tiro en la cabeza. Sin intermediarios —dijo Ciudad.

—Que te jodan —dijo Chernobog—. Jódete, que se joda tu madre y el puto caballo que montabas. Ni siquiera morirás en la batalla. Ningún guerrero probará tu sangre. Ningún ser vivo te quitará la vida. Tendrás una muerte suave y amarga. Un beso en los labios y en el corazón te matará.

—Déjalo ya, vejestorio —dijo Ciudad.

—*La marea sanguinolenta se ha desatado* —dijo el niño gordo—. Creo que es así como sigue.

El viento aulló.

—Vale —dijo Loki—. Es vuestro. Ya hemos terminado. Llevaos a este cabrón.

Envolvieron el cadáver en las sábanas del motel improvisando una mortaja para que ninguna parte del cuerpo quedara al descubierto y pudieran transportarlo. Los dos hombres mayores se disponían a cogerlo por los brazos y las piernas.

—A ver... —Sombra se arrodilló, puso los brazos alrededor del cuerpo envuelto en la sábana y se lo cargó a hombros. Se puso de pie con cuidado—. Vale —dijo—, lo tengo. Vamos a ponerlo en la parte trasera del coche.

Parecía que Chernobog le iba a reñir pero cerró la boca. Se echó un poco de saliva en los dedos y empezó a aplastar la llama de las velas. Sombra oía cómo se extinguían a medida que avanzaba por la habitación cada vez más oscura.

Wednesday pesaba pero Sombra podía con él si caminaba recto. No tenía opción. Las palabras de Wednesday rebotaban en su cabeza a cada paso que daba y recordaba el sabor agridulce del aguamiel en la garganta. «Me proteges. Me llevarás de un lado a otro. Me harás los recados. En caso de emergencia, pero sólo en caso de emergencia, pegarás a la gente que haya que pegar. Si se diera el improbable caso de mi muerte, velarás por mí...»

El señor Nancy le abrió la puerta del vestíbulo del motel y salió corriendo para abrir la de la furgoneta. Los otros cuatro ya estaban al lado del todoterreno mirándoles como si no tuvieran ganas de largarse. Loki se había puesto la gorra de chófer. El viento fuerte tiraba de Sombra y agitaba las sábanas.

Colocó a Wednesday en la parte trasera con sumo cuidado.

Alguien le dio unos golpecitos en el hombro. Se dio la vuelta. Era Ciudad, estaba de pie junto a él y tenía algo en la mano.

—Aquí tienes —dijo el señor Ciudad—, el señor Madera quería que lo tuvieras tú.

—Era un ojo de cristal. Tenía una grieta fina y una esquirla un poco salida.

—Lo encontramos en la Sala Masónica mientras lo limpiábamos todo. Guárdala, te dará suerte. Dios sabe cuando la necesitarás.

Sombra se guardó el ojo en la palma de la mano. Esperaba que se le ocurriera alguna salida ingeniosa y sagaz pero, cuando quiso darse cuenta, Ciudad ya estaba subiendo al coche y todavía no le había venido la inspiración.

Se dirigieron al este. El amanecer les sorprendió en Princeton, Missouri. Sombra todavía no había dormido.

—¿Quieres que te dejemos en algún sitio? Si yo fuera tu me agenciaría un carnet de identidad y me iría a Canadá o a México —dijo Nancy.

—Ya no trabajas para él. Está muerto. Una vez que nos deshagamos de su cuerpo serás libre de marcharte.

—¿Y qué haré?

—Mantenerte al margen mientras que dure la guerra —dijo Nancy. Puso el intermitente y giró a la izquierda.

—Escóndete durante un tiempo —dijo Chernobog—. Y cuando esto termine, vuelve junto a mí y acabaremos de una vez con todo.

—¿Adónde llevamos el cuerpo? —preguntó Sombra.

—A Virginia. Allí hay un árbol —dijo Nancy.

—El árbol del mundo —dijo Chernobog con satisfacción triste—. Teníamos uno en mi parte del mundo. Pero el nuestro crece bajo tierra.

—Lo pondremos a los pies del árbol —dijo Nancy—. Lo dejamos allí, dejamos que te vayas, conducimos hacia el sur. Se libra una batalla. Se derrama sangre. Mueren muchos. El mundo cambia sólo un poco.

—¿No queréis que participe en la batalla? Soy bastante fuerte y se me da bien pelear.

Nancy se volvió hacia Sombra con una sonrisa. Era la primera sonrisa de verdad que había visto en la cara del señor Nancy desde que le había rescatado de la cárcel del condado de Lumber.

—La mayor parte de la batalla se librará en un lugar al que no puedes ir, que no puedes tocar.

—En el corazón y el alma de la gente —dijo Chernobog—. Como en una gran rotonda.

—¿Eh?

—El carrusel —dijo el señor Nancy.

—¡Ah! —dijo Sombra—. Lo capto. Como el desierto de huesos.

—Siempre pienso que no tienes agallas y luego vas y me sorprendes. Sí, es ahí donde tendrá lugar la batalla. Todo lo demás serán simples rayos y truenos —dijo Nancy levantando la cabeza.

—¿Qué es eso de la vigilia? —dijo Sombra.

—Alguien tiene que quedarse con el cuerpo. Es una tradición. Encontraremos a alguien.

—Él quería que fuera yo.

—No —dijo Chernobog—. Te matará. Una idea mala, muy mala, malísima.

—¿Sí? ¿Qué es lo que me matará? ¿Que me quede a velarlo?

—No es lo que yo desearía para mi funeral —dijo el señor Nancy—. Cuando muera, quiero que me planten en un sitio cálido. Y así cuando las mujeres hermosas caminen por encima de mi tumba las cogeré de los tobillos como en la película.

—No la he visto —dijo Chernobog.

—Claro que sí. Es justo al final. Es la película del instituto en la que todos los chicos van al baile de fin de curso.

Chernobog movió la cabeza.

—Es la película *Carrie*, señor Chernobog. Bueno, que alguno de vosotros me cuente lo de la vigilia —dijo Sombra.

—Cuéntaselo tú, yo estoy conduciendo —dijo Nancy.

—No he oído nunca hablar de una película que se titule *Carrie*. Cuéntaselo tú.

—A la persona que vela el cuerpo se la ata al árbol, como estaba Wednesday. Se quedan allí colgados durante nueve días y nueve noches. Sin comida, sin agua. Solos. Al final cortan la cuerda y si siguen con vida... bueno, a veces ocurre. Y Wednesday habrá tenido su velatorio —dijo Nancy.

—Puede que Alvis nos mande a uno de los suyos. Un enano podría sobrevivir.

—Yo lo haré —dijo Sombra.

—No —dijo Nancy.

—Sí —dijo Sombra.

Los dos hombres permanecieron en silencio.

—¿Por qué? —dijo entonces Nancy.

—Porque es el tipo de cosas que un ser vivo haría —dijo Sombra.

—Estás loco —dijo Chernobog.

—Puede ser. Pero voy a velar a Wednesday.

Cuando pararon a poner gasolina Chernobog anunció que se encontraba mal y que quería ponerse en el asiento de delante. A Sombra no le importaba cambiarse. Podría estirarse más y dormir.

Prosiguieron en silencio. Sombra sentía que había tomado una decisión importante, algo serio y extraño.

—Eh, Chernobog —dijo el señor Nancy al rato—. ¿Te has fijado en el ciberchico en el motel? No es feliz. Ha estado jugando con algo que le está jodiendo. Es el mayor problema que tienen ahora los críos, se creen que lo saben todo y sólo se les puede enseñar a fuerza de palos.

—Bien —dijo Chernobog.

Sombra estaba estirado en el asiento de atrás a sus anchas. Una parte de él se sentía dulcemente contento: había hecho algo. Se había movido. No habría importado si no hubiera querido vivir pero quería vivir y eso marcaba la diferencia. Esperaba salir con vida de aquello, pero deseaba morir si de eso dependía que siguiera viviendo. Por un momento le pareció que todo era muy divertido, lo más divertido del mundo y se preguntaba si Laura sabría apreciarlo.

Pero había otro yo —quizás el Mike Ainsel que se desvanecía al apretar un botón en la comisaría de policía de Lakeside— que intentaba esclarecer las cosas, ver todo el conjunto.

—Indios escondidos —dijo en voz alta.

—¿Qué? —dijo Chernobog irritado desde el asiento de delante.

—Los dibujos que te dan para colorear cuando eres pequeño. «¿Ves los diez indios escondidos en el dibujo? Hay diez indios escondidos ¿Puedes verlos?» A primera vista sólo puedes ver una cascada, rocas y árboles; pero si doblas el dibujo por los lados ves que esa sombra es un indio... —Bostezó.

—Duerme —le sugirió Chernobog.

—Pero todo el conjunto —dijo Sombra. Entonces se durmió y soñó con indios escondidos.

El árbol estaba en Virginia. Era un lugar alejado del mundo en el patio de una granja antigua. Para llegar allí tuvieron que conducir durante una hora hacia el sur de Blacksburg y pasar por carreteras con nombres como Pennywinkle Branch y Rooster Spur. Tuvieron que dar la vuelta dos veces y el señor Nancy y Chernobog perdieron la paciencia tanto con Sombra y como el uno con el otro.

Pararon a preguntar en una tienda pequeña situada a los pies de una colina donde la carretera se bifurcaba. Un hombre mayor apareció de detrás del mostrador y les miró fijamente. Llevaba un mono vaquero y nada más, ni siquiera zapatos. Chernobog cogió unas manitas de cerdo en escabeche de un bote del mostrador y salió fuera a comérselas sentado en el suelo mientras que el tipo del mono dibujaba mapas en servilletas señalando las calles y los monumentos locales.

Arrancaron de nuevo. Esta vez conducía el señor Nancy y en diez minutos se plantaron allí. Había una placa en la entrada que decía: ASH.

Sombra bajó y abrió la puerta. La furgoneta entró traqueteando por el terreno. Sombra cerró y caminó un poco para estirar las piernas. Corría cuando la furgoneta iba más rápido y disfrutaba de la sensación de mover el cuerpo.

Había perdido por completo la noción del tiempo desde que salieron de Kansas. ¿Habían estado conduciendo dos días? ¿Tres? No lo sabía.

No parecía que el cadáver de la parte trasera de la furgoneta se estuviera pudriendo. Todavía le llegaba un ligero aroma a Jack Daniel's mezclado con algo que bien podría ser miel agria. No era desagradable. De vez en cuando se sacaba el ojo de cristal del bolsillo y lo miraba. Por lo que él imaginaba estaba hecho añicos por dentro debido a un impacto de bala y sólo una esquirla en uno de los lados del iris impedía que la superficie permaneciera completamente intacta. Sombra se lo pasaba por los dedos, lo tocaba, lo hacía rodar por toda la palma. Era un recuerdo espantoso pero su rareza le reconfortaba. Sospechaba que a Wednesday le habría hecho gracia saber que su ojo había ido a parar al bolsillo de Sombra.

En la granja cerrada a cal y canto reinaba la oscuridad. Los herbazales estaban descuidados y la hierba crecía descontrolada. El techo de la parte trasera, cubierto por una lona negra, se desplomaba. Se asomaron por el caballete y Sombra vio el árbol.

Era de color gris plateado y más alto que el edificio. Era el árbol más bonito que Sombra había visto en su vida: fantasmal pero auténtico y casi totalmente simétrico. Le pareció familiar desde un principio: se preguntaba si lo había soñado pero entonces se dio cuenta de que lo había visto antes, o al menos una representación de él, muchas veces. Era el alfiler de oro que prendía de la corbata de Wednesday.

La furgoneta avanzó a trompicones por el prado y se paró a unos cinco metros del tronco.

Había tres mujeres a su alrededor. A primera vista Sombra pensó que eran las Zoryas; pero no, eran tres mujeres que no conocía. Parecían cansadas y aburridas como si hubieran esperado allí mucho tiempo. Cada una de ellas sostenía una escalera de madera. La mayor también tenía un saco marrón. Parecían una muñeca rusa: una alta, como Sombra o incluso más, una de estatura media y otra tan bajita que al principio Sombra pensó que era una niña. Eran tan parecidas que Sombra estaba seguro que de que tenían que ser hermanas.

La más pequeña hizo una reverencia cuando se acercó la furgoneta. Las otras dos simplemente observaron. Compartían un cigarrillo y se fumaron casi hasta la colilla que una de ellas aplastó contra una raíz.

Chernobog abrió la parte trasera de la furgoneta y la más grande lo empujó y con gran facilidad, como si se tratara de un saco de harina, se cargó el cuerpo de Wednesday a la espalda y lo llevó hasta el árbol. Lo tumbó delante, a unos dos metros del tronco. Ella y sus hermanas desenvolvieron el cuerpo de Wednesday. Tenía peor aspecto a la luz del día que a la de las velas de la habitación del motel. Sombra dirigió la mirada al cuerpo durante un momento pero enseguida la desvió. Las mujeres le arreglaron la ropa, le pusieron el traje en su sitio, lo pusieron en una punta de la sábana y lo volvieron a enrollar.

Entonces las mujeres se acercaron a Sombra.

—¿Eres tú? —dijo la mayor.

—¿El que llorará al Creador? —dijo la mediana.

—¿Has decidido guardar la vigilia? —preguntó la más pequeña.

Sombra afirmó con la cabeza. Después no podía recordar si en realidad había oído las voces o quizás había entendido lo que las expresiones de aquellos ojos le decían.

El señor Nancy, que había vuelto a la casa para ir al baño, volvió andando hacia el árbol. Fumaba un cigarrillo y parecía pensativo.

—Sombra —le llamó—. No tienes porque hacerlo. Podemos encontrar a alguien más adecuado.

—Voy a hacerlo —dijo Sombra con serenidad.

—¿Y si te mueres? —preguntó el señor Nancy— ¿Si te mata?

—Entonces —dijo Sombra—, me matará.

El señor Nancy tiro enfadado el cigarrillo al suelo.

—Ya dije que eras un cabeza de chorlito y veo que todavía lo eres. ¿No ves cuando alguien está intentando echarte una mano?

—Lo siento —dijo Sombra. No dijo nada más. Nancy volvió a la furgoneta.

Chernobog caminó hacia Sombra. No parecía muy contento.

—Espero que salgas con vida de esta —dijo—. Hazlo por mí —Le golpeó con los nudillos en la frente y le dijo—: ¡Toc! —Le apretó el hombro, le dio unos golpecitos en el brazo y fue a reunirse con el señor Nancy.

La más grande, llamada Urtha o Urder —Sombra no pudo repetir el nombre para satisfacción de la mujer— le dijo mediante señas que se quitara la ropa.

—¿Todo?

La mujer se encogió de hombros. Sombra se quitó todo menos los calzoncillos y la camiseta. La mujer apoyó la escalera en el árbol. Una de las escaleras, con una cenefa de florecitas y hojas pintadas a mano, apuntaba hacia él.

La mediana tiró el contenido del saco en la hierba. Estaba lleno de cuerdas enredadas, sucias y marrones por el paso del tiempo. La mujer empezó a ordenarlas por longitud y a ponerlas en el suelo con cuidado al lado del cuerpo de Wednesday.

Subieron y empezaron a atar las cuerdas con nudos intrincados y elegantes primero al árbol y luego alrededor de Sombra. Sin ninguna vergüenza, como si fueran comadronas, enfermeras o esas personas que preparan a los cadáveres, le quitaron la camiseta y los calzoncillos y le amarraron no muy fuerte pero firme y definitivamente. Estaba sorprendido de lo bien que las cuerdas y los nudos aguantaban su peso. Las cuerdas que tenía por debajo de los brazos, entre las piernas, alrededor de las muñecas, de los tobillos y del pecho le unían al árbol.

Le ataron muy floja una última cuerda alrededor del cuello. Al principio resultaba incómodo pero el peso estaba bien distribuido y ninguna de las cuerdas le hacía herida.

Sus pies estaban a un metro y medio del suelo. El árbol no tenía hojas y era enorme: ramas negras sobre el fondo gris del cielo y la corteza gris plateado.

Retiraron las escaleras. En ese momento de pánico todo su peso se aguantaba en las cuerdas y su cuerpo descendió unos centímetros. Aun así no dijo ni mu.

Las mujeres colocaron el cuerpo envuelto en la mortaja de sábanas de motel a los pies del árbol y lo dejaron allí.

Lo dejaron allí completamente solo.

CAPÍTULO DECIMOQUINTO

Cuélgame, oh, cuélgame, y desapareceré para siempre,
cuélgame, oh, cuélgame, y desapareceré para siempre,
no me importaría morir ahorcado, tanto llevo sufriendo,
he estado en la tumba toda la vida.

—Canción popular.

El primer día que Sombra permaneció colgado del árbol sólo sentía
una molestia que poco a poco se fue tornando en dolor, miedo y, a inter-
valos, en una emoción en algún lugar entre el aburrimiento y la apatía:
una aceptación gris, una espera.

Colgaba.

El viento había cesado.

Después de varias horas su visión comenzó a estar poblada de breves
estallidos de color que culminaban en rojo o dorado y que palpitaban con
vida propia.

El dolor que sentía en las extremidades gradualmente se fue haciendo intolerable. Si las relajaba, si dejaba que su cuerpo se debilitase y
descendiese, si caía hacia delante, la cuerda que le rodeaba el cuello apro-
vechaba su debilidad y el mundo resplandecía y daba vueltas. Por eso, se
volvía a apoyar en el tronco del árbol. Sentía que su corazón se esforza-
ba en el pecho, que dibujaba un tatuaje arrítmico de sufrimiento al poner
en circulación la sangre por su cuerpo...

Había esmeraldas, zafiros y rubíes que cristalizaban y le estallaban
delante de los ojos. El aire le llegaba en tragos exiguos. La corteza del
árbol le laceraba la espalda. Desnudo, tenía la piel de gallina, tiritaba con
el frío de la tarde y le escocía la carne.

«Es fácil —le decía alguien desde la nuca—. Aquí está el truco: o lo
consigues o mueres».

Este pensamiento le satisfizo y se lo repetía en la nuca una y otra vez,
como un mantra, como una nana, una matraca que seguía el ritmo marcado por los latidos del corazón.

«Es fácil. Aquí está el truco: o lo consigues o mueres.

Es fácil. Aquí está el truco: o lo consigues o mueres.

Es fácil. Aquí está el truco: o lo consigues o mueres.

Es fácil. Aquí está el truco: o lo consigues o mueres.»

Transcurría el tiempo y la cantinela también continuaba. Podía oírla. Alguien le repetía las palabras y sólo paraba cuando Sombra tenía la boca tan seca que su lengua parecía sólo un jirón de piel. Se impulsó con los pies y lejos del árbol, intentando sostener su propio peso de forma que pudiese llenar los pulmones.

Respiró hasta que no pudo continuar sujetándose y después se dejó caer y volvió a colgar del árbol.

Cuando comenzaron los chasquidos, ásperos y chillones, cerró la boca pensando que era él quien los producía, pero el ruido continuaba. «Entonces debe ser el mundo que se ríe de mi», pensó Sombra. Dejó caer la cabeza hacia un lado. Algo bajó corriendo por el tronco del árbol junto a él y se paró cerca de su cabeza. Emitió unos sonoros chasquidos en su oreja, una palabra semejante a «ratatosk». Sombra intentó repetirla, pero la lengua se le pegaba al velo del paladar. Lentamente, se dio la vuelta y observó la cara parda y las orejas puntiagudas de una ardilla.

Entonces descubrió que, en primer plano las ardillas son sensiblemente menos graciosas que en la distancia. El animal tenía aspecto de rata, no parecía dulce o encantador, sino peligroso. Tenía los dientes afilados. Esperó que no lo percibiese como una amenaza o una fuente de alimento. Creía que las ardillas no eran carnívoras... pero también había tantas otras cosas que pensaba que no podían ser y habían acabado siendo...

Se quedó dormido.

El dolor le fue despertando varias veces durante las siguientes horas: le sacaba de un oscuro sueño en el que los niños muertos se levantaban y venían a él con los ojos despellejados como perlas hinchadas y le reprochaban que les hubiese fallado. Una araña le corrió por la cara y despertó. Meneó la cabeza para echarla o asustarla y regresó a sus sueños. Un hombre con cabeza de elefante, barrigudo y con un colmillo roto se acercaba montado a lomos de un ratón gigantesco. El hombre con cabeza de elefante curvó la trompa hacia Sombra y le dijo:

—Si me hubieses invocado antes de emprender este viaje, te habrías ahorrado muchos problemas.

El elefante cogió al ratón que se había vuelto diminuto sin cambiar de tamaño, por algún medio que Sombra no pudo percibir, y se lo pasó de mano en mano abrazándolo con los dedos mientras el animalito se escapaba de palma en palma. A Sombra no le sorprendió en absoluto que el dios con cabeza de elefante abriese sus cuatro manos y estuviesen completamente vacías. Con un brazo tras otro, describió una onda en un movimiento extrañamente fluido y miró a Sombra con expresión inescrutable.

—Está en el tronco —le indicó Sombra al hombre elefante. Había visto desaparecer una cola vacilante.

El hombre elefante asintió con una cabeza enorme y respondió:

—Sí, en el tronco. Olvidarás muchas cosas y dejarás muchas otras atrás. Perderás muchas cosas, pero no pierdas ésta. —Comenzó a llover y Sombra, mojado y tiritando, se desplomó del sueño más profundo a la vigilia absoluta. Temblaba cada vez con mayor intensidad; Llegó a asustarse porque temblaba más violentamente de lo que nunca hubiera imaginado que era posible, en espasmos convulsivos que se encadenaban unos con otros. Quería parar, pero continuaba tiritando, los dientes le castañeteaban, sus miembros se sacudían y retorcían sin control. Sentía auténtico dolor, un dolor como de cuchilladas que le cubría todo el cuerpo de pequeñas heridas invisibles, íntimas e insoportables.

Abrió la boca para recibir la lluvia, que le hidrataba los labios agrietados y la lengua seca, que mojaba las cuerdas que lo sujetaban al tronco del árbol. Se produjo un relámpago cegador, como un golpe en los ojos, que transformó el mundo con la intensidad de la imagen momentánea y la oscuridad posterior. Después lo acompañó un trueno, un estruendo, una explosión y un retumbar y con su eco la lluvia redobló la fuerza. En medio de la lluvia y de la noche, se calmaron sus temblores, se alejaron las hojas de cuchillo. Sombra dejó de sentir frío, o mejor dicho, no sentía salvo frío, pero el frío se había convertido en parte de él.

Sombra pendía del árbol mientras los rayos cruzaban el cielo y los truenos se volvían un retumbar omnipresente salpicado de detonaciones y rugidos semejantes a bombas lejanas que explotasen en la noche. El viento empujaba a Sombra como si intentara arrancarlo del árbol, despellejarlo, hendirse en él hasta los huesos y Sombra, en lo más profundo de su alma, supo que había comenzado la auténtica tormenta.

En ese momento una alegría extraña comenzó a crecer en su seno y estalló en carcajadas mientras la lluvia lavaba su piel desnuda, mientras caían rayos y los truenos eran tan ensordecedores que apenas podía oír su propia risa.

Estaba vivo. Nunca antes se había sentido así. Nunca.

Si muriese, pensó, si muriese en ese mismo instante, en el árbol, merecería la pena haber vivido ese único instante perfecto y desenfrenado.

—¡Eh! —gritaba a la tempestad— ¡Eh! ¡Soy yo! ¡Estoy aquí!

Retuvo un poco de agua entre su hombro desnudo y el tronco del árbol, volvió la cabeza y bebió el agua de lluvia que había conseguido detener, la lamió y la sorbió, bebió más y comenzó a reír, con una risa alegre y placentera, no enloquecida, hasta que no pudo más, hasta que se quedó exhausto, colgado y sin poder moverse.

Al pie del árbol, en el suelo, la lluvia había hecho que la sábana se transparentase un poco y la había levantado y apartado de forma que Sombra podía ver la mano sin vida de Wednesday, pálida, como de cera y distinguir la forma de su cabeza, lo que le hizo pensar en el santo sudario de Turín y le recordó a la chica abierta en canal de la mesa de Jacquel en Cairo. Entonces, como para burlarse del frío, se dio cuenta de que sentía un calor muy agradable, de que estaba cómodo y de que la corteza del árbol tenía un tacto suave. Volvió a dormirse y si tuvo algún sueño, esta vez no pudo recordarlo.

A la mañana siguiente, el dolor ya no era puntual, no se reducía a los lugares en que las cuerdas le laceraban la carne o la corteza le raspaba la piel, se extendía por todas partes.

Tenía hambre, sentía unos aguijonazos vacíos en su interior. La cabeza le dolía horriblemente. En algunos momentos pensaba que había dejado de respirar y que el corazón le había dejado de latir. Entonces, contenía el aliento hasta sentir que el corazón le bombeaba un océano de sangre en los oídos y verse obligado a tragar aire como un buceador que sale a la superficie desde lo más profundo.

Le parecía que el árbol llegaba desde el infierno hasta el cielo y que llevaba allí suspendido desde tiempos inmemoriales. Un halcón pardo rodeó el árbol y se posó en una rama cercana, después remontó el vuelo en dirección oeste.

La tempestad, que había amainado al amanecer, volvió a ganar fuerzas a lo largo del día. Todo el horizonte estaba cubierto de nubes turbulentas y grises y comenzó a caer una llovizna suave. El cuerpo al pie del árbol parecía haber menguado entre los pliegues de la sábana sucia del motel, como un pastel de azúcar se desintegra bajo la lluvia.

Sombra se debatía entre la fiebre y el frío.

Cuando se volvieron a oír truenos, se imaginó que se trataba de redobles de tambor, una batería en el trueno y en los latidos de su corazón, dentro o fuera de su cabeza, una cuestión sin importancia.

Percibía el dolor en colores: el rojo de un letrero de bar, el verde de un semáforo en una noche de lluvia, el azul de una pantalla de vídeo vacía.

La ardilla se dejó caer desde la corteza del tronco hasta su hombro y le clavó las zarpas en la piel. «¡Ratatosk!», emitió un chasquido. Tocó los labios de Sombra con la punta de la nariz. «¡Ratatosk!». Volvió a trepar por el árbol.

Le ardía la piel de todo el cuerpo, punzada por innumerables alfileres y agujas. La sensación le resultaba insoportable.

Le apareció su vida ante los ojos, colocada sobre el sudario improvisado con la sábana de motel: su vida estaba allí literalmente colocada como los objetos de una especie de picnic Dadá, un mantel surrealista. Podía ver la mirada atónita de su madre, la embajada estadounidense en Noruega, los ojos de Laura el día de su boda...

Esbozó una sonrisa a través de los labios resecos.

—¿Qué te hace tanta gracia, cachorrito? —le preguntó Laura.

—El día de nuestra boda. Sobornaste al organista para que no tocase la Marcha nupcial e interpretase la canción de Scooby-Doo mientras te aproximabas a mí por la iglesia. ¿Te acuerdas?

—Claro que sí, cariño. Me dijiste que tú también lo habrías hecho de no haber sido por esos críos entrometidos.

—Te quería tanto.

Podía sentir los labios de Laura sobre los suyos, eran cálidos, húmedos y estaban vivos, no fríos y muertos, así que supo que se trataba de otra alucinación.

—No estás aquí, ¿verdad?

—No, pero me estás llamando, por última vez, y voy a venir.

Le costaba más respirar. Las cuerdas que se le hendían en la carne eran un concepto abstracto, como el libre albedrío o la eternidad.

—Duerme, cachorrito —le susurró y a pesar de que no estaba seguro de no haber oído su propia voz, se durmió.

El Sol era como una moneda de hojalata en medio del cielo plomizo. Lentamente Sombra se dio cuenta de que estaba despierto y de que tenía frío, pero la parte de sí que comprendía esto parecía estar muy lejos respecto al resto de su persona. En algún lugar remoto era consciente de que tenía la boca y la garganta doloridas, ardiendo, agrietadas. Durante el día, había momentos en que veía las estrellas caer, momentos en que se le aparecían aves gigantescas, del tamaño de camiones de mercancías, que volaban hacia él, pero nada le alcanzaba, nada le tocaba.

—Ratatosk. Ratatosk. —El chasquido se convirtió en un reproche.

La ardilla aterrizó clavándole con fuerza las zarpas afiladas en el hombro y le miró a la cara. Se preguntó si era una alucinación, porque la ardilla sostenía una cáscara de nuez semejante a una taza de casa de muñecas entre sus dos patas delanteras. El animal empujó la cáscara contra los labios de Sombra, que sintió el agua e, instintivamente, la sorbió. Hizo que el agua corriese por sus labios agrietados y su lengua seca. Se enjuagó con ella la boca y tragó el resto, que no era mucho.

La ardilla volvió de un salto al árbol, corrió tronco abajo, hacia las raíces y en cuestión de segundos, minutos, u horas volvió trepando con cuidado y con la taza de cáscara de nuez. Sombra no era capaz de medir el tiempo transcurrido, porque se le habían estropeado todos los relojes mentales: los mecanismos, los dientes y los resortes sólo eran un revoltijo en la hierba. Bebió el agua que la ardilla le llevaba.

El sabor a hierro del agua le llenó la boca y le refrescó la garganta sedienta. Mitigó su cansancio y su desvarío.

Después de la tercera taza ya se le había calmado la sed.

Entonces comenzó a luchar, a tirar de las cuerdas, a desgarrarse la piel en un intento de bajar, de liberarse, de escapar. Gimió.

En su delirio, Sombra se convirtió en árbol. Sus raíces se enterraban profundamente, en tiempos pasados, en primaveras escondidas. Sintió el nacimiento de la mujer llamada Urd, el Pasado. Era enorme, una giganta, una montaña femenina en el mundo subterráneo que guardaba las aguas del pasado. Otras de sus raíces fueron a parar a distintos lugares, algunos de ellos secretos. A partir de ese momento, cuando tenía sed, tomaba agua con sus raíces, la absorbía por todo el cuerpo de su existencia.

Tenía cientos de brazos que se dispersaban en miles de dedos y todos ellos se erguían en el cielo. El peso del cielo era una carga sobre sus hombros.

Su molestia no cesaba, pero el dolor pertenecía a la figura que pendía del árbol más que al propio árbol. Sombra, delirante, era mucho más que el hombre colgado: era el árbol, era el viento que hacía crujir las ramas desnudas del árbol del mundo.

Las estrellas giraban y él pasaba sus cien manos por la superficie brillante de los astros, los palpaba, los apagaba y encendía, los hacía desaparecer...

Tuvo un momento de lucidez en medio del dolor y la locura y sintió que salía a la superficie. Sabía que no sería por mucho tiempo. El sol de la mañana le cegaba. Cerró los ojos deseando cubrirlos con una sombra.

No le quedaba mucho, eso también lo sabía.

Cuando abrió los ojos, Sombra vio que había un chico junto a él en el árbol.

Tenía la piel oscura, la frente alta y el pelo moreno y muy rizado. Se sentaba en una rama mucho más alta que la cabeza de Sombra. Sólo podía verlo estirando bien el cuello. El chico estaba loco, eso era algo que Sombra captó a simple vista.

—Estás desnudo —le confió el loco con voz cascada—. Yo también.

—Ya lo veo —graznó Sombra.

El loco lo miró. Después empezó a asentir con la cabeza, a girarla en todas las direcciones, como si quisiese deshacerse una contractura en el cuello. Acabó por preguntar:

—¿Me conoces?

—No.

—Yo a ti sí. Te estuve observando en Cairo. Te estuve vigilando. Le gustas a mi hermana.

—Eres... —El nombre se le escapaba. Come animales atropellados. Sí—. Eres Horus.

El loco asintió.

—Soy Horus, el halcón matutino y el cobez vespertino. Soy el Sol, igual que tú. Y conozco el verdadero nombre de Ra, porque me lo dijo mi madre.

—Me alegro —respondió Sombra por educación.

El loco miró atentamente al suelo bajo sus pies sin decir nada y se dejó caer del árbol.

Un cobez cayó como una piedra al suelo, se desvió de su caída en un suspiro, batió las alas con fuerza y volvió al árbol llevando entre sus garras un cachorro de conejo. Se posó en una rama cercana a Sombra.

—¿Tienes hambre? —preguntó el loco.

—No, ya sé que debería tener hambre, pero no.

—Yo sí. —El loco engulló el conejo. Lo despedazó, lo chupó, lo desgarró, lo trituró. Cuando hubo terminado con él, dejó caer al suelo los huesos roídos y la piel. Continuó bajando por la rama hasta situarse a pocos palmos de Sombra y lo observó sin discreción, con minuciosidad y cautela, de los pies a la cabeza. La sangre del conejo le manchaba la barbilla y el pecho y se la limpió con el dorso de la mano.

Sombra sintió que debía decir algo.

—Eh —exclamó.

—Eh —contestó el loco. Se puso en pie sobre la rama, se alejó de Sombra y dejó que durante largo rato una corriente de orina oscura cayese arqueándose sobre el prado bajo sus pies. Al terminar volvió a ponerse en cuclillas sobre la rama.

—¿Cómo te llaman?

—Sombra.

El loco asintió.

—Tú eres la sombra y yo soy la luz —dijo—. Todo lo que es, proyecta una sombra. Pronto lucharán. Los he visto cuando empezaron a llegar.

Más tarde añadió:

—Te estás muriendo, ¿no?

Sombra ya no podía pronunciar palabra. Un halcón remontó el vuelo y describió lentos círculos por las ascendentes que le condujeron a la mañana.

A la luz de la luna.

Una tos sacudió el cuerpo de Sombra, una tos punzante, que le apuñaló el pecho y la garganta. Con una arcada intentó que le volviese la respiración.

—Eh, cachorrito —le llamó una voz conocida.

Miró hacia abajo.

A través de las hojas del árbol, la blanca luz de la luna ardía con la claridad del día y debajo de él, en el claro de luna, había una mujer cuyo rostro era un óvalo pálido. El viento hizo que las ramas del árbol crujieran.

—Hola, cachorrito.

Intentó hablar, pero en su lugar tosió desde lo más profundo de su pecho y durante largo tiempo.

—No suena demasiado bien —le dijo ella amablemente.

—Hola, Laura —pudo articular.

Ella lo miró con sus ojos sin vida y sonrió.

—¿Cómo me has encontrado?

Ella permaneció en silencio durante unos momentos, en el claro de luna.

—Eres la cosa que más me acerca a la vida, lo único que me queda, lo único que no ha quedado desolado, plano y gris. Incluso aunque estuviese ciega y me hubiesen tirado al océano más profundo, sabría donde encontrarte. Podría estar enterrada a kilómetros bajo tierra y conseguiría localizarte.

Miró a la mujer a la luz de la luna y los ojos se le llenaron de lágrimas.

—Voy a bajarte —le dijo algo más tarde— Me paso el tiempo salvándote, ¿eh?.

Volvió a toser.

—No, déjame, tengo que hacer esto.

Ella alzó la mirada hasta él, sacudió la cabeza.

—Estás loco. Te estás muriendo. O te quedarás paralítico, si es que no te has quedado ya.

—Quizá, pero estoy vivo.

—Sí —concedió ella después de pocos minutos—, supongo que estás vivo.

—En el cementerio me dijiste.

—Parece que hace tanto de eso, cachorrito — contestó y después añadió— Me encuentro mejor, aquí. No me duele tanto. ¿Sabes a qué me refiero? Pero estoy tan seca.

Se levantó viento y Sombra pudo olerla: un hedor penetrante y desagradable a carne podrida, a enfermedad, a decadencia.

—He perdido el trabajo. Era un trabajo nocturno, pero según ellos la gente se quejaba. Les dije que era una enfermedad, pero les dio igual. Tengo una sed.

—Las mujeres. Tienen agua. La casa.

—Cachorrito... —su voz parecía asustada.

—Diles... diles que yo he dicho que te den agua...

La cara pálida lo miró.

—Tengo que irme. —Tosió, le cambió la expresión y escupió una masa blanca en la hierba que, cuando dio contra el suelo se esparció y desapareció serpenteando.

Casi resultaba imposible respirar. El pecho le pesaba y la cabeza le daba vueltas.

—Quédate —pidió en un susurro, sin saber exactamente si podrían oírle —. Por favor, no te vayas. —Comenzó a toser—. Quédate esta noche.

—Me quedaré un rato— le tranquilizó y le habló como una madre a su hijo—. Nada va a hacerte daño mientras esté a tu lado.

Sombra volvió a toser. Cerró los ojos pensando que sólo era por un momento, pero cuando volvió a abrirlos la luna ya se había puesto y se encontraba solo.

Notaba un estrépito y un dolor insoportable en el interior de la cabeza, un dolor que superaba el de la migraña, que superaba cualquier otro. Todo se disolvió en una bandada de mariposas diminutas que le rodeaban como una tormenta de arena de colores y que se evaporaron en la noche.

La sábana blanca que envolvía el cuerpo al pie del árbol ondeaba ruidosamente con el viento matutino.

El dolor comenzó a remitir. Todo se hizo más lento. No quedaba nada que pudiese motivarle a seguir respirando. En el pecho, el corazón le dejó de latir.

La oscuridad en que se sumió esta vez era muy profunda, iluminada por una sola estrella, y era definitiva.

CAPÍTULO DECIMOSEXTO

Ya sé que está amañada, pero es la única partida de la ciudad.

—Canada Bill Jones

El árbol había desaparecido y también el mundo y con él, el cielo gris de la mañana. Una sola estrella brillaba en lo alto, una única luz resplandeciente y centelleante. Dio un paso y casi tropezó.

Miró hacia abajo: en la roca habían cortado unos peldaños que descendían, unos peldaños tan altos que imaginó que sólo unos gigantes podían haberlos hecho y bajado en un tiempo ya remoto.

Bajó de escalón en escalón, a veces saltando y a veces ayudándose con las manos. Le dolía el cuerpo, pero por falta de uso, no por la tortura del cuerpo colgado de un árbol hasta la muerte.

No le sorprendió constatar que estaba completamente vestido: llevaba unos vaqueros y una camiseta blanca. Iba descalzo. Inmediatamente tuvo una sensación de *déjà vu* muy poderosa: se trataba de las ropas que llevaba en el apartamento de Chernobog la noche que Zorya Polunochnaya vino, le habló de la constelación llamada el carro de Odín y le bajó la luna del cielo.

De repente supo lo que pasaría a continuación, supo que Zorya Polunochnaya estaría allí.

Le estaba esperando al pie de la escalera. Aunque la luna no brillaba en el cielo, ella estaba bañada por la luz del astro: el pelo blanco le lucía con palidez lunar y llevaba el mismo vestido de noche de encaje que había llevado aquel día en Chicago.

Cuando vio a Sombra, sonrió y miró al suelo, como presa de una vergüenza momentánea.

—Hola —saludó.

—Hola —respondió Sombra.

—¿Cómo estás?

—No lo sé. Creo que éste es otro sueño extraño en el árbol. Llevo soñando cosas raras desde que salí de la cárcel.

El rostro de la mujer quedó plateado por la luz de la luna, pero ningún astro brillaba en el cielo negro y cálido, de hecho, al pie de las escaleras ni siquiera la estrella solitaria quedaba a la vista. Su aspecto era al mismo tiempo solemne y vulnerable cuando declaró:

—Podrás conocer todas las respuestas, si ése es tu deseo, pero una vez las conozcas nunca podrás olvidarlas.

Tras ella, el camino se bifurcaba y él ya sabía que tendría que elegir qué senda seguir. Sin embargo, antes debía hacer una cosa. Rebuscó en el bolsillo de los vaqueros y se sintió aliviado cuando notó el peso familiar de la moneda en el fondo. La sacó y la sostuvo entre el índice y el pulgar: era un dólar de plata de 1922.

—Esto es tuyo.

Recordó que en realidad sus ropas estaban al pie del árbol. Una de las mujeres las había metido en el saco de lona del que habían extraído las cuerdas y había atado la boca del saco. La mujer más corpulenta había colocado una roca pesada encima para evitar que saliese volando. Por eso, sabía que, en realidad, el dólar de plata estaba en un bolsillo en el saco bajo la roca. Aún así, sentía su peso en la mano mientras entraba al mundo subterráneo.

Ella lo recuperó de su mano con unos dedos delgados.

—Gracias. Ha comprado tu libertad dos veces y ahora te iluminará en tu camino a los lugares tenebrosos.

Cerró su mano sobre el dólar, estiró el brazo lo más que pudo y dejó la moneda en el aire. En lugar de caer, la moneda flotó hacia lo alto casi medio metro por encima de la cabeza de Sombra. Ya no era una moneda de plata y la estatua de la libertad con su corona de picos había desaparecido. El rostro que ahora podía verse en la moneda era la cara indeterminada de la luna en el cielo estival.

Sombra ya no sabía si estaba mirando una luna del tamaño de un dólar a medio metro de su cabeza o una luna del tamaño del Océano Pacífico a miles de kilómetros. Tampoco sabía si había alguna diferencia entre ambos conceptos. Quizá era sólo una cuestión de enfoque.

Miró la bifurcación que le esperaba.

—¿Qué senda debo tomar? ¿Cuál es la más segura?

—Toma una y no podrás tomar la otra, pero ninguna es segura. ¿Qué senda deseas tomar, la de las verdades dolorosas o la de las mentiras piadosas?

—La de las verdades: no he llegado tan lejos para tragarme más mentiras.

Ella parecía triste.

—Entonces tendrás que pagar un precio.

—Lo pagaré, ¿cuál es el precio?

—Tu nombre, tu nombre verdadero. Tendrás que dármelo.

—¿Cómo?

—Así. —Vio que una mano perfecta se dirigía hacia su frente. Sintió que los dedos de la mujer le rozaban la piel, después sintió que penetraban por ella, por su cráneo y que entraban en lo más hondo de su cabeza. Notó un cosquilleo en el cráneo y por toda la columna. Cuando ella sacó la mano, en la punta del dedo corazón llevaba una llamita que parpadeaba, como la de una vela, pero que ardía con la luminosidad blanca del magnesio.

—¿Eso es mi nombre?

Ella cerró la mano y la luminosidad desapareció.

—Lo era. —Con el brazo señaló la senda de la derecha—. Por aquí, de momento.

Sin nombre, Sombra caminó por aquella senda bajo la luz de la luna. Cuando se volvió para darle las gracias, no pudo ver nada salvo tinieblas. Le pareció que se encontraba en las profundidades de la tierra, pero al mirar la oscuridad en lo alto, aún percibía una luna diminuta.

Torció una esquina.

Si esta era la vida después de la muerte, pensó, se parecía mucho a la Casa de la Roca, mitad diorama y mitad pesadilla.

Se vio a sí mismo con el uniforme azul de preso cuando el alcaide le había comunicado la muerte de Laura en un accidente de tráfico. Vio la expresión de su propio rostro: la de un hombre al que el mundo ha abandonado. Le dolió ver su desnudez y su miedo. Continuó deprisa, cruzó la oficina gris del alcaide y se encontró mirando la tienda de reparaciones de vídeo a las afueras de Eagle Point tres años atrás. Sí.

En el interior del establecimiento les estaba sacudiendo a Larry Powers y B.J. West y como consecuencia se estaba dejando los puños amoratados. En breve podría salir de allí con una bolsa de supermercado llena de billetes de veinte, el dinero que nunca pudieron probar que se había llevado: su parte del botín y un poco más, porque no debían haber intentado librarse de él y de Laura de semejante manera. Él sólo había sido el conductor, pero había cumplido con su parte, había hecho todo lo que ella le había pedido...

En el juicio, nadie mencionó el robo del banco, aunque todos estaban deseando hacerlo. No pudieron probar nada porque nadie abrió la boca. El fiscal se vio obligado a limitarse a los daños corporales que había infligido a Powers y West. Mostró fotografías de los dos hombres a su llegada al hospital municipal. Sombra apenas se defendió, así resultaba más fácil. Tampoco Powers o West parecían recordar el motivo de la pelea, pero ambos admitieron que su asaltante había sido Sombra.

Nadie habló del dinero.

Nadie llegó siquiera a nombrar a Laura y eso era todo lo que Sombra quería.

Sombra se preguntaba si no habría sido mejor seguir la senda de las mentiras piadosas. Se alejó de aquel lugar y siguió el camino de roca hasta algo parecido a una habitación de hospital, de un hospital de Chicago y sintió la bilis subiéndole por la garganta. Se detuvo. No quería mirar. No quería continuar.

En la cama del hospital su madre se estaba volviendo a morir, igual que había muerto cuando él tenía dieciséis años, y ahí estaba él, un adolescente grande y torpe con la piel café con leche marcada de acné, sentado junto a su cama, incapaz de mirarla, leyendo un libro de bolsillo voluminoso. Sombra se preguntaba qué libro sería y rodeó la cama para observarlo de más cerca. Se quedó entre la cama y la silla mirando alternativamente a uno y otro lado, el chico grande repantigado en la silla con la nariz enterrada en *El arcoiris de la gravedad*, de Thomas Pynchon, intentando escapar de la muerte de su madre a través del Londres de los bombardeos, mientras la locura ficticia del libro no le proporcionaba ni una huida, ni una excusa.

Los ojos de su madre estaban cerrados en una paz narcótica: lo que ella pensaba que no sería más que otro brote de anemia falciforme, otro azote de dolor que soportar, había resultado ser un linfoma, como descubrieron demasiado tarde. Su piel lucía un tinte amarillo ceniza. Apenas pasaba de los treinta y parecía mucho mayor.

Sombra quería zarandearse a sí mismo, al adolescente torpe que había sido, para que cogiese la mano de su madre, le hablase, hiciese cualquier cosa antes de que ella se deslizase en la muerte, como sabía que iba a suceder. Pero no podía tocarse y continuó leyendo hasta que su madre murió mientras él estaba sentado a su lado leyendo un libro voluminoso.

Después de aquello dejó prácticamente de leer. No se podía confiar en las historias de ficción. ¿De qué servían los libros si no podían protegerte de algo así?

Sombra se alejó de la habitación de hospital por el tortuoso pasillo hasta el profundo vientre de la tierra.

Lo primero que ve es a su madre y no puede creer que sea tan joven, calcula que no debe tener ni veinticinco, antes de que le den el alta. Están en su piso, otro de los alquileres de la embajada de algún lugar en el norte de Europa. Echa una ojeada a su alrededor en busca de algo que le proporcione una pista y se ve a sí mismo: un criajo de grande ojos grises y pelo moreno. Están discutiendo y Sombra ya sabe sobre qué sin necesidad de oír sus palabras, al fin y al cabo, era lo único por lo que discutían.

«—Háblame de mi padre.

—Está muerto, no preguntes más por él.

—¿Pero quién fue?

—Déjalo ya. Está muerto y olvidado; no te has perdido nada.

—Quiero ver una foto suya.

—No tengo ninguna» —le decía y su voz se hacía más baja y cruel, de forma que sabía que si continuaba haciendo preguntas le gritaría o incluso le daría una bofetada y ya sabía que no iba a parar de hacerlas, así que se dio la vuelta y caminó por el túnel.

La senda que seguía giraba, se curvaba y volvía sobre sí misma, por lo que le recordaba a las pieles de las serpientes, los intestinos y las raíces muy, muy profundas de los árboles. A su izquierda había un estanque y podía oír que desde algún lugar al fondo del túnel el agua goteaba en él sin apenas perturbar la quietud que espejaba la superficie del agua. Se dejó caer de rodillas y bebió llevándose el agua a la boca con la mano. Después continuó hasta llegar a las luces cambiantes de una bola de discoteca. Era como estar en el centro del universo con todos los planetas y estrellas alrededor; no podía oír nada, ni la música, ni las conversaciones a gritos por encima de ella. Miraba a una mujer cuyo aspecto era precisamente el que su madre nunca había tenido en todos los años en que la había conocido; al final era poco más que una niña...

Estaba bailando.

Sombra se dio cuenta de que no le sorprendió en absoluto la identidad del hombre que bailaba con ella. No había cambiado demasiado en treinta años.

Supo a primera vista que estaba borracha, no mucho, pero no está acostumbrada a beber; le falta como una semana para embarcarse rumbo a Noruega. Han estado bebiendo margaritas y ella aún tiene sal en los labios y en el dorso de la mano.

Wednesday no lleva traje y corbata, pero el pin que lleva en el bolsillo de la camisa resplandece cuando refleja la luz de la bola de discoteca. Hacen buena pareja, teniendo en cuenta la diferencia de edad. Wednesday se mueve con cierta elegancia lobuna.

Durante un baile lento tira de ella y, con la mano en el culo de su falda, se la acerca posesivamente. Con la otra mano le toma por la barbilla y le levanta la cara; se besan allí mismo, con las luces de discoteca rodeándolos en el centro del universo.

Poco después se van. Ella va balanceándose contra él y él la saca del baile.

Sombra hunde la cabeza entre las manos y no los sigue, porque no puede o no quiere presenciar el momento de su propia concepción.

Las luces de discoteca desaparecieron y sólo permaneció la iluminación de la luna diminuta que brillaba en lo alto.

Continuó andando. En un recodo del camino paró para recuperar el aliento.

Sintió una mano suave que le recorría la espalda y unos dedos delicados que le despeinaban el pelo de la nuca.

—Hola —susurró una voz cascada y felina a sus espaldas.

—Hola —respondió volviendo la cabeza.

Ella tenía el pelo castaño, la piel morena y los ojos del color del ámbar dorado típico de la miel. Sus pupilas eran dos rajas verticales.

—¿Te conozco? —preguntó atónito.

—Íntimamente —respondió con una sonrisa—. Solía dormir en tu cama. Mi gente te ha estado vigilando.

La mujer continuó hasta el camino que estaba frente a él y señaló las tres sendas que podía seguir.

—Vamos a ver: un camino te hará sabio, otro te completará y otro te matará.

—Creo que ya estoy muerto. Mi vida acabó en el árbol.

Ella hizo un mohín.

—Hay muertos, muertos y muertos. Depende de la perspectiva. —Volvió a sonreír—. Seguro que podría hacer alguna broma al respecto, algo sobre la perspectiva que da la muerte...

—No, déjalo.

—Bueno, ¿hacia donde quieres ir?

—No lo sé —admitió.

Ella inclinó la cabeza hacia un lado con un gesto totalmente felino. De repente Sombra se acordó de los arañazos que tenía en el hombro y sintió que empezaba a ruborizarse.

—Si confías en mi —dijo Bastet— puedo elegir por ti.

—Confío —respondió sin dudarlo.

—¿Quieres saber qué es lo que te va a costar?

—Ya he perdido mi nombre.

—Los nombres van y vienen. ¿Ha merecido la pena?

—Sí, quizá. No ha sido fácil. En cuanto a las revelaciones, han sido bastante personales.

—Todas las revelaciones lo son, por eso provocan tanta desconfianza.

—No lo entiendo.

—Pues no, pero yo me quedaré con tu corazón. Lo necesitaremos más tarde. —Bastet alargó la mano a través de su pecho y cuando la sacó llevaba algo parecido a un rubí palpitante entre sus afilados dedos. Era del color de la sangre de las palomas y estaba hecho de pura luz. Se expandía y contraía rítmicamente.

Bastet cerró la mano y el corazón desapareció.

—Sigue la senda del medio.

Sombra asintió y continuó.

El camino era cada vez más resbaladizo. Había hielo en las rocas. La luna en lo alto brillaba a través de los cristales de hielo que se habían formado en el aire y a su alrededor resplandecía un anillo irisado de luz difusa. Era hermoso, pero hacía que resultase más difícil avanzar, porque ya no se podía confiar en la seguridad el camino.

Llego a otra bifurcación.

Miró el primer camino con sensación de reconocerlo. Se abría a una cámara o conjunto de cámaras de grandes dimensiones semejantes a un museo lóbrego. Ya lo conocía. Oía los ecos prolongados de ruidos minúsculos. Oía el sonido que produce el polvo al asentarse.

Era el lugar con que tiempo atrás había soñado en el motel la primera noche que Laura vino a él: el salón interminable donde se honraba la memoria de los dioses olvidados o de aquellos cuya misma existencia se había perdido.

Dio un paso atrás.

Caminó hacia la senda más lejana y miró adelante. El pasillo tenía algo de Disneyland: las paredes estaban hechas de plástico negro y tenían luces de colorines empotradas que parpadeaban creando la ilusión de seguir un orden, pero sin razón alguna, como las luces del panel de control de una nave espacial de la televisión.

También se oía algo en este camino: una especie de zumbido bajo con vibraciones profundas que Sombra sentía en el estómago.

Se paró y miró a su alrededor. Ninguno de los dos caminos le parecía adecuado. Ya no. Se había cansado de los caminos. Decidió ir por el del medio, como le había dicho la mujer felina. Y se dirigió hacia él.

La luna sobre su cabeza ya se ponía, uno de sus bordes se había teñido de color rosa y estaba a punto de desaparecer. El camino estaba franqueado por una puerta enorme.

Sombra la atravesó entre tinieblas. El aire era cálido y olía a polvo mojado, como una ciudad tras la primera lluvia del verano.

No tenía miedo.

Ya no, el miedo había muerto en el árbol, como el propio Sombra. Ya no le quedaba miedo, ni odio, ni dolor. Nada, salvo su esencia.

Algo de gran tamaño chapoteó tranquilamente en la distancia. Su eco retumbó por el espacio. Escudriñó, pero no pudo distinguir nada porque la oscuridad era demasiado intensa. A continuación, de la dirección en que se oía el chapoteo surgió una luz fantasmagórica y el mundo adquirió forma: estaba en una caverna y frente a él había una extensión de agua quieta como un espejo.

Los sonidos salpicaban cada vez más cerca y la luz se hacía más y más brillante mientras Sombra esperaba en la orilla. Pronto apareció un bote bajo y plano con una linterna parpadeando en la proa y otra en la superficie vidriosa y negra del agua varios metros más abajo. Había una figura alta conduciendo la barca con una pértiga, que era la que producía el chapoteo al salir a la superficie y al moverse para empujar la embarcación a través de las aguas del lago del mundo subterráneo.

—¡Eh, hola! —llamó Sombra. Los ecos de su voz le rodearon súbitamente e imaginó todo un coro de personas dándole la bienvenida y llamándolo con voces diferentes.

La persona que llevaba la barca no respondió.

Era alta y delgada. No tenía la certeza de que fuese un hombre; llevaba una túnica blanca sin adornos y la cabeza pálida que la coronaba era tan claramente inhumana que Sombra pensó que seguramente se trataba de una máscara: era una cabeza de pájaro, pequeña, que descansaba sobre un cuello larguirucho y tenía un pico alto y alargado. Sombra sabía que había visto antes esta figura espectral de pájaro. Arañó su memoria hasta descubrir con decepción que la imagen que recordaba era la de la máquina tragaperras de la Casa de la Roca en la que se vislumbraba una silueta pálida de pájaro que aparecía por detrás de la cripta del alma del borracho.

El agua goteaba desde la pértiga y desde la proa desencadenando el eco y la estela del bote creaba un movimiento ondulatorio en las aguas vidriosas. La embarcación estaba hecha de juncos atados.

La barca se acercó a la orilla. El piloto se apoyó en la pértiga y giró lentamente la cabeza hasta mirar a Sombra.

—Hola —dijo sin mover su alargado pico. Su voz era masculina y familiar, como todo lo demás hasta el momento en la otra vida de Sombra—. Sube a bordo. Me temo que te vas a mojar los pies, pero no se puede hacer otra cosa: estas embarcaciones son muy viejas y si me acerco más se podría desgarrar el fondo.

Sombra se adentró en la laguna hasta media pierna; después de la primera impresión el agua estaba sorprendentemente caliente. Llegó hasta la barca y el piloto le tendió una mano para ayudarle a subir. El bote de caña se balanceó un poco y el agua salpicó las partes más bajas hasta que volvió a estabilizarse.

El piloto alejó el bote de la orilla con la pértiga mientras Sombra permanecía en pie observando y dejando chorrear las perneras de los pantalones.

—Te conozco —le dijo a la criatura que manejaba la pértiga.

—Desde luego que sí —respondió el barquero. La lámpara de aceite que pendía de la proa ardió de forma irregular y el humo que desprendió obligó a Sombra a toser—. Trabajabas para mi. Siento decirte que tuvimos que enterrar a Lila Goodchild sin ti. —La voz sonaba difusa y precisa al mismo tiempo.

La lámpara provocó que a Sombra le llorasen los ojos y tuvo que secarse las lágrimas con la mano. A través del humo creyó ver a un hombre alto vestido de traje y con anteojos dorados. Cuando el humo se dispersó el barquero volvía a ser la criatura semihumana con cabeza de ave de río.

—¿Señor Ibis?

—Me alegro de verte —respondió la criatura con la voz del señor Ibis—. ¿Sabes lo que es un psicopompo?

Sombra creía que alguna vez había conocido la palabra, pero hacía mucho tiempo, así que negó con la cabeza.

—Se trata de un término grandilocuente para decir «acompañante». Todos tenemos tantas funciones y formas de vivir. Yo me veo como un erudito de vida tranquila, dedicado a escribir pequeñas historias, que sueña con el pasado que puede o no que haya existido. Mi percepción hasta cierto punto es correcta, pero en una de mis atribuciones también soy un psicopompo, igual que muchas de las personas con las que has decidido relacionarte. Me dedico a acompañar a los vivos al mundo de los muertos.

—Pensaba que éste ya era el mundo de los muertos.

—No, no *per se*. Es más bien un preliminar.

El barco se deslizaba por la superficie vidriosa de la laguna subterránea. El señor Ibis iba diciendo sin mover el pico:

—Vosotros habláis de los vivos y los muertos como categorías mutuamente excluyentes, como si no pudiese haber un río que también fuese una carretera o una canción que fuese un color.

—No puede, ¿no? —Los ecos de la voz de Sombra le devolvieron el murmullo de sus palabras desde toda la laguna.

—Lo que debes recordar es que la vida y la muerte son dos caras de la misma moneda, cara y cruz.

—¿No se puede tener una moneda de dos cruces?

—No.

Sombra sintió un escalofrío mientras cruzaban por las negras aguas. Imaginaba que veía rostros de niños que le miraban con reproche desde el otro lado de la superficie vidriosa del agua. Sus caras estaban anegadas y atenuadas, sus ojos, ciegos, empañados. No había viento en la caverna subterránea que pudiese perturbar la superficie negra del lago.

—Así que estoy muerto —dijo Sombra; empezaba a hacerse a la idea—, o voy a estarlo.

—Nos dirigimos a la Sala de los Muertos. Solicité ser yo quien te viniese a buscar.

—¿Por qué?

—Fuiste un buen empleado, ¿por qué no?

—Porque... —Sombra rumiaba sus pensamientos —. Porque yo nunca he creído en vosotros. Porque no tengo demasiada idea de mitología egipcia. Porque no me esperaba esto. ¿Qué ha pasado con San Pedro y las Puertas del Cielo?

La cabeza blanca de pico alargado se movió de un lado a otro con seriedad.

—No importa que no creyeses en nosotros. Nosotros creíamos en ti.

El barco tocó fondo. El señor Ibis salió por el lateral a la laguna y pidió a Sombra que hiciera lo mismo. Tomó un cabo de la proa de la barca y pasó la linterna a Sombra para que la llevase. Tenía la forma de la luna creciente. Caminaron hacia la orilla y el señor Ibis amarró la barca a una anilla metálica que había en el suelo rocoso. Recuperó la linterna de las manos de Sombra y avanzó rápidamente manteniendo la linterna en alto, de forma que ésta proyectaba sombras profundas por el suelo y las altas paredes de roca.

—¿Tienes miedo? —preguntó el señor Ibis.

—No demasiado.

—Bueno, pues tendrás que intentar cultivar las verdaderas emociones de temor reverencial y horror espiritual por el camino. Son los sentimientos apropiados para la situación que está por venir.

Sombra no estaba asustado; sentía interés y cierta aprensión, pero nada más. No temía las cambiantes sombras, ni el hecho de estar muerto, ni siquiera temía a la criatura con cabeza de perro y tamaño de silo que los observaba mientras se acercaban. Gruñía desde lo más profundo de la garganta y Sombra notó cómo se le erizaba el pelo del cuello.

—Sombra —dijo la criatura—, es el momento del juicio.

Sombra levantó la vista hacia ella.

—¿Señor. Jacquel?

Las manos de Anubis descendieron, eran unas manos enormes y oscuras que levantaron a Sombra y se lo acercaron.

La cabeza del chacal lo examinó con sus ojos brillantes con la misma imperturbabilidad con que el señor Jacquel había examinado a la chica sobre la losa. Sombra supo que le estaban extrayendo todos sus defectos, sus fracasos, sus debilidades y los estaban pesando y midiendo. Supo que en cierta forma lo estaban diseccionando, troceando y probando.

No siempre recordamos las cosas que no dicen en nuestro favor, las justificamos, las cubrimos con mentiras luminosas y con el polvo denso del olvido. Todas las cosas que Sombra había hecho a lo largo de su vida de las que no se sentía orgulloso, todo aquello que deseaba haber hecho de otro modo o no haber hecho le azotó como una tormenta de culpa, remordimiento y vergüenza de la que no podía protegerse. Estaba desnudo y abierto como un cadáver sobre una mesa y Anubis, el tenebroso, el dios chacal, era quien le diseccionaba, acusaba y acosaba.

—Por favor, no sigas.

Sin embargo, el examen no había terminado: cada mentira que alguna vez había dicho, cada objeto que había robado, cada dolor infligido a otra persona, todos los pequeños delitos y asesinatos que conforman el día, cada una de esas pequeñas cosas fueron extraídas y expuestas a la luz por el juez de los muertos con cabeza de chacal.

En la palma de la mano oscura del dios Sombra empezó a gemir, traspasado de dolor. Volvía a ser un niño muy pequeño, tan indefenso y tan desamparado como siempre había sido.

En ese momento, sin previo aviso, el examen concluyó. Sombra gimoteó, sollozó y le corrió un río de mocos por la nariz. Aún se sentía desamparado, pero las manos lo dejaron en el suelo de roca con cuidado, casi con ternura.

—¿Quién tiene su corazón? —gruñó Anubis.

—Yo —ronroneó una voz femenina. Sombra levantó los ojos. Bastet estaba junto a la criatura que ya no era el señor Ibis y sostenía el corazón de Sombra en la mano derecha. El corazón le iluminaba el rostro con brillo de rubí.

—Dámelo —dijo Thot, el dios con cabeza de Ibis. Lo tomó entre sus manos, que ya no eran humanas y voló hacia delante.

Anubis colocó delante de sí una balanza con dos platillos de oro.

—¿Así que aquí es donde nos enteramos de qué es lo que me toca? —susurró Sombra a Bastet— ¿Cielo? ¿Infierno? ¿Purgatorio?

—Si la pluma equilibra la balanza —respondió— podrás elegir tu propio destino.

—¿Y si no?

Bastet hizo un gesto que mostraba que el tema le ponía un poco incómoda. Después respondió:

—Si no tu corazón y tu alma servirán de alimento a Ammit, la devoradora de los muertos...

—Quizá... quizá pueda llegar a tener un final feliz.

—No sólo no hay finales felices, sino que ni siquiera existe un final.

En uno de los platillos, Anubis colocó la pluma, con cuidado, con reverencia.

Dejó el corazón de Sombra en el otro platillo. Bajo la balanza algo se movió en la penumbra, algo que hizo que Sombra no se sintiera a gusto mirando desde demasiado cerca.

La pluma pesaba bastante, pero también el corazón de Sombra, así que la balanza se inclinó y balanceó peligrosamente.

Finalmente, los platillos quedaron equilibrados y la criatura que se movía entre las sombras se escabulló insatisfecha.

—Pues esto es todo —exclamó Bastet con nostalgia—. Una calavera más para el montón. Es una pena. Esperaba que llevases a cabo alguna acción de valor en la situación de este momento. Es como mirar un accidente de coche a cámara lenta y no poder hacer nada.

—¿No piensas intervenir?

Ella negó con la cabeza.

—No me gusta que los demás escojan mis batallas.

Durante un instante reinó el silencio en la grandiosa Sala de los Muertos, donde el agua y las tinieblas dejaban sentir su eco.

—Y ahora, ¿puedo escoger mi próximo destino?

—Escoge —respondió Thot—, o podemos escoger por ti.

—No, no hace falta. Se trata de mi elección.

—¿Y bien? —rugió Anubis.

—Deseo descansar. Eso es lo que quiero. No quiero nada, ni cielo, ni infierno, ni ninguna otra cosa. Sólo quiero que se acabe.

—¿Estás seguro? —preguntó Thot.

—Sí.

El señor Jacquel le abrió la última puerta a Sombra y detrás de ella no había nada. No había oscuridad, ni siquiera olvido, sólo vacío.

Sombra lo aceptó completamente y sin reservas, atravesó la puerta hacia el vacío con una alegría extraña y salvaje.

CAPÍTULO DIECISIETE

Todo en este continente es a gran escala. Los ríos son inmensos,
el clima violento en el frío y el calor, las vistas magníficas, el
trueno y el relámpago tremendos. Los desórdenes que inciden
en el país hacen temblar a todos los elementos. Nuestros erro-
res garrafales aquí, nuestra mala conducta, nuestras pérdidas,
nuestras desgracias, nuestra ruina, todo es a gran escala.

—Lord Carlisle, a George Selwyn, 1778.

El lugar más importante al sudeste de Estados Unidos se anuncia en
cientos de tejados de graneros por Georgia y Tennessee hasta Kentucky.
Un conductor que se dirija por en medio del bosque a través de una carretera ventosa, pasará por un granero rojo podrido en cuyo techo pone:

VISITE ROCK CITY
LA OCTAVA MARAVILLA DEL MUNDO

y en el techo de un cobertizo para ordeñar, pintado en mayúsculas
blancas:

CONTEMPLE SIETE ESTADOS DESDE ROCK CITY
LA MARAVILLA DEL MUNDO.

El conductor se siente inclinado a creer que Rock City está seguro a
la vuelta de la esquina, en lugar de a más de un día de camino, en la montaña Lookout, un poco por encima de la frontera estatal, en Georgia, justo
al suroeste de Chattanooga, Tennessee.

La montaña Lookout no es que tenga demasiado de montaña. Parece,
más bien, una colina increíblemente alta e imponente. El Chickamauga,
un afluente del Cherokee, pasaba por aquí cuando llegó el hombre blanco;
llamaron a la montaña Chattotonoogee, que se traduce por 'la montaña
que se alza hasta un punto'.

En la década de 1830, el Acta de reubicación de los Indios de Andrew Jackson los obligó a exiliarse de su tierra —a los choctaw, chickamauga, cherokee y chickasaw— y las tropas de los Estados Unidos obligaron a todos los que pillaron a que caminaran miles de millas hasta los nuevos territorios indios en lo que algún día sería Oklahoma, siguiendo el rastro de las lágrimas: una ley de genocidio informal. Miles de hombres, mujeres y niños murieron por el camino. Cuando se gana, se gana, y eso nadie puede discutirlo.

Porque quienquiera que controlase la montaña Lookout, controlaba la tierra; ésa era la leyenda. Era un lugar sagrado, después de todo, y un lugar elevado. Durante la guerra civil, la guerra entre los estados, hubo aquí una batalla: la Batalla Bajo las Nubes, fue el primer día de lucha, y las fuerzas de la Unión hicieron lo imposible y, sin órdenes, barrieron el Risco de las Misiones y lo tomaron. El Norte ganó la montaña Lookout y ganó la guerra.

Hay túneles y cuevas, algunas muy antiguas, debajo de la montaña Lookout. La gran mayoría están ahora bloqueados, aunque un empresario local excavó una cascada subterránea a la que llamó las cataratas Rubí. Se puede llegar a ellas en ascensor. Es una atracción turística, aunque la mayor atracción de todas, la ofrece la cumbre de la montaña Lookout. Eso es Rock City.

Rock City empieza como un jardín ornamental en el interior de una montaña: sus visitantes van por un camino que los lleva a través de rocas, por encima de rocas y entre rocas. Echan maíz en un recinto para ciervos, cruzan un puente colgante y echan un vistazo por unos prismáticos que van con monedas desde un punto que les promete siete estados en los escasos días soleados en que el aire está perfectamente limpio. Y desde ahí, como una gota caída en un extraño infierno, el camino conduce a los visitantes, millones y millones de ellos cada año, abajo, a las cavernas, donde contemplan muñecas iluminadas con luz negra y dispuestas en dioramas que evocan canciones de niños y cuentos de hadas. Cuando se van, lo hacen entretenidos, sin saber para qué han venido, qué han visto, si se lo han pasado bien o no.

Vinieron a la montaña Lookout desde la otra punta de los Estados Unidos. No eran turistas. Vinieron en coche, en avión, en autobús, en tren y andando. Algunos vinieron volando: volaban bajo y sólo volaban en el corazón de la noche. Otros viajaron por debajo de la tierra a su manera. Muchos llegaron haciendo autostop, gorreando un viaje a motoristas o camioneros nerviosos. Los que tenían coche o camión veían a los que no caminando por los arcenes o en las estaciones de servicio y restaurantes del camino, y, cuando los reconocían por lo que eran, les ofrecían llevarlos.

Llegaron polvorientos y cansados a los pies de la montaña Lookout. Mirando a las alturas de la ladera cubierta de árboles, podían ver, o imaginaban que podían ver, los caminos y jardines y la cascada de Rock City.

Empezaron a llegar por la mañana temprano. Una segunda oleada llegó al anochecer. Y siguieron llegando durante algunos días más.

Un traqueteado camión U-Haul paró en seco, esparciendo varios *vila* y *rusalka* agotados por el viaje, con el maquillaje estropeado, carreras en las medias y caras de párpados pesados y aspecto cansado.

En un grupo de árboles al pie de la colina, un *wampyr* anciano ofrecía un marlboro a una criatura desnuda y de aspecto simiesco cubierta con una maraña de pelo naranja. Lo aceptó gustosa y fumaron en silencio, uno al lado del otro.

Un Toyota Previa aparcó al lado de la carretera, y siete chinos y chinas salieron de él. Su aspecto era, ante todo, limpio, y llevaban ese tipo de vestidos oscuros que en algunos países visten los funcionarios menores. Uno de ellos llevaba una carpeta y comprobaba el inventario mientras descargaban enormes bolsas de golf de detrás del coche: las bolsas contenían espadas ornamentales con mangos lacados y hojas labradas, y espejos. Las armas fueron distribuidas, comprobadas y firmados los recibos.

Un cómico antaño famoso, que se creía muerto en 1920, salió de su coche oxidado y procedió a despojarse de su ropa: tenía piernas de cabra, y un rabo corto y también de cabra.

Llegaron cuatro mejicanos, todo sonrisas, con el pelo negro y muy brillante: se pasaron una botella que ocultaban en una bolsa de papel marrón y que contenía una mezcla de chocolate en polvo, licor y sangre.

Un hombre bajito y con barba oscura y un bombín polvoriento en la cabeza, caracolillos en las sienes y un mantón de orar con flecos se les acercó caminando entre los campos. Iba unos cuantos pies por delante de su compañero, que era dos veces más alto que él y del color gris de la arcilla polaca: la palabra inscrita en su frente significaba 'vida'.

Seguían llegando. Apareció un taxi y salieron de él unos cuantos *Rakshasas*, los demonios del subcontinente indio, se pusieron a pulular mientras observaban a la gente al pie de la colina sin hablar, hasta que encontraron a Mama-ji con los ojos cerrados y murmurando una oración. Era lo único que les resultaba familiar pero, aun así, dudaron de si acercarse a ella, pues recordaban antiguas batallas. Mama-Ji acarició el collar de cráneos colgado de su cuello. Su piel marrón se volvió negra poco a poco, del negro brillante de la tinta, de la obsidiana: separó los labios y aparecieron sus enormes y afilados dientes blancos. Abrió todos sus ojos, hizo señas a los *Rakshasas* y los recibió como hubiera recibido a sus propios hijos.

Las tormentas de los últimos días, hacia el norte y hacia el este, no habían ayudado en absoluto a suavizar el sentimiento de presión e incomodidad del aire. Las previsiones atmosféricas locales habían empezado a advertir a propósito de células que podrían parir tornados, de zonas de altas presiones que no se habían movido. De día se estaba bien, pero las noches eran frías.

Se reunían en grupos informales, juntándose con unos o con otros por la nacionalidad, la raza, el temperamento y hasta las especies. Parecían inquietos. Parecían cansados.

Algunos hablaban. De vez en cuando se oía alguna risa, pero era queda y esporádica. Rularon seis paquetes de cerveza.

Varios lugareños se acercaron caminando por los prados, se movían de manera extraña, sus voces, cuando hablaban, eran las de los *Loa* que los poseían: un hombre negro alto habló con la voz de Papa Legba, aquel que abre las puertas; mientras que el Barón Samedi, el señor de la muerte vudú, había adoptado el cuerpo de una adolescente gótica de Chattanooga, probablemente porque ella ya poseía su propio sombrero de copa de seda negra, y estaba sentada sobre su pelo negro en una postura desenfadada. Hablaba con la voz profunda del Barón, fumaba un puro de un tamaño enorme y controlaba a tres *Gédé*, los *Loa* de los muertos. Los *Gédé* habitaban los cuerpos de tres hermanos de mediana edad. Llevaban escopetas y contaban chistes de una cutrez tan impresionante que sólo ellos se reían de ellos, cosa que hacían, escandalosamente.

Dos mujeres Chickamauga de edad indefinida, con vaqueros manchados de aceite y cazadoras de cuero ajadas, caminaban por ahí, mirando a la concurrencia y los preparativos para la batalla. A veces señalaban y sacudían las cabezas. No tenían intención de entrar a formar parte del conflicto.

La luna se hinchó y salió por el este, faltaba un día para el plenilunio. Parecía la mitad de grande del cielo, mientras se levantaba, de un naranja rojizo intenso, justo por encima de las colinas. Mientras surcaba el cielo parecía encogerse y palideces hasta que colgó bien en lo alto del cielo como una linterna.

Cuántos había allí esperando, a la luz de la luna, a los pies de la montaña Lookout.

Laura tenía sed.

A veces la gente viva se consumía en su mente poco a poco como velas y otras veces ardía como antorchas. Era fácil evitarla y, era fácil, cuando así lo requería la ocasión, encontrarla. Sombra había brillado de una manera muy extraña, con su propia luz, encima del árbol.

Le había reprendido una vez, mientras paseaban cogidos de la mano, por no estar vivo. Ella esperaba, entonces, haber visto una chispa de emoción. Haber visto algo.

Recordaba pasear a su lado, deseando que pudiera entender lo que quería decirle.

Pero al morir en el árbol, Sombra había estado totalmente vivo. Lo había observado mientras su vida se desvanecía, y estaba enfocado y era real. Él le había pedido que se quedara con ella, que se quedara toda la noche. La había perdonado... a lo mejor la había perdonado. No importaba. Él había cambiado; eso era todo lo que ella sabía.

Sombra le había dicho que fuera a la granja, que allí le darían agua para beber. No había luces en el edificio de la granja, y ella tampoco sentía a nadie en casa. Pero él le había dicho que la cuidarían. Empujó la puerta de la granja y se abrió mientras las bisagras protestaban.

Algo se movió en su pulmón izquierdo, algo que empujó y se retorció y la hizo toser.

Se encontró en un recibidor estrecho, y el camino estaba casi bloqueado por un alto y polvoriento piano. El interior del edificio olía a humedad. Pasó de lado por el piano, abrió otra puerta y se encontró en un destartalado salón, todo lleno de trastos. Había encendida una lámpara de aceite encima de la repisa de la chimenea. Había carbón ardiendo en la chimenea de debajo, aunque ella no había visto ni olido humo desde fuera. El fuego no hacía nada por quitarle el frío que sentía en la sala, aunque, y Laura habría estado de acuerdo, eso podía no ser culpa de la sala.

La muerte le dolía a Laura, aunque lo que más le dolía eran sobre todo las cosas que no había allí: una sed reseca que le exprimía cada célula de su cuerpo, una ausencia de calor en sus huesos que era absoluta. A veces se sorprendía preguntándose si la calentarían las llamas crepitantes de una pira, o la colcha blandita y marrón de la tierra; si el helado mar aplacaría su sed...

La sala, advirtió, no estaba vacía.

Había tres mujeres sentadas en un viejo sofá, como si formaran parte de un juego de algo en alguna exposición artística peculiar. El sofá estaba tapizado de terciopelo raído, un marrón sucio que pudo haber sido, a lo mejor hace cien años, amarillo canario. La siguieron con la mirada cuando entró en la habitación y no dijeron nada.

Laura no sabía que estaban allí.

Algo le subió y le cayó por la cavidad nasal. Laura buscó en la manga un pañuelo y se sonó. Lo hizo una bola y lo lanzó al fuego, lo vio arru-

garse, volverse negro y convertirse en un encaje naranja. Miró a los gusanos retorcerse, tostarse y arder.

Una vez hecho esto, se volvió hacia las mujeres del sofá. No se habían movido desde la última vez que había entrado, ni un músculo, ni un
pelo. La miraron.

—Hola, ¿es ésta su granja? —les preguntó.

La más grande de las mujeres asintió. Tenía las manos muy rojas, y la
expresión impasible.

—Sombra, ése que está colgando del árbol, es mi marido, me dijo que
viniera a decirles que quiere que me den agua —Algo grande le removió
las tripas. Se desplazó un poco y después se quedó quieto.

La mujer más pequeña se levantó del sofá. Sus pies no habían tocado
el suelo. Salió de la sala correteando.

Laura escuchó puertas abriéndose y cerrándose, por toda la granja.
Después, desde fuera, oyó una serie de chirridos altos. Cada uno seguido
del sonido de un chorro de agua.

Al poco la mujer pequeña volvió. Llevaba una jarra de agua de terra-
cota. La puso, con cuidado, encima de la mesa y volvió al sofá. Subió,
estremeciéndose de placer, y ya estaba otra vez sentada al lado de sus hermanas.

—Gracias —Laura fue hasta la mesa, buscó un vaso de cristal pero
no había nada parecido cerca. Cogió la jarra. Era más pesada de lo que
parecía. El agua era cristalina.

Levantó la jarra y empezó a beber. Era como hielo líquido.

Se dio cuenta de que la jarra estaba vacía y, sorprendida, la volvió a
dejar encima de la mesa.

Las mujeres la observaban sin curiosidad. Desde su muerte, Laura no
había pensado en metáforas: las cosas estaban o no estaban. Pero ahora,
cuando miró a las tres mujeres en el sofá, se encontró pensando en jura-
dos, en científicos examinando a algún animal de laboratorio.

Se agitó, de repente y convulsivamente. Alargó una mano hacia la
mesa para estabilizarse, pero la mesa resbalaba y se escabullía, y casi
intentaba evitarla. Nada más puso la mano en la mesa, empezó a vomitar.
Echó bilis y formalina, ciempiés y gusanos. Y entonces sintió que empezaba a vaciarse y a mear: estaba expulsando de su cuerpo un montón de
cosas, de manera violenta y todo estaba empapado. Habría gritado si
pudiera; pero entonces las tablas del suelo la recibieron tan rápido y tan
fuerte, que si hubiera respirado, le habrían arrancado el aliento del cuerpo.

El tiempo aceleró por encima de ella y dentro de ella, como un remolino. Mil recuerdos empezaron a tocar al mismo tiempo: se había perdido
en los grandes almacenes la semana antes de Navidad y no veía a su padre

por ninguna parte; ahora estaba sentada en la barra del Chi-Chi's, pidiendo un daiquiri de fresa y calibrando a su cita a ciegas, el enorme chicarrón y preguntándose qué tal besaría; y estaba en el coche, mientras daba vueltas de campana y Robbie chillaba a su lado hasta que el poste de metal detuvo el coche, pero no lo que contenía...

El agua del tiempo, que viene del manantial del destino, del pozo de Urd, no es el agua de la vida. No exactamente. Aunque alimenta las raíces del árbol del mundo. Y no hay otra agua como ésa.

Cuando Laura se despertó en la granja vacía, estaba temblando, y su aliento producía vapor en la mañana. Tenía un arañazo en el dorso de la mano, y una mancha húmeda en ese arañazo, el rojo vivo de la sangre fresca.

Y sabía adónde tenía que ir. Había bebido del agua del tiempo, que proviene del manantial del destino. Ya podía ver la montaña en su mente.

Lamió la sangre del dorso de la mano y se maravilló por la película de saliva. Después se puso en marcha.

Era un día de marzo húmedo, y hacía un frío fuera de lo común, las tormentas de los días anteriores habían azotado los estados del sur, lo que quería decir que había realmente pocos turistas en Rock City, en la montaña Lookout. Ya habían apagado las luces de navidad, pero aún no habían llegado los visitantes estivales.

Aun así, vaya si había gente. Había hasta un autobús turístico que apareció por la mañana y del que bajaron doce personas perfectamente bronceadas y relucientes, luciendo sonrisas tranquilizadoras. Parecían presentadores de televisión, y casi se podría decir que llevaban escarcha: parecían brillar mientras se movían. Un Humvee negro estaba aparcado enfrente del aparcamiento de Rock City.

La gente de la televisión caminó atentamente por Rock City, y se detuvieron cerca de la inmensa roca oscilante, donde hablaron unos con otros con voces agradables y sensatas.

No eran los únicos visitantes de esta oleada. Si hubierais paseado por los caminos de Rock City aquel día, habríais reparado en personas que parecían estrellas de cine, gente que tenía aspecto de aliens, y una serie de individuos que la sensación que daban era la de idea de persona, pero que no se parecían en nada a la realidad. Podrías haberlos visto, pero no habrías reparado en ellos para nada.

Llegaron a Rock City en limusinas, en pequeños deportivos, y en SUVs enormes. La mayoría llevaba gafas de sol de esas que se llevan normalmente en espacios cerrados y abiertos, y no tenían ganas de quitárselas ni se sentían muy a gusto si lo hacían. Había bronceados, trajes, sombras, sonrisas y malas caras. Vinieron de todas las formas y tamaños, de todas las edades y estilos.

Lo único que tenían en común era la mirada, una mirada muy concreta. Decía "sabes quién soy", o a lo mejor "deberías saber quién soy". Una familiaridad instantánea que al mismo tiempo era una distancia, una apariencia o una actitud: la confianza en que el mundo existía para ellos, en que les daba la bienvenida y en que les adoraba.

El chico gordo se movía entre ellos con los andares arrastrados de quien, a pesar de carecer de maneras sociales, ha obtenido un éxito por encima de lo que jamás había soñado. Su abrigo negro ondeaba al viento.

Algo que estaba de pie al lado del puesto de refrescos en el Tribunal de mamá Ganso carraspeó para llamar su atención. Era enorme, y le salían de la cara y los dedos cuchillas de escalpelo. Tenía la cara cancerosa.

—Será una batalla grandiosa —le dijo, con una voz apelmazada.

—No habrá batalla —respondió el chico gordo—. Lo único a lo que nos enfrentamos es un puto cambio del paradigma. Es un timo. Las modalidades tipo "batalla" son cantidad Lao Tsé.

La cosa cancerosa parpadeó.

—En espera —articuló como única réplica.

—Lo que tú digas —dijo el chaval gordo. Y después—, estoy buscando al señor Mundo. ¿Lo has visto?

La cosa se rascó con una de las cuchillas, y alargó un labio inferior tumoroso en señal de concentración. Después asintió.

—Por allí —señaló.

El chico gordo se fue, sin darle las gracias, en la dirección indicada. La cosa cancerosa esperó, sin decir nada, mientras aún se veía al chaval.

—Sí que habrá una batalla —le dijo ahora a una mujer con la cara manchada de puntos fosforescentes.

Ella asintió y se le acercó más.

—¿Y eso cómo te hace sentir? —le preguntó con voz comprensiva.

La cosa parpadeó y empezó a contárselo.

El Ford Explorer de Ciudad tenía un sistema de localización global, una pequeña pantallita que escuchaba a los satélites y le mostraba al coche su ubicación, pero aun así se perdió en cuanto llegó al sur de Blacksburg por las carreteras comarcales: los caminos por los que iba se parecían muy poco a las líneas que se cruzaban en el mapa de la pantalla. Al final, paró el coche en un camino, bajó la ventanilla y le preguntó a una mujer gorda y blanca que un perro lobo guiaba en su paseo matutino dónde estaba la granja Ashtree.

Ella asintió, señaló y le dijo algo. No entendió nada pero le dio un millón de gracias, subió la ventanilla y se fue hacia donde le había indicado el brazo.

Aún siguió otros cuarenta minutos, una carretera comarcal detrás de otra, y ninguna la que él andaba buscando. Ciudad empezó a morderse el labio inferior.

—Ya soy demasiado viejo para esta mierda —dijo en voz alta, disfrutando del rollo estrella-de-cine-cansada-del-mundo de la frase.

Rondaba los cincuenta. Había pasado la mayor parte de su vida laboral en un departamento del gobierno que sólo se nombra por sus iniciales, y el hecho de haber dejado su trabajo para el gobierno hace doce años con la intención de dedicarse al sector privado era algo sujeto a debate: algunos días pensaba de una manera, otros, de otra. En cualquier caso, sólo la gente de la calle cree que hay alguna diferencia.

Estaba a punto de pasar de la granja cuando subió una colina y vio la señal, pintada a mano, en la puerta. Sólo ponía, como le habían dicho que pondría, ASH. Abrió el coche, salió y desenrolló el cable con el que se cerraba la puerta. Se metió de nuevo en el coche y atravesó la puerta con él.

Era como cocinar una rana, pensó. Metes la rana en el agua y enciendes el fuego. Y para cuando la rana se da cuenta de que algo no funciona, ya está cocida. El mundo en el que trabajaba era demasiado raro. No había suelo firme debajo de sus pies; el agua de la olla bullía con fuerza.

Cuando lo trasladaron a la Agencia todo parecía muy sencillo. Ahora todo era demasiado, no complejo, decidió, sólo extravagante. Esa madrugada, había estado sentado en el despacho del señor Mundo hasta las dos y le habían dicho lo que tenía que hacer.

—¿Alguna pregunta? —le dijo el señor Mundo pasándole el cuchillo en su vaina de cuero negro—. Córtame una rama. Que no mida más de dos pies.

—Afirmativo —repuso él, y luego le preguntó—, ¿por qué tengo que hacer esto, señor?

—Porque yo lo digo —contestó el señor Mundo sin más—. Encuentra el árbol. Haz el trabajo. Y nos vemos en Chattanooga. No pierdas tiempo.

—¿Y qué hago con el gilipollas?

—¿Sombra? Si lo ves, evítalo. No lo toques. Ni te mezcles con él. No quiero que lo conviertas en mártir. En el plan de juego actual no hay lugar para los mártires —Entonces sonrió, con esa sonrisa suya marcada. El señor Mundo se divertía con facilidad. El señor Ciudad ya lo había notado en ocasiones anteriores. Hasta le había divertido hacer de chófer en Kansas.

—Escuche...

—Nada de mártires, Ciudad.

Y Ciudad había asentido, cogido cuchillo y vaina, y enterrado la inmensa ira que lo carcomía bien hondo.

El odio que el señor Ciudad sentía por Sombra se había convertido en una parte de él. Veía el rostro solemne de Sombra cuando se dormía, veía la sonrisa que no era sonrisa, la manera en que Sombra tenía de sonreír sin sonreír le daban ganas de pegarle un puñetazo en la boca del estómago, y hasta cuando se dormía notaba que se le apretaban las mandíbulas, se le tensaban las sienes y le ardía la garganta.

Condujo el Ford Explorer por el prado, pasando una granja abandonada. Subió a una colina y vio el árbol. Aparcó el coche un poco más adelante, y apagó el motor. El reloj del salpicadero marcaba las 6:38 AM. Dejó las llaves puestas y se dirigió hacia el árbol.

El árbol era grande; parecía existir en su propia escala. Ciudad no habría sabido decir si medía cincuenta pies o doscientos. La corteza era gris como un fino chal de seda.

Había un hombre desnudo atado al tronco un poco más arriba del suelo, con unas cuerdas, y algo envuelto en una sábana a los pies del árbol. Ciudad entendió qué era en cuanto lo vio. Con la punta del pie le dio un empujoncito al fardo. La media cara podrida de Wednesday le miró desde dentro.

Ciudad llegó al árbol. Rodeó un poco el enorme tronco, lejos de las miradas sin vista de la granja, se bajó la bragueta y meó en el árbol. Se subió la cremallera. Volvió a la casa, encontró una escalera extensible de madera y la cargó hasta el árbol. La apoyó con cuidado y subió.

Sombra colgaba, limpiamente, de las cuerdas que lo unían al árbol. Ciudad se preguntó si todavía estaría vivo: su pecho no subía ni bajaba. Muerto, o casi muerto, no importaba.

—Hola, capullo —dijo Ciudad en voz alta. Sombra no se movió.

Ciudad llegó al final de la escalera y sacó el cuchillo. Encontró una rama pequeña que parecía cumplir los requisitos del señor Mundo, y le metió un machetazo a la base que la cortó por la mitad. Después la arrancó con la mano. Medía unas treinta pulgadas.

Volvió a meter el cuchillo en la vaina y empezó a bajar las escaleras. Cuando estaba a la altura de Sombra, se detuvo.

—Dios, cómo te odio —dijo. Deseó sacar una pistola y emprenderla a tiros, pero sabía que no podía hacerlo. Y entonces amenazó con la vara al ahorcado, como para clavársela. Fue un gesto instintivo, que contenía toda la frustración y la rabia que había dentro de Ciudad. Imaginó que empuñaba una lanza y la revolvía entre las entrañas de Sombra—. Vamos —prosiguió en voz alta—. Ya es hora de irse —Y entonces pensó «el primer síntoma de la locura, hablar solo». Bajó unos cuantos escalones más, y el resto de un salto hasta el suelo. Miró la vara que llevaba en la mano, y se sintió como un niño con una espada de mentira. «Podría haber cortado una vara de cualquier árbol —pensó—. ¿Por qué de este árbol? ¿Quién coño se habría dado cuenta?»

Y siguió pensando: «el señor Mundo se habría dado cuenta».

Devolvió la escalera a la granja. Pensó que había visto con el rabillo del ojo que algo se movía, y miró por la ventana, a la oscura sala llena de muebles rotos, con la pintura a desconchones y, por un momento, en un ensueño, imaginó a tres mujeres sentadas en el oscuro salón.

Una de ellas estaba haciendo punto. Otra lo miraba directamente a la cara. La tercera parecía dormida. La mujer que lo estaba mirando empezó a sonreír, una enorme sonrisa que parecía partir su cara a lo ancho, una sonrisa de oreja a oreja. Entonces levantó un dedo, tocó un lado del cuello, y lo arrastró despacio hacia el otro lado.

Eso fue lo que pensó que había visto, todo en un segundo, en aquella habitación vacía que contenía, cuando volvió a mirarla, nada más que muebles podridos, cagadas de mosca y porquería seca. Allí no había nadie.

Se frotó los ojos.

Ciudad volvió al Ford Explorer y subió. Dejó la vara encima de la tapicería de cuero blanco del asiento del acompañante. Giró la llave. El reloj del salpicadero marcaba las 6:37 AM. Ciudad frunció el ceño y miró su reloj, que marcaba las 13:58.

«Genial —pensó—, O me he pasado ocho horas subido a ese árbol o menos 1 minuto.» Eso era lo que pensaba, pero lo que creía era que ambos relojes habían empezado, curiosamente, a funcionar mal.

En el árbol, el cuerpo de Sombra empezó a sangrar. Tenía la herida en el costado. La sangre que salía era lenta, espesa y negra.

La nubes taparon la cima de la montaña Lookout.

Easter se sentó algo alejada de la multitud que se congregaba al pie, mientras miraba el amanecer por las montañas del este. Llevaba una cadena de nomeolvides azules tatuada alrededor de la muñeca izquierda, y la acariciaba, sin darse cuenta, con el pulgar derecho.

Había pasado otra noche y aún nada. La gente seguía llegando, individualmente o en parejas. La última noche había traído consigo varias criaturas del suroeste, incluidos dos niños del tamaño de un manzano, y algo que sólo había podido ver de refilón, pero que parecía una cabeza

sin cuerpo del tamaño de un escarabajo volkswagen. Habían desaparecido debajo de los árboles a los pies de la montaña.

Nadie les había molestado. Nadie del mundo exterior parecía darse
cuenta de que estaban allí: ella imaginaba que los turistas de Rock City
los mirarían por los prismáticos a monedas, que mirarían el campamento
destartalado de cosas y gente a los pies de la montaña y sólo verían árboles, arbustos y rocas.

Le llegó el humo de un fuego encendido para cocinar, el olor de beicon chisporroteante en un frío amanecer ventoso.

Del campamento salió una chica descalza, caminaba hacia ella. Se
paró junto a un árbol, se levantó las faldas y se puso en cuclillas. Cuando
terminó, Easter la saludo. La chica se dirigió hacia ella.

—Buenos días, señora —dijo—. La batalla empezará pronto.

La punta de su rosada lengua tocaba sus labios escarlata. Llevaba un
ala negra de cuervo atada con cuero a su hombro, una pata de cuervo colgada del cuello con una cadena. Tenía los brazos tatuados de azul con
líneas y dibujos y nudos intrincados.

—¿Cómo lo sabes?

La chica sonrió.

—Soy Macha, de la Morrigan. Cuando llega la guerra puedo olerla en
el aire. Soy una diosa de la guerra, y digo, hoy se derramará sangre.

—Ah —respondió Easter—. Bueno, pues qué bien —Estaba mirando
el pequeño punto en el cielo mientras caía hacia ellas, como una piedra.

—Y lucharemos contra ellos y los mataremos, a todos —prosiguió la
muchacha—. Y les cortaremos la cabeza como trofeos, y los cuervos les
devorarán los ojos y los cuerpos —El punto se había convertido en un
pájaro, con las alas extendidas, surcando las rachas de viento matutino.

Easter ladeó la cabeza.

—¿Eso es sabiduría oculta de diosa de la guerra? —preguntó—.
¿Todo eso de quién va a ganar? ¿Quién se lleva la cabeza de quién?

—No —dijo la chica—. Sólo huelo la batalla, nada más. Pero vamos
a ganar, ¿a que sí? Tenemos que ganar. Yo vi lo que le hicieron al todopoderoso. Es ellos o nosotros.

—Sí —repuso Easter—, supongo que así es.

La chica volvió a sonreír, en el alba, y regresó al campamento. Easter
agachó la mano y acarició un brote verde que salía de la tierra como un
cuchillo. Mientras lo tocaba crecía, se abrió, dio la vuelta, y cambió, hasta
que su mano descansó sobre una cabeza de tulipán verde. Cuando saliera
el sol, la flor se abriría.

Easter miró al halcón.

—¿Te puedo ayudar en algo? —le preguntó.

El halcón voló en círculos unos quince pies por encima de la cabeza de Easter, lentamente, después bajó hasta ella y aterrizó en un terreno cercano. La miró con ojos de loco.

—Hola, guapo —le dijo—, y tú, ¿cómo eres de verdad, eh?

El halcón dio unos saltitos hacia ella, sin mucha seguridad, y ya no era un halcón sino un joven. La miró a ella y después volvió a mirar a la hierba.

—¿Tú? —preguntó él, y su mirada iba a todas partes, a la hierba, al cielo, a los arbustos. No a ella.

—Yo —repuso ella—. ¿Qué pasa conmigo?

—Tú —Se detuvo. Parecía que intentaba ordenar sus pensamientos; por su cara revoloteaban y nadaban expresiones extrañas. «Ha pasado demasiado tiempo como pájaro —pensó ella—. Ya se ha olvidado de cómo ser un hombre.» Esperó con paciencia. Al final él dijo:

—¿Vendrás conmigo?

—A lo mejor. ¿Dónde quieres que vaya?

—El hombre del árbol. Te necesita. Una herida fantasma, en su costado. Salió sangre, después paró. Creo que está muerto.

—Va a empezar una guerra. No me puedo ir sin más.

El joven desnudo no dijo nada, sólo pasó el peso de su cuerpo de un pie a otro como si no supiera cuánto pesaba, como si estuviera acostumbrado a descansar en el aire o en una rama inestable, no en la tierra firme. Después añadió:

—Si se va para siempre, se habrá acabado.

—Pero la batalla...

—Si él se pierde, no importará quien gane —Tenía aspecto de necesitar una manta y una taza de café, y que alguien se lo llevara a algún sitio donde pudiera temblar y rezongar a gusto hasta que recuperara el juicio. Todavía pegaba los brazos al cuerpo.

—¿Dónde está eso? ¿Cerca?

Miró el tulipán y sacudió la cabeza.

—Está lejos.

—Bueno —repuso ella—, pues a mí me necesitan aquí. Y no me puedo largar. ¿Cómo quieres que vaya? Yo no sé volar como tú, ya lo sabes.

—No —dijo Horus—. No puedes —Y miró hacia el cielo, con gravedad, y le señaló otro punto que volaba en círculos, mientras caía desde las oscuras nubes, cada vez más grande—. Pero él sí.

Unas cuantas horas más de coche sin rumbo fijo, y a estas alturas Ciudad odiaba el sistema de localización global casi tanto como odiaba a

Sombra. Pero en el odio no había pasión. Creía que encontrar la granja hasta el enorme árbol plateado había sido duro; salir de allí lo era mucho más. No parecía importar qué carretera debía tomar, en qué dirección iba por los caminos rurales —esos caminos enroscados de Virginia que seguro que empezaron como rastros de ciervo o caminos de vacas— y al final volvió a pasar por la granja y por la señal pintada: ASH.

Pero eso era una locura. Sólo tenía que deshacer lo andado, volver por la izquierda de cada desvío a la derecha que hubiera tomado, y viceversa.

Sólo que eso es lo que había hecho la última vez, y ahora allí estaba, otra vez de vuelta en la granja. Se acercaban nubes de tormenta y se estaba volviendo oscuro rápido, parecía de noche, no de día, y le quedaba un largo camino por delante: a este paso no llegaría a Chattanooga antes de la media tarde.

Su móvil sólo le daba el mensaje de «Sin servicio». En el mapa de la guantera estaban indicadas las carreteras principales, todas las interestatales y las autopistas, pero lo demás como si no existiese.

Ni tampoco había nadie a quien pudiera preguntar. Las casas estaban alejadas de los caminos; no tenían luces. Ahora el indicador de gasolina señalaba Vacío. Oyó un trueno lejano, y una solitaria y enorme gota se estrelló contra el parabrisas.

Así que cuando Ciudad vio a la mujer, mientras caminaba por el arcén, descubrió que estaba sonriendo involuntariamente.

—Gracias a Dios —dijo en voz alta y condujo hasta su lado. Bajó la ventanilla—. ¿Señora? Perdone, pero creo que me he perdido. ¿Me puede indicar cómo llegar a la autopista ochenta y uno desde aquí?

Lo miró por la ventanilla del acompañante y le contestó:

—Mire, no creo que se lo pueda explicar, pero se lo puedo indicar, si quiere —Estaba pálida, y tenía el pelo mojado, negro y largo.

—Suba —repuso Ciudad. Ni siquiera dudó—. Lo primero que tendríamos que hacer es ir a por gasolina.

—Gracias, qué bien que me lleve —Subió. Tenía los ojos de un azul increíble—. Aquí hay un palo, en el asiento —dijo sorprendida.

—Tírelo ahí detrás. ¿Hacia dónde va? —le preguntó—. Mire, señora, si me puede llevar a una gasolinera y de vuelta a una autopista, la llevo a la puerta de su casa.

—Gracias, pero me parece que yo voy más lejos que usted. Si me acerca a la autopista, por mí perfecto. Ya me subirá algún camionero —Y sonrió, con una sonrisa decidida y pilla. Fue la sonrisa.

—Señora, le aseguro que yo la llevaré mejor que cualquier camionero —Le llegaba su perfume, denso y pesado, una esencia empalagosa, magnolias o violetas, pero no le importaba.

—Voy a Georgia —dijo ella—. Está muy lejos.

—Yo voy a Chattanooga. La llevaré tan lejos como pueda.

—Mmm —dijo ella—. ¿Cómo se llama?

—Me llaman Mack —repuso el señor Ciudad. Cuando se dirigía a las mujeres en los bares, a veces añadía aquello de «y las que me conocen de verdad me llaman Big Mack». Pero eso podía esperar. Tenían mucha carretera por delante y pasarían muchas horas juntos para poder conocerse—. ¿Y usted?

—Laura —le dijo.

—Bueno, Laura —contestó él—, estoy seguro de que vamos a ser grandes amigos.

El chico gordo encontró al señor Mundo en la Sala del Arcoiris, una parte del camino vallada, con el cristal de la ventana cubierto con hojas de película roja y amarilla. Caminaba impaciente de ventana a ventana, mirando hacia fuera, por turnos, un mundo amarillo, un mundo rojo y un mundo verde. Tenía el pelo rojizo anaranjado y bien rapadito. Llevaba una gabardina Burberry.

El chaval gordo carraspeó. El señor Mundo levantó la cabeza.

—Disculpe, ¿señor Mundo?

—¿Sí? ¿Todo según lo previsto?

El chico tenía la boca seca. Se humedeció los labios y dijo:

—Ya lo tengo todo listo. No me han confirmado los choppers.

—Los helicópteros estarán aquí cuando los necesitemos.

—Bien —dijo el chico gordo—. Bien —Y se quedó ahí, sin decir nada más, sin irse. Tenía un cardenal en la frente.

Después de un rato el señor Mundo le preguntó:

—¿Puedo hacer algo más por ti?

Una pausa. El muchacho tragó saliva y asintió:

—Sí, algo más.

—¿Te sentirías más a gusto si hablamos de esto en privado?

El chico volvió a asentir.

El señor Mundo volvió con el chaval a su centro de operaciones: una cueva húmeda en la que había un diorama de unos *pixies* borrachos haciendo luz de luna con un alambique. Una señal indicaba a los turistas que estaba siendo reformado por obras. Los dos hombres se sentaron en unas sillas de plástico.

—¿Cómo podría ayudarte? —preguntó el señor Mundo.

—Sí, bueno. Vale, dos cosas. A ver, vale, Una. ¿A qué estamos esperando? Y dos. La dos es más chunga. A ver. Tenemos las pistolas. Vale.

Tenemos las armas de fuego. Ellos tienen. Ellos tienen putas espadas y cuchillos y putos martillos y hachas de piedra. Y llevan como llantas de coche. Y nosotros tenemos unas bombas de puta madre.

—Que no vamos a usar —señaló el hombre.

—Ya lo sé. Eso ya lo has dicho. Ya lo sé. Y se puede hacer. Pero. Mira, desde que le hice el trabajo aquel de la puta de Los Angeles, he estado... —Se detuvo, hizo una mueca, parecía que no quería seguir.

—¿Perturbado?

—Sí, buena palabra. Perturbado. Sí, como en "centro para chicos perturbados". Curioso. Sí.

—¿Y qué te perturba exactamente?

—Bueno, peleamos y ganamos.

—¿Y eso es una fuente de perturbación? A mí me inspira triunfo y satisfacción.

—Pero. Iban a morir igualmente. Están en extinción. Son palomas pasajeras y dodos. ¿No? ¿A quién le importa? De esta manera, va a haber un baño de sangre.

—Ah —asintió el señor Mundo.

Le estaba siguiendo. Eso era bueno. El chico gordo dijo:

—Mire, no soy el único que piensa igual. Lo he comentado con los de la Radio Moderna, y ellos están por arreglar esto pacíficamente; y a los intangibles les gusta bastante la idea de dejar que las leyes del mercado se encarguen. Yo soy. Ya sabe. Aquí, la voz de la razón.

—Sí que lo eres. Desafortunadamente, existe una información que tú no posees —La sonrisa que siguió a esta frase era retorcida y estaba llena de cicatrices.

El chico parpadeó. Le dijo:

—¿Señor Mundo? ¿Qué le ha pasado a sus labios?

Mundo suspiró:

—Pues lo cierto es que, hace mucho tiempo, alguien me los cosió.

—Uah —dijo el chico gordo— Cómo se las gastan con la *omertà*.

—Pues sí. ¿Quieres saber a qué estamos esperando? ¿Por qué no atacamos anoche?

El chico asintió. Estaba sudando, pero era sudor frío.

—Aún no hemos atacado porque estoy esperando una vara.

—¿Una vara?

—Eso es. Una vara. ¿Y sabes qué voy a hacer con la vara?

—Vale, he picado. ¿Qué?

—Te lo podría decir —respondió el señor Mundo con aire soberbio—. Pero entonces tendría que matarte —Entonces parpadeó y la tensión en la sala se evaporó.

El chico gordo empezó a reírse, una risa a resoplidos en la parte de detrás de su garganta y en su nariz.

—Vale —dijo—. Je, je. Vale. Je. Lo pillo. Mensaje recibido en el planeta técnico. Alto y claro. Tienes la ropa tendida.

El señor Mundo sacudió la cabeza. Le puso una mano sobre el hombro.

—Oye, ¿de verdad lo quieres saber?

—Claro.

—Bueno, pues como somos amigos, te lo voy a contar: Voy a coger la vara y se la voy a lanzar a los ejércitos mientras llegan juntos. Cuando la tire, se convertirá en una lanza. Y cuando la lanza se arquee sobre la batalla voy a gritar: «Le dedico esta batalla a Odín».

—¿Eh? —preguntó el chico gordo— ¿Por qué?

—Poder —repuso el señor Mundo. Se rascó la barbilla—. Y comida. Una combinación de ambas. Verás, el resultado de la batalla no es muy importante. Lo que importa es el caos y la matanza.

—Pues no lo pillo.

—Te lo voy a enseñar. Será como esto —dijo el señor Mundo—. ¡Mira!

Sacó el cuchillo de cazador de mango de madera del bolsillo de su gabardina y, en un solo y fluido movimiento, clavó la hoja en la carne blanda de debajo de la barbilla del chico gordo y empujó fuerte hacia arriba, hacia el cerebro.

—Le dedico esta muerte a Odin —dijo mientras le hundía el cuchillo.

Le cayó por la mano una sustancia que no era sangre y de detrás de los ojos del chico gordo salió un ruido chisporroteante. El aire olía a cable aislante quemado.

La mano del chico gordo tenía espasmos y después cayó. La expresión de su cara era de asombro y tristeza.

—Míralo —dijo el señor Mundo, así como conversando, al aire—. Tiene cara de acabar de haber visto una secuencia de ceros y unos convertirse en una bandada de pájaros y echarse a volar.

No hubo respuesta desde el pasillo vacío de piedra.

El señor Mundo se echó el cuerpo al hombro porque pesaba muy poco, abrió el diorama de los *pixies* y tiró el cuerpo al lado del alambique, cubriéndolo con el largo abrigo negro. Ya se desharía de él por la tarde, decidió, y sonrió con su sonrisa marcada: esconder un cadáver en un campo de batalla era casi demasiado fácil. Nadie se daría cuenta. A nadie le importaría.

Durante un poco más de tiempo, hubo silencio en el lugar. Y entonces una voz bronca, que no era la del señor Mundo, se aclaró la garganta en las sombras y dijo:

—Buen principio.

CAPÍTULO DIECIOCHO

Intentaron mantenerse a distancia de los soldados, pero los hombres dispararon y los mataron a los dos. Así que la canción sobre la cárcel no es verdad, lo han contado así por hacerlo más poético. Porque en la poesía no siempre se pueden poner las cosas como son. La poesía tampoco es lo que llamaríamos la verdad. Y es que no hay suficiente sitio en los versos.

—Comentario de un cantante a propósito de "The Ballad of Sam Bass", en *A Treasury of American Folklore*.

Nada de esto tendría que estar pasando. Si te hace sentir más a gusto, puedes tomártelo como una metáfora. Las religiones son, por definición, metáforas, después de todo: Dios es un sueño, una esperanza, una mujer, un cachondo, un padre, una ciudad, una casa con muchas habitaciones, un hacedor del tiempo que se dejó su cronómetro más preciado en medio del desierto, alguien que te quiere, incluso, a pesar de las pruebas, un ser celestial cuyo único interés es asegurarse de que tu equipo de fútbol, tu ejército, tus negocios o tu matrimonio prospere, se desarrolle y triunfe por encima de cualquier oposición.

Las religiones son sitios para ponerse de pie, mirar y actuar, posiciones estratégicas desde las que observar el mundo.

Así que nada de esto está sucediendo. Esas cosas no pasan. Ni una sola palabra de todo esto es verdad literalmente. Aun así, lo siguiente que tuvo lugar, sucedió de esta manera:

Los hombres y mujeres al pie de la montaña Lookout se reunieron alrededor de una pequeña hoguera bajo la lluvia. Estaban de pie detrás de los árboles, que no los protegían demasiado bien, y estaban discutiendo.

La dama Kali, con su piel negra como la tinta china y sus afilados dientes dijo:

—Es la hora.

Anansi, con guantes amarillo limón y pelo encanecido, sacudió la cabeza.

—Podemos esperar —repuso—. Mientras podamos esperar, debemos hacerlo.

Hubo un murmullo de desaprobación entre los congregados.

—No, escuchad. Tiene razón —intervino un viejo con el pelo de un gris plomizo: Chernobog. Llevaba un pequeño mazo y descansaba la cabeza en su hombro—. Ellos son los que están arriba. El tiempo está en nuestra contra. Es una locura empezar esto ahora.

Algo que se parecía un poco a un lobo y un poco más a un hombre gruñó y escupió en la tierra del bosque:

—¿Y cuándo será mejor atacar, *dedushka*? ¿Tenemos que esperar hasta que amaine, cuando se lo estarán esperando? Yo digo que ataquemos ahora. Digo que nos movamos.

—Hay nubes entre ellos y nosotros —señaló Isten de los húngaros. Llevaba un enorme y cuidado bigote, un gran sombrero negro y polvoriento, y la sonrisa de un hombre que se gana la vida vendiendo carpinterías, tejados nuevos y canalones de aluminio a la tercera edad y que siempre se larga de la ciudad antes de que se compruebe si el trabajo está hecho.

Un hombre vestido con traje elegante, que hasta el momento no había dicho nada, juntó las manos, se acercó a la hoguera y expuso su punto de vista de manera sucinta y clara. Hubo asentimientos y murmullos de aprobación.

Una de las tres guerreras que constituían la Morrigan, una al lado de la otra tan juntas en las sombras que se habían convertido en amasijo de extremidades tatuadas de azul y alas de cuervo, dijo:

—No importa si es buen o mal momento para atacar. Es el momento. Nos han estado masacrando. Mejor morir ahora juntos, en el ataque, como dioses, que morir huyendo y en soledad, como ratas en una bodega.

Otro murmullo, esta vez de intensa aprobación. Había hablado por todos. Era la hora.

—La primera cabeza es mía —dijo un hombre muy alto chino, con una cuerda llena de cráneos alrededor del cuello. Empezó a subir, lenta e intencionadamente, por la montaña, y llevaba al hombro un bastón con una hoja curva en la punta como una luna de plata.

Incluso la nada puede no durar para siempre.

Podría haber estado allí, en ninguna parte, durante diez minutos o diez mil años. Le daba igual: el tiempo era una idea de la que ya no tenía necesidad.

Ya no podía ni recordar su auténtico nombre. Se sintió vacío y limpio, en aquel lugar que no era un lugar.

No tenía forma, estaba vacío.

No era nada.

Y dentro de esa nada una voz dijo:

—Hey, primo. Tenemos que hablar.

Y algo que alguna vez fue Sombra dijo:

—¿Whiskey Jack?

—¿Qué pasa? —dijo Whiskey Jack, en la oscuridad—. Eres un tío difícil de encontrar, cuando te mueres. No has ido a ninguno de los sitios donde pensé que estarías. He mirado en todas partes antes de que se me ocurriera aquí. Oye, ¿tú has encontrado a tu tribu?

Sombra se acordó del hombre y la chica de la discoteca debajo de la bola de espejos.

—Me parece que encontré a mi familia, pero no, nunca vi a mi tribu.

—Perdona que te moleste.

—Déjame tranquilo. Tengo lo que quería. Ya he terminado.

—Van a ir a por ti —le dijo Whiskey Jack—. Te van a revivir.

—Pero yo ya estoy frito —dijo Sombra—. Frito y refrito.

—De eso nada —repuso Whiskey Jack—. De eso nada de nada. Vamos a mi casa. ¿Te apetece una birrita?

Pensó que le habría gustado una birrita, en una situación así.

—Vale.

—Píllame a mí también una. Hay una nevera saliendo por la puerta —le señaló Whiskey Jack. Estaban en su choza.

Sombra abrió la puerta de la choza con unas manos que no poseía momentos antes. Había una nevera de plástico llena de trozos del río hielo de ahí fuera y, en el hielo, doce latas de Budweiser. Sacó un par de latas de cerveza y después se sentó en el umbral y miró el valle.

Estaban en lo alto de una colina, cerca de una cascada, caudalosa por los bloques y al agua del deshielo. Caía a rachas, a unos setenta pies por encima de ellos, a lo mejor un centenar. El sol se reflejaba en el hielo y revestía los árboles que rodeaban la cuenca de la cascada.

—¿Dónde estamos? —preguntó Sombra.

—Donde estabas antes —respondió Whiskey Jack—. En mi casa. ¿Piensas quedarte ahí aguantando mi cerveza hasta que se ponga caliente?

Sombra le pasó la lata.

—Pues tú no tenías una cascada fuera de tu casa la última vez que vine.

Whiskey Jack no dijo nada. Abrió la lata y engulló la mitad de un único y lento trago. Después habló:

—¿Te acuerdas de mi sobrino? ¿Henry Bluejay? ¿El poeta? El que cambió su Buick por tu Winnebago. ¿Te acuerdas?

—Pues sí. Pero no sabía que era poeta.

Whiskey Jack levantó la barbilla en un gesto de orgullo.

—El mejor poeta de América, además.

Vació el resto de la lata, eructó, y pilló otra lata, Sombra abrió la suya y se sentaron los dos fuera sobre una roca, junto a los helechos pálidos, frente al sol de la mañana, mientras contemplaban el agua caer y bebían de sus cervezas. Todavía había nieve en el suelo, en los lugares donde la sombra no se apartaba nunca.

La tierra estaba húmeda.

—Henry era diabético —prosiguió Whiskey Jack—. Ya pasa. Demasiado a menudo. Llegáis a América, nos quitáis la caña de azúcar, las patatas y el maíz, y después nos vendéis patatas fritas y palomitas de caramelo, y somos nosotros los que nos ponemos malos —Dio un trago a su cerveza mientras reflexionaba—. Había ganado un par de premios de poesía, y una gente de Minnesota le quería publicar un libro. Iba conduciendo a Minnesota en un coche deportivo, había cambiado tu Bago por un Miata amarillo. Los médicos dicen que creen que entró en coma mientras iba conduciendo, se salió de la carretera y se estampó contra una de vuestras señales. Sois demasiado perezosos para mirar dónde estáis, para leer las montañas y las nubes, vosotros necesitáis señales por todas partes. Y así se fue Henry Bluejay para siempre, a vivir con hermano Lobo. Así que dije, ya nada me retiene aquí. Y vine al norte. Aquí hay buena pesca.

—Siento lo de tu sobrino.

—Yo también. Así que ahora vivo aquí en el norte. Bien lejos de las enfermedades del hombre blanco. De las carreteras del hombre blanco. De las señales del hombre blanco. De los Miatas amarillos del hombre blanco. Y de las palomitas caramelizadas del hombre blanco.

—¿Y de la cerveza del hombre blanco?

Whiskey Jack miró la lata.

—Cuando al final os deis por vencidos y os vayáis, podéis dejarnos las cervecerías Budweiser —dijo.

—¿Dónde estamos? —preguntó Sombra—. ¿Estoy en el árbol? ¿Estoy muerto? ¿Estoy aquí? Pensaba que ya estaba. ¿Qué es lo real?

—Sí —dijo Whiskey Jack.

—¿Sí? ¿Qué tipo de respuesta es «sí»?

—Es una buena respuesta. Y además cierta.

—¿Eres un dios tú también?

Whiskey Jack sacudió la cabeza:

—Yo soy un héroe cultural —le dijo—. Hacemos la misma mierda que los dioses, sólo que la cagamos más y nadie nos adora. Cuentan las mismas historias sobre nosotros, sólo que narran juntas las que nos ponen de malos y aquellas en las que quedamos bien.

—Ya veo —dijo Sombra. Y más o menos lo veía.

—Mira —prosiguió Whiskey Jack—. Éste no es un país para dioses. Mi gente ya se dio cuenta de eso pronto. Están los espíritus creadores que fundaron la tierra o la hicieron o la cagaron, pero si te pones a pensarlo: ¿quién se va a poner a adorar al Coyote? Se acostó con la mujer Puercoespín y se le quedó la polla tan llena de pinchos como un alfiletero. Se peleaba con las piedras y las piedras le ganaban. Así que, mira, mi gente pensó que a lo mejor había algo detrás de todo, un creador, un gran espíritu, y mira muchas gracias, porque siempre está bien dar las gracias. Pero de ahí a ponernos a construir iglesias... No lo necesitábamos, la tierra era la iglesia, era la religión. La tierra era más vieja y más sabia que la gente que caminaba por ella. Nos daba salmones, maíz, búfalo y palomas pasajeras. Nos proporcionaba arroz salvaje, melón, calabazas y pavo. Y éramos los hijos de la tierra, como el puercoespín, el zorrillo o la urraca.

Terminó su segunda cerveza y señalo hacia el río a los pies de la cascada.

—Si sigues ese río durante un rato, llegarás a los lagos donde crece el arroz salvaje. Cuando es época de arroz salvaje, uno sale con un amigo en canoa y lo recoge, lo cocina, lo guarda y lo mantiene durante un montón de tiempo. Los distintos sitios dan comida distinta. Si vas lo suficientemente al sur, encontrarás naranjos, limoneros y esos bichos verdes que se aprietan, ésos que se parecen a peras...

—Aguacates.

—Aguacates —asintió Whiskey Jack—. Muy bien. No crecen por aquí. Esta es zona de arroz salvaje, de alces, lo que quiero decir es que América es así. No es un buen país para criar dioses. No agarran bien. Son como aguacates que intentan crecer en zona de arroz salvaje.

—Pues no agarrarán bien —dijo Sombra recordando—, pero van a ir a la guerra.

Es la única vez que vio a Whiskey Jack reír. Fue casi como un ladrido, y era una risa con muy poco humor.

—Hey, Sombra —dijo Whiskey Jack— si todos tus amigos saltaran de una montaña, ¿saltarías tú detrás?

—Igual —Sombra se sentía bien. No creía que fuera sólo por la cerveza. No recordaba la última vez que se había sentido tan vivo y tan compacto.

—No va a haber guerra.

—¿Y entonces todo eso qué es?

Whiskey Jack aplastó la lata de cerveza entre las manos, hasta que se quedó plana.

—Mira —y señaló a la cascada. El sol estaba lo suficientemente alto para incidir sobre las gotas vaporizadas de agua: había una aureola irisada en el aire. Sombra pensó que era la cosa más bonita que había visto nunca—. Va a haber un baño de sangre —dijo sin más Whiskey Jack.

Entonces Sombra lo vio. Lo vio todo, de una simplicidad aplastante. Sacudió la cabeza y empezó a reírse, y siguió sacudiendo la cabeza y la risa se convirtió en carcajada.

—¿Estás bien?

—Perfecto —dijo Sombra—. Es sólo que acabo de ver a los indios escondidos. No a todos, pero los he visto, en cualquier caso.

—Serían Ho Chunk, entonces. Son unos patatas escondiéndose —Volvió a mirar al sol—. Es hora de volver —y se levantó.

—Sólo es cosa de dos hombres —dijo Sombra—. De guerra no tiene nada, ¿verdad?

Whiskey Jack le dio una palmadita en el hombro.

—No eres tan lelo.

Volvieron a la cabaña de Whiskey Jack. Abrió la puerta. Sombra vaciló.

—Me gustaría quedarme contigo. Parece un buen sitio.

—Hay un montón de buenos sitios. De hecho, de eso se trata. Mira, los dioses mueren cuando son olvidados. La gente también, pero la tierra sigue aquí. Los sitios buenos y los malos. La tierra no va a ninguna parte. Y yo tampoco.

Sombra cerró la puerta. Algo lo empujaba. Estaba solo en la oscuridad una vez más, pero la oscuridad se hizo cada vez más clara hasta que empezó a quemar como el sol.

Y entonces empezó el dolor.

Easter caminó por el prado y a su paso se abrieron las flores primaverales.

Iba camino de un lugar en el que, hace mucho tiempo, se levantaba una granja. Aún hoy quedan unas cuantas paredes, que sobresalen de los yerbajos del prado como dientes careados. Caía llovizna. Las nubes estaban bajas y oscuras, y hacía frío.

Un poco aparte de donde había estado la granja había un árbol, un enorme árbol plateado, por lo que parecía, en letargo invernal, sin hojas, y enfrente del árbol, sobre la hierba, había unos bultos de tejido de color indefinido. La mujer se detuvo ante las telas, se agachó y cogió algo marrón blancuzco: era un fragmento de hueso roído que pudo haber sido, en su momento, parte de un cráneo. Lo volvió a tirar al suelo.

Entonces miró al hombre que había en el árbol y sonrió irónicamente.

—Desnudos no resultan tan interesantes —dijo—. Es el envoltorio lo divertido. Como con los regalos y los huevos.

El hombre con cabeza de halcón que caminaba a su lado se miró el pene y pareció, por primera vez, reparar en su propia desnudez. Intervino:

—Yo puedo mirar al sol sin parpadear.

—Qué listo eres —le contestó Easter tranquilizadora—. Venga, vamos a bajarlo.

Las cuerdas húmedas de las que colgaba Sombra hacía tiempo que se habían desgastado y podrido, y se rompieron con facilidad cuando estiraron los dos de ellas. El cuerpo cayó hacia las raíces del árbol. Lo recogieron mientras caía, y aunque era grande, lo tendieron con facilidad en el prado gris.

El cuerpo de la hierba estaba frío y no respiraba. Tenía una mancha de sangre seca en un costado, como si le hubieran clavado una lanza.

—¿Y ahora qué?

—Ahora —dijo Easter—, vamos a calentarlo. Ya sabes qué tienes que hacer.

—Ya sé, pero no puedo.

—Si no estabas dispuesto a ayudarme no deberías haberme traído hasta aquí.

Le tendió una mano blanca y le tocó el negro pelo. Él parpadeó con intención. Después empezó a brillar, como si tuviera un halo de calor.

El ojo de halcón que estaba mirando emitió un resplandor de color naranja, como si se le hubiera encendido una llama dentro; una llama que se había extinguido hacía tiempo.

El halcón echó a volar muy alto, en círculos, en un remolino hacia arriba, rodeando la parte de las nubes grises en las que debería estar el sol, y a medida que el halcón subía, fue primero un punto, después una mota y después nada, algo que sólo se podía imaginar. Las nubes empezaron a deshacerse y evaporarse, dejando un pedazo de cielo azul por el que el sol resplandecía. El único rayo de sol que penetraba las nubes y bañaba el prado era precioso, pero la imagen desapareció a medida que lo hacían las nubes. Muy pronto el sol de la mañana cubría el prado como un atardecer de verano, evaporando el agua de la lluvia matinal en brumas y deshaciendo las brumas en nada.

La mujer acarició con los dedos de la mano derecha el pecho del cuerpo. Creyó sentir un movimiento, algo que no era un latido pero casi... Dejó la mano allí, en su pecho, justo encima de su corazón.

Se agachó hasta los labios de Sombra y le insufló aire en los pulmones, una respiración leve, y luego el aire se transformó en un beso. Un beso delicado, que sabía a lluvias de primavera y florecillas del campo.

La herida del costado volvió a sangrar, sangre escarlata esta vez, que rezumaba como rubíes líquidos a la luz del sol, y entonces la hemorragia se detuvo.

Le besó en la mejilla y la frente.

—Venga, que ya es hora de levantarse. Está pasando todo y no te lo querrás perder, ¿eh?

Sombra empezó a parpadear y al final abrió los ojos, dos ojos grises como el atardecer, y la miró.

Ella sonrió y apartó la mano de su pecho.

Él dijo:

—Me has llamado —y lo dijo despacio, como si se hubiera olvidado de hablar. Había dolor en su voz, y asombro.

—Sí.

—Ya estaba, me juzgaron, se había acabado. Y me has llamado. Te has atrevido.

—Lo siento.

—Sí.

Se incorporó lentamente. Se tocó el costado con un gesto de dolor. Y miró asombrado: había un rastro de sangre fresca pero no había herida.

Levantó una mano y ella lo rodeó con un brazo y lo ayudó a levantarse. Miró el prado como si intentara acordarse de los nombres de las cosas que veía: las flores en la hierba alta, las ruinas de la granja, la neblina de capullos verdes que se agolpaban en las ramas del enorme árbol plateado.

—¿Te acuerdas? —le preguntó ella—. ¿Te acuerdas de lo que has aprendido?

—Perdí mi nombre, y mi corazón. Y tú me has traído de vuelta.

—Lo siento —repuso—. Van a pelear pronto. Los dioses viejos y los nuevos.

—¿Quieres que luche por vosotros? Has perdido el tiempo.

—Te he traído de vuelta porque era lo que tenía que hacer. Lo que hagas tú ahora será lo que tienes que hacer. Lo que te toca. Yo ya he hecho mi parte.

De repente reparó en su desnudez, se puso colorada como un tomate y miró hacia otro lado.

Entre la lluvia y las nubes, subían sombras por una ladera de la montaña, por los caminos de rocas.

Zorros blancos subían sigilosamente por la colina en compañía de hombres de pelo rojo con chaquetas verdes. Había un minotauro al lado de un dáctilo de dedos de hierro. Un cerdo, un mono y un fantasma de afilados dientes trepaban en compañía de un hombre de piel azul con un arco en llamas, un oso con el pelo trenzado con flores y un hombre en cota de malla de oro que blandía su espada de ojos.

El bello Antinoo, amante de Adriano, encabezaba una cuadrilla de reinas del cuero cuyos brazos y pechos eran de una perfección anatómica esteroidal.

Un cíclope de piel gris cuyo único ojo era una enorme esmeralda, subía estirado, por delante de unos hombres rechonchos y de tez morena, con caras tan impasibles como las de los relieves aztecas: conocían los secretos que las junglas escondían.

Un francotirador en lo alto de la colina apuntó a uno de los zorros blancos y disparó. Hubo una explosión, una humareda de cordita y aroma de pólvora en el ambiente. El cadáver era una joven japonesa con el estómago reventado y la cara ensangrentada. Poco a poco, la muerta empezó a desaparecer.

La gente siguió subiendo, a dos patas, a cuatro, sin patas.

El camino a través de la zona rural montañosa de Tennessee había sido absolutamente impresionante a partir del momento en que amainó la tormenta, y superestresante cuando caía la lluvia. Ciudad y Laura habían hablado y hablado durante todo el camino. Él estaba muy contento de haberla conocido. Era como volverse a encontrar con algún viejo amigo, un amigo fantástico que, sencillamente, aún no habías conocido. Hablaron de historia, de películas y de música, y resultó ser la única persona, la única persona que conocía que había visto una película extranjera (el señor Ciudad estaba convencido de que era española y Laura igual de segura de que era polaca) de los años sesenta que se llamaba *El manuscrito encontrado en Zaragoza*, una película que ya estaba empezando a pensar que había alucinado.

Cuando Laura le señaló el primer granero donde ponía VISITE ROCK CITY el se rió y admitió que era ahí adonde se dirigía. Ella dijo que molaba. Siempre había querido visitar esa clase de sitios, pero nunca tenía tiempo, y después siempre se arrepentía. Por ese motivo estaba ahora en la carretera. Estaba viviendo una aventura.

Era agente de viajes, le dijo. Estaba separada de su marido. Admitía que ya no creía que pudieran volver juntos y que era culpa suya.

—Eso no me lo puedo creer.

Ella suspiró:

—No, es verdad, Mack. Ya no soy la mujer con la que se casó.

Bueno, le dijo él, la gente cambia, y antes de que pudiera pensar en que le estaba contando todo lo que podía decirle de su vida, ya estaba hablándole de Madera y de Piedra: Leño, Meño y él, los tres mosqueteros, y de cómo a ellos dos los mataron y te crees que estás acostumbrado a eso en este tipo de trabajo, pero nunca te acostumbras.

Y ella alargó una mano, y estaba tan fría que él encendió la calefacción, y le apretó la suya.

Comieron comida japonesa mala mientras una tormenta se cernía sobre Knoxville y a Ciudad no le importó que la comida tardara, que la sopa de miso estuviera fría y el sushi tibio.

Adoraba el hecho de que ella estuviera allí viviendo una aventura con él.

—Bueno —le confesó Laura—, detestaba la idea de estancarme. Sencillamente, donde estaba, me estaba pudriendo. Así que salí sin mi coche y sin mis tarjetas de crédito. Confío en la amabilidad de los extraños.

—¿No te asusta? —le preguntó—. Quiero decir, te podrías perder, te podrían asaltar, te podrías morir de hambre.

Ella sacudió la cabeza. Y entonces dijo con una sonrisa vacilante:

—Te he encontrado a ti, ¿no? —Y él ya no supo qué decir.

Cuando terminaron de comer corrieron bajo la lluvia hasta su coche, con periódicos en japonés sobre sus cabezas y rieron mientras corrían, como colegiales bajo la lluvia.

—¿Hasta dónde te puedo llevar? —le preguntó cuando volvieron al coche.

—Iré tan lejos como vayas tú, Mack —le contestó tímidamente.

Se alegraba de no haber utilizado el chiste del Big Mack. Esta mujer no era de las que se encuentran en los bares por una noche, el señor Ciudad lo sabía de corazón. Le habría costado encontrarla cincuenta años, pero ya estaba, era ella, la salvaje, mágica mujer de pelo negro y largo.

Era amor.

—Mira —le dijo mientras llegaban a Chattanooga. Los limpiaparabrisas apartaban el agua del cristal, emborronando la ciudad gris—. ¿Qué te parece si te busco un motel para esta noche? Yo lo pagaré. Y en cuanto haga la entrega, podemos. Bueno, podemos tomar un baño juntos, para empezar. Te calentará.

—Eso suena fantástico —dijo Laura—. ¿Qué has de entregar?

—Ese palo —le contestó y se rió—. Ése que está ahí detrás.

—Vale —repuso imitándolo—. Pues no me lo cuente, Don misterioso.

Le dijo que sería mejor si le esperaba en el coche, en el aparcamiento de Rock City, mientras hacía la entrega. Subió por la ladera de la montaña bajo la lluvia, nunca a más de treinta millas por hora, con las luces ardiendo.

Aparcaron en la parte de detrás. Apagó el motor.

—Oye, Mack, antes de salir del coche, ¿no me das un abracito? —preguntó Laura con una sonrisa.

—Claro —dijo el señor Ciudad y la rodeó con los brazos mientras ella se acurrucaba a su cuerpo y la lluvia le hacía un tatuaje al techo del Ford Explorer. Podía oler su pelo. Había cierta esencia desagradable al fondo del perfume. El viaje, claro. Ese baño, decidió, iba a ser necesario para los dos. Se preguntó si habría algún sitio en Chattanooga donde pudiera comprar aquellas bombas de baño de lavanda que a su primera mujer le gustaban tanto. Laura levantó la cabeza y su mano dibujó la línea de su cuello, como ausente.

—Mack... no dejo de pensarlo. ¿De verdad quieres saber que les pasó a esos amigos tuyos? Leño y Meño.

—Claro —dijo, encaminando sus labios hacia los de ella, para darse el primer beso—. Claro que quiero.

Y entonces se lo enseñó.

Sombra caminó por el prado, dando vueltas lentamente alrededor del tronco, y haciendo la circunferencia cada vez más grande. A veces paraba y recogía algo: una flor, una hoja, un guijarro, una ramita o una hoja de hierba. La examinaba con atención, como si se concentrara completamente en la *ramidad* de la ramita o la *hojedad* de la hoja.

A Easter le recordaba la mirada de un bebé cuando está aprendiendo a enfocar.

No se atrevía a hablar con él. En ese momento habría sido sacrílego. Lo miraba, cansada como estaba, y se preguntaba.

A unos veinte pies de la base del árbol, medio oculta por la hierba alta y enredaderas muertas, encontró una bolsa de lona. Sombra la recogió, desató los nudos y la abrió.

La ropa que sacó era la suya propia. Era vieja pero aún servía. Le dio la vuelta a los zapatos, acarició el tejido de la camisa, la lana del jersey, y los miró como si tuvieran un millón de años.

Prenda por prenda, se lo fue poniendo todo.

Metió las manos en los bolsillos, y pareció asombrarse de sacar lo que a Easter le pareció un trozo de mármol gris y blanco.

Dijo:

—No me quedan monedas —Era lo primero que decía en varias horas.

—¿No te quedan monedas? —repitió Easter.

Él sacudió la cabeza.

—Me dieron algo para que me entretuviera —Se inclinó para poner-se los zapatos.

En cuanto se hubo vestido ya tuvo un aspecto más normal. Aunque serio. Ella se preguntó hasta dónde habría viajado, y qué le había costa-do volver. No era la primera vez que iniciaba un proceso de regreso; y sabía que, muy pronto, la mirada de un millón de años desaparecería, y los recuerdos y los sueños que había traído del árbol quedarían ocultos bajo un mundo de cosas tangibles. Así era siempre.

Lo condujo a la parte de atrás del prado, donde esperaba su montura.

—No puede llevarnos a los dos —le dijo—. Yo ya volveré sola a casa.

Sombra asintió. Parecía que intentaba acordarse de algo. Entonces abrió la boca y lanzó un grito de bienvenida y alegría.

El ave del trueno abrió su cruel pico y le lanzó a su vez otro grito de bienvenida.

Aparentemente, al menos, parecía un cóndor. Las plumas eran negras, con un brillo púrpura y en el cuello tenía una banda blanca. El pico era el de una rapaz, concebido para desgarrar. En reposo, sobre el suelo, con las alas cerradas, era del tamaño de un oso negro, y la cabeza le llegaba a la altura de la de Sombra.

Horus dijo orgulloso:

—Lo he traído yo. Vive en las montañas.

Sombra asintió:

—Una vez soñé con las aves del trueno, y vaya sueño de los cojones.

El ave del trueno abrió el pico y emitió un sonido sorprendentemen-te suave, algo así como un *crroooo*—. ¿Tú también escuchaste mi sueño?

Acarició con suavidad la cabeza del ave. El ave del trueno la levantó como si fuera un pony cariñoso. Se la rascó desde la base del cuello hasta la coronilla.

Sombra se volvió a Easter:

—¿Lo has montado tú hasta aquí?

—Sí. Puedes llevarlo tú de vuelta si te deja.

—¿Cómo se guía?

—Es fácil. Si no te caes es como cabalgar el trueno.

—¿Te veré allí?

Sacudió la cabeza.

—No, bonito, yo ya he terminado. Estoy cansada. Buena suerte.

Sombra asintió:

—Whiskey Jack. Le vi cuando estuve en el otro lado. Vino a buscarme, nos bebimos unas cervezas.

—Sí. Seguro que lo hiciste.

—¿Te volveré a ver? —le preguntó Sombra.

Ella lo miró con unos ojos verdes como el maíz joven. No dijo nada y, entonces, abruptamente, sacudió la cabeza.

—Lo dudo.

Sombra subió a la grupa del ave del trueno torpemente. Se sentía como un ratón a lomos de un halcón. Tenía sabor a ozono en la boca, metálico y azul. Algo crujió. El ave del trueno extendió las alas y empezó a moverlas arriba y abajo, con fuerza.

Mientras el suelo se alejaba de ellos, Sombra se aferró bien fuerte, con el corazón latiéndole en el pecho como un bicho salvaje.

Era exactamente como cabalgar el trueno.

Laura cogió la vara del asiento de atrás del coche. Dejó al señor Ciudad en el de delante, salió del coche y se acercó a Rock City. La ventanilla de entradas estaba cerrada. La puerta de la tienda no y entró, pasó los caramelos con forma de piedra y las casas para pájaros de VISITE ROCK CITY y se metió en la octava maravilla del mundo.

Nadie la desafió, a pesar de que se cruzó con varias personas por el camino. La mayoría sólo parecían ligeramente artificiales; varios de ellos eran transparentes. Cruzó un puente colgante, pasó por los jardines de ciervos blancos y llegó hasta el Apretón del gordo, donde el camino pasaba debajo de dos inmensos muros de piedra.

Y, al final, cruzó una cadena con una indicación de que esa atracción estaba cerrada y entró en una caverna. Allí vio a un hombre sentado en una silla de plástico, enfrente de un diorama de duendes borrachos. Estaba leyendo el *Washington Post* a la luz de una lamparita eléctrica. Cuando la vio, dobló el periódico y lo colocó debajo de la silla. Se puso de pie, era un hombre alto y pelirrojo con el pelo muy corto y una gabardina cara, y le hizo una breve reverencia.

—¿He de suponer que el señor Ciudad ha muerto? Bienvenida, portadora de la lanza.

—Gracias. Siento lo de Mack. ¿Eran amigos?

—En absoluto. Debería haberse mantenido con vida, si quería conservar su trabajo. Pero usted ha traído su vara —La miró de arriba abajo con ojos que brillaban como los ámbares anaranjados de un fuego en ascuas—. Me temo que tiene ventaja sobre mí. Me llaman el señor Mundo, aquí en lo alto de la montaña.

—Yo soy la mujer de Sombra.

—Claro. La encantadora Laura. Debería haberla reconocido. Tenía varias fotografías suyas encima de su cama, en la celda que compartíamos y, si no le importa que se lo diga, tiene muchísimo mejor aspecto de lo que cabría esperar. ¿No hace tiempo que debería estar pudriéndose?

—No, si lo estaba —contestó sencillamente—, pero las mujeres aquellas de la granja me dieron agua del pozo.

Levantó una ceja.

—¿Del pozo de Urd? Eso no puede ser.

Ella se señaló a sí misma. Tenía la piel pálida y ojeras en las cuencas de los ojos, pero estaba manifiestamente entera: si era un cadáver viviente, desde luego era fresco.

—No durará mucho —dijo el señor Mundo—. Las *norns* sólo te han dado a probar un poco del pasado. Se disolverá en el presente pronto, y entonces esos preciosos ojos azules se te caerán de las cuencas y chorrearan por esas hermosas mejillas que, para entonces, evidentemente, ya no serán tan hermosas. Por cierto, tienes mi vara. ¿Me la das, por favor?

Sacó un paquete de Lucky Strike, cogió un cigarrillo y lo encendió con un Bic negro no recargable.

—¿Me da uno?

—Claro, te daré un cigarrillo si me das la vara.

—Si la quiere, vale más que un cigarrillo.

Él no dijo nada.

—Quiero respuestas, quiero saber cosas.

Él encendió un cigarrillo y se lo pasó. Ella lo cogió y le dio una calada. Entonces parpadeó:

—Éste casi puedo saborearlo, y a lo mejor puedo —Sonrió—. Mm. Nicotina.

—Sí —repuso él—. ¿Por qué fuiste a ver a las mujeres de la granja?

—Me lo dijo Sombra. Me dijo que les pidiera agua.

—Me pregunto si sabría lo que iba a hacerte. Probablemente no. Aun así, eso es lo bueno de que esté colgado de aquel árbol. Ahora ya sé dónde está a todas horas.

—Usted le tendió una trampa a mi marido. Todo el tiempo. Y él es un hombre de buen corazón, ¿les importa eso?

—Sí —dijo el señor Mundo—. Ya lo sé. Cuando acabe todo esto supongo que afilaré una ramita de muérdago, bajaré hasta el árbol de ceniza y se la clavaré en un ojo. Ahora mi vara, por favor.

—¿Para qué la quiere?

—Como recuerdo de toda esta desagradable historia —dijo el señor Mundo—. No te preocupes, no es muérdago —Esbozó una sonrisa por un instante—. Simboliza una lanza, y en este mundo desgraciado, el símbolo es lo que cuenta.

Desde fuera llegó un ruido más fuerte.

—¿De qué lado está usted? —le preguntó ella.

—Esto no va de lados —le respondió—. Pero ya que me lo pregunta, del lado de los que van a ganar. Siempre.

Ella asintió y no soltó la vara.

Se dio la vuelta y miró fuera de la caverna. Muy por debajo de ella, en las rocas, podía ver algo que brillaba y latía. Daba vueltas alrededor de un hombre con barba delgado y con la cara color malva, que le sacudía con un mocho, de ésos que a la gente le gusta usar para embadurnar los parabrisas de los coches en los semáforos. Alguien gritó y los dos desaparecieron de su vista.

—Vale, le voy a dar la vara.

La voz del señor Mundo le llegó por detrás.

—Buena chica —le dijo para tranquilizarla y lo hizo de una manera que le pareció condescendiente e indefinidamente masculina. Hizo que se le erizara el vello.

Tenía que esperar hasta oír su respiración en el oído. Tenía que esperar hasta que estuviera lo suficientemente cerca. Hasta ahí ya se lo había imaginado.

El viaje fue mucho más que estimulante; fue eléctrico.

Barrieron la tormenta como dardos de luz, centelleando entre las nubes; se desplazaron como el rugido del trueno, como el bramido del huracán. Era un viaje imposible, chisporroteante. No había miedo: sólo el poder de la tormenta, imparable y que lo consumía todo, y la alegría del vuelo.

Sombra enterró los dedos entre las plumas del ave del trueno, y sintió calambres estáticos en la piel. Chispazos azules que le atravesaban las manos como pequeñas serpientes. La lluvia le lavó el rostro.

—Esto es lo mejor —gritó, por encima del rugido de la tormenta.

Como si lo hubiera entendido, el ave empezó a subir más y más alto, y cada vez que batía las alas se oía un trueno, y descendía y buceaba y giraba por entre las nubes oscuras.

—En mi sueño, te daba caza —dijo Sombra y sus palabras se las llevó el viento—. En mi sueño, tenía que conseguir una pluma.

«Sí —Y la palabra fue un crujido estático en la radio de su mente—. Nos cazaban por nuestras plumas, para probar que eran hombres; y venían para llevarse la piedra de nuestras cabezas, para honrar a sus muertos con nuestras vidas.»

Entonces una imagen llenó su mente: era un ave del trueno, una hembra, supuso, pues su plumaje era marrón y no negro, recién muerta en la ladera de una montaña. A su lado había una mujer, estaba abriéndole el cráneo con un trozo de pedernal. Rebuscó entre los fragmentos de hueso y sesos hasta que encontró una piedra suave y clara del color rojizo de un granate, en sus profundidades bailaban fuegos opalescentes.

«Piedras de águila», pensó Sombra. Se la llevaría a su hijo muerto desde hacía tres noches, y la dejaría en su pecho. Al día siguiente, el niño estaría vivo y sonriente, y la joya sería gris y oscura y estaría tan muerta como el ave de la que provenía.

—Lo entiendo —le dijo al ave.

El ave echó la cabeza hacia atrás y graznó, y su lamento era el trueno.

El mundo que dejaban detrás se les aparecía en un sueño extraño.

Laura cogió mejor la vara, mientras esperaba que el señor Mundo se le acercara. No lo estaba mirando, miraba la tormenta y las verdes colinas por debajo.

«En este mundo desgraciado —pensó—, el símbolo es lo que cuenta. Sí.»

Sintió su mano en el hombro derecho.

«Bien, no quiere que me asuste. Tiene miedo de que lance la vara a la tormenta, de que se caiga por la montaña y la pierda.»

Se recostó, sólo un poco, hasta que tocó su pecho con la espalda. El brazo izquierdo de él la rodeó. Era un gesto de intimidad. Tenía su mano izquierda abierta enfrente de ella. Ella cerró las dos manos alrededor del extremo superior de la vara, exhaló, se concentró.

—Por favor, mi vara —le dijo él al oído.

—Sí —repuso—. Es suya —Y entonces, sin saber si querría decir algo, añadió—. Le dedico esta muerte a Sombra —y se clavó la vara en el pecho, justo por debajo del esternón, la sintió retorcerse y convertirse en una lanza.

La frontera entre sensación y dolor se había difuminado desde que murió. Sintió que la lanza le penetraba el pecho, sintió que salía por su espalda. Una resistencia —apretó más fuerte—, y la lanza se clavó en el señor Mundo. Podía sentir su hálito cálido en la piel fría de su cuello, mientras aullaba de dolor y sorpresa, empalado en la lanza.

Ella no reconocía las palabras que estaba diciendo, ni el idioma en que las decía. Empujó la lanza aún más fuerte, forzándola para que pasara por su cuerpo y por el de él.

Sentía la sangre caliente del señor Mundo caer por su espalda.

—Puta —le dijo en inglés—. Puta asquerosa —Su voz tenía cierta calidad cenagosa. Supuso que la hoja de la lanza le debía de haber seccionado un pulmón. El señor Mundo se estaba moviendo, o intentando moverse, y cada movimiento que hacía la llevaba a ella detrás: estaban unidos por la lanza, empalados juntos como dos pescados en una brocheta. Ahora tenía un cuchillo en la mano, vio, y le estaba arreando cuchilladas a sus pechos a lo bestia, incapaz de ver lo que hacía.

No le importaba. ¿Qué son unas cuchilladas para un cadáver?

Le pegó un puñetazo fuerte en la mano y el cuchillo acabó rodando por el suelo de la caverna. Le dio una patada.

Y ahora él lloraba y aullaba. Notaba cómo la apartaba, manoseándole la espalda, mientras le resbalaban lagrimones cálidos por el cuello. Su sangre le estaba empapando la espalda, le resbalaba por las piernas.

—Esto tiene que parecer muy poco digno —le indicó, en un susurro quedo, y no sin cierta diversión.

Sintió que el señor Mundo tropezaba detrás de ella y ella tropezó también, entonces resbaló en la sangre —toda de él— que se encharcaba en el suelo de la cueva, y los dos se vinieron abajo.

El ave del trueno aterrizó en el aparcamiento de Rock City. La lluvia caía como una cortina. Sombra apenas podía ver doce pies por delante de su cara. Soltó las plumas del ave y medio resbaló medio se cayó al asfalto húmedo.

Un relámpago y el ave ya no estaba.

Sombra se puso en pie.

Unas tres cuartas partes del aparcamiento estaban vacías. Sombra se encaminó hacia la entrada. Pasó un Ford Explorer, aparcado junto a un muro de piedra. Había algo en el coche muy familiar, y echó un vistazo dentro por curiosidad, vio a un hombre dentro del coche, echado hacia delante sobre el volante como si estuviera dormido.

Sombra abrió la portezuela del conductor.

Había visto al señor Ciudad fuera del motel en el centro de América. La expresión de su cara era de sorpresa. Le habían roto el cuello con mano experta. Sombra le tocó la cara. Aún estaba caliente.

Sombra percibió un aroma en el coche; era débil, como el perfume de alguien que ha dejado una habitación hace años, pero él lo reconocería en cualquier parte. Cerró el Explorer de un portazo y siguió por el aparcamiento.

A medida que caminaba sintió un dolor agudo, punzante, en el costado, que duró un segundo o menos y después desapareció.

No había nadie en la ventanilla de billetes. Entró en el edificio por los jardines de Rock City.

Retumbó un trueno, y sacudió con violencia las ramas de los árboles y el interior de las rocas, y la lluvia cayó con fría violencia. Era media tarde, pero estaba tan oscuro como de noche.

Un rastro de relámpago atravesó las nubes, y Sombra se preguntó si no sería el ave del trueno volviendo a sus riscos en las alturas, o sólo una descarga atmosférica, o si las dos cosas, a cierto nivel, no eran lo mismo.

Y, por supuesto, lo eran. Después de todo, de eso se trataba.

De alguna parte salió la voz de un hombre. Sombra la escuchó. Las únicas palabras que reconoció o pensó que había reconocido eran:

—...a Odín!

Sombra corrió por el patio de las banderas de los siete estados, por las losas de piedra caía veloz el agua de lluvia. Resbaló una vez. Había una enorme capa de nubes rodeando la montaña, y en la oscuridad y la tormenta detrás del patio no podía ver ni un solo estado.

No había ruidos. El lugar parecía totalmente abandonado.

Dio una voz, e imaginó que algo le contestaba. Se encaminó hacia el lugar del que creía que provenía.

Nadie. Nada. Sólo una cadena que señalaba la entrada a una cueva no abierta a los visitantes.

Sombra traspasó la cadena.

Miró a su alrededor, escrutando la oscuridad.

Se le erizó el vello.

Una voz desde detrás de él, en las sombras, dijo, muy muy despacio:

—Jamás me has decepcionado.

Sombra no se dio la vuelta.

—Eso es curioso —dijo—, porque yo me decepciono a mí mismo continuamente. Todo el tiempo.

—De eso nada —repuso la voz—. Has hecho todo lo que tenías que hacer, y más. Has llamado la atención de todo el mundo, así que nadie se fijó nunca en la mano que escondía la moneda. Se llama enroque. Y en el sacrificio de un hijo reside el poder, el poder suficiente y más que eso, para ponerlo todo a rodar. A decir verdad, estoy muy orgulloso de ti.

—Estaba amañado —intervino Sombra—. Todo. Nada fue real. Era sólo un decorado para una masacre.

—Exactamente —dijo la voz de Wednesday desde las sombras—. Estaba amañado. Pero era a lo único que se jugaba.

—Quiero a Laura —contestó Sombra—. Quiero a Loki. ¿Dónde están?

Sólo silencio. Una ráfaga de lluvia lo rozó. El trueno sonaba en algún sitio cerca.

Entró.

Loki el herrero mentiroso estaba sentado con la espalda apoyada en una jaula de metal. Dentro de la jaula, unos *pixies* borrachos atendían su alambique. Estaba tapado con una sábana. Sólo se le veía la cara. Las manos largas y blancas se le escapaban por debajo. Había una lámpara eléctrica sentada en una silla detrás de él. Las pilas de la lámpara estaban a punto de acabarse, y la luz era débil y amarillenta.

Estaba pálido e intimidaba.

Los ojos. Sus ojos eran aún fieros y contemplaban a Sombra mientras caminaba por la cueva.

Cuando Sombra estuvo a pocos pasos de Loki, se detuvo.

—Llegas demasiado tarde —dijo Loki. Su voz era ronca y húmeda—. Ya he lanzado la lanza. He dedicado la batalla. Ya ha empezado.

—Ni de coña —repuso Sombra.

—Como lo oyes —contestó Loki—. Así que ya no importa lo que hagas.

Sombra se detuvo y pensó. Después dijo:

—La lanza que tenías que lanzar para empezar la batalla. Como lo de Upsala. Ésta es la batalla de la que has estado alimentándote. ¿Verdad?

Silencio. Podía oír a Loki respirar, unos susurros entrecortados horrorosos.

—Ya me lo imaginé —prosiguió Sombra—. Más o menos. No estoy seguro siquiera de habérmelo imaginado. A lo mejor lo supe cuando estaba colgado del árbol, a lo mejor antes. Fue por algo que me dijo Wednesday por Navidad.

Loki sólo lo miró desde el suelo, sin decir nada.

—Sólo es un timo de dos personas. Como el obispo con el collar de diamantes y el policía que lo arresta. Como el que tiene la flauta y el tipo que la quiere. Dos hombres, aparentemente en lados opuestos, que juegan a lo mismo.

Loki susurró:

—Eres ridículo.

—¿Por qué? Me gustó lo que hiciste en el motel. Eso estuvo muy bien. Tenías que estar allí para cerciorarte de que todo iba a salir según el plan. Te vi. Incluso me di cuenta de quién eras. Aun así, jamás reparé en que tú eras su señor Mundo.

Sombra levantó la voz:

—Ya puedes salir. Dondequiera que estés. Sal.

El viento aulló en la entrada de la cueva, y llevó consigo una ráfaga de lluvia. Sombra se estremeció.

—Ya estoy harto de que me trate todo el mundo como un capullo. Haz el favor de salir. Te quiero ver.

Hubo un cambio en las sombras al fondo de la cueva. Algo se volvió más sólido; algo cambió.

—Sabes demasiado, muchacho —articuló el ronroneo familiar de Wednesday.

—Así que no te mataron.

—Me mataron. Nada de esto habría funcionado si no lo hubieran hecho —La voz de Wednesday estaba amortiguada, no es que fuera queda, pero parecía la de una vieja radio no muy bien sintonizada—. Si no hubiera muerto de verdad, nunca los habríamos reunido aquí. A Kali, a la Morrigan, a los putos albaneses y, bueno, ya los has visto todos. Fue mi muerte lo que los reunió. Fui el cordero sacrificial.

—No —repuso Sombra—, fuiste la cabra de Judas.

El espectro de las sombras se movió y cambió.

—En absoluto. Eso hubiera implicado que traicionaba a los antiguos dioses por los nuevos, que no era ni mucho menos lo que estábamos haciendo.

—En absoluto —susurró Loki.

—No, si eso ya lo veo —repuso Sombra—. Lo que hacíais era traicionar a los dos. A ambas partes.

—Bueno, supongo que sí —intervino Wednesday. Sonaba pagado de sí mismo.

—Querías una masacre. Necesitabas un sacrificio de sangre. Un sacrificio de dioses.

El viento se hizo más fuerte; el aullido que cruzó la entrada dc la cueva se convirtió en un grito, como si algo enormemente grande estuviera sufriendo.

—¿Y por qué no? He pasado doce siglos atrapado en esta maldita tierra. Mi sangre es débil. Estoy hambriento.

—Y los dos os alimentáis de muerte —dijo Sombra.

Le parecía ver a Wednesday ahora. Era una forma hecha de oscuridad, que parecía más real cuando Sombra lo miraba de refilón.

—Me alimento de la muerte que me es dedicada —contestó Wednesday.

—Como mi muerte en el árbol —repuso Sombra.

—Eso fue espccial.

—¿Y también tú te alimentas de muerte? —preguntó Sombra mirando a Loki.

Loki sacudió la cabeza cansinamente.

—No, claro que no. Tú te alimentas del caos.

Loki sonrió a eso, una breve y dolorosa sonrisa, y llamas naranja bailaron en sus ojos, consumiéndose como encaje ardiendo bajo su pálida piel.

—No lo habríamos podido hacer nunca sin ti —le dijo Wednesday desde el rabillo del ojo—. He estado con tantas mujeres...

—Necesitabas un hijo —le dijo Sombra.

La voz de Wednesday sonó con eco:

—Te necesitaba a ti, hijo mío. Sí. Mi propio hijo. Sabía que habías sido concebido, pero tu madre abandonó el país. Nos costó mucho encontrarte. Y cuando lo hicimos, estabas en la cárcel. Teníamos que averiguar qué te ponía en marcha. Qué botones había que apretar para empezar a funcionar. Quién eras —Loki miró por un momento, pagado de sí mismo—. Y tenías una esposa con la que volver. Era una desgracia, pero no insalvable.

—No era buena para ti —susurró Loki—. Estabas mejor sin ella.

—Si hubiera habido otro modo —añadió Wednesday, y esta vez Sombra supo lo que quería decir.

—Y si ella hubiera tenido la consideración de seguir muerta —jadeó Loki—. Madera y Piedra... eran buena gente. Te íbamos... a permitir escapar... cuando el tren... cruzara las Dakotas.

—¿Dónde está? —preguntó Sombra.

Loki señaló con su pálido brazo la parte de atrás de la caverna.

—Se fue por ahí —dijo y, sin avisar, se desplomó al suelo.

Sombra vio lo que la sábana escondía de él; la piscina de sangre, el agujero en la espalda de Loki, la gabardina empapada en sangre negra.

—¿Qué ha pasado? —preguntó.

Loki no dijo nada.

Sombra no creía que fuera a decir nada más.

—Le ha pasado tu mujer, hijo mío —dijo la voz lejana de Wednesday. Ahora era más difícil de ver, como si se disolviera de nuevo en el éter—. Pero la batalla lo devolverá. Como la batalla me devolverá a mí para siempre. Yo soy un fantasma y él un cadáver, pero aun así, ganaremos. La partida estaba amañada.

—Las partidas amañadas —dijo Sombra recordando— son las más fáciles de ganar.

No hubo respuesta. Nada se movió en las sombras.

Sombra añadió:

—Adiós —y después—, padre. Pero para entonces ya no quedaba rastro de nadie en la caverna. De nadie.

Sombra volvió al patio de las banderas de los siete estados, pero no vio a nadie, y tampoco oyó nada aparte del crepitar de las banderas al viento. No había nadie con espadas en la Roca de mil toneladas en equilibrio, ningún defensor en el puente colgante. Estaba solo.

No había nada que ver. El lugar estaba vacío. Era un campo de batalla desierto.

No. No exactamente desierto.

Aquello era Rock City. Había sido un lugar de sobrecogimiento y adoración durante miles de años; hoy, los millones de turistas que caminaban por los jardines y cruzaban el puente colgante tenían el mismo efecto que el agua haciendo girar un millón de rodillos de oraciones. La realidad era delgada aquí, y Sombra sabía donde estaba teniendo lugar la batalla.

Con eso, empezó a caminar. Recordaba cómo se había sentido en el carrusel, intentó sentir lo mismo...

Se acordaba de hacer girar al Winnebago, poniéndolo en los ángulos adecuados para todo. Intentó capturar esa sensación...

Y entonces, fácil y perfectamente, sucedió.

Era como atravesar una membrana, como salir de aguas profundas al aire. De un paso había salido del camino para turistas de la montaña hasta...

Un lugar real. Estaba entre bastidores.

Seguía en la cima de la montaña, eso estaba igual. Pero era mucho más que eso. Esa cumbre era la quintaesencia del lugar, el corazón de las cosas tal y como eran. Comparada con ella la montaña Lookout que había dejado era un cuadro en el telón de fondo, o un modelo de papel maché visto por la tele, nada más que la representación de la cosa, no la cosa misma.

Éste era el auténtico lugar.

Los muros de roca formaban un anfiteatro natural. Senderos de piedra lo recorrían y lo circundaban, formando puentes naturales que se enroscaban como en una obra de Escher.

Y el cielo...

El cielo era oscuro. Estaba iluminado y el mundo que había abajo recibía la luz de una veta blanquiverde incandescente y más brillante que el sol, que iba de aquí para allá como un loco por el cielo, como una herida blanca en el cielo oscuro.

Era un rayo, advirtió Sombra. Un rayo congelado en un momento que se había prolongado para siempre. La luz que arrojaba era dura e inmisericorde: desteñía los rostros, convertía los ojos en pozos negros.

Era el momento de la tormenta.

Los paradigmas estaban cambiando. Lo podía sentir. El viejo mundo, un mundo de vastedad infinita y recursos y futuro ilimitados, se estaba enfrentando a otra cosa, una red de energía, de opiniones, de golfos.

La gente cree, pensó Sombra. Es lo que la gente hace. Creen. Y no se responsabilizan de sus creencias; conjuran cosas en cuyas conjuraciones no creen. La gente puebla la oscuridad; con fantasmas, dioses, electrones, cuentos. La gente imagina y cree: y es esa creencia, la creencia sólida como la roca, la que hace que las cosas pasen.

La cima de la montaña era un ruedo, eso lo vio inmediatamente. Y los vio preparados a cada lado del ruedo.

Eran demasiado grandes. Todo era demasiado grande en aquel lugar.

Había antiguos dioses: dioses con pieles marrones como las setas viejas, rosas como la piel de pollo, amarillos como las hojas de otoño. Algunos estaban locos y otros cuerdos. Sombra reconoció a los antiguos dioses. Ya los conocía, o había conocido a algunos como ellos. Había *ifrits* y *piskies*, gigantes y enanos. Vio a la mujer que había conocido en la habitación oscura de Rhode Island, vio sus rizos verdes de serpiente. Vio a Mama—Ji, del carrusel y tenía sangre en las manos y una sonrisa en la boca. Los conocía a todos.

También reconoció a los nuevos.

Había alguien que debía ser barón del ferrocarril, llevaba un traje antiguo, y la cadena del reloj de bolsillo cruzada a lo largo del chaleco. Tenía pinta de alguien que ha visto días mejores. Movió la frente.

Estaban los grandes dioses grises de los aeroplanos, herederos de todos los sueños sobre volar pesando más que el viento.

También había dioses de los coches: un poderoso contingente con la cara seria, con sangre en sus guantes negros y en sus dientes cromados: recipientes de sacrificio humano en una escala impensable desde la época de los aztecas. Hasta ellos parecían a disgusto. Los mundos cambian.

Otros tenían caras emborronadas y fosforescentes; brillaban con delicadeza, como si existieran en su propia luz.

Sombra lo sintió por todos ellos.

Había arrogancia en los nuevos. Sombra lo veía. Pero también había miedo.

Tenían miedo de que a menos que siguieran el ritmo del cambiante mundo, a menos que rehicieran, redibujaran y reconstruyeran el mundo a su imagen y semejanza, acabaría su tiempo.

Cada facción se enfrentaba a la otra con bravura, en cada lado, la oposición eran los demonios, los monstruos, los malditos.

Sombra se dio cuenta de que ya había tenido lugar una pequeña escaramuza. Ya había sangre en las rocas.

Se estaban preparando para la auténtica batalla: para la auténtica guerra. Era ahora o nunca, pensó. Si no se movía ahora, sería demasiado tarde.

«En América todo dura para siempre —dijo una voz a sus espaldas—. La década de los cincuenta duró mil años. Tienes todo el tiempo del mundo.»

Sombra se encaminó medio andando, medio tambaleándose con control, hasta el centro del campo.

Podía sentir las miradas, de ojos y cosas que no eran ojos. Se estremeció.

La voz del búfalo le dijo:

«Vas bien.»

Sombra pensó:

«Qué cojones. Si he vuelto de entre los muertos esta mañana, todo lo demás tendría que estar chupado.»

—Sabes —le dijo Sombra al aire, como quien no quiere la cosa—, esto no es una guerra. Esto nunca fue concebido como una guerra. Y si alguno de vosotros piensa que es una guerra, os estáis engañando —Oyó murmullos a ambos lados. No había impresionado a nadie.

—Luchamos por nuestra supervivencia —mugió un minotauro desde un lado del campo.

—Luchamos por nuestra existencia —gritó una boca desde un pilar de humo brillante del otro.

—Esta no es buena tierra para dioses —dijo Sombra. Como inicio de discurso, no era «Amigos, romanos, hombres del pueblo», pero podría valer—. Eso ya lo debéis saber, cada uno a su manera. Los antiguos dioses son ignorados. Los nuevos son fugaces, se dejan de lado pronto en cuanto aparece algo nuevo. O habéis sido olvidados o tenéis miedo de volveros obsoletos, o sencillamente os cansáis de existir según el capricho de la gente.

Los murmullos eran menores ahora. Había dicho algo con lo que estaban de acuerdo. Ahora, mientras había captado su atención, tenía que contarles la historia:

—Había un dios que vino de una tierra muy lejana, cuyo poder e influencia empezó a desvanecerse a medida que lo hacía la fe en él. Era un buen dios que obtenía su poder del sacrificio, y de la muerte, y sobre todo de la guerra. Las muertes de aquellos que caían en combate le eran dedicadas: campos de batalla enteros le dieron en el Viejo País poder y sustento.

«Ahora era viejo. Se ganaba la vida como timador, trabajaba con otro dios de su panteón, el dios del caos y el engaño. Juntos estafaban a los crédulos. Juntos desplumaban a la gente.

«En algún momento, a lo mejor hace cincuenta años, a lo mejor hace cien, pusieron un plan en marcha, un plan para crear una reserva de poder de la que pudieran vivir los dos. Algo que los hiciera más fuertes de lo que nunca habían sido. Después de todo, ¿qué podía ser más poderoso que un campo de batalla cubierto de dioses muertos? El juego al que jugaban se llamaba «Pelearos tú y él».

«¿Lo veis?

«La batalla para la que habéis venido aquí no es algo que ninguno pueda ganar. Quién gane o pierda le da igual, les da igual. Lo que importa es que muráis unos cuantos. Cada uno de vosotros que caiga en combate le proporcionará poder. Cada uno que muera, lo alimentará. ¿Lo entendéis?

Los rugidos, bufidos y el ruido de algo que prendió fuego recorrieron el campo. Sombra miró hacia el lugar de donde provenían. Un hombre enorme, con la piel color caoba oscuro, el pecho descubierto, sombrero de copa y puro en la boca, habló con una voz grave y profunda. El Barón Samedi dijo:

—Vale. Pero Odín está muerto. En las conversaciones de paz esos hijosdeputa lo mataron. Murió. Conozco la muerte. Nadie me puede engañar a propósito de la muerte.

—Obviamente. Tenía que morir de verdad. Sacrificó su cuerpo físico para que la guerra tuviera lugar. Después de la batalla sería más poderoso de lo que había sido jamás.

Alguien gritó:

—¿Quién eres tú?

—Yo soy, era, soy su hijo.

Uno de los nuevos dioses, Sombra pensó que una droga por como sonreía, dijo:

—Pero el señor Mundo dijo...

—No había ningún señor Mundo. Nunca existió. Sólo era uno de esos cabrones intentando alimentarse del caos creado.

Le creyeron, y vio el dolor en sus ojos.

Sombra sacudió la cabeza.

—Mirad —dijo—, creo que prefiero ser hombre que dios, no necesitamos que nadie crea en nosotros. Tiramos hacia adelante y punto. Eso es lo que hacemos.

El silencio reinó en aquel enorme lugar.

Y de repente, con un trueno impresionante, el rayo congelado en el cielo se rompió en la cima de la montaña y el campo quedó totalmente a oscuras.

Muchas de aquellas presencias brillaban en la oscuridad.

Sombra se preguntó si discutirían con él, lo atacarían o intentarían matarlo. Esperaba algún tipo de respuesta.

Y entonces Sombra se dio cuenta de que las luces se estaban apagando. Los dioses se iban, primero en pequeños grupos, después de veinte en veinte, al final a cientos.

Una araña del tamaño de un rottweiler se le acercó, con sus siete patas; le brillaban débilmente los ojos múltiples.

Sombra aguantaba en pie, pero se sentía ligeramente enfermo.

La araña le dijo con la voz del señor Nancy:

—Buen trabajo, muchacho. Estoy orgulloso de ti, lo has hecho muy bien.

—Gracias —repuso Sombra.

—Te tendríamos que devolver. Demasiado tiempo aquí te va a destrozar la vida —Apoyó una de sus patas peludas de araña en el hombro de Sombra...

...y ya estaba de vuelta en el patio de las banderas de los siete estados, el señor Nancy tosió. Tenía la mano derecha encima del hombro de Sombra. La lluvia había parado. El señor Nancy tenía la mano izquierda pegada a un costado, como si le doliera. Sombra le preguntó si estaba bien.

—Soy duro como los clavos viejos. Más duro aún —No sonaba feliz. Sonaba como un viejo dolorido.

Había docenas de ellos, de pie o sentados en el suelo o en los bancos. Algunos parecían muy maltrechos.

Sombra escuchó un ruido en el cielo, que llegaba desde el sur. Miró al señor Nancy.

—¿Helicópteros?

—No te preocupes por ellos. Ya no. Limpiarán la maleza y se irán.

—Vale.

Sombra sabía que había una parte de la maleza que quería ver por sí mismo, antes de que la limpiaran. Tomó prestada una linterna del hombre de pelo gris que parecía un presentador retirado y empezó la búsqueda.

Encontró a Laura en el suelo de una cueva lateral, junto a un diorama de unos gnomos mineros justo al lado de Blancanieves. El suelo a su alrededor estaba pegajoso por la sangre. Ella estaba de costado, donde la debió dejar Loki cuando sacó la lanza que los atravesaba.

Una de las manos de Laura intentaba agarrarse el pecho. Tenía un aspecto terriblemente vulnerable. Parecía muerta, pero bueno, a eso ya casi se había acostumbrado.

Sombra se agachó a su lado, le acarició la mejilla y pronunció su nombre. Abrió los ojos y levantó la cabeza hasta mirarle a los ojos.

—Hola, cachorrito —le dijo. Su voz era un hilillo.

—Hola, Laura. ¿Qué ha pasado aquí?

—Nada, tonterías. ¿Han ganado?

—Detuve la batalla antes de que empezaran.

—Pero que listo eres, cachorrito. El tipo ese, el señor Mundo, dijo que te iba a ensartar un ojo en un palo. No me gustó nada de nada.

—Ya está muerto. Lo has matado, cielo.

Asintió y dijo:

—Eso está bien.

Cerró los ojos. La mano de Sombra encontró su fría mano y la sostuvo. Volvió a abrir los ojos a tiempo.

—¿Sabes cómo traerme de entre los muertos? —le preguntó.

—Creo que sí. Por lo menos, sé un modo.

—Eso está bien —dijo ella. Le apretó la mano con la suya helada y luego dijo—. ¿Y al revés? ¿Sabes hacerlo?

—¿Al revés?

—Sí —susurró—. Creo que me lo merezco.

—No quiero hacerlo.

Se quedó callada. Sencillamente esperó.

Sombra dijo:

—Vale —y sacó su mano de entre las de ella y se la puso en el cuello.

—Ése es mi marido —dijo Laura con orgullo.

—Te quiero, nena —dijo Sombra.

—Te quiero, cachorrito —susurró ella.

Cerró la mano alrededor de la moneda de oro que colgaba de su cuello. Estiró con fuerza de la cadena, que se rompió sin problemas. Cogió la moneda con el índice y el pulgar, sopló sobre ella y abrió la palma de la mano.

La moneda ya no estaba.

Laura aún tenía los ojos abiertos pero ya no se movían.

Él se inclinó y la besó, delicadamente, en sus frías mejillas. Pero ya no respondió. No esperaba que lo hiciera. Se levantó y salió de la cueva, a contemplar la noche.

El cielo se había aclarado. El aire era limpio y fresco de nuevo.

Al día siguiente, a Sombra no le cabía duda, haría un día cojonudo.

CUARTA PARTE

EPÍLOGO: ALGO QUE LOS MUERTOS SE GUARDAN

CAPÍTULO DIECINUEVE

Como mejor describe uno un cuento es contándolo. ¿Lo ven? La manera en que uno describe una historia, a sí mismo o al mundo, es contando la historia. Es un acto de equilibrio y es un sueño. Cuando más minucioso sea un mapa, más se parecerá al territorio. Y el mapa más minucioso de todos sería el territorio, con lo que se convertiría en perfectamente minucioso y perfectamente inútil.

El relato es el mapa que es el territorio.
No lo olvidéis nunca.

—de las notas del señor Ibis.

Los dos iban en una furgoneta volkswagen, de camino a Florida por la I-75. Llevaban conduciendo desde el alba; o más bien, Sombra iba conduciendo y el señor Nancy iba sentado en el asiento del copiloto y, de vez en cuando, y con una expresión muy apenada, se ofrecía a conducir. Sombra siempre le decía que no.

—¿Estás contento? —le preguntó el señor Nancy de repente. Llevaba mirando a Sombra varias horas. Cada vez que Sombra miraba a la derecha, se encontraba al señor Nancy mirándolo con esos ojos color tierra.

—No mucho —repuso Sombra—. Pero aún no estoy muerto.

—¿Eh?

—«Ningún hombre es feliz hasta que se muere», Herodoto.

El señor Nancy levantó una ceja y dijo:

—Yo aún no estoy muerto y, fundamentalmente porque aún no estoy muerto, me siento feliz como una perdiz.

—Lo de Herodoto no significa que los muertos son felices. Sólo que no puedes juzgar la vida de alguien hasta que no haya terminado.

—Y ni siquiera entonces. Y en cuanto a la felicidad, hay muchos tipos de felicidad, del mismo modo que hay un montón de muertos distintos. Por mi parte, me limito a aprovechar el tiempo todo lo que puedo.

Sombra cambió de tema.

—Esos helicópteros, los que se llevaban a los cadáveres y los heridos.

—¿Qué les pasa?

—¿Quién los ha envidado? ¿De dónde venían?

—No deberías preocuparte por eso. Son como las valkirias o las águilas. Vienen porque tienen que venir.

—Si tú lo dices.

—Se dispondrá convenientemente de los muertos y los heridos. Para mí que el viejo Jacquel va a estar muy ocupado durante el próximo mes o así. Dime algo, Sombra, muchacho.

—Vale.

—¿Has aprendido algo de todo esto?

Sombra se encogió de hombros.

—No sé. La mayoría de cosas que aprendí en el árbol se me han olvidado ya. Creo que he conocido a gente, pero ya no estoy seguro de nada. Es como uno de esos sueños que te cambian la vida. Guardas algo del sueño siempre, y sabes cosas que se quedan muy dentro de ti, porque te pasó, pero cuando empiezas a pensar en los detalles, se te escapan.

—Ya —repuso el señor Nancy. Y luego añadió, como a regañadientes—. No eres tan tonto.

—A lo mejor no, pero preferiría haberme quedado con algo más de todo lo que pasó por mis manos después de salir de la cárcel. Se me dieron tantas cosas... y las he vuelto a perder.

—Puede. A lo mejor has retenido más de lo que crees.

—No —contestó Sombra.

Pasaron la frontera de Florida y Sombra vio la primera palmera. Se preguntó si la habrían plantado allí adrede, en la frontera, para que se supiera que ya estás en Florida.

El señor Nancy empezó a roncar, y Sombra lo miró. El viejo aún parecía muy gris, y su respiración era bronca. Sombra se preguntó, no por primera vez, si habría recibido alguna herida en el pecho o en el pulmón durante la pelea. Nancy se había negado a que lo viera un médico.

Florida seguía mucho más de lo que Sombra pensaba, y ya era tarde cuando se detuvo rente a una casa de madera de una planta, con las ventanas cerradas, a las afueras de Fort Pierce. Nancy, que le había indicado el camino durante las últimas cinco millas, le invitó a pasar la noche.

—Puedo dormir en un motel —dijo Sombra—. No se preocupe.

—Puedes hacer eso y yo puedo sentirme herido. Evidentemente no diría nada, pero me sentiría muy muy herido. Así que mejor te quedas aquí, te haré la cama en el sofá.

El señor Nancy abrió las persianas antihuracanes y las ventanas. La casa olía a moho y humedad, y tenía un olor dulzón, como embrujada por los fantasmas de galletitas de chocolate muertas hace mucho tiempo.

Sombra accedió, aunque con reticencias, a pasar la noche, del mismo modo que accedió, aún con más reticencias, a tomar algo en el bar del final de la carretera, sólo una copita mientras la casa se aireaba.

—¿Has visto a Chernobog? —le preguntó Nancy mientras paseaban por la pantanosa noche de Florida. Parecía viva, con todos los insectos zumbando y reptando por el suelo. El señor Nancy se encendió un cigarrillo y tosió y casi se ahoga, pero siguió fumándoselo.

—Ya se había ido cuando salí de la cueva.

—Debe de haberse ido a casa. Te estará esperando, ya lo sabes.

—Sí.

Caminaron en silencio hasta el final de la carretera. No tenía demasiado de bar, pero estaba abierto.

—Yo pago la primera ronda —dijo el señor Nancy.

—Sólo nos vamos a tomar una cerveza.

—¿Qué pasa? ¿Te has vuelto agarrado ahora?

El señor Nancy pagó la primera ronda y Sombra la segunda. Miró horrorizado cómo el señor Nancy le pedía al barman que encendiera el karaoke, y contempló, muriéndose de vergüenza ajena pero fascinado, cómo se lanzaba el anciano con *What's New Pussycat?* antes de bordar, con una conmovedora y afinada voz, una versión de *The Way You Look Tonight*. Tenía una bonita voz y al final, un puñado de parroquianos que aún estaban en el bar lo vitorearon y le aplaudieron.

Cuando volvió con Sombra parecía más contento. Ya no tenía los ojos rojos y lo mortecino de su piel se había desvanecido.

—Te toca —le dijo.

—Ni de coña —contestó Sombra.

Pero el señor Nancy ya había pedido más cervezas y le estaba enseñando el listado de canciones.

—Escoge una que te sepas la letra y ya está.

—Esto no tiene gracia —contestó Sombra. El mundo empezaba a bambolearse, pero no tenía suficiente energía para discutir, y el señor Nancy ya estaba poniendo la cinta de *Don't Let Me Be Misunderstood* y empujando —literalmente, empujando— a Sombra hasta el escenario improvisado del final del bar.

Sombra cogió el micro como si estuviera vivo, y la música que lo acompañaba empezó y graznó el primer «Baby...». Nadie del bar le tiró nada. Y se sentía bien.

—*Can you understand me now?* —Su voz era rasgada pero melódica y una voz rasgada era precisamente lo que se necesitaba para esa canción— *Sometimes I feel a little mad. Don't you know that no one alive can always be an angel...*

Y seguía cantando mientras volvían caminando a casa en la ruidosa noche de Florida, el viejo y el joven, tambaleándose y felices.

—*I'm just a soul whose intentions are good* —cantaba a los cangrejos, las arañas, los escarabajos de las palmeras y los lagartos nocturnos— . *Oh lord, please don't let me be misunderstood.*

El señor Nancy le enseñó el sofá. Era mucho más pequeño que Sombra, que decidió probar en el suelo, pero para cuando terminó de decidir si era buena idea ya estaba profundamente dormido medio sentado medio tumbado en el sofá.

Al principio no soñó. Sólo estaba la reconfortante oscuridad. Y entonces vio un fuego en la oscuridad y se dirigió hacia él.

—Lo has hecho bien —susurró el hombre búfalo sin mover los labios.

—No sé lo que he hecho —repuso Sombra.

—Has hecho la paz. Tomaste nuestras palabras y las hiciste tuyas. Nunca entendieron que estaban aquí, y la gente que los adoraba estaba aquí, porque nos iba bien que estuvieran aquí. Pero podemos cambiar de idea. Y puede que lo hagamos.

—¿Eres un dios? —preguntó Sombra.

El hombre de cabeza de búfalo sacudió la cabeza. Sombra pensó, por un momento, que la criatura se divertía.

—Yo soy la tierra —le contestó.

Y si soñó más cosas, Sombra no las recordaba.

Oyó un chisporroteo. Le dolía la cabeza, y algo le martilleaba por detrás de los ojos.

El señor Nancy ya estaba preparando el desayuno: una pila de tortitas, beicon frito, huevos perfectos y café. Parecía rebosar de salud.

—Me duele la cabeza —dijo Sombra.

—Cuando te metas un desayuno como Dios manda dentro, te sentirás un hombre nuevo.

—Más bien me siento como el mismo hombre pero con otra cabeza —le contestó Sombra.

—Come —obtuvo del señor Nancy.

Sombra comió.

—¿Qué tal ahora?

—Como si tuviera un dolor de cabeza, sólo que además tengo comida en el estómago y me parece que voy a vomitar.

—Ven conmigo —Al lado del sofá en el que Sombra había dormido, cubierto con una manta africana, había un baúl que parecía el cofre de un pirata en pequeñito. El señor Nancy abrió el candado y levantó la tapa. Dentro del baúl había una serie de cajas. Nancy rebuscó entre las cajas—. Esto es un antiguo remedio africano de hierbas. Está hecho de corteza de sauce y cosas por el estilo.

—¿Cómo la aspirina?

—Sí —dijo el señor Nancy—. Exacto —De debajo del baúl sacó una botella enorme de aspirina genérica tamaño familiar. Desenroscó el tapón y sacó un par de pastillas—. Toma.

—Qué baúl más bonito —le dijo Sombra. Cogió las pastillas y se las tragó con agua.

—Me lo envió mi hijo —dijo Nancy—. Es un buen chico pero no lo veo tanto como me gustaría.

—Echo de menos a Wednesday —dijo Sombra—. A pesar de todo lo que hizo. Sigo esperando volver a verlo. Pero miro y no está —Siguió mirando el cofre pirata, intentando averiguar a qué le recordaba.

«Perderás muchas cosas. Pero no pierdas ésta.» ¿Quién había dicho eso?

—¿Le echas de menos? ¿Después de todo lo que te ha hecho pasar? ¿Después de todo lo que nos ha hecho pasar?

—Sí —repuso Sombra—. Me parece que eso es lo que me pasa. ¿Crees que volverá?

—Creo —contestó el señor Nancy— que dondequiera que dos hombres se reúnan para venderle a un tercero un violín de veinte dólares por diez mil, allí estará él aunque sea en espíritu.

—Sí, pero...

—Deberíamos volver a la cocina —prosiguió el señor Nancy, se le estaba poniendo una expresión dura—, esas sartenes no se van a fregar solas.

El señor Nancy lavó las sartenes y los platos. Sombra los secó y los colocó en su sitio. En algún momento, el dolor de cabeza empezó a remitir. Volvieron al salón.

Sombra miró el viejo baúl otra vez, deseando acordarse.

—Si no voy a ver a Chernobog, ¿qué pasará?

—Lo verás —contestó el señor Nancy sin más—. A lo mejor te encuentra él. O te conducirá hasta él. Pero de un modo u otro, acabarás encontrándotelo.

Sombra asintió. Algo empezó a ponerse en su sitio. Un sueño, en el árbol.

—Oye, ¿hay algún dios con cabeza de elefante?

—¿Ganesh? Es un dios hindú. Aparta los obstáculos y hace los viajes más fáciles. También es muy buen cocinero.

—«Está en el tronco», me dijo. Sabía que era importante pero no sabía por qué. Pensé que se refería al tronco del árbol. Pero no hablaba del tronco para nada, ¿verdad?

El señor Nancy frunció el ceño.

—Me he perdido.

—Está en el baúl —dijo Sombra. Sabía que era cierto. No sabía por qué tenía que ser cierto, no del todo. Pero estaba completamente seguro.

Se puso en pie.

—Me tengo que ir. Lo siento.

El señor Nancy levantó una ceja.

—¿Y esa prisa?

—Pues —dijo Sombra sencillamente—, es que el hielo se está derritiendo.

CAPÍTULO VEINTE

Es
  primavera
  y
   el
    Hombre globo
  de pies de cabra
  silba
  lejos
  y mea.

    —e.e. cummings

Sombra sacó el coche de alquiler del bosque a las 08:30, bajó la colina a menos de sesenta kilómetros por hora y volvió a Lakeside a las tres semanas después de haberla abandonado convencido de que sería para siempre.

Atravesó la ciudad sorprendido de los pocos cambios que había experimentado en las últimas semanas, toda una vida. Aparcó en la mitad del sendero que llevaba al lago y bajó del coche.

Ya nadie pescaba en el hielo, ya no había SUVs, ni hombres sentados junto a un agujero con un sedal y un paquete de doce. El lago estaba oscuro: ya no estaba cubierto por un manto blanco de nieve sino que había charcos de agua reflectantes en la superficie. El agua que había debajo era negra y el hielo lo suficientemente transparente para mostrar tal oscuridad. El cielo gris convertía el lago helado en un lugar inhóspito y vacío.

Casi vacío.

Quedaba un vehículo aparcado sobre el hielo a la altura del puente y a la vista de cualquiera que atravesara la ciudad, ya fuera a pie o en coche. Era de un verde sucio, ese tipo de coche que la gente abandona en un aparcamiento, y no tenía motor. Era la alegoría de una apuesta, cuando el hielo se derritiera y fuera lo bastante frágil y peligroso se lo tragaría para siempre.

Una cadena con una señal que prohibía el paso a personas y vehículos con la inscripción CAPA DE HIELO FINA atravesaba el camino que llevaba al lago. Debajo había una serie de pictogramas tachados: COCHES NO, PEATONES NO, MOTONIEVES NO. PELIGRO.

Sombra hizo caso omiso de las advertencias y se las ingenió para llegar a la orilla. La nieve ya se había derretido, el terreno enfangado era resbaladizo y la hierba marrón no ofrecía gran adherencia. Derrapó y cayó en el lago. Salió con cuidado por un pequeño embarcadero de madera y luego caminó sobre el hielo.

La capa de agua, mezcla de nieve y hielo derretidos, era más profunda de lo que parecía desde fuera y el hielo de la superficie, más firme y deslizante que una pista de patinaje, de manera que Sombra apenas podía aguantar el equilibrio. Chapoteó en el agua, que le cubría las botas y le calaba hasta los huesos. Agua gélida: lo que tocaba se convertía en hielo. Un sentimiento de abstracción le invadía a medida que avanzaba, como si fuera el protagonista de una película, de detectives quizá, y se viera a sí mismo en la pantalla de un cine.

Pisó latas y botellas de cerveza vacías que ensuciaban el hielo, bordeó agujeros hechos para pescar, que no se habían vuelto a congelar, llenos de agua negra.

Desde la carretera parecía que el cacharro estaba más cerca. Oyó un crujido procedente del extremo sur del lago, como si un palo enorme lo golpeara y una de las capas inferiores se derrumbara y todo vibrara. El lago completo chirrió como una puerta vieja que protesta cuando la abren. Sombra siguió andando con máxima prudencia.

«Esto es un suicidio —le susurró una voz en la mente—. ¿Por qué no te vas y ya está?»

—No —dijo en voz alta—. Tengo que averiguarlo —Y siguió caminando.

Llegó al cacharro, pero incluso antes de llegar sabía que estaba en lo cierto. El miasma envolvía el coche: un hedor insoportable que a la vez dejaba un sabor amargo en la garganta. Dio una vuelta de inspección alrededor. Los asientos estaban manchados y rasgados. Era obvio que estaba vacío. Intentó abrir las puertas pero estaban cerradas con llave. Probó con el maletero, tampoco hubo suerte.

Le hubiera encantado tener una palanca en aquel momento.

Cerró el puño protegido por el guante, contó hasta tres y le dio un puñetazo al parabrisas.

Se hizo daño en la mano pero el cristal quedó intacto.

Se le ocurrió que podía correr hacia el coche, estaba seguro de que podría pegarle una patada a la ventana si el suelo no resbalara tanto. Pero lo último que quería era romper el equilibrio que sostenía el cacharro.

Miró el coche. Logró alcanzar la antena de radio —una de esas que se alargan pero que se había quedado atascada en la misma posición hacía una década— y con un ligero movimiento la arrancó de la base. Cogió el extremo fino de la antena, que en algún tiempo tuvo un pequeño tope de metal, y sus dedos fuertes lo convirtieron en un gancho improvisado.

Hundió el artilugio entre la goma de la puerta y la ventanilla de la puerta del conductor para manipular el mecanismo de apertura. Estuvo revolviendo y empujando con el trozo de metal hasta que lo cazó y tiró de él.

Notó cómo el gancho improvisado se escurría inevitablemente.

Suspiró y volvió a la carga, pero esta vez con más cuidado. A cada movimiento imaginaba que el hielo se hundía bajo sus pies. Despacio... y...

Lo tenía. Tiró con fuerza de la antena y el seguro de la puerta de levantó. Con la mano dentro de un guante apretó el botón para entrar, tiró de la puerta pero no se abrió.

«Está atascada —pensó—, congelada. No hay nada que hacer».

Se arrastró resbalando por el hielo y de repente la puerta del cacharro se abrió de par en par disparando hielo por doquier.

El miasma era peor dentro del coche, un hedor a enfermedad y putrefacción. A Sombra se le revolvieron las tripas.

Palpó debajo del salpicadero, encontró la palanca que abría el maletero y tiró de ella con fuerza.

Le llegó un estrépito por detrás a medida que el maletero se abría.

Retrocedió sobre el hielo con torpeza sujetándose al coche.

«Está dentro del maletero —pensó».

El maletero se abrió unos pocos centímetros. Se acercó y lo abrió del todo.

El olor era horrible pero podría haber sido peor. Al fondo había un poco de agua medio podrida. Había una chica dentro. Llevaba un mono de nieve escarlata ahora manchado. Tenía el pelo largo y sedoso y la boca cerrada, así que Sombra no pudo ver el aparato de placas y gomas azules que sabía que llevaba. El frío la había conservado y las gotas congeladas que le corrían por las mejillas todavía no se habían derretido.

—Has estado aquí todo el tiempo —le dijo Sombra a Alison McGovern—. Todo aquel que haya pasado por el puente te ha visto. Todos los que han cruzado la ciudad te han visto. Los pescadores han pasado por tu lado todos los días. Y nadie lo sabía.

Se percató de la estupidez que estaba diciendo.

Alguien lo sabía: el que la puso allí.

Investigó la manera de sacarla del maletero. Apoyó todo su peso al inclinarse. Puede que eso fuera la causa.

El hielo bajo las ruedas delanteras cedió en ese momento a consecuencia de sus movimientos, o quizá no. Esa parte del coche se hundió unos centímetros en las aguas negras del lago. El agua empezó a anegar el interior del coche a través de la puerta del conductor. Las salpicaduras le llegaban hasta los tobillos pero el hielo que pisaba era sólido. Miró a su alrededor con desesperación buscando la manera de huir, pero era demasiado tarde. El suelo se desplomó y se empotró contra el coche. El cadáver de la joven en el maletero y con ella la parte trasera del coche y Sombra. Las tenebrosas aguas del lago se los tragaron. Eran las nueve de la mañana de un 23 de marzo.

Se llenó los pulmones antes de la inmersión y cerró los ojos, pero las aguas le robaron el aire con un golpe de frío.

El empuje del coche le precipitó en el fango de nieve y agua.

Le rodeaba la oscuridad y el frío de las profundidades. La ropa, las botas y los guantes empujaban de él hacia abajo, estaba atrapado en su abrigo, que cada vez pesaba y se hinchaba más.

Se hundía. Intentó apartarse del coche pero le arrastraba sin remedio. Notó en todo el cuerpo un estrépito y de repente se le torció el tobillo izquierdo. El coche se asentó en el fondo y su pie quedó sepultado. El pánico se apoderó de él.

Abrió los ojos.

Sabía que no había luz. Objetivamente entendía que estaba demasiado oscuro como para ver pero aun así lo veía todo. Vio la cara pálida de Alison McGovern que lo observaba desde el maletero abierto. Vio más coches, los cacharros de antaño, restos oxidados en la oscuridad y enterrados en el lodo.

«¿Qué más habrán tirado al lago antes de que hubiera coches? —se preguntó Sombra».

Por lo que sabía, seguro que todos los coches escondían el cadáver de un niño en el maletero. Había un montón... cada uno aguantó en el hielo todo el crudo invierno ante los ojos del mundo. Todos habían caído en las gélidas aguas del lago a principios del invierno.

Aquí descansaban Lemmi Hautala, Jessie Lovat, Sandy Olsen, Jo Ming, Sarah Lindquist y el resto. En las profundidades, donde reinaban el frío y el silencio...

Tiró del pie. Estaba atrapado y la presión en los pulmones se hacía cada vez más inaguantable. Notó un ruido muy agudo en los oídos. Respiró con cuidado y unas cuantas burbujas flotaron alrededor de su cara.

«Cuanto antes —pensó— tengo que respirar lo antes posible o me ahogaré».

Se agachó, se cogió de los parachoques con ambas manos y tiró con todas sus fuerzas. Fue inútil.

«Es sólo la carrocería —se dijo a sí mismo—. Quitaron el motor que es la parte más pesada del coche. Puedes hacerlo, sólo sigue tirando».

Empujó.

Sumamente despacio, a centímetro por hora, el coche se fue deslizando por el barro y Sombra pudo desenterrar el pie, dar una patada e intentar impulsarse hacia la superficie. No se movió. «El abrigo —pensó—, es por culpa del abrigo. Se ha enganchado con algo». Sacó los brazos de las mangas y con los dedos insensibles bajó la cremallera como pudo. Puso las manos una a cada lado de la cremallera y notó cómo la tela se desgarraba y cedía. Se liberó con rapidez de su yugo y empezó a subir lejos del coche.

Tenía una extraña sensación; no iba ni hacia arriba ni hacia abajo. Se ahogaba y ya no podía soportar el dolor de pecho y de cabeza. Era consciente de que si inhalaba, si respiraba el agua helada, moriría. De repente se golpeó la cabeza con algo sólido.

Hielo. Se estaba dando contra el hielo de la superficie del lago. Arremetió a puñetazos pero ya no le quedaban fuerzas, nada a lo que agarrarse, nada con lo que ayudarse. El mundo se difuminaba bajo la calma negra del lago. Sólo le quedaba el frío.

«Es ridículo —pensó recordando la película de Tony Curtis que vio cuando era pequeño—. Debería ponerme de espaldas, empujar contra el hielo y pegar mi cara a él para poder respirar algo de aire, tiene que haber aire en alguna parte». Pero ya sólo flotaba congelado, no podría haber movido un músculo ni aunque su vida dependiera de ello, como era el caso.

Se fue acostumbrando al frío que se volvía cálido, y pensó que se estaba muriendo. Sentía rabia esta vez, una ira profunda. La unión del dolor y la rabia le ayudaron a agitar y mover músculos que estaban preparados para no volver a moverse jamás.

Empujó con las manos y notó como el hielo se resquebrajaba. Lo intentó con más fuerza y notó que una mano asía la suya y tiraba de él.

Se golpeó la cabeza contra el hielo, se arañó la cara con la capa interior; pero ya estaba en la superficie. Se vio a sí mismo saliendo de un agujero en el hielo, lo único que podía hacer era respirar, dejar que el agua negra le saliera por la nariz y la boca y parpadear. La luz del día le deslumbraba y solo pudo ver unas sombras y alguien que le arrastraba, le sacaba del agua y le alentaba y le decía que se podría haber congelado vivo. Sombra avanzaba con torpeza como una foca marina tosiendo y temblando.

Respiró hasta llenar los pulmones estirado sobre el hielo endeble y sabía que tampoco duraría mucho tiempo, que no era bueno. Los pensamientos fluían lentamente como el sirope.

—Dejadme en paz —intentó decir—, me pondré bien —Sus palabras eran susurros y todo apuntaba a un final.

Tan sólo necesitaba descansar un momento, eso era todo: descansar y más tarde podría levantarse y moverse. Era obvio que no se iba a quedar allí tirado para siempre.

Sintió un tirón, el agua le salpicó en la cara. Alguien le levantaba la cabeza. Sombra notaba que alguien le arrastraba por la espalda sobre el hielo. Quería protestar, explicar que sólo quería descansar un rato, dormir la siesta y se encontraría mucho mejor. ¿Acaso era pedir demasiado? Si tan sólo le dejaran en paz.

Se resistía a pensar que se había dormido pero de repente estaba de pie en medio de una vasta llanura junto a un hombre con la cabeza y los hombros de búfalo, una mujer con cabeza de cóndor y, al fondo, Whiskey Jack, que le miraba con tristeza mientras asentía con la cabeza.

Whiskey Jack se dio la vuelta y se alejó de Sombra. El hombre búfalo le siguió. La mujer pájaro también empezó a caminar, se agachó y alzó el vuelo.

Sombra se sentía perdido. Quería llamarlos, rogarles que volvieran, que no lo abandonaran pero todo se difuminaba y perdía su forma. Se habían largado, la llanura desaparecía poco a poco, el vacío se apoderaba de todo.

El dolor era intenso. Parecía que todas y cada una de las células de su cuerpo y los nervios se estuvieran derritiendo y dieran muestras de ello quemándole y haciéndole daño.

Notó una mano en la cabeza que le agarraba de los pelos y otra bajo la barbilla. Abrió los ojos con la esperanza de encontrarse en algún hospital.

Tenía los pies descalzos, llevaba vaqueros y nada de cintura para arriba. En la pared de enfrente había un espejo pequeño, un lavabo y un cepillo de dientes azul dentro de un vaso.

Procesaba la información despacio, dato a dato.

Le ardían los dedos de las manos y de los pies.

Empezó a gemir de dolor.

—Tranquilo Mike, tranquilo —dijo una voz que le resultaba familiar.

—¿Qué? —dijo o intentó decir— ¿Qué está pasando? —Sus propias palabras le resultaron falsas y forzadas.

Estaba en una bañera de agua caliente. Pensaba que el agua estaba caliente aunque no lo estuviera. Le llegaba al cuello.

—Lo más estúpido que se le puede hacer a un tipo que está muriendo congelado es ponerlo delante de una chimenea. Lo segundo más estúpido es envolverlo en mantas y más si todavía tiene la ropa mojada. Las mantas le aíslan y mantienen el frío. Lo tercero, según mi modesta opinión, es extraerle la sangre, calentarla y volvérsela a inyectar. Eso es lo que hacen los médicos hoy en día. Complicado, caro, estúpido —La voz llegaba a sus oídos desde arriba por detrás.

—Lo más rápido e inteligente es lo que llevan haciendo los marineros durante siglos: darle un baño caliente. No demasiado caliente. Sólo caliente, como estás tú ahora. Estabas prácticamente muerto cuando te he encontrado en el hielo. ¿Cómo te encuentras ahora Houdini?

—Me duele —dijo Sombra—. Me duele todo el cuerpo. Me has salvado la vida.

—Supongo que sí. ¿Puedes mantener la cabeza erguida?

—Puede.

—Voy a soltarte. Si empiezas a hundirte te cogeré.

Ya no sentía la presión de las manos en la cabeza.

Notó que se escurría por la bañera. Sacó las manos, se cogió a la bañera y se inclinó. El baño era pequeño. La bañera era de metal y el esmalte estaba desconchado.

Un hombre mayor apareció en su campo de visión. Parecía preocupado.

—¿Te encuentras mejor? —preguntó Hinzelmann— Acuéstate y relájate. Mi guarida es un sitio acogedor y cálido. Avísame cuando estés preparado, tengo algo de ropa que puede irte bien y así podrás poner los vaqueros en la secadora con el resto. ¿Te parece bien, Mike?

—No me llamo así.

—Si tú lo dices —Su rostro reflejaba inquietud.

Sombra no tenía noción del tiempo. Estuvo sumergido hasta que cesó la sensación de ardor y pudo mover los dedos con total libertad. Hinzelmann ayudó a Sombra a salir y vació la bañera. Sombra se sentó en el borde y con la ayuda del otro se quitó los pantalones.

Se embutió, sin mucha dificultad, en un traje color tierra demasiado pequeño para él y, apoyándose en el anciano, fue a la salita y se desplomó en un sofá antiguo. Estaba cansado y débil, exhausto pero vivo. Un tronco de leña ardía en la chimenea. Unas cuantas cabezas de ciervo cubiertas de polvo y con la mirada perdida le observaban desde las paredes donde competían por un espacio con los peces barnizados.

Hinzelmann se fue con los pantalones de Sombra y desde la habitación contigua Sombra oyó que el traqueteo de la secadora cesó durante unos minutos hasta que volvió a ponerse en marcha. El anciano regresó con una taza humeante.

—Es café —dijo—, que es estimulante. Y le he añadido unas gotitas de aguardiente, sólo un poquito. Es lo que solíamos hacer antes. Un médico no lo recomendaría.

Sombra cogió el café con ambas manos. La taza tenía un dibujo de un mosquito que decía: ¡DONA SANGRE. VEN A WISCONSIN!

—Gracias —dijo.

—Para eso están los amigos —dijo Hinzelmann— Hoy por ti, mañana por mí. Y ahora olvídalo.

—Pensé que había muerto —dijo Sombra sorbiendo el café.

—Has tenido suerte de que pasara por el puente. Más o menos tenía la corazonada de que hoy sería el gran día, presentimientos que se agudizan con la edad. Así que estaba allí con mi antiguo reloj de bolsillo y te he visto a través del hielo. He gritado pero estaba convencido cien por cien de que no podías oírme. He visto como se hundía el coche y tú con él. En ese momento he pensado que te había perdido y me he lanzado al hielo para ayudarte. Se me ponen los pelos de punta. Debes haber permanecido bajo el agua dos minutos largos. Después he visto cómo sacabas la mano a través del hielo, por donde se había hundido el coche. Verte allí ha sido como ver a un fantasma —Hizo una pausa—. Los dos tuvimos suerte de que el hielo se desplomara una vez te había arrastrado hasta la orilla.

Sombra asintió con la cabeza.

—Has hecho una buena acción —le dijo a Hinzelmann al que se le encendió el rostro travieso al oírlo.

Sombra oyó que una puerta se cerraba en alguna parte de la casa. Siguió tomándose el café.

Ahora que podía pensar con lucidez empezaba a hacerse preguntas.

Se preguntaba cómo un hombre que le doblaba la edad y que seguramente le triplicaba en peso había podido arrastrarlo inconsciente por el hielo y subirlo de la orilla al coche. Se preguntaba cómo Hinzelmann había podido llevarlo hasta la casa y meterlo en la bañera.

Hinzelmann se dirigió hacia la hoguera, cogió unas pinzas y con cuidado echó un tronco pequeño a las llamas.

—¿No quieres saber lo que estaba haciendo allí?

—No es asunto mío —dijo Hinzelmann encogiéndose de hombros.

—¿Sabes lo que no entiendo...? —dijo Sombra— No entiendo por qué me salvaste la vida.

—Bueno —dijo Hinzelmann— me han educado así: si ves a un amigo en problemas...

—No —dijo Sombra—. No me refiero a eso. Quiero decir que tú mataste a todos esos niños. Todos los inviernos uno. Era el único que lo había pensado. Tienes que haberme visto abrir el maletero. ¿Por qué no has dejado que me ahogara?

Hinzelmann se tocó una parte de la cabeza. Se rascó la nariz y se balanceaba de atrás a adelante como si estuviera pensando.

—Bueno —dijo—, es una buena pregunta. Supongo que tenía una pequeña deuda pendiente. No me gusta dejar nada a deber.

—¿Wednesday?

—En efecto.

—Había un motivo por el que me escondió en Lakeside, ¿no es así? Nadie me hubiera encontrado aquí.

Hinzelmann no dijo nada. Descolgó un pesado atizador negro de su sitio en la pared y avivó el fuego, con lo que originó una nube de humo y chispas anaranjadas.

—Éste es mi hogar —dijo molesto—. Es una buena ciudad.

Sombra se acabó el café y dejó la taza en el suelo. El esfuerzo le dejó exhausto.

—¿Cuánto tiempo llevas aquí?

—El suficiente.

—¿Tú hiciste el lago?

—Sí —dijo mirándole con sorpresa—. Yo hice el lago. Ya le llamaban lago cuando llegué aquí pero no era mas que un riachuelo, una balsa —Hizo una pausa—. Soy de la opinión que este país es el infierno para tipos como yo. Nos devora. No quería ser devorado así que hice un pacto. Les di el lago y les ofrecí prosperidad...

—Todo por el módico precio de un niño cada invierno.

—Buenos chavales —dijo Hinzelmann moviendo lentamente su cabeza de anciano—. Eran todos buenos chavales. Sólo elegía a los que me gustaban, excepto Charlie Nelligan. Era la piel del demonio. ¿Cuándo fue: 1924, 1925? Pues sí, ése era el pacto.

—¿Y la gente de la ciudad, Mabel, Marguerite, Chad Mulligan, lo saben? —preguntó Sombra.

Hinzelmann no dijo nada. Cuando sacó el atizador del fuego, el extremo superior estaba al rojo vivo. Sombra sabía que el mango estaba demasiado caliente para cogerlo, cosa que no parecía importarle a Hinzelmann que volvió meterlo en la hoguera, avivó el fuego y lo dejó allí.

—Saben que ésta es una buena ciudad. El resto de poblaciones del condado, ¿qué digo?, del estado se están desmoronando. Lo saben.

—¿A eso es a lo que te dedicas?

—A la ciudad —dijo Hinzelmann—, cuido de ella. Aquí no sucede nada que yo no quiera. ¿Lo entiendes? Aquí sólo viene quien yo quiero. Por eso tu padre te mandó aquí. No quería que fueras por ahí llamando la atención. Eso es todo.

—Y tú le traicionaste.

—Yo no hice semejante cosa. Él era un sinvergüenza, pero yo siempre pago mis deudas.

—No te creo —dijo Sombra.

Hinzelmann parecía ofendido y se atusaba un mechón de pelo blanco a la altura de la sien.

—Soy un hombre de palabra.

—No, no lo eres. Laura vino aquí. Decía que algo la llamaba. ¿Y qué me dices de cuando Sam Cuervo Negro y Audrey Burton llegaron la misma noche? ¿Casualidad? Me parece que ya no creo en las casualidades.

»Sam Cuervo Negro y Audrey Burton. Dos personas que conocían mi verdadera identidad y sabían que había gente que intentaba dar conmigo. Supongo que si una no lo lograba siempre había otra preparada. ¿Y qué habría pasado si nadie lo hubiera conseguido? ¿Quién más estaba de camino a Lakeside, Hinzelmann? ¿El carcelero de la prisión, que venía a pescar en el hielo el fin de semana? ¿La madre de Laura? —Sombra se dio cuenta de que estaba furioso— Querías que me fuera de la ciudad. No le querías contar a Wednesday lo que estabas haciendo.

A la luz de la hoguera Hinzelmann tenía más aspecto de gárgola que de diablo.

—Ésta es una ciudad apacible —dijo Hinzelmann. Si no sonreía adquiría un aspecto inerte, de muñeco de cera—. Podrías haber llamado mucho la atención. No era bueno para la ciudad.

—Deberías haberme dejado morir en el hielo —dijo Sombra—. Deberías haberme dejado en el lago. Abrí el maletero. Ahora mismo Alison todavía permanece allí. Pero el hielo se derretirá y su cuerpo subirá a la superficie. Entonces lo verán y mirarán a ver qué más pueden encontrar. Hallarán el agujero a rebosar de niños. Seguro que muchos de los cuerpos se conservan a la perfección.

Hinzelmann se agachó y cogió el atizador. No lo quería para mover los troncos, lo cogió como si fuera una espada o un bastón de mando agitando el extremo candente en el aire. Salía humo. Sombra se dio cuenta de que estaba entre la espada y la pared y de que todavía estaba débil y torpe para defenderse.

—¿Vas a matarme? —dijo Sombra—. Adelante. Hazlo. Soy hombre muerto de todas maneras. Sé que esta ciudad te pertenece, es tu pequeño mundo. Pero si crees que nadie va a venir a buscarme te equivocas. Se acabó Hinzelmann. Sea como sea está hecho.

Hinzelmann utilizó el atizador a modo de bastón para ponerse de pie. La alfombra se chamuscó al poner encima la punta ardiendo. Miró a Sombra con lágrimas en los ojos azul claro.

—Me encanta esta ciudad —dijo—. Me encanta ser el viejo cascarrabias, contar aventuritas, conducir a Tessie y pescar en el hielo. ¿Te acuerdas de lo que te conté? No se trata del pescado que lleves a casa ese día, sino de la paz de espíritu.

Sombra notaba el calor del atizador con el que le apuntaba.

—Podría matarte —dijo Hinzelmann—. Podría arreglarlo, ya tengo cierta experiencia. No eres el primero que lo ha descubierto. El padre de Chad Mulligan se lo imaginó. Acabé con él y podría hacerlo contigo.

—Puede —dijo Sombra—. ¿Pero durante cuánto tiempo? ¿Un año más? ¿Una década? Ahora hay ordenadores, Hinzelmann. No son tontos. La historia se repetirá. Todos los años desaparecerá un niño. Tarde o temprano vendrán a husmear por aquí. Igual que vendrán a buscarme. Dime, ¿cuántos años tienes? —Puso las manos alrededor de un cojín de sofá para poder defenderse del primer ataque.

El rostro de Hinzelmann carecía de expresión.

—Ya me entregaban los niños antes de que los Romanos llegaran a la Selva Negra —dijo—. Antes de ser un dios fui un *kobold*.

—Puede que sea el momento para cambiar —dijo Sombra preguntándose qué sería un *kobold*.

Hinzelmann le observaba. Entonces cogió el atizador y volvió a colocarlo sobre las brasas.

—No es tan fácil como parece. ¿Qué te hace pensar que puedo o quiero dejar esta ciudad, Sombra? Soy parte de ella. ¿Vas a obligarme a que la abandone? ¿Estás preparado para matarme y así me iré?

Sombra bajó la mirada. Todavía brillaban algunas chispas en el trozo de alfombra donde había estado el atizador. Hinzelmann miró hacia abajo y las pisó para apagarlas. De repente más de un centenar de niños invadieron la mente de Sombra. Le miraban con ojos de cordero degollado llenos de reproche y sus cabelleras les flotaban alrededor de la cara como algas marinas.

Sabía que les estaba dejando en la estacada. No sabía qué más podía hacer.

—No puedo matarte, me has salvado la vida —dijo Sombra.

Agitó la cabeza, se sentía como una mierda en todos los sentidos. Ya no era ni un héroe ni un detective sino un vendido más que amenazaba con su dedo a la oscuridad antes de darle la espalda.

—¿Te cuento un secreto? —dijo Hinzelmann.

—Vale —dijo Sombra con el corazón en un puño. No le habría importado que no le contaran ningún secreto más.

—Mira esto.

En el lugar donde había permanecido de pie Hinzelmann apareció un niño que no tenía ni cinco años. Tenía el pelo marrón oscuro y largo. Estaba totalmente desnudo y llevaba una cinta de cuero alrededor del cuello. Tenía dos espadas clavadas: una le atravesaba el pecho y la otra le entraba por el hombro y le salía por la caja torácica. La sangre brotaba de las heridas sin pausa y le recorría el cuerpo hasta caer en el charco que se había formado en el suelo. Las espadas parecían muy antiguas.

El niño miraba a Sombra con los ojos llenos de dolor.

Y Sombra pensó «claro». Es una forma tan lícita como cualquier otra de hacer un dios tribal. No se lo tenían que explicar. Ya lo sabía.

Coges un niño y lo crías en la oscuridad, sin dejarle ver a nadie, sin tocar a nadie, alimentándolo mejor que a cualquier niño de la ciudad a medida que pasan los años. Tras cinco inviernos, en la noche más larga, sacas al niño aterrorizado de la cabaña al círculo de hogueras y le clavas las espadas de bronce y hierro. Entonces ahumas el cuerpo sobre el fuego de carbón hasta que esté seco y lo envuelves en pieles para llevarlo de campamento en campamento hasta un lugar bien adentrado en la Selva Negra, y le sacrificas animales y niños y lo conviertes en el talismán de la tribu. Cuando al final muere de viejo depositas los huesos frágiles en una caja y la adoras. Pero un día los huesos se desintegran y caen en el olvido, las tribus que adoraban al niño dios de la caja ya no existen y al niño dios, el talismán del pueblo, se le recordará de vez en cuando en forma de fantasma o duende: un *kobold*.

Sombra se preguntaba quién de los que llegaron al norte de Wisconsin hace ciento cincuenta años, un esquilador o un topógrafo quizás, había cruzado el Atlántico con Hinzelmann escondido en su mente.

El niño ensangrentado había desaparecido y también la sangre y en su lugar había un hombre mayor de sonrisa traviesa y pelo blanco atusado que llevaba las mangas del jersey todavía mojadas de haberle metido en la bañera que le salvó la vida.

—¿Hinzelmann? —La voz procedía de la entrada del refugio.

Hinzelmann se dio la vuelta y Sombra también.

—He venido para decirte —dijo Chad Mulligan con voz contenida— que el cacharro se ha hundido en el lago. Lo he visto cuando he pasado por ahí con el coche y he pensado en venir para decírtelo, por si no lo sabías.

Llevaba la pistola en la mano pero apuntando al suelo.

—Hola, Chad —dijo Sombra.

—¿Qué tal, tío? —dijo Chad Mulligan— Me pasaron una nota diciendo que habías muerto en prisión. Un ataque al corazón.

—¿Qué me dices? —dijo Sombra— Parece que me muero allá donde voy.

—Vino hasta aquí, Chad —dijo Hinzelmann—. A amenazarme.

—No —dijo Chad Mulligan—. No es así. Llevo aquí diez minutos, Hinzelmann. He oído todo lo que has dicho acerca de mi padre, del lago —Se acercó a ellos sin levantar el arma—. Por Dios, Hinzelmann. No se puede atravesar la ciudad sin pasar por el lago. Está en el centro, ¿qué se supone que tengo que hacer?

—Tienes que arrestarlo, dijo que iba a matarme —dijo Hinzelmann, un anciano en una vieja guarida polvorienta—. Chad, Me alegro de que hayas llegado.

—No —dijo Chad—, no te alegres.

Hinzelmann suspiró. Se encogió afligido y cogió el atizador del fuego que tenía la punta al rojo vivo.

—Baja eso, Hinzelmann. Tranquilo, bájalo. Las manos donde yo pueda verlas y ponte de cara a la pared.

El rostro del anciano reflejaba toda la ira que llevaba dentro. Sombra casi sintió pena por él pero ese sentimiento se borró en el momento en que recordó las lágrimas congeladas de Alison McGovern. Hinzelmann no se movió. No bajo el atizador, no se dio la vuelta. Sombra estaba apunto de arrancárselo de la mano cuando el anciano se lo lanzó ardiendo a Mulligan.

Hinzelmann lo tiró con torpeza y atravesó la habitación por lo alto. Nada más hacerlo salió corriendo por la puerta. El atizador rebotó en el brazo izquierdo de Mulligan.

El ruido del disparo, tan cerca de la habitación del anciano, sonó atronador.

Un tiro en la cabeza y eso fue todo.

—Mejor que te vistas —dijo Mulligan con voz apagada y triste.

Sombra asintió con la cabeza. Se fue a la habitación contigua, abrió la secadora y sacó algo de ropa. Los vaqueros todavía estaban mojados pero se los puso de todas maneras. Cuando volvió a la otra habitación con toda su ropa, excepto el abrigo que estaría en las profundidades enfangadas del lago y las botas que no pudo encontrar, Mulligan ya había sacado varios troncos ardiendo de la chimenea.

—Un mal día para un agente es cuando tiene que provocar un incendio para ocultar pruebas de un asesinato —dijo Mulligan y después miró a Sombra—. Necesitas unas botas nuevas.

—No sé dónde las puso —dijo Sombra.

—Mierda —dijo Mulligan—. Siento todo lo ocurrido, Hinzelmann —Cogió al anciano por el collar y por la hebilla del cinturón, lo balanceó de atrás adelante y lo lanzó hacia la chimenea, donde reposaba su cabeza. Su cabellera blanca empezó a arder y la habitación se llenó de olor a carne chamuscada.

—No ha sido un asesinato, ha sido en defensa propia —dijo Sombra.

—Sé lo que ha sido —afirmo Mulligan sin vacilaciones. Ahora prestaba atención a los troncos que ardían por toda la habitación. Empujó uno hacia un extremo del sofá; cogió un ejemplar antiguo del Lakeside News, lo enrolló y lo tiró sobre el tronco. Las hojas del periódico se fueron haciendo marrones y al cabo de un rato estallaron en llamas.

—¡Sal! —dijo Chad Mulligan.

Fue abriendo las ventanas a medida que abandonaban la casa y dejó el cerrojo de la puerta listo para que se quedara atrancado al salir.

Sombra le siguió en silencio hasta el coche de policía. Mulligan le abrió la puerta del copiloto. Sombra se sentó y se limpió la planta de los pies en la alfombrilla. Luego se puso los calcetines que ya estaban más o menos secos.

—Podemos comprarte unas botas en la tienda de Henning —dijo Chad Mulligan.

—¿Qué es lo que has oído? —preguntó Sombra.

—Lo suficiente —dijo Mulligan—. Demasiado.

No se dirigieron la palabra en el trayecto hasta la tienda.

—¿Qué talla usas? —preguntó Mulligan cuando llegaron.

Sombra se lo dijo.

Mulligan entró a la tienda y volvió con un par de calcetines de lana gruesa y un par de botas de cuero.

—Es lo único que les quedaba de tu talla —dijo—. A no ser que prefieras unas botas de agua, pero supongo que no.

Sombra se puso los calcetines y las botas. Le estaban bien.

—Gracias —dijo.

—¿Tienes coche? —le preguntó Mulligan.

—Está aparcado en la carretera junto al lago, cerca del puente.

Mulligan arrancó y salió del aparcamiento de Hennings.

—¿Qué le pasó a Audrey? —preguntó Sombra.

—El día que se te llevaron, me dijo que le gustaba como amigo y que lo nuestro no funcionaría. Se fue a Eagle Point dejando mi corazón herido de muerte.

—Todo encaja —dijo Sombra—. No era algo personal y Hinzelmann ya no la necesitaba más aquí.

Pasaron por delante de la casa de Hinzelmann, de la que salía una columna de humo blanco por la chimenea.

—Sólo vino a la ciudad porque él lo quiso así. Ella le ayudaba a intentar echarme. Estaba captando más atención de la necesaria para él.

—Creí que le gustaba.

—Pararon al lado del coche de alquiler de Sombra.

—¿Qué vas a hacer? —preguntó Sombra.

—No lo sé —dijo Mulligan. La expresión habitual de tensión en su rostro se había suavizado y era mucho más viva que en cualquier momento desde el incidente con Hinzelmann. Pero también parecía más preocupado—. Supongo que tengo dos opciones— dijo imitando la forma de una pistola con su mano, se la metió en la boca y se la sacó—: o bien me pego un tiro en la cabeza, o bien esperar un par de días a que el hielo se derrita, atarme un bloque de cemento al pie y saltar desde el puente. O me puedo tomar unas pastillas. Dios mío. Quizá debería adentrarme en el bosque y tomarme allí las pastillas. No quiero que ninguno de mis hombres tenga que recogerlo todo. Mejor se lo dejo al condado, ¿eh? —Suspiró y dejó caer la cabeza.

—No has matado a Hinzelmann, Chad. Murió hace mucho tiempo, en un lugar lejano.

—Gracias por tus palabras, Mike, pero lo he matado. He disparado a un hombre a sangre fría y lo he ocultado. Y si me preguntas por qué lo he hecho te diré que no tengo ni la más mínima idea.

Sombra alargó el brazo y le dio unos golpecitos reconfortantes.

—La ciudad le pertenecía —dijo—. No creo que tuvieras ninguna otra opción. Yo creo que fue él quien te llevó hasta allí. Quería que escucharas la conversación. Lo preparó todo. Supongo que era la única manera que tenía de huir.

La expresión de tristeza del rostro de Mulligan no cambió. Sombra se daba cuenta de que el agente de policía apenas oía lo que le estaba diciendo. Había matado a Hinzelmann, lo había incinerado en una pira y ahora, esclavo de la voluntad de Hinzelmann, cometería suicidio.

Sombra cerró los ojos para recordar mejor el sitio en su mente al que fue cuando Wednesday le dijo que hiciera nevar: ese lugar que empujaba de mente a mente y sonrió con una sonrisa que no sentía.

—Chad, déjalo estar —dijo. Había una nube oscura y opresiva en el cerebro del aquel hombre que Sombra podía ver casi a la perfección y se concentró en ella para que se esfumara como la niebla matutina—. Chad —dijo con firmeza intentando penetrar en esa nube—, la ciudad va a cambiar. Ya no va a ser el único lugar apacible de una región deprimida. A partir de ahora, va a parecerse mucho al resto de lugares de esta parte del mundo. Habrá muchos más problemas. No habrá trabajo para todos, la gente se volverá loca, más vulnerable, saldrán montones de mierda por todas partes. Van a necesitar un jefe de policía con experiencia. La ciudad te necesita —Y añadió—. Marguerite te necesita.

Sombra podía sentir que algo había cambiado en la nube que atormentaba su mente. Entonces introdujo la visión de las ágiles manos bronceadas de Marguerite Olsen, de sus ojos oscuros y su pelo largo y negro. Visualizó el modo en que se tocaba la cabeza y la media sonrisa que se le dibujaba cuando se lo pasaba bien.

—Te está esperando —dijo Sombra y supo que era verdad en el momento en que lo dijo.

—¿Margie? —dijo Chad Mulligan.

En ese instante, aunque no podría decir jamás cómo lo hizo y dudaba de que lo pudiera conseguir de nuevo, Sombra penetró en la mente de Chad Mulligan como si nada y arrancó todo lo que había sucedido aquella tarde con la misma precisión y frialdad con que un cuervo le saca los ojos a su presa.

Las arrugas de su frente desaparecieron y parpadeó medio dormido.

—Ve a ver a Margie —dijo Sombra—. Me alegro de verte, cuídate, Chad.

—Tranquilo —dijo Chad Mulligan bostezando.

En la radio de policía sonó un mensaje. Chad alargó la mano hacia el micrófono y Sombra salió del coche.

Caminó hacia su coche de alquiler. Desde allí se veía la superficie gris del lago en medio de la ciudad. Pensó en los niños muertos que esperaban bajo el agua.

Dentro de poco tiempo Alison saldría flotando a la superficie.

Cuando volvió a pasar por la casa de Hinzelmann comprobó que la columna de humo era una llamarada y se oían sirenas de fondo.

Se dirigió al sur para tomar la autopista 51. Iba camino de su última cita. Pero pensó que antes pararía en Madison para un último adiós.

Lo que más le gustaba a Samanta Cuervo Negro era cerrar la Coffee House por las noches. Era una actividad muy relajada, le daba la sensación de que estaba poniendo orden en el mundo. Se ponía el disco compacto de Indigo Girls y repetía los estribillos a su manera. Primero limpiaba la máquina de café, después echaba un último vistazo para asegurarse de que no había quedado olvidado ningún vaso ni ningún plato en la cocina y que los periódicos, que estaban siempre desperdigados por la cafetería, estuvieran apilados en orden junto a la puerta, preparados para llevarlos al contenedor de reciclaje.

Le encantaba la Coffee House, una serie de salas llenas de sillones, sofás y mesas situada en la misma calle que las librerías de viejo.

Envolvió los últimos trozos de tarta de queso y los guardó en la nevera grande para el día siguiente, después cogió un trapo y limpió las migas. Disfrutaba de la soledad.

Un golpe en la ventana la devolvió al mundo real. Fue a la puerta, abrió y se encontró con una mujer de su misma edad más o menos con el pelo teñido de color magenta. Se llamaba Natalie.

—Hola —dijo Natalie. Se puso de puntillas y le dio un beso a Sam entre la mejilla y la comisura de los labios. Se pueden decir muchas cosas con ese tipo de beso—. ¿Has acabado?

—Casi.

—¿Quieres ver una peli?

—Claro, me encantaría. Todavía tengo para unos cinco minutos largos. ¿Por qué no pasas y lees Onion mientras tanto?

—Ya he leído el de esta semana —Se sentó en una silla cerca de la puerta, echó un vistazo a los periódicos para reciclar hasta que encontró algo para leer mientras que Sam hacía caja y guardaba el dinero.

Llevaban durmiendo juntas una semana. Sam se preguntaba si ésta era la relación que había estado buscando durante toda su vida. Se convenció a sí misma de que eran tan sólo las feromonas y la química lo que le hacían sentirse feliz junto a Natalie, y quizá se trataba de eso. Lo único que sabía era que cuando la veía se le dibujaba una sonrisa y que se sentía a gusto y tranquila a su lado.

—Este periódico —dijo Natalie— tiene otro de esos artículos «¿Está cambiando América?».

—¿Y bien? ¿Lo está?

—No lo dice. Dice que puede que sí, pero no saben ni cómo, ni por qué y puede que ni siquiera esté cambiando.

—Bueno, así reflejan todas las opiniones —dijo Sam con una sonrisa de oreja a oreja.

—Supongo —Natalie arrugó la ceja y se concentró en la lectura.

Sam lavó el trapo de los platos y lo dobló.

—Pues sí, a pesar del gobierno y todo ese rollo, de un tiempo a esta parte parece que todo va bien. Puede que sólo sea que la primavera se está adelantando. Ha sido un invierno largo, me alegro de que haya terminado.

—Yo también —Hubo un silencio—. Dice en el artículo que mucha gente ha tenido sueños extraños. Yo no he tenido ningún sueño raro. No más raro de lo normal.

Sam echó un vistazo para ver si estaba todo en orden. Sí. Había hecho un buen trabajo. Se quitó el delantal y lo colgó en la cocina. Salió y empezó a apagar todas las luces.

—Yo he tenido sueños extraños últimamente —dijo—. Se volvieron tan raros que he estado anotándolos en una libreta al despertarme. Pero cuando los leo no tienen ningún sentido.

Se puso el abrigo y los guantes mágicos.

—He estudiado algo al respecto —dijo. Natalie había hecho un poco de todo, desde técnicas arcanas de autodefensa hasta baile de jazz, pasando por saunas curativas y feng shui.

—Cuéntamelos y te diré qué significan.

—Vale —dijo Sam mientras descorría el cerrojo y apagaba la última luz. Salió a la calle primero Natalie y luego Sam, que cerró la puerta de la Coffe House tras ella con firmeza—. Algunas veces sueño con gente que cae del cielo. Otras, estoy bajo tierra hablando con una mujer con cabeza de búfalo. Y otras sueño con el chico que besé hace un mes en un bar.

—¿Hay algo que me tengas que contar? —dijo Natalie tras emitir un sonido.

—Puede, pero no ahora. Fue un beso de mierda.

—¿Le estabas mandando a la mierda?

—No estaba mandando al resto a la mierda. Había que estar allí para entenderlo.

Los zapatos de Natalie golpeaban con fuerza el suelo. Sam se puso a su lado.

—Es el dueño de mi coche —dijo Sam.

—¿Ese cacharro violeta que había en casa de tu hermana?

—Sí.

—¿Qué le ha pasado? ¿Por qué no quiere su coche?

—No lo sé. Puede que esté en la cárcel. O muerto.

—¿Muerto?

—Supongo que sí —Sam dudó—. Hace unas cuantas semanas estaba convencida de que había muerto. Poderes extrasensoriales o lo que sea. Lo sabía. Pero entonces empecé a pensar que quizá no lo estaba. No sé. Me parece que mis poderes no son tan buenos.

—¿Cuánto tiempo te vas a quedar el coche?

—Hasta que alguien venga a buscarlo. Creo que es lo que habría querido.

Natalie miró a Sam. La volvió a mirar y dijo:

—¿Qué?

—Las flores que tienes en la mano, Sam. ¿De dónde las has sacado? ¿Las llevabas cuando hemos salido de la cafetería? Las habría visto.

Sam bajó la mirada y sonrió.

—Eres tan dulce. Tendría que haber dicho algo cuando me las has dado, ¿no? —dijo—. Son preciosas. Muchas gracias, de verdad. ¿Pero no crees que rojo habría sido más apropiado?

Eran rosas envueltas en papel por el tallo. Seis, blancas.

—No te las he dado yo —dijo Natalie apretando los dientes.

Y no volvieron a dirigirse la palabra hasta que llegaron al cine.

Aquella noche, al volver a casa, Sam puso las rosas en un jarrón improvisado. Más tarde, hizo un molde en bronce de ellas y se guardó para sí la historia de las rosas fantasma, aunque más adelante se la contaría a Caroline, que vino después de Natalie, en una noche de borrachera y Caroline estaría de acuerdo con Sam en que era realmente una historia alucinante y misteriosa pero de la que no creía ni una sola palabra.

Sombra aparcó cerca de una cabina. Llamó a información y le dieron el número.

No, no había llegado. Seguramente aun estaría en la Coffee House.

De camino a la cafetería paró a comprar unas flores.

Encontró la Coffee House, cruzó de acera y esperó en la puerta de una tienda de libros de segunda mano.

Cerraron a las ocho y a las ocho y diez Sombra vio a Sam Cuervo Negro salir en compañía de una mujer menuda con un tinte de pelo rojo. Iban cogidas de la mano, como si este sólo gesto ayudara a mantener la calma en el mundo, y hablaban. Más bien hablaba Sam mientras su amiga la escuchaba. Sombra se preguntaba de qué estaría hablando porque sonreía mucho.

Las dos mujeres cruzaron la calle y pasaron por delante de donde esperaba Sombra. La pelirroja pasó a pocos centímetros de él, podría incluso haberla tocado, pero ninguna de las dos lo vio.

Las vio alejarse calle abajo y sintió una punzada, como si tocaran un acorde en su interior.

Fue un beso bonito, penaba Sombra, pero Sam nunca le había mirado como miraba ahora a la chica del pelo rojo y nunca lo haría.

—¡Qué demonios! Siempre nos quedará Perú —dijo casi sin aliento viendo a Sam alejarse—. Y El Paso. Siempre lo llevaremos con nosotros.

Después corrió hacia ella y le puso las flores en la mano. Salió corriendo para que no se las pudiera devolver.

Subió por la colina de vuelta al coche y encaminó hacia Chicago. Conducía al límite de velocidad.

Era lo único que le quedaba por hacer, no tenía ninguna prisa.

Pasó la noche en el Motel 6. cuando se levantó al día siguiente se dio cuenta de que la ropa todavía conservaba el olor del fondo del lago, pero se vistió con ella de todas maneras. Se imaginaba que no las necesitaría mucho tiempo más.

Sombra pagó la cuenta. Condujo hasta la zona de apartamentos marrones, que encontró con facilidad, y que recordaba más grandes.

Subió las escaleras sin prisa pero sin pausa: no quería parecer impaciente por encontrarse con la muerte pero tampoco quería parecer asustado. Alguien había limpiado el rellano porque las bolsas de basura negras ya no estaban. El olor a desinfectante había vencido frente al de verduras podridas.

La puerta roja al final de las escaleras estaba abierta de par en par. Flotaba en el aire el olor a comida vieja. Dudó por un momento y luego llamó al timbre.

—Voy —dijo una mujer y apareció ante él la pequeña y rubia Zorya Utrennyaya que venía de la cocina limpiándose las manos en el delantal. Tenía un aspecto diferente. Parecía feliz. Tenía las mejillas rosadas y un brillo especial en la mirada. Cuando lo vio, se quedó con la boca abierta.

—¡Sombra! ¿Vuelves con nosotros?

Y se abalanzó sobre él con los brazos abiertos. Se agachó para abrazarla y besarla en la mejilla.

—¡Me alegro de verte! Ahora debes marcharte.

Sombra entró en el apartamento. Todas las puertas (excepto la de Zorya Polunochnaya, por supuesto) estaban abiertas de par en par y todas las ventanas que alcanzaba ver, también. Soplaba por el pasillo y a rachas una agradable corriente.

—¿Estáis haciendo limpieza general? —le preguntó a Zorya.

—Tenemos invitados —le respondió—. Ahora debes irte pero, ¿quieres un café antes?

—He venido a ver a Chernobog —dijo Sombra—. Es la hora.

—No, no —dijo Zorya agitando con violencia la cabeza—. No quieres verlo, no es buena idea.

—Lo sé —dijo Sombra—. Pero, ¿sabes?, lo único que he aprendido de mi experiencia con los dioses es que si haces un trato, lo cumples. Ellos pueden romper todas las normas que quieran, nosotros no. Incluso si quisiera salir de aquí por mi propia voluntad, mis pies no responderían.

—Es cierto, pero vete hoy y mejor vuelve mañana. Para entonces él se habrá marchado —dijo arrugando el labio inferior.

—¿Quién es? —dijo una mujer desde el final del pasillo— Zorya, ¿con quién hablas? No puedo darle la vuelta al colchón sola, tú lo sabes.

Sombra avanzó por el pasillo y dijo:

—Buenos días Zorya Vechernaya. ¿Necesitas ayuda? —Estas palabras sorprendieron a la mujer, que se agazapó en una esquina del colchón.

La habitación estaba polvorienta. Todas las superficies —madera, cristal— estaban cubiertas de polvo y en los rayos de sol que se colaban por la ventana flotaban en armonía las motas. Tan sólo de vez en cuando una ligera brisa o el movimiento torpe de la cinta de las cortinas amarillenta perturbaba el baile del polvo.

Se acordó de la habitación. Era la que le habían asignado a Wednesday aquella noche. La habitación de Bielebog.

La mirada de Zorya Vechernaya reflejaba incertidumbre.

—El colchón —dijo—, hay que darle la vuelta.

—Ningún problema —dijo Sombra. Cogió el colchón, lo levantó con facilidad y le dio la vuelta. Era una antigua cama de madera y el colchón de plumas pesaba casi lo mismo que un hombre. Al dejarlo caer, el colchón expulsó una gran cantidad de polvo.

—¿Para qué has venido? —preguntó Zorya Vechernaya. No era una pregunta amigable por el modo en que la formuló.

—He venido —dijo Sombra— porque en diciembre un joven perdió a las damas contra un dios.

La mujer llevaba el pelo gris recogido en un moño alto. Frunció la boca.

—Vuelve mañana —dijo Zorya Vechernaya.

—No puedo —dijo con naturalidad.

—Estamos hablando de tu funeral. Ahora vas y te sientas. Zorya Utrennyaya te traerá café. Chernobog volverá enseguida.

Sombra fue por el pasillo hasta la sala de estar. Era justo como la recordaba, aunque en esta ocasión la ventana estaba abierta. El gato gris dormía en el brazo del sofá. Abrió un ojo cuando Sombra entró y, en absoluto impresionado, volvió a dormirse.

Fue aquí donde jugó a damas con Chernobog, donde se apostó la vida para que el anciano se uniera a ellos en el último maldito truco de Wednesday. Un aire fresco entraba por la ventana despejando la atmósfera.

Zorya Utrennyaya entró con una bandeja roja de madera en la que llevaba una tacita esmaltada de café caliente junto a un platito lleno de galletas de chocolate. La puso en la mesa que había delante de él.

—Vi a Zorya Polunochnaya otra vez —dijo él—. Vino a verme a las profundidades y me dio la luna para que me guiara. Y ella se llevó algo mío, pero no recuerdo qué.

—Le gustas —dijo Zorya Utrennyaya—. Sueña demasiado y cuida de todos nosotros. Es muy valiente.

—¿Dónde está Chernobog?

—Dice que no puede soportar las limpiezas generales. Sale, compra el periódico, se sienta en el parque, compra cigarrillos. Quizá no vuelva en todo el día. No es preciso que le esperes. ¿Por qué no te vas y vuelves mañana?

—Me esperaré —dijo Sombra—. Ninguna magia le hacía esperar y lo sabía. Era un asunto personal. Se trataba de algo que era necesario que pasara y si era la última cosa que tenía que pasar, bueno, que fuera por voluntad propia. Después ya no habría ni más obligaciones ni más misterios ni más fantasmas.

Dio un sorbo de aquel café tan negro y dulce como lo recordaba.

Oyó una voz profunda de hombre al final del pasillo e inmediatamente se sentó más recto. Se alegraba de que no le temblara el pulso. Se abrió la puerta.

—¿Sombra?

—Hola —dijo Sombra sin levantarse de la silla.

Chernobog entró en la habitación. Llevaba doblado en la mano el Chicago Sun-Times que dejó en la mesa del café. Miró fijamente a Sombra y le extendió la mano con timidez. Estrecharon las manos.

—He venido —dijo Sombra— por nuestro pacto. Tú has cumplido con tu parte, ahora me toca a mí.

Chernobog asintió con la cabeza y levantó una ceja. Los rayos de sol le iluminaban el pelo gris y el bigote dándoles un brillo dorado.

—Mmmm... No es —Hizo una pausa—. Quizá deberías marcharte. No es un buen momento.

—Tómate todo el tiempo que necesites —dijo Sombra—. Estoy preparado.

—Eres tonto, lo sabes, ¿no? —dijo Chernobog suspirando.

—Supongo.

—Eres un niñato estúpido. Y en la cima de la montaña hiciste una buena acción.

—Hice lo que tenía que hacer.

—Quizá.

Chernobog caminó hacia el viejo aparador, se agachó y del fondo sacó un maletín. Abrió los cerrojos con un hábil movimiento de pulgar. Sacó un martillo y lo examinó con curiosidad. Parecía un mazo a escala reducida. El mango estaba sucio.

Entonces se levantó.

—Te debo mucho, más de lo que tú te crees. Gracias a ti todo está cambiando. Es primavera. La auténtica primavera.

—Sé lo que he hecho —dijo Sombra—. No tenía otra opción.

Chernobog asintió. Tenía una mirada que Sombra no había visto antes.

—¿Te he hablado alguna vez de mi hermano?

—Bielebog —Sombra se dirigió al centro de la alfombra manchada de ceniza. Se arrodilló—. Me dijiste que hacía mucho tiempo que no le veías.

—Sí —dijo el hombre levantando el martillo—. Ha sido un largo invierno chico. Un invierno muy largo. Pero ya se está acabando —Movió la cabeza lentamente como si estuviera recordando algo—. Cierra los ojos.

Sombra los cerró con la cabeza mirando hacia arriba y esperó.

El extremo del mazo estaba frío, congelado, y rozó su frente con mucha suavidad, como si hubiera sido un beso.

—¡Toc! —dijo Chernobog— Ya está —En su cara se dibujó una sonrisa que Sombra no había visto jamás. Una sonrisa reconfortante, sencilla como la luz del sol en un día de verano. El anciano se dirigió hacia el maletín, guardó el martillo, lo cerró y volvió a dejarlo en su sitio.

—¿Chernobog? —preguntó Sombra y después— ¿Tú eres Chernobog?

—Sí. Hoy sí —dijo el anciano—, mañana seré Bielebog pero hoy todavía Chernobog.

—Entonces, ¿por qué? ¿Por qué no me has matado ahora que has tenido la oportunidad?

El hombre sacó un cigarrillo sin filtro del paquete de su bolsillo. Cogió una caja de cerillas grande de la repisa de la chimenea y se lo encendió. Estaba sumido en sus pensamientos.

—Porque —dijo el hombre al cabo de un rato— está la sangre. Pero también la gratitud. Y ha sido un invierno muy, muy largo.

Sombra se incorporó. Se sacudió las manchas de polvo que tenía en las rodilleras de apoyarse en la alfombra.

—Gracias —dijo.

—De nada —contestó el anciano—. La próxima vez que quieras jugar a damas ya sabes donde encontrarme. Esta vez jugaré limpio.

—Gracias. Puede que venga —dijo Sombra—, pero no hasta dentro de un tiempo —Le miró profundamente a los ojos brillantes y se preguntó si siempre habrían tenido ese tono azul aciano. Se dieron la mano y ninguno dijo adiós.

Sombra besó a Zorya Utrennyaya en la mejilla y a Zorya Vechernyaya, en la mano antes de salir y empezar a bajar las escaleras de dos en dos.

EPÍLOGO

Reykjavik, en Islandia, es una ciudad extraña, incluso para los que han visto muchas ciudades extrañas. Es una ciudad volcánica, el calor de la ciudad proviene de debajo del suelo, muy por debajo.

Hay turistas, pero no tantos como uno esperaría, ni siquiera a principios de julio. El sol brillaba como llevaba semanas haciéndolo: dejaba de brillar un par de horas en la madrugada. Habría un amanecer oscuro entre las dos y las tres de la mañana y después volvería a empezar el día.

El enorme turista había recorrido la mayor parte de Reykjavik aquella mañana, escuchando a la gente hablar en un idioma que había cambiado poco en mil años. Los nativos del lugar eran capaces de leer las antiguas sagas con tanta facilidad como quien lee el periódico. Había un sentido de la continuidad en esta isla que le asustaba y que encontraba desesperadamente reconfortante. Estaba muy cansado: el día sin fin hacía que el sueño fuera casi imposible y se había pasado la noche sin noche sentado en la habitación de su hotel leyendo alternativamente una guía y Casa inhóspita, una novela que había comprado en un aeropuerto en las últimas semanas, pero ya no se acordaba en cuál. A veces miraba por la ventana.

Al final, tanto el reloj como el sol proclamaron la mañana.

Compró una barrita de chocolate en una de las muchas tiendas de dulces y paseó por la acera. Reparaba de vez en cuando en la naturaleza volcánica de Islandia: giraba por una esquina y notaba, por un momento, un algo de azufre en el aire. Más que recordarle al Hades, le evocaba olor a huevos podridos.

La mayoría de las mujeres con las que se cruzaba eran hermosas: esbeltas y pálidas. El tipo de mujeres que le gustaban a Wednesday. Sombra se preguntó qué le habría atraído de su madre, que había sido bella pero no reunía ninguna de estas características.

Sombra sonreía a las mujeres bonitas, porque le hacían sentir agradablemente masculino, y también sonreía a las demás, porque se lo estaba pasando bien.

No estaba muy seguro de cuándo se había dado cuenta de que era observado. En algún momento de su paseo por la ciudad quedó convencido de que alguien lo vigilaba. Se volvía, de vez en cuando, para intentar ver quién era, y también miraba a los escaparates para ver reflejada en ellos la parte de la calle que quedaba a sus espaldas, pero no vio nada fuera de lo común, nadie parecía estar observándole.

Se metió en un pequeño restaurante en el que comió frailecillo ahumado, moras de los pantanos, trucha ártica y patatas hervidas, y se bebió una coca-cola, que sabía más dulce, más azucarada, que en Estados Unidos.

Cuando el camarero le trajo la cuenta, le dijo:

—Perdone, ¿es usted americano?

—Sí.

—Entonces feliz cuatro de julio —le felicitó el camarero. Parecía contento consigo mismo.

Sombra no se había dado cuenta de que era día cuatro. El día de la Independencia. Le gustaba la idea de independencia. Dejó el dinero y la propina en la mesa y salió del lugar. Corría una brisa fresca del Atlántico y se abrochó el abrigo.

Se sentó en una orilla de hierba, contempló la ciudad que lo rodeaba y pensó que un día tendría que volver a casa. Y que un día tendría que construir una casa a la que regresar. Se preguntó si la casa de uno era algo que le pasaba a un sitio después de un tiempo, o si era algo que se encontraba al final, si caminabas, esperabas o lo deseabas durante suficiente tiempo.

Un anciano que bajaba por la colina se le estaba acercando: llevaba una gabardina gris oscuro, raída por la orilla, como si hubiera viajado mucho, y un sombrero de ala ancha azul, con una pluma de gaviota ensartada en la cinta. Parecía un hippie envejecido, pensó Sombra. O un pistolero retirado hacía mucho. El anciano era ridículamente alto.

El hombre se sentó al lado de Sombra. Asintió brevemente. Llevaba un parche de pirata encima de un ojo y una prominente perilla blanca. Sombra se preguntó si el hombre iba a pegarle para que le diera un cigarrillo.

—*Hvernig gengur? Manst bú eftir mér?* —dijo el hombre.

—Lo siento —dijo Sombra—. No hablo islandés —Y entonces añadió, sintiéndose muy raro, la frase que había aprendido en su guía por la madrugada—. *Ég tala bara ensku* —'Sólo hablo inglés.' Y después— Soy americano.

El viejo asintió pausadamente. Y dijo:

—Mi gente se fue de aquí a América hace mucho tiempo. Fueron y volvieron a Islandia. Dijeron que era un buen lugar para los hombres, pero un mal sitio para los dioses. Y sin sus dioses se sentían demasiado... solos —Hablaba inglés bien, pero las pausas y los énfasis en las frases eran raros. Sombra lo miró: desde cerca el hombre parecía más viejo de lo que creía posible. Su piel estaba surcada de pequeñas arrugas y de grietas, como las grietas de granito.

El hombre dijo:

—Te conozco, muchacho.

—¿Sí?

—Tú y yo hemos recorrido el mismo camino. Yo también colgué del árbol durante nueve días, un sacrificio de mí mismo para mí mismo. Soy el señor de los Aesir. Soy el dios de la horca.

—Eres Odín —repuso Sombra.

El hombre asintió pensativo, como si sopesara el nombre.

—Me llaman de muchas maneras, pero sí, soy Odín hijo de Bor —dijo al fin.

—Te vi morir. Guardé vigilia por tu cuerpo. Intentaste destruir mucho para conseguir poder. Habrías sacrificado mucho por ti mismo. Hiciste eso.

—Yo no hice eso.

—Lo hizo Wednesday. Y él eras tú.

—Él era yo, sí. Pero yo no soy él —El hombre se rascó un lado de la nariz. La pluma de gaviota de su sombrero cabeceó—. ¿Volverás? —le preguntó el señor de la horca— ¿Volverás a América?

—No tengo nada por lo que volver —repuso Sombra y mientras lo decía supo que era mentira.

—Hay cosas esperándote —le contestó el viejo—. Pero seguirán ahí hasta que vuelvas.

Una mariposa blanca voló torcida por entre los dos. Sombra no dijo nada. Ya había tenido bastante de dioses y de sus rollos para que le durara varias vidas. Cogería el autobús al aeropuerto, decidió, y cambiaría su billete. Cogería un avión a algún lugar en el que no hubiera estado nunca. Seguiría moviéndose.

—Hey —dijo Sombra—. Tengo algo para ti —Se metió la mano en el bolsillo y empezó a palpar para encontrar el objeto que necesitaba—. Extiende la mano.

Odín lo miró muy serio y de manera extraña. Después se encogió de hombros y extendió la mano derecha con la palma hacia abajo. Sombra se la cogió y le dio la vuelta.

Abrió las manos, las enseñó, una detrás de la otra, para que viera que estaban completamente vacías. Después colocó el ojo de cristal en la mano acartonada del viejo y lo dejó allí.

—¿Cómo has hecho eso?

—Magia —dijo Sombra sin sonreír.

El viejo sonrió y después estalló en una carcajada y comenzó a aplaudir. Miró el ojo, sosteniéndolo entre el índice y el pulgar y asintió, como si supiera exactamente qué era, y después se lo metió en la bolsita de cuero que colgaba de su cintura.

—*Takk kaerlega*. Cuidaré este objeto.

—De nada —repuso Sombra. Se levantó y se sacudió la hierba de los pantalones.

—Otra vez —pidió el señor de Asgard, con un movimiento imperioso de su cabeza y una voz profunda y mandona—. Más. Hazlo otra vez.

—Cómo sois —dijo Sombra—. Nunca estáis satisfechos. Bueno. Éste lo aprendí de un tipo que ahora está muerto.

Alargó la mano a ninguna parte y sacó una moneda de oro del aire. Era una moneda de oro normal. No podía devolver la vida a los muertos o sanar a los enfermos, pero era de un oro bastante bueno.

—Y ya está —le dijo enseñándosela entre el índice y el pulgar—. Esto es todo lo que escribió.

Lanzó la moneda al aire con un impulso del pulgar. Brilló con un destello dorado en el cielo de mediados de verano como si nunca fuera a caer. Y puede que no lo hiciera nunca. Sombra no se quedó a mirar. Se marchó andando y así siguió.

AGRADECIMIENTOS

Ha sido un libro extenso y un largo viaje, y debo grandes favores a mucha gente.

La señora Hawley me prestó su casa en Florida para escribir, y todo lo que tuve que hacer a cambio fue espantar los buitres. Me prestó su casa en Escocia para terminarlo y me advirtió de no asustar a los fantasmas. Mis agradecimientos para ella y el señor Hawley por su amabilidad y generosidad.

Jonathan y Jane me prestaron su casa y su hamaca para escribir, y a cambio sólo tuve que sacar a la esporádica bestezuela de Florida de la piscina del lagarto. Les estoy muy agradecido a todos.

El doctor Dan Jonson me proporcionó información médica siempre que la requerí, señaló unos cuantos anglicismos sueltos e inintencionados (aunque todo el mundo lo hizo), respondió a las preguntas más extrañas y, un día de julio, hasta me llevó a dar una vuelta en una minúscula avioneta por los alrededores del norte de Wisconsin. Además de llevar mi vida, mientras escribía este libro, mi ayudante, la fabulosa Lorraine Garland, se curtió buscando para mí la población de todas las pequeñas localidades de Estados Unidos; aún no estoy muy seguro de cómo lo consiguió. (Toca en un grupo llamado The Flash Girls; comprad su nuevo disco, *Play Each Morning, Wild Queen*, y la haréis feliz). Terry Pratchett me ayudó a desentrañar un punto lioso del argumento en el tren hacia Gothenburg. Eric Edelman dio respuesta a mis preguntas diplomáticas. Anna Sunshine Ison descubrió para mí un montón de cosas en los campos de internamiento japoneses de la costa oeste, que deberán esperar al próximo libro porque no tenían cabida en éste. Cogí la mejor parte del diálogo en el epílogo de Gene Wolfe, a quien le estoy agradecido. La sargento Kathy Hertz respondió cortésmente incluso a mis preguntas más rebuscadas sobre el procedimiento policial, y el ayudante del sheriff Multhauf me llevó de patrulla. Pete Clark se sometió a algunas preguntas personales ridículas con gracia y sentido del humor. Dale Robertson fue la persona a quien le consulté mis dudas sobre hidrología. Fueron para mí importantes los comentarios sobre la gente, el lenguaje y el pescado del doctor Jim Miller, tanto como la ayuda lingüística de Margret Rodas. Jamy Ian Swiss hizo que la moneda mágica realmente fuese mágica.

Cualquier error en el libro es culpa mía, no de ellos.

Gente muy buena leyó el manuscrito y me hizo valiosas sugerencias y correcciones y me dio valentía e información. Estoy especialmente agradecido a Colin Greenland y Susana Clarke, John Clute y Samuel R. Delany. También me gustaría dar las gracias a Owl Goingback (que ciertamente tiene el nombre más molón), Iselin Røsjø Evensen, Peter Straub, Jonathan Carrol, Kelli Bickman, Dianna Graf, Lenny Henry, Pete Atkins, Amy Horsting, Chris Ewen, Teller, Kelly Link, Barb Gilly, Will Shetterly, Connie Zastoupil, Rantz Hoseley, Diana Schutz, Steve Brust, Kelly Sue DeConnick, Roz Kaveney, Ian McDowell, Karen Berger, Wendy Japhet, Terje Nordberg, Gwenda Bond, Therese Littleton, Lou Aronica, Hy Bender, Mark Askwith, Alan Moore (quien me prestó "Litvinoff's Book") y el original Joe Sanders. Gracias también a Rebecca Wilson; y agradecimientos especiales a Stacy Weiss, por su perspicacia. Después de que leyera un primer esbozo, Diana Wynne Jones me advirtió del tipo de libro que era y de los peligros que corría escribiéndolo, y tenia razón en todo, con mucho.

Desearía que el Profesor Frank McConnell estuviera todavía con nosotros. Creo que este libro le habría gustado.

Una vez tuve escrito el primer esbozo, me di cuenta de que varias personas ya habían abordado el tema antes de que pensara en hacerlo: en particular, mi autor favorito de siempre, James Branch Cabell; la última época de Roger Zelazny; y, por supuesto, el inimitable Harlan Ellison, con su colección *Deathbird Stories*, que llevo escrito con fuego en mi cabeza desde que todavía estaba en una edad donde un libro me podía cambiar la vida para siempre.

Todavía no acabo de entender lo de apuntarse para la posteridad la música que escuchas mientras escribes un libro; te das cuenta después de qué música horrible puedes llegar a escuchar, y escuchaba un montón de música horrible mientras estaba escribiendo esto. Aun así, sin el *Dream Café* de Greg Brown y las *69 Love Songs* de los Magnetic Fields éste habría sido un libro distinto, así que gracias a Greg y a Stephin. Y creo que es mi deber explicaros que podéis escuchar la música de La Casa de la Roca en cinta o CD, incluyendo aquella de la máquina del Mikado y la del carrusel más grande del mundo. Es distinto, o quizá no se pueda comparar, a lo que ya hayáis escuchado. Escribid a: The House on the Rock, Spring Green, WI 53588 USA, o llamad al (608) 935-3639.

Mis agentes -Merrilee Heifetz de Writers House, Jon Levin y Erin Culley La Chapelle de CCA- fueron tan valiosos como máquinas de sondeo y pilares de sabiduría.

Hubo mucha gente, que estaba esperando a que acabara este libro para que hiciera las cosas que le había prometido, que fue asombrosamente paciente. Me gustaría agradecer a la buena gente de Warner Brother pictures (especialmente a Kevin McCormick y a Lorenzo di Bonaventura), a Village Roadshow, a Sunbow y a Miramax; y a Shelly Bond, que cargó con mucho.

Los dos imprescindibles: Jennifer Hershey de HarperCollins en los Estados Unidos y Doug Young de Hodder Headline en Inglaterra. Soy afortunado de tener buenos editores, y éstos son dos de los mejores que he conocido. Por no decir de los que menos se quejan, más pacientes y, a medida que las fechas de entrega se iban volando como las hojas en otoño, positivamente estoicos.

Bill Massey llegó al final, a Headline, y prestó su mirada experta y avezada. Kelly Notaras lo condujo durante la producción con gracia y aplomo.

Finalmente, quiero darle las gracias a mi familia, Mary, Mike, Holly y May, que fueron los más pacientes de todos, los que me quisieron y los que aguantaron mis ausencias durante los largos periodos que pasaba fuera para escribir y conocer América (que al final resultó, cuando la encontré, que era donde había estado todo el tiempo).

Neil Gaiman
cerca de Kinsale, condado de Cork
15 de enero de 2001